Sangen om den siste drage bok 5

Mørkets hjerte lysets sjel

Av
Anne Olga Vea

Kontinentet Hietlai

Hietlai er det store landområdet i nord og nordvest for Zhandoria. Det var en gang en del av en større sammenhengende landmasse. Hietlai strekker seg langt i øst vest retning og er nesten like stort som Zhandoria. I nordområdene er det mest steppe og skog og aller lengst i nordvest ligger isen konstant.

I Hietlai styres folket av et råd av kloke, de har en stridshøvding som er deres øverste ledende mann i strid. Folket består av Hietlaianere som er et folkeslag som opprinnelig kom sørvest fra i gamle tider, de har tilpasset seg og fått sin egen særegne kultur gjennom tiden og sin egen tro. I Hietlai har en også en innfødt befolkning som kalles Kimatier. De består av tretten klaner hvorav noen er såkalte utbrytere. De nekter å leve i fred med Hietlaianerne og kriger mot disse, årsaken til fiendtligheten er ukjent for de fleste. På sørkysten av Hietlai ligger hovedstaden Gardahavn, Hietlaianerne er dyktige sjøfarere, svært stridige og tapre i strid og for dem er kamp og krig en del av livet. De har rykte på seg for å være sjørøvere og skip må som regel betale for å kunne ferdes trygt gjennom stredet mellom Hietlai og Zhandoria. Deres slanke langskip kan seile raskere og manøvrerer bedre enn de tyngre frakteskutene og de er med rette fryktet.

Folket livberger seg stort sett som fredelige bønder, i sør kan de dyrke korn og frukt men lengre nord er det saueavl og hesteavl som gjelder samt jakt og fiske. Hietlaianerne har et nært forhold til naturen og ærer den høyt. De føler at de må gi for å kunne få noe tilbake. Samfunnet styres av eldgamle

uskrevne regler og lover og presteskapet har mye makt. I
Hietlai nyter kvinnene stor respekt og det er i bunn og grunn
de som styrer hele samfunnet. En datter vil arve like mye som
en sønn og kan beholde sitt eget navn om hun gifter seg.
Hennes barn kan også velge hennes navn fremfor sin fars. En
kvinne kan lett få skilsmisse og beholder alt hun har fått og
brakt med seg inn i ekteskapet, hun kan også få krav på store
deler av mannens eiendom om han har vært utro eller
behandlet henne dårlig. Prestinnene har større innflytelse enn
prestene siden de har nærmere forbindelse med gudene.

Om noen får barn utenfor ekteskapet kan farens familie be
om å få barnet tatt opp i deres ætt for livet, det kan være en
trygghet i noen tilfeller og det er opp til moren. Hun kan også
kreve ekteskap og nekter faren kan han bli dømt til å betale en
stor erstatning. Den går til henne, ikke familien hennes med
mindre også familien er fornærmet.

På Hietlai er sønner og døtre like verdsatt og de har et svært
positivt syn på kjærlighet og sex, flere partnere er ikke
unormalt men en forventes å være tro så fort en har inngått
ekteskapsløfter. Om en ektefelle dør kan enken eller
enkemannen gifte seg igjen men ikke før en to års
sørgeperiode er over. Reglene for hvordan en skal oppføre seg
i denne perioden er svært strenge.

For folket på Zhandoria fremstår Hietlaianerne som
hardbarkede og barbariske men de har en kultur som på mange
måter overgår den i sør, den er bare mer basert på den
sterkestes rett for livet er hardt der i nord og de svakeste klarer
seg sjelden lenge. Dette er et av livets fakta og ikke noe de
stiller spørsmål ved.

Kontinentet Ardot

Ardot ligger sør for Zhandoria, det er et forholdsvis lite kontinent som er på størrelse med områdene nord og øst for Bheki-bukta. Det har også en større ansamling øyer på østkysten men disse har liten betydning da de er små og uten større rikdommer

Ardot er underlagt Zhandoria, dets kultur er lang og rik og bare katastrofen som inntraff for mange tusen år siden gjorde det mulig for de nordfra å underkaste seg folket der. Opprør og uro er normalt, de liker ikke sine okkupanter men Zhandoria er avhengig av handelen med Ardot.

Ardot har en litt avlang form, i midten av kontinentet er det en svakt buet fjellkjede med noen fjell så høye at de ikke lar seg bestige simpelthen fordi det ikke er luft der oppe. Det økosystemet som fantes der ble svært forstyrret av katastrofen, Ardot var det området som ble mest ødelagt men spådommer sier at de skal få tilbake det de tapte. Det ble regnet med at nesten halvparten av kontinentet sank i havet.

Befolkningen er et konglomerat av flere folkestammer og de snakker mange språk men de ble mer samlet etter katastrofen og deres kultur var svært rik og avansert. De kjente til magi og viten ingen i de større kontinentene ante noe om og deres kunnskaper innen astronomi og fysikk var legendariske. Befolkningen ble styrt av en kongefamilie som var av et eldgammelt folk som nesten ikke eksisterte lenger men de ble sagt å ha magiske evner og at de var beslektet med dragemestrene. Da Zhandoria begynte å innta Ardot var det først som handelsfolk og forretnings forbindelser men rikdommene i Ardot er store og det fristet for mye. Noen ætter som Arcan og Macallif og Ranclin fikk fort stor makt der og står for mye av handelen med Zhandoria. Nurmadag var før nesten eneveldig når det gjaldt å organisere skipstransport nordover men de har mistet mye innflytelse og har begynt å vende blikket nordover i stedet. Uvisst av hvilken grunn.

Motstanden mot inntrengerne er svært sterk i folket men den må skje i det skjulte for folket fra Zhandoria er svært brutale og ser på folket fra Ardot som lite annet enn mindre verdige skapninger og deres før så strålende kultur blir utsatt for stadige angrep. Troen deres er forbudt, skriftspråket og religionen også og selv deres rike forteller tradisjon blir sett ned på. Men folket skjuler sin egentlige lojalitet godt og venter bare på den dagen da de skal få tilbake det de mistet og balansen blir gjenopprettet.

Noen Zhandorianere er på Ardot sin side, de liker ikke den umenneskelige behandlingen befolkningen blir utsatt for på plantasjer og i gruver og annen industri men det er lite de kan gjøre for å hjelpe. De fleste i Zhandoria har ingen anelse om hvor ille det egentlig er og tror at folket i Ardot er lite mer enn smarte aper. Det var vanlig med slavehandel en stund men folk fra Ardot overlever sjelden lenge i det hardere klimaet i nord, så dette ble stanset fort da tapet av verdier ble for stort.

Kontinentet Zhandoria:

Kontinentet Zhandoria var en gang i tiden en del av et mye større område, i nord ligger Hietlai og i sør Ardot. Begge disse landområdene var en gang en del av denne enorme landmassen.
Kontinentene drev fra hverandre på grunn av voldsomme naturkatastrofer som endte en hel tidsalder og mye ble endret både geografiske og rent praktisk.

Zhandoria er oppdelt i flere riker med underliggende delområder og lydriker hvor de har en egen hersker som igjen står under landets øverste leder.
Rikene er: Nierez, Longil; Arzam; Dheesa; Bheki; Altarab; Felderi; Zetir og Unlan.
Zhandorias hovedstad er byen Zhymorne som ligger i Ar-Bheki regionen av Bheki, byen er gammel og ærverdig og rommer mye historie men dens prakt falmer som alt annet i rikene.
Rikene er styrt av kongehus med varierende hell og makt, i Zhandoria var det fra gammelt av seks adelsslekter som satt med mest makt, nå er deres makt blitt svekket, de er utvannet og spredt i et utall underslekter med sine egne vasaller og tilhengere og selv ikke slektene selv har oversikten over hvem som skylder dem lojalitet eller ei. Slektene krangler fremdeles seg i mellom om gammel makt og ære og i det skjulte foregår det et maktspill hvis intriger kan bli både blodige og brutale.
De seks slektene er i det store og det hele spredt over hele

kontinentet men holder gjerne ekstra mye makt i visse
områder.

Darasher: Denne ætten er den mest utbredte, med mange
underfamilier og stor rikdom, de var en gang mektige krigere
men deres innflytelse har falmet mye. De er svært ærekjære og
svært sta, for dem handler alt om å gjenopprette fortidens tapte
makt og storhet. Deres motto er: Glem aldri hva vi var! Deres
merke er et dragehode.
Darasher har mest makt i Bheki, Darazzen og Ibar men de har
lange armer og har stor innflytelse på andre hus også, gjerne
ved hjelp av trusler, korrupsjon og mord.

Ranclin: Ranclin ætten er kjent for å like pomp og prakt
men de kan også være forbausende nøktern, de tenker før de
handler og er kjent for å være utmerkede renkesmeder. De har
stor utbredelse men skryter lite av slekten og er kjent for å
være stri, også mot sine egne. Deres motto er: Ære, stolthet,
styrke. Deres merke er en steilende hest.
De har mest makt i Or-Altarab, Longaria, Rooz og ytterst ved
kysten i Coluria

Arcan: Den mest dystre og innesluttede av ættene, ikke
særlig utbredt men de har stor makt i viktige områder og de er
kjent for å kunne bli svært grådige og gjerrige. Deres merke er
en hodeskalle og deres motto er: Døden vinner alltid.
De har mest innflytelse i Tholir, Ni-arzam og Cerna. Dette
betyr at de kan kontrollere mye av handelen mellom øst og
vest.

Macallif: Denne ætten var i gamle dager kjent for å ty til
trolldom, de avlet mange store magikere og hadde enorm
innflytelse men dessverre hadde de en slem tendens til å gifte
seg innad i egen slekt og dette førte til en del uheldige
hendelser. De har fremdeles ord på seg for å være upålitelige

og farlige og for å kunne spre galskap blant andre. Macallif er lite spredt, de holder seg til sine egne og har noe makt i Ar-Altarab, Solamida og Ebanar men de deler mye av den innflytelsen med de andre ættene og er kjent for å tenke kortsiktig og på lite annet enn øyeblikkelig vinning. Deres merke er en griff og deres motto er; Ved klo og stål vil vi herske.

Ohdrasar: En av de mest utbredte ættene ved siden av Darasher, de er kjent for å være store og sterke men lite vakre med noen unntak, de er durabelige krigere men mest interessert i handel og slikt og de har mange underfamilier som har lite eller ingen makt. Ohdrasar er kjent for å ville beholde makten innad i familien og de godtar ikke at deres egne går i mot ættens vilje. De regner seg gjerne som de edleste av ættene siden de sjelden deltok i de blodige slagene om makt som sto etter katastrofen, sannheten er at de bare er mere tålmodige enn de andre og de er mestre i å manipulere og sette folk opp mot hverandre. Der er det bare visse familier innen Darasher ætten som slår dem. Ohdrasar har mest innflytelse og makt i Felderi og Unlan, de holder seg stort sett i øst og har lite interesse av hva som skjer vest for Bheki-bukta. Deres motto er: Vi får alltid vårt og deres merke er et villsvinhode.

Nurmadag.: Den minste av ættene og den svakeste, Nurmadag har bare fem seks familier igjen og regnes ikke lenger som en slekt av betydning. En gang i tiden var de ledende innen handel men nå sliter de med å opprettholde det monopolet de hadde. De har kun tilhold i Zetir og ingen anser dem som en maktfaktor. De har en viss innflytelse i og med at de driver skipsfart og frakter varer til og fra Ardot, de er svært rike men viser det ikke og lever ganske nøkternt. Slektens overhode lever som en Zetirer selv om ætten opprinnelig er fra området rundt Tholir bukta. De prøver å holde handel i gang ved å sende skip gjennom stredet mellom Zhandoria og Hietlai og

deres leder har inngått en avtale med de mer stridige viking
aktige Hietlaianerne om at hans skip skal få passere uhindret.
Deres merke er en stor ål tvinnet rundt en skips mast og deres
motto er: Havet gir, vi tar! De har litt innflytelse langs kystene
og i Zetir men mange slekter ville slite uten deres flåte av
handelsfartøyer.

Khelebil

Hanek kom seg, sakte. Khelebil så til at mannen fikk i seg god og næringsrik mat og han så også til at Hanek fikk hvile så ofte som mulig. Kongen var vanskelig å ha med å gjøre nå, han følte seg tvilrådig og det var han ikke alene om men han hadde ansvaret for mange tusen sjeler og de tingene som hadde skjedd i det siste var vanskelige å takle. Speiderne fortalte at det nesten ikke var folk tilbake i området og bra var det men lengre inn i landet var det ennå bygder som ikke var forlatt og de sto i fare nå. Om dette som besatte folk spredte seg kunne det ende med at det ikke var mennesker tilbake der noen steder.

Khelebil prøvde å forstå det han hadde sett i de personene han hadde åpnet, det var ikke enkelt for ikke noe han hadde lært kunne ha forberedt ham på noe slikt men han prøvde så godt han kunne å legge to og to sammen. Det sørgelige fakta var at han stort sett ikke fikk noe ut av det, annet enn helt uforståelige teorier. Han hadde åpnet flere døde nå og alle hadde vært rammet av det samme, de var ikke lenger folk men rent maskin lignende uhyrer. De mennene han hadde prøvd å redde ved å brenne sårene greide seg, med unntak av en som fikk en heftig infeksjon og strøk med av den. Antagelig hadde såret blitt forurenset av et eller annet før Khelebil rakk å brenne det og mannen fikk skyhøy feber og døde etter bare et par dager.

Nå fikk Hanek noe nytt å bekymre seg over, ryktene gikk om at Olric var død og det virket ikke spesielt troverdig til å begynne med. Hvorfor skulle den mannen forlate livet? Han hadde lojale folk og han hadde alltid vært en robust person etter som det de hadde innhentet av informasjon. Om Olric var død, hvem styrte hans folk da? Og hva slags planer hadde vedkommende? Hanek var fristet til å sende et bud for å sjekke om ryktene var sanne men ville ikke risikere at en stakkars uskyldig mann måtte lide for hans nysgjerrighet så han var tålmodig. Før eller siden ville de få vite det med sikkerhet.

Sekten hadde åpenbart spredd seg fort blant befolkningen og Hanek utstedte en ganske streng ordre, om hans soldater tok noen sektmedlemmer til fange skulle de isoleres og om de ikke fra sverget seg denne falske troen ville han få dem henrettet. Det var hardt og i manges øyne barbarisk men det ville bli nødvendig. Hanek innså det. Folket her i Tholir og Longaria var enkle, de hadde lite utdannelse og religionen de hadde tilhørt var ikke særlig organisert. Når noen kom og tilbød det som hørtes ut som en redning bet mange på, ganske enkelt fordi de var naive og godtroende. Budryttere ble sendt ut for å advare de som eventuelt ikke allerede var klar over faren og Hanek var dypt bekymret. De merkelige besatte hadde sammenheng med sekten, ellers kunne de kalle ham en krakk. Han satt i daglige møter med offiserene sine og prøvde å legge planer for hvordan de skulle avansere nå. De hadde kommet for å få en ende på krigen mellom ættene men nå var det andre ting som var mer viktige, hvordan skulle de berge befolkningen fra denne nye pesten? For det ville spre seg, Hanek var ikke så dum at han ikke innså at dette ville true også hans områder og hans by og han følte på seg at Sølverhøy ville falle om dette fortsatte. Han stolte på at de dyktige rådgiverne han hadde etterlatt der ville klare å holde byen samlet og befolkningen trygg. Han hadde store styrker i byen fremdeles og de kunne bite fra seg.

Khelebil var temmelig opptatt med sine eksperimenter da noen ryttere raste inn i leiren midt på dagen. Det var en grå og kald dag og hestene deres dampet. Den fremste rytteren var en høyreist mann kledd i slitte reiseklær og han hadde noe litt utemmet ved seg. Han red en stor svart hoppe som bet etter stallkaren som kom for å ta henne bort og Khelebil så at flere av offiserene der stirret med vantro på fremmedkaren. Noen løp for å varsle Hanek og etter bare litt kom kongen nesten løpende tilbake, han omfavnet den fremmede med stor iver og glede og Khelebil la fra seg det han drev med og gikk bort. Hanek strålte formelig, brått virket han mye sterkere enn på lenge og øynene hans hadde fått håp igjen. «Khelebil, dette er min venn Wulf, jeg sendte ham ut på oppdrag før alt dette begynte å skje. Jeg var redd han var død!»

Wulf smilte skjevt. «Som du ser så er jeg svært levende, jeg har svært viktige nyheter herre konge, du må informeres med en gang»

Hanek la handa på mannens skulder. «Så viktige at du ikke kan bade og spise først?»

Wulf nikket stivt. «Så viktige, tro meg. Du må høre dette med en gang, finn et kart over landene og samle dine viktigste menn»

Hanek rynket pannen og så litt bekymret ut men adlød og litt etterpå sto mange av Hanek's beste menn der. Wulf pekte på kartet. «Jeg kommer fra fjellene over mot Solamida, og en forferdelig fiende har våknet til live og er i ferd med å utrydde folket der. De trekker nedover dalene mot slettene, også i denne retningen og om jeg ikke tar feil sprer de seg. De vil overta alt land om de ikke stanses»

Hanek så vantro på offiseren. «Er du alvorlig? Troll og hva kalte du dem, sjelløse?»

Wulf nikket. «De lokale kaller dem sagtannede. De er ubeist, trollene er like ille»

Wulf stakk handa inn under tunikaen sin, trakk frem en skinn konvolutt. «Stammene der inne hadde kunnskap vi vil trenge, måter å beskytte seg på.»

Han åpnet konvolutten og trakk frem flere gamle gulnede biter med pergament. «Dette er oppskrifter på ting som kan brukes som våpen og som vern»

Hanek svelget. «Jeg ville ha trodd at dette var rent pjatt om det ikke var for alt vi har sett her, folk som oppfører seg som ville dyr, som ikke dør nesten uansett hvor hardt såret de er, som ikke lenger har noe annet igjen enn drapslyst»

Wulf gyste synlig. «Det henger sammen i så fall, de sjelløse er akkurat slik. Og den som blir fanget blir drept eller enda verre, brukt som rugemaskin»

Hanek så på pergamentene. «Khelebil, se på dette, hva tror du? Kan du tyde det?»

Khelebil svelget og så stivt på de eldgamle tekstene, språket var arkaisk og temmelig knotete men forståelig og det var pent skrevet men det var en del navn der han ikke umiddelbart greide å identifisere. «Jeg tror jeg kan, om jeg får litt hjelp og tid på meg»

Wulf så ned. «Tid er dessverre ikke noe dere har mye av, trollene kan allerede være i nærheten og med så mange mennesker samlet blir det et blodbad. Ikke noe dere gjør kan stanse dem.»

Hanek så tvilende ut. «De fleste levende vesen dør før eller siden?»

Wulf nikket. «Ja, men se ikke på disse skapningene som levende vesen, se dem mer som…levende statuer, mørk magi. De har ikke noe i vår verden å gjøre. De sjelløse er enda verre»

Hanek nikket. «Jeg forstår. Jeg skal sette deg inn i situasjonen her så fort jeg makter, det er mye som står på spill»

Wulf sukket bare lavt. «Mer enn du tror herre konge, mye mer enn du tror»

Khelebil tok skriftene og gikk til sitt eget telt, han stirret på dem med smale øyne. En av oppskriftene skulle fjerne lukt så ikke trollene fant en, en annen skulle tiltrekke seg troll og den tredje var en gift for de mørke skapningene. Han klødde seg i hodet og sukket, hva i himmelens navn skulle han gjøre? Han manglet utstyr for noe slikt og ikke minst ingredienser. Noen av betegnelsene kjente han godt men andre var merkelige og gammeldagse og han tok en kjapp beslutning. Han skrev dem ned på en lapp og ropte til seg Older. «Gå gjennom leiren, se om du finner noen som forstår hva disse tingene er. Noen av karene må da være fra avsides bygder med gammelmodig språk?»

Older nikket og løp bort og Khelebil så med dystert blikk på det han hadde der, noen få boller og potter av keramikk, kun en glass beholder og ellers var det bare medisinsk utstyr. Han trengte ting han kunne bruke til å lage et laboratorium, beholdere og slikt som kunne lukkes og varmes opp, han trengte stativer og slanger og gudene visste hva mer og han tenkte på de få timene han hadde hatt med enkel alkymi og krympet seg. Dette kunne gå filleveien om han ikke tok seg på tak, og å lage nok til en hel hær av disse tingene? Nesten umulig.

Han gikk ut og fant et par adjutanter som satt ved et bord og spilte et brettspill. «Menn, jeg trenger hjelp. Dere må finne en gruppe med karer som kan ri rundt på bygdene her og lete etter kar og kjeler og glass vaser og alt slik, og rør, alt dere finner av rør»

De to så forfjamset på ham og han klasket hendene sammen. «Få ræva i gir, det haster. Kongen vil ha fortgang i sakene!»

De to kom seg opp og styrtet avgårde og Khelebil sukket. Den som skrev opp oppskriftene hadde vært nøye, målene var gode og sikkert helt på grammet riktig men han kunne ikke annet enn å undre seg på om det var sant at dette virket. Wulf kom gående, han var på vei mot badet og nikket vennlig. «Du er kongens livlege og feltskjær, men du er svært ung»

Khelebil nikket stivt. «Ja, men jeg er smart, og jeg tenker utenfor boksen. Jeg liker å utvide tankene mine, ikke bare henge fast ved det gamle.»

Wulf nikket sindig. «Det er bra, vi trenger det nå. Jeg har sett ting du snaut vil tro på min ferd, jeg tror vi vil trenge folk som deg nå, folk som våger å tenke nytt og annerledes»

Khelebil smilte litt skjevt, Wulf var en slik mann en får respekt for rent instinktivt og han hadde sett hvor glad Hanek ble for å se ham igjen. Khelebil var ganske sikker på at han ville få vite mye mer om denne offiseren over de neste dagene. Hibu hadde hatt en liten time med fekting siden Khelebil var bestemt på at gutten trengte å lære litt mer om det å forsvare seg selv og han kom til teltet og gliste fra øre til øre. «Jeg klarte å treffe Ahran med sverdet to ganger!»

Khelebil smilte fort. «Det er bra, du lærer fort gutt.»

Hibu så storøyd på de gamle bitene med pergament. «Hva er det?»

Khelebil hadde funnet noen ark og hadde begynt å skrive ned de ingrediensene han trodde de kunne ha. «Det er oppskrifter, på salver og slikt. De skal hjelpe mot troll og monstre»

Hibu så smalt på dem. «Er det sant?»

Khelebil nikket. «Ja, folket i fjellene tror på dem, og da stemmer det sikkert, selv om de er gamle»

Hibu satte seg ned. «Hjemme trodde de på drauger. Far sa alltid at en aldri skulle reise til sjøs når det ikke var måne, for da kom draugene opp og ville trekke en ned i havet til seg om de fikk tak i en.»

Khelebil humret for seg selv, sjøfolk hadde sin egen form for overtro. «Men det var vel andre ting en kunne gjøre også?»

Hibu nikket og smilte litt blygt. «Ja, de sa at…om en mann lå hos en kvinne før han reiste ut og ikke vasket seg etterpå var han trygg for draugene likte ikke lukta av kvinnfolk»

Khelebil måtte nesten fnise. Den overtroen var gammel som alle hauger. Hibu satt jo der så Khelebil satte ham til å lage en liste over det han hadde tatt med av saker og utstyr som kanskje kunne brukes, det viste seg å være pent lite og Khelebil følte et stikk av fortvilelse. Hva skulle han finne på å bruke? Han kjente til mange av de stoffene som var skrevet opp og visste hvordan de skulle brukes men å skaffe dem nå, i en slik situasjon? De hadde sikkert lagre av det meste i

Sølverhøy men det var langt borte og her ute på landsbygda ante vel de færreste hva disse tingene var.

Dagen etter kom de mennene han hadde sendt ut tilbake med kjeler og alt annet de hadde halt frem fra forlatte hus og bygg. Det var et helt vognlass for de fleste som hadde forlatt området hadde bare tatt med det aller mest nødvendige og nå var Khelebil glad for det. Han sorterte alt det medbrakte og brukte mesteparten av dagen på det og han forsto fort at dette var noe som krevde mye arbeide. Han fikk en av kongens nærmeste til å finne en smed blant alle soldatene og de brukte noen dager på å sette opp en slags flyttbar smie der Khelebil kunne varme opp ting. Men fremdeles manglet det mest nødvendige, nemlig ingrediensene til disse salvene og giftene. Older hadde greid å finne flere som forsto hva som ble ment med de gammelmodige ordene men flere av substansene var ekstremt sjeldne og dyrebare.

Khelebil var lege, ingen alkymiker og dette utfordret hans intellekt til det ytterste, han vurderte om det kunne være mulig å bytte ut noen av substansene med andre men kom til at det neppe var lurt, dette var meget flyktige og farlige stoffer og det virket for at oppskriftene var absolutte. Ingen slingringsmonn var gitt og Khelebil kjente seg motløs, hvor i alle gudenes navn kunne han finne disse tingene? Kvikksølv var livsfarlig og det visste han godt, rødt fosfor? Det var ikke akkurat noe en burde håndtere daglig og det samme gjaldt mange andre av de oppramsede ingrediensene. Noen var enkle å skaffe, eller i det minste lot det seg gjøre. Å skaffe eggstokker fra en høne som la egg hver dag lot seg jo gjøre og piss fra en brunstig hoppe var jo heller ikke noen heksekunst men han følte seg langt fra optimistisk da han gikk til Hanek.

Kongen satt med noen papirer, Wulf hadde blitt grundig avhørt og Hanek var svært rystet over alt som hadde skjedd, han tvilte ikke på at Wulf fortalte sannheten men det var vanskelig å fatte. Nå fikk Wulf fullt innblikk i alt som hadde skjedd der og han var også rystet. Men han var overbevist om at sekten, galskapen som spredte seg og monstrene var forbundet med hverandre på et eller annet vis. Khelebil ble vinket inn av ene adjutanten og han bukket høflig. Hanek la papirene ned og smilte fort til feltskjæren. «Nå, hvordan kan jeg stå til tjeneste i dag Khelebil?»

Khelebil svelget stivt. «Jeg trenger diverse substanser herre konge, jeg tror ikke at det er så mye av dem rundt her omkring dessverre.»

Han rakte kongen listen og Hanek rynket pannen. «Ved gudene, det meste av dette er svært giftig, og mye av det stinker rent motbydelig?»

Khelebil nikket. «Ja, men alt må skaffes til veie skal det virke. Jeg tror det ikke er noen vei utenom det dessverre»

Hanek sukket og så på lista, blikket hans var trist. «Min slektning hadde sikkert en del av dette, han hadde en gammel seidmann som arbeidet på godset og jeg vet at gamlingen var litt av en alkymiker, han lagde fyrverkeri blant annet»

Khelebil svelget stivt. «En bruker mye av dette til det, tror du at det kan være noe igjen der borte?»

Hanek heiste på skuldrene. «Jeg vet ærlig talt ikke, godset ble brent så vidt jeg vet. Men om gamlingen holdt til i kjelleren kan det være at noe er tilbake»

Khelebil lente seg litt forover. «Kan jeg reise dit?»

Hanek skar en grimase. «Det er på Olrics område nå, vi vet ikke hvordan tilstanden er der borte. Det har ikke vært noen aktivitet på over en uke nå og jeg begynner å undres.»

Khelebil bet tennene sammen. «Herre, om vi skal klare å lage noe av dette trenger vi de stoffene. Og om Embrekt nå virkelig hadde slike substanser i hende kan vi ikke la noe stanse oss, vi må få tak i det»

Hanek stirret ned i noen minutter «Greit, men dere må ri om natten og jeg sender med deg flere gode menn»

Khelebil krympet seg. «Ikke for mange, vi må kunne reise usett.»

Hanek nikket. «Jeg vet, jeg sender med Wulf og fire av mine beste krigere, er det bra?»

Khelebil nikket litt nølende. «Ok, jeg regner med at seks personer er lette å skjule, og et nedbrent gods er det vel neppe noen som bryr seg med nå»

Hanek reiste seg. «Jeg skal sende noen for å varsle Wulf. Jeg regner med at du vil avgårde så fort som mulig?»

Khelebil nikket og Hanek smilte litt trist. «Greit, dere rir i kveld så fort det blir skumt»

Khelebil ante ikke om han burde føle seg glad eller skremt. Det å ferdes ute i mørket nå kunne være livsfarlig men de hadde ikke noe valg og han ante at Wulf kjente knepene og visste hvordan en skal holde seg forholdsvis trygg selv om det var fiender i nærheten. Han gikk tilbake til teltet sitt og fant noen gode varme klær og ringbrynjen sin. Han aktet ikke å ta noen sjanser med dette. Wulf kom og hentet ham da sola sank under horisonten, den høye blonde mannen var kledd som en offiser nå og hadde skåret skjegget og håret og så ikke ut som en villmann lenger. Khelebil var lett nervøs men han så at de fire ridderne var godt væpnet og han så også at de bar mørke klær som gjorde det lett å skjule seg. Khelebil fikk en stor langbeint vallak av tvilsom avstamning, dyret var ivrig og raskt men også lett å styre og han kom seg i salen med et stønn. Wulf red den svarte hoppa av enda mer blandet opphav og hesten la på ørene og virket for å ha et særdeles ampert temperament fremdeles.

Det var temmelig surt og vått og de red forholdsvis hardt den første delen av ferden. Wulf hadde fått en beskrivelse av veien og de brukte noen gamle stier som ikke var tegnet opp på kartene. De ville komme mot det nedbrente godset fra nord siden de red i en vid kurve og her var det Olric sine styrker som holdt makten så de kunne ikke la seg bli sett i det hele tatt. Det tok flere timer å nå godset og de red stille, Khelebil hadde ikke tenkt over det men hestene var uskodd og samtlige var mørke av let. Det var nesten umulig å se dem. Det nedbrente

godset lå ved en elv og ruinene stinket ennå av røyk og en
ubestemmelig lukt av noe Khelebil regnet med var brent tøy,
mat og andre ting fra innboet. Det var ingen lik der, antagelig
hadde de blitt slept bort av rovdyr og åtseletere eller begravd
og de steg av hestene og gjemte dem bak en liten låve som
ennå sto.

Ruinen var stor og heldigvis var det ikke brent helt ned til
grunnmuren, en god del av reisverket sto og ene kortveggen
var nesten uskadd for den var delvis muret opp. Nå trengte de
fakler og Wulf tente et par, to av karene holdt vakt og Khelebil
prøvde å finne nedgangen til kjelleren. Han fant den under en
veltet dør og noe som hadde vært en skjenk og Wulf hjalp ham
med å dytte det til siden. Kjellertrappa var svidd men av stein
så den var trygg og Khelebil trakk pusten og grep fakkelen.
Wulf ble med ham ned og han gikk sakte ned i mørket. Det var
iskaldt der nede og det luktet forferdelig av svidd treverk og
råte og Khelebil grøsset. Det svake lyset fra faklene var ikke
nok til å lyse opp en utedo engang og de gikk forsiktig
fremover. Rommene i kjelleren hadde vært plyndret men de
var trygge siden bygget var av stein og taket over solid bygget.
Det var et tykt lag is over golvet og her og der lå det slengt ting
Khelebil ikke kunne identifisere ved første øyekast. Men et
eller annet sted der inne var de rommene den gamle mannen
hadde brukt og han ante at de nok var langt vekk fra de delene
av bygget som folk bodde i. Han siktet seg inn mot en del av
den svære kjelleren som lå i retning stallene og han smilte fort
da han så at han hadde tenkt riktig. Noen solide metal dører
sperret veien og Wulf måtte hjelpe ham med å hugge løs is så
dørene kunne brytes opp. De som plyndret godset hadde neppe
gått så langt inn, dørene så mer ut som om de ledet til et
fangehull enn noe annet og Khelebil svettet mens de kom seg
gjennom hele tre dører. Rommet de kom inn i var svært og
aldeles fylt med diverse utstyr han med en gang så at han
trengte. Det var kolber og glass rør og stativer og på en stor
hylle langs ene veggen sto det mengder med krukker, alle

møysommelig merket med innhold og Khelebil gav fra seg et lite skrik av fryd. Der var alt de trengte og i mengder også.

Wulf bikket på hodet. «Om vi bare visste om det var trygt kunne du ha jobbet herfra, men denne Olric er en løs kanon, vi aner ikke hvor han vil sikte seg inn.»

Khelebil svelget og løp rundt, aller helst ville han ta med seg absolutt alt men de hadde ikke utstyr til det, eller hadde de? Han snudde seg mot Wulf. «Låven, se etter om det er en vogn i den, vi må ta med oss så mye som mulig»

Wulf nikket og gikk opp og Khelebil ble igjen alene med bare en fakkel, han følte seg alt annet enn høy i hatten men måtte hoppe litt opp og ned av lettelse. Det kunne la seg gjøre!

Wulf kom tilbake etter bare litt og han nikket. «Det er en vogn der, en av de svære flatvognene. Vi kan få med hele greia i den. Det var seler der også så vi bruker to av ridehestene til å trekke den.»

Khelebil trakk pusten. «Fantastisk, da er det en egen rekkefølge dere må stable dette i, ellers går det rake veien til helsike»

Mennene adlød og bar utstyr i sitt ansikts sved og Khelebil hjalp til, han følte seg frenetisk og vogna ble fylt med saker. De jobbet fort og en sto vakt og de prøvde å ikke lage noen lyd og til slutt av vogna overfull og kjellerrommet tomt. Khelebil visste at de fikk en hard tur tilbake til leiren, vogna var sikkert tung og veien dårlig. De kjørte av gårde og nå måtte de bruke en av de bedre veiene. En red foran og en annen bak og Khelebil og Wulf red ved vogna og holdt øye med den. Veien var forholdsvis god siden den var frossen nå og vogna var godt smurt og vedlikeholdt, det gikk ganske fort men ettersom dagslyset sakte begynte å stige over himmelen i øst saknet de farten og måtte holde øynene åpne. De var ikke langt fra leiren da frontrytteren løftet neven og signaliserte stopp, Wulf trakk blankt og de to karene som kjørte gjorde det samme. Khelebil ble nervøs, var dette fare? To ryttere dukket opp rundt en sving, det var yngre karer og de var tydelig krigere for de bar sverd og spyd og begge hadde gode brynjer. Begge stanset perpleks men så at de var to mot seks og holdt hendene i været, de prøvde ikke å flykte og det gjorde Wulf litt forbauset.

Han red bort og de to satt der, begge var tydelig nervøse men det var noe innbitt i blikkene. Wulf holdt sverdet synlig og gav dem et skarpt blikk. «Hvem er dere og hva gjør dere her?»

Mennene svelget synlig og den eldste av dem prøvde å smile. «Vi er Ambru og Imher av Vedbukta, vi er på vei for å slutte oss til kong Hanek»

Wulf tiltet på hodet. «Hvorfor?»

Ambru skar en grimase. «Fordi han i det minste er en real kar, og han har fornuft. Vi var Olrics menn, fordi vi trodde på det han fortalte oss. Men nå, nå er alt annerledes»

Wulf rynket pannen. «Forklar!»

Ambru trakk pusten. «Olric er død, han…han ble funnet i senga med sin stesønn, den sleipe sniken hadde tydeligvis ikke greid å motstå fristelsen lenger og gått på gutten som en gal men fikk hjertestans midt i akten. Shaad leder oss nå og han er bare en guttunge og ikke god i hodet»

Khelebil red bort. «Så det er sant, Olric er borte?!»

Ambru nikket. «Ja, de brente ham for tre dager siden, og noen sier at Shaad faktisk var hans sønn, på alvor altså, ikke bare adoptert. Hvem tar sin egen sønn på det viset? Noen av karene vil stikke av men vi tør ikke, de gale beistene, de dukker opp støtt og stadig og vi aner ikke hvor det er trygt lenger»

Wulf så sjokkert ut. «Så Shaad er deres leder? Kan han noe i det hele tatt om å lede en styrke, hva slags mål har han?»

Ambru trakk på skuldrene. «Den som visste det? Vi har ingen anelse for han har ikke sagt noe, vi bare sitter der som en gjeng med stuter og vet ikke om vi skal stikke av eller kjempe eller hvem vi skal kjempe mot!»

Wulf smilte stivt. «Dere blir med til Hanek og forteller ham alt, absolutt alt. Dette må kunne utnyttes»

De to så på hverandre og trakk på skuldrene og Khelebil så at begge to antagelig var menn som var grundig lei av ordre som antagelig sprikte i alle retninger. «Fortell, hvordan behandlet Olric sine menn?»

Imher lagde en slags grimase. «Godt vil jeg si, han straffet så klart de som brøt reglene men han var ikke en tyrann. Han var fornuftig på mange måter men etter at den fordømte sekten dukket opp gikk alt rett vest. Ingen vet hva som skjer lenger»

Wulf rynket pannen. «Så dere har også truffet på de merkelige udøde?»

Ambru grøsset synlig. «Ja, så avgjort. Folk som bare angriper, helt som om de er besatt. Ingen tanker, ikke engang frykt for egne liv. Olric forsto det ikke»

Khelebil nikket. «Det er det ingen som gjør ennå.»

Imher svelget synlig. «Noen har pratet om at det er sett monstre, i fjellene.»

Wulf så skarpt på ham. «Det stemmer, og de er verre enn disse besatte sjelene, mye verre. De og troll har utradert mye av befolkningen i sørvest»

Ambru ble blek og gjorde et slags tegn foran brystet, antagelig skulle det beskytte mot ondskap. «Guder, jeg kan ikke tro at…»

Wulf klemte hælene hardere sammen om den svarte hoppa. «Det er sant menn, og de vandrer mot slettene så om vi ikke kan stanse dem er det som er igjen av befolkningen fortapt»

De to så på hverandre og øynene var store i det de drev hestene opp på siden av vogna, som for å søke beskyttelse i det fakta at de var flere.

Det tok tid å komme seg tilbake til leiren, veien var elendig og de måtte kjøre svært sakte på grunn av den verdifulle og også ustabile lasten. Da de omsider kjørte inn porten var det lyst og soldatene var i gang med morgenens rutiner. Khelebil følte seg nesten frenetisk, han ante ikke hva han skulle gjøre først, de burde lage et skur eller noe der de kunne oppbevare alt sammen på en trygg måte. Han fikk be kongen om menn og utstyr. Hanek hadde vært aktiv mens de var borte, flere tropper med soldater var sendt ut for å prøve å få et overblikk over situasjonen og Khelebil ble litt nervøs. Om de var så uheldige å støte på noen av de besatte menneskene kunne de være i fare.

Vogna ble losset og heldigvis hadde de utstyr og tømmer nok til å reise en enkel bygning temmelig fort, de la tak av presenning og strammet den ned og Khelebil satte vakter foran skuret med en gang. Det var ikke verdt at noen vandret inn der som ikke ante hva vedkommende drev med. Han hadde allerede sett flere dødelige gifter blant krukkene og også noen substanser som var så godt som ukjente blant folk flest men særdeles dyrebare og også sjeldne. Khelebil var ingen alkymiker, og det vesle han kunne var basert på det de lærte på akademiet om medisiner og slikt men han hadde da lest i det minste litt om den gamle kunsten og forsto en del. Han fikk gi seg i kast med å lage de merkelige gamle oppskriftene når han hadde hvilt litt.

Hanek satt i teltet sitt og lyttet til det de to mennene fortalte om Olric og hans heller ufyselige endelikt, Hanek strøk seg over haken og øynene var smale. «Så han døde mens han var i ferd med å voldta sin stesønn?»

Ambru nikket stivt. «Ja herre, det var akkurat det som skjedde, gutten var som forstyrret etterpå. Olric sin nestkommanderende ble også funnet død den natten, det virker for at Olric drepte ham av en eller annen grunn»

Hanek bikket på hodet. «Virkelig? Så hvem har kommandoen nå?»

Imher så ned i golvet. «Et par av offiserene hans, inntil videre. Han etterlot seg et testamente, Shaad skulle overta om noe skjedde med ham og vel…noe skjedde»

Hanek lagde et fnys. «Det får en si ja, jeg hadde ikke ventet en slik ende for en slik mann, alt jeg har funnet ut om Olric indikerer at han var en mann av ære, i hvert fall til å begynne med. Han startet alt dette på grunn av et dødt barn ved gudene, en slik mann voldtar ikke en uskyldig gutt!»

Ambru svelget hardt. «Krig kan endre alle menn herre, den vekker udyret i oss all. De fleste i hæren er ikke engang soldater men de har blitt med fordi de trodde på det Olric sa, om en ny start, en ny tid uten de sterke ættene, da en skaper sin egen fremtid uavhengig av hva slekt en kommer fra»

Hanek fnøs, han satte fra seg vinbegeret. «En velment men tåpelig visjon, slik sitasjonen er nå er det neppe noen fremtid for noen om ikke denne nye trusselen stanses. Jeg frykter for min by og mitt folk, men vi kan ikke snu tilbake, ikke ennå. Vi må bli å kjempe»

Imher nikket stille og Ambru skar en grimase. «Det er snaut folk igjen mange steder, og de sier at mange er omvendt, i hvert fall fra de små landsbyene der de ikke vet bedre»

Hanek sukket lavt. «Uvitenhet og overtro, det er en svøpe for ethvert rike og kan rive det i småbiter like lett som en hund river i et bein. Vi har vært for snille, de som ledet mine lydriker var alle svake og lette å korrumpere, jeg skulle strammet tøylene mye tidligere.»

Han husket Lathisa og hennes spille galskap og hennes gale svigersønn og hans heller ufyselige tendenser. Nei, om de kom levende fra dette måtte det virkelig en stor opprydning til, adelen skulle ikke få så mye makt mer, de misbrukte den bare.

Hanek stirret stivt på Wulf. «Om Shaad nå er den som styrer Olric's hær bør han kunne påvirkes. Han er bare en guttunge og hva vet han om å lede menn?»

Han snudde seg mot Imher igjen. «Hvor mange menn har han?»

Imher så litt usikker ut. «Jeg vet ikke sikkert, men kanskje tre tusen kavalerister og det dobbelt av fotfolk? Jeg er ikke sikker, jeg var bare en vanlig fotsoldat, fikk et spyd trykket inn i nevene og det var det.»

Hanek nikket. «Det er uansett en stor styrke, og den bør kunne utnyttes.»

Han så fast på Wulf. «Send noen menn mot leiren deres, la dem holde øye med ting. Jeg vil vite om denne guttungen i det hele tatt vet hva han driver med.»

Wulf nikket og gikk og Hanek så på de to. «Dere er hjertelig velkomne blant mine menn, og jeg kan love dere, dere vil bli satt stor pris på»

De to bukket sakte. «Vi takker deg herre konge, vi føler oss mye tryggere her»

Hanek bare smilte beskt og tømte vinglasset igjen. Spørsmålet var om noen var trygge lenger, noen sted!

Shaad

Ingenting var som han hadde trodd det skulle bli, og han slet med å forbli i den rollen han hadde tatt, som en stakkars guttunge som var blitt brutalt misbrukt av sin stefar. Joda, han fikk sympati i masser men han begynte sakte å innse at han faktisk ikke var den alle automatisk ville følge nå. Olric hadde skrevet at alt hans ble Shaads men det brydde de færreste seg om. Det var greit nok med de få eiendelene Olric etterlot seg men mennene overså ham når det kom til lederskap. Nå kranglet flere av offiserene om hva de skulle gjøre videre, mange klaget høylytt over manglende lønn, dårlige leveforhold og ikke minst mangel på et mål og Shaad kokte snart over. Frustrasjonen boblet i ham, han kunne ikke steppe ut av rollen nå, kunne ikke røpe at han kunne langt mer enn han burde, at han var atskillig mer herdet enn det uskyldige utseendet skulle tilsi. Han måtte bare prøve å spille på det han tilsynelatende var og forsøke å påvirke alle som best han kunne. Han hadde sett seg selv som en hærfører, som en som skulle bruke Olrics styrker til å spre enda mer kaos og elendighet, til å hevne seg på alt som het adel på vegne av hans arme mor, men det kom neppe til å skje. Han kom ingen veier! Han kunne så visst gjøre det samme som han hadde med Olric, forføre en og annen av offiserene men det kunne slå tilbake mot ham selv så veldig fort, alle visste hvordan Olric hadde dødd og det kunne føre til mistanke. Og han tvilte på at de ville være nådige om de fant ut at han hadde myrdet sin stefar.

Han danset en vanskelig vals nå, og så makten han hadde drømt om gli ut av fingrene. Han måtte finne en måte å ta den tilbake på, de ville aldri se til ham som sin leder, han var for ung og uerfaren og slettes ikke en person de respekterte på noe vis. Offiserene var greie nok men soldatene var noe ganske annet og han begynte å føle seg beklemt til tider. Mens Olric levde vågde ingen å se på ham med annet enn høflig respekt og avstand, nå var det mange som plystret etter ham, som gjorde vulgære gesturer eller enda til uanstendige fremstøt. Shaad var engstelig, Olric sitt ettermæle var godt og grundig tråkket ned i dritten men hva med ham selv nå? Han aktet ikke å forsvinne ut i historiens mørke som en annen taper, han aktet ikke å måtte livberge seg ved å spre beina for andre slik som før. Nei, han skulle opp og frem men spørsmålet var hvordan han skulle greie det?

En av mulighetene var så klart Hanek, Shaad visste at kongen var uten livsarvinger og at han tilsynelatende var uinteressert i alt kjønnslig men alle har lyster, det gjaldt bare å finne dem. Om Shaad greide å slå sin hær sammen med Haneks ville han få en høy stjerne hos mannen og han visste å innynde seg. Men hvordan fikk han overtalt offiserene til noe slikt? De hadde vært fiender av Hanek, Olric hadde brukt dem mot kongens planer og hans ønske hadde vært å ødelegge alt Hanek sto for. Å få dem til å snu slik brått var ikke enkelt, mange av soldatene forsvant hver dag nå siden de ikke hadde en sterk og karismatisk leder lenger. Om Shaad ventet for lenge hadde han ingen hær lenger, og han tvilte på at han ville få innpass hos Hanek bare som seg selv. Nei, han trengte hæren, og han trengte den fort. Han brynet hjernen med hvordan han skulle få dem til å skjønne at det var i deres egen interesse at de burde slå seg sammen med Hanek men greide ikke komme opp med noe som var overbevisende.

Han hadde sørget for å oppføre seg som lammet i mange dager etter Olrics død og han hadde ikke vært med på begravelsen. Den hadde vært heller enkel og nesten merkelig kjapp for en mann som hadde utrettet så mye. De hadde bare vasket liket og lagt det i en kappe og Olrics jordiske rester ble hevet på et bål av to av de karene som tok seg av slaktingen av

dyr. Ingen andre orket gjøre det, det var som om Olric hadde
dødd av noe smittsomt noe, ingen ville ha noe mer med ham å
gjøre og Shaad begynte å innse at metoden han hadde valgt
faktisk utgjorde et problem for ham selv. Ingen ville bli minnet
på at deres øverste leder, en mann de selv hadde valgt å følge,
døde på en så vanærende og unaturlig måte. Så de ignorerte
Shaad også og lot som om han ikke var der og det gjorde ham
rasende til margen men hva kunne han gjøre?

Svaret kom brått og uventet og det var et temmelig rystende
ett. De hadde vakter ute nå og mange var livredde på grunn av
de merkelige gruppene med mennesker som bare angrep uten
tanke for egen sikkerhet eller liv. Offiserene var temmelig
nervøse, speiderne de sendte ut fortalte om mengder av døde
og det verste var at det virket for at mange av dem hadde
kommet tilbake til live på et eller annet vis. Det ble diskutert
temmelig skarpt om hvorvidt de skulle søke seg nordvest mot
bukta igjen eller mot Arzam havet men ingen visste sikkert
hvor ille det var i den retningen og sørover var Hanek. Fjellene
i øst fristet ingen heller på grunn av alle ryktene om farer der
og så sto de der, fastklemt og i villråde, uten å vite hva de
skulle ta seg til. Hæren var en ansamling av råskinn og
mangelen på kamp og slakt begynte å tære på disiplinen,
mange av soldatene var leiesoldater eller forhenværende
kriminelle og slagsmål og drap begynte å bli dagligdags. Men
ingenting kunne ha forberedt dem på den volden som skulle
komme tidlig en disig morgen.

Sola hadde akkurat rukket å stige klar av åskammene da det
lød et alarmrop fra et av de tårnene Olric hadde fått reist. Noen
av offiseren kom løpende for å se hva det gjaldt og de fikk
hjertet i halsen da de så det som beveget seg mot leiren i skjul
av disen. Det var en folkemengde men ikke som andre
mengder de hadde sett. Ingen lagde selv den minste lyd og de
gikk fremover som en, i en underlig stakkato rytme som om en
dukke maker hadde festet tråder til alle sammen og styrte dem
som en. Alarmen gikk og soldatene grep til våpen, sjokkert og

skremt og mange prøvde å stikke av og forsvinne ned i
dalførene bak leiren. Shaad hadde blitt vekket av ropene og
han forsto med en gang at dette var alvor, det var ikke et lite
angrep de kunne avverge med kun noen få soldater. Det virket
for at flere landsbyer var samlet sammen og samtlige hadde det
merkelige tomme blikket og det underlige uttrykket i ansiktet
som om alle muskler på et eller annet vis ikke lenger fungerte.
Det var en enkel mur rundt leiren, lagd av stokker og planker
men det var ikke nok til å stanse noen.

Offiserene ropte ordre, flere rekker med kavaleri stilte opp
og red til angrep da den lave muren ganske enkelt ble brutt ned
men de kom ikke langt. Disse underlige skapningene rev tak i
menn og hester og trakk dem ned, skrik og desperate rop lød
gjennom leiren og offiserene beordret kavaleriet tilbake, de
kunne ikke risikere flere liv.

Angriperne var ikke raske, men de lot seg ikke stanse av
noe og nå oppdaget de at leiren ble angrepet fra flere retninger.
Bueskytterne begynte å skyte desperat mot fienden og en eller
annen oppdaget at det eneste som stanset disse umenneskene
var et skudd direkte i hodet. Og det måtte være så kraftig at
pila gikk gjennom skallen. Skytterne var dyktige og de fikk
hjelp nå av de av soldatene som var dyktige på å bruke
stridsøkser og hammere. Våpnene hadde forholdsvis lang
rekkevidde og det var en fordel men den massen med folk som
kom strømmende var overveldende. Shaad hadde fått tak i en
hest og kom seg i salen, soldatene trykket seg sammen nå, de
drepte for fote men det virket nesten for at det bare ble flere og
flere av disse groteske skikkelsene som hadde vært vanlige
mennesker. Det var bare en utvei fra leiren nå, en bratt
skråning ned mot en bekk og langs bekkeleiet som var
temmelig ulendt men Shaad så muligheten med en gang. Han
skrek til den nærmeste offiseren. «Vi må vekk, de vil drepe oss
alle sammen, de er for mange og de lar seg ikke stanse»

Han så selv at folk som var mer eller mindre hakket i småbiter kom seg opp på beina igjen og sjokket videre, klare til å drepe igjen. Offiseren så skremt på ham. «Hvordan?!»

Shaad pekte mot stien ned mot bekken. «Den veien, form en linje med de sterkeste foran, la alle andre løpe. Vi må søke tilflukt hos Hanek, vi er for få nå til å kunne kjempe mot dette!»

Offiserene nølte i noen sekunder, så innså de visdommen i det Shaad sa, de hadde mistet mange soldater siden Olric døde og hva kunne de egentlig gjøre der på slettene nå de ble jaktet på at disse uhyrlighetene? Selv Olric ville søkt hjelp og det ble ropt ordre. De beste av ridderne stilte opp som en vegg og kjempet desperat mens de andre flyktet. Det smale bekkeleiet var ikke ideelt i det hele tatt men det virket for at disse beistene var redd flytende vann for de hadde ikke trukket ned mot bekken og nå var det som et musehull som skal gi rom til en elefant. Mange ble tråkket ned av andre soldater eller hester som løp i panikk. Noen red andre ned og bekken rant rød av blod etter bare litt. Shaad klamret seg til hesten han hadde fått tak i, det var en av Olric sine, en fin grå stridshest og han tvang dyret frem, det var bratt og smalt og steinete men den var godt trent og holdt seg på beina uten problemer.

Skrik og brøl hørtes fra det som hadde vært en leir, ild spredte seg fra bål som ikke ble passet på og ridderne ble presset tilbake mens de falt, en etter en. Og noen av de døde reiste seg igjen og angrep sine forhenværende våpen brødre.

Shaad red hardt, de visste hvilken retning Haneks leir lå i og det var langt men i det minste det gjenværende kavaleriet burde greie å nå frem. Fienden fulgte etter som en forreven svart masse som svelget landet den la under seg, soldatene løp det de klarte, de var ikke lenger en hærstyrke for all disiplin var borte og kun skrekken rådde. Shaad stanset hesten og så bakover, leiren var ganske enkelt utradert, og han ante ikke hvor mange som var døde nå. Han anslo at minst en tredjedel av Olrics menn hadde blitt revet i småbiter av disse forferdelige parodiene på liv. Han var redd for at også resten av mennene skulle gå fløyten men brått stanset mengden som om den traff en usynlig mur og en merkelig stønnelyd kunne høres. Det var nesten som om de var skuffet og Shaad ante ikke hva det var som hadde stanset dem men takket alle guder for det. Han sporet hesten igjen og brølte til soldatene. «Følg meg, vi kan søke tilflukt hos Hanek, hans leir er bedre beskyttet. Her ute er vi sjanseløse»

Mennene samlet seg, rytterne prøvde å danne geledd som fungerte som beskyttelse på flankene og offiserene fikk en slags oversikt over situasjonen. Ingen hadde fått med seg noe annet enn våpen og klær og samtlige virket for å være i sjokk. Det de hadde sett hadde vært for forferdelig selv for herdede krigere som aldri hadde veket tilbake for noen form for brutalitet. Shaad prøvde å glemme det han hadde sett, en soldat som ble revet overende av en liten jente og fikk strupen bitt over av det spe vesenet. En offiser som kjempet desperat mot to av de merkelige vesenene men ble felt av en som krabbet langs bakken siden beina var kappet av. Blod og innvoller og gjørme, skrikende hester og skrikende menn, kaos og død overalt og Shaad svelget igjen og igjen for ikke å måtte spy men til slutt greide han ikke mer. Han lente seg ut over siden på den grå stridshesten og tømte magen helt. Han var langt fra den eneste.

Det var en sterkt desimert hærstyrke som sakte nærmet seg området der Hanek hadde slått seg til, mange var såret og ble liggende igjen siden ingen vågde å ta seg av dem i frykt for at de skulle dø og bli forvandlet til slike ufyselige drapsmaskiner. Shaad klamret seg til manen på stridshesten og følte seg miserabel men også triumferende. Han hadde en sterk følelse av at han ville greie dette, når Hanek så denne elendigheten ville han garantert overse hva disse mennene hadde vært med på. I slike tider måtte alle stå sammen eller dø og Shaad sørget for å se ekstra skremt og fortumlet ut mens de nærmet seg den store leiren. Olrics leir hadde vært velorganisert siden han var en utdannet mann som kunne dette, Haneks var ti ganger større og mye mer elegant og utstyr og telt var i strøken tilstand. Shaad kjente et kort stikk av nervøs iver, han var nesten sjalu også og håpet at dette kunne bli springbrettet som hevet ham enda et steg på stigen mot høyest mulig status. Kunne han kanskje se for seg en fremtid som prins? Så avgjort, og spilte han alle kort vel kunne han klare det også. Han var ikke fremmed for å bruke noen ufine metoder og om ikke Hanek var av det slaget som foretrakk en trang bakende så kunne Shaad innynde seg også på andre måter.

De ble møtt av Haneks speidere og øyeblikkelig omringet av ryttere. De fleste brydde seg ikke om det, de var bare glade for å ha kommet unna de forferdelige beistene og det ble ropt ordre og samtlige ble geleidet inn portene. Kavaleriet ble ført bort i en retning og fotsoldatene i en annen mens offiserene og Shaad ble ført mot et stort telt av flere riddere og offiserer. Shaad steg av den grå mens han passet på å se ung og sårbar ut, han hadde smurt litt blod på seg og han skalv synlig. De sto der litt i villrede, dette var Olrics beste offiserer og de fleste var av adelig bakgrunn og alle var erfarne og dyktige og de regnet med å bli behandlet med respekt. Teltet åpnet seg og flere vakter steg ut før Hanek selv kom frem flankert av en høy blond mann med et litt vilt utseende og en yngre kar som neppe var en kriger men stirret på dem med nysgjerrighet. Hanek var en imponerende mann, ikke direkte vakker men det var en verdig ro i minen og ansiktet var et slikt som maner til tillit. Offiserene knelte foran ham. «Herre, vi har flyktet fra et forferdelig angrep, dette er alt som er tilbake av hæren Olric samlet.»

Hanek så på dem med smale øyne. «Hvor mange er tilbake?»

En av offiserene så opp. «Noen tusen kavalerister, og tilsvarende fotsoldater, vi mistet mange der borte»

Hanek så på Shaad som sørget for å holde blikket i bakken. «Og dette er Olrics stesønn?»

Shaad prøvde å se ydmyk og skremt ut fortsatt. Han nikket. «Jeg er Shaad herre»

Hanek bikket på hodet, han hadde ikke sett gutten før men han likte ham ikke, det var et eller annet ved den pene ungdommen som gav ham en sur smak i munnen. «Så. Det var deg Olric ikke greide å ligge unna? Du er hans arving?»

Shaad prøvde å overse den harde tonen. «Det er riktig min herre»

Hanek så på gutten igjen, andre ville sett et uskyldig barn men han så noe annet, han så en potensiell fare. Han hadde danset maktens vals så mange ganger at han kjente igjen de som også trådde den og denne gutten var verken så uskyldig eller så skremt som han så ut som. Shaad skjulte noe og Hanek smilte stivt. «Jeg vil gi gutten et telt og en tjener, inntil videre er han vår gjest»

Han gestikulerte til sine offiserer. «Gå gjennom det disse mennene har sett og sverg dem inn, de som ikke vil sverge å tjene meg kan forlate stedet men får ingenting med seg annet enn det de kom med. Gjør det samme med soldatene, Kavaleristene kan også reise om de vil men hestene blir her, Olric drepte min slektning og hele hans hus, jeg krever erstatning»

Offiserene bukket og gikk for å gjøre det de hadde fått beskjed om å gjøre og Shaad svelget stivt, hva nå? En yngre kar i en uniform kom frem og bukket. «Unge herre, jeg er Rhabar, jeg er din tjener. Kom med meg så skal jeg ordne så du får mat og et bad»

Shaad smilte forsiktig, han kunne ikke fremstå som kravstor nå, men melke medfølelsen for alt den var verdt. «Takk, dere er så snille»

Han lot stemmen bli ganske lav og fulgte etter tjeneren uten å se på kongen en eneste gang. Han ante at han neppe ville ha sjansen til å komme nær Hanek, den mannen så liksom rett gjennom en. Men han hadde mektige offiserer og adelige under seg og det burde da la seg gjøre å innynde seg hos dem?

Den blonde mannen hadde virket vennlig nok og den spe karen med de fine klærne og det litt feminine utseendet kunne sikkert være en mann av betydning? Shaad aktet å finne de som kunne gi ham en sjanse og utnytte dem, koste hva det koste ville. Det angrepet hadde vært en gave fra gudene.

Han ble vist til et ganske stort og godt utstyrt telt som lå plassert sammen med teltene til de andre offiserene der, Shaad var ikke dum, han forsto at han ville bli overvåket hele tiden så nå kom det til å bli et vanskelig spill han måtte spille. Han ville bli nødt til å holde masken hele tiden men utfordringen var pirrende og han var sikker på at hans unge alder ville virke til hans fordel. Om han lå lavt i terrenget lenge nok burde han greie å gjøre dem så trygge at de senket vaktholdet og gav ham friere tøyler. Han var vant med å klare seg med lite og han regnet med at han ville bli godt behandlet, han fryktet ikke for sitt fysiske velbefinnende i det hele tatt.

Rhabar virket for å være en trivelig kar så Shaad gjorde sitt beste for å være vennlig og vise genuin takknemlighet over hjelpen. En tjener kom med et brett med mat og Shaad måtte vedgå at Hanek hadde mye bedre kokker enn Olric hadde hatt. Og mye bedre råvarer også, han hadde blitt litt lei av den samme stuingen nesten hver dag men dette var utmerket og han spiste med god appetitt. Han tvang seg til å ikke tenke på det han hadde sett, han følte seg sikker på at Hanek ville greie å stanse denne nye faren.

Etter et bedre måltid kom noen med et badekar lagd av tett duk og han fikk seg en vask og rene klær, Shaad følte seg som et nytt menneske etterpå. Egentlig kjente han seg litt skjelven fremdeles for det hadde vært et sjokk men han hadde på en måte greid å distansere seg fra det hele. Alt som egentlig telte var at han selv og at han hadde unnsluppet uskadet. Etter en liten time kom en eldre kar og fortalte at han skulle vise Shaad rundt, etterpå ville en av kongens rådgivere snakke med ham og høre hva Olric hadde ment om sekten og den faren den utgjorde.

Shaad var ivrig, han var fascinert av hvor stor leiren var og
alt han så og mannen som viste ham veien var en svært vennlig
person men streng og Shaad prøvde å virke storøyd og
imponert så mye som mulig. Hanek var en erfaren kriger og
det stemte for øvrig for de fleste av lederne der, Shaad forsto
det fort. Han begynte å tvile på at Olric ville ha vart så veldig
mye lenger, selv med mange menn og en heller brutal strategi
ville han ikke ha greid seg i lengden, Haneks hær var for
disiplinert og for veltrent, de ville ha valset over Olrics heller
tilfeldig sammenraskede styrke uten særlig vansker. Men etter
en rask omvisning ble han tatt med til et telt der den høye
blonde mannen satt sammen med et par andre karer og Shaad
følte seg litt nervøs. Denne mannen virket svært intens og det
var noe i blikket som fortalte Shaad at han hadde sett ting folk
helst ikke bør oppleve i det hele tatt. Mannen nikket vennlig.
«Jeg er Wulf, jeg er Hanek's øverstkommanderende. Nå, hva
mente din stefar om sekten?»

Shaad trakk pusten dypt. «Han mente at de var en plage til å
begynne med, men tok dem ikke på alvor. Om noe var de til
nytte for ham tror jeg, spredte mer kaos og slikt. Men etter at
de merkelige folkene begynte å dukke opp skiftet han mening,
Hva er de herre? Det var helt forferdelig, angrepet altså»

Wulf så smalt på gutten. «Vår feltskjær jobber med å finne
ut hva det er som forvandler dem slik, men har ikke funnet
årsaken ennå. Vi vet bare at sekten ligger bak»

Shaad trakk pusten. «Vi hadde en prest som fange, han
var…gal. Helt fanatisk! Men han var ikke slik, han var
menneskelig»

Wulf nikket og smilte fort. «Ja, men det er et eller annet
som forvandler de omvendte til sjelløse slaver, og enda større
farer truer fra fjellene så vi er nødt til å få kontroll over
problemet så fort som mulig.»

Shaad rynket pannen. «Enda større farer? Hva kan være
verre enn dette?»

Wulf skar en grimase. «Det vil du helst ikke vite gutt, men tro meg, det er en sammenheng et eller annet sted og om vi ikke klarer å finne den og stanse det som kommer er det lite håp»

Shaad følte et fort stikk av engstelse. «Hva mener du?»

Wulf trakk på skuldrene. «Fiender vi ikke har mulighet til å bekjempe, fiender av en annen verden. Vær glad du kom deg hit gutt, og at det kun var besatte mennesker som angrep leiren. Hadde det vært hva jeg så der i fjellene hadde ingen av dere kommet seg bort»

Shaad så langt på mannen, han forsto lite ennå.

Wulf forlot teltet og gikk til stedet der Hanek nå satt og mottok rapporter. De aller fleste av Olrics menn hadde villig sverget lojalitet til ham, de så det å slutte seg til hans hær som en trygghet og en redning og mange var dyktige folk som kunne mye og ville bli en berikelse for dem alle. Noen var selvsagt strupekuttere og kjeltringer men de fleste var gode nok. De offiserene som hadde greid seg var menn av ære som Olric hadde overtalt over på sin side og Hanek stolte på at de neppe snudde igjen. Soldatene var en annen ting men de var kun fotsoldater og kunne erstattes. Kavaleriet hadde vært en svært verdifull tilføyelse til styrken, og hestene var av god kvalitet. Hanek var meget fornøyd og Khelebil hadde allerede spurt ut mange om de erfaringene de hadde med fienden. Det var ganske tydelig at de hadde kommet nordvest fra i utgangspunktet og spredd seg som ild i tørt gras. Befolkningen hadde vært underkuet, vettskremt og fortvilet og bet fort på når noen lovte redning og frelse. De hadde øket styrken sin kraftig med dette men Khelebil var engstelig siden en så stor leir hadde blitt angrepet og hva hadde stanset angrepet? Fienden burde ha fulgt de overlevende mot dem og utnyttet muligheten men i følge de overlevende hadde noe stanset dem brått.

Hanek hadde kartet fremme, de måtte finne dette stedet og se om det var noe spesielt ved det, noe som hindret disse unaturlige skapningene i å avansere. Wulf hadde allerede

meldt seg frivillig til å ri ut dit og flere hadde ønsket å bli med
ham, de var modige om ikke annet. Hanek sukket og la kartene
til siden, han stirret skjevt på Wulf. «Så, hva tror du om
gutten? Tror du virkelig at Olric lot fristelsen gå over
opptuktelsen og tok gutten?»

Wulf bet tennene sammen. «Jeg har ikke snakket særlig
med ham, han virker for å være en litt naiv type, nesten litt for
barnslig om du fatter hva jeg mener?»

Hanek nikket. «Tilgjort så avgjort. Men han er ung, snaut
mer enn et barn, kan han ha drept Olric?»

Wulf skar en stygg grimase, tenkte på andre på den alderen
og han trakk på skuldrene. «Jeg tror ikke det men jeg er langt
fra sikker, han er et mysterium. Tilsynelatende en lavadelig
bastard men noe skurrer. Det gikk rykter om at han virkelig var
Olrics sønn, om de er sanne eller ei vet ingen.»

Hanek brummet. «Vi finner det neppe ut nå, men stol ikke
på guttungen Wulf, jeg er vant med makt sultne spyttslikkere
og han er den farligste varianten, den du ikke ser komme
snikende i det hele tatt. Jeg har sett det før, han kan være
farlig»

Wulf nikket stivt «Jeg vet det, det er noe i øynene hans, noe
kaldt. Det kan være at han lurte Olric men han lurer ikke meg»

Wulf måtte tenke på Vardhys der og da, den gutten hadde
vært uskyldig og lite herdet da han fant ham men nå var han en
leder og en mann med makt og ansvar. Det var merkelig
hvordan skjebnen endret mennesker, fra det ene til det andre.
Han visste at han selv hadde endret seg også, han kunne bare
håpe at hans venner greide det de var ute for å gjøre.

Khelebil var allerede i gang med å utforske oppskriftene
Wulf hadde kommet med og alle krysset fingrene og håpet at
de faktisk virket. Hanek pekte på kartet han hadde fremme.
«Her ble de stanset, så hva det enn var som var årsaken, det er
et sted her.»

Wulf nikket. «Jeg tar med gode menn herre konge, det kan
være noe vi kan bruke senere»

Hanek strøk seg over håret, han så sliten ut. «Vi kom for å redde stumpene av dette riket og om mulig få stanset krigen som herjet, nå møter vi helt nye fiender og de er attpå til ikke mennesker. Jeg undres på hvor verden er i ferd med å gå nå»

Wulf nikket stille. Han hadde sett hva som hadde skjedd i bukta og flere fortalte om store katastrofer langs kysten. Et eller annet var fullstendig galt men han nektet å tro at det var verdens ende. Hanek snudde seg. «Når du rir ut ta med gutten»

Wulf rynket pannen. «Hvorfor?»

Hanek smilte stivt. «Hold dine venner nær men dine fiender nærmere»

Han bare nikket til offiseren og gikk ut og Wulf rynket pannen igjen, å ta med Shaad var ikke hva han først hadde tenkt å gjøre men Hanek hadde rett. De måtte holde øye med gutten og slik kunne de gjøre det uten at det virket merkelig. Wulf bestemte at de skulle ri ut neste morgen, han forberedte det godt og Khelebil ville gjerne være med men kunne ikke, han trengte å bli der han var og fortsette med arbeidet. Han hadde kommet ganske mye lengre og trodde at han kunne ha den første salven klar snart. Shaad virket litt betenkt da en av tjenerne gav ham beskjed om at han skulle være med, han ble fortalt at han hadde sett hvor de besatte stanset og kunne vise dem alt i detalj men det var det da flere som hadde gjort. Shaad visste at de ikke stolte på ham, da fikk han bare prøve å ligge lavt og håpe at de før eller siden ble lei av å passe på ham.

Morgenen kom med tåke og lett regn og Wulf hutret lett i det han forlot teltet. Hestene var salet opp og klare og Shaad ventet også, noe snurt over at han måtte ut nå. Wulf snakket ikke til ham, han bare så til at gutten kom seg opp på hesten og at han var godt nok kledd. Det var temmelig surt nå og de mennene Wulf hadde plukket ut var blant de beste der. De var erfarne krigere og ingen av dem var unge. De var erfarne og kunnskapsrike menn og ingen av dem var lettskremt heller. Wulf undret seg over hvordan de arme menneskene ble besatt, noe måtte det være som tok fra dem all tanke og vilje. Kanskje dette kunne kaste lys over det?

På hesteryggen gikk det ganske fort mot stedet der angriperne hadde stanset og nå var det ingen spor av dem. Den nakne åsen var helt øde og kun halvveis utviskede fotspor fortalte om at det hadde vært folk der i utgangspunktet. Shaad gyste, det grå været var ikke spesielt trivelig og han var redd for at det brått skulle komme stormende en slik menneskemengde igjen. Han holdt tøylene hardt og var klar til å kaste hesten rundt ved det minste tegn til problemer.

De nådde stedet og det var tilsynelatende ingenting der, kun dødt gras og noen råtne hauger med snø. Wulf strøk seg over haken, øynene var smale og de andre holdt hestene sine, betraktet det litt ujevne terrenget nøye. «Det er ingenting her»

Wulf snudde seg mot ridderen som snakket og han var litt krass. «Det vet vi ikke, det kan være noe usynlig»

Shaad bet seg i underleppa. «Kan det være noe i bakken? Jeg mener, om det er magi med i bildet er det jo gjerne noe gammelt og gamle ting havner gjerne dypt i bakken»

Wulf så forbauset på gutten, han var faktisk inne på noe og det var intelligent tenkt. «Jeg tror du kan ha rett, det var en god ide Shaad»

Wulf steg av hesten og begynte å undersøke bakken nærmere. Det var en liten fordypning i terrenget, og den var litt trau formet. Det var tydelig at de merkelige angriperne hadde stanset tvert da de nådde den. Graset lå flatt og gjorde det enkelt å se formene i grunnen der og Wulf bikket på hodet. Det var noe der, linjer som ikke var naturlige. De var for rette og for forseggjort. «Det har vært en bygning her en gang»

En av ridderne nikket. «Antagelig svært lenge siden da, men den har vært stor. Se? Rene gildehallen»

Wulf fikk mennene til å finne hjørnene og stille seg ved dem og det var riktig, det var en stor bygning. Shaad bet seg i underleppa. «Et tempel kanskje?»

Wulf nikket. «Det kan forklare det ja, men det betyr at noe her er hellig eller magisk»

Han gikk rundt og prøvde å se for seg hvordan bygget kunne ha sett ut men det var ikke lett. Kun små forhøyninger i terrenget røpet hvor veggene hadde vært. «Jeg tror vi må grave»

Ridderne så på hverandre og ingen virket nevneverdig ivrige, Shaad gjorde trutmunn. «Har vi noe å grave med?»

Wulf nikket. «Feltspader, kom igjen alle sammen, vi starter her i dette hjørnet. Det bør ha vært i nærheten av døra, slike steder har ofte dørene vendt mot soloppgangen eller solnedgangen»

Mennene grep spadene, de var enkle og ikke særlig solide men heldigvis var bladene gode og bakken var forholdsvis løs. To menn holdt vakt mens de andre grov og til og med Shaad deltok med noe iver. Det var tydelig at tanken på å finne noe verdifullt var lokkende og Wulf lot ham grave der han selv ville. De fant stein, masse stein, Men det var stein som hadde vært bearbeidet og det ble ganske klart at dette hadde vært en svært forseggjort bygning en gang i tiden, en imponerende struktur og en av mennene fant rester av et mosaikk golv midt i den. Mønsteret var nesten helt borte men så ut til å ha vært geometrisk og Wulf ble fascinert. Landet var svært gammelt, dette kunne være noe som var gått aldeles i glemmeboka, en del av en eldgammel by kanskje, eller et hellig sted folk valfartet til.

Shaad grov ivrig langs en stor stein som tydeligvis hadde blitt formet for å danne et hjørne, han var blitt litt fengslet av dette mot sin vilje, om han gjorde noe viktig og nødvendig kunne det være at han fikk en høyere stjerne hos kongen. Han var i ferd med å skufle unna litt jord da han så noe som blinket. Han holdt pusten, det var rødlig på farge og han tok det opp, lot som om han bare pusset jord av ermet sitt. Det var en rubin, ikke særlig stor men veldig pen og aldeles perfekt skåret til i en dråpeform med mange fasetter. Den var kanskje like lang

som en lillefinger negl og fargen var utsøkt og ren og Shaad
følte seg litt merkelig da han tok i den. Han ble nesten fjollete,
den var sikkert verdt enormt mye og han hadde funnet den!
Han skjøv den fort inn i en liten lomme i buksene og fortsatte å
grave som om ingenting hadde skjedd. Den rubinen ville han
beholde, det kunne være at han trengte verdier senere, en vet
hva en har men aldri hva en får.

De grov i et par timer før noen fant noe viktig, det var en
brønn. Først fant de bare en sirkel med steiner som virket for å
ha blitt svidd men så grov de ned og kom til et lokk lagd av
metall og Wulf ble litt forbauset. Han kjente ikke igjen
metallet, selv stål ville ha forsvunnet etter mange år i bakken
men dette lokket så ut som om det var lagd dagen før. Og
karene nølte da han ba dem trekke det til side, hva kunne
skjule seg under det? Lokket var helt jevnt og glatt og formet
som et skjold og brått forsto Wulf at det var akkurat det lokket
egentlig var, et skjold. Det var ikke et merke på det og det var
merkelig lett og da de fikk det løs avslørte det en rund sjakt
som gikk nedover som et svart sluk mot jordens buk. Shaad
gyste, det var et eller annet ved den brønnen som skremte ham
og hestene vrinsket og hamret hovene i bakken. Det var vann
der, noen meter lengre ned og veggene var oppmurt og veldig
flotte fremdeles, som om de var lagd bare dager i forveien.
Men vannet lyste svakt, en merkelig rødaktig glød som ikke
virket naturlig og mennene rygget unna. Wulf hadde hørt om
alger som er selv lysende, sopp og små dyr også så han ble
ikke så veldig forbauset men også han rygget vekk. Brønnen
luktet av et eller annet, noe ubehagelig som fikk nesa til å svi
og renne og Wulf svelget stivt. «Hva det der enn er, det stanset
de besatte. Jeg undres på hvorfor?»

Mennene trakk på skuldrene. «Om det er en gammel
offerbrønn er det sikkert sterk magi i den, det kan være at det
var den kraften de følte og fryktet?»

Wulf følte seg tvilrådig. «Det kan være, men jeg tviler. De besatte har da ikke latt seg stanse før har de vel? Det er mer her, ante vi bare hva!»

Shaad kjente at rubinen tynget i lomma, som om den var mye større enn den egentlig var. Han svelget stivt, det var bare en rubin, ingenting farlig ved den. Brønnen var mye verre, han følte på seg at den skjulte noe, noe forferdelig. Han gyste fra fot til isse og trakk seg vekk fra den og Wulf sukket. «Vel, da vet vi i det minste at det er et gammelt tempel her. Det må være rester av magi som ennå fungerer her»

En av mennene festet en reim til drikke flaska si og senket den i brønnen. «Jeg tipper at Khelebil vil ønske å undersøke det vannet»

Wulf smilte fort. «Riktig tenkt, men ikke drikk av det. Noe sier meg at det ikke vil være særlig lurt»

Mannen bare humret og korket flaska før han satt den tilbake i beltet. Wulf grep brønnlokket. «Vi tar med dette, Khelebil vil sikkert se på det også. Jeg aner ikke hva slags metal dette er»

Shaad svelget fort. «Skal dere ikke dekke til brønnen igjen? Noen kan falle nedi!»

Wulf skar en grimase. «For fela, gutten har rett, igjen. Finn noen steiner og se om dere kan velte dem over»

Karene fant noen litt store steinheller og greide å hale dem over åpningen og satte noen andre steiner over og deretter steg de til hest igjen. Det hadde tatt mye av dagen og de måtte skynde seg tilbake til leiren. Wulf gledet seg til å vise skjoldet til Khelebil og Hanek og han ante ikke hva Khelebil kunne få ut av det lysende vannet. Shaad satt og varmet seg med hendene innenfor kappen, rubinen varmet også, den var merkelig varm og det føltes som om den ble tyngre hele tiden. Ikke mye, men merkbart. Han følte en slags uro men valgte å ignorere den. Steinen var hans, han hadde funnet den og om den var verdifull skulle han vite å utnytte det. Han smilte for seg selv, de ville ikke få vite om den, det var noe han lovte seg selv.

Da de nådde tilbake til leiren ventet Hanek der og Wulf fortalte om funnene, Khelebil ble over seg av undring og Hanek virket betenkt. «Det forteller om gammel magi min venn, og gammel magi er som gammel mat. En vet ikke hva resultatet av å røre det blir, bare at det blir ufyselig.»

Wulf nikket. «Det var noe der, noe…jeg kan ikke beskrive det. Men det stanset de besatte, så nyttig var det»

Hanek nikket men det var noe mørkt i blikket. «Min fiendes fiende er min venn, vel, det stemmer ikke alltid. Khelebil, vær forsiktig med det vannet. Og det skjoldet ligner ikke noe jeg har sett før»

Wulf nikket og hamret handa mot metallet. Det var så underlig lett men allikevel sterkt. Han skulle likt å se våpen lagd av dette, det ville vært litt av et syn. Han hadde en mistanke om at sverd smidd av dette ville være noe kun de aller modigeste kunne bære.

Khelebil skyndte seg til det provisoriske laboratoriet, han hadde vannet i en beholder og stirret på det, det var rødlig og han prøvde å tenke logisk. Kunne det være rust? Nei, rust var partikler, det virket for å være rent, var det partikler i det var de så små at ingen kunne se dem. Kunne dette være årsaken til at de besatte menneskene stanset? Hvordan fant en ut av det? Khelebil svelget hardt, det var egentlig bare en måte å finne ut av det på, å prøve! Og hva var egentlig den ruinen? Hva hadde vært der før? Hvordan i alle guders navn fant en ut hva som hadde vært der for mange tusen år siden? Khelebil visste at det tok århundrer å lage et så tykt lag med jord som det som dekket det templet. Fantes det ennå folk som visste noe om det? Gamle sagn og legender som kunne fortelle dem litt om sannheten?

Han gikk ut av teltet, strakte seg og så at Hibu kom løpende, gutten hadde antagelig vært å trent litt og han smilte og virket fornøyd. «Fant dere noe?»

Khelebil nikket. «Ja, vi fant noe, kan du gjøre meg en tjeneste?»

Gutten nikket og så ivrig ut og Khelebil smilte litt stivt. «Gå rundt og finn de soldatene og folkene her som vet noe om slettene, hør med dem om de har hørt sagn om gamle templer og lignende her ute»

Hibu nikket og skjøt av gårde og Khelebil trakk pusten dypt. Nå fikk de bare håpe at noen visste noe, ellers måtte en eller annen reise tilbake til Sølverhøy. Og han aktet ikke å fange en av de besatte selv, nei, det fikk Hanek's beste menn ta seg av.

Shaad hadde vendt tilbake til teltet sitt, han føltes seg underlig sliten og la seg ned på senga litt for å hvile. Det han hadde sett forvirret ham, han var ingen lærd person og hans mangel på erfaring var av og til et hinder for ham. Han likte det så avgjort ikke men det var ikke noe han kunne gjøre med det. Han fisket ut rubinen og beundret den i lyset fra lampene, den var så utrolig klar. Han undret seg på hva verdien av den kunne være, den var sikkert verdt mye for han hadde sett hvor mye gull mange ga for juveler og denne var utrolig vakker. Han ble ved å stirre på den, lot fingrene gli over den glatte overflaten. Den var forbausende tung og han la den ned igjen, han ville gjemme den i en lomme i tunikaen. Han ville ikke la noen andre stikke av med den, om han trengte å komme seg vekk i en fart var verdier noe som kunne hjelpe ham og han prøvde å lage seg en plan for hvordan han skulle gå videre nå. Han hadde mistet den makten han hadde hatt, og det var forbasket men hvordan kunne han omgå det? Hanek var for mistenksom, det hadde han fort merket. Så å innsmigre seg hos kongen var umulig, Wulf? Den karen skremte ham av en eller annen grunn, det var noe vilt ved den mannen og samtidig var han neppe av det slaget som tillot seg selv å bli distrahert, uansett årsak. Det var andre offiserer der men de hadde ikke så stor innflytelse, han ønsket ikke å ta til takke med det nest beste. Han hadde drept Olric og hevnet sin mor men han ønsket mer, så mye mer. På en måte lignet han Olric mer enn han trodde, hans far hadde startet krigen for å hevne drapet på sin datter, selv ønsket han å hevne seg ved å ødelegge all adel. Og han aktet å klare det!

Men legen, Khelebil, han kunne innynde seg der? Nå var ikke Khelebil direkte mektig og neppe en person med stor innflytelse men han hadde forstått at mannen var intelligent og vis og han kunne mye. Shaad burde klare å utnytte det. Spørsmålet var hvordan han skulle få et grep på ham? De sa at Khelebil hadde en guttunge som fulgte ham, en slags lærling? Kunne Shaad bruke guttungen som springbrett?

Han lot fingrene leke med rubinen mens han spant planer. Jo, det kunne la seg gjøre, å ta guttungens plass burde være enkelt nok, men da måtte han først sørge for at ingen mistanke kunne falle tilbake på ham selv. Og han måtte holde seg selv trygg, ikke noe av det var verdt å gjøre om de alle endte opp som ofre for disse besatte eller hva de nå var. Nei, gutten var inngangsbilletten hans, så fikk han ta det et steg av gangen. Han burde klare å sjarmere en guttunge, tross alt, han så yngre ut enn han var, det burde gå greit.

Vardhys

Alfons hadde aldri trodd at han noen gang skulle se så
mange bøker, i hele sitt liv hadde han lest to bøker, to! En om
stell av føllhopper og en annen kort liten en som inneholdt
heller tvilsomme historier av en temmelig vovet natur. Nå satt
han der i biblioteket og prøvde desperat å finne noe som kunne
fortelle dem mer om dette hellige stedet, hvor det nå var, om
det i det hele tatt eksisterte. Han hadde sittet der i to dager nå,
mens byen prøvde å raske sammen et slags forsvar. Hala hadde
vært der et par ganger for å prøve å hjelpe ham og Vardhys
selv hadde også prøvd å stave seg gjennom de mange nærmest
uleselige tekstene. Alfons støttet hodet i hendene og stønnet,
hodet hans verket og øynene svømte for lyset der nede var
elendig og han var ikke vant med dette i det hele tatt. Han
hadde aldri vært noen boklærd og egentlig burde noen andre ha
gjort dette men samtidig var det merkelig spennende å kanskje
bli den som løste gåten.

Den gamle mannen som hadde ansvaret for biblioteket var
hjelpsom nok men han virket ikke for å forstå mye, han var så
tunghørt at selv høye skrik ikke ble oppfattet. Antagelig leste
han på munnen. Alfons hadde snart brukt opp den
tålmodigheten han tross alt hadde, han lengtet ut i frisk luft
igjen og han visste at det bare var et tidsspørsmål før fienden
viste seg igjen. Iarda hadde kommet med et forslag, det var
folk der som hadde bodd i byen hele sitt liv, om det ikke var
noe i biblioteket som kunne gi dem lede tråder så kunne det
være at noen der visste noe? Hun gikk derfor rundt og forhørte
seg og Alfons håpet bare at hun greide å oppspore noe.
Vardhys hadde vært merkelig etter kampen, han virket for å

trekke seg inn i seg selv og Alfons var litt betenkt. Når alt kom
til alt var Vardhys snaut mer enn en gutt, han var ikke
forberedt på dette men hvem kunne ærlig talt si at de var
forberedt på troll og sjelløse? På det som nå skjedde? Ingen!
Og det var den ramme sannhet om det.

Han gjøv løs på enda en bok, denne omhandlet hendelser
under en eller annen småkonge for mange hundre år siden og
han gjespet langt. Han hadde ingen interesse av å lese om hvor
mange sauer kong hva-var-hans-navn-igjen hadde eller hvor
mange koner han hadde skaffet seg. Han var i ferd med å
duppe av da han hørte ivrige føtter som kom løpende ned
trappene. Det var Iarda og hun smilte fra et øre til et annen.
«Alfons, jeg har funnet noe!»

Alfons rykket til og blinket med øynene, han var lettere
forvirret slik folk blir når de nesten blir vekket og han rettet
seg opp. Han forbannet igjen det fakta at det nesten ikke var
folk der som kunne lese, han hadde blitt nødt til å gjøre det
selv. «Hva er det?»

Iarda satte seg ned, hun rakte ham et krus med øl og han
tømte det med velbehag. «En person som kanskje kan forklare
hvor den steinsirkelen er, kom igjen, jeg kan ta deg dit»

Alfons kom seg på beina og han gned seg mellom øynene,
det var forbasket hvor trøtt han var nå. «Er det langt?»

Iarda ristet på hodet. «Nei, det er i fattig kvarteret.»

Alfons brummet og fulgte henne opp kjellertrappa. Herren i
byen hadde overfylt den delen av byen totalt og det bodde folk
så å si oppå hverandre. Noen snakket om å flykte videre siden
de ikke hadde sett flere troll på mange dager men den generelle
holdningen var at det ikke var spesielt lurt. Vardhys hadde
strammet opp den mannen ganske kraftig men fremdeles virket
det for at han foretrakk å stikke kjepper i hjulene for dem.
Iarda trakk ham nesten med seg, hun var svært søt når hun var
så ivrig. «Det er en gammel dame, hun har bodd her hele livet
og faren hennes var en lærd mann, han samlet historier og hun
tror hun husker litt om den sirkelen»

Alfons sukket. «Bra, vi trenger all info vi kan få»

Iarda svingte til siden og de småløp mot fattigkvarteret. Husene der var elendige og falleferdige og de fleste sto oppreist av gammel vane og lite annet. Det var skitt og møkk overalt og ikke minst folk, Alfons hadde sjelden sett så mange mennesker presset sammen på et så lite område noen gang. Og det var synlig også, skitten var dyp mange steder og lukta var uutholdelig. Iarda løp til de kom til noen rønner like ved muren, antagelig hadde disse husene vært forholdsvis bra en gang i tiden men det var lenge siden nå. Nå var det nesten ikke mulig å se hva som var opprinnelig og hva som hadde blitt tilfeldig hamret på for å reparere skader. Iarda skjøv til side det som var dette husets unnskyldning for en dør og de kom inn i et rom som var så fylt med folk Alfons nærmest rygget tilbake, han likte ikke forsamlinger og dette falleferdige huset var ferdig til å ramle ned når som helst. De fleste der inne var barn, dårlig kledd og magre og de stirret skremt på ham mens Iarda geleidet ham gjennom rommet og mot det som måtte ha vært et slags kjøkken. Der inne var det ikke så mange, kun noen eldre barn satt ved en slags benk og virket for å sy sammen skitten sekkestrie mens en gammel kvinne satt ved ildstedet. Alfons så at hun var blind, det var temmelig tydelig. Begge øynene var innsunkne og matte og hun holdt hodet på en spesiell måte også.

Alfons hadde aldri sett et eldre menneske, hun måtte være mye over hundre og huden var slapp og hang fra beina, hun var pakket godt inn i en gammel kappe og Iarda satte seg ned foran henne på en krakk. «Gamle mor Naja, det er Iarda? Jeg var her før?»

Naja nikket og hun snudde hodet mot Alfons som om hun kunne se ham. «Ja, jeg husker deg.»

Stemmen var tynn og bar dårlig, Alfons måtte anstrenge seg for å høre noe som helst. « Du spurte om…sirkel?»

Iarda nikket og lente seg litt fremover. «Ja, en sirkel av mørke? Eller en ring? Et eller annet som minner om det i hvert fall, vi tror monstrene kommer derfra»

Naja bikket på hodet. «Ah, sagnet om sirkelen, ja, jeg husker det. Far samlet det fra det gamle folket, de som reiste rundt. Det er en steinsirkel ser dere, av stående steiner. De sier at mørket selv er fanget i den sirkelen»

Alfons vætet leppene. «Det er et gammelt sagn?»

Naja kaklet lett. «Åh ja, og du har en vakker stemme unge mann, jeg vil tro at du er vakker? Det er så lenge siden jeg la øye på noe skjønt.»

Alfons rødmet og Iarda fniste lavt. Naja trakk pusten dypt. «Dette sagnet skrev min far opp da jeg var bare barnet og det var meget gammelt allerede da, fra før landene ble delt opp i kongedømmer. De gamle visste at det finnes steder der veven mellom vår verden og de andre er svak, der de med makt kan bryte gjennom. Sirkelen i fjellene er et slikt sted men det finnes andre, det finnes mange. Og gjennom dem kan mørket strekke seg inn i skapelsen og starte enden på alt»

Alfons trakk pusten dypt. «Kan vi gjøre noe? Jeg mener med trollene og alt det andre? Kan den sirkelen ha noe med det å gjøre?»

Den gamle kvinnen smilte litt skjevt, hun hadde snaut tenner igjen i kjeften og Alfons merket at hun stinket ille. Ingen der kunne bruke vann til vask, alt gikk til drikke. «Sirklene er forbundet barn, de henger sammen. Den som lukker en lukker alle i området, noen styrer mange og andre styrer kun få.»

Alfons prøvde å legge seg det på minnet. «Så, hva sier sagnet egentlig?»

Naja lenge seg litt tilbake i stolen, barna der hadde sluttet å jobbe og lyttet også. «At dragemestrene brukte stor magi for å stenge sirklene og at de kan stenges igjen fra denne siden. Mørkets egen hær var på vei men ble stanset og dens herrer vil alltid søke å vende tilbake»

Alfons svelget stivt. «Høres ut som det som skjer nå»

Naja kaklet igjen. «Åh nei gutt, dette er bare begynnelsen, bare vent. Kampen kan ikke vinnes her barn, sagnet sier det ganske så ettertrykkelig. Kun i deres egen verden kan de mørkeste bekjempes fullstendig og så ettertrykkelig at de aldri mer vender tilbake»

Iarda skar en grimase. «Men det må være noe vi kan gjøre? For å redde folket her?»

Naja tenkte tydeligvis så det knakte. «Dere kan kanskje stenge porten en stund, eller hindre dem i å ankomme for en stund men det vil kreve mye. Jeg husker ikke mer av det som var skrevet ned, beklager det»

Alfons bannet for seg selv. «Hvor er den sirkelen?»

Naja smilte sakte. «På en øy mellom to fossefall, under en bro og over en avgrunn»

Iarda rullet med øynene. «Og det sier oss så mye!»

Naja ristet på en finger. «Nåda jente, ikke så sarkastisk, det kler ikke de unge. Men jeg vet hvor det er, en må reise til den landsbyen som ligger ved enden av den sjøen de kaller Fahlas sjø og følge elva opp fra sjøen. Da kommer en dit men det er en lang tur»

Alfons hadde sett kart i biblioteket. «Åh guder, det er et forferdelig terreng? Og svært langt også, er du sikker?»

Naja nikket bestemt. «Ja, jeg er sikker, Og ikke vent, reis dit, gjør hva dere kan for å stanse dette. Ingen ofre er for store, det dere har sett er fortropper, skapt for å skyve til side all motstand»

Alfons hadde lært nok om strategi til å vite hva det betydde. «Åh guder»

Naja lente seg fremover. «Forlat denne byen barn, mange vil dø her men det er ubetydelig i forhold til hva som kan skje senere om dere ikke gjør noe!»

Iarda så hjelpeløst på Alfons. «Vi må si ifra til Vardhys, avgjørelsen er hans»

Alfons nikket og la noen mynter på bordet. «Her, som takk for hjelpen du gamle»

Naja smilte tannløst igjen. «Det var så lite. Reis! Finn sirkelen, dere vil finne svaret der, jeg føler det!»

Alfons gikk ut temmelig fort, atmosfæren der inne ar kvelende og nå følte han seg fanget på et eller annet vis. Kunne hun ha rett? Kunne de gamle sagnene virkelig fortelle om noe som kom til å skje? En eller annen hadde en gang sagt at historien gjentar seg, var dette et slikt eksempel? Iarda la på sprang nedover gatene så gjørma skvatt fra skoene og han sprang etter, han visste at Vardhys var ved porten og de satte kursen dit i et forsøk på å finne ham fortest mulig.

Vardhys var ganske riktig ved porten, de hadde brukt Ublan til å trekke frem noen svære steiner som nå skulle danne fundament for en ny port og den svære skapningen satt på baken ved siden av porten og peste som en hund med tunga ut av munnen. Det så temmelig absurd ut og folk gikk i en vid bane rundt ham. Ildøye var også der, den gnog liksom ettertenksomt på et digert bein den hadde funnet og Vardhys så dem og snudde seg. Han og Caerlam og Hala sto og prøvde å bli enige om hvordan porten burde plasseres for å bli sterkest mulig og flere av mennene var ivrig i gang med å planere bakken så de kunne få et bedre overblikk over hvordan ting burde gjøres. «Hva skyldes hastverket, brenner det? Er det troll i kjelleren?»

Alfons ristet på hodet. «Nei, Iarda fant noe, eller rettere sagt noen som vet om det hellige stedet i fjellene. Vi vet hvor det er nå, og det er faderlig langt dit, og farlig også.»

Vardhys rynket pannen. «Vil det være bryet verdt å reise?»

Alfons prøvde å smile. «I følge den gamle kvinnen vi snakket med må vi reise»

Vardhys så veldig tvilende ut. «Byen trenger oss Alfons, vi kan ikke bare stikke av?»

Iarda svelget synlig. «Ja, men vi må gjøre oss harde, byen her betyr lite, om alle dør så er det noe som vil skje uansett, vi må stenge fienden ute!»

Vardhys så brått moden ut. «Greit, vi må reise men ikke riktig med en gang. Vi trenger forsyninger og jeg vil gi folk her en sjanse i det minste»

Alfons rullet nesten med øynene. «Hva slags sjanse da? Kommer det troll igjen betyr murene ingenting og vi vet det, alle vet det!»

Vardhys så ned. «Det er mennesker Alfons, de fleste er aldeles uskyldige! Jeg synes ikke vi bare kan overlate dem til deres egen skjebne slik»

Iarda stirret stivt på ham, øynene hennes var kalde. «Ja, men vi kan ikke berge alle Vardhys, vi er i krig nå, og en hærfører vet det. Ofre noen for å berge mange flere»

Vardhys svelget og var litt blek. «Men ved gudene, det er tusener her, det blir et blodbad! De har ikke noe forsvar»

Alfons sukket. «Det har du rett i, selv med nye murer. Trollene kan sinkes litt men ikke de sjelløse, og virkelig, alt som trengs nå er en epidemi, det vil ta livet av folk raskere enn selv de sjelløse. Jeg er forbauset over at ikke pesten har brutt ut allerede, så mange på et så lite område og ikke engang rent vann»

Vardhys så litt fortvilet ut. «Jeg er en ridder Alfons, jeg….jeg skal beskytte folk, ikke overlate dem til en grusom fiende?!»

Alfons nikket og klappet ham på skulderen. «Ja, men som sagt, en må knuse egg for å lage en omelett. Denne byen kan ikke forsvares Vardhys, du vet det like godt som jeg»

Vardhys hang med hodet og Caerlam nikket stille. «Han har rett vet du, om disse uvesenene skal stanses må det skje fra kilden, du kan bli her og drepe troll og sjelløse så lenge du makter men til slutt vil de bli for mange og for sterke. De må tas ved kilden»

Vardhys så skjevt på jegeren. «Jeg vil ikke kunne dra uten å føle skyld, hva med folket, med barna? De gamle?»

Caerlam bet tennene sammen. «Det er steder i fjellene som kan være trygge, gamle hellige steder. Vi kan lede dem dit, og om gudene er nådige greier dere å stanse flommen før den når oss»

Vardhys så bort på Alfons. «Hvor lang tid trenger vi på å nå den sjøen?»

Alfons følte seg brått usikker. «Jeg er ikke sikker, minst en uke, om vi rir hardt»

Vardhys nikket sakte og blikket hans ble hardt. «Vi rir i morgen, men vi tar ikke med oss mange, kun Hala og noen få til. Resten kan hjelpe Caerlam med å få befolkningen i trygghet»

Alfons klappet ham på skulderen. «En god avgjørelse, jeg skal se til at alt er klart»

Vardhys måtte trekke på smilebåndet. «Jeg tviler på at herren her vil være særlig fornøyd med den avgjørelsen men det bryr vi oss lite om nå. Folket er viktigst.»

Iarda nikket og Caerlam smilte litt trist. «Jeg vil snakke med lederne her, vi bør komme oss av gårde også, og se til at gruppene blir godt satt sammen. De sterke må hjelpe de svake og gamle»

Iarda bikket på hodet. «Om dere har muligheten til det, send ut grupper som kan være agn, det er ikke mange hester her men noen er det. Send ut tapre menn, gutter som ikke har vett til å være redde. De kan trekke oppmerksomheten mot seg, og til hest kan de slippe unna om de ikke er for tåpelige»

Vardhys nikket og la til. «Og tenn bål, overalt. Sett fyr på forlatte hus, få det til å se ut som om det er folk overalt»

Caerlam skar på det. «Jeg tviler på at de lar seg lure så lett?»

Vardhys trakk på det. «Aldri si aldri, om det bare funker en gang kan det være nok.»

Alfons gikk for å finne Hala og mannen var øyeblikkelig med på planen, de begynte å ordne utstyr og proviant og Alfons visste at de måtte ri hardt og raskt, uten mye stans. De tok kun med seg det aller mest nødvendige og Alfons ante at det kunne bli en svært hard tur for dem alle sammen.

Vardhys følte seg langt fra høy i hatten, han syntes alt skjedde så alt for fort, han rakk ikke henge med i det hele tatt men han kunne bare godta det. Han gikk til stallen og pusset over Skygge, prøvde å roe seg ned og tenke forover men det var svært vanskelig. Han savnet Wulf, det var så enkelt som det. Han savnet en vis eldre person han kunne spørre til råds. Hala og de andre mennene som hadde fulgt ham var eldre, men de var ikke opprinnelig krigere noen av dem, de visste ikke hva de skulle gjøre i en slik absurd situasjon. Han husket det han hadde følt under angrepet, den merkelige kraften, det brå sinnet, villskapen i ham som hadde fått slike utslag. Han ante ikke hvordan han skulle takle en slik total mangel på kontroll om det skjedde igjen, men kanskje var det ikke meningen at han skulle prøve å kontrollere det.

Han fortsatte til hesten glinset, så pakket han unna utstyret og gikk ut igjen. Ublan lå i sola ved siden av Ildøye og de to skapningene overså ham glatt, han var glad de var der. Begge hadde vært utrolig nyttige og han håpet at de fortsatt ville kjempe for dem.

Ting endret seg, slik var det bare, han bare ba om at ikke de to også endret seg. Mens han gikk mot huset der de hadde slått seg til kom et par av de andre karene som hadde blitt med dem, begge gjorde honnør. «Herre, vi blir med befolkningen her, men vi vil bare si ifra at dere bør reise før det blir lyst. Mange vil prøve å følge dere ellers, de tror at dere kan lede dem til sikkerhet.»

Vardhys sukket. «Det er vel heller det stikk motsatte vi er på vei mot er jeg redd. Men takk for advarselen, og ved alle guder, ikke la dere styre av disse folkene. Dere er trent, de er det ikke og blir de for ille så bare forlat dem»

De to nikket og gikk videre og Vardhys så seg rundt. Byen her var fortapt og han forsto desperasjonen som kunne få folk til å følge ham og de andre. Men ingen der ville kunne reise like raskt og han bestemte seg for at de fikk ri ut svært tidlig. Han fikk vasket seg og ordnet seg litt, Iarda kom inn og satte seg ned og Vardhys trakk pusten dypt. «Tror du at vi har noen sjanse?»

Iarda så skjevt på ham. «Selvsagt har vi en sjanse, vi kan ikke tro noe annet»

Han støttet hodet i hendene og lukket øynene. «Jeg føler meg som en forræder Iarda, folket har tro på oss etter at vi greide å berge byen sist»

Hun hadde fått et skarpt uttrykk i øynene. «Ja, men de ser ikke det store bildet Vardhys, de er enkle folk, ikke krigere. Om vi redder dem betyr det at mange flere vil dø, og fienden vil fortsette å komme og når de blir mange nok kan ikke vi stanse dem lenger. Det er i alles interesse at vi reiser»

Vardhys sukket langt. «Allikevel føles det feil»

Iarda rakte ut handa, la den over hans. «Selvsagt føles det feil, om det ikke gjorde det var vi kalde, og like onde som beistene vi jager. Spis nå, og legg deg. Vi må avgårde grytidlig»

Vardhys nikket og fant litt mat, han hadde ingen appetitt men måtte spise og Alfons kom også og la seg. Han fortalte at Hala og to andre menn var klare til å følge dem, resten ville distrahere befolkningen til de kom seg på god avstand. Alfons hadde fått tak i kart og andre ting de kunne trenge, de kunne bare håpe at de fant ut hvordan de skulle hindre fienden i å komme seg gjennom sirkelen, når de kom så langt.

Vardhys sov lite den natten og da Alfons ristet i ham hadde han en følelse av at han ikke hadde sovet i det hele tatt. Han ristet på seg og de gjorde seg klare i stillhet, å bare forlate byen var ikke enkelt for gudene alene visste hva som ventet der ute. Hestene var klare og Ildøye og Ublan ventet utenfor porten. Hala og to andre av mennene som hadde fulgt Vardhys sto også klare og Caerlam var der for å ønske dem lykke til. Jegeren så innbitt ut og han sto og gned hendene sammen i den sure vinden. Vardhys svelget hardt, han følte seg atter en gang som en usling som bare reiste slik men han visste at de andre hadde rett. Om de skulle berge dette landet kunne de ikke ta hensyn til denne ene byen. Caerlam la handa på skulderen hans. «Gå nå, og la ikke noe stanse dere. Ingen her er sterke nok til å stanse fienden om det verste skjer, kun dere kan hindre at det skjer!»

Vardhys nikket og nølte litt men Alfons sporet Flamme og dyret skjøt utover sletta. Iarda hadde fått en stor rød hoppe som virket både rask og lydig og hun la seg etter Flamme. Vardhys svor og lot Skygge gå over i galopp, han så seg ikke tilbake. Caerlam stirret etter dem til de forsvant i mørket, deretter snudde han og vandret tilbake til byen. Nå var det opp til ham og resten av mennene Vardhys brakte med seg, de måtte greie å få flest mulig i trygghet.

Lamara

Hun visste nå, visste hva hennes oppgave var, og hun visste også hvordan den oppgaven skulle utføres men ennå forsto hun ikke detaljene. Det hun en gang hadde sett var i det minste delvis sannheten, hun måtte til sjøen hun hadde nevnt og noe ventet der, noe som ville la dem få makt over det som var vekket fra dragetind. Hun så det også, drager som strømmet fra vulkanen. Spørsmålet var bare hvordan hun skulle komme seg til det gamle slottet visjonen hadde vist henne, det var langt til den sjøen og noe sa henne at det ikke var tid nok. Hun hadde hvilt og nå satt hun utenfor hytta og tenkte, alvene hadde skaffet et slags kart og hun prøvde å finne en mulig rute men det var vanskelig. De visste så alt for lite. Ighal kom vandrende og hun svelget stivt og prøvde å smile. Noe i henne savnet det som hadde vært, de hadde stolt på henne men nå var tilliten svekket. Faktisk hadde oppvåkningen hennes gjort det verre for nå var hun noe mer enn et menneske, noe av sympatien var forsvunnet. Ighal satte seg ned og hun så ned i bakken, lot fingrene leke med snorene på skjørtet sitt. «Så, du vil fremdeles til den sjøen?»

Lamara nikket sakte. «Ja, jeg må dit. Jeg har sett det. Og denne gangen er det ingen tvil Ighal,»

Krigeren nikket sakte. «Men vi har uker med reise foran oss i så fall, vi kan ikke engang være sikre på at vi kommer frem i live»

Lamara svelget hardt og hun kjente at noe i henne begynte å ligne på lett panikk. «Men vi har ikke noe valg. Det er noe jeg må gjøre Ighal, uten den boken vil mørket vinne!»

Han sukket. «Jeg tror deg jente, verden har gått av hengslene så jeg kan ikke noe annet. Men som sagt, det er svært langt dit, jeg vet ikke om vi rekker det»

Lamara var ved å svare da Moyesh og Tåkesang dukket opp, de to virket innbitt. «Det er en måte å nå dit på, jeg har sett det.»

Moyesh så nesten stridig ut, som om hun var i ferd med å gå til krig med noen. Lamara rynket pannen. «Virkelig?»

Den svarthårede jenta nikket stivt. «Alvene har vist meg det, det er farlig men jeg og Tåkesang er sterke nok, tror vi.»

Ighal sukket dypt. «Og dette innebærer bruk av magi ikke sant?»

Moyesh nikket nesten unnskyldende. «Ja, Dessverre. Det er ikke noen vei utenom det er jeg redd»

Ighal hadde en dratt mine på ansiktet. «Jeg var bare en slottsvakt ved gudene, og nå må jeg takle også dette? Men greit, la oss si at det er i orden, hva kan dere gjøre?»

Moyesh svelget stivt. «Transportere oss til den sjøen, eller i det minste til et sted ganske nær den. Men det må skje snart for tiden er kort og magien er sterkest når månen er i le»

Lamara hadde ikke sagt noe. «Så, hva kan jeg gjøre?»

Moyesh klemte øynene sammen. «Hva mener du?»

Lamara så ikke på dem. «Jeg har ikke lenger deres tillit har jeg vel? Men jeg må vite at alle gjør det de må, at vi ikke svikter oppdraget»

Moyesh sukket og så skjevt på henne. «Du har rett i at vi ikke stoler helt og fullt på deg lenger, kun et fåtall av oss greier å se forbi det du gjorde men vi kan forstå, og dette er så mye større enn oss alle sammen. Vi må bare glemme de feilene som er begått og konsentrere oss om det som må gjøres.»

Ighal trakk pusten. «For å være praktisk, hva trenger vi?»

Moyesh trakk på skuldrene. «Våpen, utstyr, proviant vil jeg tro. Vi trenger ikke hester, jeg føler på meg at vi ikke skal flytte oss langt»

Ighal nikket. «Det er fornuftig, men hva er det alvene har vist dere?»

Moyesh tok seg synlig sammen. «En måte å reise langt på, i løpet av veldig kort tid. Det krever mye krefter så jeg vet ikke hvor mye jeg og Tåkesang vil være i stand til å gjøre når vi kommer så langt, vi vil trenge tid for å komme til krefter igjen.»

Lamara sukket. «Det vil være opp til meg ikke sant? Alt sammen vil være opp til meg»

Moyesh så skjevt på henne. «Ja, alt dette har vært på grunn av deg, du ledet oss hit husker du, og vi har lyttet til deg.»

Lamara virket brått veldig ung, og liten. «Jeg har aldri ønsket å lede, ikke virkelig. Men…jeg tror ikke skjebnen gir meg mye valg.»

Ighal bikket på hodet. «Nei, den gir ingen av oss noen valg gjør den vel? Så, når må vi reise og hvem reiser?»

Moyesh så skarpt på ham. «Lamara, jeg og Tåkesang, du og Aidan. Daithe og Cherdis blir igjen her, de trengs andre steder»

Lamara nikket stille. «Det stemmer, de har andre oppgaver»

Ighal så ned, ansiktet var hardt. «Jeg tror ikke at Aidan vil være med frivillig. Han er fremdeles rasende Lamara, og jeg forstår ham godt»

Lamara krympet seg. «Jeg forstår, men…han må være med, jeg vet ikke hvorfor men hans skjebne ligger der ute et sted, ikke her»

Ighal så på Moyesh. «Er alvene enige i dette, at vi drar?»

Moyesh nikket. «Ja, og de vet at det er viktig. De tror på det Lamara sa. De vil hjelpe oss»

Ighal svelget og så ned på Lamara, hun var snaut mer enn et barn men brått hadde hun dem alle i sine hule hender. Han visste ikke om han likte det eller ikke. «Så vi må avgårde om et par korte dager ikke sant?»

Moyesh nikket og den forhenværende vakten rettet seg opp. «Greit, jeg skal sørge for at alt vi trenger er skaffet og klart men dere må snakke med Aidan, jeg tror ikke gutten vil høre på meg. Han tar gjerne på seg farlige oppgaver men han vil ikke ha noe med Lamara å gjøre er jeg redd»

Moyesh nikket, og Ighal bikket på hodet. «Og Bhikoor?»

Moyesh trakk pusten dypt. «Jeg vet ikke, han bestemmer selv, noe sier meg at han har en viktig oppgave men jeg aner ikke hvilken.»

Ighal reiste seg og han så innbitt ut. «Greit, jeg går og lager en liste over det vi trenger, og dere kan snakke med Aidan. Det kan ikke utsettes. Lamara, du holder deg her, dette er alt for deg og det du har sett. Om noe skjer deg er alt til ingen nytte»

Hun bare nikket og Moyesh og Tåkesang gikk videre for å finne Aidan, Moyesh så ikke ut som om hun gledet seg til oppgaven i det hele tatt. De gikk til den store plassen der alvene trente og de fant Aidan der, han fikk instrukser av en høy mørkhåret alv som tydeligvis ante hva han drev med for Aidan virket imponert. Det var tydelig at Aidan skulle lære hvordan en bruker to økser med smale halvmåne formede blad i nærkamp og han var tydelig ivrig. Han så de to og nikket til alven som smilte til Moyesh og bukket kort. Moyesh trakk pusten dypt. «Aidan, jeg må be deg om en tjeneste og du vil ikke like det»

Aidan svelget og øynene hans mørknet. «Ikke si det. Du vil ha meg med til å følge dere ikke sant?!»

Moyesh nikket og satte seg ned på benken der og Tåkesang begynte å utforske et stort bøketre som sto der. «Ja, jeg aner ikke hvorfor men du har en oppgave og jeg tror at bare Lamara kan si deg hva den er.»

Aidan sukket og stirret i bakken, blikket hans var fjernt. «Jeg husker det hun sa, den født for døden…Jeg vet at det er meg hun mente der, det er meg. Jeg var født for døden var jeg ikke? Jeg er en snikmorder ved gudene, det ville vært skjebnen min om ikke dere hadde kommet inn i bildet»

Moyesh la hodet på skakke og noe i de blå øynene var merkelig fjernt. «Ja, det ville vært din sti om ting var annerledes. Vi har alle øyeblikk i livet da valgene vi tar bestemmer stien videre. Du har allerede hatt flere, og det vil komme slike øyeblikk igjen. Du er den som kan forandre alt Aidan, husk det. Jeg føler deg. Du var ikke noe som gudene tenkte over da de vevde vår skjebne»

Aidan vred på seg. «Jeg liker ikke tanken på å reise med Lamara Moyesh, hun…jeg hater henne ikke men jeg greier ikke nærværet hennes lenger. Jeg er lei for det men alt jeg er stritter i mot»

Moyesh la handa på skulderen hans. «Jeg forstår det, men ikke la det sinnet ødelegge alt for oss. Hev deg over det, hun var tåpelig og forvirret og alt for ung til å forstå hva hun egentlig gjorde.»

Aidan skar en grimase. «Hun visste hva jeg har vært gjennom, hun burde skjønt hva det betydde for meg, at…»

Han gikk i stå og måtte stryke en lokk hår ut av ansiktet. «Hun hadde ingen rett!»

Moyesh nikket sakte. «Det stemmer, hun hadde ingen rett men det som er gjort er gjort og vi må bevege oss fremover. Jeg er redd du blir nyttig, vil du følge oss?»

Aidan rullet med øynene, trakk på skuldrene. «Ok, jeg blir med, men be meg ikke om å omgås Lamara»

Moyesh smilte bredt. «Godt, Jeg og Tåkesang skal gjøre oss klare. Det vi må gjøre er vanskelig så vi må lære dette godt før vi forsøker»

Hun kom seg opp og Tåkesang avsluttet samtalen med bøketreet, om det var hva det hadde vært. Aidan ble sittende der og stirre ned i sanda, han kjente en underlig angst. Han fryktet ikke for sitt eget liv, men han hadde en ekkel følelse av at Lamara kanskje hadde hatt rett da hun ville tilby hva det nå var som ventet dem et liv for denne boka eller hva det nå var. Og han tvilte på at det som ventet var vennligsinnet. Jo, hans evner kunne så avgjort komme godt med men han hadde bare vært en lærling, han hadde aldri virkelig testet det han hadde lært. Han lukket øynene. Ved alle guder for en inderlig suppe han hadde rotet seg inn i.

Lamara ble sittende, hun husket hva hun hadde sett og hun håpet inderlig at disse nye evnene hennes ikke skulle føre dem alle inn i fordervelsen. Da hun bare var et tempel orakel spilte det ingen rolle hva hun sa eller gjorde, hun fikk ikke vite hva utfallet var og for henne var det likegyldig hva hun sendte folk ut på av viderverdigheter. Nå derimot var det veldig annerledes og hun fryktet det som ventet henne. Om hun ikke hadde et barn å gi, hva skulle hun da gi? For det som ventet ved den ruinen ville kreve noe tilbake av dem, det var det eneste hun var sikker på. Hun gikk sakte tilbake til hytta, hun burde ikke la seg påvirke av tvil men det var vanskelig å overse den. Hun hadde en følelse av at verden spant rundt henne, som om hun var en aksling og den et hjul rundt henne med alle vennene hennes som eiker. Og bare hun visste hvor de skulle men hun visste det ikke virkelig, hun bare trodde at hun visste det og var det nok. Hun fikk bare godta at ting var temmelig uklare og håpe at evnen hennes ikke ledet dem på villspor.

Moyesh og Tåkesang forsvant for et par dager, de skulle styrke seg ved hjelp av alvenes shamaner og Ighal og Aidan brukte tida på å skaffe utstyr og forberede seg. Cherdis og Daithe visste at de ikke lenger skulle være med, de måtte bli igjen og tok farvel med dem alle sammen på en hjertelig måte. Ighal ble godt og grundig klemt av Daithe da tiden kom, hun skulle ønske at han kunne ha blitt med henne i stedet men Lamara trengte ham og Aidan, og Daithe hadde mange sterke krigere villige til å stille opp for henne nå. Hun visste at hennes utfordring ventet, dette var Lamaras store test. Cherdis var også litt usikker men hun gav dem alle handa og Lamara visste at hun ville se sannheten også snart, hun var så mye mer enn en danser. Moyesh og Tåkesang ledet dem mot en liten slette i skogen og Bhikoor hadde også bestemt seg for å være med, han sto der og ventet og så temmelig fryktinngytende ut for alvene hadde gitt ham noen nye klær og også en diger øks samt et kort krumsverd som antagelig kunne skjære seg gjennom nesten hva det skulle være. Han virket utålmodig og Aidan virket kort og godt temmelig sur men Lamara overså det. Hun ante ikke hva hun skulle si for å gjøre ting bedre så hun valgte å holde kjeft. Det var en feig måte å takle det på men hun visste ikke om noen annen fremgangsmåte der og da.

Ighal hadde sørget for at de alle var godt bevæpnet og alle bar sekker med proviant og annet de trengte. Han var praktisk som alltid og han hadde også sørget for at de hadde gode klær og at selv Tåkesang bar med seg nok utstyr til at hun kunne klare seg på egenhånd. De to Arphaene satt veloppdragent der og virket ikke engang nervøse. Moyesh så nervøs ut og hun hadde lovet Daithe og Fhirdhag at hun skulle passe godt på alle sammen. Hun tvilte på at de ville møtes igjen, det var bare et instinkt som fortalte henne at deres veier ville skilles og det til de grader også. Tåkesang var rolig, det virket ikke for at den merkelige skapningen egentlig innså alvoret men antagelig forsto hun godt, hun var bare ikke av det slaget som røpet følelser i noen grad.

Ighal bikket på hodet og strammet sverdbeltet sitt nesten demonstrativt. «Så, hva nå?»

Moyesh trakk pusten. «Stå tett sammen, jeg må virkelig konsentrere meg og Tåkesang, du sørger for at ingenting forstyrrer dette»

Lamara var blek og hun hadde noen linjer i ansiktet hun ikke hadde hatt før, Aidan var også temmelig blek nå og han holdt krampaktig i kanten på kappen han bar. Moyesh stilte seg i midten, hun lot kraften hun bar på forene henne med jorden de sto på og gjennom den trakk hun på andre og eldre krefter. Shamanene hadde vist henne hvordan dette skulle gjøres og hun bare håpet at hun var sterk nok. Hun begynte å hviske ord som skulle gjøre dette mulig og hun var glad hun ikke hadde sagt noe særlig til de andre om hvordan dette egentlig ble gjort. Hun la hodet bakover, øynene hennes svartnet og Tåkesang hvisket de samme ordene. Rundt dem var det som om verden

ble uklar, som om et dårlig vindu var reist opp rundt dem og
Moyesh var svimmel men hun fortsatte å mane. Ighal hadde
lukket øynene og Lamara sto og sjanglet, Aidan var nede på
knærne og hev etter pusten og Bhikoor burte plaget. Arphaene
hadde lagt seg ned og halene slo irritert, de likte seg så avgjort
ikke. Men utenfor den merkelige boblen de sto i virket det for
at verden suste forbi, som om de sto i en vogn trukket av
meget raske hester men det gikk fortere enn noen hest og de
sto i ro men allikevel flyttet alt på seg. Moyesh kjente seg
underlig svak, som om noe stjal beina i henne men hun
fortsatte, og Tåkesang gav henne ekstra krefter og hun gav seg
helt over til dette. Før ville hun aldri så mye som drømt om å
gjøre noe slikt, men nå visste hun at så mye mer sto på spill
enn hva hun hadde trodd. Og alvene hadde vist henne mye,
ting hun ikke hadde kunnet forstille seg. Brått stanset de, som
om de hadde truffet en vegg og de svaiet enda de egentlig ikke
hadde vært i bevegelse i det hele tatt. Aidan brakk seg
voldsomt og Lamara sank i kne, øynene hennes gikk nesten i
spinn.

Moyesh stønnet og det underlige sløret forsvant, de så
verden som den var igjen men nå var de på et helt annet sted.
De sto på en åpen kolle og rundt dem var det et nakent
landskap med lyngheier og mindre fjell. Foran dem så de en
sjø, den var ganske stor og på en odde sto en ruin som egentlig
nesten kunne betegnes som et brukbart bygg for det var lite
ved slottet som fortalte om tidens tann. Lamara hev etter
pusten og kom seg opp igjen og Ighal gned seg i hodet og
prøvde å se verdig ut, uten helt å lykkes. Samtlige var påvirket
av dette, og Bhikoor sto der og så rett og slett beruset ut.
Moyesh stønnet og Tåkesang hjalp henne, hun var snaut nok i
stand til å snakke. «Vi hviler her, ikke gå noe sted ennå»

Ighal nikket og Aidan tørket seg om munnen med litt gras,
han hadde sagt adjø til frokosten. Lamara løftet hodet, slottet
var stort og imponerende og en gang måtte det ha vært
praktfullt. Hun husket det hun hadde lært om ættene, de som

hadde bodd der hadde vært glade i pomp og prakt uten tvil.
Men kunne virkelig et slott stå så lenge? Uten å ramle
sammen? Hun snudde seg mot Moyesh som ristet på hodet.
«Det er magi, ikke virkelig, Det vi ser er hva som var, ikke det
som er. Bli her!»

Lamara blinket, hun følte en underlig tone i luften, som
fjern musikk og hun trodde på det Moyesh sa, det var virkelig
magi der, sterk magi. Aidan satt og så miserabel ut og Ighal
skar en grimase. «Vi blir her til alle er ok igjen»

Moyesh la seg bakover. «Jeg er svekket, jeg har det ikke i
meg til å gjøre det en gang til så dette må telle.»

Tåkesang pekte på himmelen over dem, Lamara gav fra seg
et pip. «Skyene, de beveger seg ikke!»

Ighal svelget synlig og han krympet seg. «Gudene forbanne,
du har rett.»

Lamara la seg ned, hun var svimmel og skremt og hun
trengte hvile. Aidan greide å kvekke frem noen ord. «Jeg tar
første vakt»

Ighal nikket, han var en fullvoksen mann men over sin beste
alder og Aidan var ung og sterk. Det var godt at han meldte
seg frivillig. Arphaene la seg nær Moyesh, de murret men
virket forholdsvis avslappet tross alt, hun strøk dem
fraværende over pelsen og det virket for å roe henne ned. Det
ble stille, selv Bhikoor holdt kjeft og Aidan satt på en stein og
stirret mot slottet der nede ved sjøen. Han likte det ikke, årene
han hadde tilbrakt iblant snikmorderne hadde lært ham hva
ondskap var og det han sanset der nede var ondskap i sin mest
rendyrkede form.

Han skalv svakt, det var kaldt der og heiene rundt dem var
bare for snø men svært ødslige, Det var ikke en lyd å høre
bortsett fra vinden og han så at sjøen var isdekket. Slottet
derimot var ikke dekket med snø i det hele tatt og det så
unaturlig ut. Han måtte trekke på smilebåndet, den som holdt
den illusjonen oppe var ikke særlig dyktig. Men hva visste de
egentlig? Bare at de som bygde slottet visstnok drev med magi

og at det var århundrer siden, og at den slekta var temmelig tvilsom for å si det forsiktig. Så hva var det egentlig som holdt til der, og hva med den boka Lamara sa de måtte ha? Binde de oppvåknede til lyset? De oppvåknede hva? Lamara hadde nevnt noe om drager men ingen hadde sett noe til noe slikt og Aidan hadde vanskelig for å tro det. Drager fantes ikke, så enkelt var det. Så gled blikket hans mot Bhikoor og han skar en grimase, ok, han kunne ta feil. Han kunne ta veldig feil så han fikk bare godta at Lamara sa at slik var det. Men han gyste nedover ryggen, det slottet gav ham en følelse han kun hadde hatt når han så inn i øynene på den øverste lederen, noe kaldt og unaturlig.

Lamara skalv og greide ikke sove, hun hadde gode tepper hun hadde rullet seg inn i men det hjalp ikke, kulden hun følte var sjelelig. Hun hadde sett at de skulle dit men hva nå? Hva skulle hun ta seg til nå? Det ante hun ikke for synene gikk ikke i detalj, hun var bare veldig glad for at de andre var med henne. Hun savnet Daithe og hennes mot og Cherdis merkelige humor men Ighal og de andre var da også gode nok og hun lukket øynene. Hun aktet ikke å nærme seg det stedet før hun var godt uthvilt.

Det ble noen urolige timer for dem alle sammen. Aidan fikk hvile litt og Moyesh sov som en stein, totalt utmattet av magien hun hadde brukt. Hun hadde tatt seg helt ut og hun forsto hvorfor alvene aldri brukte denne magien, den var livsfarlig om en ikke var sterk nok. Hun hadde bare greid det med et nødskrik og hun trakk så mye som hun kunne ut av bakken der for å fylle opp igjen reservene men det var lite hun fikk der. Dette landet var enten helt dødt eller så var det magien fra slottet som hindret henne i å få kontakt med jorda. Tåkesang satt og hang, hun så miserabel ut og det virket for at hun absolutt ikke likte seg der. Men de tok seg inn igjen. Aidan proklamerte at kvalmen hadde gitt seg og Bhikoor påsto at han var sulten så da var i hvert fall han i full vigør igjen. Lamara så at de andre så på henne, avventende. Det var en

spasertur på kanskje tjue minutter ned til slottet og hun trakk
pusten dypt. «Jeg håper at dere vet at dette blir farlig?»

Ighal bare smilte skjevt. «Det trenger du ikke fortelle meg
vesla, dette stedet er ikke naturlig i det hele tatt»

Moyesh skar tenner. «Magien her er sterk, men underlig.
Jeg kan ikke riktig beskrive det»

Tåkesang bare nikket, hun virket faktisk for å geipe og
hadde hun vært en hund ville ørene og halen ha hengt. Lamara
hev på seg sekken og hun bet seg i underleppa. «Ikke noe vil
skje så lenge vi bare sitter her så la oss gå. Hold våpnene
klare»

Aidan så ned i bakken. «Om våpen holder, jeg har mine
tvil»

De to arphaene begynte å knurre og klage og Moyesh
prøvde å få dem til å følge henne men de nektet, det virket for
at dyrene sanset at noe var galt og Moyesh kunne ikke overtale
dem. Hun gav dem i stedet beskjed om å vente på dem på
høyden og varsle om noe dukket opp.

De begynte å gå og mens de gikk så de at veien de fulgte
forvandlet seg fra en skarve sti til en ordentlig vei, og slottet så
stadig mindre forfallent ut. Lamara gyste helt ned til fotsålene.
«Jeg skulle ønske at vi hadde evnet å fjerne den illusjonen»

Ighal nikket. «Ja, ikke noe vi ser her er ekte så ikke la dere
lure.»

Aidan brukte øynene som han hadde lært, det gikk nærmest
automatisk nå, hvor var de sårbare stedene? Hvor kunne en
gjemme seg? Han prøvde å konsentrere seg om det for å unngå
å tenke for mye. Slottet var bygd som en festning men de så at
det nok neppe hadde vært tenkt som et forsvarsverk. Murene
var ikke tykke nok og portene for store samt at tak og bygg var
mer som på bygg i en by. Ighal rynket pannen og så skarpt på
det tilsynelatende velholdte bygget og han kjente at alle
instinkter han hadde protesterte mot å gå nærmere. Moyesh
hadde en grimase på fjeset som egentlig indikerte avsky og
Tåkesang gikk og småspyttet og hun var merkelig blek på

farge. Aidan hadde trukket en dolk og gikk med den i handa, han virket for å være klar til å angripe hva som helst.

Ighal stanset foran porten, den var på gløtt og det var helt stille der, det var ingen fotspor å se og han løftet hodet og snuste lenge. «Det er ikke liv her i det hele tatt»

Lamara svelget krampaktig. «Det lød ikke mye beroligende»

Aidan prøvde å se tapper ut. «Nei, men la oss tenke litt praktisk, det er en bok du er ute etter ikke sant?»

Lamara nikket stivt. «Ja, gammel og svært verdifull»

Aidan så ikke på henne engang. «Greit, vet vi i det hele tatt at den eksisterer lenger? At den ikke har råtnet bort? Men om den nå er her så vil jeg tro at den er i biblioteket?»

Lamara ristet på hodet. «Nei, den er i et slags lite hvelv, gjemt bort. Jeg har sett det»

Aidan myste. «Og hvordan vet du at det ikke er en felle? Dette stedet er farlig, det oser formelig av mørke. Kan du være sikker på at det du ser ikke er noe som er ment å lokke oss i fortapelsen?»

Lamara stivnet til. «Jeg…»

Moyesh bikket på hodet. «Visjonene hennes må følges, uansett. Vi har ikke noe valg, det kan hende at dette stedet er farlig men vi må bare ta sjansen»

Ighal dyttet på porten og den gled opp med svak knirking. Han bikket på hodet. «Ingen skal fortelle meg at dette slottet er så nytt som det ser ut til å være»

Tåkesang lagde en slags klagende lyd og lot handa gli over steinene i muren ved porten og i et kort øyeblikk så de en furet mosekledd overflate i stedet for den jevne glatte steinen de hadde sett hele tiden. Alle så storøyd på Tåkesang som bare mumlet og gikk inn, hun så innbitt ut. Ighal rynket pannen, borggården de kom inn i var ikke stor men tilhørte et slott som var luksuriøst og vakkert og forseggjort. Det de hadde sett da de kom var ganske annerledes. Lamara vætet leppene. «Vi blir voktet»

Ighal bare smilte kort til henne. «Si noe jeg ikke allerede vet vesla, selvsagt blir vi iakttatt. Jeg føler det!»

Aidan var skjelven av nervøsitet. «Men vi ser ingenting her, for pokker, hvor er de?»

Moyesh stirret i bakken og Bhikoor hadde lagt ørene bakover og de skarpe tennene syntes. «Ikke si det, vi trenger ikke se hvem eller hva det er som holder til her, ikke la det gå troll i ord»

De gikk sakte mot inngangen, alt virket nytt og allikevel var det helt tydelig at dette var en illusjon for de kjente ingen lukter og alt virket merkelig hult. Når de tråkket på brosteinene burde de hørt den hule lyden en vanligvis får når en bråker i en slik stor borggård men i stedet var lyden flat og ubetydelig, som om en gikk på en slette uten noe rundt seg. Ighal hadde trukket sverdet sitt og gikk foran og Bhikoor gikk med øksa og freste nesten. Det var helt tydelig at den ikke likte seg i det hele tatt. Lamara følte at sansene hennes gikk aldeles amok der, hun kjente at øyne stirret på henne fra ethvert hjørne og det var som om hun hørte noe hele tiden, men det var akkurat så vagt at hun ikke visste hva det var hun hørte. Hallen innenfor inngangen var stor, og vakker med et helt klart anstrøk av klasse. Ighal så seg rundt med tvil, han gren på nesa og så skjevt på de andre. Det var ikke noe der som var slitt, til og med gobelinene som hang fra veggene kunne vært nye og de viste gamle våpenskjold ingen hadde brukt på flere århundre. Moyesh gyste synlig. «Fortiden er nåtid her, all tid er ett»

Lamara nikket sakte. «Jeg tror du har rett.»

Det var et høysete der, og det var vakkert utskåret men tydelig ubrukt og på bordet sto det vakre skåler og krus som var verdt temmelig mye. Ingen av dem rørte noe, stedet føltes rett og slett uekte ut. Det var en trekk der som ikke rørte gobelinene og Aidan hadde trukket sverdet sitt også, han så ut som en sint hund som skal til å reise bust. Lamara gikk sakte fremover, stirret på våpenskjoldene og hun virket konsentrert.

«Det er gamle slekter, og de må ha vært svært viktige. Jeg tror at det er stolthet her, og mye gammel historie»

Moyesh nikket. «Ja, stolthet og ære, jeg føler en motvilje mot tidens gang»

Tåkesang virket for å være enig og Lamara så litt storøyd på dem. «Ensomhet, jeg sanser ensomhet, enorm sådan»

Ighal bare brummet. «Greit, men la det ikke lure dere. Det kan være en felle»

Lamara gikk videre, hun brukte øynene og så at tingene der virket helt ubrukt, noe som var totalt naturstridig siden mye av det burde vært brukt mye. Noe eller noen der prøvde desperat å holde fast ved fortiden, det var ganske tydelig. Men det var ikke noe levende menneske, det var svært tydelig, spørsmålet var hva det var. De gikk gjennom hallen og nå kom de inn i en ganske bred korridor med rom på begge sider, det minnet nesten mer om et tempel enn en borg og rommene var fylt med ting. Alt fra møbler til rustninger, til og med leker og kjøkkenutstyr var stablet opp overalt og Ighal så litt himmelfallen ut. «Om det er spøkelser her vil jeg si at de lider av samle mani, for maken til rot har jeg aldri sett»

Lamara rynket på pannen og kikket inn i ene rommet. Det var fylt med klær, alt fra sokker til livstykker og kjoler og hun snudde seg mot Moyesh. «Alt dette var på moten for århundre siden, se de kjolene? Ingen adelig kvinne vil la seg bli sett i noe slikt nå»

Aidan blunket litt forvirret. «Jeg syns de ser flotte ut?»

Lamara måtte smile. «Ja, du er mann! Du vet ikke noe om moter. De kjolene er skrekkelige, tro meg.»

Moyesh så seg rundt og ansiktet hennes var merkelig lukket. «Det er ikke en kraft her folkens, det er to!»

Aidan snudde seg mot henne, litt ustøtt. «Hva får deg til å si det?»

Moyesh pekte på den gedigne samlingen. «Jeg sanset mørke da vi først kom hit, og ondskap. Men dette? Det er ikke ondskap, det er sorg, og lengsel. Det er to ting som skjer her, tro meg»

Lamara nikket sakte, øynene hennes røpet undring. «Du har rett, jeg tror ikke vi er de eneste som har blitt lokket i fella»

Ighal skulle til å spørre hva hun baserte det på da de brått så noe bevege seg i enden av korridoren, samtlige grep etter våpen. For et kort øyeblikk så de en skikkelse der, en høyreist kvinne som stirret på dem med åpenbar stolthet, så ble hun borte i løse lufta. Lamara slapp pusten i et håst gisp. «Så dere det?»

Alle nikket og Moyesh samlet seg. «En borgfrue uten tvil, og så dere hvor majestetisk hun var? Jeg skal banne på at hun ønsker et eller annet»

Ighal brummet. «Og hva da?»

Moyesh smilte. «Jeg er kvinne, jeg forstår andre kvinner. Hun vil bli husket.»

Moyesh gikk et par steg frem. «Frue, fortell oss din historie og vi vil fortelle den videre, vis oss sannheten»

Svaret fikk dem til å rykke til, et eller annet gikk i golvet i et av rommene og de skyndte seg dit. Det de så var et bord som hadde veltet og på golvet lå en bok, den var pent innbundet og svært stor og Ighal nølte. «Er det lurt å røre den?»

Lamara nikket. «Ja, jeg tror ikke hun er en fiende, hvem hun enn er.»

Ighal løftet boka opp på bordet igjen og åpnet den sakte. Den var så god som ny og hver side dekket med en sterk håndskrift som var forbausende lett å lese. Lamara vætet leppene. «Kan dere lese? Jeg har aldri lært det!»

Ighal så fort på henne, den opplysningen var egentlig litt sjokkerende for de aller fleste som var av betydning lærte den kunsten tidlig. Men han antok at de som hadde arbeidet som orakler ble holdt uvitende kun for å unngå at de ble for smarte og gjorde opprør. Han strøk fingrene over boka, skriften var gammeldags og temmelig utdatert men han kunne forstå det. «Jeg kan lese det, men bare med vansker»

Moyesh vætet leppene. «Så hva står det der?»

Ighal sukket. «Vi har ikke tid til å lese alt som står her, det er flere hundre sider. Men jeg kan se at dette er en slags dagbok, hun har skrevet ned viktige hendelser.»

Aidan så seg rundt. «Må ha vært lenge siden, alt her virker svært gammelmodig»

Ighal så på den fremste siden og prøvde å forstå årstallene han så. «Det er svært lenge siden ja, jeg vil tro at det er kanskje sju hundre år siden denne boka ble skrevet?»

Moyesh svelget og hun lukket øynene. «Hun var en viktig person ikke sant?»

Ighal nikket sakte. «Det var hun, den siste borgfruen her. Og hun var svært ung da hun ankom stedet tror jeg, men godt forberedt på å styre alt her.»

Lamara var litt blek. «Noe skjedde ikke sant?»

Ighal stavet seg gjennom sidene. «Jeg vet ikke, alt ser normalt ut foreløpig, eller vent nå litt»

Han begynte å lese et notat litt mer grundig og han rynket pannen. «Mannen hun var gift med var av den gamle Macallif slekten, og som hun skriver her, svak av sinn og ånd»

Aidan prøvde å smile. «Han var nok innavlet som hele den slekten brukte å være»

Ighal stavet videre. «Han elsket alkymi, og samlet på gamle skrifter. Han mente å ha løst skapelsens gåte»

Moyesh gyste synlig. «Auda, de som påstår det er sjelden riktig vel bevart»

Ighal leste så fort han greide. «Åh ved alle guder, du har så inderlig rett. Det står her, svart på hvitt. Han gikk for langt og…»

Ighal prøvde å forstå de merkelige ordene. «Vekket noe glemt? Nei, trakk noe opp av jorden? Fikk tak i noe trukket ut av…sirkel? Jeg forstår ikke dette»

Lamara sukket. «Det betyr lite, det som betyr noe er at han samlet på skrifter, det betyr at den boka nok er her»

Ighal leste videre. «Hun prøvde virkelig å berge stumpene av alt som var her, men folk flyktet og hennes mann døde visst»

Moyesh bet seg i underleppa og Tåkesang så ut som om hun hadde smakt på noe motbydelig. «Så hva var det han vekket eller fikk tak i?»

Ighal bikket på hodet. «Det står det ikke noe om her, men hun må ha vært veldig tapper»

Han bladde fremover til de siste sidene, det virket for at notatene kom mer og mer sjeldent og håndskriften ble mer ustø, her og der nesten uleselig. «Hun var desperat og redd, og visste at enden var nær men det var ingen hjelp å få»

Han leste litt til. «På slutten var hun den eneste igjen her i live, uten håp og uten noen sjanse til å slippe unna. Arme kvinne»

Moyesh var blank i blikket. «Hva het hun?»

Ighal sukket. «Seltane av Mihray-Macallif. Hun var datter av en lavadelsmann»

Han lot fingrene gli over de siste nedtegnelsene. «Hun var døende og visste det, noe i magen. Hun skriver her at hun vil gå ned i krypten og legge seg der, ved siden av sin mann»

Lamara rynket pannen. «Hva skjedde med mannen hennes?»

Ighal trakk på skuldrene. «Antageligvis ble han syk? Hun skriver ikke noe om det her, men det kan hende at det står noe i boka, vi kan som sagt ikke lese alt.»

Aidan svelget stivt. «Hun ble igjen her alene, av ren plikt vil jeg tro. Så hva jaget de andre vekk?»

Lamara knep øynene sammen. «Det må ha vært alvorlig, folk vant med en alkymiker vil ikke la seg skremme av hva som helst.»

Ighal trakk pusten og la boka pent fra seg på bordet. «Hva vet vi om alkymi egentlig?»

Alle så på hverandre og skar grimaser. «Pent lite, annet enn at de er som besatt ved tanken på å forvandle ting.»

Aidan grov med støveltåa i støvet og Ighal nikket litt motvillig. «Ja, du har rett i det. Særlig bly til gull. Og de var også ivrig opptatt med å finne en måte å gjøre en udødelig på. Jeg har en følelse av at det var noe slikt borgherren her prøvde seg på.»

Lamara trakk pusten dypt. «Men den boka er her, det må den være. Skal vi prøve å bevege oss litt videre? Jeg tviler på at den er her i samlingen hennes.»

Ighal nikket. «Du har rett, jo før vi kommer oss videre jo bedre»

Han begynte å gå bortover gangen og de andre fulgte hakk i hæl. Det var fremdeles en merkelig mangel på romklang der og stedet luktet ganske enkelt feil. De forlot korridoren og kom ut i et rom der en trapp gikk oppover mens en annen gikk nedover, her så alt mye mer forfallent ut og Lamara hveste nesten. «Hun har ikke holdt dette stedet ved like»

Moyesh nikket og Bhikoor rynket på nesa og fnøs. «Hun liker ikke dette stedet. Men trappa leder nedover, skal vi prøve?»

Aidan samlet motet sitt. «Ja, vi prøver. Vi må finne den boka og jeg tviler på at den er noe annet sted enn i kjelleren»

Lamara nølte litt. «Det føles ikke bra?»

Ighal nikket. «Hva det enn er som ligger bak alt dette, kjelleren er nøkkelen tror jeg. Vi må bare prøve.»

Aidan løftet sverdet sitt langsomt og han kjente at hjertet hamret i brystet. Noe sa ham at det å gå ned i kjelleren kunne være fatalt. Lamara samlet seg og begynte å gå, hun var blek og ansiktet var merkelig dratt men hun nølte ikke selv om trappa var dekket med et tykt lag støv og stedet luktet død og fordervelse. Det var den første egentlige lukten de hadde kjent og den var skarp og gjennomtrengende. Ighal svelget stivt. «Jeg husker at noen engang sa at dette stedet hadde brent ned, men jeg ser ikke noen tegn på det»

Moyesh nikket. «Det har brent, men vi ser ikke det, for det skjedde etter at stedet ble forlatt. Jeg tror ikke at borgfruen vil huske det, så hun viser det ikke i illusjonene»

Trappa viste seg å være lang og jo lengre de kom ned jo mer forfallen ble den. Ighal hadde vært smart nok til å ta med noen fakler og han tente dem fort med flintstålet sitt, de nådde et svært rom som var fylt med alskens rot, det meste nesten råtnet bort og takhøyden var så liten at Ighal nesten skallet i det. Moyesh så seg rundt. «Dette var et laboratorium, jeg kan gjette på at dette var der borgherren drev med alkymi.»

Tåkesang nærmest freste av avsky og Bhikoor knurret med tennene blottet. «Det er ikke noe liv her, ikke noe vi kan bruke»

Moyesh skar stygge grimaser og hun så seg rundt med tydelig avsky. «Alt er borte, ingenting er ekte»

Lamara nikket. «Dette er ingen illusjon, dette er som stedet virkelig er. Men det føles merkelig hult ja»

Ighal så på restene som lå der, stanken var ganske intens og han prøvde å puste gjennom munnen, «Ved gudene, stedet må ha vært endevendt? Se der, det bordet er hakket i småbiter og jeg skal banne på at det er gjort med en øks»

Lamara nikket og brått så de den gjennomsiktige skikkelsen til borgfruen igjen, hun sto midt i rommet og bak henne var det som om de så et levende maleri, folk som kom stormende med fakler og økser og høygafler og knuste alt. Hun så nesten stolt ut før hun forsvant igjen.

Aidan så på kaoset av ødelagte ting og han trakk på skuldrene. «Det borgherren drev med var ikke særlig godt likt? Og jeg tror ikke hun likte det heller!»

Ighal nikket. «Jeg hørte jo om dette stedet en gang, og slekten her. De var viden kjent for å bedrive ganske horribel trolldom»

Lamara svelget stivt. «Borgfruen var et uskyldig offer, hun ble dratt inn i det mot sin vilje.»

Moyesh nikket. «Ja, men er hun den du så for deg, den som ønsket noe av deg?»

Lamara så ned. «Jeg vet ikke, jeg….jeg tror ikke det?»

Ighal gikk videre, han rotet i tingene med sverdspissen. «Det er knust glass her, og ødelagt metall også. Han må ha hatt et virkelig forseggjort laboratorium her»

Aidan nikket og sparket borti restene av et bord, det skled til side og avslørte et skjelett som fremdeles hadde rester av vev og klær på. Han rygget bakover og gav fra seg et fort hvin, det så temmelig grotesk ut. Ighal så fort på liket. «Det er noen år gammelt, men ikke så gammelt som resten her. Noen har virkelig kommet hit i de senere årene også»

Aidan dekket nesa med ermet sitt. «Åh guder, jeg håper at det var den eneste»

Tåkesang gav fra seg en merkelig syngende lyd og pekte mot en alkove som var nesten avdelt fra resten av rommet. Ighal gikk over med fakkelen sin løftet så godt han kunne og han bannet fort. «Han var ikke den eneste, det er flere døde her inne, minst fem stykker, noen er bare bein. Dette stedet er virkelig en felle»

Lamara gav fra seg et tynt pip. «Det er noe her, jeg sanser det. Noe veldig gammelt og veldig bestemt»

Aidan gikk bort mot restene av en peis, den var full av alskens skrap og det så ut som om deler av pipa hadde ramlet ned i den. «De som kom hit og døde må ha vært ute etter noe, jeg tror ikke at noen reiser helt hit for å beundre utsikten?»

Ighal nikket. «Ja, du har rett. Kun en ting er sterkt nok til å overvinne frykten for et slikt sted og det er grådighet. Jeg tror at borgherren må ha eid noe verdifullt eller skapt noe verdifullt»

Bhikoor buret og sparket til noe metall skrap på golvet og han avslørte at golvet en gang hadde vært dekket med en ganske fin mosaikk som tydeligvis var blitt brutt opp temmelig brutalt. «Hva kan det ha vært?»

Aidan så tankefull ut og han rotet i peisen, noen av tingene han så der virket nesten velkjente, som et blad fra en spade? Ighal trakk på skuldrene og nøs av lukten. «Kan ha vært hva som helst, tross alt, alkymikere har det med å lage ting og om det ryktes at han hadde skapt noe andre ønsker å slå kloa i kan det ha vært nok.»

Aidan trakk i et trestykke bare for å se hva det var og litt av haugen raste sammen med et knas, han fikk se litt av en eske blant restene og den så hel ut. Han fisket den frem, den var lagd av metall og temmelig anonym. «Se her, dette må ha vært inne i pipa?»

Lamara gav fra seg et gisp. «Åh guder, jeg…»

Moyesh nikket. «Jeg også, det er noe magisk Aidan, legg den fra deg!»

Han så ut som om han aller helst ville slippe esken rett ned men han la den fra seg på en stein og Tåkesang blottet tennene med et hves. Lamara krympet seg. «Det er mektig hva det enn er, og jeg tror ikke at vi bør åpne den esken i det hele tatt. Jeg tror den var hva disse døde menneskene var ute etter»

Ighal nikket. «Det forundrer meg ikke, men hva er det? Og den boka, hvor kan den være?»

Lamara svelget, hun hadde nesten glemt den. «Jeg aner ikke, alt her er så bort tæret av tiden, boka må ha råtnet bort om den lå her nede»

Moyesh snudde seg og gav fra seg et brått skrik, hun rygget bakover og de andre snudde seg og så også hva hun reagerte på. I mørket der nede så de øyne som glitret og noe som beveget seg temmelig målbevisst mot dem. Bhikoor burte og skrapte i golvet med føttene og Tåkesang var vill i blikket, Lamara forsto hvorfor. Det som stanset like utenfor rekkevidden av faklene deres var noe som rett og slett ikke burde finnes, det så ut som mennesker i fasong men var så avgjort ikke det. De røde øynene glødet i mørket og de hørte frese og knurre lyder. Moyesh lente seg mot Bhikoor. «De er ekte, de drepte de folkene som kom hit før. De er skapt av makten som hviler her»

Ighal svelget stivt. «Hva er de?»

Moyesh hadde lært mye som prestinne men dette ante hun ingenting om. «Gudene vet, demoner?»

Hva de enn var, skapningene virket for å frykte lyset og Ighal så seg rundt. «Kan vi komme oss til trappa igjen?»

Aidan ristet på hodet. «De blokkerer den veien, vi er så godt som omringet»

Lamara skrek, en av skikkelsene hadde kommet så nær at de kunne se detaljer og det så ut som om noen hadde prøvd å forme om en enorm rotte til menneskeform uten å helt klare det og la resultatet råtne halvveis. Aidan tok et par steg nærmere henne, nærmest bare på instinkt og han dultet borti steinen esken lå på. Esken falt ned på bakken og åpnet seg brått og en merkelig rødaktig glød fylte rommet, skapningene hveste og skrek og rygget litt tilbake. Aidan gjorde store øyne, det var en rubin, stor som et barnehode nesten og perfekt rund og den hadde en merkelig dyprød glans. Det virket for at synet plaget skapningene og nærmest i transe bøyde han seg ned og grep den. Ighal så det og kom med et advarende utrop men det var for sent, Aidan hadde løftet rubinen og det kom en skarp freselyd og intenst lys omringet ham i noen sekunder før han falt sammen på golvet.

Lamara skrek igjen og hev seg ned, grep tak i ham og ristet ham. Moyesh knelte også og kjente på halsen hans. «Han er død?»

Ighal var blek. «Den greia der er livsfarlig, hva den enn er!»

Lamara stirret på rubinen som ennå lå i Aidans hand. «Den mørkestes hjerte, den skal til blodets barn»

Ighal så at de groteske skapningene virket avventende, rubinen virket for å skremme dem. «Javel, men ingen rører den, er det forstått? Den dreper!»

Lamara gav fra seg et hvin. «Et liv for et liv, Åh Aidan, jeg forstår nå!»

Moyesh så villøyd på henne. «Forstår hva for fanken?»

Lamara la handa over hjertet hans. «Jeg er villig, la det skje, hjelp oss, la oss se sannheten. La skjebnen fullbyrdes!»

Hun ropte det ut høyt og et merkelig lys la seg over henne og Aidan og den livløse kroppen rykket til og hostet og Aidan satte seg opp så brått at han nesten skallet ned Lamara. Han slo øynene opp og de så at irisene hans brått hadde fått en totalt unaturlig blålilla tone. Han hev etter luft og Lamara smilte lettet før hun bikket fremover og ble liggende. Aidan gav fra seg et slags hest brøl og kom seg på beina, Ighal stirret på ham med store øyne og det gjorde Moyesh også, han hadde vitterlig vært død i flere minutter?

Han holdt rubinen høyt og begynte å rope et eller annet ingen av dem forsto, ordene var myndige og merkelig fremmede, et språk ingen lenger snakket og effekten var temmelig tydelig. De underlige rotteaktige skapningene begynte å falle fra hverandre, kroppene kollapset og stanken var brått uutholdelig. Moyesh grep Lamara og gav fra seg et kort skrik. «Hva har skjedd med henne?!»

Brått ble det lyst der, de så laboratoriet som det hadde vært og borgfruen kom til syne, hun var kledd i en vakker svart kjole og bar hodet høyt, det var et drag av trass i blikket hennes men også stolthet. Hun gikk forbi dem bort til peisen, trakk ut en stein fra siden av den og trakk frem en liten bok fra bak den. Hun gikk bort til dem og de så henne som et virkelig menneske nå. Hun smilte til dem men smilet var trist. «Her er boken, vokt den vel. Bring den forbannede steinen til den som skal ha den, la den fullbyrde sin skjebne.»

Ighal var blek som et laken. «Frue, hva skjer?»

Hun bikket på hodet. «Seersken har gjort sitt valg, hun bærer kraften som var fanget her nå, og kun i den skjulte dalen kan den slippes løs. Slottet har fått fred nå og jeg kan vandre videre.»

Moyesh skalv synlig. «Frue, den kraften var ond var den ikke?»

Kvinnen nikket sindig. «Ja men ikke av natur, min mann brakte den hit med sin lefling med magi, han gjorde ting han ikke forsto seg på. Men den vanærede ærede vil vokte den til hun kan bringe boken dit den skal være. Kampen hun vil måtte kjempe vil bli hard»

Ighal var fremdeles synlig rystet. «Aidan?!»

Kvinnen smilte kort. «Den som er født for døden? Han er ikke lenger et levende menneske, det er prisen for å røre den mørkestes hjerte. Han er så mye mer nå, men frykt ikke, alt vil bli som det var ment å være.»

Moyesh prøvde å tenke klart. «Hvor er det boken skal?»

Kvinnen var i ferd med å falme nå. «Til dalen der den siste venter, dere vil se veien dere skal gå barn, gå nå. Dette slottet er ikke mer og dere vil bringe mitt navn videre. Husk meg, det er alt jeg ber om»

Moyesh så litt undrende på gjenferdet. «Du valgte å bli her etter din død?»

Kvinnen var nesten usynlig nå. Hun klukklo. «Valgte? Nei, jeg ble fordømt til å bli fanget her til noen kunne slippe meg fri. Jeg drepte ham etter at han kjøpte den krystallen fra en gravraner, jeg visste hva som ville skje om den kraften ble sluppet løs i en uverdig sjel. Gå nå, seersken vil våkne og dere må vokte henne vel. Makt fra eldgamle tider hviler i henne nå»

Borgfruen var borte, og de så ikke annet enn det mørke stinkende rommet nå. Moyesh så ned på boka hun holdt, den så ny ut og læret den var bundet i var mykt og rent. «Guder!»

Ighal grep tak i Lamara og heiste henne opp over skulderen. «Ja, men nå, la oss skynde oss, jeg liker ikke dette»

Bhikoor hjalp Tåkesang med å komme seg opp trappa og de løp opp. Nå var trappa enda mer forfallen og da de kom opp i dagslys var slottet borte. De kom ut av et hull i bakken og bare noen få svidde steiner røpet at noe en gang hadde vært bygget der. Moyesh gispet og Tåkesang virket himmelfallen. Borgfruen hadde tydeligvis vært svært sterk for å klare å skape en slik illusjon eller så brukte hun den kraften som var fanget der. Uansett var de oppe i dagen igjen og de hadde boka.

Aidan peste og var blek og Ighal så skjevt på ham. «Hvordan føler du deg?»

Aidan rettet seg opp. «Elendig, hodet mitt verker og alt føles …feil?!»

Ighal strakte ut en hånd og la den på Aidans håndledd. «Du har ikke puls, hun hadde rett»

Aidan så vettskremt ut. «Hva gjorde den fordømte tingen med meg?»

Moyesh var innbitt. «Forvandlet deg, til et eller annet nytt.»

De gikk så fort de greide oppover fra slottet og Ighal måtte stanse, Lamara var tung og hun var bevisstløs ennå. Han la henne varsomt ned på bakken og plutselig hørte de en underlig durelyd. Bakken virket for å skjelve under dem og Tåkesang pekte mot åsen over dem. En lang rekke med bleke skikkelser kom til syne, Ighal bannet intenst. «Det også!»

Moyesh så på Tåkesang, blikket hennes var fast. «Kjenner du det?»

Tåkesang nikket, her var ikke alt dødt, det var liv der. Moyesh så fort på Ighal. «Det er makten hun tok inn i seg, den prøver å bryte fri, ved å drepe henne. Det må ikke skje!»

Ighal knuget sverdet sitt i hendene, skikkelsene var korte og kraftige og aldeles benhvite men de bar rustninger og virket for at all farge var fjernet fra dem. «Hva er det der?»

Aidan virket svimmel og han hadde gjemt rubinen i sekken sin nå, allikevel merket de at den var der, nærværet av den var ikke behagelig i det hele tatt. «Hun sa at det var noe mannen hennes vekket med magi? En eldgammel makt han hadde fått tak i fra andre? Om jeg ikke husker feil bodde det dverger her i fjellene en gang i tiden.»

Moyesh skar en grimase. «Er de levende?»

Ighal ristet på hodet. «Neppe, de er noe makten har vekket, men de er ikke ufarlige og de er ute etter Lamara folkens.»

Moyesh skulle til å si noe da Bhikoor gav fra seg et brøl og brått raste den fremover med øksa klar, den svære skapningen var overraskende smidig og nådde de fremrykkende dvergene i løpet av få sekunder. Han svingte øksa i en lav bue og to av fienden stupte men det var ikke noe blod å se og kroppsdelene som ble hugget av fortsatte å sprelle. Ighal svor. «Vandøde, de er ikke lette å ta knekken på»

Aidan så ned på Lamara, noe i ham var rasende på henne ennå, hun hadde ødelagt noe verdifullt for ham men samtidig, nå trengte de henne mer enn noen gang om det de nå visste stemte. Han følte at et merkelig sinne hadde våknet i ham, og en følelse av at ingenting egentlig betydde så mye lenger. Den rubinen hadde drept ham, og allikevel var han i live? Vel, han aktet ikke å la sjansen gå fra seg. Han la fra seg sekken og svingte sverdet sitt, han husket det han hadde lært. Det var mange av angriperne og det skremmende ved dem var at de var totalt stille, ingen stridsrop og ingen lyd av føtter mot bakken. Moyesh virket for å samle seg. «Tåkesang, det er lyng her!»

Bhikoor fortsatte å angripe og han ble angrepet tilbake men greide å holde de kortvokste skapningene fra livet siden han hadde lange armer og stor rekkevidde med øksa. Det groteske var at selv om han hadde hugget av dem hodet sjokket de videre og hodene lå der og rullet med øynene. Brått begynte bakken å bevege seg eller rettere sagt, lyngen som dekket den gjorde det. Det var ikke mye vegetasjon der og lyngen var kort men det virket for at alle plantene der brått var fast bestemt på å holde de vandøde dvergene fast og de greide det nesten. Føttene ble fanget men skapningene rev seg løs igjen. Moyesh svor stygt. «Ved gudinnen, de er sterke!»

De begynte å nærme seg mye nå og Ighal så nervøs ut. «Vi kan ikke la dem nå Lamara»

Aidan samlet seg og så la han på sprang, han følte seg brått sterk, nesten uovervinnelig. Han så det ikke selv men en slags blålig glans la seg over ham og han blottet tennene i det han raste mot fienden. Og de stanset opp, så brått forvirret ut. Ighal ropte til Moyesh. «Bli ved Lamara, beskytt henne»

Han la på sprang etter Aidan og den unge mannen svingte sverdet mot en av de vandøde med en fart som ikke var normal. Bladet skar gjennom dvergen som om han var lagd av smør og den ble liggende, urørlig og kroppen ble forvandlet til støv i løpet av sekunder. Ighal ropte ut. «Aidan, gå på dem, drep dem!»

Aidan nølte ikke, et eller annet ved ham sørget for at de vandøde nå forble døde og han raste frem som en annen galning. Bhikoor kappet angripere i småbiter og når Aidan kom nær falt de sammen til støv. Ighal angrep også noen av de merkelige skapningene og han forsto at dette nok var sjeler den fangede kraften en gang hadde besnæret og forvandlet til slaver. Aidan var allerede sliten men han tvang seg til å fortsette og nå begynte flokken å minske, men de var fremdeles mange og sterke og Moyesh rynket pannen. «Tåkesang, kom hit, jeg har en ide»

Hun grep Lamara og Tåkesang hjalp henne, de løftet jenta opp av bakken og øyeblikkelig stivet de vandøde til og ble stående som statuer. «Vi må bryte forbindelsen med bakken, kraften kan bare fungere gjennom jorda»

Ighal brølte og nå fikk selv han kroppene til å ramle sammen til støv. «Hold henne oppe!»

Moyesh var sterk og det samme var Tåkesang og de sto der til alle de vandøde var borte. Støv drev sakte med vinden og Aidan tørket seg over ansiktet og nøs, han var dekket med støv og jord og så skrekkelig ut men det gjaldt dem alle sammen. Ighal satte sverdet i sliren. «Så, den makten hun har fanget i seg selv vil ødelegge henne. Hvordan holder vi henne oppe av bakken hele tida?»

Moyesh sukket lavt. «Og hvor skal vi nå? Den dalen er neppe her i nærheten vil jeg tro?»

Ighal så fort på henne. «Dere kan ikke få oss tilbake til alvene?»

Moyesh ristet på hodet. «Nei, ingen sjanse. Vi er ikke sterke nok.»

Det var da Lamara slo øynene opp med et skjærende skrik.

Midar og Meyret

Midar hadde aldri noen gang i sitt liv prøvd på noe slikt, han hadde vært den beste tyven i Zhymorne men ingen feller og ingen trening kunne ha forberedt ham på dette. Det var ren galskap men den eneste utveien og han ba en rask bønn mens han følte at tyngden deres trakk dem ned. Det måtte være noe å gripe tak i, noe han kunne bruke til å stanse fallet. Hva som kom til å skje etterpå var ren gjetning, han kunne bare prøve å sørge for at monstrene ikke fikk tak i Meyret.

Det var mørkt, og det var en stor bakdel men han greide å skimte litt siden det var lys i noen av sidetunnelene og han vred kroppen desperat og med et brøl fikk han festet armer og bein rundt en tykk kabel. Rykket slet nesten armene hans ut av ledd og han skrek av smerte siden beltet hans grov seg inn i kroppen men fallet var stanset og Meyret hang på, foreløpig. Det var en gang ikke langt fra dem og han lot seg gli nedover kabelen mot den. Over dem hørte han fjerne brøl og rop og han antok at dvergene var i full gang med å forsvare byen sin. Demonen eller hva det nå hadde vært hadde kommet fra dypet et sted, så det var antagelig en lite lur strategi å søke seg nedover. De måtte opp, det var den eneste planen han hadde. Kabelen var ru og grov seg inn i klær og hud men han svelget smerten og fokuserte på målet, hele kroppen verket da han omsider kunne sette beina på fast grunn igjen. Ved alle guder, han hadde vært aldeles gal! Det var ren flaks at han hadde greid å ta tak i den kabelen. Gangen de hadde havnet i var ikke stor, den var lite behandlet og anonym og Midar undret seg på hvor de var. De hadde falt langt på den korte tiden det hadde tatt og lydene der oppe fra var svake nå.

Han grep Meyret, hun var ennå bevisstløs og han slang henne over skulderen som et annet slakt bare for å kunne bevege seg fort.

Gangen var ikke særlig opplyst, bare noen få kjerter lyste opp og han antok at de gikk på gass, dvergene var dyktige til å bruke de ressursene fjellet gav. Han hadde løpt noen hundre meter da han hørte fottrinn, noen kom løpende etter dem og han stanset og forberedte seg på å slåss om nødvendig. Han trengte ikke det, det var dverger, fem av de gamle innbitte veteranene og den fremste slo seg over brystet og gryntet. «Jeg er Tharin, Dulgar sendte oss»

Midar trakk et lettelsens sukk. «Lovet være gudene, hvor er vi egentlig?»

Tharin gliste bredt, han var en temmelig arret fyr med noen stygge arr som dekket høyre delen av ansiktet og han manglet flere fingre på høyre hånd. Samtlige var kledd i rustning og de var tungt bevæpnet. «Denne gangen går opp til bakdøra til kjøkkenet reservert for de øverste her»

Midar svelget stivt. «Vi må vekk, ut herifra. Det beistet eller hva det nå er vil ha Meyret»

Tharin nikket. «Vi vet, våre beste krigere slåss mot det nå, og de vet hva de gjør. Vi skal få dere i sikkerhet»

Midar skulle til å svare da Natt og Mørke brått dukket opp ut av ingenting og Buskehale satt på ryggen til Natt, med øynene knepet igjen og den gav fra seg noen temmelig lidende lyder. Det var tydelig at den ikke satte pris på å bli fraktet på dette viset. De to ulvene knurret og øynene glødet svakt. Tharin nikket sindig. «Bra, flere til å kjempe. Kom igjen, vi må skynde oss»

Midar løp og to av dvergene tok over Meyret, de var så sterke at vekten hennes ikke betydde stort. «Er det noen vei ut via kjøkkenet?»

Dvergene nikket, en forholdsvis lang en med skjegg i en tykk og stiv flette gliste skjevt. «Ja, en liten gang som leder til toppen av berget, ble brukt av de som har ansvaret for å holde pipene her åpne.»

Midar trakk et lettelsens sukk. «Da får vi håpe at fienden ikke liker dagslys»

De løp det de greide innover gangen og den var lang, og til tider bratt også. Her og der var det hugget inn trappetrinn men stort sett var det bare en grovt uthugget tunnel og flere steder var den så lav under taket at Midar måtte bøye seg for ikke å slå hodet inn i utspring og ujevnheter. Han peste mens han løp, hvem kunne trodd at dverger var så vanvittig dyktige løpere? Tharin virket ikke for å bli svett en gang og han løp med full rustning. Dvergen gliste stort. «Vi barn av fjellet får krefter fra berget, så lenge vi er i vår egen by kan lite stanse oss»

Midar kunne tro på det, så avgjort.

Omsider kom de til en dør, den var gammel og skjev og låst på toppen av alt men dvergene gikk på den med øksene sine og var gjennom i løpet av kort tid. De kom inn i et lagerrom som var fylt til randen med alskens husgeråd, det var svære keramikk krukker, sekker, kasser med utstyr, binger med rotfrukter og svære rekker med tørkede skinker som hang der i flotte rader. Midar måtte gjøre store øyne, det var mat der til en arme. Tharin nikket og ledet dem gjennom labyrinten av hyller og skap. «Vi dverger er kjent for vår styrke men også for vår appetitt»

Midar tvilte ikke på det heller, en kunne leve et helt liv der inne og aldri sulte. Døra ut ledet dem inn i selve kjøkkenet og selv om det ikke var aktivitet der nå kunne Midar forstå at det var et temmelig viktig sted normalt sett. Lange rader med benker og ovner, overhengende skap med krus og tallerkener og svære gryter og kjeler overalt. Og alt var rent, gullende rent. Han var sikker på at du kunne spist av golvet uten problemer og han så de skitne sporene han og de andre etterlot seg og krympet seg. Tharin bare så fort på ham. «De vasker etterpå, det er vår vei ut så ikke tenk på det gutt»

Mye av det Midar så der var antagelig meget verdifullt. I et skap for seg selv så han lange rader av krystall glass og flere av dem var gullbelagt. Noen hadde til og med edelsteiner felt inn langs sidene og bare et slikt krus ville vært verdt en formue i Zhymorne. Her var det siderom i alle retninger og han kjente på lukta at det var lagre for matvarer. Tharin pekte på en av dørene. «Det er islageret, vi henter inn is fra sjøene om vinteren og lagrer den her, den holder maten fersk.»

I Zhymorne hadde de aller færreste engang sett is i hele sitt liv og Midar var imponert. Buskehale spratt rundt og snatret som en skrangle og den forsvant opp i en svær kurv og kom tilbake med kinnene fylt med noe som bare kunne være nøtter. Midar følte seg en smule beklemt, dyret var en kleptoman men det virket ikke for at dvergene brydde seg. Kjøkkenet var enormt og delt inn i flere avdelinger, en for middagsmat og en annen for desserter og supper og en tredje for bakst. Det var til og med en avdeling for drikkevarer og der luktet det intenst av øl og vin og flere svære kagger sto klare på benkene. Dvergene kastet lengselfulle blikk på de åpne karene med mjød men ingen saknet av og etter en stund kom de til den døra som ledet til gangen de skulle følge videre.

Døra var smal og ikke særlig prangende og Midar forsto at den ble brukt svært sjelden. Tharin brøt den opp. «Det hender at fugler prøver å bygge reir i pipene, og at snø tetter dem om vinteren. Det er da denne gangen blir brukt»

Gangen var smal og minnet Midar om de gangene som ledet til toppen av mange av de høyeste spirene i Zhymorne. Den gikk i spiral oppover og de to ulvene tok ledelsen oppover. Midar var i midten og de som bar Meyret løp rett bak ham. Hun var ikke våknet ennå og han var alvorlig redd for at hun hadde gjort noe dumt da hun smeltet det teppet. Tharin langet ut oppover og Midar kjente at hjertet hugget i brystet, det var tungt å løpe der og som vanlig så var ikke takhøyden beregnet for folk som ham, som var høye.

Men å få Meyret til dalen? De trengte utstyret sitt da, og det var ikke der nå. De trengte kartet og ringen og begeret ikke minst. Alt var igjen der nede. Men den tid den sorg, nå måtte de komme seg vekk først og fremst. Gangen virket evig lang, og faklene dvergene brukte for å få lys fikk Midar til å nyse flere ganger. Buskehale hadde bestemt seg for at den ikke orket å løpe så den hadde klatret opp på Midars rygg og satt der som en slags merkelig ryggsekk. Han kjente at klørne rev ham litt i huden. Brått kjente han et trekk av frisk luft og så svakt lys lengre oppe. Dvergene økte farta igjen og han oppdaget at det ikke var noen dør der, bare en åpning i berget som var lagd slik at en måtte gå rett på den for å se den. De kom ut innerst i en trang ravine og det lå snø der og det var temmelig kaldt men det var dagslys og Midar så på solhøyden at det var midt på dagen. Bare det å se sola igjen var en stor lettelse selv om den var borte bak skyene.

Tharin spyttet og så seg rundt. «Det er en liten hule ikke langt fra her, dere kan vente der. Vi skal gå inn igjen og hente tingene deres»

Midar svelget fort. «Takk, vi kommer oss ikke videre uten dem er jeg redd»

Dvergen nikket og samlet de andre rundt seg, han sa noen korte ord og de småløp videre. Midar kjente at de var kaldt, og vinden var temmelig sur også. Men brått tverrsnudde de og forsvant formelig inn i berget og Midar så en liten åpning som var nesten borte bak noen steiner. Det var en hule der og den var tydeligvis brukt som et slags vaktrom for det var bord og stoler der og noen slags enkle senger samt en primitiv ovn. Dvergene fyrte opp og fant tepper og gjorde stedet levelig i løpet av få minutter. Tharin nikket. «Vent her, jeg vet ikke hva som foregår der nede i berget nå men vi skal være raske, og ikke vær redde, vi dverger kan å slåss»

Midar satte seg ned på ene senga og de la Meyret på den andre. «Jeg vet det, dere er sterke som jordens egne knokler»

Tharin virket for å briske seg litt av rosen, så gjorde han honnør og raste ut døra. Midar trakk pusten da de ble igjen alene, Natt og Mørke virket for å stille seg foran døra som vakt og han følte at sjokket endelig begynte å ta tak i ham. Meyret var blek men pustet og han takket alle guder for at han hadde greid det vanvittige spranget ned i hovedsjakten. Det var en sekk med et eller annet i på ene bordet og han gikk bort og sjekket hva det var, det var tørt brød og en liten kagge med mjød og han var sulten så han brøt biter av brødet og vætet det i mjød før han spiste. Bare det å gjøre noe så dagligdags som å spise roet ham ned og han kjente at nervene ikke var så anspent lenger, han satte seg ned ved siden av Meyret og tok handa hennes. Om hun bråvåknet skulle hun vite at han var der for henne. Buskehale hadde slått seg ned på bordet og nå åt den nøtter og virket for å kose seg. Midar undret seg på hva som skjedde nede i byen nå.

Hadde han sett det som foregikk ville han ha blitt sjokkert, horder med dvergkrigere hadde gått til angrep på det som kom gjennom veggen bak teppet og blant dem var noen få av dvergenes geistlige. Dverger er ikke kjent for å være religiøse eller særlig åndelige men de har sjamaner blant seg og de var faktisk svært dyktige siden dverger tross alt er meget sterkt knyttet til naturen og jorda. Sjamanene mante i sitt ansikts sved og de greide faktisk å holde de skyggeaktige skapningene fanget innenfor et lite område og den enorme demonen med tentaklene var blitt så grundig beskutt med bolter og piler at den hadde trukket seg tilbake til sjakten. Nå drev en hel hær av dverger på med å undergrave veggene for å få dem til å falle innover og forsegle hele sjakten og de jobbet utrolig raskt. Er det noe dverger kan alt om så er det stein og før lang tid var godt raste alle sidene av den gamle sjakten innover og kun en stor steinhaug var igjen. Det var lite trolig at noe fysisk kunne komme seg opp den veien nå. Men de merkelige skyggefigurene var der ennå og sjamanene følte makten i dem og sinnet også. Det var som en intens tordenstorm, gnister og mørke lyn fløy mellom veggene og Dulgar og Dandar prøvde å sikre at ikke mere djevelskap kom seg opp fra de lavere nivåene. Det ble satt ut vakter overalt med signalhorn og hele byen var i beredskap. De visste hva som sto på spill nå, denne ondskapen måtte aldri få vinne for det ville være enden på alt, også deres by.

Skyggeskikkelsene skrek, vred seg og kjempet og dvergene var utrolig tapre for de vek ikke tilbake selv om forbannelser og mørk magi suste mellom veggene. Det var som om disse fiendene slettes ikke ante hva det ville si å gi seg, de bare gikk på med dødsforakt og var ikke redde og en av sjamanene skar en grimase. «De er ikke egentlig her, de er rene fantomer. Dette er mektige magikere»

Noen av krigerne ramlet om og Dandar skrek til sjamanene. «Kan dere kutte forbindelsen deres med deres fysiske selv?»

Den øverste av de åndelige lederne ristet på hodet. «Nei, de er for sterke»

Dulgar tenkte fort, han var en erfaren person og hadde sett mye og enda bedre, han var belest. Han hadde alltid ment at kunnskap var det samme som makt og nå brølte han en ordre. Han hadde lært at for en magiker var konsentrasjon alfa og omega, alt som brøt konsentrasjonen var et onde så han hadde utarbeidet en temmelig hasardiøs plan. Rask som en oljet røyskatt raste han opp trappene til han var på et nivå over der kampene foregikk og han stirret ned på den skyen av mørke og magi som kvernet rundt under ham. Et par krigere kom løpende og de bar på et stort kar hengende fra en grov staur. Dulgar trippet nesten av iver. «Når jeg sier fra, hell alt ut»

Han raste bort til en tent lampe og fikk liv i en fakkel og så til at den brant godt før han stilte seg helt på kanten av den smale gangen. «Dropp alt sammen, nå!»

De andre dvergene bikket karet med en elegant bevegelse og innholdet regnet ned over den bølgende skyen av magi og ondsinnet vilje. Dulgar slapp fakkelen og den falt som en enslig stjerne ned gjennom luften, traff dråpene med bek og brått sto alt i full fyr og flamme. Det lød et skrik, et håst brøl av frustrasjon og sinne og skyen virket for å implodere. Den krympet og skikkelsene virket for å klore desperat mot flammene før de forsvant med et boff som blåste ild og bek utover. Heldigvis ble ingen truffet men sjamanene sjanglet og noen falt om på bakken. «Ved alle guder, det var et triks verdig våre forfedre!»

Dulgar kom løpende ned og han slo nevene sammen i et uttrykk for triumf. «De er borte!»

Den eldste av sjamanene trakk på det. «De er ikke her lenger nei, men gudene vet hvor de ble av. Hvor er Midar og Meyret?»

To av jernbrødrene kom løpende, de bøyde seg fort. «De har blitt brakt ut av fjellet, venter i vaktbua ved pipene. De trenger tingene sine, Tharin og noen andre tar alt med til dem nå»

Dulgar nikket. «Godt, send to tropper opp dit, jeg tviler på at denne fienden gir seg med det aller første»

Krigeren slo hælene sammen og løp av gårde igjen og Dulgar og Dandar prøvde å få oversikt over skadene. Flere var stygt skadet og noen var drept men alt i alt var det tydelig at målet hadde vært Meyret. Dulgar kunne bare håpe at de greide å komme seg dit de var ment å være, noe fortalte ham at alt annet ville være en katastrofe for dem alle sammen.

Midar hadde nesten sovnet da dvergene kom tilbake med sekkene deres og alt de hadde med seg, Meyret var ikke våknet og på en måte var han glad til. Hun trengte hvilen hun fikk. Natt og Mørke slapp dvergene inn uten engang å knurre og Midar så at de hadde lagt ved proviant og også noen kagger med vin. Men nå var spørsmålet hvordan de kunne unngå fiender igjen for der ute i fjellene var de sårbare. Dvergene hadde tatt med hestene deres også og et stort muldyr som kunne fungere som pakkdyr og Tharin hjalp Midar med å få Meyret opp på hesten foran ham. Han var glad hestene deres var rolige og veltrente.

Dulgar dukket opp, det virket for å være dører i berget overalt, meget godt skjulte. «De merkelige skyggene er borte, demonen ble drevet ned i dypet igjen»

Midar nikket. «Ja, men de vet om Meyret nå, de vet hva og hvem hun er og de vil ikke gi seg!»

En dverg kom vandrende bak Dulgar, han var forholdsvis gammel og håret var svært langt og flettet i en elegant flette lagd av mange fletter. Han var gråsprengt og ansiktet hadde noen merkelige arr som kun kunne komme fra nærkontakt med gnister og ild. Han bukket og trakk en ponni bak seg, dyret så stridig ut og var så langhåret at det lignet en forvokst ulldott. Midar så forundret på dvergen som var kledd i det som bare kunne beskrives som reiseklær. «Jeg er Behr, sønn av Abhur, jeg er sjaman. Jeg er her for å hjelpe dere»

Midar rensket stemmen. «Jeg er ikke helt sikker på at...»

Behr bukket igjen. «Vi dverger vil gjøre vårt for å sikre at ikke mørket vinner, jeg er den dyktigeste i denne byen. Jeg kjenner fjellene også. Tro meg, dere vil ikke angre på det»

Dulgar så skarpt på Midar. «Hør på ham, om dette er så ille som vi tror det er vil vi gjøre vårt også, ikke bare mure oss inne i fjellene mens resten av verden forgår. Det taper også vi på.»

Midar sukket lavt. «Greit, du er velkommen Behr, vi trenger hjelp. Jeg er den første som vedgår det.»

Behr gliste bredt og hoppet opp på ponnien som bet etter ham. Dyret var så avgjort ikke vennligsinnet. Dulgar grep Midar i handa. «Vi vil holde stand og vi vil klare oss, dvergene biter ikke i graset for noen mørk makt så frykt ikke for oss. De sjelløse kan ikke håpe på å drepe en by full av krigsklare dverger, vi har våpen som kan hamle opp med dem. Ikke bekymre deg for oss»

Midar prøvde å smile. «Vi er takknemlige for hjelpen vi har fått, det vi har funnet her...»

Dulgar nikket vitende. «Vil endre alt, ri nå, dere må komme dere lengst mulig vekk før sola går ned»

Midar steg opp bak Meyret og støttet henne mot brystet sitt, hun var blek fremdeles og han fryktet for at noe var galt. Det var merkelig at hun skulle være så svak? Dulgar bant leietauet til muldyret i salen til Meyret's hest og gav dyret et klaps på baken. «Ri nå, og ikke se dere tilbake»

Midar lente seg ned og trykket dvergens hånd et kort øyeblikk før han smattet på hesten og dyret begynte å gå. Buskehale danderte seg på bakparten og satt der som en annen gallionsfigur mens Midar styrte hesten mot utgangen av ravinen. Han følte en trang til å se seg tilbake men gjorde det ikke. De hadde vært ganske trygge hos dvergene men nå var de utrygge igjen og han ante ikke hvor de burde ta veien. Han kunne bare håpe at Behr visste det. De kom ut på en liten høyslette som hellet nedover mot nordøst og Behr tok den veien, han ledet den lille ponnien sin med stø hånd og dyret taklet det steinete terrenget forbløffende bra med tanke på at den var svært kortbeint.

Midar prøvde å være høflig. «Du er sjaman? Hva fikk deg til å velge den veien?»

Behr gliste skjevt, Midar så at han manglet flere tenner på ene siden og huden var på et vis misfarget under arrene. «Jeg så lyset, bokstavelig talt. Fikk meg en real smell under en kamp og kreperte nesten men jeg så forfedrene mine og de fortalte meg hvilken vei jeg var ment å gå. Jeg var aldri eslet til å bli kriger i utgangspunktet, for mye ild i meg og for lite tålmodighet»

Midar rynket pannen. «En skulle tro at det var en god kombinasjon for en kriger?»

Behr trakk på skuldrene. «Om en vil være en berserker ja, men ikke for en vanlig kriger. Og jeg er ikke bygd for å være berserker, for liten og spe. En må tenke i kamp, jeg gikk bare rett på uten å tenke på hva som var trygt eller ei. Vi er få, vi kan ikke bare sløse med liv»

Midar nikket. «Så da ble du sjaman i stedet»

Behr nikket stolt. «Få er klar over det men sjamanene er de tapreste blant oss dverger, de mest uredde. Det vi møter hver dag i denne verden og den andre kan drive andre fra vettet. Jeg vet om de som har blitt tomsinger etter å ha skuet inn i åndenes rike og andre har blitt aldeles forvandlet.»

Midar så at skyene var lave og tunge, det var temmelig mørkt og han rynket pannen. De måtte virkelig komme seg ned til dalene før det ble uvær. «Jeg tviler ikke»

Behr slo ut med armene og det var litt merkelig at han greide å holde seg i salen, han var temmelig rund av fasong. «Jeg begynte sent men jeg er god, de sier at jeg kan bli den sterkeste noen sinne. Og det er en stor ære må jeg få fortelle deg, å være en av de utvalgte er noe svært få får oppleve»

Midar forsto nå at Behr var av det slaget som er veldig glad i å skryte av seg selv men hva så, om dvergen var så dyktig kunne han virkelig bli nyttig for dem. De red videre og Behr fant en sti som ledet nedover og var forholdsvis velbrukt. Han pekte fremover. «Stien er lagd av mennesker, det har hendt at jegere har vågd seg hit opp for å finne murmeldyr»

Midar så litt forbauset ut. «Murmeldyr?»

Behr nikket sindig og trakk ponnien bort fra en fristende grastue. «Ja, de er spiselige og skinnet er varmt og godt. Men du trenger jo en del for å lage en kappe av det, og de er ikke lette å ta»

Midar hadde snaut sett murmeldyr noen gang men visste at de var store gnagere og at de holdt til over tregrensa. Her og der var stien svært bratt og de tok det svært pent nedover. Midar begynte å bli engstelig men Behr virket svært så ubekymret. «Det er en bu nede i dalen vi kan overnatte i»

Midar trakk et lettelsens sukk, det var så kaldt og surt at han ikke ville like å overnatte ute. Meyret var ikke våknet og hun lå tungt mot ham, hadde hun brent seg helt ut? De nærmet seg dalbunnen da Midar fikk en merkelig følelse, han kjente den igjen og forsto at det var en drage i nærheten og før lenge hørte de vinger i tåka og en stor skygge fløy over dem i retning bua.

Behr så ikke skremt ut merkelig nok og Midar snudde seg mot dvergen som bare bikket på hodet. «Dyrene deres reagerte ikke, altså, ikke en fiende»

Midar måtte gi Behr rett i det, dragen der fremme var nok en av dem som hadde hjulpet dem før og Natt og Mørke brydde seg ikke om den i det hele tatt. Da de nådde den vesle steinbua var dragen der og Midar kjente den igjen, det var den store mørke hunnen Meyret hadde døpt Rhyviar og den hveste og sneket hodet da de nærmet seg. Midar svelget stivt, hun var skremmende men fascinerende og noe i ham strakte seg ut mot henne, det var noe merkelig velkjent ved selve utstrålingen hennes. Den store skapningen nærmet seg sakte, så gjorde den noe merkelig. Den løftet hodet mot himmelen og gav fra seg noen svært pussige lyder som nesten hørtes ut som sang. Meyret rykket til og gryntet og Midar hev etter pusten. Behr bare smilte vitende. «Hun våkner»

Midar stanset hesten utenfor bua og i det han trakk Meyret ned av salen slo hun øynene opp med et lite hvin. Han holdt henne hardt. «Velkommen tilbake»

Myret blunket og så seg rundt, synlig forvirret. «Hva skjedde?»

Midar løftet henne varsomt. «Jeg fikk oss ut av berget, og vi har fått med oss en veldig dyktig dverg som skal representere sitt folk»

Meyret så litt storøyd på Behr som bare bukket høflig. «Åh guder, og Rhyviar? Hvorfor er hun her?»

Midar trakk på skuldrene. «Jeg vet ikke, ærlig talt. Men det er sent og vi trenger le for natta, denne bua er antagelig ganske trygg»

Behr nikket sindig. «Den er trygg, sterke runer er ristet rundt den.»

Midar bar Meyret til døra og Behr åpnet den. Rommet innenfor var lite og temmelig enkelt med jordgulv og kun en slags benk å sitte eller ligge på. Ildstedet var bygd langs ene veggen med et lite hull ut for røyk og det var så lavt under taket at han måtte bøye seg dobbelt. Meyret satte seg ned på benken, hun var fremdeles svimmel virket det for og øynene hennes var enorme. Midar satte seg ned ved siden av henne mens Behr bar inn utstyret deres. Dvergen lot til å være av det slaget som ikke tålte å bare sitte der uten å gjøre noe. «Hva skjedde egentlig?»

Meyret strøk håret ut av ansiktet, uttrykket hennes var unnskyldende. «Jeg…Jeg tror at jeg brukte for mye krefter på å brenne teppet. Eller så tappet det som brøt seg frem meg for styrke»

Midar nikket. «Noe må det ha vært, men du er ok nå?»

Hun nikket sakte og la armene rundt ham. «Jeg vet at vi må til dalen, og vi må dit med en gang, så fort som mulig. Noe sier meg det»

Midar bare sukket og gjengjeldte klemmen. «Jeg forstår»

Hun la hodet mot skulderen hans. «Hvordan kom vi oss unna?»

Midar skar en grimase. «Jeg hoppet ned i sjakten med deg»

Meyret gjorde store øyne. «Hva? Ved alle guder!»

Han skar en liten grimase, han var ennå sår og øm men hadde valgt å ignorere skadene sine, de var av liten betydning sammenlignet med henne. «Du kunne ha blitt drept!»

Meyret slo nesten til ham og han fanget handa hennes. «Ja, men det var ingen annen utvei, og vi klarte oss fint gjorde vi ikke?»

Meyret knurret nesten. «Ta ikke slike sjanser igjen»

Midar bikket på hodet. «Det kan jeg ikke love deg, det vet du. Om det trengs tar jeg slike sjanser igjen, for deg»

Hun sukket og holdt handa hans fast i sin egen. Han fant trøst i styrken i grepet og bøyde seg ned og kysset håndbaken hennes varsomt. «Jeg vet det, men jeg vet ikke hvorfor den dragen har kommet til oss nå, hun burde lede flokken sin»

Behr fikk liv i ildstedet og fant frem litt mat og Midar hørte at Meyret's mage rumlet ganske kraftig. «Sulten?»

Hun bare nikket og så ivrig på at Behr på rekordtid snekret sammen en ganske god stuing. I det minste luktet det himmelsk og dvergen lagde mye av den også. Ute var det mye gras lagret bak bua så hestene hadde godt å spise på og Buskehale hadde begynt å grave som en gal rundt noen av tuene der, antagelig var det røtter den var ute etter eller så var det insektlarver i bakken der. Natt og Mørke sto bare der ute som to svarte skygger i natten og holdt vakt og hunn dragen var også der som en stille vaktpost. De spiste og Midar så at dverger virkelig har en ganske så brutal appetitt, Behr spiste mer enn halvparten av det han lagde og selv om det var mer enn nok også til Midar og Meyret ble de sjokkert. Men så tettvokst og kraftige som dvergene var kunne det ikke være noen stor overraskelse at de trengte mye og solid kost.

Behr rullet seg inn i et teppe rett på golvet men Midar og Meyret fikk benken. Den var hard å ligge på og det var ikke spesielt varmt der men det var levelig og maten hadde hjulpet stort. Midar undret seg på hva som kom til å skje med dvergbyen nå, om de greide å holde fienden stangen? Antagelig, de var dyktige og han hadde en mistanke om at han ikke hadde sett en brøkdel ennå av det dvergene kunne få i stand.

Meyret sovnet ganske fort og han ble liggende litt der og bare nyte nærheten før han også sovnet og lot søvnen bære seg vekk fra denne verden. Behr snorket kongelig men de var så slitne av sinnsbevegelse og kraftbruk at de ikke brød seg noe med det.

Midar ble vekket av at Buskehale slet ham i håret, han ynket seg og dyttet dyret unna og det pep fornærmet og pilte ut igjen. Han blunket, Behr var allerede opp og forberedte litt frokost og Meyret sov ennå. Hun så veldig uskyldig ut slik og Midar trakk pusten og rusket forsiktig i henne. Det var lyst ute og det virket for at været var bra også. De måtte videre. Meyret ynket seg og strakte seg, det var tydelig at den harde benken hadde gjort henne støl. «Åh guder, baken min, den har sovnet»

Midar måtte gliste. «Skal jeg vekke den igjen?»

Hun rullet med øynene. «Nei takk, ikke med tilskuere»

Hun satte seg opp og strøk seg over håret, prøvde å finger gre noen floker og Midar hjalp henne. «Hva er det til frokost?»

Midar pekte på Behr. «Brød og ost virker det for»

Meyret smilte litt skjevt og rettet på klærne. «Det høres fortryllende ut»

Hun kom seg på beina litt ustøtt og gikk ut. Det var sol men noe tåke lå ennå lavt og de sto i en dal som var u formet og ganske lang. Meyret svelget synlig. «Vi må nedover dalen, jeg tror vi skal bruke ringen når vi når utgangen av dalen her, vi må til målet vårt nå»

Midar nikket. «Ja, jeg tror du har rett, det haster»

Behr disket opp med ristet brød og ost og de spiste fort. Buskehale fikk noen biter med brød også og Midar striglet hestene før han salte på dem igjen. Behr virket utålmodig og Rhyviar slo med vingene og hveste utålmodig. Da de kom seg av gårde var det fullt dagslys og det var en ordentlig vei der så de kunne ri fort. Den vesle ponnien til Behr var forbausende rask, beina gikk som trommestikker og hunn dragen la seg bak dem, hun skjulte seg i tåka og Midar fikk en følelse av at hun var der for å beskytte dem. Hvorfor skjønte de da de red ned en skråning og ned til et vadested, de var ikke alene der i dalen. De så ferske spor av skodde hester og det var et ildsted ved vannet som det ennå røk svakt av. Midar stanset hesten og så på det, han prøvde å bedømme antallet. «Minst fem menn, på store hester»

Behr brummet kort. «Desertører. Det er flere som har søkt til fjellene for å unnslippe å gjøre tjeneste for sine forhenværende herrer, og noen er her kun for å leve akkurat som de selv vil.»

Midar brummet. «Hvorfor høres ikke det særlig beroligende ut»

Behr slo ut med armene. «Jeg sier bare at vi må være på vakt, noen av de menneskene som har søkt seg til fjellene er alt annet enn hederlige»

Midar sjekket at våpnene hans var lett tilgjengelige og han hadde ennå rustningen han hadde fått av dvergene. Natt og Mørke travet like ved dem og synet av to enorme ulver burde avskrekke noen og enhver. Buskehale hadde vaglet seg på rumpa til Meyret's hest og den rykket med halen og virket lett opphisset.

Meyret virket også litt nervøs. «De er i nærheten, jeg kan føle det. Og de er ikke vennligsinnede»

Midar rynket pannen og snudde seg i salen. «Hvordan vet du det?»

Meyret skar en grimase. «Det er som om…sansene mine vekkes til live igjen, som om de har sovet? Jeg tror…jeg gjenvinner mer og mer av hva jeg en gang var?»

Midar nikket. «Det kan stemme, du har brukt kreftene dine flere ganger nå»

Behr gryntet og grep øksa si, den var et prakteksemplar og han snudde ponnien rundt. «Jeg hører hovslag. Det kommer noen»

Midar trakk sverdet sitt. «Meyret, bak meg»

Hun så skarpt på ham. «Ikke tale om!»

Han skulle til å fortelle henne akkurat hvor sta hun var da tre hester brått kom stormende over bakketoppen med to andre i hælene. De ble ridd av menn kledd i det som nok hadde vært våpenkjoler en gang men nå var alt så slitt at ingenting nesten var igjen av det originale tøyet. De svingte sverd og brølte og det var tydelig at de regnet med at synet av dem ville skremme folk til underkastelse. Det de ikke regnet med var å bli møtt av et brøl som fikk trærne til å svaie og de prøvde å stanse hestene sine men dyrene steilet i angst og kastet av rytterne. Rhyviar sto i lufta som en hauk og brølte og synet av en drage var langt mer enn hestene tålte. Dyrene løp alt de maktet og Behr gikk til aksjon med nådeløs presisjon. Han red rett og slett ned to av

mennene og kakket til dem i bakhodet med øksa. De tre andre
prøvde å komme seg på beina men Natt og Mørke hev seg over
en hver og de siste prøvde å løpe men Buskehale spratt bort og
landet på fyren og bet seg fast i øret hans av alle ting. I panikk
løp karen rett på en trestamme og smalt inn i den så hardt at
det neppe var tvil om at han ikke ville våkne igjen. Rhyviar
brølte igjen i triumf og steg og Meyret gliste etter den. «Hun
kommer godt med»

Midar bare rullet med øynene. «Du sier ikke det»

Behr brummet kort. «Jeg rir etter de hestene, vi kan få bruk
for dem og det var fine dyr»

Midar nikket til dvergen. «Greit, om du klarer å roe dem
ned.»

Meyret så utover dalen og blikket hennes var fjernt. «Det er
mer her, jeg er sikker på det. Men for nå, la oss ri på»

Midar nikket og smattet på hesten. Natt og Mørke hadde
drept de to mennene de angrep og faren var over. «Ja, her får
vi ikke gjort noe»

Ushara

De to hadde ridd fort ned fra fjellene, de ønsket å legge alt
bak seg men Ushara visste at Fhadan neppe ville greie å
komme over tapet, ikke på noen måte. Han var stille og øynene
var tomme og ansiktet uttrykksløst. Ushara prøvde å forstå
men kunne ikke, ikke helt og fullt. Hun hadde aldri elsket
noen, ikke slik, og de forsøkene hun gjorde på å nå Fhadan var
temmelig tafatte. De så ikke flere sjelløse eller troll og de fant
en ganske god vei så de kunne la hestene trave. Ushara var
sjokkert over seg selv, hun hadde oppdaget noe hun aldri
hadde kunnet forestille seg. Den brå lysten til å drepe hadde
vært skremmende men også forlokkende og hun visste nå hvor
smal knivseggen hun danset på var. Det skulle så forsvinnende
lite til før hun ble et virkelig monster.

Det hendte at hun ble liggende å stirre på skrivet de skulle
få sjekket, var det virkelig verdt alt dette? Og den merkelige
rubinen hun hadde funnet i fjellene hadde ikke reagert i det
hele tatt siden hun oppdaget at den var mer enn en pen stein,
hvorfor ante hun ikke, det var som om hun rett og slett glemte
at den var der og det samme gjaldt de andre også. Det var et
eller annet merkelig ved den, hun hadde gjemt den i salen
sammen med skrivet og hver gang hun tok frem skrivet kom
hun på den og ble like forbauset hver gang. Men magien i den
var ikke borte, hun følte at noe var der ennå, det var som om
den bare ventet på noe men hva? Kunne den ikke ha hjulpet
dem mot de sjelløse før? Var det meningen at hun skulle møte
alle disse utfordringene alene? Det var en fare i det, hun kunne
miste kontrollen og det fryktet hun, så om den var på deres

side burde den ved gudene vise det? Eller var den kanskje likegyldig, en magi som virket vilkårlig og aldri når en virkelig ønsker det? I såfall var hun bedre ad uten den forbaskede tingesten. Den minnet henne bare om hva hun hadde mistet.

De kom ned til en høytliggende bygd med hus og jorder men det var ikke folk der, alt var forlatt men det det så ut som om det hadde vært en organisert flukt, ting var borte og dørene stengt. Fhadan sjekket alle byggene, det var ikke dyr tilbake noe sted og alt som kunne være nyttig var åpenbart tatt med. «Disse folkene har vært fornuftige, jeg tror de må ha reist tidlig»

Ushara nikket og så på de gode husene at folk her hadde vært ganske velstående. «De holdt fe, og sauer tror jeg»

Fhadan nikket sakte. «Ja, noe eller noen må ha advart dem»

Ushara svelget sakte, de hadde ridd langt og dagen var på hell allerede. «Skal vi ri videre eller bli her for natta?»

Fhadan myste mot sola. «Vi blir her, det blir mørkt snart og jeg tar ikke sjansen på troll, ikke før vi vet om du kan drepe dem også»

Ushara skar en stygg grimase. «Jeg tror ikke evnene mine er så gode mot troll, noe sier meg det. De er…jeg vet ikke hvordan jeg skal beskrive det, annerledes?»

Fhadan bare sukket og bant hestene deres til en påle. «Vi legger oss på denne låven, vi går ikke inn i husene. Om noe skjer må vi kunne komme oss ut fort»

Ushara nikket bare og fant det de trengte for å slå seg til ro for natta. Fhadan var like effektiv som før men hun likte ikke innesluttetheten hans og den nesten motvillige tonen i stemmen. De tente ingen ild og spiste litt tørket kjøtt, Ushara fant at hun var svakt kvalm men tvang maten i seg allikevel, hun trengte næringen. Hun så at sola sank bak åsene, det var et vakkert område men hun følte på seg at det var farer også der, at det snart ikke fantes trygge steder lenger.

De rullet seg inn i teppene sine og Ushara syntes at stillheten var temmelig knusende. Hun vætet leppene. «Fhadan, hvor gammel er du?»

Han snudde seg mot henne, de lå så nære hverandre at hun kjente varmen fra ham. «Hvorfor spør du?»

Stemmen var mutt som vanlig og hun tvang seg til å svare. «Fordi jeg er nysgjerrig, jeg har aldri møtt noen som er halvblods før»

Fhadan nølte litt, så kom det fra ham. «To hundre og femti seks, tror jeg»

Ushara svelget sakte. «Så du er som alver i så måte?»

Fhadan nikket. «Ja, alveblodet i meg er sterkere enn den menneskelige delen. Jeg ser nesten helt ut som en alv og har flest egenskaper fra dem. Det er enten eller.»

Ushara ok seg enda litt nærmere. «Så om en er halvblods så slekter en alltid mest på ene siden, aldri like mye på begge to?»

Han sukket og nikket. «Min mor var menneske, hun var neppe noen sterk person i utgangspunktet og jeg fikk alt fra min far. Det er en fordel på noen måter, det motsatte på andre»

Ushara rynket pannen. «Hva slags bakdeler er det ved å ligne en alv? Jeg vil tro at det kun er bra?»

Fhadan trakk pusten dypt. «Nei, det er ikke bare bra. Mange mennesker mistror alver Ushara, de tror at de evige holder seg evig unge og vakre ved å fortære sjelene til mennesker. Jeg har blitt kjeppjagd og forsøkt drept Ushara, kun fordi jeg er hva jeg er.»

Hun så vantro på ham. «Virkelig?»

Fhadan lukket øynene et kort øyeblikk. «Ja, og ikke bare på grunn av rase, jeg….jeg har alltid visst at jeg foretrekker menn overfor kvinner selv om jeg liker damene også, at jeg føler meg tiltrukket av de virkelig barske om du forstår hva jeg mener? Og ja, jeg er ganske feminin, og det i seg selv er nok til at en kan bli tatt livet av noen steder»

Ushara svelget vantro. «Dvergene er ikke slik, de er…»

Fhadan så slitent på henne. «Renhårige, de ser folk an før de dømmer en ikke sant?»

Hun nikket og trakk teppet tettere om seg. «Ja, det er få kvinner blant dem også, så at menn lever sammen er ganske vanlig»

Fhadan ble stille igjen en stund. «Da jeg møtte Barech…det var som en drøm Ushara, som om jeg endelig var hel! Endelig hadde jeg en ved min side som godtok meg som jeg var, som elsket meg helt og fullt og som ikke lot andre sine fordommer bety noe som helst.»

Hun måtte strekke seg ut, tok handa hans. «Det høres fantastisk ut»

Fhadan svelget stivt. «Jeg…jeg trodde aldri…»

Han hulket lavt. «Å miste ham var som…jeg kan ikke fatte det, jeg vil aldri komme over dette»

Ushara ante ikke hva hun skulle si til det så hun trakk ham bare nærmere og han presset ansiktet mot skulderen hennes og ristet i stille gråt. Ushara følte en merkelig ømhet for ham. De var begge annerledes, begge var født som tapere og måtte møte ganske så tøffe odds. Hun holdt ham hardt helt til han sluttet å hulke og ble liggende, helt utslått av følelser og frykt. Ushara rørte seg ikke helt til hun forsto at han sov, da ålte hun seg inn i et litt bedre posisjon og fikk teppene over dem begge. Det var behagelig å ligge slik, så nær en varm kropp og hun savnet Wulf der og da. Han hadde kunnet takle dette mye bedre enn henne, hun regnet med at han var vant med tap. Ute var det kaldt nå, og himmelen var skyfri. Det var svært vakkert med de rene klare stjernene høyt der oppe men Ushara greide ikke å nyte synet helt og fullt. Hun var for usikker på hva de egentlig burde gjøre. Å få det skrivet til den vismannen var bortimot umulig og hun forsto det. Avstanden var for lang, og de ante ikke hvor han holdt til heller. Bare en slags vag beskrivelse av stedet holdt ikke, selv hun forsto det. Allikevel måtte de prøve. Longaria var et enormt område, og antagelig var det full krig der fremdeles, og de var bare to, og temmelig synlige også.

Fhadan var den han var, og hun var en kvinne med et uvanlig utseende.

Hun ble liggende der lenge og tenke men omsider ble hun så sliten at hun sovnet. Hestene sto utenfor og ville varsle om noe skjedde så de vågde å slappe helt av i stedet for å sove på skift. Ushara våknet av at Fhadan rusket i henne, han så ikke ut nå i dagslys. Øynene var matte og litt innsunkne og han skalv svakt. Hun kom seg opp og Fhadan pekte ut døra. «Det regner men vi må videre»

Hun nikket og pakket sammen, de hadde ikke mye mat og alt der som var spiselig var fjernet så de fikk tøye livreimen til de greide å fange noe vilt. Hestene var uthvilt og Ushara var brått veldig bekymret for Fhadan, han virket sluknet på et vis, som om han ikke lenger eide livslyst.

De fulgte veien nedover og her var det tydelig at det hadde vært et stort og levende samfunn for alt var velholdt, gjerdene var gode og her og der så de store hauger med stein som var fjernet fra åkrene. Det var mer vegetasjon her, små holt med trær som ble større og større jo lengre ned i dalene de kom. Fhadan sa ingenting, han virket nesten demonstrativt stille og Ushara ønsket at hun kunne gjøre noe for ham men hva? Han sørget, han måtte få lov til å sørge på sitt eget vis. De neste dagene ble tilbrakt i en slags rutine, de red i noen timer, hvilte hestene, red litt mer, overnattet i forlatte buer og hus og nå hadde de nådd utkanten av slettene. De var lengre nord enn den ruten Wulf hadde valgt, og Fhadan ledet veien siden han kjente mer til geografien til landet enn Ushara gjorde. Nå og da tinte han opp og kunne fortelle små anekdoter fra livet på veien men så lukket han seg igjen og ble steinsens stille igjen i timevis. Og han så stadig mer elendig ut. Han spiste men motvillig, og hun så at han mistet vekt. En eller annen hadde en gang fortalt henne at alver kan sørge seg til døde og hun begynte å tro at det også gjaldt halv alver. Det virket for at savnet åt ham levende, som en annen kreftsvulst.

De så ikke noe tegn til liv før etter mange dager, da red de
gjennom et område med åpen løvskog som var både vakkert og
lett å krysse. Ushara beundret de høye ranke stammene til et
holt med staselige bøketrær da Fhadan brått holdt hesten inne
og gav fra seg et lite rop. «Ushara»

Hun snudde seg i salen, foran dem var det en lysning og
noen hadde bygd en slags struktur der, langs et enormt eiketre.
Det var en slags palisade og Ushara så bevegelser bak den.
Hun holdt hesten inne, sansene hennes var svært skarpe og hun
kjente lukta av menneske. Hun holdt seg på avstand og brukte
øynene for alt de var verdt, det var ikke mange der, men hun
følte at noen stirret på henne. Hun bare satt der og Fhadan så
på henne som for å få tillatelse til å gjøre noe. Hun rykket til da
en stemme skar gjennom stillheten. «Er dere folk eller
skrømt?!»

Ushara holdt hendene synlige. «Vi er folk»

Et hode dukket opp over kanten av palisaden. «Kom
nærmere, la meg se!»

Ushara lot hesten gå litt nærmere og Fhadan holdt seg bak
henne, klokelig. Ushara var sterkere enn ham nå, og tålte nok
atskillig mye mer.

Den som snakket var en gammel kvinne, hun var kledd i
filler og så skitten at huden var helt grå. Håret var stukket inn
under en gammel enkelue og øynene var små og plirende.
Ushara visste at kvinnen ikke var alene der, det kunne hun ikke
være. Ingen så gammel og skrøpelig kunne klare seg helt
alene i skogen på det viset. Kvinnen glante stivt på Ushara.
«Ikke skrømt nei, godt»

Hun virket for å klatre helt opp og Ushara så at klærne var
mest filler. Fhadan bøyde hodet høflig. «Gamle kvinne, hva
gjør du her ute i ødemarka?»

Kvinnen gjorde en gest og flere ansikter dukket opp bak
palisaden. Det var flest gamle men også noen barn og trekkene
deres røpet at de ikke var helt normale. Kvinnen smilte litt
skjevt. «Vi er forlatt, vi er de ingen lenger trenger så folket

vårt håpet at vi ville mette beistene lenge nok til at de kom seg bort.»

Ushara gispet. «Det er jo barbarisk?!»

Kvinnen bikket på hodet, en gang i tiden måtte hun ha vært en stor skjønnhet men nå var ansiktet tydelig preget av år med slit og forsakelse. «De syntes det var fornuftig»

Fhadan rynket pannen. «Du sa beist, troll?»

Kvinnen nikket. «Like godt ord som alle andre vil jeg tro, de kom med natta og ødela bygda vårt totalt. De som ikke greide å flykte, vel…»

Ushara svelget stivt, hun så at barna virket temmelig lamslått over å se fremmede. «Hvem reiser fra sine egne barn slik?»

Kvinnen så skjevt på henne. «Du er naiv du vakre, disse er misfostre, gudenes straff for at ikke foreldrene var gudelige nok da de ble til.»

Sarkasmen i stemmen fortalte at den gamle kvinnen ikke mente det hun sa. Fhadan så på palisaden, det var ganske enkelt en stor innhegning rundt eika og den var elendig bygget. Han kunne ikke helt forstå hva de hadde håpet å holde borte med den, en lam ku? Ushara var fremdeles temmelig vantro. «Hvor lenge har dere vært her?»

Kvinnen gestikulerte til de andre der og en del av palisaden ble skjøvet ut til siden, den lagde en lyd som minte Ushara om et lidende dyr av noe slag. «I noen uker, eika er hul ser du, et godt skjulested»

Fhadan hoppet av hesten og den gamle kvinnen så på ham med åpenbar beundring. «Men har dere mat? Vann?»

Kvinnen blåste i nesa. «Åh, vann er det inderlig nok av, det er en kilde her men mat? Noen av guttungene er såpass at de klarer å knerte en kanin i ny og ne, og Alfbar her har en bue og er ennå sterk nok til å spenne den. Han har tatt en del fugl med den»

Alfbar var en gammel mann med langt tynt hvitt hår og han så ut som om han var klar til å knekke sammen når som helst.

Ushara svelget, barna der var tydelig magre og svake og de gamle var ikke særlig mye bedre. «Har dere sett noe til troll etter at dere ble etterlatt?»

Kvinnen ristet på hodet. «Nei, vi tror trollene har fulgt den store gruppen, de virker ikke for å bry seg så mye om oss»

Fhadan klappet på palisaden, veden var tørr og sprø og alt ble holdt sammen med vidjer og gammel vane. «Har dere sett andre uhyrer, bleke skrekkelige med skarpe tenner?»

Kvinnen skar en grimase. «Åh vi har ikke sett dem men vi har hørt om dem, noen fant noen vandrere som hadde kommet ut for dem og noen var døde og andre var forvandlet til noe grusomt, de sa at det sprengte seg uhyrer ut av magen på dem»

Ushara gyste og Fhadan nikket. «Den typen ja, men det var langt herfra?»

Den gamle ristet på skuldrene. «Nei, bare noen fjerdinger opp sidedalen her. Men de er borte nå, hvorfor vet ingen. Folket her vågde ikke vente lenger og reiste mot slettene»

Fhadan så utover. «Jeg tviler på at de er tryggere der enn her»

Kvinnen bikket på hodet igjen, nesten kokett. «Jeg er Lisell, jeg var jordmor for bygda og de fleste her har jeg hjulpet ut i denne elendige verden»

Ushara og Fhadan presenterte seg fort, og alle kom frem fra bak palisaden. Det var ti eldre og sju barn og alderen varierte fra en fem seks til rundt sytten atten. Ushara så at eika ganske riktig var hul, det var en ganske stor hule i den men allikevel, så mange stappet sammen der inne måtte bli både trangt og ubehagelig. Lisell klappet en av jentene på kinnet, hun var svært skjeløyd og siklet og temmelig liten. «Det er når fare truer at en ser hvem folk er, og resten av bygda avslørte seg da de reiste fra oss. Men det er desperate tider, kanskje det unnskylder alt»

Fhadan så på forsamlingen, samtlige var elendig kledd, de eide nesten ikke utstyr og noen av barna hostet grunt og stadig. «Det unnskylder ikke dette, ved gudene, hvem gjør slikt?»

110

Lisell så bare i bakken. «De som frykter for livet, og sjela. Særlig det siste, bygdefolket har blitt alt for gudstro i de siste årene, de tror at alt er en synd, særlig om det gir selv den minste form for glede.»

Ushara fnøs og Fhadan hadde fått et hardt uttrykk i ansiktet. «Jeg har hørt om slike tilfeller før, det er ren galskap.»

Lisell smilte, hun manglet de fleste tennene og ånden var ikke akkurat frisk men det var en slags stille styrke i blikket hennes. Ushara forsto at dette var en kvinne som hadde kjempet mye og lenge for både sitt eget verd og andres. En jordmor var som oftest den som så baksiden av alt som foregikk bak lukkede dører. «Ja, alle vil være bedre enn naboen og så ender det med at de kveler seg selv med alskens idiotiske regler. Jeg sloss mot det, ja det gjorde jeg. Men hørte de? Nei»

Ushara så skjevt på henne. «Tror du at disse barna er straffen for det?»

Lisell ristet på hodet. «Nei er du gal? Alle vet at du ikke bruker den samme oksen på kyrne i mange år, når en bedekker kviger med deres egen far og bestefar får en vanskapte kalver, det samme gjelder for folk»

Fhadan gapte. «Var folket ditt innavlet?»

Lisell gliste stygt, det lyste litt ondskapsfullt i blikket hennes. «Åh ja, de giftet bort barna sine innenfor de samme «rene» familiene og dette er hva de fikk etter noen generasjon. Jeg synes bare synd på barna»

Ushara så at Fhadan hadde løsnet buen sin fra sadelen. «Hva tenker du på å gjøre?»

Fhadan smilte skjevt. «Skaffe mat, de trenger det, sårt»

Ushara gav ham et takknemlig blikk. «Godt, men vær forsiktig»

Han bare nikket og løp av gårde og Ushara satte seg ned på en stein. «Var det en stor bygd?»

Lisell ristet på hodet. «Nei, kanskje en femti personer? Det kom flere fra bygdene høyere opp for noen uker siden, kanskje en sju åtte hundre til sammen. Alle håpet at de skulle nå slettene og finne trygghet der»

Ushara frøs nedover ryggen, hun hadde en sterk følelse av at trygghet var sjelden å finne der. Hun så at barna fremdeles stirret på henne og flere av de gamle der var også i åpenbar vill råde, de ante ikke hvem eller hva hun var. «Flere av barna er syke?»

Lisell nikket trist. «Ja, det er lungesyka, den er en plage her i fjellene. De som får den dør som regel i løpet av noen måneder.»

Ushara ønsket at hun kunne ha hjulpet dem men det var liten vits i å prøve, hun hadde ikke medisiner og nå var det viktigeste å sørge for at disse arme sjelene fikk et bedre tak over hodet og mat i magen. «Er det andre bygder i området, steder der dere kan bosette dere? Dere kan ikke leve i en gammel eik, det er jo livsfarlig»

Lisell lagde en kneggende lyd. «Det er utrivelig men ikke livsfarlig, med mindre karene trekker av seg støvlene, den lukta er livsfarlig nok. Men du har rett, det er ikke bra for barna. Det er en bygd lenger ned i dalen, noen få gårder bare.»

Ushara så forbauset på den gamle kvinnen. «Hvorfor har dere ikke gått dit?»

Lisell bikket på hodet og pekte på åssidene. «Fordi det er en elv i veien og den kan vi ikke krysse, de rev broa bak seg, i den tro at det vil stanse trollene!»

Ushara rullet med øynene. «Troll bryr seg pent lite om litt vann vil jeg tro»

Lisell nikket. «Men vi er ikke sterke nok til å våge oss ut i strømmen, elva er både dyp og stri her og kald ikke minst»

Ushara svelget litt usikkert. «Vi får se på det når vi kommer så langt, dere kan ikke bli her!»

Et par av jentene kom litt nærmere, de så ut til å være som hypnotisert av Ushara's lange svarte hår og Lisell kaklet lavt. «De synes du er vakker, og de har aldri sett noen med slikt hår»

En av jentene gjorde en slags bølgende bevegelse med handa og Ushara så spørrende på Lisell. «Hun lurer på om hun kan få lov til å flette håret ditt»

Ushara måtte smile, hun nikket til jenta. «Bare sett i gang vesla»

Jenta lyste opp og trakk frem en liten lærreim fra beltet, hun hadde også en beinkam der og gikk løs på Ushara's lange lokker med dødsforakt. Før fem minutter var gått var flere av jentene i gang med jobben og Ushara satt der og følte seg temmelig merkelig. Hun var ikke vant med barn og slettes ikke barn som ikke var helt normale men disse jentene var bare bedårende. Lisell satt og skravlet med de andre gamle og Ushara håpet at Fhadan greide å felle et eller annet stort noe, de trengte maten nå. Guttene var fascinert av hestene og stimlet sammen rundt dem, et par av de gamle mennene sto og belærte dem om hva som skiller en god og dårlig hest og guttene fulgte med.

Det gikk et par timer, så kom Fhadan tilbake med et knippe rapphøner og en liten hjort over skulderen. Han var synlig sliten og stegene var langsomme og vaklende men han smilte og det var stolthet i blikket hans. «Jeg tok denne bukken i flukten, og han er tyngre enn han ser ut til å være»

Ushara nikket og fikk med seg noen av jentene til å plukke urter og slikt som kunne brukes til å krydre maten mens Fhadan stykket opp kjøttet og fant de beste bitene. Den vesle gruppen hadde en stor gryte som var heller slitt og tvilsom av kvalitet men den var brukbar og Fhadan skar opp biter av hjerte og nyrer og slikt som var lett å fordøye og ikke trengte å henge for å bli mørt. Han var nøye med å hakke opp alt i småbiter for å sikre at de som hadde lite tenner igjen greide å spise og Ushara og jentene greide å finne en del gode urter og også en del spiselige røtter. Etter en stund var de ferdige med å tilberede et svært godt måltid som fikk mange av de gamle til å rose Ushara skamløst. Men maten gikk ned på høykant og Ushara hengte en del av kjøttet over bålet for å tørke det. Hun var svært glad for at de hadde greid å gjøre dagen litt bedre for disse arme menneskene. Men dagen var på hell og det ble snart mørkt, siden eika var full til bristepunktet fant Ushara og Fhadan et annet sted å tilbringe natta, det var flere store eiker der og en som sto et stykke opp i åssiden hadde en greinkløft som dannet et flatt område som var så stort at to personer kunne sove der. Fhadan la bare noen sterke greiner over og det ble en platting som han påsto var like god som de hans fars folk lagde.

Ushara undret seg på hvordan de skulle komme seg over elva, Fhadan hadde sett den da han var på jakt og Lisell hadde rett, elva var både dyp og stri og brua som hadde stått der var enkel og lagd av treverk. Det var ikke noen sjanse til å bygge den opp igjen uten redskap og folk og mesteparten av den lå på den andre siden. Fhadan mente at han kanskje kunne greide å hoppe over elva der til hest men var ikke sikker. Hestene deres var ikke trent til å springe og avstanden var ganske stor. Ushara tenkte på en taubru men de hadde ikke tau og de gamle var ikke sterke nok til å klatre over en heller. Barna var antagelig ikke i stand til å krysse slik heller, de var trolig for redde for vannet og for lite vant med slikt til å gå med på det uten protester. Ushara la seg ned med en følelse av at de måtte håndtere dette før de kunne reise videre. De måtte få disse uskyldige menneskene i sikkerhet, ellers var de ikke mye verdt. Hestene var sluppet løs og gresset i liene overfor sletta og Fhadan hadde faktisk smilt igjen. Det virket for at den lille gruppen hadde fått ham ut av depresjonen. Ushara følte seg avslappet og trygg da hun omsider sovnet igjen, hun så frem til dagen etter og håpet at de på et eller annet vis kunne få fraktet gruppen over elva og i trygghet.

Hun bråvåknet, hun hadde drømt noe merkelig og ubehagelig om at en eller annen lette etter henne men at vedkommende bare ville henne vondt. Hun rynket pannen, det var fremdeles mørkt og skogen var stille, Fhadan sov tungt ved siden av henne, han trengte virkelig god søvn for hun trodde

ikke at han hadde sovet særlig godt siden Barech døde. Ushara
sukket og la hodet ned igjen, stjernene var svært klare og hun
husket de første gangene hun hadde vært ute av fjellet og
beundret dem. De hadde vært så fylt med mysterier og hun
hadde nesten plaget livet av Thyega med alskens spørsmål. Det
var gode minner og hun tillot seg å gli ned i dem i noen
sekunder, hun savnet dvergene men visste også at deres verden
hadde blitt for liten for henne etter hvert.

Hun var ved å sovne igjen da hun brått hørte en lyd som rev
henne ut av døsigheten med lynets hastighet. Det var et skrik,
fra et barn og det kom fra eika. Ushara var på beina i løpet av
et sekund og Fhadan rykket til og våknet også. Hun grep etter
våpnene deres. «Noen skrek»

Fhadan bikket på hodet, lyttet intenst. «Hører du?»

Ushara lukket øynene. «Ja, å guder»

Hun så brått at sekken hennes glødet svakt, den merkelige
edelsteinen hadde ikke virket for å gjøre noe som helst på
svært lenge, verken skremme bort sjelløse eller troll men nå
lyste den opp så sterkt at den var synlig gjennom sekken. Hun
undret seg på hvorfor den ikke hadde reagert på noe før men
den hadde vært godt gjemt sammen med kartet i salen og
kanskje de ganske enkelt ikke hadde lagt merke til den? Hun
ante ikke men nå kunne en ikke unngå å se at den var der, og at
den reagerte. Et øyeblikk nølte hun, skulle hun ta den med?
Kunne den hjelpe dem mot fienden? Hun bestemte seg for å
ikke røre den, noe sa henne at det kunne være lite lurt, hun
måtte stole på seg selv nå, og sine egne evner.

Hun sprang ned fra treet og Fhadan skar en grimase. «Ikke
løp rett på, vi må se hva vi er i ferd med å møte»

Ushara kjente at hjertet hamret i brystet, det var merkelige
våte lyder, knasing, noe som måtte være grynt og hun fryktet at
fienden hadde funnet dem. Hun løp gjennom mørket og
Fhadan var like bak henne, buen i handa. De snek seg frem,
brukte trærne og buskene og Ushara kvalte et skrik. Det hun så
var ikke noe hun hadde forestilt seg. Det var troll, men ikke

som de trollene de hadde sett før, disse var mer menneskelige i form men like store og svært groteske. Og det var tydelig at den lille gruppen ikke hadde rukket å gjøre anskrik en gang, disse trollene åt det de drepte og Ushara følte en brå bølge av kvalme. Sorg og sinne åt seg gjennom henne og hun så brått at et av trollene rykket til med en pil i brystet. Fhadan skjøt på dem, det var neppe særlig lurt. Halv alven var i bevegelse og fyrte løs, løp over sletta mens han skjøt igjen og igjen, ulende av sinne og sorg. Det var fem troll der, ansiktene var nesten ulveaktige i månelyset og de var groteske, stanken fra dem fikk Ushara til å gyse. Dette var noe nytt, noe mye farligere enn den langsomme nesten hjernedøde varianten.

Pilene gjorde liten skade, de bare slapp kroppene de gnog på og Ushara forsto brått den viktigste forskjellen på disse nye trollene og de vanlige. Disse var raske, lynraske. Fhadan løp i sikksakk mellom dem og skjøt men pilene stanset dem ikke i det hele tatt. Det var bare skudd rett i hjernen som kunne felle noe slikt og disse virket for å ha særdeles tykk skalle, selv i ansiktsområdet. Fhadan var for fra seg til å virkelig bry seg, antagelig hadde sorgen over Barech bygd seg opp og nå slapp den løs, som rent berserkraseri. Ushara ante ikke hva hun skulle gjøre, hva hun kunne få til mot noe slikt. Fhadan løp rett under et troll og fyrte en pil rett opp i baken på det, kroppene var temmelig hårete og det dekket dem men det måtte uansett gjøre vondt og et av de andre trollene langet brått ut og Fhadan greide ikke vike unna. Han ble sparket til med slik kraft at han fløy gjennom lufta og forsvant inn i et kratt med et kraftig knas og Ushara kvalte et skrik. Hun løp gjennom kratt og skygger, skjulte seg for trollene og hun så at beistene nå brydde seg om de døde igjen, de gnog videre som om de ikke hadde blitt avbrutt i det hele tatt.

Hun fant Fhadan på bakken, han rørte seg ikke og blikket hans var merkelig blast, hun jamret seg, han var alvorlig skadet. Han så henne og prøvde å smile. «Det tok meg»

Ushara prøvde å vurdere skadene, hun kjente på armer og bein og han stønnet lavt. «Ikke, det er ingen vits. Jeg traff den steinen der, ryggen min er knekt og antagelig har jeg bare minutter igjen. Men jeg gjorde mitt beste»

Ushara peste nesten, sorg og fortvilelse slet i henne. «Jeg greier det ikke alene, vær så snill!»

Fhadan så på henne, han smilte sakte. «Jeg vil møte ham igjen, det er en trøst, nei, det er en glede. Jeg kan møte ham igjen uten skam nå»

Ushara strøk noen lokker med hår bort fra ansiktet, han pustet så rart, og huden var gråblek i stjernelyset. «Du gav dem litt å tenke på»

Han nikket stille, det boblet i ham og Ushara kvalte et lite skrik av sinne og frustrasjon. Hun kunne ikke gjøre noe for å hjelpe ham. Fhadan stønnet og hun grep handa hans, holdt den hardt. «Ikke…ikke kjemp, du har lov…til å dra Fhadan. Barech venter på deg»

Fhadan nikket. «Jeg hører stemmen hans, Ushara, det er en ting du må gjøre»

Ushara snufset. «Hva da?»

Brått var det som om øynene hans glødet, som om noe i ham var ved å bryte seg ut, noe som lyste sterkt. «Styrk deg, du har en oppgave, jeg ser det nå. Hun venter på deg, du skal ta den mørkestes hjerte og rive fra den mørke konge all makt.»

Ushara så forvirret på ham. «Hva mener du?»

Fhadan hev etter luft. «Blod Ushara, mitt blod. Du husker i fangehullet?»

Om hun husket, noen få dråper hadde gitt henne så vanvittig mye. Hun svelget stivt. «Jeg kan ikke…»

Fhadan skalv synlig nå. «Du må, det er hva du trenger for å bli komplett, for å ta din rolle, uten blir du sårbar. Alveblod er hva du mangler, så drikk av meg. Jeg er døende, la meg dø å vite at det ikke var uten grunn»

Ushara kjente seg kvalm, skremt, forvirret. Hun holdt handa hans og han prøvde å smile, blod rant nedover haken hans. «Fort, mens jeg ennå er i live»

Ushara kvinket. «Jeg kan ikke…»

Fhadan klemte handa hennes hardt. «Gjør det! NÅ!»

Hun hørte at trollene slurpet og åt og noe i henne brast, hun trakk beltekniven sin og Fhadan lukket øynene i det hun satte spissen mot halsen hans og stakk. Hun la munnen mot såret med en gang, drakk dypt fra halspulsåren og hun fortsatte til det ikke lenger var hjerteslag, til hver en dråpe var borte. Hun gav fra seg et hyl, det brant i henne, fikk alt til å vri seg men så var det som om ting brått falt på plass og hun merket at en besynderlig ro spredte seg i henne. Hun så ned på Fhadan's ansikt, han smilte svakt og hun kysset pannen varsomt før hun la kroppen til rette under buskene. Hun tok våpnene hans og hvisket en fort bønn før hun konsentrerte seg om trollene. Brått var hun i stand til å se dem på en helt annen måte, som glødende lys. Fargen var skarpt rød og ubehagelig og hun snerret, før hun i det hele tatt tenkte over det var hun i bevegelse. Noe i henne var forferdet over hennes eget mot men hun skar over graset og raste inn i det første trollet med en kraft som fikk det til å tumle om på bakken. Hun løftet en hånd og skarpe klør rev i vev og bein, hun slet hodet av trollet med et skrik som ikke kom fra noen menneskelig strupe. De fire andre trollene stanset og øynene deres røpet en god porsjon sjokk. Disse hadde mer tanker enn den vanlige varianten. Ushara skrek, det føltes som om hun brant, som om verden rundt henne hadde saknet farten. Hun angrep det neste trollet og rev av det en arm før hun slet ut strupen på det, blod sprutet men hun raste videre, i en tilstand av iskaldt raseri og frådende sinne. De siste trollene samlet seg, prøvde å gripe tak i henne men det gjorde henne bare enda mer innbitt, klørne hennes gjorde kort prosess med dem, de rakk aldri å gjøre noe skade. Da alle fem lå der som stinkende hauger med kjøtt stanset hun opp, spyttet på det nærmeste av dem.

Hun samlet de døde, prøvde å legge kroppsdelene der de hørte hjemme mens hun gråt over de uskyldige livene som var blitt revet bort slik. Eika rommet alle nå og hun stengte åpningen med steiner, naturen fikk ta dem tilbake, på en måte var det noe vakkert i det. Da hun var ferdig var det morgen og sola kom opp. Hestene deres var borte, antagelig hadde dyrene flyktet men Ushara fant skrivet i sadelen som lå igjen,edelsteinen også og samlet tepper, våpen og annet hun trengte og lagde seg en oppakning. Hun ante ikke hvorfor, men hun visste at hun skulle videre og en merkelig visshet hadde begynt å gro i henne. Hun skulle ikke til den vise, men noe ganske annet. Hun ba en bønn for Fhadan, kroppen hans la hun opp i treet der de hadde sovet, alver gjorde av og til det med avdøde, så trærne kunne ta dem tilbake og hun sang mens hun dekket ham til med greiner og gras. Hun kjente ikke ordene men det var en slags trøst i å vite at han nå sikkert var sammen med sin kjære igjen, der ingen kunne skille dem.

Ushara forlot sletta da sola var på sitt høyeste, hun var merkelig rolig. Nå var det ikke noe problem for henne å hoppe over elva, blodet fra Fhadan hadde gjort henne enda sterkere og nå virket det for at det faktisk var varig. Hun løp gjennom dalen, noe trakk på henne og etter noen timer kom hun til en slags haug midt i dalen foran en liten sjø. På haugen sto en stor stein, den var reist opp som et spir og foran den sto en kvinne. Hun bar klær som en dverg av høy status, og ansiktet var stolt og edelt. Håret var grått og langt og ansiktet røpet alder og visdom. Hun smilte til Ushara. «Blodets barn, frigjører av de glemte. Du er våknet, du er rede»

Ushara svelget stivt, hun følte makten rundt denne kvinnen som noe nesten håndgripelig, som varme som dirrer over bakken en varm sommerdag. «Hvem er du?»

Stemmen hennes var trassig og kvinnen smilte igjen. «Kall meg Imla, og vær ikke redd. Jeg vet hvor din sti leder. Jeg vil lede deg på rett vei»

Ushara løftet hodet. «Greit, hva er det jeg skal gjøre?»

Imla så mildt på henne. «Det umulige»

Ushara følte en trang til å slå seg for pannen. «Ikke verre?»

Imla grep handa hennes og Ushara skrek til, verden snudde seg for øynene på henne og brått sto de på et helt annet sted, kun den vesle kollen og steinen var det samme. «Ikke verre, vent her barn, snart vil du se hvorfor du er her, og du vil vite hva skjebnen har krevet av deg»

Ushara så at de var i en frodig dal med skog og blomsterfylt marker og foran dem sto en hytte, den var svært vakker og så liksom så riktig ut, som om den hadde vært der for alltid. Antagelig stemte det.

Imla strøk en hånd gjennom Ushara's hår. «Gråt ikke over de som har fullbyrdet sin skjebne, sørg kun over det som en gang ble tapt. Hvil nå, og jeg vil lede andre til deg, andre som er en del av kampen mot mørket!»

Ushara klemte skrivet mot brystet. «Men hva er det jeg skal møte? Hva betyr den mørkestes hjerte?»

Imla trakk henne med seg mot hytta. «Det vil du se barn, og tro meg, kun du kan gjøre den oppgaven du er tildelt. Du er død og liv i ett, det gjør deg mektig som få andre»

Hun så ned, sorgen over de døde rev i henne og hun prøvde desperat å holde seg rolig. «Jeg har en rubin og et skriv, vi skulle finne en vismann for å tyde det»

Imla gliste skjevt. «Jeg vet det, steinen har ventet barn, den er i ferd å våkne nå og du er den eneste som kan styre dens kraft. Du vil se hva den kan gjøre når du møter de som venter på deg»

Ushara så at det var plass til flere personer i hytta og det sto mat og drikke klar, samt at det lå klær og andre ting der. «Er det skrivet jeg reiste for å få tydet verdt noe i det hele tatt?»

Imla nikket mildt. «Det er uvurderlig kjære deg, for det gir en makt over drager.»

Ushara svelget usikkert. «Er det virkelig drager i verden igjen?»

Imla nikket og trakk frem en krukke med noe som måtte
være vin fra et skap. Hytta virket for å ha alt hun kunne ønske
seg der og da. «Ja, men skrivet gir makt også over fiendens
drager. Derfor er det viktig, derfor har verken Barech eller
Fhadan gått bort til ingen nytte»

Ushara rakte skrivet til henne. «Da skal sikkert du ha det?»

Imla ristet på hodet og gav henne det tilbake. «Nei, du skal
ha det, og du vil lære å mestre kraften det skjuler. Kun fra
mørkets eget hovedkvarter kan det stanses, og kun av en som
deg Ushara. Du er unik, og fra nå av vil de prøve å finne deg
for du kan ødelegge alt for fienden. Her er du trygg, så bli
kjent med deg selv, det er din eneste sjanse til å klare det»

Ushara skulle til å spørre hva den merkelige kvinnen mente
med det men brått var hun bare borte og Ushara satte seg ved
bordet og savnet Thyega. Ved gudene, hun savnet dem alle og
tårene rant nedover kinnene. Hun følte seg langt fra sterk og
selvsikker, heller skrekkelig forvirret og særdeles skremt. Var
Imla en gud? Noen hadde en gang fortalt henne at gudene aldri
griper direkte inn i verden, for det vil gjøre om på selve
skapelsen. De bare påvirker folk og endrer historien slik. Jo,
Imla måtte være en gud og Ushara husket hva hun hadde gjort
med de trollene og en merkelig iskulde spredte seg gjennom
henne. Når hun kunne drepe troll på det viset, hva var det hun
skulle møte som var så farlig at hun kun hadde en sjanse til å
slå det? Hun var ganske sikker på at hun slettes ikke ville like
svaret.

Eirannes

Det hadde vært en hard jobb, å få skaffet nok transport til å få folk i sikkerhet var nesten umulig og det var ikke alle skutene som var tilgjengelige som var brukbare. Noen var flytende dødsfeller og Eirannes hadde revet seg i håret mer enn en gang. Til slutt hadde to av de bedre tremasterne seilt sørover på let etter en løsning og etter en snau uke kom de tilbake, de tauet en stor lekter bak seg, den hadde ligget i drift og var så godt som uskadet og den kunne ta mange mennesker men aberet var at den så avgjort ikke tålte høy sjø eller dårlig vær. Og siden kysten nå brått besto av bratte klipper stort sett overalt var det ikke mulig å legge inntil om det skulle blåse opp.

Det ble en god del diskusjoner før de fant en løsning, den var risikabel men om de skulle få folk bort fra øya og i sikkerhet for alle uhyrene måtte de bare ta sjansen. De ville taue lekteren bak flere skuter og om de ikke fylte den helt fløt den ganske høyt. Om de satte på den et slags ror burde de kunne kontrollere den ganske godt. Noen sjøfolk meldte seg frivillig til å jobbe på lekteren og Eirannes var stolt av dem, dette var hva han likte å se, folk som villig hjalp andre uten tanke på egen sikkerhet. De hadde sett flere troll og sjelløse også men øya beskyttet dem, enn så lenge. Å vokte stredet mellom fastlandet og øya ble ganske enkelt for mye arbeide og det var for usikkert, dessuten var det snaut med mat og vann der og som Airan sa det, folk som blir stuet sammen på det viset vil fort vise sine mindre gode sider.

Det hadde allerede vært noen temmelig friske konflikter der som Airan og et par andre måtte bryte inn, selv på Ardot var

det forskjeller mellom folk og det var klaner og stammer som
ikke gikk så godt sammen. Nå var alle trengt i hop på et lite
område og forskjellige skikker og væremåter fikk
temperamentene til å koke til tider.

Det var også noen få zhandorianere der, de var ikke folk
som hadde hatt makt eller innflytelse, samtlige var vanlige
arbeidere som hadde jobbet på gårder eller i havnene og et par
hadde vært tjenere men det var nok til at de ble uglesett og
Eirannes sørget for at de ble plassert på de skutene som var
sendt ut for å jakte på blekksprut. Den jobben var det få som
ville ha, faktisk måtte Airan virkelig jobbe med kapteinene før
et par meldte seg. De var yngre karer på mindre frakteskuter og
de hadde et ungt mannskap som ikke var så preget av overtro
og frykt som de litt eldre karene. Eirannes hadde lagd en slags
felle ved hjelp av Vidiel, de brukte tønner de boret små hull i
nederst og inne i tønna krøllet de sammen litt gammelt garn og
andre taurester. De hadde plassert en annen litt mindre tønne
opp ned inne i den store og etter en stund kappet de bare et tau
og den mindre tønna stengte hullene og stengte inne det de
hadde fanget. Så langt hadde de ikke fanget annet enn krabber,
noen forvirrede fisk og en helt vanlig blekksprut av det slaget
mange liker å steke til middag.

Airan mente at de prøvde på feil sted, de måtte bare
fortsette å legge ut feller hver dag. Eirannes ba om godt vær,
heldigvis hadde det vært stabilt så da de omsider fikk alle over
på skuter og den store lekteren hadde det vært smul sjø i nesten
en uke. Værmønstrene hadde endret seg også, de gamle sikre
tegnene virket ikke for å holde stikk lenger og de eldre karene
ble mer og mer sikre på at verdens ende var nær. Eirannes bare
fnøs av overtroen deres men nå fikk alle mer enn nok å gjøre.
De kunne ikke gå nære land og de måtte rasjonere det de hadde
av mat og vann. Noen skuter fant mindre øyer der det var vann
og også litt frukt og vilt men det bunnet ikke, de trengte så
veldig mye mer. Derfor kommanderte Eirannes alle skutene til
å seile så fort de kunne sørover, og få folk i sikkerhet så fort

det lot seg gjøre. Det viste seg dessverre å bli vanskelig. De første mulige havnene de fant var ødelagt, stanken av lik fortalte dem hva som hadde skjedd på lang avstand og det var helt klart at de sjelløse hadde vært på ferde der. Noen kropper lå igjen sønderrevet og ødelagt og Eirannes følte seg både kvalm og fortvilet. Airan var merkelig stille, hun stirret inn mot landet og øynene var fjerne, han undret seg av og til over hva hun egentlig visste.

Etter som dagene gikk ble matmangelen prekær, alle som kunne fisket men havet var så opprørt mange steder at fisken hadde søkt seg utover og Eirannes sendte flere lettbåter ut for å se om de kunne skaffe mat lengre ute. Noen dregget også og fikk opp krabber og kråkeboller og slikt og Airan viste dem at noen typer tang var spiselig. Vann var et annet problem, det var godt vær og dermed varmt, alle trengte mye vann og Eirannes ble var at folk fra land ikke var vant med det vannet som sjøfolk ofte måtte ta til takke med, lagret i tønner og temmelig merkelig på smak. Lettbåtene og de mindre skutene prøvde å frakte vann fra de mindre øyene og det holdt, men bare så vidt. Vask og slikt var det ingen som kunne tenke på og Eirannes mente at en nå kunne lukte denne konvoien på mange sjømils avstand.

Men omsider nådde de så langt bort at de så folk igjen og her og der var det faktisk mulig å legge inntil for en mindre båt, de større skutene kunne ikke men lettbåtene kunne ros inn til klippene. Airan frarådet dem fra å sende folk i land riktig ennå, de var for nære området der de sjelløse hadde herjer og gudene alene visste om de spredte seg innover og nedover i landet. Derfor sendte Eirannes inn bud om at alle som visste noe ville bli belønnet for informasjon og det gikk ikke lenge før en av lettbåtene rodde ut med en eldre innfødt mann. Han manglet mesteparten av venstre armen og så temmelig forloren ut men det var skarp intelligens i blikket og Eirannes følte med en gang at denne mannen visste hva han snakket om. Han presenterte seg som Nehrar og han hadde vært arbeider på en plantasje i mange år.

Nå var han en lovløs og hadde vært etterlyst av plantasjeeieren siden han hadde rømt. Eirannes forsto at Nehrar hadde vært viktig i den skjulte motstandsbevegelsen, at han kanskje hadde vært en slags leder der og han hadde fremdeles et nettverk selv om det var temmelig raknet nå.

Nehrar fortalte at de hadde sendt ut løpere, sterke raske unge menn som hadde kjent landet godt, de som løp nordover hadde blitt helt borte, antagelig var de døde men noen av de som løp østover og sørover hadde returnert. Det var som Airan hadde sagt, rundt de store havnene var det fremdeles en slags lov og orden og det var ikke sjelløse eller troll der, foreløpig.

Men inne i landet var det totalt kaos, tusener var døde og mye av infrastrukturen hadde kollapset totalt. Hus og veier var ikke mer, fast land hadde blitt sjøer og motsatt, store åkrer og beitemarker var totalt rasert og det var ingen der lenger til å sette ting i orden igjen. Befolkningen flyktet og de fleste var på ferd sørover, mot de store templene ved foten av fjellene.

Det var ikke populært hos de Zhandorianerne som ennå hadde litt makt og de prøvde å tvinge de innfødte tilbake i arbeide men det gikk som regel ikke uten bruk av vold. Eirannes gyste nedover ryggen, alt dette og noen tenkte fremdeles bare på å tjene penger? Nehrar anbefalte flåten å seile ennå lengre sørover, formen på landet hadde endret seg nå og kysten lå lengre mot vest og sør enn før, han mente at endringene ennå ikke var helt over. Men det ble bestemt at den nye havna utenfor Shepa var målet. Det var langt nok sør til å muligens være trygt og det var så mye folk der at flyktningene neppe ville møte problemer av noe slag. Det ville ta tid å komme seg dit men de måtte bare prøve. Nehrar hadde en oversikt over mulige havner de kunne bruke underveis, det var ikke mange men et par av dem var ganske lovende. Eirannes lot Nehrar få et par kagger med god vin og det ble meget vel mottatt av mannen som takket overstrømmende. Noen få ble

igjen der, de aller fleste ville til Shepa og Eirannes sørget for at
folk ble godt fordelt på skutene. De hadde vært ute i nesten to
uker til da noen av karene omsider klarte å fange den
blekkspruten Airan hadde snakket om. Og ikke bare en. De
hadde senket tønne fellene ned på det som nå var et grunt rev
og da de trakk dem opp igjen var det hele fem slike små
djevler i fellene. Airan instruerte mennene grundig i hvordan
de skulle takle beistene og Vidiel var særdeles nysgjerrig som
vanlig. Prestinnen fikk tak i flere små glasskrukker og
skapningene ble plassert i dem. Deretter viste hun hvordan en
stakk pilespisser ned i krukka og siden blekksprutene var svært
aggressive bet de i spissene og etterlot gift på dem. Det var
ikke mye, kun noen dråper med seig gråaktig væske men det
var nok. Om de foret dyrene og sørget for å holde vannet de
fikk friskt hele tiden kunne de brukes lenge. Noen gutter fikk
jobben med å forgifte piler og holde blekksprutene i live. De
var ikke høye i hatten til å begynne med men det bedret seg
etter hvert.

Eirannes hadde kommet inn i en slags rutine, han og de
andre kapteinene kjente hverandre nå og han hadde på et vis
tatt en slags lederrolle han ikke hadde sett for seg før. De kom
til ham for å få ordre og han prøvde å tenke både praktisk og
langsiktig. Krigsskipene ble plassert bak og ved siden av
konvoien i tilfelle de skulle komme ut for sjørøvere, de mindre
lettere og raskere skutene fikk andre oppgaver enn de som
fraktet folk og den store lekteren var nå blitt forvandlet totalt.
Noen hadde reist telt på den og fått plassert et slags tak over
mye av strukturen slik at folk fikk le for sola og et glupt hode
hadde lagd et slags system av tomme tønner som sørget for at
den ble mye mer stabil i sjøen. Mange hadde slitt med lei
sjøsyke til å begynne med, det ble det en slutt på nå. Til
sammen fraktet de noen tusen sjeler og Eirannes måtte glise
litt, de hadde snytt trollene og de sjelløse for ganske mange
ofre nå.

Da de nærmet seg Shepa fikk de et nytt sjokk, her skulle en kunne skimte den store fjellkjeden som dominerte innlandet i Ardot men profilen var helt annerledes enn før. Det virket for at fjellene hadde sunket ned, nå var de på langt når så ruvende og noen steder virket det for at de rett og slett var borte. De mulige havnene hadde blitt undersøkt og tegnet av på et kart Eirannes jobbet med og de var gode men ikke egnet til å ta imot store skuter. Her fikk de mer informasjon om situasjonen og Eirannes var ganske godt forberedt da han omsider seilte inn mot det som hadde vært en av de største havnene i denne delen av landet. Han hadde vært der før naturlig nok men det han nå så var utrolig. Den forhenværende havna var på tørt land, og den lå ganske langt inn også. Hele bukta var tørr og moloer og fortøyningsfester sto i sanda uten å kunne brukes til noe. I stedet hadde enn ny bukt formet seg, den var dobbelt så stor som den gamle og formen var enda bedre, den var dyp og hadde en smal men god innseiling og formen på klippene gjorde at det ville være smul sjø der inne selv i storm. Det var en perfekt havn og Eirannes tenkte for seg selv at gudene av og til er gavmilde selv når de ikke direkte har det som mål.

Byen over havna var ganske skadet, det var få hus igjen som var hele men folk var allerede i gang med å bygge opp igjen det som var ødelagt og det var et yrende liv der. Synet av så mange skuter sendte mange ned til sjøen og det var et salig kaos en stund til de fikk oversikt og kunne ankre båtene opp på en ordentlig måte. Airan så litt nervøs ut. «Eirannes, du må se til at du ikke oppfattes feil nå, havnemesteren her er på folkets side men han er under press, intenst press. Det er fremdeles mange zhandorianere her som prøver å vende tilbake til ting som de var og han står i veien for dem. Han er tapper, men trenger støttespillere.»

Eirannes nikket. «Jeg forstår, jeg har aldri likt politikk men...»

Airan smile skjevt. «Dette er ikke politikk Eirannes, det er overlevelse!»

Det gikk ikke lenge før en representant for havnemesteren dukket opp, en liten skjev kar av innfødt opprinnelse med et litt innfult oppsyn og lange barter. Han bukket dypt og høflig og virket litt imponert over at Airan var der. «Ærede kaptein, vår havnemester ønsker å møte deg»

Eirannes trakk pusten dypt. «Greit, jeg får vel bli med»

Han tok på seg den beste frakken sin og sendte et fort blikk til Airan. Han ante egentlig ikke hva han skulle gjøre nå for folk var i sikkerhet var de ikke? Og sjøen var hans tilholdssted, ikke landjorda. Representanten løp oppover gangveiene som var lagt ut som et ekorn opp en trelegg og Eirannes kjente at han ikke var noen ungdom lenger men han greide å holde følge og da de nådde selve byen så han at gatene var ryddet for rester og avfall. Det var folk i full gang med reparasjoner overalt og stemningen var faktisk ganske så positiv. Havnemesteren sitt kontor lå nær det som før hadde vært hovedmoloen, det var et ganske lavt murhus som hadde overlevd ganske bra, det var noen skader på taket men de var allerede reparert, en kunne bare se det på at taksteinene som var lagt opp var av en annen farge enn de som hadde ligget der før.

Eirannes fulgte etter den lille mannen inn, huset var overfylt med papirer og kart og han måtte stanse i forbauselse siden flere eldre menn satt i et heller overfylt rom og prøvde å reparere gamle sjøkart. En mann som bare kunne beskrives som fet satt i en stol og skrev på et eller annet som antagelig var et offisielt brev. Han var skallet og fjeset var rødt og svett men ansiktet var vennlig og mildt og han hadde helt vanlige klær på seg, ikke noe dyrt eller ekstra forseggjort der. Han smilte bredt da han så Eirannes og slo ut med armene. «Sitt ned, sitt ned, jeg har ventet på deg, de sier at du har gjort litt av en bragd»

Eirannes kjente at han rødmet svakt og han satte seg i en stol, etter å ha skjøvet unna et tykt lag med gamle papirer og en heller lurvete og lite vennligsinnet katt. Havnemesteren smilte fort. «Unnskyld rotet her, jeg har prøvd å berge det

128

gamle by arkivet, det sto aldeles på avgrunnens rand ser du. Svær sprekk under hele strukturen så vi sendte inn en skokk unger til å berge alt ut. Dette er den mest solide bygningen her for øyeblikket så det er bare rett og rimelig at alt holdes her»

Han pekte på katten som nå satt og vasket seg bak, temmelig demonstrativt. «Det der er arkivet sin katt, også overflyttet hit. Han er nødvendig på grunn av alle rottene men røyter ved gudene overalt.»

Eirannes måtte trekke på smilebåndet, katten så kaldt på dem før den fortsatte med å vaske bakenden. Havnemesteren bukket lett på hodet. «Jeg er Archimald Thelenar, visstnok beslektet med Ohdrasar langt tilbake men det tror jeg er en reinspikka løgn»

Eirannes måtte glise igjen, mannen lignet så avgjort ikke på et medlem av den slekten. «Du kan kalle meg Archie, alle gjør det. Jeg lurer på hva min mor tenkte da hun gav meg navnet, Archimald, det høres ut som en lungesykdom!»

Eirannes ante ikke helt hva han skulle tro om karen, han virket rett og slett flåsete og overfladisk men det var skarp intelligens i øynene og Eirannes forsto at det var et skjold, en fasade han ikke slapp før han visste at den han snakket med var til å stole på. Eirannes nikket. «Eller en blomst av noe slag»

Archie lo så magen ristet. «Ja, selvsagt, en vakker liten plante. Jeg var vel en vakker liten blomst en gang i tiden men det er lenge siden nå! En god ting med katastrofen, det er lite mat, kanskje jeg får et gjensyn med føttene mine, og visse andre ting»

Han ristet på den store vommen og gliset var stort og bredt. «Nåh, over til andre ting, du hadde med folk nordfra? De sier at det er aldeles jævlig der oppe?»

Eirannes nikket kort. «Ja, troll og sjelløse, jeg regner med at du har hørt om dem?»

Archie nikket sakte og trakk frem et ark fra en gedigen haug på pulten. Det var en grov tegning gjort i kull og Eirannes gyste ved synet. «Slike som dette vil jeg tro?»

Eirannes nikket. «Ja, akkurat slike, har de vært sett her i traktene?»

Archie rettet seg litt opp. «Nei, men jeg har sendt ut folk for å få en oversikt over hvor de har dukket opp. Det er ikke oppløftende, det virker som om det bare er områdene rundt de gamle templene i innlandet og noen få av havnebyene som er helt trygge. De uhyrene dukker opp helt brått, som skutt ut av bakken er det noen som påstår»

Eirannes nikket stille. «Det stemmer, jeg har sett det selv. Hva med troll?»

Archie rullet med øynene. «Flere landsbyer er jevnet med jorden, totalt. Heldigvis var det ikke folk der men det sto ikke stein tilbake på stein der. Folk sier at de har sett digre flokker av beistene»

Eirannes rynket pannen og måtte sette seg litt opp, stolen han satt i var temmelig nedsittet. «Forundrer meg ikke, har det gått med mange liv?»

Archie strøk handa over den nakne skallen. «Foruten de som har blitt drept av selve katastrofen? Selvsagt, men de innfødte ser ut til å ha mer vett enn vi nordfra, de søker seg til gamle helligdommer og dit følger ikke utyskene etter av en eller annen grunn.»

Eirannes så ned. «Så de fleste drepte er nordfra?»

Havnemesteren rakte seg frem og tok en vinflaske fra bordet, han trakk korken ut med tennene, temmelig usjenert, og tok en dyp svelg. «Nå så, først var det ikke noen forskjell. Jeg må si at jeg ikke sørger over en del av dem, kanskje ting vil bli bedre her nå»

Eirannes lente seg fremover. «Det sies at mange prøver å ta makten her?»

Archie nikket stivt. «Åh ja, ikke få heller vil jeg si. Det er mange plantasjeeiere og rikfolk som har klart seg og de tror at alt kan vende tilbake til slik det var, men det tror jeg neppe skjer uansett.»

Eirannes trakk pusten. «Lager de problemer?»

Archie stønnet og rullet med øynene. «Problemer? Kall det hva det er, de er noen forbaskede idioter som burde vært satt på første kveg transport nordover igjen. Jeg bryr meg fela om hvilken slekt de er av, de kan ha det så godt men mange har allerede vært her og prøvd å være truende»

Eirannes rynket pannen, han følte et fort sting av uro. «Hvordan det?»

Archie sank litt sammen. «De behandler fortsatt de innfødte her som fe, og krever at jeg samler sammen alle her som ikke jobber for meg eller dem og sender dem inn i landet for å få plantasjene på fote igjen. Men jeg er ingen slavedriver og jeg har ikke autoritet til å bare kommandere folk slik. Det nekter de å godta»

Eirannes så bort på katten som nå kvesset klørne på et stolbein, den virket temmelig ubekymret og misunte den det. «Har det vært ubehageligheter?»

Archie støttet hodet i hendene. «Eirannes, du er en erfaren kaptein, jeg har hørt mye om deg og dine kunnskaper. Å navigere her nå er som å navigere gjennom en labyrint av skarpe skjær i orkan i bekmørke. Det er bortimot umulig! Noen kaller meg en forræder og vil ha meg fjernet, andre tror jeg akter å mele min egen kake og ta over alt her siden jeg nekter dem arbeidskraft og andre igjen tror jeg er blitt feig og bare vil sitte på den breie ræva mi og hale inn penger på den flotte nye havna»

Eirannes måtte trekke på smilebåndet. «Og alle tar feil?»

Archie sukket dypt. «Jeg kom hit til Ardot da jeg var tjue, jeg var naiv og ung og trodde at vi fra nord virkelig var bedre enn folket her i Ardot. Det tok meg akkurat en uke før jeg forsto at det fantes monstre i verden og vi var de verste. Etter det har jeg jobbet for å bedre ting her men det er som å stampe i en sjø av bek iført støvler av bly»

Eirannes bikket på hodet. «Det er uansett tappert gjort»

Archie klappet seg på flesket. «De sier at jeg er en feit og lat mann som bare tenker på god mat og vakre kvinner men det er et skalkeskjul. Fettet er en god kamuflasje og en enda bedre beskyttelse»

Eirannes var litt perpleks. «Beskyttelse?»

Archie nikket med et flir. «En gang prøvde en fyr å stikke meg ned på åpen gate, det var antagelig ment å se ut som et ran men kniven var ikke lang nok. Den traff bare fett. Jeg blødde jo en del men det var langt fra livstruende og vaktene mine fikk tak i karen men han kreperte før de rakk å forhøre ham. Antagelig gift i vinen hans»

Eirannes knep øynene sammen. «Så du har fiender her, og de vil bli kvitt deg, Enda mer nå enn før vil jeg tro»

Archie bare blåste i nesa. «De gnisser nok tenner nå over at jeg ikke kreperte i katastrofen, du skulle sett det, jorda hev på seg som en utemt hest med en klovn på ryggen. Men jeg er tøffere enn de tror, og jeg samarbeider med de innfødte så slavedriverne ikke får tak i folk»

Eirannes lente seg bakover mot rygglenet, meget varsomt. Det var tydelig at stolen hadde vært med på mye. «Det er bra, jeg har en prestinne med på Havfruen, hun vet mye tror jeg, og vil være nyttig»

Havnemesteren nikket. «Folket her er kloke Eirannes, de har sin egen kultur og religion og vi har vært tosker som har behandlet dem som søppel hele tida. Men landet tar tilbake nå, og folket også. Jeg håper at ting vil bli bedre fra nå av, at Ardot vil bli styrt av sine egne innbyggere»

Eirannes gliste skjevt. «Den holdningen er neppe populær blant de andre nordfra? Hvem er hovedproblemet?»

Havnemesteren klødde seg under tunikaen, han svettet temmelig kraftig og det var ikke så rart, huset var stekende hett og vinduene var spikret igjen. Bare noen store lamper gav lys og de var med på å heve temperaturen. «Det er fem familier her som virkelig kan bli farlige, og tre av dem er truende til å prøve å ta makten her med vold. De har mange folk og lite skrupler. De to andre familiene er mer renhårige, bare veldig tradisjonelle og de holder fast på gamle privilegier hardere enn en gammel frøken på jomfrueligheten.»

Eirannes skar en grimase. «Så det er de tre sterkeste som er farligst?»

Havnemesteren nikket stivt. «Ja, så vær på vakt. Du har skip nå og menn som følger deg. For alle nordfra er du fristende, du kan få i gang igjen handelen, gi dem penger og innflytelse igjen. De vil prøve å kjøpe din lojalitet eller tvinge deg til å tjene dem»

Eirannes så stivt på havnemesteren. «Det kommer ikke på tale, jeg har vært utnyttet for siste gang. De pengene jeg har tjent på handelen var blodpenger og jeg ser det nå.»

Havnemesteren nikket sindig og tok en ny dyp slurk av vinflasken. «Godt tenkt, men vær på vakt uansett. Havfruen er en stor skute, hun kan frakte mye gods. Og en skute kan selges eller få en ny kaptein»

Eirannes viste tenner. «De får Havfruen over mitt kalde lik, og tro meg, ingen av mine sjøfolk vil adlyde en kaptein valgt av de idiotene. De forstår seg ikke på sjøens tradisjon og kodeks.»

Havnemesteren nikket. «Godt, vi skal ikke gi dem en lett kamp om de prøver å gjeninnføre det tyranniet som hersket her før. Men det er noe annet jeg vil diskutere med deg Eirannes, vi har sett troll og sjelløse men noen sier at det også har blitt sett havmonstre, helt sør i havet mot de ytre øyene»

Eirannes bare gapte. «Havmonstre? Hva da? Kjære vene, havet har vært opprørt, det er sikkert drivende vrakrester eller ansamlinger av søppel som er skylt til havs»

Havnemesteren ristet på hodet. «Antagelig ikke, for det er erfarne sjøfolk som har brakt nyheten med seg nordover. Noen skuter lå i sør da alt begynte å skje og de var smarte, seilte rett sørover for å unnslippe.»

Eirannes følte et sting av nysgjerrighet. «Hvilke skuter da?»

Havnemesteren trakk frem enda et papir. «Visstnok
Havliljen, Den blå hvalross og Bølgekløyver. Og et par mindre
frakteskuter. De seilte korn fra sørspissen da ting gikk til
helsike»

Eirannes svelget, han kjente de skutene og kapteinene var
venner av ham, eller i det minste bekjente. Alle som seilet
store frakteskuter kjente hverandre, de var et lite men sterkt
brorskap og han følte et stikk av stolthet over at slike flotte
skuter hadde greid seg. Bølgekløyver var kjent som den aller
raskeste klipperen noen gang, den hadde krysset mellom Ardot
og Dheesa raskere enn noen skulle tro var mulig. «Hva var det
de påsto å ha sett?»

Det var få skuter som seilte så langt sør, der var det fare for
isfjell og strømmene var merkelige, dessuten kunne hele
havområder bli rammet av brå stille og tett tåke som varte i
ukesvis og for et seilskip var det livsfarlig. Archie trakk på
skuldrene. «En av kapteinen beskrev det som en havdrage, hva
det nå er aner ikke jeg men han var visstnok temmelig
bråsikker»

Eirannes kikket stivt på havnemesteren. «Havdrage er hva
vi kaller alt vi ikke kan identifisere, det han ha vært en hval, en
ekstra stor sel, for farao, det kan ha vært en diger flytende øy
av tang for alt vi vet»

Archie humret lett. «Ja, uten tvil, men alle sa det samme,
havdrage. Og de hadde vært temmelig nær også, en av dem
hadde påstått at tingen hadde løftet seg ut av vannet og stirret
på dem før den sank tilbake, stinket svovel og råtne egg»

Eirannes svelget. Disse karene hadde mest sannsynligvis
vært redde og forvirret, de hadde opplevd noe skrekkelig og da
var det fort gjort å bli litt forvirret. «De så syner»

Archie trakk på skuldrene. «Alle sammen? Samtidig? Vel,
det kan jo hende, men det som bekymrer meg er at det også går
rykter om at det er funnet døde havfruer. Og det er i hvert fall
sludder og vås, om folk biter på slike rykter så biter de på alt
og jeg vet at i hvert fall ene slekten jeg slåss mot er særs

dyktige til å spre panikk og bruke løgner for å tvinge folk til å være lydige.»

Eirannes bet tennene sammen. «Du tror at de vil prøve å ødelegge for folk?»

Archie sukket lavt. «Splitt og hersk ikke sant? Folk er fortvilet, forvirret, de mangler klar ledelse, de aner ikke hva som skjer, ingen kan forklare dem hvor de er trygge, hva de kan gjøre for å berge seg. De biter på det som gir håp eller et svar, selv om det er rene løgner og leder rett i elendigheten.»

Eirannes vætet leppene. «Airan har lært oss å forgifte piler, ved hjelp av blekksprut. Giften er visstnok farlig for de sjelløse»

Archie lente seg forover, ansiktet var brått merkelig opplyst. «Der Eirannes, der har vi det, der har vi det som kan samle oss, gi folket håp, et symbol»

Eirannes steilet nesten bakover. «Jeg kan ikke ta den rollen Archie, ikke tale om»

Archie så skarpt på ham. «Du har allerede den rollen Eirannes, du berget folk bort fra den øya ikke sant, du har organisert skutene, samlet kapteinene og gjort dem til en flåte. Folk vet hvem du er, og om du nå begynner å drepe sjelløse også er det akkurat hva folket trenger, hva vi alle trenger. Skal Ardot overleve må vi alle trå til og om vi får en rolle vi ikke liker, vel, ikke alle kan spille første fiolin.»

Eirannes kjente seg kald, han visste at Archie hadde rett. Airan hadde sagt så mye også. «De venter på en av den opprinnelige kongeslekten?»

Archie nikket. «Ja, men sjansen for at vedkommende kommer hit eller i det hele tatt er i live er minimal, folket kan ikke legge all tillit til noe slikt. De trenger noe håndfast, noe virkelig. De trenger en stødig kaptein for dette landet er som ei skute på full fart mot skjærene»

Eirannes svelget litt panisk og Archie rakte ham flaska. «Her, ta en støyt. Det er sterke saker»

Eirannes tørket av tuten med ermet og tok en støyt, det brant nedover i halsen og han gispet etter luft. «Åh guder»

Archie gliste bredt, han hadde forbausende fine tenner. «Ikke sant? Min favoritt, meget godt lagret og enda bedre brygget»

Eirannes så stivt på havnemesteren. «Så hva foreslår du at jeg gjør?»

Archie tok flaska og slo ut med hendene. «Enkelt, ta med så mye av den giften som du kan og se om det virker, kverk noen sjelløse og la folket se at de ikke er uovervinnelige. Det vil gi håp, det vil gi alle her styrke til å rette ryggen og stå på sitt»

Eirannes så ned i golvet. «Og så?»

Archie svelget og han var litt nervøs. «Hør, folket her har lidd lenge, de har blitt utnyttet, de har blitt brukt som ting, ikke som folk. De har mistet alt og enda krever vi nordfra mer. De er sinte, innerst inne koker raseriet. Når de sjelløse og trollene er borte vil det bli en revolusjon og jeg tror det er det tryggeste for oss å virkelig vise at vi er på folkets side, er du ikke enig?»

Eirannes nikket sakte. «Så, hvor må jeg reise for å kverke sjelløse?»

Archie sendte ham et fett glis. «Enkelt, det er en stor øy to dagsseilaser sørvest for her, den er ny. Men det er sjelløse der, mange av dem. Noen seilte forbi og det krydde på strendene. Antagelig skulle de ha vært på fastlandet men havnet på feil sted av en eller annen årsak. Det som teller er at det er en god plass å teste det ut på»

Eirannes følte seg brått nesten kvalm, selv overlevelsen til folket og kulturen var blitt politikk, dreide seg mer om penger enn om noe annet. «Jeg skal se hva jeg kan gjøre?»

Archie mol nesten. «Bra, vis dem at du er en kyndig kaptein, kapabel til å styre enhver skute. Vi trenger tydelige ledere nå»

Eirannes kom seg opp, tanken på å komme seg derifra var brått fristende. «Det vil gjøre meg til et mål»

Archie nikket. «Selvsagt, ingen av oss er noen gang trygge. Men om gudene er med oss kan det hende at vår fiende blir vår venn, beistene trekkes mot steder med mye folk og alle de fem slektene har store plantasjer og palass»

Eirannes svelget stivt. «Det blir et blodbad i såfall»

Archie nikket. «Og om noen stormer inn og redder dem i siste liten, hvem skylder de sin takknemlighet da? Hvem må de lyde?»

Eirannes forsto at Archie var den mest slu person han noen gang hadde møtt på, en mann som la planer ingen andre ville vågd å engang tenke på. «Guder, du har rett»

Archie gliste skjevt. «Selvsagt har jeg rett. Gå nå, forbered Havfruen på litt av en seilas. Jeg skal sørge for at dere får alt dere trenger av utstyr. Forrige havnesjefen her hadde et våpenlager og han hadde flere hundre gode buer og armbrøster. De bør gjøre vei i vellinga»

Eirannes gryntet bare. «Det er vel og bra men vi trenger bueskyttere, og skuta trenger reip, harpiks og temmelig mye nytt tømmer.»

Archie bare smilte. «Ikke noe problem, jeg kan skaffe alt det der. Ikke bekymre deg»

Eirannes så skjevt på den fete mannen, han så taktikken men kunne ikke annet enn å beundre sluheten, og motet. Om Eirannes ble ansiktet utad som folk måtte forholde seg til så var Archie den personen som satt bak og styrte tøylene. Enhver idiot ville forstå det, og om noen tenkte på å endre maktstrukturen var det Archie de ville gå etter først og fremst. Eirannes var for verdifull.

Eirannes bukket høflig og gikk ut, han trakk pusten dypt i det han kom ut døra, ute var det hett men det hadde vært hetere der inne og han tørket svetten og satte kursen ned mot havna igjen. En av dekksguttene kom gående og Eirannes stanset ham. «Kan du be kvartermesteren og styrmannen om å laste henne opp med mat? Alt vi trenger for minst en uke på sjøen, og med ekstra mannskap»

Gutten nikket ivrig og skjøt avgårde, antagelig var alle på en eller annen bar eller kneipe og Eirannes unnet dem det men det var arbeide som måtte gjøres. Han kom seg om bord igjen og fortalte Airan om samtalen. Hun så litt betenkt ut. «Jeg liker ikke dette, men han har rett, folket trenger håp nå, mer enn noe annet. De trenger noe å tro på, noe håndfast. Om du kan drepe sjelløse vil det gi mange akkurat det de trenger for å klare seg»

Eirannes sukket og la fra seg hatten sin på bordet, han føltes seg brått gammel. «Jeg er ingen ungsau Airan, jeg er en aldrende mann. Mine år har vært gode og jeg har aldri hatt ambisjoner om å bli en folkeleder»

Airan bikket på hodet. «Nei, men vi har et uttrykk blant oss prestinner. All makt til den som ikke ønsker det»

Eirannes forsto visdommen i de ordene. «Ja, så hva gjør vi?»

Airan satte seg ned. «Vi gjør skuta klar, seiler ut og om gudene er på vår side dreper vi noen monstre»

Det gikk ikke mer enn en time før utstyr begynte å dukke opp på stranda, lettbåter fraktet det ut til Havfruen og med alt sammen kom arbeidere fra andre skuter. Tømrere, taumakere, alt de trengte. Det var en hektisk kveld og natt og Eirannes ble nesten lamslått av iveren folk viste. Noen lagde mat på stranda så alle fikk spist, det ble skaffet nye hengekøyer for mannskapet, proviant ble ferget om bord, skuta ble overhalt nær sagt overalt over vannlinja. Da morgen kom var Havfruen klar til tokt og om bord var tjue innfødte bueskyttere samt nok våpen til en liten arme. Eirannes ante ikke helt hva han skulle si men han forsto at Archie ville ha dem av gårde raskeste mulig, før de som kunne stikke kjepper i hjulene for dem rakk å reagere. Eirannes fikk følge av to av de andre skutene, Stridshansken og en liten klipper som hadde gått kun mellom øyene der. Kapteinen kjente farvannet slik det hadde vært og det burde være verdifullt selv nå.

Havfruen seilte ut med tidevannet den kvelden og Eirannes satte kursen med en gang. De hadde god vind og nå viste

Havfruen seg som en meget god skute. Alle skadene hadde blitt reparert og hun var kanskje tyngre og litt langsommere enn Sølvmåken hadde vært men det gjorde henne mer stø. Eirannes følte seg lettet over å være på sjøen igjen, her hørte han hjemme og han var lettet da skuta skjøt fart og begynte å dra ifra de to andre. Hun hadde full seilføring nå og han forsto hvor stor styrke denne båten egentlig hadde i røff sjø.

Turen til øya tok dem over to dager for vinden snudde så de måtte gå i le av noen andre øyer, men på kvelden tredje dagen så de øya og Eirannes forsto hva som hadde blitt ment. Det var virkelig mange sjelløse der, øya var mer som et skjær med litt vegetasjon på og den var nesten hvit av de motbydelige skapningene.

Eirannes kjente seg kald av synet, det var minst hundre av dem, og samtlige så skuta og begynte å hvese av forventning. Guttene hadde arbeidet hardt med å forgifte piler og Eirannes vinket på en av bueskytterne «Hvilket hold trenger dere?»

Mannen spyttet og så på sola, beregnet vind og avstand. «Fem hundre fot er maks, om vi skal treffe»

Eirannes skar en grimase. «Det er lovlig nært, hvor fort kan dere skyte alle?»

Mannen så stivt bort på øya. «Vi trenger ikke lang tid, om den giften er effektiv kanskje et kvarter?»

Eirannes nikket stivt, han ble nervøs av å se på de groteske skikkelsene og ville ikke ha mer med dem å gjøre enn han måtte. Han turte ikke la skuta ligge nær land lengre enn høyst nødvendig. «Dere har ti minutter»

Han beordret ankeret ned og bueskytterne gjorde seg klare. Pilene var grundig forberedt og den seige grå massen satt godt på spissene når det tørket. Nå fikk de se om Airan hadde rett. Det ble litt mindre vind i et kort øyeblikk og den første pila fløy. Den traff en av de merkelige bleke skapningene i magen og skikkelsen nærmest lo hest men så klappet den sammen med et vræl og vred seg litt før den ble stille. De andre virket ikke for å forstå hva som skjedde og nå fyrte alle bueskytterne

av et skudd. De aller fleste traff godt og nå forsto beistene at
de var i fare. De skrek og prøvde å finne ly og ble plukket ned,
en etter en. Giften var svært effektiv og før ti minutter var gått
var alle nede. Eirannes beordret en lettbåt satt på vannet, to
modige karer rodde fort inn og kastet tau rundt noen av
kadavrene og de ble hengt fra baugspydet. Det var liten fare for
at noen skulle mista dem for noe annet enn hva de var og
Eirannes kjente at besluttsomheten hans kom tilbake. De kunne
slå til mot fienden, de hadde et våpen. Nå ville han vende
tilbake til havna og så fikk de se, om en gammel kaptein kunne
gjøre mer enn bare å styre en skute gjennom forrædersk
farvann.

Dhar-arzghed

Det enorme tempelet var bygget på det som en gang hadde vært en vulkan, og i det evige mørket der føltes det mer enn det kunne sees, som en enorm tyngde i sinnet. Gigantiske tårn strakte seg mot stjernene og flakkende lys fra magiske lamper kunne sees her og der. Hele strukturen var så stor og intrikat at ingen egentlig kjente til hele bygningsmassen, det var store hemmeligheter der og noen av dem var det kun de mørke som kjente til. Det var mange som tjente der, noen var prester av ulik rang og noen var adelige og velfødte som tjente kun for å kunne stige i rang men de fleste var tjenere og de fleste av dem var slaver. I en av avdelingene langt nede under bakken ble det avlet nye slaver hele tiden og de som viste seg å ikke være velegnet ble brukt som for til diverse kjæledyr prestene holdt.

I et av tårnene som lå et godt stykke unna området der de hellige ritualene ble utført ble det avlet troll og flere av de sterkeste Zhegene hadde kommandoen der. Det var mer enn enorm by enn et tempel på dette tidspunktet og som de fleste byer hadde de sine problemer. I det siste hadde det blitt problemer med trollene, de greide ikke å skape mange nok for dannelsen av troll krevde en god del veldig spesifikke ting, samt en solid dose mørk magi av det slaget som normalt sett svir levende vesen til aske på få sekunder.

De trengte å skaffe nye troll kontinuerlige siden stadig flere ble sent gjennom portene og magikerne var i full sving med å åpne så mange portaler som mulig. Aberet var at det var meget krevende og tappet dem så det var ikke så mange tilgjengelige til avlsarbeidet. De store gropene brukt til den oppgaven var fylt opp med slaver og de fleste som ble sendt til gropene for å jobbe vendte aldri tilbake. To av lederne sto på en kraftig gangbru over en av gropene, begge var sterke hanner ikledd

rustning og kapper i strålende farger og de stirret ned i gropa
med en mine av misnøye. De brukte i utgangspunktet en rase
av kjemper som var innfødt der i landet, de var sterke og store
men lite smarte og de tålte svært mye. De hadde kun et visst
antall av disse, og samtlige var hanner. Hver og en av dem var
utrolig verdifull og de ble tatt ytterst godt vare på. Å miste bare
en slik avlshann ville være en tragedie og nå sto de foran en
liten krise. Det virket for at hannene mistet kraften mer og mer,
de var ikke like ivrige som før.

Den høyeste av de to grep rekkverket med sterke hender,
han stirret ned på en av hannene som ble ledet fremover av en
liten gruppe vettskremte slaver. Vanligvis ville hannene styrte
frem med nå sjokket den fremover med tydelige tegn på å være
motvillig. De brukte hunner av en type enorme orker og siden
denne rasen nektet å underkaste seg måtte de gå til krig relativt
ofte for å skaffe flere. Det skjedde temmelig ofte at hunnene
ikke overlevde drektigheten eller fødselen og de var
nødvendige fordi denne blandingen gjorde trollene både
blodtørstige og motstandsdyktige mot skader. Hannen ble
formelig dyttet mot en slags benk der en hunn var bundet ned,
de brukte urter og magi for å sikre at det skjedde en
befruktning siden disse kjempene og orkene tross alt var
forskjellige arter og disse hunnene var sterke og ville og
kjempet som regel i mot. Hannen fikk litt interesse tilbake da
den luktet hunnen og sjokket fremover, den lagde en gryntelyd
og de to så at det massive avlslemmet disse kjempene hadde
reiste seg. Begge to gliste, det var i det minste underholdende å
se på, hunnen skrek av smerte i det hun ble besteget og hannen
gryntet høyt og pumpet løs med stor iver. Når avkommet var
født ville det bli utsatt for sterk magi som ville forvandle det til
de trollene som nå ble brukt i krigen, i det siste hadde de prøvd
seg på nye typer også og de virket for å være svært effektive.
De hadde lite tankeaktivitet men de var brutale og blodtørstige
og de fryktet ingenting. Kroppene var mer eller mindre av stein
og det var forbasket men de tålte fremdeles ikke sollys særlig

godt. Den øverste av de to tappet klørne sine mot rekkverket, han var meget elegant med langt indigo blått hår og skarpe gule øyne. «Har noen funnet ut hva som svekker dem?»

Den andre ristet på hodet. «Nei store Zhirur, magikerne forstår det ikke. De tror det kan være en slags naturlig syklus, at de mister lysten i en periode men at den vil vende tilbake etter en tid»

De hadde hatt problemer nå en stund, det virket for at hannene rett og slett mistet avlskraften og lysten og ingen forsto hvorfor, det var nesten så en kunne tro at det var magi med i bildet. Men ingen magi kunne da vel gjøre moe slikt? Om en av magikerne hadde gjort noe dumt ville de mørke merke det med en gang og vedkommende ville ikke bli gammel, det var ganske så sikkert.

Zhirur smekket med tungen. «Det vil være for ille, vi trenger dem, alle to hundre. Vi trenger flere troll. Har noen greid å forkorte drektigheten?»

Den lavere hannen ristet på hodet. «Nei, tiden kan ikke forkortes mer, beistene blir født for svake om vi lar dem fødes tidligere»

Zhirur skar en grimase. «Hvor mange troll har vi skapt denne åttedagen?»

«Vi har fått femti herre, men tre var svake og har blitt…fjernet»

Zhirur gryntet kort. «Det er for ille, men vi kan ikke forvente at alle er perfekt. De mørke vil forstå det. Thaalag, gi meg oversikten over hva som er tilgjengelig av hunner og slaver»

Thaalag gav fra seg skrivet med en rask bevegelse, det lønte seg aldri å la Zhirur vente og den store hannen leste fort gjennom listene. «Vi har for lite slaver, er det noe som kan gjøres der?»

Thaalag nikket. «Bestyreren for avlen der mener at det dør for mange hunner, de bør få bedre for, og litt bedre forhold.

Han har prøvd det på en liten gruppe og de har fått både flere unger og sterkere unger også»

Zhirur så litt irritert ut. «Ah, Rakayd, han er alltid så ambisiøs og tenker ikke som en zheg, men greit nok, om det virker. Du kan gi han beskjed om at han kan følge sin lille ide, inntil videre.»

Thaalag bukket dypt. «Som de ønsker store Zhirur, er det noe mer de ønsker at jeg skal gjøre?»

Zhirur trakk på de brede skuldrene. «De mørke mener at krigerne vi skal sende ut er for uforberedt. De er redde for tap»

Thaalag tillot seg å le, en litt vantro latter som viste de skarpe tennene hans. «Virkelig? De sjelløse og trollene vil bane veien for dem, det vil knapt være kamp»

Zhirur nikket. «Det er riktig, de er for varsomme i så måte. Men jeg må videre, se til at magikerne jobber videre med hannene. Og send ut bud om at vi trenger flere orke hunner, vi må få opp fødselstallet igjen.»

Thaalag smilte servilt og noterte det på en bit pergament. «Og mens du er her, jeg ønsker et måltid sendt til mine gemakker når klokkene ringer for sjette gang. Og denne gangen skal kjøttet være ferskt, ikke som sist»

Thaalag skar en skjult grimase. «Selvsagt store herre»

Han noterte det også, ferskt kjøtt. Det var ingen av dem som kunne forlange noe slikt nå, de hadde problemer med å skaffe nok mat til alle og selv ikke de øverste offiserene kunne regne med noen luksus. De hadde tømt ressursene sine igjen, og det å invadere en ny verden var totalt nødvendig. Den beste maten gikk til troppene med soldater og noe gikk også til trollene så de skulle ble sterke før de ble sendt ut. De første typene som var skapt kunne ikke ete av noe i den andre verdenen men måtte fores før de dro så de ikke ble svake. De sjelløse trengte ikke mat i det hele tatt, de ble skapt ved å forvandle fanger og slaver og noen ble til ved hjelp av ren magi, de sa at magikerne som tjente nærmest de mørke skapte dem av jorda selv. Thaalag tvilte på det men han var spent, han skulle innrømme

det. Det å tjene de mørke var slik en ære og han var svært klar
over sin opphøyde status og sin strålende fremtid, om han
tjente godt. Han var en av de øverste der og nøt at andre knelte
for ham, viste underkastelse. Han visste akkurat hvordan han
skulle holde seg respektert og fryktet.

Han trakk kappen tettere om seg mens han vandret bortover
broen og tok veien innover mot områdene der slavene ble avlet
opp. De brukte flere raser, noen var tatt med fra andre verdener
og noen tilhørte denne men felles var at få hanner ble tillatt å
leve, de trengte kun hunner for avlen og de hannene som ble
tatt med for å bli slaver ble kastrert. Hunnene var avlsdyr og
han var lite sentimental av seg men veldig praktisk. De kunne
ikke fortsette slik, de hadde kastet bort alt for mange og noen
burde virkelig endre systemet. Det at Rakayd hadde konkrete
planer var til deres felles beste men han undret seg over hvem
som skulle stå for de ekstra kostnadene. Det var bare så mye
budsjettet deres tålte og de mørke tålte ikke alt for mye
forsinkelser før de tok til motmæle. Han gyste sakte, han hadde
selv sett hvordan en av de mørke drepte en offiser som nektet å
sette opp farten på en arbeidsoperasjon og det hadde vært
grusomt. Kun en berøring fra en av de mørke fikk den hannen
til å gå i oppløsning, som om han smeltet.

Kun veldig få av dem hadde sett en av de mørke, de sa at
det å skue dem var så skremmende at det kunne ta fra en vettet
og han trodde de som sa det. Derfor dekket de seg til i tykke
kapper og viste seg sjelden, kun prestene formidlet deres ord
og befalinger. Den øverste hadde ingen sett, unntatt de
ypperste av prestene men han styrte alt, alle visste det. En av
Thaalag sine offiserer påsto å ha sett den øverste av de mørke
fra stor avstand og han hadde aldri glemt det, noen i stemmen
hans fikk Thaalag til å tro at det var sant. Det var et strengt
hierarki der og Thaalag visste at han hadde steget så høyt han
kunne komme, å prøve å klatre høyere var å risikere livet og
Thaalag var ikke så ambisiøs. Han satte pris på det han hadde,

og det var en sjelden egenskap hos en av hans folk. De fleste
anså kun det å komme seg høyere som noe verdt.

Thaalag hadde mye, en god eiendom, flere tjenere og til og
med et lite harem av hunner, det var det mange som misunte
ham og han smilte litt for seg selv mens han hastet nedover
trappene. Han var heldig og han visste å sette pris på det hellet
ved å ikke risikere det på unødvendige handlinger. Avdelingen
der slavene ble avlet var stor, det trengtes for de måtte ha en
stødig tilgang på nye. Rakayd var i sitt kontor, han var en
forholdsvis høy hann med sterkt rødt hår og vakre horn som
krummet seg på en svært spesiell måte. De sa at han hadde
klatret i makt svært fort og at han var slu og ambisiøs men
også at han faktisk tenkte langsiktig. Thaalag hadde respekt for
Rakayd, han var en dyktig leder som faktisk greide å tenke
utenfor boksen. Om de skulle klare seg for fremtiden var det
akkurat slike ledere de trengte og Thaalag skulle være den
første til å vedgå det. Noen av lederne var for fastbundet av
gamle tankemåter til å tenke nytt, de vågde ikke bryte
mønsteret i frykt for å tape alt.

Takayd så opp da Thaalag dukket opp, Thaalag var ikke så
flott å se på som Takayd og han visste det. Håret hans var blekt
grønt på farge og øynene var ikke så klare, han var ikke så høy
heller men han hadde vunnet mye på å være arbeidsvillig og
gjøre sitt beste til enhver tid. Deres ledere var vise og gjorde
sitt aller beste for å sikre at deres folk skulle klare seg, han var
stolt over å gjøre sin del av jobben, hvor liten den enn var.
Rakayd nikket vennlig, han var i ferd med å skrive en liste
over hva de trengte av forsyninger denne åttedagen og Thaalag
bøyde seg dypt. «Æret være de mørke, hvordan går det med
ditt lille forsøk?»

Rakayd smilte og reiste seg, han kledde seg bare i rødt og
det kledde ham svært godt. En slave hadde ligget på golvet
foran ham som fotskammel og skapningen så ikke opp,
Rakayd var svært dyktig til å dressere slavene sine. «Det går

forbausende bra, vi har økt produktiviteten med nesten en fjerdedel i forhold til før»

Thaalag smilte lettet. «Utmerket, du har herved fått tillatelse av Zhirur til å innføre det for hele programmet»

Rakayd lysnet opp. «Virkelig, åh vidunderlig, dette vil virkelig bringe ære til våre ledere. Jeg skal gi lederne beskjed med en gang. Vi har virkelig mistet for mange avlere i det siste, dette kan være det som snur trenden»

Thaalag nikket sindig. «Antagelig, jeg hører at du har avlet en sønn?»

Rakayd nikket stolt, øynene skinte. «Ja, født av en av de beste hunnene i hele byen her, hun var dyr men verdt det. Han er sterk og stor og jeg har store forventninger til ham. Når vi har invadert den nye verdenen vil jeg lære ham alt han trenger å kunne, han vil bli en stor kriger»

Thaalag hadde ikke vært så heldig ennå, de hunnene han hadde i haremet var ikke egnet for avl, de var for gamle eller av for dårlig blodlinje og han ergret seg over det men han var ikke mer sjalu enn at han kunne glede seg over Rakayd sitt hell. «Velsignet være de mørke, det kunne blitt en hunn»

Rakayd grep seg til skrittet. «Åh nei, jeg avler ikke svake, kun gode hanner vil komme fra meg»

Thaalag måtte le og Rakayd slo stolt med hodet. «Så, jeg får sette i gang med å gi ordrene videre. Hvordan går det ellers, du var i templet for en stund siden?»

Thaalag nikket. «Ja, det er synd og skam men mange av de øverste lederne her greier ikke å bli enige om hvordan de skal utføre invasjonen, og det er visstnok noen som har hørt rykter om at det er noe de mørke frykter»

Rakayd gapte nesten, Thaalag så alle de hvite tennene hans. «Virkelig? Hva kan skremme dem?»

Thaalag trakk på skuldrene. «Jeg aner ikke, men det er visst magi involvert, og gamle spådommer. De sier at blodstjernen har blitt sett igjen»

Rakayd fnøs. «Det er kun tull, ingen kan da vel tro på det? De mørke er sterke, ingenting kan ødelegge for dem»

Thaalag senket stemmen. «Det sies at om den øverste faller så faller de andre og, at de er forbundet til hans livskraft»

Rakayd ristet på hodet. «Gamle løgner, tro meg. Jeg har hørt dem før. Hvor er det denne blodstjernen skal ha blitt sett?»

Thaalag skar en liten grimase. «I det tredje tegn»

Rakayd bare blåste i nesa igjen. «Det er i hvert fall tull, det er ingen ekstra stjerner der, det er ingen endringer i noen av de åtte tegnene»

Thaalag nikket. «Ingen vi kan se i hvert fall»

De åtte stjernetegnene som bestemte dagen der hadde ikke endret seg på uendelig tid, de gled over himmelen ett etter ett og delte tiden opp i dager, det var slik de telte tiden der det ikke var noen sol. Det ble sagt at folket hadde kommet fra en verden der det var en sol for så lenge siden at ingen lenger kunne huske det eller hadde fortellinger om det men det måtte være løgn. De var alle tilpasset denne mørke verden og Thaalag frøs nedover ryggen ved tanken på sollys. Alle her i Dhar-arzheg var tilpasset mørket, og kun stjernelys var normalt for dem, som ventelig hadde de meget godt syn og de lysene som ble brukt ville vært snaut brukbare for andre men for dem var de mer enn nok. Rakayd sukket lavt. «Vi har lite mat nå, men jeg har kontakter, jeg kan sikkert få tak i noe. Det er mange som skylder meg tjenester»

Thaalag smilte servilt men han visste akkurat hva slags tjenester det var. Når de fanget inn potensielle slaver og avlere fikk Rakayd første valget og han visste å benytte seg av det. De beste ble satt til side, for den som betalte bra nok for en hunn sterk nok til å gi bra avkom. Det førte til at mange skyldte Rakayd en god porsjon med penger eller en stor tjeneste og enda mer enn det, Rakayd hadde noe på dem de øverste lederne kunne bruke. Det å få avle avkom var ikke noe alle var verdig, kun de utvalgte fikk den æren men trangen til å skaffe seg sterke sønner var så stor i deres folk at mange brøt reglene for å få det til. Thaalag bød høflig farvel, han hadde mer å gjøre og dagen var langt fra over. Han bukket i det han gikk ut og tenkte i sitt stille sinn at noen før eller siden avslørte Rakayd men antagelig skjedde det ikke før etter at invasjonen var over. Frem til da var nok ingen opptatt av slike småting, det høyere målet betydde alt.

Men i en så stor by var det uunngåelig at ting skjedde som ingen av de høyere ledere hadde oversikt over, det var tusener av slaver der og at noen av og til forsvant var kun naturlig, ingen greide å holde oversikt over alle sammen. Tempelbyen var enorm men alt var så langt ifra over bakkenivå, det gikk tuneller og ganger dypt under byen og noen av dem var så dype at ingen av zhegene noen gang hadde besøkt dem, ikke engang de mørke vågde seg ned dit. Noen slaver rømte enda straffen for å bli tatt burde være skrekkinnjagende nok, andre ble ganske enkelt etterlatt siden de var skadd eller syke og dermed regnet som ubrukelige. Og noen tjenere stakk også av, de øverste herrene var ofte svært sadistiske selv mot tjenerskapet og langt fra alle greide å holde ut. I dypet under byen var det kanskje ikke noe lys men det var langt fra noen død verden. De store tunnelene åpnet seg i enorme haller dypt der nede, det var vann der og på veggene vokste det en slags mose som avga lys. Sopp og merkelige planter fant næring der også og et forbausende rikt økosystem hadde utviklet seg. Det hadde vært der lenge før Zhegene kom til denne verden og det ville bestå lenge etter at de var borte.

Men i dypet hadde slavene som overlevde flukten funnet sammen og dannet et samfunn og over tiden hadde det samfunnet blitt forbausende sterkt og velfungerende. De sendte ut grupper som lette etter flere som dem og hjalp dem i sikkerhet, de dyrket mat og hadde en utviklet kultur. En egen rase hadde vokst frem, en blanding av både Zheger, kjemper og orker samt mennesker og andre raser også og resultatet var en art som ikke lignet noen annen. Den var sterk og vill og i stand til å klare seg nesten uansett, diversiteten var stor og hva mer var, de hatet de mørke med et hat som lignet dyp religiøs hengivelse. For dem var de mørke årsaken til alt, grunnen til at de var forvist til dypet, til at de ikke kunne kreve verden tilbake. De var slaver fra andre verdener som nå lå øde og nakne, de var tjenere som var blitt forkastet, de var barn av en kultur der mange av dem hadde endt opp som ofre eller enda verre. For folket i dypet var enden på de mørke meningen med selve deres eksistens, noe de så frem til med absolutt tro.

Denne dagen hadde en stor gruppe samlet seg i en av de største hallene, de var kanskje tusen stykker, de fleste hunner siden hunner var sterkere enn hannene og tålte mer. En av dem sto på et podium i midten av hallen, hun var ikledd en drakt laget av lær fra noen merkelige åtte beinte dyr som levde i noen av de mindre tunellene og hun var malt med kraftige farger. Det lange stri håret av trukket bakover og hun hadde et sett med kraftige krumme horn. Hun var en leder og øynene glødet svakt i mørket. «Søstre og brødre, timen er nær, dagen er nær»

Gruppen svarte som en. «Dagen er nær, timen er nær»

Hun løftet en dolk lagd av krystall. «Den røde stjernen rir over himmelen igjen, som det ble sett i dager som var. Den utvalgte kommer mine barn, og de mørke skal falle»

De svarte. «Den utvalgte kommer»

Hun smilte bredt. «Av blodet født, av døden født, de glemte skal settes fri og vi skal hjelpe den utvalgte. Vår kamp vil begynne, vi vil kreve blod for vårt blod, død for våre tapte søstre og brødre.»

Svaret var et blodtørstig brøl. «Vi vil vise dem lidelsens ansikt, vi vil se deres imperium falle og deres ledere skal dø på sine egne spyd»

Hun løftet dolken og strøk den langs ene armen, lot bloddråper falle i golvet som glitrende blålige juveler. «Vi vil ta deres avkom og knuse deres hoder, vi vil fri alle deres slaver og ta alt deres gods og når alt er over vil vi danse på deres råtnende bein og pisse på dem»

Alle slo i lufta med knyttnevene, hun hev hodet bakover og utstøtte et langt hyl som fikk svar fra alle struper der. Samtlige der var en leder, en offiser og de visste hva de hadde å gjøre når den etterlengtede dagen kom. Det kom ikke til å bli vist noen nåde, og de kom ikke til å la seg stoppe. Noen av dem hadde opphav i dverger og de visste hvordan de skulle ta seg frem gjennom selv hard stein, andre hadde evner av en annen natur men felles for dem alle var at de var fast opptatt på å felle de mørke og deres ledelse. Det var de mørke som hadde skapt denne verdenen og det var de som sto for ødeleggelsen av talløse andre.

De hadde kanskje ikke metall der nede, eller store ressurser men det hadde tvunget dem til å bli desto mer oppfinnsomme og de brukte de magiske evnene de hadde for alt de var verdt. De magikerne som fulgte de mørke var sterke, faktisk skremmende men de hadde en stor svakhet folket i dypet ikke hadde. De var bundet av regler for hva de kunne og ikke kunne gjøre, den måten de nærmet seg kraften på var begrenset siden så store krefter også krever enorm kontroll. En kan ikke ta sjansen på å gjøre noe en ikke kjenner utfallet av, farene vil være for store. Så det ble lite øvelser på dem og enda mindre utvikling, om en magiker falt fra kunne han med en gang erstattes siden alle kunne det samme.

I dypet var det ganske annerledes, alle ble oppmuntret til å prøve nye ting for selv om noe gikk galt kunne de andre lære av det og grenser fantes ikke. På grunn av det var magien mye mer levende og mye mer aktiv, og måten de brukte den på var ganske fremmed for de mørkes tjenere. Den høye kvinnen gikk ned fra podiet og gikk langs en gangvei, bakken der var dekket med små firkantede lapper som var dekket med sopp eller forskjellige former for mose. De kastet ikke bort en eneste kvadrattomme som kunne dyrkes opp så gangveier og stier var hevet opp og det gikk intrikate rørsystemer overalt så alle de små åkrene fikk nok vann. Mange hadde som jobb å sørge for at alt sto bra til med sopp og moser og i noen innhegninger gikk de merkelige dyrene som gav dem lær. De var kanskje en fire fem meter lange med seks eller åtte bein og de hadde ikke øyne. Men de gnog i seg mose med langsomme bevegelser og kunne overleve nesten hva som helst. Den høye kvinnen gikk forbi innhegningene og etter en stund kom hun til en liten hule som var atskilt fra de andre. Den var malt innvendig med hvit farge og flere selvlysende steiner var plassert i taket så det var svært lyst der inne. Hun bøyde seg ærbødig for de som residerte der. De var fem stykker og ganske annerledes enn de andre av folket. Disse skapningene var helt svarte, huden var så mørk at den virket for å sluke alt lys og de hadde fire armer og underlige avlange hoder uten synlig munn. Hun smilte vennlig og satte seg ned på en av stolene der. Disse skapningene var kommet fra en annen verden og for alt de visste var de de siste av sitt slag. De hadde to bein men de var merkelig stive og alt av møbler der viste at de sto og sov og sto og hvilte. Skapningene bikket på hodene og kom nærmere. «Er tegnene klare?»

De nikket, de hadde to par med øyne, et som så temmelig normalt ut og et som lignet temmelig mye på et insektøye. De så alt, farger og bølgelengder ingen andre kunne forestille seg. De kunne se stråling og det var nettopp det de hadde peilet seg inn på nå. «De er klare o opphøyde, den døende stjernen er i ferd med å stige, snart vil den la spådommene gå i oppfyllelse»

Hun nikket. «Er det noe vi kan gjøre?»

De bukket dypt. «Ja, portalene. Noen vil prøve å stenge dem fra utsiden, om dere klarer å ødelegge noen av utgangspunktene vil det hjelpe mye, la magien feile, la de hellige stedene falle i grus»

Hun lukket øynene et kort øyeblikk. «Slik skal det bli, vi trenger ikke være så varsomme lenger må vi vel?»

Den ene av skapningene så skjevt på henne. «La dem ikke vite at dere er her, før den utvalgte kommer. Brikkene flytter seg på brettet, gudene har startet spillet men dere må avslutte det!»

Hun svelget synlig. «De bevingede hordene, hva kan vi gjøre med dem?»

Den største av dem fem strakte ut hendene og la dem varsomt på skuldrene hennes. «Ingenting, det er ikke noe dere kan gjøre med dem. Dere har ikke magi sterk nok og tro meg, noen vil ta seg av dem. Frykt ikke, vær tapre og dere vil igjen føle verden i frihet»

Hun nikket og blikket glødet svakt, hun grep hardt om hjaltet på dolken. «Ja, frihet, frihet til folket, frihet til å leve som vi ønsker»

De fem bukket svakt, det betydde også frihet for dem.

Thacun

Thacun hadde aldri forestilt seg noe slikt som det han nå måtte venne seg til, denne verdenen var så utrolig mye mer utfordrende enn hans egen og han måtte stadig spørre de tre mennene om ting som de antagelig tok for gitt. Dahdegar hadde lagd et slags lendeklede til ham av en kappe og et teppe hadde blitt en poncho som var varm om ikke særlig velsydd. De tre menneskene var vennlige og behandlet ham med respekt og for Thacun var det aldeles vidunderlig, han hadde snaut nok opplevd noe slikt noen gang. Han visste hvor annerledes han var, og han var glad for at de ferdes i et område med lite folk, han hadde ingen hest men han greide fint å holde følge uten og han frydet seg over kreftene denne nye kroppen hadde. Han prøvde å bli kjent med den og han var ytterst takknemlig for denne nye sjansen. Han hadde forstått at Ruphus var en halvblods og han merket natur magien som formelig sveipet seg rundt mannen hele tiden.

Dahdegar hadde fortalt ham hva de var ute på og Thacun forsto hva de var opp mot, denne Eghil var antagelig en person som var blitt valgt av de mørkes magikere for å spre deres makt. Den merkelige sekten var så avgjort deres verk, en måte å bryte ned all motstand på, ved å vende folk mot hverandre. Thacun var usikker på hva han egentlig kunne gjøre og det merkelige sverdskjeftet gjorde ham litt forvirret. Magien i det var utrolig sterk men hva nytte var det i et sverd uten blad? Han kunne så avgjort slå fienden i hodet med sverdknappen men det var lite effektivt. De hadde forlatt den nakne åsen dagen etter at Thacun kom dit, og de red i en ganske rett linje nordvest over. De måtte krysse en del vanskelige områder for å nå den bukta der Eghil holdt til og det var en lang reise.

Thacun hadde ingen ideer om avstandene der, og lyset plaget ham men han begynte å bli vant med det. Han følte et slags sinne innvendig som bare vokste og vokste, denne verdenen var så vakker, det var så nye nytt og spennende å se og han visste at hans folk ville ødelegge alt. De ville slakte ned for fote og bruke alle ressurser de kunne få kloa i og deretter ville de forlate en ødelagt verden ingen kunne leve i på svært lenge.

Men han ville gjøre sitt ytterste for å hindre at det skjedde og denne Eghil var nøkkelen til det, han var de mørkes representant og uten ham ville sekten miste det som drev dem videre. Antagelig var det en gjenstand der som fungerte som fokus, som hjalp de mørke å spre kraften utover og Eghil var nok den som sørget for at alt fungerte som det skulle. Thacun forsto Dahdegar godt, han følte det samme hatet og det samme raseriet og mens de sakte forflyttet seg gjennom landet fikk Thacun vite mer og mer om hva de ulike hadde vært gjennom. Han var sjokkert over mye av det han hørte men han forsto også at hans folk var totalt annerledes på så mange måter. Han skjønte at disse menneskene behandlet de av hunnkjønn helt annerledes enn hans folk gjorde og han følte et enda mer intenst raseri etter det. Bare tanken på familie var noe helt annerledes her enn hjemme og han visste hva han og så mange andre hadde gått glipp av, de hadde blitt oppdratt til å tro at hunner var ting kun til bruk og at det eneste som telte var sønner. Men her var alle like mye verdt. Og han forsto også noe annet, det eneste han hadde hørt om mennesker var at de var svake og dumme og at det ikke var noe problem å overvinne dem. Faktisk var holdningen nesten at de ville gjøre dem en tjeneste ved å slavebinde dem. Nå så han at alt dette var løgner og han ble mer og mer innbitt etter som han lærte mer.

Området de krysset var herjet av krigen og her og der var det landsbyer og mindre byer som ennå sto, Arulf ble som regel sendt for å høre hvordan situasjonen var siden han var en likandes kar og kunne snakke for seg. Ruphus pleide å

skremme folk og Thacun kunne neppe vise seg uten at det brøt
ut panikk. Kampene hadde roet seg nå, de av adelig ætt som
ennå var i live hadde ikke lenger folk nok til å kjempe og ilden
hadde brent ut, overlevelse var brått mer viktig enn å hevne
gammel urett. Og med den merkelige religiøse vekkelsen som
hadde spredt seg var det ikke lenger noen som kunne tenke på
slikt heller. De gamle ættene var nesten utradert uansett og
Olric ville kanskje ha gledet seg over det hadde han visst det.
Dahdegar og Arulf spurte ut folk de møtte, ofte helt uskyldige
spørsmål som fikk folk til å røpe mer enn de var klar over. Det
var matmangel de fleste stedene, husdyr og lagre var for lengst
borte og mange hadde begynt å trekke utover mot kysten i
desperasjon. Og de tok med seg vekkelsen og her og der så de
gårder og landsbyer som var barrikadert og de slapp ikke folk
nær i det hele tatt. Det ble snakket om massakre og blodbad av
en helt horribel natur og Dhadegar var skremt.

Thacun visste at dette var et av de mørkes verste triks,
magien deres tok fra levende vesen sjelen og gjorde dem til
blodtørstige slaver, styrt av de mørkes vilje. De måtte stenge
dem ute, hindre dette i å spre seg for fortsatte det ville det ikke
være folk tilbake snart. Dahdegar hadde sett at Eghil hadde en
slags svart kule og det fortalte ham at mannen virkelig var
besatt, ikke noe vanlig menneske kunne ha håndtert noe slikt
uten å bli svidd til aske. Men det var troll og sjelløse mange
steder selv om de ikke hadde sett noen ennå og han fryktet for
at de skulle møte på noen av de sekten hadde ødelagt. Den
troen som var spredd var uansett falsk og kun et skalkeskjul for
noe mye dystrere og farligere.

Ruphus prøvde å lære Thacun alt han kunne om denne
verdenen og den store hannen sugde i seg kunnskap som en
svamp. Alt var fremmed for ham og han ante ikke hva
skapninger og planter het i det hele tatt. Han skjønte fort at
ikke alt der var uskadelig da han rotet seg inn i et kratt med
nesler og han prøvde å snakke med en heller sjokkert hjort og
forsto ikke noe da den stakk av. I det store og det hele var

Thacun nesten som et barn på mange måter og de andre måtte passe på ham. De hadde vært underveis i nesten to uker og slitt seg gjennom noen store myrområder da de først møtte på vansker. Myrene hadde vært ille, våte og befengt med alskens bitende insekter selv på denne tiden av året og hestene hadde slitt tungt. Da de omsider kom ut av det lavtliggende området og kom seg opp i høyden hadde alle fått nok av væte for en stund. Arulf hadde fått fotsopp siden støvlene hans var lekk og Ruphus mente at de myrene var noe mørket selv hadde skapt.

Thacun hadde syntes at opplevelsen var spennende og han prøvde å smake på den fisken som svømte i noen av dammene der. Den var å sammenligne med gjørme i både smak og konsistens og han måtte vedgå at den ikke var mye fristende etter den første munnfullen. Men nå var de på fast land og kunne ri fortere og Thacun løp langsmed hestene og var utrettelig. Han hadde begynt å elske følelsen av vind i håret og sola gjorde ham ikke noe lenger, han følte at han hørte til der. De var på vei ned en slak ås da de hørte noe som fikk dem alle til å stanse hestene og stirre. Det var skrik og rop og Dahdegar reiste seg i salen, han stirret i retning lydene og nå så de noe som var dypt sjokkerende. En liten gruppe mennesker kom løpende langs bunnen av dalen foran dem og en større gruppe forfulgte dem men de oppførte seg ikke som folk. De var dekket med blod og så skrekkelige ut og de var lydløse, det var det verste. De verken ropte eller skrek, de bare løp med en slags iskald besluttsomhet som slettes ikke var naturlig. Thacun gav fra seg et gisp. «Besatte, jeg bare vet det»

Dahdegar så at gruppen som flyktet besto av for det meste yngre folk, de fleste var kvinner og han så på Arulf. «Hva gjør vi?»

Arulf så på forfølgerne, de tok innpå og det var minst tretti av dem. Den skremmende mangelen på lyd var nok til å få magen hans til å snu seg. «Jeg aner ikke, vi har ikke piler til å plukke ned så mange og vi bør holde avstand»

Thacun følte makten der nede, kjente den som en stank i luften, som et press mot tankene. Han snerret og så på de andre. «Jeg må gjøre noe, de vil bli drept, revet i småbiter»

Han kjente at det merkelige skjeftet var blitt urimelig tungt og han løsnet det fra beltet sitt, hvorfor ante han ikke.

Ruphus så redd ut. «Guder, slikt…de er ikke mennesker lenger, lyset deres er borte.»

Thacun nikket. «De mørke trekker på energien i levende vesen, de fungerer slik. Disse folkene er bare skall nå, viljeløse»

De flyktende menneskene løp alt de klarte, og siden de var unge og løp i nedoverbakke holdt de unna ganske godt. Thacun kjente at alt han var protesterte mot å la uskyldige slaktes slik, det var hva hans far ville frydet seg over, hva alle av hans folk skulle ønske. Han var ikke slik, ved alle guder, han skulle gjøre sitt for å stanse dette. Han kunne neppe besettes så han løftet skjeftet og brølte et stridsrop og brått begynte skjeftet å gløde svakt i en merkelig lilla tone, og et omriss av et blad strakte seg ut fra skjeftet. Dahdegar så storøyd på at Thacun raste mot angriperne og nå så de for første gang hvor farlig en slik skapning kunne være. Thacun var mye raskere enn et menneske og han beveget seg med en kraft som var forbausende. Han løp mot den store gruppen og de måtte ha sett ham men virket ikke for å reagere i det hele tatt, de bare forfulgte de flyktende menneskene og Thacun undret seg stille på hva det egentlig var han drev med før han svingte sverdet mot den nærmeste av angriperne. Det var jo ikke noe blad der, ikke egentlig. Men det hadde en effekt ingen kunne ha ventet seg, det glødende sverdbladet gled gjennom kroppen uten å møte motstand eller lage sår men personen rykket til med et merkelig hyl og falt sammen.

Thacun ble grepet av en slags feber, han angrep med alt han hadde og kun en berøring med det glødende bladet gjorde at de besatte falt sammen, han sto i veien for horden og felt dem en etter en og noen prøvde å gripe fatt i ham men sverdet spant en skinnende vegg rundt ham og etter bare litt var hele gruppen felt og lå der. Dahdegar og de andre red nærmere, forskremt og forvirret og de som hadde flyktet stirret på Thacun med vantro. Han stirret på bladet med store øyne til det brått blafret og forsvant og han snudde seg mot de falne og rykket til da de nærmeste brått rørte på seg. Dahdegar og Arulf trakk sverdene sine men de menneskene som nå sakte reiste seg var ytterst forvirret og også så avgjort seg selv igjen. Thacun gliste fra øre til øre. «Det brøt forbindelsen, og gjorde dem normale igjen»

Flere av folkene brast i hysterisk gråt, andre var helt apatiske og noen glante på Thacun og de andre som om de var spøkelser. Dahdegar så at noen av de som hadde løpt for livet kom nærmere og han steg av hesten og bukket høflig. En av kvinnene kom bort til ham, hun var høyreist og svært stolt å se til og hun stirret stivt på Thacun. «Hva er det der?»

Stemmen hennes røpet en god porsjon hysteri og Dahdegar prøvde å smile. «Han er en venn, ikke vær redd»

Hun svelget synlig og flere av de som nå var normale igjen kom vaklende bort til dem, flere stirret på henne og de andre i den vesle gruppen med åpenbar anger og sorg. «Hva skjedde?»

Arulf hadde tatt på seg sitt mest respektinngytende uttrykk og kvinnen tok seg sammen med et rykk. «Vi…vi var på vei mot kysten og hvilte i en låve ikke langt fra her…og da vi våknet om morgenen…»

En av de forhenværende besatte kom bort til dem, han var synlig rystet. «Vi husker bare at vi gikk til ro, og at vi brått våknet her?!»

Thacun nikket «Dere ble besatt av en mørk kraft, og dere kunne ikke ha brutt fri på egen hånd»

Kvinnen så ned. «De rev i hjel flere, vi unge sov i et forrom og greide å løpe av gårde.»

Dahdegar bet tennene sammen. «Hvor mange er døde?»

Kvinnen virket skremt, hun var så avgjort mistenksom. «Ti tror vi, eldre folk»

De som hadde blitt reddet av Thacun gav fra seg skrik av vantro og forferdelse og Dahdegar så stumt på Ruphus. «Er de i fare nå?»

Ruphus trakk på skuldrene. «Jeg aner ikke, kan de besettes på nytt?»

Thacun ristet på hodet. «Nei, de er trygge for det. Men de bør komme seg bort herifra, det tyder på at kraften er her.»

Dahdegar så skjevt på kvinnen. «Er noen av dere tilhengere av den nye troen som har spredt seg over landet?»

Alle ristet på hodet. «Nei, vi møtte et par slike for noen dager siden, prester tror vi. De prøvde å preke en hel mengde vrøvl men vi overhørte dem»

Thacun trakk pusten dypt. «Det er nok, det har vært kontakt. Hvor kommer dere fra?»

En av mennene pekte østover. «En liten landsby lengre opp langs kysten her, vi levde av fiske og slikt men nå er det ikke mulig å bli der lengre. De sier at det er troll i fjellene i nord og det har gått både pest og krig over landet.»

Dahdegar så litt ivrig ut. «Kjenner dere til et slott oppe i en vik lengre nord? Det ligger på en odde og er nærmest uinntagelig.»

Det ble diskutert litt blant gruppen men en eldre kar steg frem, han hadde noen flenger på armene men virket forholdsvis rolig og han bukket med hodet. «Jeg kjenner til det ja, det har blitt overtatt av en mann fra kysten, Eghil tror jeg han heter. Han kaller seg konge og styrer et stort område der. Og han er galere enn en gammel hattemaker, de sier at mange av prestene kommer fra det slottet»

Dahdegar trakk pusten skarpt. «Jeg vet det, men vi skal dit og drepe ham, enhver liten bit med informasjon kan være verdifull.»

Den eldre mannen så vantro på dem. «Det klarer dere ikke, de sier at han har demoner i sin tjeneste, noen hadde sett noe der som så…som så ut som han der!»

Han pekte på Thacun som rykket til. «Noen som meg? Åh guder, da er det enda viktigere enn før at vi skynder oss, om de har fraktet gjennom magikere har de hastverk»

Den eldre mannen skar en grimase. «Det er en ting…jeg vet ikke om dette er til nytte i det hele tatt en gang i tida var det ikke noe slott der, det var bare en naken odde.»

Dahdegar så avventende på mannen. «Og?»

Mannen skar en grimase. «Vårt folk har vært fiskere i uminnelige tider, vi husker en tid da havet sto lavere, odden var større da. Og det var huler under den, ikke store men de ble brukt til å lagre utstyr helt til havet steg.»

Dahdegar rynket pannen. «Var det noen ganger fra hulene og opp?»

Mannen nikket. «Ja, om jeg ikke husker helt feil var det faktisk det, en smal passasje som endte opp i en av klippene der. Åpningen var liten, ikke større enn at en katt ville ha vansker med å komme gjennom men den fraktet luft ned til hulene.»

Thacun så smalt på Dahdegar. «De hulene er under vann nå, vi kan ikke bruke dem, og en så liten åpning?»

Dahdegar nikket stille. «Ja, men nå vet vi i det minste om dem. Noe annet?»

En av kvinnene nikket, det virket for at de som hadde blitt jagd nå hadde skjønt at deres venner ikke lenger var farlige, nå prøvde de bare å trøste og få orden på seg selv og sine. «De sier at alle i området er slavebundet og tvunget til å tjene, og de sier at folk har blitt ofret.»

Thacun nikket sakte. «Det vil være naturlig om det er prester for de mørke der, de trenger liv for å bruke magien sin.»

Dahdegar skar en grimase. «Vi må komme oss nærmere, uten å bli sett, men hvordan?»

Den gamle mannen rakte ut handa. «Det er bare en måte å nærme seg det slottet på usett folkens. Og den metoden er risikabel i seg selv.»

Dahdegar så fort på ham. «Forklar?»

Mannen slo ut med hendene, det var tydelig at dette ikke var rike individer for alt var slitt og de var ikke akkurat fete noen av dem. «Det ligger en liten øy utenfor slottet, det er bare en steinhaug men ingen tenker på den. En kan gjemme seg der om en vil spionere men å komme seg inn i slottet er umulig fra landsida. Skal en inn må en komme fra sjøen og det er umulig, klippen heller utover»

Dahdegar skar tenner, det var et dilemma, ingen av dem var klatrere og når det hellet utover var det uansett umulig. Thacun svelget stivt. «Jeg kjenner magi som kan frakte folk fra et sted til et annet men bare over korte avstander og jeg vet ikke om det fungerer her.»

Ruphus så litt undrende ut. «Du var ikke magiker?»

Thacun nikket. «Det stemmer men vi har litt magi alle sammen, det er i oss. Jeg lærte aldri noe særlig siden jeg var…siden jeg var en taper. Men jeg husker da noe»

Dahdegar så at gruppen var i ferd med å samle seg og han nikket til kvinnen som nå virket for å ha kommet seg fra sjokket. «Dere kan sikkert hente tingene deres ifra låven men kom dere videre så fort som mulig, og møter dere folk hold dere på avstand.»

Hun nikket og gruppen begynte å gå tilbake, sakte og i tydelig sorg over hva som hadde skjedd.

Ruphus så forskende på Thacun, han hadde fortalt dem at han var en hakkekylling, at han hatet sin far og hans folk og at han hadde blitt fraktet dit av en eller annen form for magi. «Tror du at du har noen sjanse mot magikere fra din verden?»

Thacun krympet seg. «Er du gal? De vil svi meg til aske på noen sekunder, nei, jeg er ingen magiker.»

Dhadegar klødde seg i håret. «Men den magien som fraktet deg hit? Den var på vår side?»

Thacun nikket sakte. «Ja, og jeg vet ikke hva jeg slapp fri, det skal jeg ærlig innrømme. Men jeg var gal etter hevn, etter å hevde meg. Dere aner ikke…min fars venner brukte meg som en hunn mange ganger, jeg var ikke engang en person, bare en bruksgjenstand»

Ruphus krympet seg av sårheten i Thacuns stemme og han nikket vennlig. «Du led og du gjorde det du måtte for å overleve. Det er forståelig på alle måter. Men noe kan du, og vi får bare prøve å komme oss dit, så får vi se hva vi kan gjøre»

Thacun nikket tvilende, han likte ikke at de hadde møtt på besatte. Det tydet så avgjort på at forberedelsene til en invasjon var kommet lengre enn de hadde trodd.

Dahdegar satte fart på hesten sin og de red sakte videre. Thacun hadde mange tanker nå, sverdet brøt tydeligvis forbindelsen mellom den mørke magien og dens ofre. Var det alt det gjorde eller hadde det flere evner?

Han fikk en følelse av at det var noe han ville finne ut av, før eller siden. De reiste fort de neste par dagene for terrenget var lett og det var stier og veier der men de sørget for å holde seg skjult så godt det lot seg gjøre. Og nå så de til fulle hva som foregikk i området, de kom over gårder og mindre landsbyer der det ikke var et levende menneske igjen, lik lå overalt og råtnet og hus og gjenstander var revet i småbiter. Noen få husdyr hadde unnsluppet og løp rundt og noen steder hadde branner fortært det som var igjen. Dhadegar var sjokkert og Arulf var skremt av alt han så. «Er dette menneskers verk?»

Ruphus ristet på hodet. «Det er troll min venn, først sørger sekten for at flest mulig er ute av stand til å slåss, så kommer trollene for å ødelegge de som er i stand til å stå i mot og etter trollene kommer invasjonen»

Thacun nikket. «Det stemmer.»

Dahdegar styrte hesten sin langs stien med vante bevegelser. «Når de invaderer, hva bringer de med seg? En hær trenger mye»

Thacun nikket. «Det stemmer, men de sjelløse og trollene er skapt med et bestemt formål, når de har forberedt grunnen trengs det ikke så mye utstyr. Når mitt folk angriper tar de mest med seg ting de trenger personlig, en god del luksus og lite egentlig utstyr. De tar hva de finner»

Dahdegar gyste og Arulf måtte tørke svetten. «Det høres temmelig iskaldt ut»

Thacun så ned i bakken. «Det er det kanskje, men det er bare slik mitt folk er, vi verdsetter kun styrke og råskap.»

Dahdegar sukket. «Mange her har også fulgt den regelen men de har ikke klart seg lenge, når alt en tenker på er egen vinning greier en seg ikke i lengden»

Thacun smilte litt skjevt. «Ja, men vi fokuserer kun på hva vi ønsker, aldri på farene. Det er hver mann for seg selv»

Arulf så litt ettertenksom ut. «En hær på marsj har som regel en del følgere, tjenere, slaver, kvinner og slikt. Er det slik også for dere?»

Thacun blåste i nesa. «Tjenere og slaver ja, men ikke kvinner. Hos oss regnes ikke skapninger av hunnkjønn som noe verdt.»

Ruphus så litt forstyrret ut. «Jeg husker at du fortalte det, men det svekker dere over tid»

Thacun nikket stivt. «Jeg vet det, vi blir stadig færre men det er det ingen som bryr seg om, færre å konkurrere mot vet du»

Arulf sukket lavt. «Jeg hadde ei jeg brydde meg om hjemme, hun jobbet på kjøkkenet og hun var min ene glede»

Thacun hadde begynt å forstå at alt slikt var ganske annerledes her og han var nysgjerrig. Var hans folk virkelig så fundamentalt forskjellige fra menneskene eller var det kulturen som hadde skapt forskjellene? «Hva skjedde?»

Arulf slo ut med hendene. «Hun måtte stikke av, hun hadde flere beundrere og en av dem greide å smelle henne på tjukken. Hadde onkel funnet ut ville han ha tvunget henne til å hore seg ut til alle som ønsket en omgang»

Dahdegar skar en grimase og Ruphus spyttet. «Din onkel må ha vært et realt monster»

Arulf bare trakk på det. «Ja, han krevde å få alle kvinnene der til sengs før de ble gift, mente at det var hans rett. Og han sørget for at mange barn som ble født der ble satt ut i skogen, han var besatt av å være herre over liv og død»

Dahdegar brummet. «Er du sikker på at han ikke var besatt?»

Arulf nikket. «Han var ikke i nærheten av den sekten nei, men han var så inderlig gal nok på egenhånd»

Ruphus nikket. «Stridstider bringer frem enten det beste eller det dårligste i folk, ikke vanskelig å se hvilken side din onkel valgte»

Thacun la alt han hørte på minnet, han var nysgjerrig på så mye av denne verdenen og dens folk og han var litt sjokkert over å høre at det var mennesker som var nesten like ille som hans folk. Kanskje ondskap var noe universalt noe, noe som fantes uavhengig av rase og tro.

De kom noen fjerdinger videre den dagen før de brått møtte på en liten gruppe folk som bare sjokket fremover i det tørre fjorårsgraset uten noe tilsynelatende mål og mening. Det var temmelig tydelig at de ikke lenger var menneskelige og Thacun trakk det merkelige sverdet igjen og akkurat som sist ble de normale igjen etter kontakt med det. Gruppen kom fra en landsby ikke langt fra der Eghil holdt til og det de fortalte gjorde dem alle betenkt. Eghil hadde samlet mange folk og tvang dem til å grave i åsene innenfor slottet. Det var mange der, slavearbeidere av ulike raser og de sa at de mørke magikerne hadde brakt med seg slaver fra sin verden. De færreste overlevde særlig lenge. Dahdegar ble usikker, hva var de ute etter?

Thacun ante ikke, hans folk var sjelden ute etter edle metaller eller juveler, så hva kunne være de grov etter der?

Det måtte være viktig siden magikerne hadde tatt med seg slaver, de gjorde normalt aldri det og Thacun begynte å forstå at de ble nødt til å finne ut av det om de skulle klare å gjøre noe særlig i det hele tatt. Det kunne være noe som kunne

utnyttes og etter litt rådslagning satte de kursen i den
retningen. Over de neste dagene møtte de flere besatte og de så
også ferske spor av troll og sjelløse og Thacun begynte å forstå
at dette ville bli et utgangspunkt for invasjonen. Det var ikke
folk igjen noe sted der og de så heller ikke båter på havet.
Arzam havet var svært stort og det var vanligvis stor båttrafikk
der men nå var det ingen skip eller båter å se noe sted. Det
virket for at til og med viltet hadde rømt og det var en merkelig
stillhet over landskapet. Da de hadde igjen noen få dager til
målet bestemte Dahdegar at de skulle etterlate hestene, de var
for lette å se og han ville ikke risikere dem. De tok av dyrene
alt utstyret og slapp dem løs og håpet at de ikke falt offer for
troll eller andre utysker. De hadde ikke engang sett spor av
ulveflokker eller andre rovdyr og kun åtselfuglene virket for å
være tilbake der. Nå og da så de flokker med ravn og kråke
men de prøvde ikke å oppsøke stedene der de samlet seg, de
visste hva de ville få se.

Thacun undret seg på om de kunne gjøre noe fra eller til i
det hele tatt, han var ingen magiker men han følte på seg at han
hadde en oppgave og at den var viktig. De gikk videre
gjennom tett krattskog, her var det skog de fleste stedene og
den var ganske ustelt og tett så det var lett å skjule seg. Men
Thacun følte en slags uro jo nærmere de kom og han kunne
ikke helt forstå hvor den kom fra, det var som om noe der
fremme gjorde ham anspent og nervøs og Ruphus var blek
stort sett hele tiden. Han satt og hvisket for seg selv når de
hvilte og Dahdegar virket for å ha blitt redd sin egen skygge.
Hans nye evner gjorde at han følte mer enn før og dette landet
skrek formelig av lidelse.

De stanset i en ganske bratt ravine og lagde en slags leir der,
de bestemte at Thacun og Arulf skulle gå og prøve å spionere
for de så røyk over åsene og i det fjerne kunne de høre lyder
som bare kunne tyde på stor aktivitet. Thacun følte at hjertet
hamret i ham av spenning, endelig fikk han gjort noe nyttig.

166

Arulf var en stor mann men han ble liten ved siden av
Thacun og begge to fikk med seg hver sin tykke gråbrune
kappe de kunne bruke som kamuflasje. Åsene der var smale og
høye, og det var alltid små bekker i bunnen av de bratte dalene.
Thacun hadde aldri sett så mye vann som han hadde etter at
han kom til denne verdenen, hjemme hadde vann vært
verdifullt og det var sjelden rent. De skyndte seg det de kunne
men var varsomme så ingen kunne se dem. Skogen der besto
av lavvokste grantrær og de var ypperlige å gjemme seg bak
men vanskelige å komme seg frem mellom på grunn av alle
greinene. Mens de tok seg frem så stille som mulig ble Thacun
var en lukt som fikk ham til å nyse og se bort på Arulf med
avsky. Det var så avgjort kadaver de luktet og mye av det også.
De kom over en åsrygg og så noe som fikk Thacun til å gispe
vantro. En av de smale åsene foran dem var i ferd med å bli
forvandlet til et hull i bakken og talløse slaver slet med å frakte
bort stein og jord. Thacun frøs nedover ryggen da han så at det
var minst tre høyreiste hanner av hans rase der, samtlige bar de
forseggjorte kappene til høytstående magikere i de mørkes
tjeneste. Hva var de ute etter? Det var vakter plassert rundt
steinbruddet, de fleste mennesker eller troll og samtlige var
bevæpnet.

Arulf så fascinert ut. «Hva er de ute etter der nede?»

Thacun hadde en dårlig følelse. «Jeg aner ikke, jeg har aldri
hørt at de mørke er ivrige etter å skaffe rikdommer?» ¨

Arulf pekte nedover skråningen, det var en bekk også i den
dalen og i enden av steinbruddet eller hva en nå kunne kalle
det var det en diger haug med noe som bare kunne være døde
slaver. Thacun svelget krampaktig, han kjempet mot en million
følelser og tvang dem tilbake med et gys. Det ble jobbet meget
hardt der nede, hva det enn var de var ute etter, det måtte være
svært viktig for de mørke siden de hadde sendt tre av hans folk
dit, allerede før selve invasjonen kunne starte. Han nikket til
Arulf. «Vi må finne ut hva de er ute etter!»

Arulf rynket pannen. «Hvordan? Det er vakter overalt, de vil se oss»

Thacun samlet seg og kjente at besluttsomheten fylte ham. «Jeg kan snike meg opp langs bekken og gjemme meg ved den haugen der nede, jeg har magi som kan skjule meg for mennesker og troll tror jeg. De tre magikerne er noe helt annet, men jeg trenger ikke komme nær dem. Jeg kan bare håpe at noen snakker der nede.»

Arulf rullet med øynene. «Ikke ta sjansen, vær så snill. Jeg tror jeg vet hva som skjer om du blir tatt»

Thacun nikket. «Det gjør jeg også, jeg er en fremmed og bør ikke være her i det hele tatt, og jeg har magi også. Det er ille for meg om de merker at jeg er her men jeg må bare ta sjansen. Vi må vite, om vi skal stanse dem må vi vite hvorfor de graver så besatt her»

Arulf sukket. «Greit, men jeg gjemmer meg og blir du tatt vil jeg ikke kunne gjøre noe for å hjelpe deg.»

Thacun nikket. «Det er greit, jeg vil ikke at du skal risikere noe, verken du eller de andre to»

Han trakk kappen tettere om seg og var glad det var en hette på den. Det blå håret hans var synlig på lang avstand og han så seg forsiktig rundt, det var ganske dårlig lys siden det var overskyet og det var en fordel. Han snek seg ned åssiden svært sakte, brukte alle buskene og steinene for alt de var verdt og satt stille i flere minutter før han beveget seg til neste, han var genuint forbauset over alt arbeidet de la ned der. De mørke foretrakk å bruke magi til alt, de sendte sjelden ut sine beste magikere eller prester til å organisere noe så kjedelig som å grave i bakken? Dette de var ute etter måtte ha en særdeles betydning. Han rakk ned til bekken etter rundt en time, snek seg oppover langs løpet og ignorerte at vannet var iskaldt. Lyden av vannet druknet lyden av ham og han kjente stanken fra likene på lang avstand. Han var glad det var halvmørkt, han kunne late som om han var et lik om det kom til det. Haugen var enorm og de som lå i bunnen var nesten bare bein, en svart

sverm av fluer hang over haugen og her og der lå det
kroppsdeler slengt rundt, antagelig hadde kråker og ravn prøvd
å trekke dem med seg. Han svelget kvalmen og snek seg
oppover langs kanten av haugen, et sted møtte den en
klippekant og det var antagelig der de hadde begynt å tippe lik
utfor og så hadde haugen vokst i høyde og vidde gradvis. De
måtte ha drevet på der i ukesvis!

Han satte seg ned under en busk som grodde langsmed
klippeveggen, det var så godt som umulig å se ham der og han
lukket øynene og konsentrerte seg om å lytte. Det var
mennesker som var vakter i denne avdelingen av steinbruddet
og de sto der og småristet i kulda. Det var et lite glofat plassert
der så de ble tatt vare på av en eller annen grunn. Normalt ville
de mørke og deres tjenere gi fela i om deres tjenere led i kulda.
De var godt kledd også og en av dem røkte faktisk, han hadde
en pipe han av og til krafset i. Det var slaver som trakk vogner
med stein og jord vekk og tippet dem utfor et stup i enden av
dalgangen, arbeidet var forferdelig hardt og han kunne snaut
fatte at de magre skapningene hadde krefter til noe slikt. Han
kjente igjen flere av rasene fra sin verden, hva var dette?

Ingen hadde nevn noe slikt da han tjente sin far? Han fikk
en merkelig mistanke, det var fraksjoner også blant de mørke
og kunne dette være begynnelsen på et kupp? Det skulle ikke
forbause ham i det hele tatt. Vaktene sto der og kom med
slengkommentarer om kulda og hva de skulle gjøre når vakten
var over, og Thacun prøvde å følge med. Det var ikke alle
ordene han forsto, men meningen ble etter hvert klar for ham.
Disse mennene var trofaste overfor Eghil og han tjente de
mørke, det var liten tvil om det. Men det var frustrerende at
ingen sa noe om hva de grov etter. Han ble sittende og han
vurderte å gå tilbake til de andre da noen kom skyvende på en
slik vogn mot kanten av klippen. Thacun holdt pusten, om det
var stein i den kunne han være i knipe nå men det var ikke
stein som ble bikket utfor. Det var lik. Flere kropper regnet
med fra oven og landet på bakken med bløte dunk. Thacun

krympet seg, det var motbydelig. Disse folkene behandlet andre med akkurat like lite respekt som han var vant med og han visste at det han kjente nå var medfølelse. Det var magre mennesker og et par av andre raser som ble liggende der i krattet og han snek seg ut av busken da han så noe som fikk ham til å sperre opp øynene. Et av likene var en hunn av hans rase. Hun lå der helt inntil klippen, ansiktet oppover og armer og bein spredt utover.

Thacun svelget stivt, han hadde snaut sett en hunn av sitt folk i ordentlig lys, bare de hannene som var verdige til å avle fikk adgang til hallene der hunnene ble holdt. Hun var liten, mye mindre enn en hann og uten horn, kroppen var smekker og elegant og i motsetning til hannene hadde hunnene hale. En ganske lang tynn hale med en dusk med hår i enden. Håret var skinnende rødt og huden hennes var forholdsvis mørk. Hodet var barbert men håret hadde vokst ut noen centimeter etter det og øynene som stirret stivt opp mot himmelen var sjøgrønne. Thacun følte en brå og knusende sorg, det var første gang han virkelig så en hunn og så var hun død. Hun var radmager, hvert et ribbein syntes og brystene var helt borte, armene hadde merkelige former som indikerte at de var brukket og det var piskemerker over hele kroppen. Det så ut som om tennene hennes var slått ut og han forsto at hun hadde lidd forferdelig før slutten. På føttene var klørne slitt bort og de lange smale føttene var blodige og opprevne. Han bet seg i underleppa for å ikke klynke, hun var et forferdelig syn og brått kjente han at trangen til å knuse de mørke ble enda mer fremtredende.

Han snek seg litt nærmere, følte at han burde ha gjort noe for henne, dekket henne til, gitt henne litt verdighet men han kunne ikke. Noen kunne se det. Han rakte seg ut, nesten motvillig og lot handa varsomt kjærtegne en blodig og opprevet neve som var så veldig mye mindre enn hans egen. Han rykket til da den rørte seg, det var nesten umerkelig men det var bevegelse og han forsto at hun var i live ennå, men bare så vidt. Hun gav fra seg et nesten lydløst stønn og vendte blikket mot ham og Thacun holdt pusten. Hun så stivt på ham, hun så ham virkelig og han prøvde å virke vennligsinnet. «Jeg er en venn, vær så snill, vær stille. Hva graver dere etter? Hva er de mørke ute etter?»

Hunnen åpnet munnen et par ganger men det kom ikke noen lyd, øynene rullet i hodet på henne og han kjempet mot fortvilelse og medfølelse. «Vær så snill, jeg må vite det»

Han hvisket bare, de var farlig nære vaktene. Hun svelget med store vansker og han så at pupillene hennes reagerte. «De…gjemt for tidsaldre siden…»

Han nikket. «De gjemte noe for lang tid siden?»

Hun nikket svakt, blikket røpet en forferdelig angst. «Gå vekk, flykt. De…er gale»

Han klemte den skjelvende handa hennes. «Hva mener du?»

Hun så rett på ham igjen, det var tårer i øynene. «Døden, de leter etter døden for vårt folk, vi…»

Hun hev etter pusten, handa var blitt slapp. «Vi har blitt brukt»

Hun gav fra seg en liten rallelyd og ble slapp og han stirret vantro og skremt på henne og forsto at hun var borte nå. Han snek seg tilbake til klippen, prøvde desperat å skjønne hva hun mente. Døden? Hva foregikk? Vi har blitt brukt? Det var ingen tvil om at de mørke alltid tjente seg selv først og fremst men de hadde da samarbeidet med hans folk i årtusener og de hadde vært likeverdige partnere. Eller hadde de ikke det? Han kjente at det isnet nedover ryggen på ham, hva var dette egentlig? Var hans folk i fare? Det var umulig, de var sterke, de var uovervinnelige.

Han snek seg bort, sakte og nå var det begynt å bli mørkt så det var mye enklere å unngå å bli sett. Han var nesten oppe i åsryggen igjen da han hørte bråk fra dalen bak ham. Han krøket seg ned bak en busk og så at de tre magikerne kom løpende, og noen av vaktene sto rundt noen av slavene som hadde drevet og gravd. En av dem holdt noe i været, det var lite men skinte som en stjerne og de tre virket aldeles fra seg av fryd. Han hørte høye rop av glede og det glødet fra bakken, hva det enn var de hadde funnet, det var mye av det. Thacun skyndte seg opp til Arulf som stirret storøyd på ham. «Du stinker noe forferdelig»

Thacun peste nesten. «Du sier ikke det, men vi må tilbake, fort. Ruphus er sjaman, han må prøve å finne ut hva det var de har funnet. Jeg har en forferdelig mistanke her»

Arulf rynket pannen. «Hva er det du snakker om?»

Thacun lukket øynene. «Jeg tror de mørke planlegger å gjøre mer enn å invadere denne verdenen, jeg tror de vil utslette alt liv»

Dahdegar

Dahdegar følte seg rastløs, han følte også at han ennå ikke visste på langt nær nok til å få noe slags overblikk over situasjonen. Det gjorde ham ærlig talt ganske nervøs, de måtte stanse Eghil på et eller annet vis og han hadde sverget å hevne barna sine men hvordan skulle de klare det nå? Han brydde seg egentlig ikke om sitt eget liv lenger men han ønsket ikke å forlate denne verden før han visste at det Eghil hadde startet var stanset for alltid. Ruphus satt under en gran og gnog på litt kjøtt, albinoen skar en grimase og nikket i retning åskammen. Han så ut som en hund med lopper, det var helt tydelig at noe plaget ham og Dahdegar forsto det godt, han følte seg også ganske så merkelig. Det skjedde noe der borte, noe han med sine nye evner kunne fange opp og Ruphus måtte merke det enda bedre i og med at han var en trenet sjaman.

«Hva tror du skjer?»

Ruphus så opp, øynene var fjerne. «Noe som er alt annet enn bra, jeg så ikke noe av dette da jeg reiste ut, og jeg fikk ingen advarsler heller. Jeg aner ikke hva jeg skal tro om det.»

Dahdegar satte seg ned, han kjente at det trykket i hodet som før et tordenvær og det var som om han hørte noe langt borte, uten å helt kunne fange det opp. Det var en ytterst frustrerende følelse. Ruphus lukket øynene. «Jeg vet bare at jeg aller helst vil vekk herfra, fort som bare rakker'n. Det er noe galt her et sted, noe som går på tvers av alt vi kjenner til.»

Dahdegar svelget stivt. «Kan du gå ut igjen og se om du finner ut hva de gjør?»

Ruphus blåste i nesa. «Det er magi der Dahdegar og ikke den typen en landsbyheks befatter seg med, jeg har aldri følt

noe så jævlig før. Det kjennes ut som noe klorer løs på selve
sjelen min og går jeg ut nå er vi ferdige, jeg er sikker på det.»

Dahdegar skulle til å svare da det raslet i tørt gras og
Thacun og Arulf kom tilbake, begge var vill øyde og bleke og
Thacun satte seg ned, han peste formelig og de rovdyraktige
øynene var fylt med avsky og frykt. «Dere vil ikke tro hva vi
akkurat har sett»

Ruphus skar en grimase. «Noe ganske ille skal vi dømme på
uttrykkene deres?»

Thacun trakk pusten dypt. «De graver der, etter et eller
annet de akkurat fant. De har drept hundrevis av slaver for å
komme dypt nok, og det er magikere der, tre stykker. Det er
magikere som tjener de mørke, av mitt folk»

Ruphus så skjevt på Dahdegar. «Så, hva tror du ville skjedd
om jeg gikk ut?»

Dahdegar sukket lavt. «De ville merket deg.»

Ruphus nikket. «Ja, jeg ville vært rene skjære fyrtårnet»

Thacun skalv formelig. «Jeg fikk snakket med en av
slavene, hun var døende og ble kastet ned i haugen som søppel,
de har gravd frem noe hun kalte døden, noe jeg tror de mørke
har gjemt?»

Ruphus rynket pannen. «Hva?»

Thacun så bedende på ham. «Hun sa at de vil utslette alt liv,
det var noe som skinte og glødet i bakken der»

Ruphus ble stille, det virket for at han tenkte hardt. «Fortell
oss akkurat hva du så, hver detalj»

Thacun samlet seg og fortalte og Dahdegar følte at han ble
iskald, at en merkelig frykt brått lammet ham. Hva var det
egentlig Eghil hadde rotet seg inn i? Var det virkelig noen av
de mørke som ville ødelegge alt? Hva gjorde de nå? Han
nektet å gi seg, han ville se Eghil lide som hans barn hadde
lidd og han aktet ikke å svikte det løftet. Ruphus svelget synlig
og trakk kappen tettere om seg. «De magikerne, er de sterke?»

Thacun ristet formelig. «Ja, de besitter enorme krefter»

Ruphus virket for å tenke hardt og Dahdegar så stivt på Thacun. «De er ikke krigere er de vel? De som har evnen til å bruke magi foretrekker det ikke sant?»

Thacun nikket litt forvirret. «Ja?»

Dahdegar skar en grimase. «De vil være blinde for alt annet, de kan neppe tenke seg at noen vil ønske å gjøre dem noe uten bruk av magi»

Ruphus ristet på hodet. «Dahdegar, ingen av oss skal prøve å gjøre noe mot de tre, forstår du? De er mektige, jeg føler makten deres helt hit, den er unaturlig og forvrengt men tvil ikke på at de kan vrenge deg med bare et par ord»

Dahdegar skar tenner. «Så hva gjør vi? Hvordan skal vi ende dette? Hva i alle helveters navn har de gravd frem, vi må finne det ut!»

Thacun svelget stille, han så lamslått ut ennå. «Du har rett, vi må finne det ut men hvordan?»

Dahdegar snudde seg mot Arulf. «Kan en spionere på vaktene?»

Arulf lagde et slags smil, han så litt forvirret ut. «Ja, om en ikke bruker magi, jeg vil tro at selv det aller minste snev av magi vil merkes av de forbaskede magikerne.»

Dahdegar så slitent på Ruphus. «Det gjør at vi er utelukket. De vil merke oss»

Ruphus nikket og slet i noe granbar, som for å få utløp for frustrasjon. «Det betyr at Arulf må finne ut alt han kan, jeg vil tro at vaktene har en leir i nærheten, et sted der de kan hvile og finne seg mat.»

Arulf gjorde store øyne igjen. «Åh guder, jeg…Jeg har aldri gjort noe slikt»

Dahdegar la en arm rundt skuldrene hans. «Det betyr ikke noe, hør her, du finner leiren deres, sniker deg inn og lytter. De venter ikke fremmede her, det finnes ikke folk i området lenger, husk det. Du er tapper, du klarer dette»

Arulf pep nesten. «Men…hva om jeg blir oppdaget?»

Dahdegar smilte stivt. «Da later du som om du er en flyktning som har kommet bort fra dine, eller enda bedre, du er en lovløs som har måttet klare deg selv og nå er du sulten og desperat og prøvde å stjele mat»

Arulf svelget, han så nedover seg selv. Han var dekket med søle og leire som de alle var, klærne var slitt etter uker på reise og han hadde mistet mye vekt så han så herjet ut. Det var faktisk troverdig. «Greit, jeg skal prøve, men jeg kan ikke love noe»

Thacun fnøs. «Jeg tviler på at de lar vaktene vite hele sannheten»

Ruphus nikket. «Samme her, de får antagelig bare vite det de trenger for å fungere, jeg tror ikke at engang Eghil vet hva som foregår der borte. Noe sier meg at det er mange hemmeligheter satt i aksjon nå»

Dahdegar rynket pannen. «Det må da være noe vi kan gjøre, kunnskap er makt pleide min far å si»

Ruphus trakk på det. «Landet selv, det har en ånd og den har et minne. Vi kan prøve noe men det er risikabelt. Vi må vekk herifra for å gjøre det, og jeg aner ikke om det engang vil virke»

Dahdegar trakk pusten dypt. «Vi prøver. Hva det enn er, vi må prøve»

Ruphus reiste seg sakte, det var mørkt nå og de kunne bevege seg ganske trygt rundt. «Greit, vi forsøker men som sagt, jeg kan ikke garantere noe»

Thacun reiste seg også. «Kan jeg hjelpe dere?»

Ruphus nikket. «Kan du skape et magisk skjold? Et vern?»

Thacun så litt tvilende ut. «Jeg kan prøve?»

Ruphus smilte skjevt. «Det er bra, vi må ikke la noen merke at vi er her»

De gikk nedover liene og Arulf tok en annen vei som ville lede ham nærmere gruva igjen, han var synlig nervøs men også innbitt, han ville vise at han kunne gjøre nytte for seg.

Etter et par timer fant de en liten eng innunder en ganske bratt skråning og det var et såpass kronglete terreng der at det var lite sannsynlig at noen ville komme dit, selv ikke jegere. Ruphus så skarpt på Dahdegar. «Vi er nødt til å være to for at dette skal gå, vi må bruke metoder som sjelden blir nevnt engang»

Thacun vætet leppene. «Hva skal jeg gjøre?»

Ruphus så fort på ham. «Finn noen levende dyr, kaniner, harer, hjort, hva som helst»

Thacun rynket pannen. «Hvorfor levende?»

Ruphus bare så på ham. «Derfor! Bare gjør det og vær rask, vi har ikke mye tid på oss. Dette må gjøres mens det ennå er mørkt»

Thacun gryntet og forsvant i mørket med en slynge og en bue, Dadhegar så avventede på Ruphus som trakk frem sekken sin og rotet i den. Han fant det han lette etter, men ikke før han hadde rotet gjennom innholdet et par ganger. Det var en liten pose lagd av tynt lær og den var virkelig bitte liten. Dahdegar så forvirret på den, i mørket var det vanskelig å se noen detaljer. «Hva er det der? Det kan ikke være store greia?»

Ruphus nikket sakte. «Det er bare noen gram, men det er mer enn nok til å ta livet av ti menn»

Dahdegar rygget tilbake. «Hva?!»

Ruphus fant frem kokeutstyret deres og slo ild. «Sett opp et telt rundt dette bålet, la taket være åpent. Vi må koke vann, ikke mer»

Dahdegar slo opp teltet men lot taket være nede og Ruphus fikk fort kok på litt vann fra en feltflaske. Han strødde ørlitegrann av et merkelig gråaktig pulver i vannet fra posen, så la han den vekk og rørte ivrig en stund til alt var oppløst. Vannet fikk en meget snodig farge, mørkt lilla og det ble litt tåkete. Ruphus smilte skjevt. «Godt, det er bra. Om pulveret er for gammelt blir det ikke lilla men grått»

Han delte vannet i to kopper og Dahdegar krympet seg.
«Før jeg setter til livs noe som helst, hva skjer? Hva er det du
skal trekke meg ut på nå?»

Ruphus sukket. «Forhåpentligvis ikke noe som vil ta livet
av oss, men det er farlig, jeg må advare deg. Men skal vi finne
ut av det Thacun så må vi bare gjøre det, jeg tviler på at vi kan
få denne informasjonen på noen annen måte. Vi skal reise
Dahdegar, i tiden»

Dahdegar gapte nesten. «Det er umulig»

Ruphus nikket. «I kjødet ja, men ånden er ikke bundet av tid
slik legemet er, i åndeverdenen er all tid en. Om vi klarer å
forbinde oss med åndene i landet her kan vi kanskje klare å
komme oss så langt tilbake at vi ser hva som ble begravet her»

Dahdegar trakk pusten dypt, dette var i sannhet en bisarr
natt og han ville aldri ha trodd på noe slikt for bare noen uker
siden. «Greit, hvordan gjør vi det?»

Ruphus trakk av seg kappen og tunikaen. «Først av alt,
stripp. Jeg må forberede oss begge to»

Dahdegar nølte, det var kaldt men siden de var så nær en ås
var det ikke vind der. Ruphus slukket bålet og fant frem litt
tørket farge fra sekken sin, han rørte den ut fort og tok frem en
slitt pensel han vætet og gjorde klar. «Dahdegar, hør nøye på
det jeg sier nå. Jeg skal skape en sirkel, og hva som enn skjer,
du må ikke gå utenfor den sirkelen hører du?»

Dahdegar trakk på skuldrene. «Hva skjer om jeg kommer
utenfor?»

Ruphus så temmelig smalt på ham. «Det vil du ikke vite, tro
meg»

Han begynte å sparke vekk stein og gras fra bakken og
skapte en slags sirkel der, den var temmelig primitiv men
synlig og han smilte skjevt. «Får bare håpe at Thacun greier å
finne noe levende. Vi trenger liv for å skape magien vi
trenger»

Dahdegar skar en grimase, han hadde ikke lyst til å drepe
noe, det var liksom ikke særlig trivelig å tenke på. De var der

for å hevne de uskyldige, ikke for å ta livet av noen arme dyr. Thacun begynte å tegne magiske tegn på dem begge to, de var heller enkle og Dahdegar måtte tegne på Ruphus rygg siden han ikke kunne nå ryggen selv. Da de var ferdige så de temmelig groteske ut med blålige linjer overalt. De brøt opp konturene av kroppen og Dahdegar måtte vedgå at det var ypperlig kamuflasje. ¨

De var akkurat ferdige da Thacun kom tilbake, han hadde tre kaniner i neven og en rapphøne hengende fra beltet og Ruphus så skjevt på ham. «Godt, det er nok.»

Han rakte ene koppen over til Dahdegar. «Drikk alt, ikke tenk på hva det er»

Dahdegar gyste synlig. «Hva er det? Hva vil det gjøre?»

Ruphus smilte og drakk sin dose i en rask slurk. «Det vil åpne det indre øyet for åndene i dette landet og la oss bryte fri fra den fysiske verden.»

Han klappet Thacun på skulderen. «Nå, prøv å skjerme oss, skjul magien vi bruker»

Thacun nikket og satte seg ned, han følte seg litt ydmyk over at de stolte på ham på en slik total måte. Han husket besvergelser som skulle hindre andre i å merke at en bruker magi og hvisket dem sakte, lot kraften våkne i seg. Dahdegar drakk det lilla skvipet og det smakte like ille som det så ut, han gyste fra hode til fot og Ruphus tok en kanin og skar over strupen på den, lot blodet renne ned på sirkelen. «Stig inn nå!»

Dahdegar gjorde som han fikk beskjed om og Ruphus gjorde det samme med alle skapningene, hele tiden messet han på alvisk og Thacun så imponert ut. Sirkelen så helt svart ut nå, som et gap i verden. Han gyste men følte seg svakt svimmel og brått var det som om ingenting av det han så lenger var virkelig. Det var som kulisser som skjulte noe annet bak dem, noe langt mer interessant. Ruphus grep ham i skulderen. «Knel med meg, ikke bry deg med det du ser, lytt til stemmen min»

Dahdegar nikket og Ruphus begynte å synge, stemmen var lav og intens og selv om det var mørkt så de brått farger rundt seg. Flagrende slør av farge som virket for å danse rundt dem. «Ikke la deg lokke ut av sirkelen, bare lytt til meg»

Dahdegar konsentrerte seg, verden svant for ham og han så landskapet slik det så ut i dagslys men det var merkelig, skyggene var unaturlig dype og det var merkelige hule rop kommende fra alle retninger. Han kjente at Ruphus trakk krefter fra ham, og lot halv alven gjøre det. Brått dukket det opp merkelige skikkelser som så ut som om de var en blanding av alskens arter, noen så ut som trær men med armer og bein og andre var totalt bisarre. Dahdegar forsto at det var ånder og Ruphus virket for å snakke med dem, han gestikulerte og Dahdegar forsto ikke et eneste ord. Han så at åndene trakk nærmere og nå begynte landskapet å forandre seg foran dem. Han følte seg brått syk, kvalm og svimmel og kald og han forsto at dette trakk noe enormt med energi ut av sjelen, og han ante at det var enda verre for Ruphus for han var mer erfaren og den som styrte hele greia.

Landskapet sank og reiste seg flere ganger, breer strøk inn over det og forsvant, fjell reiste seg mot himmelen og ble malt ned til bakkenivå igjen og han så det skje i undring og vantro. Over dem var en helt fremmed himmel og Dahdegar følte seg vettskremt. Mennesker er ikke ment å se slike ting. Merkelige dyr vandret over enger fylt med planter han ikke kjente igjen, de ble erstattet av enda merkeligere dyr og av og til var landskapet øde og tomt. Men Dahdegar holdt fast i Ruphus som mante videre, stemmen var hul og svak, han skalv overalt. Tilslutt så de en naken flate foran seg, den var svart og her og der glødet det i flytende stein, rundt dem var det mørkt og himmelen var fylt med svarte skyer og flammer. Åndene var annerledes også, de så små ut, unge og nyformede. Men Ruphus klemte Dahdegar's armer med vanvittig styrke. «Se!»

Det var som om lufta sprakk, som om en del av den bare gled til side. I åpningen så de kun mørke, et mørke som var mer enn fravær av lys, det var som en tyngde, som noe som trekker på en, prøver å hale en inn. Flere skikkelser kom vandrende ut, de var høye og smale, dekket i flagrende sjal lagd av utrolig tynt materiale men med så mange lag at de totalt visket ut formene under tøyet. Mellom seg bar de en stor kiste, Dahdegar ante ikke hvor stor den var før en av skapningene gjorde en gest og en grop åpnet seg i bakken. Den virket ikke særlig stor men da de gled nærmere så han at den var gigantisk og kisten måtte være stor som en svær låve. Skikkelsene la kisten i gropa og bakken lukket seg igjen, skjulte kisten. Dahdegar holdt pusten, hva var det de hadde skjult? Ruphus stønnet. «Tilbake, nå!»

Brått så de alt skje på nytt men i motsatt rekkefølge og så fort at Dahdegar ble akutt kvalm. Det suste forbi dem og han kjempet for å holde seg bevisst. Ruphus jamret seg og brått stanset alt med et voldsomt rykk. Dahdegar ramlet sammen på bakken ved siden av Ruphus som bare hev etter pusten som en sprengt hest. Sirkelen røk svart og det begynte å lysne i øst, det hadde tatt hele natta men føltes som noen få korte øyeblikk. Thacun satt der og så vettskremt ut og Dahdegar ristet i Ruphus. «Hva…hva nå?»

Ruphus løftet hodet med tydelig ubehag. «Thacun…piss…piss på sirkelen, bryt…den!»

Thacun bare blunket. «Æh, hvabehager?»

Ruphus rullet med øyene. «Piss på sirkelen, NÅ!»

Thacun kom seg på beina og fikk lendekledet ut av veien, han hadde tydeligvis holdt seg lenge for han sto der lenge og var tydelig lettet men sirkelen begynte å gløde igjen før den på et vis falt sammen og tynn aske fløt bort med vinden. «Den er brutt, hjelp meg bort Dahdegar»

Dahdegar halte vennen ut av sirkelen, han var sår selv også, og skrekkelig kald og sulten og mer enn noe annet alvorlig skremt. Hva hadde han egentlig sett?

Ruphus vinket på Thacun. «Lag ild, varm vann, vi trenger mat. Kok den rapphøna, og finn teppene våre»

Thacun adlød, han forsto at det hastet for han jobbet fort og nøyaktig. Etter bare litt fikk de to vasket av seg malingen, fikk trukket på seg tørre klær og varme tepper og Thacun hadde greid å lage en slags suppe av rapp høna. Den var ikke spesielt god, egentlig smakte den ganske så grusomt men den var varm og det var det viktigeste. Dhadegar ble sittende å skjelve lenge og Ruphus måtte ligge, han var totalt utslitt. Dahdegar måtte klype seg i armen, han hadde snaut trodd på ånder og slikt før men nå gjorde han det, alt i naturen var virkelig i live på flere måter enn en. Han så bedende på Ruphus som slurpet i seg resten av suppa. Thacun pakket ham enda dypere inn i teppene, som en omsorgsfull mor. «Guder, hva var det vi så?»

Ruphus ristet, de hørte at tennene hans klapret. «Jeg aner ikke, men de kom utenfra, hvor vet bare gudene»

Dahdegar så forvirret ut. «Utenfra hva?»

Halv alven så skjevt på ham, han tørket seg om munnen med ermet sitt. «Utenfor skapelsen, det er det eneste jeg kan forklare det med»

Dahdegar sukket. «Så da vet vi ikke noe?»

Ruphus ristet på hodet. «Ikke med sikkerhet nei, men hvem de enn var, de er uhyggelig mektige, og jeg tror Thacun har rett, de har planer og bryr seg ikke om hvor lang tid de tar»

Dahdegar snudde seg mot Thacun. «Er de mørke enorme skikkelser kledd i utallige lag av tynne slør?»

Thacun ristet sakte på hodet. «Det tror jeg ikke nei, men jeg er ikke sikker?»

Dahdegar så litt forbauset ut. «Du har aldri sett dem?»

Thacun nikket. «Jeg hadde aldri noen rang husker dere? Bare de øverste blant oss fikk æren av å møte de mørke, men de sier at den øverste av dem er en kjempe»

Dahdegar rynket pannen. «Nesten femti meter høy?»

Thacun gjorde store øyne. «Guder nei, tre meter kanskje? De sier at de mørke er så ille å se på at de kan få folk til å svime av bare ved synet»

Ruphus skar en grimase og slet seg opp på en albue. «Da var ikke det vi så de mørke, men sa ikke den slaven at det var noe de mørke hadde gjemt?»

Thacun tenkte seg om. «Nei, hun sa ikke det spesifikt, bare at det var gjemt for uminnelige tider siden og at de mørke lette etter det»

Dahdegar nikket. «Da er det ikke de mørke som skjulte det men noe annet, visste vi bare hva. Men de mørke visste om det og det er farlig»

Ruphus la seg tilbake igjen, han var blek og svett. «Jeg får bare håpe at Arulf har flaks, han må finne ut hva det er de gjemte»

Dahdegar la seg ned også, teppene var varme og han trengte det nå. «Ja la oss håpe at han klarer dette, ellers vet vi like lite som før»

Arulf hadde sneket seg ned langs åskantene og var glad for at terrenget var så merkelig med smale bratte åser mellom dype skar. Her var det vanskelig å se noen og han visste å bruke terrenget. Det var mørkt og vanskelig å ta seg frem men han var ikke dum, han brukte den tiden han trengte og etter noen timer fant han leiren der vaktene holdt til. Slavene ble holdt i en svær gammel låve mens vaktene hadde flere brakker. De var ikke så verst og plassert i en slags sirkel med en stor oppmuret sirkel i midten der et bål brant. Arulf telte ti vakter, antagelig var minst like mange oppe ved gruva og dette var de som var av vakt. Det var ingen å se av de merkelige magikerne, det var bra. Arulf så at noen av mennene der nede neppe var vakter, de drev ved bålplassen og virket for å lage mat, de var store og grove og han antok at de var kokker. Arulf trakk pusten dypt, de mennene som satt der på benker rundt bålet var slitne, han så det godt. De var så vidt våkne og ventet bare på mat før de ville legge seg og han visste at nå ville de snakke om de overhodet gjorde det.

Han snek seg nærmere, det var tett kratt bak leiren og i
mørket var det umulig å se at noe beveget seg der. Han skyndte
seg ikke, det var ingen grunn til det. I stedet gikk han bare et
par meter av gangen og da han omsider nådde en bakvegg der
hadde kokkene begynt å servere maten. Det luktet ganske godt
og han håpet at magen hans ikke ville røpe ham ved å rumle,
karene satt der og åt og de virket temmelig sultne også. Nå fikk
han telt dem bedre, det var flere der enn han hadde trodd, noen
måtte ha vært innendørs tidligere. Arulf snek seg nærmere i
mørket og så at det lå en del flasker der, tomme sådan. Han
fikk en ide, han grep en av dem og satte seg ned på bakken
med ryggen mot veggen, med kappen rundt seg så han ut som
en av dem, alle bar forskjellige klær og han tvilte på at de
kjente hverandre så godt. Om noen skulle finne på å gå rundt
hytta ville de bare se en som satt og sov ut rusen der og det var
neppe noe de ville reagere på.

Arulf var vant med å tenke fort, hans tid hos den heller
sadistiske onkelen hans hadde lært ham det, han kunne prate
for seg, og han visste hvordan folk reagerer på ulike
situasjoner. Mennene som satt der og spiste var både utslitt og
oppgitt. De visste garantert at målet var nådd men det hadde
ingen betydning for dem, antagelig var de nødt til å jobbe
videre. Det var stort hva det enn var, slavene måtte nok brukes
i enda noen uker.

En av mennene slang skjeen sin ned i den tomme bollen og
rapte. «Vi burde ved gudene få bedre mat nå, de har funnet det,
vi burde bli belønnet»

En av de andre der senket skjeen også. «Så avgjort men
Eghil vil få flatlus av ren frustrasjon om han må betale mer i
lønn. Den karen var knegen før men etter at de djevlene dukket
opp har han blitt enda verre enn før»

Den første av mennene spyttet i bakken. «Ja, jeg tror ikke at
Eghil er riktig vel bevart, han er så avgjort gal.»

En av de eldre karene så langt på dem. «Han er ikke gal, han er besatt. Pass tunga di gutt så ikke de forbaska magikerne river den ut. Du trenger ikke den for å jobbe!»

Det ble stille igjen i noen minutter. «Har dere sett det?»

Det ble hvisket lavt og den eldre karen nikket sakte. «Ja, det ser ut som…enorme juveler, kanskje diamanter?»

En av de andre karene satte seg ned ved siden av dem, de holdt stemmene senket men Arulf hørte, han hadde god hørsel og det var lite annen støy der. «Ingen diamanter blir så store, og de tre jævlene så vanvittig fornøyd ut, som om de hadde fått vite at de ville få en god avsuging hver dag resten av livet»

De andre gliste lavt, det ble kaklet over hele bordet. «Men hva er det? Vi har jobba i ukevis for at de skulle finne det, og de slavene? De færreste er mennesker, hvor farao har de fått tak i de skapningene?»

Karene så på hverandre, trakk på skuldrene. «Det eneste som er sikkert er at det er mye av det, hva det nå er»

En yngre kar gled ned på benken og lot som om han fylte tallerkenen sin med mer stuing. «En av de tre pratet med Eghil, han kalte det Odh-rakzad eller noe i den duren»

Den eldre karen trakk på skuldrene. «Sier meg lite»

Vaktene ble stille, noen andre menn kom vandrende og forsynte seg og ingen snakket på en stund, Arulf bare lå der, han var usynlig i mørket og lyttet med ørene på stilker. Men etter litt reiste de fleste seg og gikk til brakkene og Arulf så at kokkene pakket vekk alt og han kom seg opp. Han var ved å skulle gå da en mann kom sjanglende inn mellom hyttene, Arulf reagerte lynraskt. Han vendte ansiktet mot hytta og inntok en talende posisjon. Den sjanglende karen stanset litt forbauset. «Ah, å, så deg ikke kompis»

Arulf forgjorde stemmen litt. «Kan ikke en stakkar få pisse i fred en gang?»

Mannen snudde på hælen og sjanglet seg ut med et rap og et «beklager». Arulf trakk pusten dypt og ventet i noen øyeblikk før han fant veien inn i krattet. Det ble snart lyst igjen, han hadde ikke lært mye men litt og kanskje det vesle han hadde kunne være til nytte? Han håpet det, for dette hadde ikke han nerver til en gang til.

Han skyndte seg ut av dalen og nå så han at det gikk en ganske tydelig vei nordøstover fra gruva, antagelig gikk den til Eghils slott og han forsto at hva det nå var de hadde funnet, det ville bli fraktet dit. Han trakk nedover vekk fra leiren og etter en stund fant han sporene etter de andre og fulgte dem. De hadde lagt igjen små tegn han visste å tyde og nå var det lyst så han kunne følge dem. Det gikk et par timer før han fant leiren de hadde lagd, Dahdegar og Ruphus sov ennå og Thacun holdt vakt. Han satt der og spikket på en grein for å få tida til å gå og Arulf fikk resten av suppa Thacun hadde lagd. Den var ikke akkurat blitt mer velsmakende over natta men det var næring. Arulf så at Dahdegar våknet, mannen var tydelig sliten fremdeles men det var liten vits i å sove så veldig mye lenger, det ville forstyrre døgnrytmen deres totalt. Dahdegar satte seg opp og skyllet munnen med litt vann, han hadde en forferdelig smak som satt på tunga og hodet kjentes som et blylodd. Arulf smilte forsiktig. «Fant dere ut noe?»

Dahdegar gned seg i hodet og gjespet langt, ristet på hodet. «Nei, dessverre. Vi gjorde ikke det. Hva med deg?»

Arulf satte seg litt nærmere bålet, han frøs på fingrene. «Jeg var helt nede i leiren deres, de hadde brakker og slavene stuet de sammen på en gammel låve, jeg tror hele operasjonen var planlagt men ikke særlig lenge»

Dahdegar så skarpt på ham. «Virkelig?»

Arulf nikket. «Vaktene var Eghils folk, antagelig slottsvakter eller menn lojale til ham men nå jobber de mer fordi de er redde enn fordi de virkelig følger ham. Og forholdene der er ganske primitive, karene er på bristepunktet»

Dahdegar brummet. «Forundrer meg ikke, Eghil tenkte aldri på annet enn seg selv»

Arulf skar en grimase. «Men mennene visste ikke hva det var de hadde funnet der, i det minste røpet de ikke at de visste noe. Det eneste de nevnte var et navn, noe de hadde snappet opp fra de tre tror jeg. De kalte det Odh-Rakzad eller noe i den duren»

Thacun spisset ører, bokstavelig talt. «Jeg har hørt det ordet, ja, jeg er sikker, jeg har lest om det, en eller annen gang.»

Dahdegar så fort bort på ham «Kan du løpe i gang hukommelsen litt? Det hadde vært grådig fint om du klarte å fiske det frem igjen?»

Thacun smilte litt fårete. «Jeg…jeg tror det var i et av hvelvene der jeg ble satt til å arbeide, ja, det var det. I et av lagrene for gamle skrifter.»

Arulf så spent på ham. «Og?»

Thacun så litt beklemt ut. «Jeg hadde ikke lov til å lese noe av det som ble oppbevart der nede, det var for farlig sa de. Men jeg gjorde det allikevel, bare på trass antar jeg. Jeg forsto det ikke da, men jeg tror…Jeg tror jeg forstår det nå.»

Dahdegar nikket. «Fortsett…»

Thacun virket for å fomle med ordene. «Jeg tror det var en skriftrull som beskrev selve skapelsen, hva som ligger bak alt. Og den sa at gudene hadde tjenere som bestemte om hvorvidt det skulle være liv i en verden eller ei, de ville oppsøke unge verdener og om de skulle blomstre og få liv plasserte de noe der, noe som skulle vente til den dagen da den verdenen endte»

Alle så forvirret på hverandre, også Ruphus som nå hadde våknet og så temmelig pjusk ut. Thacun trakk pusten dypt. «Jeg er ikke sikker, men når en verden ender og dør vil det ta i seg all livskraft og de vil hente det og bringe det til en ny verden og sørge for at den fører livet videre»

Dahdegar så litt forvirret ut. «Det er jo egentlig en god ting, noe som fører liv videre selv fra ødelagte verdener?»

Thacun så ned, blikket hans var fjernt «Om det blir vekket før tiden vil det drepe alt, lenge før tiden er inne, og den livskraften kan stjeles»

Dahdegar så stivt på Thacun. «Åh guder, det er det de tenker på å gjøre ikke sant? De vil ta det med seg til sin verden og vekke det»

Thacun nikket. «Og vekke litt her også, for å skjule sporene sine. Jeg tror…»

Han gikk litt i stå. «Jeg tror ikke alle av de mørke samarbeider, noen har sine egne planer og de er forferdelige»

Ruphus så på dem og han var blek. «De greiene kan aldri få forlate dette stedet, de må stanses, koste hva det koste vil»

Thacun nikket. «Ja, men hvordan? Magikerne vil merke det om vi prøver å hindre dem, og tro meg, vi har ingen sjanse mot dem, overhodet!»

Dahdegar snudde seg mot Ruphus. «Hvor viktig er Eghil? Kan de fortsette uten ham?»

Ruphus trakk pusten og satte seg opp langsomt, han så litt sliten ut. «Ja, de kan fortsette men uten ham blir det en forsinkelse, og det blir i hvert fall et problem om den steinen jeg så blir borte. Den tror jeg er vital, et ankerpunkt. Uten den kan de ikke holde åpen portalen de trenger for å frakte det»

Dahdegar så ned i bakken, minen var tankefull «Vi er bundet på hender og føtter eller kanskje ikke, de sier at skjebnen elsker de vågale»

Ruphus så temmelig nervøs ut. «Ikke si at du vil prøve å innta den festningen?»

Dahdegar gliste stivt, det var noe kaldt i blikket hans. «Nei, jeg skal ikke prøve å innta den, bare en idiot forsøker å gjøre noe slikt. Jeg skal ganske enkelt besøke min bror, åpent og redelig»

Ruphus måpte og de andre to så vantro på ham. «De dreper deg! Garantert!»

Dahdegar ristet på hodet. «Ja, men neppe med en gang. Jeg kjenner Eghil folkens, og han elsker å hovere, å virkelig gni det inn at han er sterkest og har mest makt. Om jeg dukker opp, rasende og på jakt etter hevn, hva tror du at han vil gjøre?

Å drepe meg er for lett, han vil holde meg i live, bare for å se at jeg lider»

Ruphus svelget synlig, han trakk teppet sakte sammen, ansiktet uttrykte avsky. «Åh guder, det er galskap!»

Dahdegar skjøv underkjeven frem ubevisst, han så sta ut. «Er det virkelig det? Det er eneste sjanse, vi kan ikke komme oss inn usett»

Arulf sukket lavt. «Det har du i det minste rett i»

Ruphus grep seg til hodet. «Hør på deg selv Dahdegar, du vil være alene for vi kan ikke følge deg, han vil garantert kverke enhver som ikke har verdi for ham, og det har ikke vi»

Dahdegar nikket. «Ja, men dere kan holde dere i nærheten»

Thacun så litt forvirret ut. «Magikerne vil merke at du har ondt i sinne, de vil kreve at du henrettes øyeblikkelig»

Dahdegar smilte litt innfult «Nei, det vil de ikke, for de vil være meget opptatt på annet hold.»

Ruphus knep øynene sammen. «Dahdegar? Jeg liker ikke helt…»

Dahdegar hadde fått noe kaldt i blikket. «De merker magi ikke sant? Det blir som en fyrlykt for dem»

Thacun nikket. «Ja, det stemmer?»

Ruphus så litt forbauset ut. «Du vil lokke dem vekk?»

Dahdegar nikket fornøyd. «Akkurat, og lure dem i en felle. Jeg vil anta at de er dødelige, at de blir drept om de blir utsatt for sterkt nok fysisk traume?»

Thacun nikket. «Ja, men de har sterke beskyttelser og de er hardføre, alle av vår rase er det. Vi tåler mye»

Dahdegar så på Ruphus. «Hva er den sterkeste magien du kan skape?»

Ruphus så lidende ut. «Jeg er sjaman, ikke magiker for pokker. Jeg vil trenge hjelp for å skape magi, det er ikke slik vi egentlig arbeider»

Dahdegar sukket. «Jeg vet det, men tenk, noe som vil lokke på dem, fra lang avstand»

Thacun tenkte også. «De blir tiltrukket av makt, mye makt. Jeg tror de vil komme om de sanser noe som kan øke deres egne krefter»

Ruphus rullet med øynene. «Og hvordan skal vi finne noe slikt? De er sterkere enn noen av oss kan håpe på å bli, jeg føler kreftene deres på lang avstand»

Thacun svelget synlig. «Jeg kan være åtet»

Dahdegar så stivt på ham. «Du er ikke noen magiker?»

Thacun nikket sakte. «Nei, men jeg kan late som. Vi trenger noe med magi i, det kommer vi ikke bort fra, men om jeg legger en skjerming om det objektet så det virker som om det er sterkere enn det virkelig er burde det lokke dem frem»

Dahdegar smilte skjevt. «Åh guder, det er glitrende, de er forræderske så de forventer det samme av andre»

Ruphus svelget stivt. «Men hvordan skal vi da drepe dem?»

Dahdegar pekte på åsene rundt dem. «Disse åsene er ustabile, et lite steinras burde ta knekken på selv en magiker ikke sant?»

Thacun bet seg i underleppa. «Ja, det er ikke magi, de beskytter seg alltid mot magiske angrep men naturens krefter tror jeg ikke kan lures slik»

Dahdegar nikket og Arulf så tvilende ut. «Da må Thacun virkelig løpe for livet når tiden er inne, ellers går han også med»

Dahdegar så stivt på Thacun. «Er du villig til å ta risken?»

Thacun smilte kort, han kjente at hjertet hamret i ham. «Ja, om det kan stanse de mørke og resten av mitt folk gjør jeg det med glede.»

Dahdegar smilte og la seg ned, han strakte seg. «I dag hviler vi, i natt prøver vi å finne et sted der vi kan utløse et ras fort og enkelt.»

Ruphus bikket på hodet. «Men et magisk objekt? Vi trenger et magisk objekt?»

Dahdegar nikket sindig. «Jeg lærte noe av min far en gang i tiden, vi var ute i skogen og han prøvde å lære meg navnene på dyr og insekter. Han viste meg en flue som så aldeles ut som en veps men den var helt ufarlig.»

Ruphus myste. «Du sier at vi skal skape en illusjon?»

Dahdegar nikket kort. «Ja, og jeg tror jeg vet hvordan også. Disse fjellene har mye mineraler og jeg vet at krystaller kan fange og holde på kraft. Om vi leter tror jeg nok at vi kan finne en krystall eller to som kan gå for å være magisk»

Thacun nikket og virket brått ivrig. «Ja, og om vi bruker det vi vet om magikerne burde det være nok til å lure dem»

Ruphus så tankefull ut. «Åndene kan hjelpe oss, om de gir kraft til krystallen burde det holde, og de kan trekke den kraften tilbake når som helst. Men vi trenger en krystall, og den må være stor»

Arulf nikket. «Det var fersk rasmark oppe langs ene bekken, om vi leter der tror jeg nok at vi kan finne noe som er brukbart»

Dahdegar nikket fornøyd. «Godt, da leter du og Thacun der i natt, jeg og Ruphus prøver å finne et sted der vi kan legge fella og så fort alt er klart reiser jeg til Eghil og håper at han ikke har endret seg alt for mye»

Ruphus så tvilende ut. «Det er litt av en sjanse å ta må jeg si»

Dahdegar smilte trist. «Ja, men verdt det. Er vi enige?»

De så på hverandre og nikket og Dahdegar trakk teppet over seg igjen. «Godt, hvil dere, det vil bli noen harde dager fremover»

Ardred

Å bare vente der på at Zaribi skulle vende tilbake var forferdelig, Ardred takket gudene for at han hadde mye å gjøre. Det var sårede som måtte stelles, det var folk som måtte skaffes et sted å sove, det var planer som måtte legges. Det verste var at de ikke ante noe om hva som foregikk der ute, var de som hadde søkt tilflukt på hellig grunn trygge eller ei? Hvor mange var det egentlig som var igjen i live der ute? Det kom noen dager med strålende solskinn og på den tredje dagen slo noen alarm, det var folk på vei mot byen og Ardred løp mot porten, den var fremdeles mulig å åpne, det bar som om den forseglet seg av seg selv når de skjøv den igjen. Ardred så at det var et ganske stort følge med folk og han kjente igjen noen av dem, de var fra en av de gårdene som lå ikke så veldig langt fra Gardahavn. De var oppdrettere av sauer og kyr og det var en hellig sirkel like ved gården, antagelig hadde de vært der og besluttet at de ville ta sjansen nå som sola skinte. De skyndte seg inn gjennom porten og Ardred stormet dem i møte, han så at dette neppe var alle som hadde arbeidet der, mange var fremmede for ham og han kjente igjen høvedmannen. Det var en aldrende kar som fremdeles så ung og sterk ut men nå var det skygger i blikket og samtlige der så ustelt og forgrått ut. Sorgen lå tungt over dem.

Ardred grep Havards hånd i et fast grep og den gråhårede mannen prøvde å smile. «Alle guder takk for at vi greide oss»

Ardred bød ham et krus med mjød slik skikken var og Havard drakk dypt. «Hva har skjedd med dere? Dette er ikke alle fra Høyslett?»

Havard ristet på hodet. «Nei, det kom et følge nordfra, de slo seg til hos oss og var velkomne nok. Men trollene kom, helt brått tidlig en kveld. Vi løp til sirkelen for kimatiene sa at den kunne berge oss. Bare noen få nådde den, de du ser her. Resten ble revet i småbiter, vi satt der og hørte og så alt»

Ardred så at det var barn blant dem, og de var merkelig tause. Guder, barn skulle aldri måtte se noe slikt. «Dere er hjertelig velkomne hit min venn, har dere hørt noe om hvordan det står til andre steder?»

Havard skar en grimase. «For ti dager siden kom det en stor flokk med hunder østfra, jakthunder. Jeg kjente igjen noen av dem, de tilhører høvdingen i Kvitdalen. De ville aldri ha forlatt sin herre om han var i live»

Ardred så ned. «Da er de døde»

Havard nikket stille. «Mest sannsynlig. Noe annet vet jeg ikke, det har ikke vært budryttere på ukesvis»

Ardred svelget. «Finn dere mat og drikke, hovedhuset er åpent og etterpå kan dere låne ildhuset og få vasket dere og få nye klær. Hvordan greide dere å komme dere hit, det er to dager fra Høyslett til Gardahavn?»

Havard snudde seg og vinket på en av kvinnene, hun var forholdsvis ung og ferm med solid byste og like solide armer. Ansiktet var ikke klassisk vakkert men hadde en egen styrke og de dyblå øynene var rolige med en egen glans. «Dette er Fenja, hun er en volve. Hun la besvergelser om oss om natten, de holdt seg borte»

Ardred så spørrende på Fenja. «Det er vanskelig å gjøre slikt, det krever store krefter?»

Fenja nikket. «Jeg har arvet gaven fra min mor, vi har alltid vært volver i min slekt»

Ardred smilte fort. «Du er meget velkommen her Fenja, vi trenger sterke kvinner nå, det er for mange stae mannfolk her som ikke vet sitt eget beste»

Fenja gliste bredt. «Det er ikke noe nytt, vi har noen sårede, kan jeg se til dem først?»

Ardred slo ut med armen. «Selvsagt»

Hun vinket på noen som var bandasjert og tydelig lappet sammen heller nødtørftig, de forsvant mot huset som fungerte som sykestue og Havard så langt etter henne. «Uten henne hadde vi ikke vågd å forlate gården.»

Ardred nikket. «Gardahavn er trygg, her kommer ingen fiender inn nå»

Havard smilte litt nervøst. «De sier at du ikke lenger er menneske, at åndene lever i deg»

Ardred følte seg brydd. «Jeg gjør bare det jeg må»

Havard bøyde seg fort. «Det gjør vi alle»

Han fulgte etter de andre og Ardred gikk for å se til Urdar. Han hadde kommet seg men var fremdeles svak og holdt senga. Nå var det en av de yngre godene som gjorde hans jobb og Ardred visste at Urdar gremmet seg grenseløst over at han var dugesløs slik han nå lå. Han lå og leste da Ardred kom inn og lysnet opp. «Jeg hørte porten, overlevende?»

Ardred satte seg ned og nikket. «Ja, en liten gruppe, kanskje en førti stykker med stort og smått»

Urdar sukket. «De var heldige da, som kom seg hit i en bit»

Ardred smilte litt skjevt. «De hadde en volve blant seg, Fenja?»

Urdar lyste opp igjen. «Å guder, jeg har hørt om henne. Hun kunne blitt prestinne her men foretrekker å tjene sitt eget folk, hun er dyktig, og har store talenter. Takke gudinnen for at hun er trygg»

Ardred så ned. «Ja, vi har mistet mange, alt for mange er jeg redd»

Urdar grep handa hans, klemte den hardt. «Ikke vær engstelig min venn, Kanir og Zaribi vil klare seg, du kjenner vår bror»

Ardred nikket. «Ja, og han har evner jeg ikke har. Men jeg føler meg hjelpeløs, vi er fanget her!»

Urdar nikket sakte. «Ja, det kan så være men vi har orakelet vårt her, hun er i live og ute i en av båtene»

Ardred glante litt stygt på broren. «Skal vi legge vekt på det hun sier?»

Urdar sukket lavt og lente seg mot putene. «Ja, det er ikke mye annet vi kan gjøre om vi vil vite hvordan situasjonen er. Hun kan se landet Ardred, som ingen andre»

Ardred skar nesten tenner. «Jeg stoler ikke på henne Urdar, hun kunne ha advart oss»

Urdar ristet på hodet. «Hun kan bare advare oss om det hun ser bror, og hun prøvde å fortelle oss at fare truet»

Ardred så bort. «Halvkvedede ord uten mening, en hvilken som helst landsbyjente kan gjøre bedre?»

Urdar måtte trekke på smilebåndet. «Jeg tviler på det, men jeg vil uansett be om å få snakke med henne. Det er ingen vei utenom det»

Ardred trakk på skuldrene og reiste seg igjen. «Greit, gjør det du må men ta alt hun sier med en stor klype salt.»

Urdar bare gliste og Ardred gikk ut, han følte en trang til å ri en lang hard tur men det var ikke mulig nå. I stedet gikk han til treningsplassen for å sparre i noen timer, han trengte å holde evnene sine ved like. Plassen var full av krigere, og Ardred visste godt at det verste ved deres situasjon nå var at de ikke fikk utløp for all aggresjonen de følte gjennom å slåss. Alle var redde og på bristepunktet og følgelig kjørte offiserene hard disiplin og like harde treninger. De trengte å få det ut, og vite at de kunne slå tilbake om det ble nødvendig.

Ardred fant et treningssverd og ble paret opp med en høy kimati som bøyde seg ærbødig før han inntok en start posisjon. Ardred angrep brått, han kjente en brå og nesten uimotståelig trang til å knuse en fiende og han snerret formelig i det han svingte sverdet med brutal styrke. Kimatien han slåss mot parerte som en ekspert men det var tydelig at den plutselige voldsomheten skremte ham. Han kunne bare forsvare seg og fikk ikke inn et eneste hugg mot Ardred. Etter en stund avblåste en av offiserene kampen, kimatien var dyvåt av svette og sjanglet og Ardred følte seg brått skamfull. Han hadde presset en langt yngre mann særdeles hardt og han tok motstanderens hånd og klemte den i respekt før de skilte lag.

En av offiserene kom gående, det var en eldre kriger som hadde kjempet i nord mange ganger og han var ganske ny i byen der. Han hadde ankommet med flyktninger for flere uker siden og hadde vent seg til livet i Gardahavn. Han bukket høflig og Ardred satte treningssverdet tilbake i stativet, han kjente at han også trengte et bad nå. «Ærede Takesh, mange spør hva planer du har nå? Vi kan ikke bare sitte her på bakenden og gnikke buksebaken glatt mens de beistene ødelegger hele landet?»

Ardred ristet på hodet. «Nei, vi er nødt til å bli kvitt trollene og de sjelløse en gang for alle, de kommer fra en dal like ved isranden. Vi skal stenge dem ute»

Offiseren knep øynene sammen. «Og med vi mener du?»

Ardred sukket. «Min bror og meg, og min hustru. Jeg føler på meg at det er vi tre som må stå for den jobben»

Den eldre karen trakk på skuldrene. «Det er langt dit, og en farlig ferd. Hva skal vi ta oss til mens du er borte?»

Ardred hadde ikke egentlig tenkt på det, ikke virkelig. «Byen er ganske trygg nå, jeg tviler på at noe kan innta den, men det er mange der ute som ikke har beskyttelse. Jeg vil foreslå at så mange som mulig samles her igjen, både de som er ute på havet og de som er på øyene. Jeg tviler på at djevelskapen holder seg på fastlandet»

Offiseren nikket stille. «Kloke ord min herre, om jeg ikke husker feil dukket det sjelløse opp på en øy så det å få folk hit er antagelig klokt. Men det blir snaut om plassen er jeg redd»

Ardred nikket. «Det blir det, jeg vil beordre alle som kan hjelpe til med å bidra. Vi trenger telt og senger og mat ikke minst»

Offiseren skar en grimase. «Det siste kan bli et problem herre, vi har lite forsyninger og ingen vil slakte ned husdyra vi har igjen, da står vi uten noe å avle fra når og om dette en gang finner en ende.»

Ardred nikket. «Det stemmer, vi er nødt til å finne en løsning. Vi har havet å ta av men spørsmålet er om det kan mette så mange»

Den eldre karen trakk på skuldrene. «Det må det bare, vi kan sanke tang og muslinger, det er mat i det også. Og med raske båter kan vi nå de ytre skjærene og sanke der når det er fjære»

Ardred klasket mannen på skuldrene. «Jeg tror du alt har planene klare? Godt, du kan få ansvaret for å samle menn som kan ro godt, og rekvirere så mange av de små raske seilbåtene du bare kan»

Offiseren lysnet opp, han smilte brått. Det var tydelig at tanken på å virkelig gjøre noe var både fristende og noe som lettet sinnet. «Jeg er beæret herre»

Ardred smilte og klemte handa hans. «Godt, sett i gang. Jo før vi får samlet folk her jo bedre, send ut roere til alle skutene og øyene, slik situasjonen er nå er Gardahavn det eneste trygge stedet i landet»

Ardred gikk til ildhuset og fikk vasket seg, noen sørget for at det var varmt vann tilgjengelig til enhver tid og det var en av de få luksusene de hadde for tida. Han gikk til stallen og så til hestene sine før han gikk til salen og fikk seg litt mat. De måtte rasjonere nå og det betydde grøt og tørket kjøtt morgen som kveld men han klaget ikke.

Etter noen dager ble det klart at den eldre offiseren gjorde en ypperlig jobb, folk begynte å vende tilbake til Gardahavn og matsankingen var i full gang. Her viste kimatiene seg å være svært verdifulle for de kjente til matressurser hietlaianerne ikke hadde tenkt på i det hele tatt. De var vant med å leve av landet på en helt annen måte enn hietlaianerne som dyrket jorda og de lærte hvordan en kunne grave opp svære saftige knoller av jorda på noen øyer. Over jorda så en bare noen ganske så kjedelige blomster men i bakken fantes en rik kilde til mat og de lærte ungene der å lete etter spiselige snegler og skjell i fjæra. Det var også flere typer av tang og tare som var

spiselige når de ble kokt og all ungdom som ikke var opptatt
på andre hold ble sent ut for å fiske. Det var ikke all fisken de
halte inn som var like appetittlig, noen av ungdommene ble
sjokkert siden de nå fisket langt ute og halte inn noen arter som
normalt sett aldri ble spist. Men nå gikk alt i grytene og
kvinnene gjorde sitt aller ytterste for å lage mat som faktisk var
god. De hadde ikke all verden med krydder så de brukte alt de
fikk tak i med måte. Det at de gikk tomme for øl var nesten
verre, det var slik en selvsagt del av den daglige kosten at
mange nesten begynte å protestere da det ble rasjonert men
Ardred roet gemyttene fort. De hadde ennå mye sterkøl
normalt sett reservert for fester og når det ble vannet litt ut
kunne det serveres uten at folk ble drukne på det.

Gardahavn føltes på en måte som en øy i disse dagene,
utenfor murene var det fremdeles troll og sjelløse og fremdeles
gikk de til angrep på den skinnende muren men det var færre
av dem og de var ikke like aggressive som før. Ardred hadde
skremt dem, det var ganske tydelig. Eller rettere sagt, han
hadde skremt deres herrer og mestre. Ardred prøvde å ikke
tenke på resten av befolkningen, Gardahavn ble overfylt nå og
noen insisterte på å bo i skutene sine fremdeles. Det ble godtatt
så lenge de holdt seg ute fra land og kunne flykte på et kort
varsel og Ardred sendte noen av de lange smale robåtene de
brukte til å ro beskjeder med oppover og nedover kysten for å
se om de så noe til folk. Dagene var lange nå og Ardred
begynte å trene noen av de yngre karene der, bare for å ha noe
å gjøre. Så mange folk trykket sammen på slik begrenset mark
medførte sine egne problemer, det var vanlig med slåsskamper
og flere av de yngre kvinnene der fikk mer oppmerksomhet
enn de strengt tatt ønsket. Ardred sørget for at ethvert
overtramp ble strengt straffet, de måtte ha gode regler nå om
ikke samfunnet skulle kollapse.

Hebba hadde vendt tilbake og hun var full av uro, hun bare
ba om at Zaribi var trygg og den moderlige kvinnen virket for
å være overalt på en gang. Hun samarbeidet med prestinnene

198

fra tempelet og sørget for at alle fikk et sted å bo og mat og alt
annet de trengte og hun var temmelig sliten. Det å samle alle
de som hadde unnsluppet monstrene gjorde at de fikk folk dit
som egentlig ikke burde ha forlatt sine hjem i det hele tatt. Det
var eldre og syke, det var kvinner som ventet barn og det var
også en del folk som hadde blitt skadd. Det siste ble en
utfordring for de hadde ikke særlig med medisiner der nå og
Hebba organiserte alle kvinnene og de brukte noen av
rommene i tempelet som et slags sykehus. Noen av prestinnene
var også helbredere og Hebba hjalp til som best hun kunne.
Det å reise på denne tiden av året hadde gitt mange krimsott og
hosting og harking kunne høres overalt. Hun var redd for at
folk skulle få lungesyke på toppen av alt, det var som regel
dødelig. Noen av karene sørget for å trimme hestene der hver
dag, det var en slags åpen vei langs murene og de red dyrene
rundt der noen runder, det samlet alltid mye folk og det ble
arrangert noen heller utradisjonelle veddeløp der. Ardred så
mellom fingrene på det, folk måtte få en anledning til å more
seg og han sørget også for at det ble arrangert sports tevlinger.
Det å se folk løpe om kapp langsmed åregangene på en båt var
populært og det å balansere på flytende tømmerstokker var
også noe som trakk en stor folkemengde. Det var nødvendig
med slik avkobling og noen av krigerne drev med håndbak og
bryting også. Det minnet Ardred mer om et marked enn en by
som var under beleiring av mørkemakter.

Han savnet Zaribi hver dag, ba hver natt om at hun skulle
vende tilbake til ham snart og fortvilelsen åt på ham hver
kveld. Han var i stand til å kontrollere det men mange der slet
med det samme og det var ikke alle som greide å styre seg.
Flere hadde forlatt slekt og venner og det krevde mye
overtalelse å hindre unge og overdrevent tapre i å forlate byen
for å lete etter sine. Men selv ikke overtalelser hjalp alltid og
Ardred ble sjokkert over å høre at en liten gruppe med menn
hadde forlatt Gardahavn tidlig en morgen rett etter soloppgang.
De mente de kunne ri innover til en av dalene og se om det var

overlevende der, to av dem hadde sine forlovede der og en annen hadde foreldre som levde i området. De hadde tatt gode uthvilte hester og ridd ut så fort trollene og de sjelløse trakk seg vekk.

Ardred kunne ikke gjøre noe, bare håpe at de greide å komme seg tilbake før kvelden, mange var stille og nervøse og Ardred undret seg på om det i det hele tatt fantes levende folk igjen der ute. Hietlai var et enormt område, det var store landområder i øst og nord han ikke hadde oversikt over, områder der kun nomadiske kimatier holdt til og ingen hadde oversikt over dem. De flyttet seg hele tiden og hadde liten eller ingen kontakt med andre.

Sola var på vei ned da noen gjorde anrop, de så hester på veien og Ardred løp mot porten, sammen med minst hundre andre. Portene ble åpnet og mange stønnet i avmakt da fem vettskremte hester kom stormende inn og måtte stanses med makt. Kun en av dem hadde en rytter, mannen hang over nakken på dyret og satt på bare fordi han hadde hendene tvunnet inn i den lange manen og beltet festet i salknappen. Mannen var død, et lang sår langsmed ryggen gjorde det meget klart at han ikke hadde hatt en sjanse. Det gikk helt ned til beinet fra nakken til setet og flere snudde seg for å spy av synet. Det måtte ha vært et troll som gjorde det og flere av hestene hadde også skader. Et par var så skadd at det var merkelig de hadde greid å komme seg så langt men antagelig hadde de løpt på adrenalinet. Ardred gav ordre om at de arme dyrene skulle avlives med en gang, de ville ikke klare seg og det å holde dem i live lenger ville bare være å pine dem.

Ardred gjorde tegn til mennene som voktet portene. «Heretter slipper ingen ut med mindre jeg har gitt dem tillatelse. Hold folk her til enhver tid, porten skal ikke være ubevoktet et eneste minutt, er det forstått?»

Alle nikket tilbake og Ardred så på liket som nå ble lagt ut på en båre og dekket med tepper. Det var fem liv som var kastet bort til ingen nytte, hvor mange flere måtte dø før de fikk bukt med problemet? Han følte trang til å ri ut selv men visste at det var dumt, han ville ikke klare det selv om han hadde makt nå.

Det gikk enda en uke med beleiring og desperate angrep hver natt og Ardred var imponert over hvor godt folk egentlig taklet det. De var nesten likegyldige overfor beistene som raste rundt bare noen hundre meter fra der de bodde og levde og han visste at folket her i Hietlai var psykisk hardføre men dette var nesten utrolig. De godtok situasjonen for det var ikke noe annet å gjøre, de måtte bare leve med det, kort og godt. Ardred hjalp til med å trekke inn garn nå, de hadde ryddet store lengder av stranda der og brukte store tråler båtene trakk utover og så spente de for de sterkeste hestene der og brukte dem til å trekke dem i land. De fikk inn mye fisk og annet spiselig slikt og Ardred syntes det var fascinerende å se på. Kimati kvinnene lærte hietlaianer kvinnene å tilberede det de fikk inn og Ardred krympet seg ofte. Det hendte de fikk inn østers og andre skjell og kimatiene bare brøt dem opp og åt dem rå. Denne dagen hadde de satt ut garna tidlig på morgenen og siden tidevannet snudde mens garna var ute mente de at det burde love bra. Og det gjorde det, trekkhestene slet virkelig med å få garna inn igjen og flere jublet over å se at de hadde fanget en hel stim med sild. Sild var verdifull og vanskelig å ta så nær land. Det var flere tønner med sild der og noe ble satt til side for å saltes og lagres mens en god del ble tatt med for å bli fortært der og da.

En av karene pekte utover. «Se der, er det hva jeg tror det er?»

Ardred skygget for øynene. Flere store ryggfinner syntes over den rolige overflaten og flere satte i begeistrede rop. «Det er spekkhoggere, de er sjelden så langt sør!»

Alle stirret storøyd, hvaler var hellige for alle i Hietlai og spekkhoggerne mer enn andre. Noen mente at de var like vise som mennesker og at de kunne lede en til gode fiskeområder om en gav dem gaver til gjengjeld. En av godene ropte ut.

«Hent noe tørrfisk, kast det ut til dem. De har jagd silda hit og skal ha takk for det.»

Flere av de yngre der løp til lageret og kom tilbake med hauger med tørrfisk de hev ut fra moloen. De store dyrene trakk nærmere og begynte å forsyne seg, antagelig var ikke tørrfisk noe de var vant med men mat var mat og Ardred så fascinert på at en stor hann løftet hodet ut av vannet og så på dem. Det var ikke det tomme blikket til et vanlig dyr, det var en tydelig intelligens der og Ardred bukket som for en likeverdig leder. Hannen sank tilbake men lagde en slags gryntelyd. Goden var nesten ekstatisk. «At de er her velsigner oss»

Ardred bare håpet at det stemte.

Det gikk et par dager til og været slo om, nå var det vått og kaldt og temmelig mye sur vind og alle holdt seg innendørs. Barna lekte i den store hallen, karene drev med diverse spill og kvinnene sydde eller satt og sladret. Det hadde blitt født to barn der og de gjorde seg godt bemerket med sterke lunger men ingen klagde. At det kom barn var en god ting, det gav håp. Ardred trente ungdommer og seg selv hver dag og han vente seg til og med til den suppa som nå var den vanligste maten. Den var basert på tang og diverse sjømat og før ville han ha rygget tilbake for noe slikt men nå var han vant med det. Hebba prøvde å oppmuntre ham og Urdar drev med diverse forberedelser. Orakelet hadde sagt seg villig til å prøve å se hva de burde gjøre nå men hun ventet på den riktige månen og Ardred følte en brå trang til å rive seg i håret. Månen var da ved alle uhellige guder den samme året rundt. Den så bare litt annerledes ut.

Det var en dag med øsregn at alarmen gikk, de så en rytter på veien på vei mot dem og da regnet for et øyeblikk ble litt mindre tett så de at det faktisk var to ryttere. Og da de kom nærmere kjente en skarpsynt mann igjen hesten som kom først, det var ikke mulig å ta feil av Blodøks og noen annen ganger. Alarmen gikk og Ardred kom løpende, øynene hans var ville og hjertet hamret vilt i brystet på ham. Var det sant? Var det virkelig Zaribi og Kanir som var på vei? Han beordret porten åpnet og gav fra seg et hulk av lettelse da han så at jo, det var hans bror og hustru som var på vei mot byen og begge virket uskadd og friske. Kanir stanset den store røde hingsten rett innenfor porten, dyret grov med forbeina og ville gå videre men han holdt den hardt inne. Ardred kjente at tårer begynte å renne nedover kinnene hans og han skammet seg ikke over det. Kanir så annerledes ut, det var noe nytt der nå, noe stolt. Han prøvde ikke lenger å skjule hva og hvem han var og mange av kimatiene der knelte ned. Kanir steg ned og hev seg rett i armene på Ardred som omfavnet ham heftig, deretter snudde han seg mot Zaribi som satt på det styggeste muldyret Ardred noen gang hadde sett. Dyret så ut som om det kunne kollapse når som helst.

Zaribi rakte hendene ut mot ham og han grep tak i henne, løftet henne ned og bare det å kjenne lukten av henne var nok til å få Ardred til å briste i åpen gråt. Hun gråt også, hang om halsen hans og ristet rent og Ardred kysset henne desperat, pannen, kinnene, det var som om han slettes ikke kunne tro at dette var sant og at hun var tilbake, og det i live.

Kanir smilte litt skjevt. «Vi er kalde bror, og svært sultne også»

Ardred tok seg sammen, han var fremdeles nesten fra seg av lettelse. «Selvsagt, kom, la karene her ta seg av Blodøks og det…muldyret»

Zaribi smilte søtt. «Han heter Troll»

Ardred måtte smile men så ble han var at Zaribi hadde endret seg på en ganske så tydelig måte, han svelget stivt og hun så ned, øynene var blanke. «Jeg er lei for det Ardred, jeg…det gikk galt»

Ardred lukket øynene og prøvde å holde seg rolig, sorg og medfølelse kjempet om å få overtaket i ham og han holdt henne tett inntil seg. «Jeg skulle ønske jeg ikke hadde drept Illiana, så jeg kunne ha tatt livet av henne nå.»

Zaribi strakte seg og kjærtegnet kinnet hans. «Jeg vet, men jeg er her nå, og jeg er frisk igjen»

Ardred måtte klemme henne igjen, bare for å forsikre seg om at hun var ekte og ikke en illusjon. Det var en slags ny modenhet i øynene, noe nesten melankolsk som ikke hadde vært der før og hun hadde mistet mye vekt. Hebba kom løpende med et vilt hyl av fryd, hun virket for å ikke vite hvilket bein hun skulle stå på og hun halte dem med seg til hallen. Ardred så at Kanir også så sliten ut, og det var noe dratt i ansiktet som ikke var normalt for ham. Men han så like vill og uflidd ut som før og hadde den samme merkelige energien rundt ham. Det gikk ikke mange minuttene før hele byen visste at Zaribi var tilbake og flere stormet mot hallen for å møte henne. Ardred stengte portene klokelig, hun trengte ikke å få så mange folk trengt sammen rundt seg ennå.

Hebba fant frem det beste de hadde, det var ikke mye kjøtt igjen nå men de hadde faktisk litt siden de hadde avlivet en gammel hest dagen i forveien, dyret hadde fått tarmslyng og ville ikke ha greid seg så nå hadde de hestebiff om ikke noe annet. Zaribi spiste godt og hun fikk litt vin også. Kanir åt med fingrene og sølte kongelig men det var tydelig at han var aldeles utsultet og Ardred forsto hvorfor. Han hadde gitt Zaribi all maten, og nektet å spise selv og Ardred følte at takknemligheten som fylte hjertet nesten fikk ham til å briste ut i gråt igjen. Zaribi avsluttet måltidet, hun var skitten og stinket og håret var de rene floker, Hebba så ut som om hun var på nippet til å hale Zaribi med seg til badet der og da. «Jeg regner med at du vil vite hva som har skjedd?»

Ardred nikket. «Ja, hvordan…hvordan har dere reist? Har dere ikke møtt på sjelløse og troll?»

Kanir sukket lavt. «Jeg har fått evnene mine bror, selvsagt har vi sett begge deler men jeg har drept dem, vi har heldigvis bare møtt små flokker og de har vært enkle å bli kvitt»

Ardred kjente at hendene hans skalv. «Mine evner er også vekket nå, vi…vi er begge merket»

Kanir så stille på ham. «Som det er ment å være»

Ardred satte seg bedre til rette. «Så hva hendte? Zaribi var alvorlig skadet?»

Zaribi nikket «Det stemmer, jeg var nesten halvdød etter det Illiana gjorde. Men Kanir fikk meg nordover til der elven fødes. Vi møtte banditter som forsinket oss og vi måtte forsvare oss på isbreen, Jeg…jeg mistet barnet der, og blodet…det rant ned i breen og vekket den veldige, den siste isdragen»

Ardred så vantro på henne. «Hva? Men…»

Zaribi smilte trist. «Han heter Frostblad og han venter i nord, han vil hjelpe oss.»

Kanir bikket på hodet. «Jeg vet at dette er vanskelig å tro men det er sant. Han er enorm, og dødelig, og han lyder Zaribi»

Ardred prøvde å tenke men hodet hans nektet å samarbeide. «En drage!»

Zaribi tok handa hans. «En merkelig dame hjalp meg etterpå, jeg tror hun var en gudinne. Da jeg ble frisk igjen reiste vi hitover og først drepte Kanir noen troll ved en liten fiskelandsby. På veien har vi slåss ofte, og sett mye forferdelig men vi kan ennå klare å berge landet.»

Ardred trakk pusten dypt. «Jeg har hatt en visjon, om en tunnel under isen, de kommer derifra, alle sammen. Vi skal stenge den»

Zaribi nikket mildt. «Det stemmer, vi skal stenge portalen og deretter drepe dem, alle sammen. Både de uhellig fødte og de sjelløse. Det er vår oppgave her»

Ardred vætet leppene. «Det er en stor oppgave.»

Zaribi nikket. «Det er det, men vi kan ikke nøle. Vi må bare forsøke det. Folket trenger oss Ardred»

Han kjærtegnet handa hennes i vantro og ærbødighet. Hebba var ikke så ærbødig. «Kom nå, dere stinker verre enn en søppelfylling og de klærne må brennes. Jeg nekter å la dere vente lenger på et bad, å være så skitten er ikke sunt»

Zaribi smilte litt skjevt. «Jeg har ventet på et bad evig lenge tror jeg.»

Kanir gryntet. «Vann er for hester og kyr»

Ardred gliste, han følte seg brått nesten fjollete av ren glede, hun var tilbake og det samme var hans bror og alt var godt. «Du har ikke noe valg bror, i kveld blir det en fest i deres ære, og våg ikke å påstå at du ikke er velkommen»

Kanir bare rullet med øynene og Hebba trakk dem på beina. De var på vei ut døra da Urdar kom settende, han så oppøst ut og omfavnet Kanir som stirret vantro på den manglende underarmen hans. «Hva har skjedd?»

Urdar bare gliste. «Det kan vi diskutere senere lille bror. Ved alle guder hvor glad jeg er du er her, kimatiene anser deg nesten som en gud nå»

Denne gangen rullet Kanir virkelig med øynene og gryntet høyt og Ardred lo, det var godt å se at broren var seg selv. Hebba hadde sendt noen tjenestejenter over for å varme badet og gjøre alt klart og Zaribi var svært ivrig da hun omsider kom seg innendørs. Hebba trakk av henne de slitte støvlene og den store kappen hun bar på og kjolen og kåpen hun bar under var stiv av svette og møkk. Til og med underkjolen var stiv og skitten og Hebba så rasende ut. «Guder jente, du ser ut som en utsultet ku! Bare skinn og bein, du må få den feteste maten fremover»

Zaribi bare fniste og stønnet lettet over å kunne tråkke over i den varme badestampen. Vannet var parfymert og meget behagelig varmt og hun lukket øynene i lettelse. «Du aner ikke hvor godt dette er Hebba, jeg har ikke badet siden jeg forlot stedet her sist. Jeg har bare kunnet vaske meg litt med klut og kaldt vann»

Hebba gav seg i gang med å gre ut håret, hun pøste på med generøst med olje og det hjalp mye. Hun hev seg i gang med arbeidet med like mye iver som en som skal kverke et troll og hun bannet for seg selv mens hun fjernet de verste flokene. «Hvordan har Kanir tedd seg under reisen?»

Zaribi smilte skjevt. «Som en sann herre, han sørget for at jeg alltid hadde det beste av det vesle vi hadde»

Hebba nikket. «Han er så avgjort Gudruns sønn, Ardred har aldri vært så lettet som han er nå i dag»

Zaribi nikket. «Og jeg har aldri vært så lettet heller, hva gjorde han egentlig med Iliana?»

Hebba så ned, ansiktet hennes var litt stivt. «Det tror jeg det er best du slipper å få vite. Hun døde forferdelig, det er alt du får ut av meg»

Zaribi sukket. «Jeg regnet med det. Og det er greit for meg, hun var gal!»

Hebba gned enda mer olje inn i Zaribis enorme manke. «Hun skulle vært strupt da hun kom til, det er sannheten. Men ingen så hvor fordervet hun egentlig var, det er problemet»

Zaribi trakk pusten. «Vi blir nødt til å reise Hebba, og vi kan ikke vente så lenge»

Hebba grep henne om skuldrene. «Dere får ikke reise før du har fått litt kjøtt på beina, gudene skal vite at du trenger å ta deg inn igjen. Du mistet et svangerskap jente, det er aldri bare en dans på roser, kroppen din trenger tid»

Zaribi bare sukket og Hebba omfavnet henne varmt. «Ikke sørg vesla, det der skjer de fleste en eller flere ganger i livet, det er bare måten det skjedde på. Jeg er sikker på at du vil få mange sterke barn etter hvert»

Zaribi måtte trekke på smilebåndet. «Det kan hende, men ikke ennå, ikke før alt er over og vi er trygge»

Hebba fortsatte å gni ut møkk av håret. «Det er kloke ord. Jeg skal skylle håret ditt nå»

Zaribi lukket øynene og Hebba helte vann over henne, om hun ikke kunne fikse magerheten selv der og da skulle hun i det minste sørge for at Zaribi ble kvitt skitten og ble pen igjen.

Etter at badet var unnagjort fikk Zaribi på seg rene klær og ble geleidet tilbake til hallen der Ardred og Kanir satt og snakket. Kanir hadde ikke brukt så lang tid på å bade, men han hadde gjort godt arbeide for brått så han nesten sivilisert ut.

Han hadde stusset skjegget og flettet håret og nå så en likheten mellom de to brødrene. Ardred omfavnet Zaribi varmt og rakte henne et krus med varm te, de hadde ikke mye av det men Hebba hadde spart en del til slike situasjoner. Kanir hadde fortalt i detalj alt de hadde vært gjennom og Ardred var betenkt, de hadde nesten ikke møtt levende folk på turen, de hadde sett folk ute i båter og på mindre øyer men selve kysten var avfolket hele veien nord til der isen traff havet. Ardred var redd det betydde at mange hadde blitt borte og han likte ikke tanken på hva det kunne bety. Men han så at Zaribi var sliten og Kanir var også segneferdig. Han tok Zaribi i handa og gav Urdar ordre om at han hadde tøylene der til neste morgen. Nå ville han sove og gjøre det sammen med sin kjære for første gang på lenge. Zaribi kjente hvor sliten hun var nå, øynene seg igjen hele tida og hun følte seg skrekkelig tung. Ardred løftet henne rett og slett og bar henne med seg opp til rommet deres. Hun sto bare som en dukke mens han fikk av henne kjolen og trakk på henne en nattkjole. Senga var oppredd og klar og han hjalp henne til sengs før han la seg selv, inntil henne. Hun gjemte ansiktet mot halsen hans. «Gjør det noe om vi ikke…du vet? Jeg er for sliten»

Ardred kysset henne på pannen. «Nei, jeg er sliten også, og du bestemmer vet du. Jeg er så endelig glad for å bare være her med deg igjen, å ha deg inntil meg, levende og frisk»

Zaribi sukket fornøyd. «Og jeg er glad for å være her med deg også, jeg har savnet deg så forferdelig»

Ardred blåste ut lysene og det ble mørkt. Hun ålte seg inn i en god posisjon og han kjente hvor tynn hun var. «Sov godt kjære deg»

Hun bare mumlet og var borte vekk og Ardred smilte for seg selv. Han var brått ikke redd lenger, nå som hun var der kunne han møte hva som helst. Han kysset henne varsomt og lukket øynene, endelig kunne han sove i visshet om at de han brydde seg mest om i verden var trygge, alle sammen.

Cian

Tapet av Georg hadde gjort noe med Cian, og det var ikke noe noen kunne gjøre noe med. Han var blitt mye mer stille og temmelig dyster og de fleste trakk unna når han kom vandrende som en annen tordensky. Heldigvis gikk det ikke ut over hans evner som leder, han fungerte fremdeles ypperlig der og alle de avgjørelsene han gjorde var veloverveid og kloke. Våren var i anmarsj nå, snøen var borte og det ble varmere og de kunne flytte på seg. Men mange ønsket å bli der siden dalen var trygg og borgen god, det var fullt mulig å dyrke bra med mat der og Cian bestemte at de som ville bli kunne det. Han holdt det ikke i mot dem. Egel og en del av de yngre folkene fikk i oppgave å lede dette nye samfunnet og forberedelser ble gjort. De som skulle være med på felttoget var klar over at de kanskje ikke kom tilbake, faktisk var sjansen ganske stor for at de ikke ville overleve men ingen kunne tenke slik. De måtte gjøre det de kunne for å redde befolkningen.

Cian tvilte på om det var noe særlig igjen der å redde, noe sa ham at ting hadde forverret seg og han tilbrakte mye tid med å tenke og forberede seg mentalt. Bronseklo og Karma holdt vakt, de to dyrene var smarte og lot ingen få entre dalen usett og Bronseklo hadde vokst litt. Ikke mye men merkbart, han hadde blitt mørkere på farge og det virket for at dragen var blitt villere av seg også. Reinu hadde en god liten styrke nå, de var rundt femti kvinner som var trent opp og samtlige var fast bestemt. De ville hevne sine familier og sine hjem og ingen av dem ville trå tilbake for noe. Cian var stolt av dem og nå hadde de greid å lage utstyr til samtlige, det var ikke spesielt

forseggjort i forhold til det Cian var vant med fra før men det
var da en slags rustning.

Cian brukte det han hadde lært som ridder nå, det å lage en
god strategi var nødvendig og han sørget for å samle all den
informasjon han kunne få tak i. Han hadde lagd kart folkene
der fikk se og de la til ting de husket. Resultatet ble et ganske
bra bilde av hvordan ting hadde vært men nå visste ingen
hvordan ting hadde endret seg. Det var bare en ting å gjøre og
det var å sende ut folk for å samle fersk informasjon. Aberet
var at Cian ikke vågde å sette andres liv i fare. Han var den ene
av dem som ikke kunne dø så risikoen burde være hans alene.
Shuray og Ebhry var enige, de mente at han burde flytte
styrken med seg til en av dalene nærmest slettene men la dem
vente der til han visste mer. Det ble bestemt og Cian følte en
slags stille besluttsomhet. De siste dagene på festningen ble
tilbrakt med å gjøre alt klart, de hadde noen vogner som var
bra og de ble lastet med utstyr, alt annet måtte folk bære selv.
Soldatene fikk utdelt gode våpen, alle fikk vite hva rolle de
hadde i forskjellige situasjoner og stemningen var elektrisk.
Endelig skulle de få en mulighet til å slå tilbake.

Cian var glad for å forlate stedet, ikke for det, borgen var
god og den hadde vært et hjem men som det stedet han hadde
forlatt, det rommet for mange minner. Georg hadde blitt
begravd på en liten høyde bak borgen, og det hadde vært en
stille seremoni. Cian undret seg over hvor mange graver han
kom til å forlate slik når alt kom til alt, det virket for at han
spredde død. Rubinen og halskjedet var nøye gjemt i en av
sekkene hans og han gyste når han så på den vakre juvelen, i
det minste visste han at den hadde en funksjon nå. Han kledde
seg ikke i rustning da de forlot borgen, i stedet var han utstyrt
som alle de andre, han ville ikke trekke oppmerksomhet til seg
selv på noe vis. At han red Tordenkile var egentlig nok, enhver
ville se at den hesten ikke var ridedyret til en vanlig mann.
Bronseklo og Karma var heller ikke akkurat dagligdagse syn
og dragen virket ivrig nå, den ville gnisten i blikket var blitt

sterkere. Cian bare håpet at han ikke ledet alle disse tapre og lojale mennene i døden.

De forlot borgen tidlig en morgen. Egel og Lyindia sto der og tok farvel med ham og han visste at Egel ville bli en dyktig leder for de som ble tilbake. Om gudene ville kunne dette bli et velfungerende og rikt lite samfunn med årene. Veien ned gjennom dalen var velkjent nå og Cian så seg ikke tilbake, han visste at hans skjebne ventet der ute et sted. Karma travet langsmed Tordenkile og Bronseklo seilte på vinden langt over dem, dragen kunne advare om det var farer forut. Det gikk ikke veldig fort, hester hadde de få av så de trakk vognene og mennene måtte gå. Det betydde at de snaut greide mer enn åtte fjerdinger på en dag om alt gikk bra og det positive ved det var at alle ble vant med å ferdes slik før de eventuelt møtte på vansker. Dalene var i ferd med å våkne fra vinterdvalen, det hadde begynt å bli grønt i liene og fuglene sang men Cian visste at naturen prøvde å advare ham. Noe var så avgjort galt et sted for de så snaut større dyr og ingen folk. Det var ikke før etter en uke at de så tegn til folk, det var en forlatt gård og den hadde blitt plyndret for det var snaut stein tilbake på stein innendørs. Det virket for at noen hadde kommet dit etter at de opprinnelige eierne reiste og lett desperat etter mat eller ting av verdi. Noen fjerdinger lenger ned i veien fant de kadavrene av noen hester som måtte ha sultet i hjel og enda lengre ned et lik i ei grøft. Det var en yngre mann, klærne hadde vært fattigslige og mannen måtte ha sultet også.

Det skapte en tung stemning i gruppen men de stanset ikke, nå mer enn noen gang var det viktig at de fortsatte fremover. De så flere forlatte gårder og etter en stund også forlatte landsbyer. I følge kartet var de ganske langt nordøst i Longaria nå og Hanek og hans styrker var lengre sør og vestover, her var det ikke mye folk for hoveddelen av befolkningen holdt til nærmere bukta, i det minste hadde de det. De nådde de ytterste dalførene et par uker senere, de hadde ikke møtt folk der i det hele tatt og det skremte Cian for dalene innover var fruktbare og nå på denne tiden av året burde folk virkelig trekke innover for å la dyra gresse på det friske vårgraset. De slo leir i en av landsbyene der, den var beskyttet av en god palisade og byggene var solide og godt bygd. Antagelig hadde dette vært en landsby som livberget seg på håndverk for det var mange keramikk ovner der samt hauger med materiale for pilfletting og lignende som folk bare hadde gått ifra. Cian visste at han måtte ut og se hva han kunne finne av informasjon og han visste også at han måtte kamuflere seg så godt som mulig. Han kunne ikke ri Tordenkile, det var ganske så sikkert. I stedet tok han en av vognhestene, en svær grov gamp de kalte Rot siden han var stødig som jordens egne røtter. Karma måtte bli med, men han gav s'hagaen beskjed om at den skulle gjemme seg om de møtte folk. Karma var et skjult våpen og svært klar over det også.

Cian tok med seg en av de mer erfarne soldatene, en av de mennene som hadde vært med ham helt fra starten av. Han var også i slekt med Ohdrasar skjønt langt ute og en litt merkelig type med lange barter og et biskt oppsyn. Cian visste at han kunne snakke for seg, og han var ikke redd for å lyve heller skamløst. Det kunne bli nyttig, Eirem var også veldig dyktig til å slåss med kniver, en særdeles god egenskap i trange rom. De red ut fra leiren om morgenen og etter bare en halv dag forsto de at det var en grunn til at de ikke hadde sett mer til folk. De fant lik, rene hauger av lik som fortalte om massakre og det var ikke mennesker som hadde drept disse arme vandrerne. Kroppene var slitt i fillebiter og kastet omkring og noen av kroppene så ut som om de hadde eksplodert innenfra. Det hadde skjedd tidligere på våren og stanken var intens og forferdelig. Selv Karma gikk i en vid sirkel rundt kroppene. Eirem var blek og klemte en flik av kappen sin over nesa. «Guder, hva har skjedd her?»

Cian svelget stivt, han så spor i gjørma der og de lignet ikke noe han hadde sett før. «Hva det enn var, disse menneskene rakk ikke forsvare seg.»

Eirem nikket. «Eller det var ingen vits i å prøve»

Cian forsto brått hva det var som hadde drept dem, han svelget stivt og husket det Egel hadde sagt. «Det var troll, og noe mer også»

Eirem nikket, blikket hans var svart. «Da må vi være veldig forsiktige fremover»

Cian gyste og snudde hesten. «Vi må videre, vi kan ikke gjøre noe for disse arme sjelene, naturen får ta dem tilbake som best den kan.»

Eirem nikket og hvisket en fort bønn før de skyndte på hestene.

Cian hadde brakt med seg våpen, blant annet øksa som nå var blankpusset og så skarp at den splittet et fallende hår men var det noen vits i å slåss mot troll med noe slikt? Bet våpen på dem i det hele tatt? Egel hadde sagt at drager kunne drepe troll, altså var de ikke udødelige. Han hadde øksa festet til salen, skjult av salteppet og det føltes beroligende å vite at den var der. Han trakk pusten dypt og bare ba om at ikke de var de eneste menneskene tilbake i dette landet.

De red gjennom et landskap som var svært vakkert men herjet, det lå som en klagesang i vinden der og han så at veiene ikke hadde blitt brukt siden året før. De var ikke reparert i det hele tatt og temmelig medtatt. Den kvelden overnattet de i en utløe og Karma la seg utenfor, katten holdt vakt og Cian og Eirem sov på skift. De hadde med seg bra med mat og var forberedt på å bruke flere dager på å rekognosere. Dagen etter nådde de en bygd av gårder og en liten landsby og her var det tegn på liv, en av gårdene var omkranset av en høy og sterk mur av stein og det røk fra en pipe der. Cian ba Karma holde seg i skjul og de ble sett da de red frem, en mann kom til syne på muren og han holdt en armbrøst med noe skjelvende hender. Cian holdt hendene synlige og det samme gjorde Eirem, begge to stanset hestene på god avstand og mannen der oppe ropte til dem. «Sverg på at dere ikke er tjenere av den forbaskede gudinnen, ellers skyter jeg»

Cian måtte smile. «Vi tjener ikke gudinnen, jeg sverger ved
mitt blod. Vi hører ikke på vrøvl om falske guddommer»

Mannen senket armbrøsten litt. «Og dere er?»

Cian trakk puste dypt. «Jeg er Cian av Ohdrasar, av Felderi.
Jeg er på vei mot sørvest for å hjelpe i kampen mot den
galskapen som har spredt seg over landet»

Mannen senket armbrøsten helt. «Du er ikke alene her?»

Stemmen var forhåpningsfull og Cian nikket. «Nei, jeg har
en hær, men er ute og rekognoserer»

Mannen gikk ned fra muren og porten åpnet seg etter litt, et
par sterke karer skjøv den til side. Mannen fra muren kom
frem og bukket høflig. «Jeg er Abrad av Longil, dette er min
eiendom, dere er velkomne»

Cian steg av Rot som øyeblikkelig begynte å ta for seg av
det fristende graset som vokste langs muren. «Takk, er dere de
eneste som er tilbake her?»

Abrad nikket stille, det var sorg i blikket hans. «Ja, vi er kun
tjue sjeler her på gården.»

Cian gruet seg for å spørre men måtte. «Sekten?»

Abrad nikket skarpt, det var tydelig at han hatet den nye
troen. «Ja, noen ble omvendt og ble aldeles gale, de forlot
bygda for ellers ville de ha blitt drept. Vi er kanskje avsides og
langt fra lærde men godt folkevett har vi og det virket for at alt
slikt blir borte fra den som lar seg omvende. De blir helt…jeg
kan ikke engang beskrive det»

Cian gren på nesen. «Det er mørk magi, tro meg. Vi har
funnet mengder av døde mennesker og dyr, antagelig troll. Har
dere sett noe til det her?»

Abrad lagde en snøftelyd og rullet med øynene. «Om vi
har? De er grunnen til at det ikke er folk tilbake her, det var
folk på fem av de andre gårdene her og i landsbyen også men
så kom de forbaskede udyra og de motbydelige skapningene
som følger dem og nå er det kun vi tilbake!»

Cian så forbauset ut. «Skapninger som følger dem?»

Mannen trakk den lange tykke fletta si tilbake over ryggen, han var en solid kar med et godt utseende og Cian stolte på ham øyeblikkelig, noen folk var bare slik, en vet at en kan stole på dem av rent instinkt. «Ja, bleke forferdelige beist med sagtenner og svarte øyne. Noen av dem bærer rustninger og andre har ikke noe på, de er verre enn trollene»

Eirem så forbauset ut. «Hvordan kan noe være verre enn troll?»

Abrad sukket. «De gjør noe som er verre enn å drepe ser dere, de tar livet av noen ja, men de sterkeste bruker de som avlsdyr. De voldtar dem og enten vokser det en ny sjelløs i dem som vil drepe vedkommende når de sprenger seg ut eller så blir det mennesket som en sjelløs og sprer det enda mer, på samme måte. De foretrekker det siste virker det for.»

Cian følte seg kald nedover ryggen. «Det er grusomt»

Abrad slo ut med nevene. «Det er enden på verden, de gamle sa at det ville bli slik, at mørket selv ville ta over verden»

Eirem nikket sakte, så på murene. «Men murene har holdt dere trygge?»

Abrad smilte litt skjevt. «Murene, og noe til.»

Han vinket på dem og de fulgte etter inn gjennom porten. Der inne var det en slags liten borggård med bygninger rundt og midt på den åpne plassen sto det en stein. Den var høy og smal og helt tydelig bearbeidet og antagelig eldgammel. «Den sto her da det først kom folk til denne dalen, og den vil nok stå her lenge etter at det er folk i live her i verden. Den holder ubeistene unna»

Cian gikk sakte bort til steinen, den var dypt grågrønn på farge og antagelig hard som lite annet for den virket ikke for å ha blitt påvirket av tidens tann i det hele tatt. Han stanset da han så at det var skrevet noe på den med svære bokstaver av et alfabet han ikke kunne, men noe kjente han igjen svært godt. Det var det samme symbolet som på medaljongen fra graven og han kjente at et gys rant nedover ryggen. Ingenting var tilfeldig var det vel? «Så trollene kommer ikke hit?»

Abrad så litt stolt ut. «Åh, de kommer men stanser på et par hundre meters avstand, greier ikke komme nærmere. Hadde vi visst det kunne vi berget mange men dessverre var gården her den siste de kom for å angripe»

Cian strøk hendene over steinen, han fikk en merkelig følelse der og da, av å ha oversett noe men så oppdaget det rent tilfeldig. «Si meg min gode mann, har dere en smie her?»

Abrad nikket litt forbauset. «Ja, hvordan det?»

Cian så villøyd på mannen. «Fordi det er noe vi må forsøke, kan du få smeden din til å lage en slags medaljong, metallet spiller ingen rolle, men han må slå inn det symbolet der på den?»

Abrad blunket et par ganger, så stirret han målløs på Cian. «Ved gudene, du har rett, vi kan berge folk om det fungerer»

Han grep tak i en av de røslige karene som voktet porten. «Hent Gurlaf, og si at han kan bruke akslingene fra den gamle tømmer vogna, den bør gi nok stål til flere hundre slike medaljonger»

Cian smilte litt stivt. «Det er ikke sikkert at det vil fungere…»

Abrad så bare ivrig ut. «Nei, men vi må prøve. Ved alle guder»

Cian prøvde å tenke. «Hvordan er situasjonen utenfor denne bygda, vet dere noe sikkert?»

Abrad trakk Cian og Eirem med seg mot hovedbygget. «Ille, du ser, vi har noen gutter her som er veldig dyktige ryttere og et par tok de raskeste hestene vi har og red ut. Kun en av dem kom tilbake men han hadde snakket med folk som nå flyktet nordover. Den sekten har spredt seg over hele flatlandet sier de, med få unntak og de få som har unnsluppet er nærmest beleiret. Det er så visst ingen religion, men ren galskap»

Cian nikket. «Vi har sett det, som sagt, mørk magi er i bruk.
Jeg hører at kong Hanek står innenfor Tholir bukta?»

Abrad smilte litt nervøst «Ja, de sa så mye, en stor hær. De
var på vei for å slå ned opprøret mellom adelsslektene men
fikk andre ting å henge fingrene i. Først var det han de kalte
dolkens spiss som gjorde livet vanskelig for alle og så kom den
sekten. De sier at Hanek er nærmest beleiret for de som blir
omvendt blir etter hvert som besatt, de blir…monstre»

Cian stønnet. Det også? Kunne det bli verre?»

Abrad senket stemmen i det de kom inn i hovedbygget, det
var en lang hall med åpen ljore og gamle slitte trevegger.
«Men det er ikke alt, nord for området der sekten har herjet har
det visstnok oppstått et nytt problem»

Eirem så sliten ut. «Virkelig?»

En eldre kvinne kledd i enkeklær vinket på Abrad som skar
enn grimase. «Min svigermor, jeg må nesten høre hva hun har
å si men det er en forhenværende jarl som har begynt å sanke
sammen overlevende og han behandler dem ille. Vi tror han vil
prøve å bygge seg et eget lite kongedømme og sitte der som en
annen forspist gris mens folk tjener ham som slaver. Noen tror
han vil kreve alt landet nord for bukta som sitt for det er
tvilsomt at Hanek kan slå gjennom og trekke nordover. Ikke
med svære flokker med besatte i terrenget, de lar seg ikke
stanse av noe»

Cian så stivt på Abrad. «Vet du noe om denne jarlen?»

Abrad nikket. «Paulan, husker ikke hvilken slekt han hører
til. Jo, forresten, han er en Ohdrasar, æh…»

Cian måtte glise. «Han er av min ætt, men jeg tviler på at vi
er i nær slekt. Gå, jeg må snakke med min venn her»

Abrad gikk bort til kvinnen og Cian så skjevt på Eirem.
«Shuray og Ebhry sa at en ny leder ville stige frem, jeg har en
stygg mistanke om at dette er den personen de snakket om.»

Eirem skar en grimase. «Om han tvinger folk til å tjene seg
er han like ille som sekten»

Cian nikket. «Og om han virkelig forventer å ta over et slikt
område fra Hanek får han tro om igjen, Hanek er en Macallif,
de gir aldri fra seg land på det viset. Hadde han vært en verdig
mann kunne han kanskje ha fått styre et lydrike slik Lathisa av
Tholir gjorde det men aldri når han prøver å bare ta det»

Eirem måtte fnise. «Jeg skulle like å se ansiktet til Hanek
når han får høre om det der, en simpel jarl som tror han kan bli
en konge»

Cian sukket. «Landet har gått til hundene på mer enn et
vis.»

Abrad kom tilbake. «Det blir mat på litt, kvinnene er i full
sving. Heldigvis har vi godt med forsyninger her, vi har reist ut
og hentet alt de hadde på de gårdene som ble angrepet, trollene
og de sjelløse eter ikke noe, de bare dreper»

De satte seg ned ved et slitt langbord og Cian forsto på det
han så der at dette var en god gård men den var ikke spesielt
rik eller stor. «Si meg, hva har dere livberget dere med her?»

Abrad tiltet på hodet. «Vi dyrker lin, og holder frukttrær.
Denne elvedalen er svært fruktbar og forbausende mild til å
være så langt nord. Vi har levd godt her»

Cian fant frem et kart fra oppakningen sin. «Si meg, hvor er
det denne Paulan holder til?»

Abrad pekte på kartet med en ganske så møkkete finger.
«Her, han har visstnok krevd alt land mellom fjellene her og
helt vest til Arzam havet. Det er et jæskla digert område så
hvordan han tror han kan holde på det er enhvers gjetning. Han
tvangsverver visst alle mannfolkene han kan komme over.»

Cian så på kartet. «Men hva med Dolkens spiss?»

Abrad skar en grimase og pekte på kartet igjen, «De kunne
visstnok ikke bekrefte det men noen sier at den karen er død, at
han ble drept av sin egen adopterte sønn og at det meste av
hæren nå er under Hanek i stedet. Noen har visstnok stukket av
nordover og dere må regne med at Paulan har dem nå, om ikke
de besatte har tatt dem!»

Cian svelget, han så taktikken, bruk fiendens egne folk mot
ham så slipper du å risikere dine egne styrker og sparer
ressurser. Cian så på kartet og stønnet innvendig. De måtte
faktisk krysse ganske nær Paulans område for å nå slettene.
Det var ikke noe han ønsket men alternativet var en heller
kronglete rute som tok dem inn i fjellene igjen. Eirem så det
også og skar en grimase. «Dægern, det kan hende at vi må
slåss mot ham også»

Cian sukket og rullet kartet sammen igjen. «La oss håpe at
det ikke går så langt, det ville være for ille.»

Abrad rakte dem et krus hver, det inneholdt mjød og Cian
tok en slurk med velbehag. Han husket ikke sist han hadde fått
så godt drikke. Eirem helte sin porsjon ned som om han var i
ferd med å tørste i hjel og Cian tørket av munnen med ermet.
Det var flere personer der, og noen yngre jenter og gutter tittet
frem bak skilleveggene med store øyne. Det var ikke mange
voksne menn der, noen få kvinner og så ungdommer og Cian
forsto at det hadde vært tap av liv der også. Et par av jentene
glante veldig på Cian som følte seg ille berørt. Han visste
hvordan han så ut og han visste hva slags virkning han hadde
på kvinner men de kunne ikke vite at han var forbuden frukt.

Etter litt ble det satt frem en slags stuing som smakte ganske
godt og Abrad fortalte villig om livet der i bygda. De hadde
aldri hatt noen over seg for alle der var frie landeiere og de
fleste var mer eller mindre i slekt slik det gjerne ble i slike små
bygder. Abrad hadde vært av de fremste der siden han hadde
lært å lese og skrive som guttunge og hans kone var bygdas
jordmor. Høvdingen der hadde vært en fetter av ham, en
storvokst kar han omtalte med tydelig respekt. Han hadde blitt
drept i kamp mot trollene og ingen visste hva som hadde
skjedd med kroppen hans. Abrad sa han håpet at han ikke
hadde blitt spist, eller brukt som rugekasse.

Etter maten hvilte alle litt og smeden kom inn, det var en
svært kortvokst kar som var nesten like bred som han var høy
med skarp ørnenese og dyptliggende mørke øyne. Han la tre

medaljonger på bordet, de var temmelig enkle og fremdeles varme men symbolet var perfekt. «Det er de første?»

Abrad nikket og løftet en av dem. «Tror dere det vil virke?»

Cian trakk på skuldrene. «Jeg håper det, bruker trollene å vise seg ofte?»

Abrad nikket. «Hver dag faktisk, det blir snart mørkt så da regner jeg med at vi har dem her.»

Cian smilte stivt, han følte seg temmelig nervøs men også merkelig ivrig. Om det fungerte kunne han beskytte sine folk mot trollene. Hele husstanden gikk til ro nå, det var ingenting å gjøre ute og kvinnene samlet seg rundt bålet for å gjøre småsysler mens karene satt og reparerte utstyr og seletøy. Det var slik en hverdagslig idyll men Cian sanset angsten som lå og trykket bak. Det ble nesten helt stille. Abrad fortalte Cian at høye lyder virket for å tiltrekke troll og derfor var de blitt vant med å være temmelig forsiktige etter solnedgang. Det gikk en time eller to, så hørte de en svak dur utenfra og Cian reiste seg og gikk ut. Steinen virket for å gi fra seg en svak glød, og den vibrerte men de så det ikke, de bare hørte det. Medaljongene smeden hadde lagd delte vibrasjonene og de også glødet svakt. Cian var tørr i munnen, de gikk opp på muren og Abrad pekte. «De bruker å komme vestfra, hvorfor vet jeg ikke»

De kunne bare vente, det var ganske kaldt og surt og Cian trakk kappen sin tettere om seg. Brått så han en stor skygge der ute, det var Karma og Abrad trakk pusten skremt. «Hva er det?»

Cian bare smilte. «Ikke vær redd, det er kjæledyret mitt, han er diger men på vår side»

Karma jogget opp til porten og så opp på Cian, det var advarsler i det ville blikket. «De er nære, han ville ikke kommet hit om det ikke var farer i området»

Abrad stirret fremdeles. «Hva i alle guders navn er den?»

Cian trakk på skuldrene. «Det er en s'haga, han heter Karma»

De hørte noen fjerne burelyder og Abrad nikket. «De kommer i dag også, som jeg regnet med.»

Cian myste, det var ikke helt mørkt og de så flere ruvende skikkelser som trakk sakte nærmere. Mellom dem så de noen mindre bleke figurer og Cian tok en av medaljongene i handa, han kjente på tyngden av den. Trollene stanset, det var som om de møtte en vegg og Abrad smilte fornøyd. «Det er alltid slik, de kommer ikke lenger.»

Cian ventet litt, det hørtes brøl og frustrerte knurr og en slags heslig vislende lyd som måtte komme fra de sjelløse. «Hvor mange tror du det er?»

Abrad trakk på skuldrene. «Rundt tjue troll tror jeg, men mange ganger flere sjelløse. Vi aner ikke hvor de kommer fra»

Cian festet grepet rundt medaljongen og hev den utover med et grynt, han så at den fløy gjennom lufta og landet midt i klyngen av ubeist. Reaksjonen var umiddelbar og ekstrem, troll spratt til alle kanter som stein i et steinsprang, de sjelløse ulte vilt og ravet bakover og det var et svare kaos til de hadde trukket unna. De formet en sirkel rundt medaljongen på sikkert tredve meter i diameter og det var tydelig at den gav dem akutt ubehag. Cian snudde seg mot Abrad. «Sett alle mennene dine til å smi, vi trenger så mange medaljonger som mulig. Materialet er likegyldig, bare symbolet er riktig.»

Abrad nikket og løp til smia for å dele den glade nyheten. Snart var det full aktivitet der og Cian ble også med. Han hadde smidd før og fikk en esse som vanligvis ikke ble brukt. De delte alskens redskaper opp og formet det heller grovt og før det var godt særlig lang tid ble det klart at smeden selv lagde symbolene best mens selve medaljongene kunne formes av de andre.

Den svartkledde kvinnen kom innom og så litt på, deretter forsvant hun inn i huset igjen uten et ord og Abrad skar en liten grimase. «Gadre er dessverre ikke særlig snakkesalig, hun har mistet for mange, men hun er vis og svært snartenkt»

Karene smidde utover natta, Cian og Eirem hvilte litt innimellom men da dagen grydde på nytt hadde de flere hundre medaljonger. Noen var lagd av treverk og var bare runde skiver noen hadde brent symbolet inn i mens andre hadde brukt bein og horn og alt annet de fikk tak i. Smeden var utslitt og det var de andre også men i det de skulle gå inn igjen kom Gadre ut, hun bar flere bunter med tøy i armene og Cian gjorde store øyne. Kvinnene hadde brodert gjennom natta. Nå hadde de store mengder med avlange tøystykker med symbolet på, de kunne brukes som hodepynt eller på et erme eller festes på seletøyet til hestene. Cian smilte og gav kvinnen et fast håndtrykk. «Frue, du har overgått kravene til gjestfrihet»

Gadre bare smilte litt blygt men det var stål i blikket. «Du vil gjøre alt for å ødelegge for fienden, da må vi gjøre alt for å hjelpe deg, For mange har dødd til ingen nytte om vi ikke slår tilbake»

Cian nikket og bøyde nakken i takknemlighet. «Jeg takker deg uansett»

De gikk inn og det var gjort i stand mat. Noen åpnet porten og slapp Karma inn og den enorme katten skremte mange men de var nysgjerrige også. Cian åt og følte at han fikk optimismen tilbake, med de symbolene kunne de unngå trollene og kanskje også hjelpe Hanek i hans kamp. Etterpå gikk de til køys, alle var utslitt etter en hard natt og Cian la seg på en benk og sovnet nesten øyeblikkelig. Karma måtte finne seg i å være ute men noen spanderte en død høne på den og gaven ble tatt i mot aller nådigst. Cian sov lenge og tungt men våknet utpå ettermiddagen av en heller merkelig følelse, noen kilte ham i siden og han slo øynene opp og en av ungjentene der hvinte og skvatt til siden. Hun hadde tydeligvis bestemt seg for å se om han var kjøtt og blod eller noe annet og mer gudommelig noe. Cian satte seg opp og jenta blafret med øyevippene, det var tydelig at hun prøvde å flørte men hun var ikke særlig god til det. Cian gjespet langt og ristet på hodet.

«Beklager vesla, jeg er ikke interessert, du er for ung, og jeg er
ikke noen du vil ha, tro meg»

Hun så snurt ut men ilte tilbake til de andre og Cian sukket
lavt. Han savnet Georg, han kom ikke unna det. Eirem snorket
som et sagbruk og det samme gjaldt mange av mennene der.
Noen kvinner var i gang med å forberede et nytt måltid mens
andre satt og snakket sammen, en ganske flott dame som måtte
være Abrads hustru kom bort og satte seg, hun holdt frem et
krus som viste seg å inneholde vin. Cian tok i mot med
takknemlighet. Hun smilte vennlig og nikket i retning av de
yngre jentene som nå satt i en klynge langs veggen, fnisende.
«Ikke bry seg med dem herre, de er unge og naive og de har
ikke møtt fremmede. Her i bygda kjente alle hverandre og du
er vakker, et par av dem er i den alderen da menn begynner å
bli spennende»

Cian nikket. «Jeg forstår, det er trist at det er så få folk
tilbake her, de unge trenger å se nye fjes»

Hun bikket på hodet. «Kall meg Aya, når tiden er inne vil vi
nok sende de fleste bort, så de finner seg ektemenn andre
steder. Her er alle i nær slekt og vi vil unngå innavl. Du er
ugift?»

Cian hostet nesten, det brå spørsmålet tok ham uforberedt.
«Uhm, ja, jeg er enkemann»

Aya så skrått på ham, målte ham liksom med blikket. «Du
er en typisk Ohdrasar vil jeg si, storvokst og lang. Din hustru
døde i barsel?`»

Cian svelget krampaktig. «Du ser dypt frue, det stemmer»

Aya sukket. «Jeg kjenner til det, har sett det alt for ofte. Jeg
har hjulpet til ved mange fødsler og en vet aldri hvilken vei det
går når en ankommer en barselseng.»

Cian lukket øynene, minnene rev i ham atter en gang. «Det
vil jeg tro ja»

Aya smilte litt trist. «Det var en adelsmann i nabodalen som
var av den ætten, han var nesten like høy som deg men var gift
med en storvokst kvinne som ikke hadde noen problemer i det

hele tatt. Hun fødte fem barn lett som en hoppe, var snaut i senga mer enn et par timer. Så døde hun av lungesyke og han giftet seg på nytt med en ungjente fra dalen, snaut fjorten da de sendte henne i brudeseng med ham og aldeles ikke klar for noe slikt.»

Cian rensket stemmen. «Det gikk galt med hennes første?»

Aya rullet med øynene. «Det gikk galt første natta skal jeg si deg. Han var en ganske hensynsløs person og tapet av den første kona gjorde ham bare verre. Jenta ble ødelagt innvendig og blødde ut, det var ingenting vi kunne gjøre for henne. Og høvdingen i dalen forbød ham fra å gifte seg igjen med mindre han fant en enke med flere barn. Og det gjorde han»

Cian sukket. «Min Isabeau…hun led lenge, og…jeg savner henne fremdeles»

Aya la an hånd på skulderen hans. «Du er en god mann som sørger, noen ser bare muligheten til å få seg en ny kone som ennå er trang og vakker»

Cian blåste i nesa. «Slike personer er ikke menn men dyr i mine øyne»

Aya lo lavt. «Slikt taler en godt oppdratt mann, jeg tror jeg ville likt å møte din mor, hun må ha vært en god kvinne som greide å oppdra en ordentlig sønn»

Cian rødmet svakt og Aya reiste seg grasiøst fra benken. «Husk det Cian, de fleste undervurderer kvinner men tro meg, det er få krefter som kan stå imot en kvinne som vet hva hun vil»

Cian tenkte på Reinu og hennes gruppe av jenter, og Sigrari som var tilbake i festningen og sørget for å holde husholdningen i stramme tøyler. «Du har rett, de er en kraft det står respekt av»

Aya smilte tilfreds og gikk tilbake til de andre kvinnene og Eirem kom bort til Cian og satte seg ned med et stønn. «Så, hva nå?»

Cian smilte. «I morgen rir vi tilbake til leiren og nå rykker vi frem. Vi har bedre oversikt over situasjonen så inntil vi får

annen informasjon sier jeg at vi prøver å fjerne sekten fra
området mellom fjellene og Hanek sin hærstyrke. Det betyr at
vi kanskje vil treffe på Paulan men det får stå sin prøve. Han
har neppe nok folk til å være en fare og høres ærlig talt mer
eller mindre gal ut»

Eirem gryntet kort. «Stormannsgal. Men det er ventende,
det ble et vakuum etter alle de falne adelsmennene og nå
prøver gud og hvermann å ta deres plass»

Cian trakk på skuldrene. «Naturens lov vet du, noen vil
alltid ta over en ledig plass»

Smeden smidde flere medaljonger nå og de hengte ut noen
forskjellige utenfor murene for å se om materialet hadde noen
betydning. Det hadde det ikke, til og med tørklærne med
symbolet brodert på fikk beistene til å rygge unna. Den natta
sov Cian svært godt for første gang på lenge og han var ganske
sikker på at de hadde en sjanse nå. Dagen etter var det
strålende solskinn og de lastet medaljongene opp på en
pakkhest av tvilsom rase som de fikk låne av Abrad. Karma
var fornøyd med at de var i bevegelse igjen og løp foran dem
og siden de nå kjente veien gikk det ganske fort tilbake til
hærstyrken. De nådde frem i løpet av bare to dager og Cian
delte ut medaljonger til alle sammen. Et smart hode fant på å
lage store bannere de malte symbolet på med tjære og noen
brukte skjold og tegnet symbolet på dem.

Shuray og Ebhry mente at det var eldgammel magi som var
ment å fjerne alt mørke og Cian var så endelig glad til. De kom
ikke like langt per dag nå men hver gang de slo leir for kvelden
hengte de ut en rekke med skjold rundt leiren, alle med
symbolet på og det gikk ikke mange dagene før de fikk besøk.
De var kommet nærmere slettene og Cian hadde advart alle
sammen om trollene og de sjelløse. Men synet skremte
allikevel mange og Reinu måtte roe ned flere av kvinnene. Ild
var også noe trollene ikke satte særlig pris på så bålene ble tent
og de brant høyt hele natta. Det var nervepirrende å sove der

med lydene rundt dem men det gikk, magien fungerte meget bra.

Det gikk en liten uke før de var tilbake til gården og Abrad var svært glad for å se dem igjen, Shuray og Ebhry skremte de fleste der og Bronseklo fikk de fleste til å løpe i dekning men dragen gjorde ingenting som virket truende så etter litt godtok de ham. De slo leir rundt murene den natten og Abrad hadde vært en runde rundt på gårdene og sanket med seg mer mat og utstyr. Nå de hadde symbolet kunne de ferdes lenger uten å være redde for mørket og det hjalp stort. Han hadde fått fraktet hjem flere store tønner med øl og mjød fra landsbyen og denne kvelden ble det feiret. Snart skulle de virkelig få testet hva de kunne få til, og de skulle se om de kunne gjøre noe fra eller til. Cian satt med Abrad og diskuterte hester og det ble en heller lang morgen med mye tømmermenn og en smule bondeanger også. Men de var på vei, slettene kalte på dem og Cian stirret sørvestover i soloppgangen og visste at han nå ville møte en real utfordring. En han hadde begynt å se frem til.

Daithe

Ting hadde endret seg og de hadde endret seg fort, kanskje på noen måter for fort men Daithe kunne bare godta dem. Hun og Fhirdhag hadde en oppgave og mens Lamara og de andre forberedte seg på å forlate stedet måtte Daithe vedgå at hun på et vis lengtet etter å bare gjøre noe igjen, noe konkret. Hun trengte sammen med Fhirdhag og ble vant med de to sverdene. De føltes fantastiske i hendene hennes og hun syntes det virket for at de kunne kappe seg gjennom nesten hva som helst. Hun hadde ikke fått noe nærmere svar på hva vindens brødre og søstre var og hun var nysgjerrig men presset ikke på, det var ingen vits i det for Fhirdhag røpet aldri noe før tiden var inne.

Det hadde gått flere dager siden Lamara og de andre reiste og Daithe håpet bare at det gikk bra med dem. Alvene var i tydelig kampberedskap, de hadde forsterket magien rundt dalen og alle var bevæpnet. Fhirdhag virket for å dele dem opp i ulike tropper og en av dem var de aller beste krigerne de hadde. Han hadde tatt Daithe med til en gjemt hule i nærheten av landsbyen og der var det lagret rustninger og mere våpen. Dette var eldgamle ting som fremdeles så helt nye ut og Daithe var fengslet av skjønnheten i hver en detalj. Rustningene var av metal og overflaten lignet på løv som ligger på bakken, en slags ujevn overflate med mange fargesjatteringer som skjulte den som bar rustningen meget godt. Kombinert med de merkelige kappene mange bar gjorde det dem bortimot usynlige i dårlig lys. Våpnene var også meget elegante, og det var mye av dem. Fhirdhag smilte til henne. «Dette er til de aller beste, de som skal følge oss»

Daithe trakk pusten. «Skal vi ta med oss en hel tropp?»

Fhirdhag nikket kort. «Ja, de beste av de beste, to hundre av dem. To hundre av vårt folk er en gedigen styrke»

Hun måtte si seg enig, men ennå visste hun ikke hvor de skulle eller hva hun egentlig skulle gjøre. Fhirdhag var ofte borte nå, gjerne i flere timer om gangen og han fortalte ikke hvor han hadde vært, han bare holdt munn og hun fant det en smule irriterende, men hun ante at han hadde en grunn til det. Hun skulle være en hærfører og to hundre var mange men ingen hær. En tidlig morgen tok Fhirdhag henne med til sirkelen og sjamanene velsignet henne og la ulike besvergelser over henne, hun var takknemlig men også litt nervøs. Fhirdhag tok henne med til hytta etterpå og fortalte henne at de skulle reise dagen etter og Daithe bare stirret på ham. «Hvor, og hvordan?»

Han satte seg ned og fylte to glass med vin. «Sjamanene vil sende oss dit vi skal, ikke vær engstelig for det.»

Hun sukket dypt. «Og hvor er det vi skal? Et svar takk, jeg er lei av halvkvedede viser og tåkeprat»

Fhirdhag trakk henne ned på fanget sitt, han kysset henne på halsen. «Et sted i fjellene, en skjult dal, som denne. Der bor de, de som kalles vindens brødre og søstre.»

Hun så ned på ansiktet hans. «Og de er?»

Fhirdhag trakk pusten dypt. «En eldgammel rase, fra en annen verden. Fienden vi skal møte ødela stedet de kom fra, de er de eneste som klarte seg fordi de klarte å flykte. I årtusener har de ventet på å hevne seg»

Daithe kjente en frysning gli nedover ryggen. «Om vi ikke klarer dette vil det gå galt ikke sant?»

Han nikket. «Om det går galt vil vi bli nødt til å gjøre som det folket gjorde, forlate denne verden og finne en annen og håpe at fienden ikke følger etter oss, i det minste ikke med en gang.»

Daithe svelget stivt, berge verden, det var jo ikke noe press? Hun følte seg liten som en maur. «Hva er de? De er ikke alver eller mennesker?»

Han ristet på hodet. «Nei, de er en kriger rase, sterke og ville og svært stolte. Å bli fratatt sin hjemverden slik var forferdelig for dem. Men de kan ikke vende tilbake noen gang. Alt de kan er å ta igjen»

Daithe bet seg i underleppa. «Jeg kan forstå det ja. Hva er det jeg skal gjøre?»

Fhirdhag smilte skjevt. «Oppfylle profetiene deres, lede dem. Du er sterk Daithe, og du er ikke hva du en gang var. Du må vise dem at du er en verdig leder, at det er deg profetiene snakker om»

Daithe måtte blåse i nesa, i ren vantro. «Jeg føler meg ikke som noen verdig leder Fhirdhag, jeg er snaut nok en kriger. Hvorfor skal de følge meg?»

Han kjærtegnet ansiktet hennes. «Fordi du vil bevise at du er den rette. Men det vil neppe bli enkelt, det kan jeg garantere»

Hun så ned og ristet på hodet. «Det er aldri enkelt er det vel?»

Fhirdhag smilte sakte. «Vi har kjent til dem lenge, men vi har sjelden vært i kontakt med dem, de prøver å holde seg skjult. De er redde for å bli funnet av fienden, og jeg forstår det godt.»

Daithe bikket på hodet. «Men hva er de? Du svarte ikke»

Fhirdhag så ned, blikket hans var fjernt. «De er ikke som oss Daithe, de er vakre men…du må se dem selv for å forstå»

Hun trakk pusten. «Så, vi skal lede dem mot fienden. Vil de kunne gjøre noen skade?»

Fhirdhag gliste og det var noe farlig i det gliste. «De er svært farlige Daithe, tro meg. At deres verden falt var kun på grunn av forræderi. Du vil få historien av dem»

Hun lente seg mot ham. «Kommer vi tilbake hit tror du?»

Han kysset henne kjærlig. «Ja, jeg føler på meg at vi vil vende tilbake, jeg velger å tro på den følelsen. Dette er vårt hjem Daithe. Mitt folk vil forsvare det så lenge de kan om det verste skjer»

Hun tømte vinglasset sitt. «La oss skåle da, for at de vil la meg lede dem»

Fhirdhag nikket og tømte glasset sitt også før han løftet henne opp uten engang å anstrenge seg. «Kom, dette blir vår siste natt her på lenge, la oss utnytte den»

Daithe rullet med øynene. «Du er uforbederlig kjære deg, hører du?»

Han bare smilte og bar henne til senga, hun kjente flammen som danset i øynene hans og visste at han neppe ville la seg overtale til å bare sove nå.

Dagen etter kom med gråvær og tunge skyer og Daithe ble sjokkert da hun så at Cherdis skulle være med, hun var kledd for kamp og så miserabel ut, dette var ikke hva hun ønsket, det var ganske tydelig. Et par av sjamanene skulle være med også og alle de to hundre elitesoldatene. Kledd i like rustninger og med gode våpen i hånd var de et imponerende syn. Daithe fikk på seg sine egne klær og sin egen rustning, hun hengte sverdene over ryggen og fikk en liten øks til å ha i beltet samt en lang kniv. Fhirdhag flettet håret hennes og sørget for at hun var klar, han var også imponerende å se på og. De spiste og det var noen pakkhester der med forsyninger og også en del ting Daithe ikke kunne identifisere umiddelbart. Fhirdhag smilte stivt. «Gaver til dem, det er ikke alt de kan skaffe seg der inne i fjellene.»

Hele den store gruppen hadde samlet seg og Fhirdhag tok Daithes hånd og holdt den fast. «Husk dette, de respekterer mot og tapperhet over alt annet, vis aldri frykt. De var en fryktet rase en gang i tiden, så vær respektfull men kryp ikke. Vær stolt og selvsikker»

Daithe følte at hun var tørr i munnen. «Lettere sagt enn gjort for farao»

Han bare smilte og nikket til sjamanene. De begynte å messe, stemmene var ganske sterke og etter bare litt begynte lufta å dirre foran den store gruppen. Daithe skalv svakt, dette var et skjebneøyeblikk. Nå ville hun få vite hvorfor hun var valgt, hvorfor livet hennes hadde tatt denne veien. Hun hadde vært en dronning kun i navnet før men nå hadde hun en sjanse til å bli så mye mer. Fhirdhag kjærtegnet handa hennes varsomt og hun svelget fort. «Hvorfor meg, hvorfor ikke du? Du er erfaren, du har kjempet før»

Han lente seg litt forover og hvisket til henne. «De følger aldri en hann, det er hunnene som leder hos dem»

Daithe så litt sjokkert ut men nå var lufta brått som et speil foran dem og sjamanene løftet armene, ropte ut som en. Alle begynte å gå fremover og Daithe lukket øynene og lot det stå til. Hun fikk en brå følelse av å falle, så ble det brått veldig kaldt og hun følte sur vind og da hun slo øynene opp sto hun ved siden av Fhirdhag på en naken åsside med ville fjell rundt dem på alle kanter og foran dem var en stor fjelldal med en liten sjø i midten. Hun svelget kort, de andre virket rolige, og Cherdis sto og skar grimaser, det var tydelig at hun mislikte situasjonen. «Hva er dette?»

Fhirdhag smilte konspiratorisk. «De lever skjult ikke sant? Følg meg»

Han vinket på troppen som begynte å marsjere fremover og brått skimret lufta igjen og de så noe helt annet enn før. Dalen var der men nå var den full av åkre og bygninger og skogholt og alt var av en form Daithe aldri hadde sett før. Det så veldig fremmed ut og Daithe hadde aldri sett slik arkitektur noen gang. Den var litt som alvenes men linjene var mer skarpe og det var noe nesten aggressivt over alt de så der. Fhirdhag smilte til henne . «Husk hva jeg sa, ingen frykt»

Daithe ante at hun ville måtte utfordre det mange ganger snart, hun løftet hodet og så at det var skikkelser som beveget seg rundt der nede, det var en stor befolkning der. Dalen hadde flere side dalfører også og hun undret seg på mangelen på trekkdyr. Det virket for at ingen der brukte hester for det var folk som trakk utstyret på jordene. Det gikk en vei mot dalen og de falt inn på linje og Fhirdhag gikk fremst med Daithe ved sin side, Cherdis og sjamanene fulgte og så kom pakkhestene og soldatene. Daithe så at de ble oppdaget og noen skikkelser samlet seg i grupper. En av gruppene beveget seg opp veien mot dem og Daithe gjorde store øyne, det var så visst ikke mennesker.

Disse skapningene var ikke fullt så høye som en gjennomsnittlig person og de var utrolig vakre men helt merkelige å se på. Hodene var som på en katt men de hadde fjær og øynene var svært store og som på en ugle. De hadde en lang hale med en flate av fjær mot enden og armene var forholdsvis lange men virket sterke. Alt var fjærkledd, på kroppen var fjærene korte og dunaktige og alle hadde forskjellige farger og mønstre. På hodet hadde de en krans av oppstående fjær som startet i pannen og strakte seg bakover hodet og bak kransen var det noe som lignet hår men måtte være veldig lange tynne fjær. Noen hadde noen ekstra lange tynne fjær hengende ned og de skimret i lyset. De hadde ører, de var lange og bevegelige og også dekket med dun og kroppene var svært muskuløse. Hun så at hunnene hadde bryster og runde hofter og det eneste klesplagget hun så der var et slags lendeklede begge kjønn åpenbart brukte. De bar på en slags klubbe som var svakt krum og hun gyste da hun så at våpenet var dekket med skarpe skår av krystall. En av dem kom frem, den var høyere enn de andre og en hunn, det hang noen kjeder av vakre krystaller rundt halsen på den og den så på dem med skarpe øyne. Daithe hadde aldri sett et blikk som det før, det var som å stirre inn i øynene på en vill hauk. De hadde tydelige klør på fingrene og føttene og mange hadde dekorert leggene sine med fargerike bånd. Hun så på smykkene og bygningene at dette faktisk var en svært intelligent rase og temmelig avansert.

Fhirdhag bøyde seg dypt og ærbødig, Daithe fikk et diskre dult og forsto at hun ikke skulle bøye seg. Hun holdt haken opp og hunnen bikket på hodet. Hun hadde skarpe tenner og fjærene i ansiktet var mørke og gjorde de lysende gule øynene enda mer tydelige. Fjærene som dannet kransen hennes var også mørke men de hadde vakre gylne mønstre og det skimret metallisk i dem Antagelig var det et tegn på høy status. Hunnen bøyde hodet svakt, hun hadde en lang elegant nakke og formen på kroppen var faktisk meget vakker. Daithe var imponert. Hunnen så rett på Daithe, hun vurderte denne kvinnen grundig og noe som lignet et smil formet seg på ansiktet. «Vær velkommen til Hyray, våre seere har sett at dagen er nær»

Fhirdhag nikket og la handa på Daithes skulder. «Vi er meget takknemlige, dette er Daithe, min make. Hun er den valgte»

Hunnen så igjen på Daithe og la merke til sverdene over ryggen hennes. De gule øynene virket ganske beregnende fremdeles. «Hun vil bli testet, er hun den valgte vil vi følge henne»

Daithe forsto litt av kulturen her, det var om å gjøre å aldri vike så hun holdt blikket fast og røpet ikke hva hun følte i det hele tatt. Hunnen smilte litt skjevt. «Jeg er Chaleen, jeg er høvding her»

Fhirdhag nikket. «Jeg har hørt om ditt mot og dine styrke»

Chaleen bare løftet et øyebryn talende, det var merkelig men de hadde faktisk øyebryn, på noen av dem var det mest bare i form av et mønster i det korte dunet som dekket huden men noen hadde noen litt lengre tydeligere fjær der. Chaleen var av det slaget og Daithe prøvde å ikke stirre for mye. Mens de gikk nedover veien samlet det seg en stor mengde der og de begynte å synge. Stemmene var merkelige, som om de hadde to sett med stemmebånd og det gav en heller besynderlig effekt. Det var vakkert men fikk hårene til å reise seg på ryggen hennes. Chaleen så skjevt på henne, siden hun var temmelig høy i forhold til de andre der var hun og Daithe nesten jevnhøye. «Er han en god make? Holder han deg tilfreds?»

Daithe mistet nesten maska. «Ja, jeg er svært fornøyd»

Chaleen smekket med tunga, en slags skarp lyd som antagelig uttrykte tilfredshet. «Godt, en hunn trenger en god make, en som kan gi henne styrke»

Det måtte være tusenvis av disse skapningene der og hun så flere unger også. De lignet ikke på de voksne, alle var mørke på farge med nesten identiske mønstre i vage og duse farger og de manglet kransen og fjærene på halen. De stimlet sammen med store øyne og lagde merkelige pipelyder som fikk Daithe til å tenke på fugler men disse skapningene hadde ikke fuglekropp. De gikk mot en enorm bygning som bare ble mer og mer imponerende mens de kom nærmere, veggen var dekket med fresker som var mesterlig utskåret av steinen og de viste en slags kamp. Det var utallige skapninger som disse som slåss mot noen andre som var svært store med krumme horn og spyd og sverd. Over det hele så hun to soler og et merkelig landskap med underlige forrevne former. Det måtte være slik de hadde tapt sin verden, og dette bygget var et slags tempel. Chaleen slo ut med armen. «Vær velkomne til minnenes hall»

Daithe bare nikket, døra inn var enorm også, en kunne marsjere inn minst tjue i bredden. Der inne så de et rom som var formet som et slags stadion med flere rekker seter oppover mot taket, midt på var det et flatt avlangt område uten verken møbler eller noe annet. Setene begynte å fylle seg opp, det formelig løp folk inn og Chaleen sto der i midten og så rolig ut. Daithe følte seg langt fra rolig, hun kjente at hjertet hamret i henne. Fhirdhag holdt handa hennes med et fast grep. Hun kunne sanse at han stolte på henne og det gav henne styrke. Etter litt var alle setene fulle og Daithe så at freskene også dekket den indre veggen. Her var det ikke kamp men hverdagsliv som ble avbildet. Hun så et folk som måtte ha vært lykkelig og levd et godt liv i en verden som var temmelig annerledes enn denne. Hun følte en slags tung sorg over å vite at de hadde mistet alt, kunne hun bringe dem hevn var det brått en ting hun ønsket og ønsket dypt. Chaleen løftet armene og det ble totalt stille, en kunne ha hørt en fjær falle og samtlige stirret på Chaleen og Daithe med store øyne. Daithe så at de fleste der hadde gule eller grønne øyne men det var også noen få med en blek blåfarge og noen med en temmelig spektakulær rødfarge som var så skarp at den virket unaturlig. «Mitt folk, eredhiin, i dag har den valgte kommet til oss, kommet for å bli testet, kommet for å funnet verdig, kommet for å lede oss mot mørket»

Det lød en merkelig fløytelyd fra hele den samlede mengden og den skar i ørene. Fhirdhag gjorde en grimase og Daithe måtte gjøre det samme. Chaleen løftet armene igjen og det ble stille på nytt, flere av de unge der sto og småhoppet av iver. «Om hun virkelig er den valgte vil de som bærer merket følge henne til de mørkes verden og bringe kampen til de som tok vårt land fra oss. Blod skal hevne blod, våre falne kan få fred»

Denne gangen var det stille, ingen fløyting og Daithe trakk et lettelsens sukk. Chaleen bøyde seg dypt, hun var fantastisk elegant og bevegelsene var meget flytende. «I kveld feirer vi, i morgen begynner testene»

Flere klappet og Daithe svelget tungt, hun lurte virkelig på hva de testene var. Chaleen grep henne i handa. «Følg meg, seerne vil møte deg»

Fhirdhag nikket beroligende til henne og hun fulgte Chaleen ut av hallen, de gikk rundt den og kom til et slags holt med trær Daithe aldri hadde sett før. De lignet ikke noen trær hun hadde sett før, de hadde merkelige former og skulle hun være ærlig lignet de mer på halvsmeltede stearinlys enn trær, underlig utflytende og formløse men de virket for å være lagd nesten av stein? Hun stjal seg til å banke varsomt på en grein som lå langs bakken som en slags kjempemessig ål og det var ganske riktig som å slå i stein. Hun gyste kort. Trærne formet en veritabel labyrint av greiner som hang, løftet seg, bøyde seg, snodde seg som slanger og hun måtte både klatre og krype for å følge Chaleen. Hvert tre hadde en slags krone av merkelige trekantede løv og de virket nesten for å være av

metal. De var rustbrune på farge og store som et skjold og
noen få lå på bakken.

Chaleen stanset foran et tre som måtte være det i midten av
holtet, det hadde en enorm stamme som strakte seg rett opp
rundt ti meter og fra der spredte greinene seg rundt i alle
retninger som om treet var en forvokst blekksprut med
merkelig fasong. Den merkelige hunnen smilte stivt. «Seerne
vil se inn i dypet av din sjel Daithe, du kan ikke skjule noe fra
dem»

Hun tok et dypt åndedrag, ved alle guder, da ville de få se
mye. Hun pekte på trærne. «De er merkelige?»

Chaleen smilte litt vennligere. «De eneste i denne verden, vi
fikk ikke med oss mye da vi måtte flykte fra vår egen verden,
men vi fikk med oss noe frø og noen dyr og vi har brukt det
lille vi har som best det lar seg gjøre. Du vil se hva nytte vi har
av dem snart, om du virkelig er den valgte»

Chaleen gikk videre og rundet den enorme stammen. Det
var en åpning i den og Daithe innså at treet var hult. Åpningen
var fylt med lys og Chaleen smilte sakte. «Du får gå inn»

Daithe husket hva Fhirdhag hadde sagt, vis ingen frykt.
Hun steg fremover og oppdaget at lyset kom fra en mengde
store åmer som klatret rundt på veggene, de var like lange som
underarmene hennes og svært tykke. De lyste opp og hun var
ærlig talt litt sjokkert av synet. Hver åme blinket i en slags rask
rytme og hun fant ut at det ikke lønte seg å stirre på dem, en
ble svimmel av det. Midt i rommet som kanskje var fem
ganger fem meter sto det tre troner, hun kunne ikke beskrive
det som noe annet. I dem satt tre av disse skapningene hun nå
gjettet kalte seg Eredhiin, de var annerledes enn de andre hun
hadde sett der for de var mørke på farge enda de var voksne og
kammene av fjær var tynne og så slitt ut. Hun forsto brått at
disse var svært gamle og øynene deres var matte og blasse,
antagelig var de blinde.

Daithe så at de ikke var like velnært som de andre heller, de
så tynne ut og klørne var slitt og tydelig sløve. Dette var

skapninger som så avgjort hadde kort tid igjen. Alle tre vendte hodene mot henne og hun holdt haken høyt, prøvde å være stolt og verdig.

Den midterste bikket på hodet og brått kjente Daithe at det gikk et gys gjennom henne, denne skapningen kunne ikke se, men så gjennom andre og den stirret like inn i kjernen av hva hun var. «Før du blir sett barn, må du se!»

Daithe fikk ingen tid til å forberede seg, brått var hun et annet sted, en åstopp over en landsby med vakre hus i duse farger. Den var i ferd med å evakueres, det løp folk overalt og skrik og rop hørtes. Merkelige dyr ble drevet ut av innhegninger lagd av flettede planter, mange kom bærende på krukker og sekker og i bakgrunnen så Daithe røyk som steg svart og tung mot en himmel som var mer grønn enn blå. Noen som måtte være magikere eller sjamaner sto og veivet med armene, det var tydelig at de var desperate og prøvde å få folk til å skynde seg. Av en eller annen grunn fikk Daithe en følelse av at denne landsbyen hadde vært skjult, et gjemmested og nå var det avslørt. Lufta dirret foran sjamanene og hun kjente deg igjen, de prøvde å frakte folk vekk.

Mengder med folk løp gjennom den skimrende veggen og nå lød det brak og smell fra landsbyen og Daithe skrek nesten da hun så det som kom stormende gjennom gatene. Noen enorme steinaktige skikkelser som beveget seg kluntete men med kraft, mellom de løp det mindre bleke motbydelige skapninger og begge typene hev seg over de som hang etter med tydelig blodtørst. Daithe så at de bleke beistene ikke drepte alle, noen hev de seg bare over og det var tydelig hva de gjorde med dem, hun kjente smaken av galle i munnen. Bak de enorme beistene kom noen andre skapninger til syne, de var ikke så store men mye verre, for Daithe følte ondskapen fra dem. De store beistene måtte være troll og de var kort og godt dumme og blodtørstige av natur men de som fulgte dem var intelligente og det var en kald og målrettet intelligens. De lignet litt på store folk med horn og hun kjente dem igjen fra freskene.

Sjamanene kunne ikke få alle gjennom, fienden var for nær så de hev seg gjennom selv og portene lukket seg, de som ble igjen skrek desperat av frykt og fortvilelse og Daithe kjente at hjertet falt i henne. Hun forsto hvorfor de hadde stengt porten men det gjorde det ikke enklere å godta. En må ofre noen for å redde mange og hun trakk pusten dypt, nektet å vise hva hun følte. «De fant oss, de kvier seg ikke for å bruke tortur, de kvier seg ikke for å bryte alle lover»

Daithe nikket sakte, stemmen hun hørte i hodet var trist, så uendelig trist. «Dette vil skje også her, de vil jakte på alt levende til ingenting er tilbake annet enn døde land og en voldtatt jord.»

Daithe svelget stivt. «Jeg vil ikke la det skje»

Hun kjente seg svakt svimmel, det hadde vært et forferdelig syn. Den midterste av de tre nikket svakt og igjen følte hun seg invadert, ikke av et sinn nå men av tre og brått så hun scener fra sitt liv i lufta, som om det skjedde der og da. Hun så sin ville ungdom da hun mer enn noen annet ville bli en ridder, hun så hvordan hun ble tvunget til å gifte seg med Feargus og hvordan det ekteskapet endte. Hun så seg søke hevn og så hvordan hun møtte de andre i følget, så hvordan hun traff Fhirdhag og hun gispet svakt da hun så et meget levende bilde av dem sammen i hytta hans, det var ingen tvil om hva de drev med og hun følte at hun rødmet like ned i tærne. Det virket for at de så dypere enn hva hun selv kunne se, som om de leste hver en følelse hun hadde hatt og hun prøvde ikke å stå imot selv om de så hennes mest intime hemmeligheter. De bikket på hodene og den som satt lengst til venstre smilte svakt. «Du er tapper, og ditt hjerte snakker sannhet. Du har aldri bøyd deg for hva andre ønsker av deg, godt, en hunn skal aldri krype for andre»

Daithe måtte tenke tilbake, de hadde rett. Hun hadde rast mot de forventningene andre hadde men aldri bøyd seg for dem. Den midterste senket hodet svakt og hun hørte stemmen i hodet igjen. «I morgen blir du testet, vi har sett sannheten om deg men folket må også se, husk dette, velg aldri den minste»

Alle tre bukket og hun forsto at audiensen var over, hun gikk ut igjen og følte seg sterkt forvirret. Hadde de akkurat gitt henne en fordel? Hun ante ikke men ville huske det til dagen etter. Chaleen ventet på henne der ute, hun bøyde hodet svakt og øynene glitret. «Husk hva de har sagt til deg, hva det enn var. De snakker kun vise ord»

Daithe trakk pusten. «De var så eldgamle, vil de leve stort lenger?»

Chaleen smilte sakte. «De vil leve så lenge de holder seg inne i treet, forlater de det dør de øyeblikkelig. Treet vil holde dem her så lenge det lever og det lever evig»

Daithe måpte nesten. «Er ikke det en hard skjebne?»

Chaleen ristet på hodet. «Nei, det er deres valg, og vi respekterer det. Alle har sin plikt og det er ingen skam og ingen sorg i å følge den»

Daithe så skjevt på treet, det virket ikke for å være levende men var altså noe som kunne leve evig, hun burde ikke la noe forbause seg lenger. «Jeg så forferdelige skapninger, svære beist og noen mindre som var bleke og…de gjorde grusomme ting med folk»

Chaleen nikket. «Fortropper. De har allerede brutt inn i verden, de herjer sør i fjellene og på slettene. Snart vil de også angripe i øst og de er i landene i sør, de vil feie all motstand til side og blodet fra de døde vil fylle elver og sjøer»

Daithe gyste, hun fikk en følelse av at dette folket var svært blodtørstig men på en annen måte enn fienden. De hadde så avgjort en krigerkultur. «Hva var de?»

Chaleen ålte seg frem mellom de enorme greinene. «Troll og det ditt folk kaller sjelløse, noen kaller trollene uhellig fødte for de blir ikke til på noen naturlig måte. Noen kaller de sjelløse sagtannede også, eller sjeleetere.»

Daithe gyste. «Og vi må kjempe mot dem?»

Chaleen nikket. «Ja, mitt folk har hungret etter hevn i årtusener. Vi vil ta hva de tok og nå vet vi mer enn vi visste da. Vi kan klare det»

De gikk tilbake til plassen foran den store hallen og nå så Daithe at bål hadde blitt tent og mange hadde trukket frem benker og stoler og det ble tydeligvis gjort forberedelser for en fest der. Unger løp rundt overalt og virket for å tigge godbiter av de voksne og Daithe ble var en merkelig ting. Det var unger der, og voksne men hun så ingen som virket for å være i mellomstadiet. Det var ingen ungdommer der. Chaleen virket for å forstå forvirringen hennes. «Våre unge forlater stammen når de begynner å vise farger, og de blir trent og testet til fargene er utvokst. Da vender de tilbake til folket og blir regnet som voksne»

Daithe smilte kort, det hørtes ut som et slags hamskifte, kanskje de mytet som fugler. Bålene ble tydeligvis foret med noe som lignet ved men neppe var det, og lukta var merkelig behagelig. Noen la metall rister over bålene og Daithe så at ristene var lagd av bladene fra de merkelige trærne, de var virkelig av metal.

Noen hanner kom bærende med store stykker med kjøtt som hunnene smurte med noe som måtte være krydder og deretter ble stykkene lagt til steking på ristene. Andre kom bærende på store krukker med drikke og krus ble delt ut. Ungene ble samlet og geleidet bort og de virket litt skuffet men protesterte ikke. Fhirdhag kom bort til henne, han smilte og pekte bort på en liten gruppe av hunner som sto samlet rundt Cherdis, de var tydelig fascinert av håret hennes og de fniste når hun viste dem noen dansesteg. Det virket for at de beundret Cherdis og Fhirdhag smilte litt skjevt. «De har funnet ut at hun var en kurtisane, for dem er det en svært prestisjefull tittel, den innebærer enorm makt»

Daithe rynket pannen. «Virkelig? Er ikke hunnene de som har høyest status her?»

Fhirdhag nikket. «Ja, og å være kurtisane er å nyte de gaver gudene har gitt fullt ut, her er en kurtisane ingen hore men en hunn hannene vil trygle om gunst. Ved å dele sin kropp med mange hanner vil hun bare bli sterkere og samtidig sørge for at hannene blir velsignet og styrket.»

Daithe sukket. «Hadde bare folk andre steder også sett det slik.»

Fhirdhag kjærtegnet kinnet hennes. «Så, hva så de seende?»

Daithe lagde en merkelig snøftelyd. «Pent lite om en skal tolke øynene deres, de var blinde men de så visst alt, alt jeg noen gang har gjort og tenkt. Det var…en bisarr opplevelse. Men jeg så også, hvordan de havnet her. Jeg så hvordan fienden ødela deres verden og det var grusomt»

Fhirdhag sukket lavt. «Jeg vet, det er hva jeg håper vi kan unngå»

Han pekte på matlagingen rundt dem. «Tenk ikke på det nå, nå blir det fest og tro meg, du vil neppe oppleve en fest som denne igjen, dette folket vet hva det vil si å slippe seg løs»

Daithe så spørrende på ham. «Hva mener du?»

Han gliste bredt og klapset henne på baken. «Bare vent å se kjære du.»

Noen kom bærende med svære fat som ble satt over ilden og Daithe så at det var en slags grønnsakstuing, den luktet himmelsk og hun så at alve krigerne som var blitt med samlet seg rundt noen store bord. De virket forventningsfulle og Fhirdhag kysset henne på øret og mumlet. «Ikke spis av det som har rødt krydder på, det er så sterkt at det vil gi en drage halsbrann»

Daithe måtte le og han pekte på krukkene med drikke. «Vinen deres er himmelsk men sterk, drikk sakte og ikke bland de to typene med vin, da får du en hodepine av en annen verden»

Hun så at det var to typer når hun så nøye etter, en slags hvitvin med en svakt gylden farge og en som var mer ravfarget. Alle begynte å slå seg ned og noen hanner løp rundt med tallerkener som var lagd av en slags keramikk. De var vakre og i en dus blåfarge Daithe fant meget beroligende å se på. Alt var enkelt gjort, det var lite utsmykninger men det var en stille skjønnhet i alt der som var fengslende.

Digre kjøttstykker ble dumpet på alle tallerkener og Daithe stirret vantro på sitt stykke, det var så svært at hun tvilte på at hun ville greie det, og så kom en annen kokk og deiset en svært porsjon med grønnsak stuing over det. Det var mat nok til minst to personer. Fhirdhag humret og klemte henne. «Du må spise alt, ellers blir de fornærmet»

Daithe hveste til ham. «Hva skal vi spise med?»

Fhirdhag løftet et øyebryn i en talende grimase. «Fingrene selvsagt, hva ellers?»

Daithe måtte gape, fingrene? Det var ikke mye hygienisk men greit nok, de fikk gjøre som de andre der. Chaleen løftet et krus og ropte noe som måtte være en oppfordring til å skåle, alle svarte og Daithe fikk et krus trykket inn i handa. Det var den lyse vinen og den luktet merkelig. Hun snuste mistenksomt og tok en varsom smak, det var som om vinen eksploderte i munnen og spredde en smak som var fantastisk. Søt og frisk og bare utrolig og hun blunket forskrekket, om de hadde solgt noe slikt i Zhymorne ville de blitt skittent rike temmelig fort. Vinen etterlot en svært behagelig smak på tungen og hun så at Fhirdhag bare nippet til sin. Hun antok at det var smart. Hun grep kjøttstykket med begge hender og stirret på det, hva slags kjøtt det var ante hun ikke men det så mørt ut og det var lite fett i det. Hun tok en smak og det var også fantastisk, hun hadde kjent hoff kokker som ville ofret en arm og et bein for den oppskriften. Det lå noen merkelige blader på bordene som lignet på rabarbra og Fhirdhag viste henne at de ble brukt til å spise stuing, de ble foldet til en slags skje og hun fant ut at stuingen også var meget god. Sammen med kjøttet ble den til et måltid hun aldri hadde opplevd maken til.

Det ble servert mere vin og mange sang og danset, det var brakt frem trommer og andre instrumenter og Daithe fant at dette folket hadde en musikk som var forbausende livat og munter. Rytmene var ville og litt uforutsigbare og dansene likeså. Hun så at Chaleen sto og gnog på et stort kjøttstykke og de fleste var ivrig opptatt med maten selv når de danset. Men vinen hadde sin effekt, hun så at mange ble fulle og disse folkene var et kostelig syn i beruset tilstand. De sjanglet rundt og sang med merkelig skjærende stemme og andre samlet seg i grupper som åpenbart fortalte vitser for det ble ledd høyt og hjertelig. Daithe var forbauset over hvor livsglade disse folkene var, det hun hadde sett kolliderte med det. Fhirdhag smilte og kysset henne hardt. «De vet å glede seg over livet, å fryde seg over hvert et øyeblikk»

Daithe nikket. «Jeg forstår det ja, men noen skulle følge oss?»

Fhirdhag nikket stille og trakk henne nærmere, hun hadde greid å spise opp alt, undrenes tid var ikke over ennå! «Ja, deres beste krigere. De vil feste hardt i natt, det kan være siste gangen de har sjansen»

Daithe svelget hardt. «Det er hardt å tenke på»

Han la pannen mot hennes. «Ja, men de har godtatt det. De gir gladelig livet for sitt folk, for vår verden. Som vi også gjør det»

Hun nikket og så at en del av danserne nå snaut kunne stå på beina mer. Cherdis sto på et bord og danset og mange rundt henne prøvde å etterligne bevegelsene hennes. Med større eller mindre hell måtte det sies.

Sangene ble mer og mer høylytt og oppførselen der ble løssluppen. Daithe ble sittende å gape for selv de villeste fester hun hadde vært borti hadde ikke tatt av på denne måten. Noen av hunnene der vinket til seg hanner og det var liten tvil om at dette var et sensuelt folk på mange måter, og at de ikke hadde noe begrep om blyghet og privatliv. Daithe måtte snu seg, å ha sex slik foran hele landsbyen var mildt sagt et sjokk men ingen der virket for å bry seg. Fhirdhag helte i seg siste rest av vin i kruset sitt. «Her vet de ikke hva forhold er, de er ikke monogame i det hele tatt. De velger en make for kvelden og det er alt»

Daithe pep nesten. «Men hvordan vet de hvem fedrene deres er?»

Fhirdhag hadde noe nesten innfult i blikket. «Hunnene velger selv om de vil la seg befrukte, og de velger de sterkeste hannene til den jobben. Dette er bare for nytelsens skyld, det blir neppe noen småtasser født etter i natt uansett hvor mye som foregår»

Daithe rullet med øynene. «Det må være praktisk!»

Fhirdhag bare humret og trakk henne ned på fanget, hun hvinte og slo armene rundt ham. «Fhirdhag, du tenker da ikke å?»

Han la handa hennes mot skrittet og det var liten tvil om hva han ville. «Jo, det vil bare bekrefte at du er en sterk hunn, du har bundet meg til deg så totalt at jeg ikke vil ha andre hunner, det er stor styrke i deres øyne.»

Daithe gjorde store øyne. «Fhirdhag, vi kan ikke...»

Han kysset henne på halsen. «Daithe, vi må! Det er ingen vei utenom, her og nå er dette et hellig rite, vi viser at vi er med dem, at vi er på samme lag. De må se at du er som dem»

Hun gjorde store øyne og han presset ansiktet mot halsen hennes, slikket langs halssenene og hun gyste fra hode til fot, det tente henne alltid men ved alle guder?! Fhirdhag hvisket til henne. «Ikke bry deg om de andre, bare føl, la meg lede deg»

Hun gispet da han stakk handa inn under tunikaen hennes. «Men ved gudene, jeg vil ikke...Åh store gudinne...»

Fhirdhag gryntet og løsnet beltet sitt, han var åpenbart klart for mye. «Ikke vær blyg men vi kan gjøre det så du slipper å blotte deg, alt for mye»

Daithe forsto hva han mente og hun stirret vantro på ham. «Er du aldeles gal?!»

Han slikket langs kanten på øret hennes og hun hvinte. «Ja, de vil føle enda mer respekt for deg om de ser at du ærer gudene slik de gjør det»

Han løftet henne opp og hun fikk plutselig buksene trukket ned til knærne, hun rakk ikke å protestere og Fhirdhag la henne rett ned på bordet så hun ble liggende på kanten med beina opp rundt nakken hans. Daithe gispet og så at hele festen faktisk hadde blitt en gedigen orgie rundt dem, det virket for at nesten alle hunnene der nå var i full gang med å ære gudene som Fhirdhag kalte det og hun måpte og følte seg både brydd og sjokkert på en gang. Det virket for at de var svært menneskelige på det området hva anatomi og praksis angikk, men hun så at det bløte dunet som dekket kroppene var ekstra kort og bløtt rundt genitaliene. Fhirdhag kjælte med henne , han visste akkurat hvordan han skulle gjøre henne klar og hun hev etter pusten, den forbaskede vinen, den hadde fjernet mye av viljekraften hennes. Og det å høre hva som foregikk rundt dem gjorde det ikke mye bedre, det var tydelig at dette folket nøt sex, og ikke var redde for å vise det.

Fhirdhag styrte seg på plass og grep henne om hoftene, slik hun lå på bordkanten var det akkurat riktig høyde for ham og hun greide ikke å holde munn, hun måtte gi fra seg et lite hvin og den brå nytelsen hun følte var et sjokk i seg selv. Hun var egentlig ikke interessert i det der og da men nå som de var i gang glemte hun det helt og holdent. Fhirdhag var så dyktig at han gav henne nytelse uansett og hun grep tak i håndleddene hans og klynket mens støtene hans fikk henne til å gli frem og tilbake på bordet så krus og tallerkener truet med å havne på bakken. Noen av de hannene som ikke hadde en partner sendte lengselsfulle og temmelig misunnelige blikk på Fhirdhag som virkelig gav alt. Daithe kunne ikke annet enn å skrike, orgasmen som raste gjennom henne var brå og voldsom og hun så at mange av hunnene der var like fanget av fryden som henne selv. Det var særdeles høylytt der for øyeblikket og Daithe så at Chaleen sto fremoverlent med et salig uttrykk i ansiktet mens en ganske høy hann med en imponerende fjærkrans besteg henne bakfra. Daithe så ikke Cherdis noe sted, antagelig hadde hun latt seg overtale også. Fhirdhag var alltid høylytt og han sparte ikke stemmebåndene nå heller, Daithe ville ha følt at det var nesten flaut hadde det ikke vært for at han helt tydelig gjorde det for å vise at han virkelig nøt det. Hun følte seg aldeles overkjørt og hun hylte nesten av sjokk i det han begynte igjen. Fhirdhag stønnet. «Jo lengre en holder på, jo større styrke og jo mer respekt»

Daithe hev etter pusten, åh guder, det var himmelsk men hun følte seg fremdeles temmelig brydd. «Jeg kommer ikke til å kunne gå i morgen!!»

Fhirdhag lukket øynene og hev etter pusten, grimasene hans var kostelige å se. «Den tid den sorg, om du klarer å holde ut lenge og virkelig viser at du gir deg hen gir det deg en stor fjær i hatten hos dem.»

Daithe måtte le. «Fjær…fjær…Åh guder»

Hun kjente at han løftet henne litt opp så han fikk en ny vinkel og det var nok, hun kom så hardt at hun så stjerner og soler og greit, når en har sagt a får en si b også så hun la ingen bånd på seg selv og skrek alt hun klarte. Om ikke annet, hun skulle sannelig vise dem at hun var en sterk hunn som tålte en sterk hann, hvor lenge det skulle være.

Det viste seg å være lenge, disse folkene måtte være lagd av et eller annet merkelig materiale for de virket ikke for å bli slitne eller tilfredsstilt i det hele tatt og da det omsider dabbet av var Daithe sikker på at beina hennes hadde forsvunnet. Fhirdhag ble liggende tungt over henne mens han peste og han kysset henne forsiktig på kinnet. «Takk gudene for den vinen, den gir en ekstra piff!»

Daithe svelget, hun trengte virkelig vin nå etter all skrikingen og hun var sikker på at hun hadde kommet minst ti ganger, om ikke mer. Det roet seg rundt dem, klær ble funnet frem igjen og noen hadde merkelig ganglag, Daithe var glad hun ikke ble den eneste der med det problemet. Fhirdhag kom seg på beina og trakk på seg buksene igjen, han var svett og skjelven og Daithe måtte le. «Om noen hadde sagt til meg at jeg en vakker dag ville bli gjennompult på et bord mens hundrevis av merkelige skapninger hadde seg rundt meg ville jeg spurt hva vedkommende hadde røkt»

Fhirdhag nikket. «Men du har bevist for dem at du har gudenes velvilje nå»

Daithe rynket pannen og satte seg opp, hun rykket til da hun merket hvor mye kroppsvæsker som brått forlot henne, det formelig rant. Hun trengte et bad, og et varmt et. «Hvordan da?»

Fhirdhag smilte og hjalp henne på beina, det viste seg at de faktisk var der men de var nesten følelsesløse. «De tror at en hunn som ikke har gudenes velvilje ikke kan komme»

Daithe rullet med øynene. «Vel om ikke gudene ljuger noe gruelig er jeg blitt godt og grundig velsignet nå, mange ganger»

Fhirdhag kysset henne ømt. «Jeg kjente det ja, du er vidunderlig»

Daithe gyste litt. «Og om disse folkene har et sted en kan bade hadde det vært fantastisk for jeg vil lukte av velsignelser i ukesvis uten et godt bad.»

Fhirdhag lo høyt og nikket. «Vi stinker av det begge to men vi trengte det, gudene vet når vi kan gjøre dette neste gang»

Daithe sukket. «La oss bare be om at det blir en neste gang»

Fhirdhag tok henne i handa og leide henne med seg, de gikk forbi hallen og gjennom en slags aveny av høye søyler. Hun kunne kjenne lukta av vann og de rundet et hjørne og så en samling store basseng. Mange var i ferd med å bade allerede og Daithe trakk et lettelsens sukk, tanken på å bli ren igjen var vidunderlig. Noen av bassengene var tydeligvis svært varme og andre var lagd så det var mulig å bare sitte til skuldrene i vannet og slappe av. Hun fant et som var forholdsvis dypt og Fhirdhag så skjevt på henne. «Du kan å svømme håper jeg?»

Hun nikket. «Jeg lærte det tidlig, av den ridderen som trente meg»

Hun fikk av seg klærne og stupte uti, brått spilte det liten rolle om noen så henne naken for hun hadde ingenting å skamme seg over. Fhirdhag stupte rett etter henne, han lagde snaut nok et plask og skjøt gjennom vannet som en oter. Hun ristet vann ut av håret og kjente seg behagelig avkjølt. Dette bassenget var ikke spesielt varmt og hun likte det. De svømte litt og Fhirdhag moret seg med å sprute vann på henne og hun gjengjeldte det gladelig. Til slutt kjente hun seg sliten og de kom seg opp igjen. Klærne var skitne også så de bare tok dem i armene og gikk til noen hytter som en av de innfødte viste dem. De var enkle men tette og sengene var faktisk lange nok. Daithe kollapset på den ene og Fhirdhag tok den andre og etter bare noen minutter sov de begge to tungt.

Neste morgen kom så alt for fort, Daithe våknet av at Fhirdhag rusket i henne og hun blunket og jamret seg. Hun følte seg som om hun hadde forstrukket hver en muskel i kroppen og hun kom seg opp med noen gloser som overhodet ikke passet for noen av adelig avstamning. Fhirdhag gliste bredt. «Støl?»

Hun ynket seg. «Noe aldeles hemningsløst, hvor er kuflokken som løpte over meg?»

Fhirdhag humret lavt og rakte henne en bunke med rene klær. «Her, ta på deg dette. Det blir mat på litt og så skal du testes»

Daithe rullet med øynene. «Jeg føler meg elendig og så skal jeg liksom testes? Ved gudene, jeg er alt annet enn klar, hva slags tester er det forresten?»

Fhirdhag trakk på skuldrene. «Jeg aner ikke, og jeg er ærlig. Men husk det jeg har sagt, vis ikke frykt og bruk hodet»

Hun sukket og fikk på seg klærne, det var bukser og en tunika i et slags mykt grålig stoff som var meget behagelig å ha på. Hun gredde og flettet håret og Fhirdhag hjalp henne med å binde opp fletta. Etterpå gikk de til der festen hadde

vært og nå var det merkelig nok ryddet opp der. Bare
bålplassene sto der og bordene var klargjort til frokost. Hun
ante at dette folket gjorde alt kollektivt. Store kurver med en
slags brød sto der og mellom dem boller med syltetøy og annet
pålegg, også en slags ost som luktet mildt sagt selsomt og fikk
Daithe til å nyse og gni seg i nesa. «Hva er galt med den
osten?»

Fhirdhag gliste skjevt. «Ingenting, den skal lukte slik, men
den smaker veldig godt»

Daithe rullet med øynene. «Virkelig? Den ser ut som om
noen har glemt de ostehjulene bak en utedass i et par
århundre»

Fhirdhag ristet på hodet. «Se her»

Han tok litt brød og brøt av en bit av det, så dyppet han det i
syltetøyet og skar en skive av osten og la på toppen. «Prøv»

Daithe skar en grimase men adlød, smaken overrasket
henne. Den var nøtteaktig og rik og syltetøyet var svært søtt og
sammen ble det en ren eksplosjon av smaker. Hun begynte å
tro at dette folkeslaget kunne heve selv et hverdagslig måltid
til noe helt spesielt. De spiste seg mette i stillhet, det sto
kanner med vann der og om en skulle bedømme mengden som
gikk med var det mange som slet med tømmermenn. Noen tok
hele kanner og drakk dem tomme i en omgang. Chaleen kom
gående, hun hadde en litt besynderlig holdning og noen av
fjærene i kransen hennes var brukket. Hun så ganske enkelt
herjet ut og smilte litt fårete. Daithe likte henne mye bedre
med en gang, disse skapningene hadde virket så strenge og
seriøse ved første øyeblikk men nå så hun at det ikke stemte.
«Er du klar Daithe?»

Fhirdhag klemte handa hennes varsomt og Daithe greide å
smile, hun følte seg ikke bra men hun antok at det gjaldt de
aller fleste der. Chaleen bøyde nakken grasiøst. «Kom med
meg, testene skal skje under oppsyn av våre eldste. Din make
kan følge deg, men ingen andre»

Daithe hadde ikke sett Cherdis ennå og ante at hun nok
hadde hatt sitt livs natt og ennå sov. De andre alvene satt og
spiste og de så ganske uthvilt ut. Daithe nikket og Fhirdhag
svelget en siste bit med brød og kom etter henne. Hun følte seg
bedre når hun visste at han skulle være der. De gikk forbi
hallen og badene og nå tok de en slags brolagt sti som gikk
mot den bratte åssiden bak landsbyen. Der gikk de inn i en
slags tunnel og den var rikt utsmykket med merkelige abstrakte
mønstre.

Daithe antok at det var et slags tempel. De kom inn i et stort
rom som viste seg å være en del av et våpenlager. Hun så
mange flere rom som det innover og alle var fylt med våpen og
rustninger. Chaleen smilte skjevt, og pekte på rekkene med
holdere rundt dem. Det var spyd, de var kanskje tre meter
lange og så ut som om de var lagd av et eneste stykke treverk,
selve spissen var en del av det treverket og Daithe undret seg
på hvordan noe slikt kunne gjøre skade. De var svært spisse
men treverk bøyer seg da? Chaleen tok et av spydene ut av
holderen, det måtte være tusenvis av dem der. «Kjenn på det»

Hun tok våpenet og det var forbausende tungt, og hardt. Det
lignet materialet i de store trærne hun hadde sett dagen før og
Chaleen smilte skjevt. «Dette er frøene fra de hellige trærne, de
er utrolig harde og spissene brekker ikke. Vi oppdaget noe for
mange århundre siden, noe som gav oss håp om hevn, en
sjanse til å slå tilbake og ikke bare skjule oss her»

Daithe ble nysgjerrig. «Hva da?»

Hun fant det fascinerende at dette faktisk var frø, for de var
virkelig formet som spyd, lange og tynne og helt jevne.
Chaleen strøk handa nedover spydet og hvisket et eller annet
på sitt eget språk og brått begynte hele spydet å gløde i en
intens grønnfarge. Det virket for å pulsere svakt og hun bikket
på hodet og så på Daithe med noe som lignet blodtørst i
blikket. «Frøene vil spire når de kastes inn i kroppen på noe,
og spirene vil rive den skapningen i småbiter i løpet av
sekunder før spirene slår rot. Vi har funnet ut at troll og

250

sjelløse er særlig sårbare for disse, det er et eller annet ved dem som gjør at kroppene deres ikke kan motstå slike spyd. De tåler det meste annet, særlig trollene, men ikke slike våpen. De går gjennom som en kniv gjennom smeltet smør»

Daithe gispet imponert. «Det er jo fantastisk!»

Chaleen nikket. «Det er noe ved de trærne som er svært skadelig for mørkets skapninger, hvorfor vet vi ikke men vi vet å utnytte det. For alt det er verdt!»

De kom inn i et nytt rom og her var det sverd stilt opp, også tusenvis av dem, alle identiske og alle med en litt merkelig fasong. De hadde en slags krok ytterst, ikke voldsomt tydelig men den var der og Daithe hadde aldri sett et våpen med den fasongen. Og de var åpenbart også lagd av treverk fra de hellige trærne men dette kunne da ikke være frø?

Chaleen smilte stolt, det var et glimt i de gule øynene som fortalte Daithe at dette folket virkelig var stolte av det de hadde oppdaget. «De hellige trærne blomstrer hvert hundrede år, blomstene er enorme. Dette er støvbærere»

Daithe måtte blunke, det var som om alt ved de trærne kunne brukes til våpen. «Utrolig»

Hun kom ikke på noe annet å si og nå viste Chaleen henne store samlinger med piler, som var lagd av nervene i kronbladene fra blomstene. Buene de hadde der var det eneste som ikke var lagd av trærne, de måtte de lage selv og Chaleen røpte at de brukte flere typer materialer som ble limt sammen med sevje fra trærne. Det ble så sterkt at ingen kunne bryte bindingen og de brukte sener fra noen av dyrene sine til å lage buestrenger. Daithe forsto at disse folkene utnyttet alt de kunne og fant nye måter å bruke ting på hele tiden.

Den innerste delen av det store komplekset var ganske riktig et tempel og en liten gruppe med skapninger ventet der Samtlige var svært høye og kransene deres hadde spektakulære farger. Daithe kjente enn bølge av ærefrykt slå gjennom seg, dette var mektige sjeler og hun bøyde nakken ærbødig. Det var fem av dem og de stirret på henne, blikkene var vurderende og hun kjente at hun ble svett i håndflatene. «Dette er den valgte»

Chaleen slo ut med armene og hun hadde et uttrykk i ansiktet som lignet en utfordring. De fem gikk fremover og Daithe svelget stivt, de la en hånd hver på henne og blikkene glitret. «La henne bli testet»

Chaleen nikket og nå ble Daithe var en dør i enden av det avlange rommet. Den var heller anonym og Chaleen smilte kort. «Følg meg, Fhirdhag, du må bli igjen her»

Daithe følte en brå trang til å protestere, hun så at han nikket beroligende til henne. Hun trakk pusten og fulgte Chaleen mot døra. En av folket sto der og Daithe ble forskrekket over at han holdt sverdene hennes, de ble rakt frem og hun tok dem nølende. «Vil jeg trenge dem?»

Chaleen så bare uutgrunnelig på henne. «Det vet jeg ikke, kanskje?»

Daithe sukket og skar en grimase, det føltes beroligende å føle dem i hendene og hun strammet seg litt opp. Vis ingen frykt, vel, hun var livredd men greide å skjule det ganske godt, i det minste syntes hun det. Chaleen klappet henne på skulderen. «Gå nå, og vis at du er den vi har ventet på. Ikke nøl»

Daithe greide å smile, et heller sursøtt smil før hun gikk inn den mørke døråpningen. Øyeblikkelig ble det helt svart rundt henne og hun så et svakt lys forut, det måtte være en annen døråpning og hun gikk sakte mot den, hun så ikke golvet hun tråkket på men det virket jevnt og trygt. Det var en døråpning og hun stanset og gispet. Det var som om hun kom inn i en annen verden, en stor eng lå foran henne under en blå himmel og det var skog og busker der. Hun bikket på hodet, hørte lyder forut. Hun tok et sakte steg forover, kom ut på enga, alt virket veldig ekte og det kunne ikke være en illusjon. Hadde hun blitt forflyttet på et eller annet vis?

Enga var full av blomster, dette var et utrolig vakkert sted og hun så at det blinket i vann et stykke unna, det måtte være en elv eller en liten innsjø. Brått så hun bevegelse, flere av de merkelig mørke ungene kom løpende, de lo og trakk en slags drage etter seg, det var lite trolig de ville få den i lufta for fasongen var heller tvilsom men de prøvde og de hadde det tydeligvis svært gøy. Noen av dem var nok hunner og de fniste og slo etter dragen som hoppet rundt heller ubehjelpelig. Daithe måtte smile av dem, det var tydelig at barn var ytterst elsket og beskyttet i dette folket og at de fikk gjøre som de ville så lenge de ikke gjorde noe potensielt skadelig. Men hva slags test var dette? Det var ingenting der som tilsa at Daithe trengte sverdene sine? Hun så seg rundt, alt var stille og fredelig og noen fugler fløy rundt og kvitret mens de snappet fluer. Det var en idyll.

Hun strammet grepet rundt bladene, et eller annet der var galt, hun var temmelig sikker på det. De ville ikke sendt henne dit bare for å beundre noen unger som lekte? Det virket ikke for at barna kunne se henne, de hadde ikke reagert på at hun sto der og det burde de ha gjort, hun var tross alt en fremmed. Daithe tok et par steg til fremover og da skjedde det, bakken begynte å riste og barna skrek og ramlet om, det var som et jordskjelv men svært lokalt for noe brøt seg opp av grastorva så gras og jord sprutet. Daithe hev etter pusten, hun hadde aldri sett noe slikt, det var et mareritt av en skapning. Om noen hadde krysset en slags mark med en sel og så gitt den kjevene til en enorm gjedde og graveevnene til en moldvarp kunne en kanskje ha fått noe i nærheten av dette men hva det enn var, det var motbydelig å se til og garantert ikke fredelig. Tingesten hev seg fremover i retning ungene mens den glefset med de lange kjevene og Daithe så at en til dukket opp i hullet, den var litt mindre og virket ikke så aggressiv. Antagelig en unge. Daithe gav fra seg et stridsrop og hev seg fremover, om det var ekte eller ei, hun kunne ikke la den enorme landhaien eller hva det nå ved gudene var skade de barna. Hun løp temmelig fort og la merke til at den hadde ikke et men tre sett med smale blålige øyne, antagelig så den eksepsjonelt godt.

Dyret gav fra seg et brøl og svingte rundt med en fart som
var fenomenal ved tanke på at den var større enn en hvalross,
og Daithe måtte gjøre et hopp for å unngå at den fikk slått til
henne. Hun brakte ned ene sverdet og bladet kuttet dypt men
skapningen hadde merkelig deigaktig hud og det var ikke noe
blod å se i kuttet som virket for å lukke seg igjen nesten
umiddelbart. Ved gudene, hva var dette? Hun måtte hive seg
unna enda en gang, skapningen hadde forbein, to par av dem
faktisk med underlige krokete fingre i enden og den veivet
med dem så hun måtte vike på nytt. Ungene bare sto der,
åpenbart totalt vettskremt og den mindre skapningen var på vei
bortover også nå. Daithe bannet og hugg til på nytt, hun åpnet
en lang flenge langsmed brystet på beistet, såret burde ha vært
umiddelbart dødelig for vanlige skapninger men den bare ulte
av smerte og hev seg mot henne på nytt. Hva skulle hun gjøre?
Det var åpenbart at vanlige våpen ikke kunne skade dette
ubeistet i det hele tatt. Og den mindre skapningen var også blitt
en trussel nå.

Daithe prøvde å tenke, en leder må være snartenkt, må
kunne tenke utenfor boksen. Hun stolte på sverdene men
kanskje det ikke var meningen at hun skulle gjøre det? Hva
annet hadde hun? Hun så over mot barna, de sto der med
dragen sin og den hadde en stor spole med snor, sterk snor.
Daithe trakk pusten og raste fremover, hun bare kastet fra seg
sverdene og grep spolen fra den ungen som holdt den, han eller
hun så helt lamslått ut. Det var flere hundre meter med snor på
spolen, og den var litt merkelig, antagelig lagd av et eller annet
fra de trærne og Daithe hveste nesten i det hun grep tak i
dragen og rev snora løs fra den. Den enorme skapningen var
nesten over dem og hun løp frem og mens hun løp kastet hun
selve dragen mot hodet på beistet. Den vek unna for å unngå
det heller ukonvensjonelle prosjektilet og hun tok i og sprang
til, lagde en løkke av snora og som ved et mirakel fikk hun den
inn mellom de snappende kjevene. Daithe havnet bak på

beistet og strammet snora som et par tømmer før hun slo en
knute på den.

Effekten var umiddelbar. Skapningen vrælte og rygget, slo
med hodet, prøvde å bite, prøvde å dytte snora ut av munnen
med armene men de var for korte. Daithe grep spolen og løp
over mot den andre, hun slengte spolen rundt og fikk en løkke
rundt halsen på beistet og slo en rask knute og nå kjempet den
også mot snora som åt seg inn i kjøttet på den. Byksene den
største gjorde fikk snora til å stramme seg rundt den mindre og
de to dyrene hylte og kjempet og kom seg ikke fri. Daithe følte
seg brått litt stolt av seg selv. Brått forsvant både dyrene og
ungene og hun sto i en hall igjen, en svær hall opplyst med
kjerter og hun holdt sverdene sine på nytt. Midt i hallen var det
en fordypning som lignet et tomt basseng og det sto en
skikkelse ved enden av det. Hun gikk sakte nærmere.
Skikkelsen var kledd i en slags tung rød kappe og hun fikk en
merkelig følelse av at det egentlig ikke var noen der, at det var
en slags illusjon. «Velkommen»

Stemmen var hul og Daithe gyste. Hva nå? «Jeg er her»

Det var alt hun greide å trykke ut av seg og skikkelsen
nikket i retning fordypningen. «Kjemp mot de som venter deg,
de vil drepe deg om de kan»

Daithe trakk pusten og kjente vekten av sverdene. Hun
skulle være en leder, hun måtte kunne slåss selv også. Greit,
hun trodde hun forsto dette nå.

Hun gikk frem. «Hvem er de?»

Skikkelsen virket for å falme bort bak henne. «Dømte,
dreper de deg får de friheten»

Daithe vætet leppene og steg ned den bratte trappa som
ledet til bakkenivå og med en gang hun var nede dukket det
opp tre skapninger i enden av bassenget. To var av den rasen
hun hadde sett fresker av, svære med horn og dyriske ansikter
og en var en slags dverg, kort og kraftig og med et grovt og
ganske grotesk ansikt med hoggtenner og lav panne. Samtlige
var bevæpnet og de så henne og brølte i det de raste mot

henne. Daithe hadde ikke tid til å tenke, hun kunne bare la instinkt og trening lede henne nå, hun raste dem i møte og sverdene føltes gode i nevene på henne, nesten behagelige. Hun spant unna et angrep med et langt krummet sverd og hugg armen av angriperen med bare et rask kutt, den ravet tilbake med et brøl og hun spant det andre bladet rundt og tok hodet av den. De to andre angrep fra andre siden, hun dukket og gled på knærne fremover, skar inn i kroppen på den andre av de høye hornete fra under ham og kom seg på beina igjen, spiddet kroppen med et stikk bakfra. Det var ikke hederlig gjort men hun ante at dette var en test på råskap, og hun kunne så visst kjempe rått. Skapningen falt sammen og ble liggende og dvergen eller hva det nå var brølte håst igjen og raste mot henne. Den var rask og smidig på tross av kroppsfasongen og hun visste at den var farlig.

Daithe gjorde en finte, hun lot som om hun skulle prøve et angrep fra siden men den virket for å forstå og parerte med sitt eget sverd. Det var et grovt og temmelig primitivt utseende våpen og sammenstøtet fikk Daithe til å stønne. Den var vanvittig sterk og hun forsto at den også var svært dyktig. Den hugg mot beina hennes og hun spratt unna, sørget for å utnytte bevegelsen og greide å skjære et dypt kutt langsmed sverdarmen på dvergen som gav fra seg noe som bare kunne være grov banning før den raste på igjen. Daithe hadde lært mye av Fhirdhag, og hun visste å bruke det men denne dvergen visste visst hvordan en skal parere nesten alle typer angrep. Hun måtte være ukonvensjonell igjen, tenke nytt, tenke seier fremfor alt annet. Bakken var dekket med et lag med støv, her og der hadde det samlet seg i små dyner og hun lot seg presse bakover til hun sto ved en slik dyne, det virket for at dvergen trodde hun var sliten og hun gjorde et par klønete utfall bare for å få ham dit hun ville ha ham. Raskt som lynet sparket hun en hel sky av støv rett i ansiktet på fienden og han ravet bakover med et vræl, det var akkurat hva hun ventet på. Hun spant rundt og lot sverdene formelig gli rundt henne og dvergen ramlet om på bakken, hodeløs. Hun gliste litt, dette var akkurat som hun hadde planlagt. Rundt henne forandret det seg igjen, denne testen var over og nå sto hun igjen i en slags døråpning, foran henne var en lang smal hall og midt i gikk en slags gangvei utover mot en stor forhøyning med en pidestall. Noe lå på den og hun ante at dette noe var et objekt hun måtte ta. Men problemet lå rundt gangveien, hele hallen var fylt med merkelige dyr som minnet henne om en slags griff. Eneste forskjellen var at de hadde hode som et kattedyr, dekket med fjær, og bakbeina var som på en ørn. Vingene lå slått inn mot kroppen og de virket for å sove. Daithe måtte nesten gni seg i øynene, de var enorme og hun så på scenen foran seg og prøvde å forstå. Hun husket hva seerne hadde sagt, gå aldri for det minste? Hun så at dyrene som lå nærmest gangveien var mindre enn de som lå nærmere veggen og hun rynket pannen. Gangveien var for åpenbar, den var for tydelig og for enkel. Den var så avgjort en felle.

Hun gikk ned en trapp mot der golvet startet og stirret mot gangveien, den var gruslagt og svært tydelig. Dyrene lå helt inntil den men om en ikke vekket dem burde det gå helt greit å snike seg frem. Daithe bøyde seg ned og grep en stein som lå ved siden av trappa, hun trakk pusten dypt. Hun hev steinen ut på stien og først skjedde det ikke noe men så sank steinen brått ned og ble borte, en ganske så diabolsk felle. Hun trakk pusten og bet seg i underleppa. Greit, eneste måten å komme seg frem på var å gå mellom dyrene, og da helst mellom de aller største også. Og vis ingen frykt? Det var lettere sagt enn gjort men hun kunne ikke nøle. Hun steg ned av trappa men gikk ikke ut på stien, i stedet gikk hun ut på den mørke steinen dyrene lå på og med en gang begynte de å røre på seg, hvese og åpne øynene.

Daithe bannet innvendig, hun kjente sverdene i hendene men sverd var nyttesløse mot slike skapninger, hun bare visste det. Dyrene hadde en særegen vill lukt og de reiste seg og stirret, knurret og gav fra seg skjærende ulelyder. Greit, vis

ingen frykt. Om hun løp var hun ferdig, nå var det om å gjøre å
vise mot. Hun gikk sakte fremover, langs rekkene med enorme
beist og de snappet etter henne og knurret men hun overså
dem. Hun gikk sakte, verdig, lot ikke noe vippe seg av pinnen
selv når enorme kjever snappet sammen like bak hodet på
henne. Hun konsentrerte seg bare om å beholde roen, den var
livsviktig nå. Ble hun redd ville de rive henne i filler. Hun
kjente at hjertet hamret vilt i brystet men hun følte også en
slags merkelig ro, dette var skjebnen og hva hun var født til,
det ville gå bra.

Hun kom til forhøyningen og gikk opp, ingen av dyrene
fulgte henne, de bare stirret og det var noe som lignet
forventning i blikkene. Objektet på pidestallen var dekket med
svart klede og hun trakk det til side. Det var en slags kule, den
var nesten gjennomsiktig og rødlig på farge og noe virket for å
bevege seg i den. Daithe svelget hardt, hva nå? Skulle hun ta
den? Å guder, hva var meningen med dette? Hun så utover
hallen, prøvde å forstå hva som foregikk der. Skapningene var
utrolig ville og hun hadde hørt hvor stolte griffer er. Disse var
sikkert ikke noe annerledes så hvorfor var de der? Hun forsto,
brått forsto hun hva hun skulle gjøre. Hun måtte også vise
omtanke og hun så på kula og på de griff lignende skapningene
og forsto koblingen. Det var magi der, sterk magi. Hun grep
ene sverdet og med et intenst håp om at hun ikke tok feil
knuste hun kula. Den brast og rød tåke spredte seg et kort
øyeblikk før den gikk i oppløsning. Dyrene brølte vilt, det var
en lyd av triumf og de spredte vingene, slo med dem, virket for
å fryde seg over å ha blitt satt fri. Det hadde vært riktig.

Daithe snudde seg, pidestallen ble borte og en mørk dør
åpnet seg igjen men noe var på vei mot henne gjennom døra.
Hun gispet lavt. Det var en av de vingende skapningene og den
var mye større enn de andre, og den virket for å være svært
intelligent. Øynene var store og rødgylne og fjæren og pelsen
svarte unntatt et mønster i ansiktet og på vingene. Det var et
slags symbol Daithe aldri hadde sett og det virket selvlysende i

en intens blå tone. Hun rakk den bare så vidt opp over buken og den gikk bort til henne. Daithe holdt pusten, hva nå?

Skapningen bikket på hodet. «Du satte oss fri, vi følger deg. Dette er din siste test, gi meg et navn»

Daithe svelget stivt, et navn? Hva i alle guders navn kalte en slike skapninger? Hun stirret på den svære skapningen, fjærene på kroppen var utrolig blanke og hun tvilte ikke på at disse dyrene var minst like farlige som en drage, selv uten ild. Hun trakk pusten og brått bare ramlet det ut av henne. «Du er Skyggevind»

Den bikket på hodet. «Det er godt, det er mitt navn. Du er den valgte»

Daithe slapp pusten og slappet litt av og Skyggevind tok et steg til siden. Åpningen ble bredere og alle de vingede skapningene begynte å forflytte seg gjennom den, det gikk i ordnet flokk uten noen problemer og Daithe ble imponert over hvor stille de var. Daithe og Skyggevind gikk til sist og nå kom de inn i hallen der Chaleen og Fhirdhag og de gamle ventet. Chaleen gav fra seg en merkelig lyd og slo hendene for munnen og Fhirdhag smilte men det var et litt merkelig smil. Han så imponert ut. De gamle bøyde seg, Daithe ventet nesten å høre at det knirket i dem men det skjedde ikke. De så på henne med andakt og hun følte seg brydd. Chaleen stirret på Skyggevind, hun så litt nervøs ut men dyret gikk frem og snuste på henne. Daithe følte seg brått litt tåpelig, hun sto der som en annen fjott. «Hun heter Skyggevind»

Chaleen bare blunket, tydelig overveldet og de gamle sto der og ristet formelig. «Ved gudene, med de vingede ved vår side har vi en sjanse»

Fhirdhag bikket på hodet og så på Skyggevind med smale øyne. «Hun er en leders ganger, den ypperste av dem vil jeg tro»

Skyggevind bare murret og nå luntet den sakte ut døra mot utsiden, avslappet som en annen huskatt. Daithe så på Chaleen, hun samlet seg. «Så. Hva nå?»

Chaleen rettet seg opp. «Nå venter vi på tegnet, og når det kommer tar vi striden til fienden»

Daithe sukket lavt. Tegnet, javel, enda mer venting men uansett, hun var den valgte og ingen ville tvile på det nå. I det minste håpet hun ikke det.

Lyenera

Raseriet Lyenera hadde følt hadde ikke fått kjølt seg ned før det ble et forferdelig bråk fra ute på gata, det hørtes ut som rene slaget og hun så at tjenestejentene ble synlig nervøse. Det ble ropt og skreket og hun hørte av lydene at dette var alvor og ikke bare skjemt. Hun var på vei ut døra da Afrenith kom stormende, hun så skremt ut og stanset da hun så Lyenera, haken hennes traff nesten brystet. «Åh ved alle…Lyenera, ikke gå ut»

Lyenera så skarpt på den volumiøse kvinnen. «Hvorfor ikke?»

Afrenith vred hendene sammen. «De slåss, derfor! Jeg vet ikke hvem, men de er mange og de prøver å ta seg inn»

Lyenera bannet, antagelig fiender av Oshwart, eller noen som trodde de kunne ta over nå som han var død. «Har vi vakter nok?»

Afrenith så bare skremt ut. «Jeg håper det?»

Levenet ble enda mer tydelig og noen prøvde å slå opp porten, det dundret formelig. Afrenith grep henne i armen og trakk henne med seg inn i indre hagen, det var en innesluttet liten plass med en del trær og busker kunstferdig plassert og det var kun tre utganger. Afrenith så virkelig nervøs ut, hun var ikke vant med denne typen vold, hun hadde ingen mulighet til å bruke sitt slu sinn i en slik situasjon. Lyenera freste nesten, hvor var Vhiduel nå? Hun trengtes så avgjort. Lyenera stirret mot inngangene, det løp noen tjenere forbi med noen bjelker som antagelig skulle stive av porten og hun hørte bare at Afrenith gispet. Hun snudde seg fort og en brå smerte skar gjennom skulderen og siden hennes, det var noen på taket og

Lyenera så spissen av en pil som stakk ut fra skulderen. Merkelig nok var ikke smerten så overveldende at hun ble satt tilbake av det, hun blottet tennene og skjøv seg i dekning bak en søyle, Afrenith bare sto der og skalv som en annen nikkedukke og Lyenera så at mannen på taket hadde en armbrøst og ladet på nytt.

Han virket for å sikte på Afrenith og Lyenera handlet uten å engang tenke, hun så en krukke som sto på et bord noen meter unna og raste mot den. Hun følte et hardt slag mot kroppen men brydde seg ikke om det, hun grep krukka og spant rundt, kastet den mot mannen som prøvde å dukke men hun hadde forutsett det og krukka traff ham midt i fjeset med et knas. Han mistet armbrøsten og falt ned av taket på andre siden av bygget. Afrenith skrek, hun så totalt hjelpeløs ut og Lyenera så ned, hun hadde enda en pil i kroppen, glimrende, tre totalt. Hun så at den sto i ryggen på henne ikke langt fra ryggraden og vred ene armen rundt og rykket den ut. Hun gjorde det samme med den i skulderen og den i siden og noe i henne kokte formelig. Hun følte ingen smerte, bare et vilt raseri. Afrenith så storøyd på henne, hun dirret fremdeles. «Du burde vært død….»

Lyenera bare snerret. «Vhiduel har tuklet med meg, jeg tåler mer enn dette»

Hun la på sprang gjennom gangene og kom seg ut på forsiden av bygget, mannen som hadde falt ned lå der ennå og det var fremdeles hamring på porten og høye skrik. Nå hørte hun hester som knegget og kommando rop og et smalt smil spredde seg over ansiktet. Godt, kongens egne tropper kom for å skape ro og orden. Hun gikk bort til mannen, han var i live men hadde tydeligvis brukket noe vitalt for han greide ikke røre seg, han så bare sjokkert ut. Lyenera ante at hun så forferdelig ut, med blod overalt. Hun så stivt på mannen som prøvde å skyve seg opp uten å klare det, han så virkelig ikke særlig bra ut og hun gliste djevelsk. Det sto en gammel rustning lent opp mot veggen der, som en særdeles smakløs

dekorasjon men Lyenera så at den hadde blitt utstyrt med et
våpen, en lang stang med en piggete kule i enden. Hun grep
den og veide den i hendene, gliset ble enda bredere i det hun
gikk tilbake til den skadde og svingte våpenet noen ganger.
«Jeg har aldri knust knærne til noen men jeg lurer virkelig på
hvordan det vil høres? Og jeg tror du vil skrike»

Mannen gispet og øynene ble enorme. «Du kan ikke…»

Lyenera slo, hun svingte det primitive slagvåpenet med all
sin kraft og traff det høyre kneet til fyren med et smell og et
knas som sendte kalde frysninger nedover ryggen på henne.
Mannen skrek vilt, han kunne ikke røre seg men hadde fortsatt
følelse og øynene rullet i hodet på ham «Hvem sendte deg?
Svar og jeg lar deg beholde det andre kneet, nekt og jeg tar det
også, og ballene dine i samme slengen. Jeg tror jeg har teken
på dette her»

Mannen bablet og hev etter pusten. «Chulbu, jeg sverger,
det var Chulbu!»

Lyenera smilte kjølig. «Se det, ikke vanskelig i det hele
tatt»

Hun tok et steg tilbake og slo til igjen, denne gangen i hodet
på fyren, Overlevde han ville han ikke kunne snakke, det var i
hvert fall sikkert. Afrenith kom smygende, tydelig redd fortsatt
og Lyenera så stivt på henne. «Hva vet du om en som kaller
seg Chulbu?»

Afrenith bare gapte litt «Chulbu? Ah, han er en kar som
holder til nede ved havna, han smugler varer med noen av
skutene og er en kjeltring men ingen av stor betydning»

Lyenera kastet fra seg det blodige våpenet. «Denne
snikmorderen påsto at Chulbu sendte ham»

Afrenith blåste i nesa. «Det er vrøvl, det er mulig Chulbu
ble hyret for å sende karen hit men han er ikke bak det. Chulbu
er ikke særlig modig, han vil aldri våge noe slikt»

Lyenera sukket. «Greit, da vet vi at noen andre enn ham står
bak.»

Levenet foran porten hadde gitt seg og nå ble det banket på, på vanlig vis. Lyenera kjente at sårene nesten ikke kunne merkes og hun så smalt på at det i skulderen virket for å forsvinne nesten av seg selv. Det var praktisk. En av tjenerne åpnet porten litt nølende, han så temmelig nervøs ut. Det var en offiser som sto der og han gjorde honnør og gapte da han så Lyenera og blodet på klærne hennes. «Ved alle guder frue, er du skadet?»

Lyenera ristet på hodet. «Bare en skramme, mesteparten av det er ikke mitt, hva har skjedd»

Offiseren svelget hardt. «En diger gjeng med berme, angrep alt og alle men vi fikk brutt opp ansamlingen forholdsvis enkelt, er fruen sikker på at alt er greit?»

Lyenera holdt ansiktet helt nøytralt. «Ja, alt er helt i orden her, takk for hjelpen min herre»

Offiseren bukket høflig og Lyenera snudde seg mot Afrenith. «En avledning, det var kun en avledning»

Afrenith nikket. «Vhiduel advarte deg gjorde hun ikke, du er et mål nå»

Lyenera smilte stivt og snudde rundt, kjolen var blodig og måtte skiftes og hun kjente på seg at sjokket begynte å gjøre seg følbart. Hun vinket på en tjenestejente som sto skjult bak en dør, aldeles blek. «Gå og sørg for at badet er klart, og at jeg får en ny kjole. Og skaff vin, sterk vin»

Jenta raste av gårde og Lyenera gikk tilbake til rommet sitt, hun undersøkte sårene men de var nesten borte og hun skar en grimase. Vhiduel hadde reddet livet hennes, det var liten tvil om det for i hvert fall et av de pilskuddene ville vært dødelig uten denne merkelige nye evnen. Men hun var ikke glad for den allikevel, det var blitt prakket på henne uten at hun hadde hatt noe å si og det var ikke hva hun var ute etter. Tjenestejenta kom inn med en karaffel med vin og Lyenera helte litt av den over sårene, det sved men ville renske bort eventuelle urenheter. Deretter gikk hun til badet der to av de andre tjenerne ventet på henne. Lyenera vasket seg grundig og fikk på en annen kjole i dyp grønn sateng som virkelig fulgte formene hennes, hun følte seg fremmed og undret seg på om barna ville ha kjent henne igjen hadde de sett henne nå.

En av tjenerne hadde halt kroppen til angriperen ut av porten og etterlatt den der, mannen var død så han brydde seg neppe om det og Lyenera brydde seg enda mindre. Om noe sendte det et signal om at hun ikke lot seg pelle på nesa. Afrenith hadde returnert til det rommet hun brukte der og Lyenera spiste litt og strammet seg opp igjen. Om Afrenith sine brødre skulle ankomme denne dagen ville hun sørge for at hun holdt hodet kaldt, hun var ikke så sikker på at de virkelig var inneforstått med at hun tok over alt. Det kunne være at de sa at det var hva de også ønsket men hva en mann sier og hva han tenker behøver ikke være det samme.

Og hvor var Vhiduel? Lyenera ønsket virkelig å si henne noen sannhetens ord.

Det virket for at hverdagslivet allerede var begynt å returnere til det store komplekset og Lyenera hadde ikke oversikt over alt ennå, hun hadde bare sett en del av eiendommen men mens hun ventet fikk hun en av de yngre tjenerne som hadde valgt å bli til å vise henne alt. Det var en god del av bygningsmassen som var viet til helt vanlige sysler som å bake brød, brygge vin, ordne klær og vask og slike ting. Det var også staller der og fjøs med noen kyr og geiter samt høns og gjess og andre dyr og hun ante på måten folk oppførte seg på at Oshwart neppe noen gang hadde brydd seg med å besøke de delene av eiendommen i det hele tatt.

Antagelig tok andre seg av den biten.

Lyenera var imponert over hvor godt smurt hele dette maskineriet var, og stallene var spesielt fine. For folket i Zetir var hester en stor del av livet og de som eide de vakreste og mest sjeldne ble sett opp til. Oshwart hadde ikke vært glad i hester slik mange andre var men han visste at de hadde en verdi og det var hva som telte for ham. For øyeblikket var det fire avlshingster der og minst tjue hopper hvorav halvparten hadde føll ved foten samt noen fine unghester. Lyenera ante lite om hester men hun forsto at dette var dyr som var utrolig verdifulle og stallmesteren var tydelig nervøs for at hun skulle selge dem, og selge dem for en billigere penge enn den reelle verdien.

Etterpå satte hun seg i en av stuene der og Afrenith kom også dit etter en stund, hun hadde stelt seg også og hun stirret på Lyenera med litt store øyne. «Om du er blitt noe mer enn et menneske…ved gudene, tenk på hva du kan få til»

Lyenera bare gren på nesa. «Det som betyr noe nå er at dine brødre blir ønsket velkommen, så tar vi det fra der»

Afrenith nikket sakte. «Ja, men jeg undres på hvordan de vil reagere på å se deg. De hatet vår far, jeg vet det med sikkerhet for ingen av dem vågde å virkelig leve så lenge han hadde kvelertak på dem. Og når det gjelder Jarl og Utnar er det enda verre siden de har barn, og han ville ikke ha nølt med å skade dem for å tvinge sønnene til å adlyde.»

Lyenera gyste nedover ryggen. «Oshwart var virkelig et monster»

Afrenith nikket og strakte ut beina, hun virket ukomfortabel. «Ja, et virkelig ufyselig et.»

Lyenera bikket på hodet. «Men var det ikke en bror til? Vhiduel nevnte en fjerde mann?»

Afrenith så ned og hun var blank i øynene. «Det var det, Phogan, han var født et år etter Jarl og var en svært stri gutt. Jeg tror han lignet Oshwart mer enn godt er og han var ikke en slik person som ruller seg over på ryggen og viser underkastelse for noen. Det tror jeg var grunnen til at han ble funnet død»

Lyenera var ikke forbauset. «Han var gift?»

Afrenith nikket. «Ja, han giftet seg med en kvinne han selv valgte, ikke den faren ønsket at han skulle gifte seg med, og han nektet å skille seg. Det tålte ikke Oshwart.»

Lyenera så at Afrenith virket temmelig utilpass. «Hva skjedde med familien hans?»

Afrenith skar en grimase. «Kona forsvant, hvor hun ble av vet ingen men jeg er nesten sikker på at Oshwart fikk henne drept også og at hun ble begravd et eller annet sted som et annet fe. Datteren de hadde var bare fem og ble solgt til et bordell, jeg prøvde å finne henne via kontaktene mine men det feilet. Jeg har aldri kunnet tilgi meg det»

Lyenera så at Afrenith nesten var på gråten og hun forsto brått at den store kvinnen på mange måter hadde et bløtt hjerte, hun brydde seg virkelig om folk og det var en sjelden evne, spesielt når en tenkte på hva hun hadde vært igjennom. Afrenith tørket seg diskret under øynene. «Du må tro jeg er en tåpelig gammel skrulle, men jeg…jeg kunne ikke holde ut tanken på at han skulle få ødelegge livet til enda et uskyldig barn»

Lyenera lente seg fremover og tok Afreniths hånd. «Tro meg, du er ikke tåpelig, du viser bare at du har et hjerte»

Afrenith sukket. «Jeg har ikke alltid vært uselvisk Lyenera, jeg har gjort ting som jeg skammer meg over, men jeg har gjort det for å overleve. Her i byen kan en ikke være for følsom, ellers går en rett til hundene.»

Lyenera nikket. «Jeg forstår det»

En av tjenerne kom gående og bukket fort. «Frue, Oshwarts sønner har ankommet»

Lyenera trakk pusten dypt. «Godt, vis dem hit og sørg for at forfriskninger blir servert»

Afrenith så litt bedende på henne. «Ikke døm dem for hardt om de bruker krasse ord, de har levd harde liv og selv om jeg levde atskilt fra dem fulgte jeg da med, og har fulgt med godt etter at…etter at jeg fikk litt å si»

Lyenera bare nikket før hun rettet seg opp og tok på seg sitt mest bestemte men vennlige uttrykk. Hun hadde vært nødt til å spille ofte da hun var gift, nå forsto hun at hennes evne til å leke kameleon ville bli satt på en enda hardere test.

Tre menn kom inn, og de så litt forbauset ut over å se henne, antagelig hadde de trodd hun så ut som en slags barbar

men Lyenera visste at hun var svært vakker å se på nå.
Afrenith smilte fra øre til øre og de tre bukket høflig. «Frue, vi
er Oshwarts ektefødte sønner, og du er kvinnen som drepte
ham?»

Lyenera nikket. «Dessverre ja, det var ikke noen annen
måte å unnslippe ham på»

Den eldste var en mann som virket for å være i slutten av
førti årene, han så ennå sterk ut men det var linjer i ansiktet
som røpet sorg og frykt og han hadde en nervøs rykning i
øyekroken. Klærne var pene og dyre og allikevel langt fra
prangende. Han vætet leppene. «Du gjorde oss en tjeneste frue,
vi har alle levd under frykten for hans makt.»

Lyenera nikket sakte. «Det tror jeg mange har, du er Jarl
ikke sant?»

Jarl nikket og satte seg ned, han så seg rundt med litt nervøs
mine, som om han var redd for at han skulle bli spionert på,
selv nå. «Ja, den eldste, jeg skulle vært hans arving men jeg
ville aldri følge ham, aldri! Min far var…Han var gal»

Den neste eldste var en del yngre, han hadde skulderlangt
vakkert hår og det var noe feminint ved ham som fikk Lyenera
til å løfte et øyebryn. Hun husket at Afrenith hadde fortalt at
han var ugift. Thangran lukket øynene et kort øyeblikk. «Jeg
var livredd, og jeg skammer meg ikke over å vedgå det.
Sannheten er at jeg…jeg foretrekker menn. Og far…han anså
meg som feilvare, som noe som han kunne skjemmes over med
god samvittighet»

Lyenera svelget, smerten i stemmen gjorde det så alt for
klart hva han hadde gått gjennom. «Far tvang meg til å…han
ville gjøre en ekte mann av meg, svært ofte og kun fordi han
visste at det plaget meg å bli gjort narr av foran andre. Han
visste at jeg aldri vil endre meg, men han brukte meg som
huggestabbe, og som underholdning. Han lot til og med…»

Jarl klappet den yngre broren på ryggen, svært varsomt og
med tydelig fortvilelse. «Far lot noen av vennene sine
misbruke ham, jeg husker at jeg fant Thangran og en av fars

ledere i stallen, han var kanskje fjorten da? Og ja, den mannen voldtok min bror og jeg kunne ikke gjøre noe, turte ikke»

Lyenera forsto at de hadde levd i et helvete. «Den jenta deres far sendte nordover? Vet dere noe om henne?»

Den yngste ristet på hodet. «Jeg var av og til her før hun ble sendt, men jeg møtte henne aldri. Far nevnte ikke de barna han hadde med konkubinene sine i det hele tatt. Men jeg husker at jeg misunte henne»

Lyenera rynket pannen og Afrenith så nærmest sliten ut. «Misunte?»

Uthar nikket, han var en ganske kort og kraftig kar med svakt krøllet lysebrunt hår og store brune øyne, han var en ganske pen mann men kanskje for kantete til å bli kalt vakker. «Hun kom seg vekk herfra, vi var bundet her, på hender og føtter»

Jarl sukket og lente seg tilbake i setet. «Vi vet at far drepte Phogan, han skrøt av det til oss, for å vise at ingen av oss var trygge. Han kunne drepe oss alle uten å nøle siden han mente at han kunne skaffe seg nye arvinger»

Lyenera nikket. «Men nå er han ikke mer, og hva mener dere om situasjonen?»

Jarl tvinnet en tråd fra jakkeermet sitt mellom fingrene. «Hva vi mener? Vi mener at du har tatt på deg en forferdelig oppgave, for far hadde en finger med i spillet overalt her i landet, og i Ardot også. Han satt der som en annen blekksprut i en hule og trakk i trådene»

Lyenera så at alle tre nikket, og Afrenith sukket dypt. «Han har holdt på en hemmelighet svært lenge, og sluppet løs ren galskap over mange av rikene, ante dere noe om det?»

De ristet på hodet. «Nei, vi visste at han hadde et eller annet fore men ikke hva. Han nevnte familie hemmeligheten et par ganger men ingen av oss vågde å spørre hva det kunne være, vi var for redde for ham»

Uthar lente seg fremover og så på Lyenera. «Han var skrekkelig opptatt av familienavnet, at vi skulle vite at storheten ville vende tilbake. Men han sa aldri hvordan»

Lyenera sukket og vinket på en tjener som kom med et brett med drikke og begre. Han satte alt ned på det vesle bordet ved enden av rekken med stoler og skjenket i litt til alle sammen. Lyenera så at Jarl drakk alt i en eneste slurk enda det var ganske så sterk vin og hun fikk en mistanke om at han drakk temmelig mye. Hun smilte vennlig. «Jarl, du har barn ikke sant?»

Han nikket stivt og fikk påfyll. «To sønner, gode gutter begge to, de er fjorten og sytten nå.»

Hun snudde hodet og så på Uthar som også smilte litt stolt. «En jente, hun er sju, mitt lys og min glede»

Lyenera rettet seg opp. «Dere trenger ikke lenger være redd for deres sikkerhet, det må være en stor lettelse»

Jarl smilte, et ekte smil. «Ja, du aner ikke! Far truet med å sende begge guttene mine til sjøs, de ville neppe overlevd særlig lenge.»

Uthar skar en grimase. «Og min datter ble truet med å bli sendt til et eller annet tempel, for å bli prestinne. Det er en ytterst dyster skjebne for en ung jente»

Lyenera forsto at disse tre var svært nært knyttet til hverandre, noe som var naturlig når en tenker på at de hadde hatt en felles fiende i sin far. «Dere valgte ikke ektefelle selv?»

De to som var gift ristet på hodet og hun så at Thangran hang med hodet og skalv svakt. «Far ville gifte meg bort, selv om jeg ikke er tiltrukket av kvinner. Men jeg nektet og da tvang han meg inn i en brudekjole og trakk meg frem foran hele husholdningen, sa at om noen der orket å ta meg skulle vedkommende få meg»

Lyenera ble mer og mer sjokkert over hvor lite empati Oshwart hadde hatt. Det var faktisk skremmende. «Men går det bra med dere to som har hustruer?»

Jarl gjemte ansiktet i hendene et kort øyeblikk. «Min kone og jeg har ikke vært hustru og mann siden sistemann ble født. Vi… Jeg vil ikke si at vi hater hverandre men vi går ikke sammen, så vi har hver vår husholdning.»

Uthar nikket. «Min kone er en veldig søt kvinne, svært opptatt av å gjøre sin plikt men hun er også temmelig nervøs og oppfarende og jeg tror hun aldri har følt seg helt trygg i sitt liv. Selv ikke nå»

Lyenera så at Afrenith satt der og nesten dormet og hun spisset leppene. «Hva tror dere om at deres far hadde en sannsigerske i sin tjeneste?»

Jarl rykket til og i et kort øyeblikk så Lyenera skrekk i øynene hans. Hun forsto umiddelbart hva som var problemet. «Han var tåpelig på mange områder, trodde på alt som kunne hjelpe ham med å nå målene han hadde, hvor uoppnåelige de enn var.»

Afrenith smilte litt skjevt men Lyenera så et ekko av den samme reaksjonen i øynene hennes. «Far ville trodd på enhver som sa de kunne gjøre ham udødelig»

Uthar nikket. «Han begynte å ty til det okkulte allerede da vi var barn, jeg tror han eksperimenterte med mye, både rent praktisk og åndelig. Han tok den gamle troen for en stund også, gikk ikke bort fra den før nå nylig»

Lyenera visste at Vhiduel hadde stått bak det meste Oshwart gjorde av beslutninger, hun hadde spilt ham som en mester spiller på en fiolin og Lyenera skulle gladelig barbere hodet igjen om ikke Vhiduel hadde brukt Oshwarts ondskap og hensynsløshet for å oppnå hennes egne mål, hva de nå var. Hun holdt ansiktet helt rolig og nippet til vinen sin. «Jeg kommer ikke til å hindre dere fra å ta ting dere ønsker fra eiendommen, det må være ting dere føler dere knyttet til? Ting som har i hvert fall noen gode minner knyttet til dem?»

Uthar trakk pusten dypt. «Det er lite her vi kan tenke oss, for alt er tilskitnet av ham, men mors saker, jeg tror han ennå har dem her»

Lyenera så litt forbauset ut. «Virkelig?»

Jarl nikket. «Hun var hans kone, og han hadde litt ære, i det minste nok til å behandle henne med en slags respekt. I det minste utad. Jeg tror ikke rommene hennes har blitt rørt på mange år»

Lyenera bikket på hodet. «Javel?»

Thangran bet seg i underleppa. «Vi vil gjerne ha litt av tingene, i det minste noe å minnes henne vet. Det trenger ikke være mye»

Lyenera smilte vennlig. «Det skulle bare mangle, er rommene langt vekk?»

De ristet på hodet. «Hun hadde en bygning for seg selv, bak haremet. Den er ikke stor men hun hadde i det minste noe hun styrte selv»

Lyenera så at Afrenith nikket, hun så sorgfull ut igjen og Lyenera reiste seg. «Jeg har blitt nysgjerrig, vi kan like godt gå dit med en gang»

Afrenith smilte også litt lettet ut og de tre mennene utvekslet noen raske øyekast før de også kom seg opp. Lyenera hadde ikke vært klar over at det var bygg bak haremet men nå så hun en helt ny liten gårdsplass med en liten hage og bak den et u formet bygg som var i kun en etasje. Det var bygd i hvit stein og så velholdt ut. Lyenera så at døren var stengt og vinduene var dekket til, en kunne formelig føle at dette var et bygg ingen lenger bodde i. Jarl skjøv varsomt på døra, han så litt nervøs ut. «Ingen av oss har vært her på mange lange år»

Lyenera så at det hang edderkopp nett i døråpningen og det lå støv overalt, ingen kunne ha vært inne på svært lenge. Hun rynket pannen. «Hvorfor er ikke huset tatt i bruk igjen? Det er en fin bygning?»

Afrenith så ned og de tre brødrene så på hverandre, det var smerte i blikkene deres. «Fordi folk her er overtroiske, mor…hun tok livet av seg ikke lenge etter at Uthar ble gammel nok til å klare seg selv. Antagelig greide hun ikke mer»

272

Lyenera forsto, ved alle guder som hun forsto. «Det forklarer det.»

Hun gikk inn døra, innenfor var et rom med svært lite møbler, alt var støvete og det var mørkt der men det var fremdeles en viss stil der. Det var helt tydelig at den som hadde bodd der var en person som hadde god smak. Lyenera var imponert over en del av det hun så, det var ting som så avgjort kom langt borte fra og hun ante at mye av det var svært verdifullt. Jarl så litt tvilende ut. «Jeg vet ikke helt hva vi kan ta? Møbler blir kanskje litt voldsomt?»

Thangran nikket. «Det indre rommet, hun hadde smykker og slikt der»

De gikk gjennom en slags stue og et rom fylt med hyller som måtte ha inneholdt bøker men som merkelig nok var tomme. Deretter kom de inn i et bad før de nådde et soverom som luktet svært innestengt. Innenfor det var det et lite rom som bare kunne beskrives som et lager, klær og andre gjenstander hang overalt og Uthar gikk bort til et skatoll og åpnet det. Han virket for å lete etter noe og etter litt halte han frem noen smykker. De var svært vakre og tydeligvis lagd av svært dyrebare steiner og han smilte bredt. «Jeg husker at hun bar disse, de var så vakre»

Det var varme i stemmen hans og han rakte et par av de store kjedene til Afrenith. Uthar fortsatte å lete i skatollet, Thangran sto der litt avventende. «Hun hadde mye smykker, de var ofte veldig forseggjort»

Lyenera kunne se det, smykkene var ganske enkelt fantastiske. Uthar fordelte en mengde mellom søsknene, Afrenith fikk noen armbånd og en tiara og Jarl tok noen ringer og også en del armbånd. Uthar beholdt også en del øreringer og kjeder og Thangrad fikk en del halskjeder som var ganske enkelt enestående. Lyenera ante at de nok hadde vært veldig knyttet til moren og hun sanset sorgen deres. Oshwart hadde i sannhet mye å stå til rette for, hun ante at gudene ville bli veldig opptatt lenge når de skulle dele ut dommen over hans sjel. Hun gikk over til en sekk som hang fra en krok på veggen og Afrenith åpnet den med andakt. Det var en kjole og Lyenera måtte virkelig glane med andakt. Den var dekket med små glitrende krystaller, sikkert tusenvis av dem og fargen var dypt burgunderrød. Afrenith sukket lavt. «Jeg husker mor i denne, hun bar den på de store høytidsdagene og hun var så vakker i den.»

Lyenera så at stoffet var temmelig tungt og kjolen måtte ha vært et mareritt å bære på varme dager. «Mor sørget slik da Oshwart tok den gamle troen, det betydde at hun ikke lenger fikk lov til å vise seg offentlig, og aldri forlate huset»

Lyenera ristet oppgitt på hodet og hun skulle til å snu for å gå ut da Uthar la handa på skulderen hennes. «Lyenera, ta denne, og ta den aldri av deg. Tro meg, den vil berge deg»

Han holdt en armring, ikke en av det dyrebare slaget men en som virket temmelig enkel og anonym. Han hvisket det bare og Lyenera rynket pannen. «Hva?»

Jarl nikket og Afrenith begynte å synge, en slags gråtkvalt sørgesang som Thangran øyeblikkelig ble med på. «Ikke nevn den til noen, noen gang, skjul den under klærne»

Hun holdt armringen i handa, den var ganske stor og kunne trekkes langt opp på overarmen og hun brukte kjoler med lange ermer men… Afrenith sendte henne et advarende blikk og hun svelget og trakk ringen på seg. Den passet perfekt og under kjolen så ingen den. Jarl gikk over og lot som om han gav henne en hjertelig klem. «Ikke nevn den til hunn alven, hun er ikke hva hun gir seg ut for å være»

Lyenera forsto, hun nikket svakt og gjengjeldte klemmen og hun visste at de hadde advart henne. Hun visste bare ikke mot hva! De fire søsknene tok tingene og gikk ut av rommet, de gikk stille gjennom det forlatte bygget og Jarl stanset ved døra, han tørket tårer helt tydelig. «Jeg skulle ønske at jeg kunne gjort mer for henne, men det var for sent. Vi var alt for unge»

Lyenera sa ikke noe, de gikk tilbake til hagen og hun var klar over at armringen var der men den var merkelig behagelig

å ha på så hun tenkte ikke på den. De tre brødrene bøyde hodet
sakte og Lyenera greide å smile det vanlige høflige men
egentlig likegyldige smilet. «Jeg er takknemlig for at dere har
latt meg dele denne stunden med dere»

Jarl smilte. «Det var så lite, du er den rette til å styre fars
eiendom, jeg vet det bare. Vi må hjem igjen men må gudene
være med deg Lyenera, og må de holde sin hånd over deg»

Hun nikket bare verdig og Afrenith trakk pusten dypt. «Jeg
må også hjem, forretningene venter og jeg har mye å ordne
opp i. Mine kontakter blir dine kontakter Lyenera.»

Lyenera nikket og følte seg brått alene, hun ville bli igjen
der med Vhiduel og følte ikke på seg at det var spesielt lurt.
Men hun hadde ikke noe valg, og med det attentatet som hadde
skjedd før på dagen forsto hun at det å forlate stedet var svært
lite lurt. Hun så at de alle sammen forlot eiendommen, de tre
hadde hester stående mens Afrenith fikk noen av tjenerne til å
frakte henne i en bærestol.

Lyenera gikk tilbake til rommet sitt, hun følte seg rastløs,
nesten nervøs. Å ikke gjøre noe var nesten tortur og hun
vurderte å gå tilbake for å utforske mer av det forlatte huset da
Vhiduel kom inn. Hun virket ivrig, nesten tåpelig og smilet
hennes var triumferende. «Det virket, ved alle guder Lyenera,
det fungerte»

Lyenera følte seg for et kort øyeblikk som en esse, så sint
var hun, men hun skjulte det godt. «Når skal du lære at en ikke
kan manipulere folk på det viset, selv for en god sak? Folk bør
selv få bestemme sin skjebne»

Vhiduel bare gjorde en vag gest. «Åh, spar meg. Du er mer
enn et menneske nå, du vil snart takke meg, ved gudene du bør
takke meg. Tjenerne fortalte om angrepet i dag, uten det jeg
gav deg ville du vært død!»

Lyenera skar tenner. «Takket være deg er jeg ikke lenger
menneske, hvordan kan jeg vende tilbake til mine døtre slik?
Hva?!»

Vhiduel bare viftet med handa. «Ah ikke bekymre deg for det, tro meg, det var for en større sak, du trengs her Lyenera, jeg har sett det tydelig»

Lyenera bare stirret sint på alven. «Jeg tror du har sett mer enn du vil ut med, ikke sant? Og jeg tviler ærlig talt på hensiktene dine!»

Vhiduel bare smilte igjen, et avslappet smil som Lyenera fant svært frustrerende. Hva var det egentlig den alven ville? Hun hadde styrt Oshwart, det var det ingen tvil om. Og de andre der var egentlig redd henne, det hadde Lyenera også forstått. Hva var det egentlig som foregikk? Hun ble ikke klok på skapningen i det hele tatt. Lyenera hadde aldri vært borti noe slikt før, hun hadde danset en vanskelig vals hjemme i Ardot og hun visste å lese folk og finne ut hva deres ønsker var, men her var hun en fremmed og Vhiduel var ikke engang et menneske. Erfaring var ikke nok lenger, hun måtte tenke annerledes.

Vhiduel snudde seg elegant og hun hadde en aura av tilfredshet rundt seg som Lyenera fant urovekkende. «Jeg ville holde meg her var jeg deg Lyenera, det kan være flere attentatmenn her i byen, hvem vet»

Lyenera smilte stivt, det var en advarsel og hun begynte å mistenke at attentatet var noe Vhiduel hadde arrangert, for å skremme Lyenera til underkastelse? Hun nektet å la seg skremme, om Vhiduel trodde hun var et mehe som bare lot seg styre av raseri og hat måtte hun tro om igjen. Lyenera hadde ikke overlevd så lenge som hun hadde om hun hadde latt følelsene styre seg. Det var greit nok at hun hadde blitt brukt til å drepe Oshwart, tross alt, hun var en fremmed og en kvinne, han hadde ikke ventet noen fare fra henne. Men hva nå? Hun hadde egentlig ikke ønsket å bli den som styrte Oshwarts eiendom og imperium, hvorfor trengte Vhiduel henne?

Lyenera trakk pusten dypt, noe sa henne at hun aldri ville finne det ut ved å spørre alven, hun kunne bare holde maska og håpe at et eller annet skjedde som røpet hva Vhiduel egentlig ville. Hun hadde holdt liv i Oshwart lenge, hvorfor? Lyenera tvilte på at alven hadde gjort det fordi hun var redd for å bli tatt, antagelig kunne Vhiduel ha drept Oshwart på et slikt vis at ingen ville ha mistenkt noe som helst. At hun hadde ventet på det rette øyeblikket var ikke særlig troverdig, og Lyenera tenkte grundig over hva Vhiduel egentlig hadde sagt. Oshwart hadde utspilt sin rolle, Lyenera skulle lede folket, bli en frontfigur. Hun fant egentlig ikke hode eller hale på noe av det.

Hun sukket og gikk til kjøkkenet, gav ordre om hva slags mat de skulle lage den dagen og hun gikk deretter til biblioteket Oshwart hadde i en sidefløy. Det var stort og inneholdt mye og Lyenera så de lange rekkene med hyller og ante at svaret neppe var å finne der. Det meste hun så var bøker om regnskap og tall samt opptegnelser av eiendom og desslike. Om hun bare skulle sitte der og være en typisk husfrue kom hun til å gå fra vettet. Hun satte seg ned et par timer med brev og annet som var kommet og hun hadde fått lister med navn på folk Oshwart hadde samarbeidet med. Hun kopierte de listene og sendte dem med bud til kongen og deretter prøvde hun å få et overblikk over hvor mye Oshwart egentlig hadde eid. Han hadde eiendeler mange steder og ikke minst i Ardot. Hun ble sjokkert over å finne ut hvor mange av plantasjene der i sør som egentlig tilhørte ham. Mannen hadde vært skittent rik og det var dyktig gjort å skjule all den innflytelsen og te seg som noen som ikke lenger har så mye makt.

Lyenera ble sittende der å tenke, hun kunne gjøre mye nå, virkelig endre livet for mange mennesker og det til det bedre men på den andre siden, det ville gjøre henne mektig upopulær blant andre.

Hun kunne kaste mange zhandorianere ut av Ardot uten en eneste mynt i lommene og hun ville gladelig gjøre det også men hva ville prisen bli for folket? Det var en vanskelig situasjon å være i og hun skulle ønske at kongen kunne grepet inn å bare beslaglagt hele ruklet så Lyenera kunne ha vendt tilbake til Ardot og døtrene. Hun savnet dem intenst og undret seg på om de i det hele tatt forsto årsaken til at moren dro.

Vhiduel hadde sagt at Oshwarts datter hadde stor makt, at hun skulle vende tilbake til Ardot på egen hånd, hvordan? Hietlai hadde gode skip, men å seile rundt hele Zhandoria tok måneder, og hva med Moyesh? Lyenera visste at den blåøyde kvinnen hadde store krefter, hun var en sann prestinne og i stand til å bruke gudinnens krefter helt fritt. Hva ville det få å si for henne? Vhiduel hadde sagt at mørke ventet dem alle, var det sant?

Lyenera fant ut at hun ble gal om hun ble sittende slik å tenke, hun trengte noe å gjøre. Hun reiste seg og gikk ut, stegene hennes ledet henne til det forlatte huset bakerst i eiendommen og hun undret seg over hvordan den kvinnen hadde vært. Hadde hun vært et offer, en ungjente som ble giftet bort kun for å fremme forbindelser eller hadde Oshwart faktisk vært glad i henne? Lyenera gikk inn, det luktet fremdeles innestengt der og hun følte at armringen hun nå skjulte var merkelig tung, hva var det Oshwarths sønner visste? Lyenera grep et sjal fra en av skapene der, det var så tynt at det nesten ikke var noen tyngde i det og svært vakkert med en dyp lilla farge, det var antagelig svært dyrebart. Lyenera skulle til å gå ut igjen da hun ble var noe på toppen av et skap, det var en liten figur, gjemt bak noen store vokslys og hun gispet lavt. Det var en gudinne figur, hun kjente den igjen og et øyeblikk trodde hun ikke hva hun så. Hadde Oshwarts kone tilbedt gudinnen? Hadde hun vært fra Ardot eller var det tilfeldig, var det kanskje de som tilba henne også her i Zetir?

Lyenera måtte finne ut, hun gikk tilbake til kjøkkenet, en del av de som jobbet der var eldre folk som måtte ha vært i denne husholdningen lenge og det var mulig at de visste noe. Hun måtte bare finne ut hva, uten å vekke mistanke. Hun satte seg ned med en notatbok og begynte å skrive ned hva kjøkkenet hadde av lagret mat, det var en troverdig syssel og Lyenera stilte spørsmål til de som jobbet der, de svarte villig

nok. En av kokkene kom bort og satte seg, hun var en dame
som måtte være bortimot sytti og hun slet litt med hørselen
men var ellers veldig skarp. «Dette kjøkkenet er ikke hva det
engang var»

Lyenera bikket på hodet. «Hvordan det?»

Kvinnen så skjevt på henne. «Det var mer folk her før, vi
måtte jobbe hardere. Men herren kvittet seg med en del tjenere
som ble gamle og tok ikke inn nye og haremet krympet også,
han hadde ikke så bruk for kvinner lenger»

Lyenera trakk pusten. «Virkelig? Det var da ganske mange
der da jeg ankom?»

Kokka blåste i nesa. «Ikke som før, tro meg. Han hadde
minst tjue konkubiner mer enn han hadde på slutten for det var
et tegn på mandighet å ha mange ser du. Han sparket forresten
ene evnukken sin etter at han giftet bort den ene datteren sin til
en eller annen barbar i nord. Mente at han ikke hadde bruk for
ham lenger, han beholt kun en»

Lyenera gyste, hun visste at evnukker var vanlige i noen
områder men i Ardot hadde den uskikken aldri fått spre seg.
«Han var da gift også en gang? Det var ikke nok?»

Kokka vætet leppene litt og Lyenera ante en sjanse, hun
hentet en flaske med vin og helte i litt i en kopp. «Her, forsyn
deg. Du trenger det.»

Kvinnen så nesten begjærlig på koppen og tømte den i en
lang slurk, Lyenera hadde hatt rett, kokka likte sterk drikke.
«Det var ikke nok nei, jeg husker husfrua ser du, og hun var
ikke som sin mann i det hele tatt. En god kvinne var hun, en
virkelig god kvinne.»

Lyenera la boka til side. «Fortell meg mer om henne, var
hun kun et trofe eller hadde hun noe å si?»

Kokka smilte litt skjelmsk. «Åh, til å begynne med hadde
hun mye å si, jeg skal si deg at hun hadde temperament og
Oshwart elsket det ser du, han likte å bli utfordret og hun fikk
frem det beste i ham tror jeg. Men så skjedde det noe, jeg tror
Oshwart hadde planer som hadde ligget å ulmet i slekta lenge

og da han begynte å sette dem ut i live fikk han annet å tenke
på, han ble hardere, mer hensynsløs. Hun likte det ikke og de
ble om ikke fiender så i hvert fall kalde overfor hverandre»

Lyenera svelget. «Så de brydde seg om hverandre i
begynnelsen? Det er trist»

Kokka så på vinflaska og Lyenera skjenket i en gang til.
«Ja, tragisk. De fikk jo barn men han overså dem, de var ting
han skulle styre over, hans eiendom. Frua trakk seg tilbake til
huset sitt og hun tydde til religion for trøst»

Lyenera lot ikke iveren hun følte vises i ansiktet.
«Virkelig?»

Kokka tømte siste rest av vinen hun hadde igjen. «Ja,
Oshwart brydde seg ikke om henne lenger, og tok sønnene fra
henne når de ikke lenger trengte henne. Jeg klandrer henne
ikke for å vende ryggen til sin mann»

Lyenera så ned i bordet. «I Ardot tilber vi gudinnen, jeg
antar at den troen er fremmed her?»

Kokka stivnet liksom til et kort øyeblikk før hun smilte litt
brisent. «Det er noen her som tror, og som følger de gamle
stiene»

Kokka satte koppen fra seg og Lyenera så at hun var langt
ifra så brisen som hun utgav seg for å være. «Oshwart forbød
den troen her i huset, han visste ikke om at kona hans var en av
de ivrige som tilba gamle guder rett under nesa på ham»

Lyenera passet på å fnise litt, men det føltes merkelig sårt.
Den kvinnen hadde vært en trosfelle, og hun fikk en følelse av
at hun ville ha likt Oshwarts hustru hadde hun møtt henne.
Kokka sukket. «Frua døde brått, hun tok livet av seg, ja det
gjorde hun. Jeg klandrer henne ikke, en gang var hun vakker
og livlig og han kvalte livet i henne, hun visnet. Ja fysisk også,
hun ble svært stor med alderen og kunne knapt røre seg men
hun var sterk, viljen hennes var god»

Lyenera nikket stille. «Noen ganger er det alt som teller»

Kokka reiste seg. «Jeg får trå til igjen, de ungjentene aner ikke hvordan de skal koke rhaba røtter, de lager alltid mos av dem»

Lyenera ble sittende og lot som om hun fortsatte med å notere viktige ting, men hodet hennes spant. Etter en stund gikk hun tilbake til rommene sine og satte seg ned med en bok fylt med poesi men hodet hennes hang ikke med. Noe hadde virkelig skjedd, Oshwart hadde satt planene ut i livet, hvorfor da? Bokstavene danset foran øynene på henne og hun gjespet og la boka ned, hun kom ikke lenger med dette. Men Oshwarts hustru hadde vært en sterk person, det forundret henne ikke.

Lyenera gikk ut i ene hagen i håp om å i det minste kunne nyte litt av blomsterprakten da en av tjenerne kom gående, han bukket dypt og så litt nervøs ut. «Det er en kvinne ved porten, jeg tror det er en tigger»

Lyenera sukket, antagelig en eller annen stakkar som skyldte Oshwart penger og ikke kunne betale tilbake. Hun reiste seg og fulgte tjeneren og ganske riktig, det sto en eldgammel kvinne i porten. Hun var dekket med en skitten kappe og håret var langt og grått og stivt av møkk. Hun stinket ille, og var krumbøyd og tannløs. Lyenera trakk pusten for å sende henne bort men noe fikk henne til å nøle, det var et eller annet i blikket som fortalte henne at denne personen var noe annet enn det en skulle tro.

Kvinnen bøyde hodet ydmykt. «Nådige frue, en almisse til de fattige?!»

Lyenera så smalt på den gamle som rettet på sjalet sitt, nærmest stjålent, som for å skjule skammen over å være så dårlig kledd. Men i det hun gjorde det så Lyenera en liten figur som hang i et kjede rundt den tynne halsen. Lyenera smilte litt kjølig men vinket på tjeneren. «Finn noen mynter et sted, og en krukke med tynn vin»

Tjeneren løp bort til hovedbygget og kvinnen hostet dypt, bøyde seg nesten dobbelt. Lyenera grep henne for å støtte henne og kjente at noe ble dyttet inn i lommen på kjolen hun bar men røpet ikke at hun kjente det. Kvinnen hev etter pusten og tjeneren kom tilbake med noen få kobbermynter og en liten kagge med den billigste og dårligste vinen de hadde. Kvinnen tok begge deler med åpenbar takknemlighet og Lyenera ba henne karre seg av gårde. Tjeneren så litt oppgitt på henne. «Du burde ikke gitt noe, de kommer bare tilbake om en gir»

Lyenera trakk på skuldrene. «Kanskje, er det mange tiggere her i byen?»

Tjeneren skar en grimase og stengte porten nøye. «Ikke så mange som det en gang var, kongen er dyktig og de færreste trenger å ty til tigging men noen blir det jo alltid, gamle skarn som den der, uten av stand til å ta vare på seg selv.»

Lyenera følte seg ikke glad over å høre hva slags holdning tjeneren hadde men hun sa ikke noe, hun bare gikk tilbake til rommene sine og forsvant inn på avtredet. Der fikk hun være i fred og hun tok ut det som var i lommen. Det var en liten bit med pergament og en mynt, det var preget et merkelig symbol på den og pergamentet hadde et lite notat. Noen hadde skrevet på det med en sterk håndskrift. «Legg den under madrassen i natt»

Det var alt lappen sa og Lyenera kastet den i avfallet og så forskende på mynten. Hva var den egentlig? Det var ikke valuta, det var ganske tydelig for det sto ingen verdi på den, antagelig var det en slags amulett av noe slag. Men legge den under madrassen? Ja ja, hvorfor ikke? Det var lite trolig at det var skadelig. Hun la mynten under en blomsterpotte ved senga til hun skulle legge seg og gikk så til middag, det var tydelig at måltidet var klart så det var ingen grunn til å vente.

Det som var igjen av dagen gikk til å gå gjennom enda mer papirer og en mann fra kongens administrasjon kom og ba om å få en oversikt over hvor skipene Oshwart eide befant seg hen. Lyenera hadde ikke noen anelser om det, men heldigvis fant hun papirer på hvor de hadde blitt sendt sist så antagelig var de der ute et sted, enten på vei tilbake eller i ferd med å skifte last. Hun måtte vedgå at hun var motvillig full av

beundring for Oshwarts organisatoriske talent, mannen hadde
virkelig vært dyktig til å holde forretningene i gang og det var
klart at han hadde tjent penger hvert år, også på den lovlige
måten. Skipene var gode og styrt av dyktige kapteiner og hun
husket at Nurmadag en gang i tida hadde vært enerådende når
det gjaldt handel og transport.

Kvelden kom fort der i Zetir, mørket kom alltid som sluppet
ut av en sekk og hun gikk til sengs tidlig, hun lot de jentene
som var blitt utvalgt til å være kammerjomfruer stelle til og så
ba hun om å få være alene. Hun gjemte mynten under
madrassen som hun hadde fått beskjed om og la seg til å sove.
Hun var tung i hodet nå etter en lang dag og hun følte seg også
merkelig splittet. Hva var det egentlig som hadde skjedd i dette
huset? Hun sovnet allikevel ganske fort, utmattet og med en
følelse av å være en smule fanget.

Lyenera hadde aldri vært en person som drømte mye, stort
sett hadde hun alltid vært for sliten til å huske drømmer i det
hele tatt men nå visste hun med ett at hun drømte og hun
syntes det var en temmelig urovekkende følelse. Hun sto i et
stort rom, antagelig en av lagerhallene nede i havna og den var
åpen i ene enden, ut mot vannet. Det var mulig at dette var en
slik hall der de lagret mindre skip når de trengte en overhaling.
Det luktet sjø og råtten tang og tare, om dette virkelig var en
drøm var den merkelig livaktig. Lyenera så at det satt en
person på en trestokk langsmed veggen, vedkommende satt
med ryggen til men vinket på henne med ene armen. Hun gikk
nølende nærmere og personen trakk kappen tettere om seg, den
var tykk og av det slaget sjøfolk bruker for å holde seg tørre på
vakt. «Lyenera av Ardot, lytt til meg og husk det jeg sier»

Lyenera ville gå litt nærmere men ble stanset av et eller
annet, et instinkt kanskje. Hun ble stående og vedkommende
snudde seg ikke mot henne. «Jeg lytter?»

Skikkelsen pekte på veggen foran dem og Lyenera så at et
enormt symbol formet seg i treverket, deretter forvandlet det
seg til et symbol for gudinnen før det falmet vekk. Hun visste

ikke om hun likte denne drømmen i det hele tatt. «Du er en av hennes tjenerinner, en utvalgt. Din oppgave vil snart starte»

Lyenera svelget stivt, hun var brått veldig redd, hvorfor visste hun ikke. «Jeg trodde jeg allerede hadde gjort det jeg skal?»

Stemmen var hard da den kom tilbake. «Nei, det var bare en liten ting, hør meg nå. Det er en kvinne i huset som er en tjenerinne av gudinnen, som deg. Hun har streifet bort fra stien og har sin egen agenda, hun er overmodig og tror hun kan styre skjebnen dit hun vil. Det kan hun ikke.»

Lyenera kjente at hjertet hugget i henne. «Vhiduel»

Stemmen lagde en humrende lyd. «Du har rett, hun vet mer enn hun har fortalte deg Lyenera, gammel ondskap er vekket, og en fiende som har vært glemt i årtusener er på vei tilbake. Vhiduel tror hun kan stanse det som skjer ene og alene. Hun tror hun kan bruke deg til å samle folket og bli den som sitter med makten.»

Lyenera var tørr i munnen. «Hun er arrogant»

Stemmen var lav. «Hun er som et barn, gudinnen gav henne store evner men de har snudd seg mot henne. Hun vil prøve å gjøre noe utrolig dumt Lyenera, du må prøve å stanse henne for enhver pris for om hun ikke stoppes vil fienden finne en vei også inn i Zetir»

Lyenera nikket. «Hvilken fiende er det du snakker om?»

Stemmen var hes. «Mørket selv, fortroppene er alt på vei. Alt som kreves er at noen åpner portene for dem og Vhiduel tror hun kan påvirke fienden og tvinge dem bort. Hun blir brukt, men ser det ikke selv. Hun fikk Oshwart til å starte feiden, til å bane veien for de mørkes planer, alt da var hun i deres klør uten selv å vite det. Hun mente vel, mente å forhindre skjebnen ved å snu den men det er det ingen som kan. Ved å handle vil det skje, slik er det bare»

Lyenera var iskald helt til margen. «Hva slags fortropper er det du snakker om?»

Stemmen var kraftig igjen. «Troll, og forferdelige skapninger. Du må stanse Vhiduel, bruk armringen, den vil beskytte deg. Hun er fortapt om hun ikke snur, hun kan ikke berge verden alene selv om hun tror det. Hennes sinn er forvridd og hun makter ikke lenger å se hvor hun er begrenset»

Lyenera kjente at hun formelig skalv, hun følte seg skrekkelig usikker. «Er dette virkelig?»

Det kom en fnysende lyd. «Det er virkelig jente, tro meg. Når du våkner så søk kjelleren, hun er i kjelleren, og bring med deg det første du finner utenfor døra di!»

Lyenera prøvde å vekke seg selv, dette var en bisarr drøm. «Hvem er du?»

Stemmen hørtes nesten ertende ut. «Kall meg Imla, om alt går bra kan det hende vi møtes igjen»

Lyenera skulle til å åpne munnen og si et eller annet lite intelligent men brått ble alt svart og hun hev etter pusten før hun slo øynene opp i sin egen seng. Det var mørkt der og helt stille og bare de fjerne lydene fra byen kunne høres. Hun hev etter pusten, kjente seg kaldsvett og klam og hjertet hamret i henne. Armringen kjentes tung ut, som en gedigen klamp om armen, hun trakk pusten og satte seg opp, svingte beina ut over kanten av senga og satte i et lite hyl. Golvet var iskaldt, og det var ikke naturlig. I Zetir ble det sjelden kuldegrader, det var noe hun visste helt sikkert. Hun fant et par tøfler og kjente seg tvilrådig, hadde drømmen vært virkelig? Hun kom til at det måtte den være for denne kulden var unaturlig og armringen var som om den var laget av bly. Lyenera trakk et tykt sjal om seg og stiltret seg mot døra, det var helt mørkt selv på gårdsplassen og hun så at vaktene ved porten sto og hang som om de var drukne. Hun sparket borti noe på golvet og så ned, det første hun fant utenfor døra? Hun bøyde seg og plukket det opp, det var en stor vase som virket for å være fylt med et eller annet tungt, hun ante ikke hva det kunne være men løftet den og bar den med seg. Tjenerne var ingen steder å se og hun bannet, kjelleren. Hvor farao var kjelleren? Hun hadde ikke

blitt vist noen kjeller men hun prøvde å tenke logisk. Her i
Zetir var slike rom som regel knyttet til kjøkkenet siden en
lagret lett bedervelige matvarer under bakkenivå der det var litt
mindre varmt og hun løp mot kjøkken avdelingen.

Hun kom ikke langt før hun forsto at hun var på rett vei, her
var kulda enda verre, et lag med frost dekket planter og busker
og hun så is på vannbøttene som sto utenfor veggen. Og hun
følte en merkelig metallisk lukt, nesten som etter et tordenvær.
Da hun kom inn i kjøkkenet så hun et bisart syn, til og med
gruva var dekket med is og alt av løse gjenstander sto og ristet
som under et jordskjelv.

Lyenera var livredd, hun kjente at svetten rant av henne og
hun kjente at alle instinkter tryglet henne om å komme seg
vekk. Men hun samlet motet og gikk mot den døra som måtte
lede til kjelleren, om dette var så ille som hun trodde kunne
hun ikke svikte. Bak døra var det en trapp, den var dekket med
is og et merkelig blålig lys spredte seg over steinveggene. Det
første rommet Lyenera kom til var en vinkjeller, alle flaskene
hadde sprengt og det fløt vin blandet med glasskår overalt,
stanken var intens, men den overgikk ikke lukta fra rommene
innenfor. Den var rå, som innvoller og Lyenera følte seg kvalm
på toppen av alt. Hva foregikk?! Nå hørte hun lyder,
summende som fra en sverm av store insekter og noen
merkelige dype dure lyder som hun ikke kunne identifisere.
Armringen ble varm, nesten smertefullt sådan og hun klynket.

Det var et rom igjen, antagelig et lite lager og det lyste
skarpt gjennom sprekkene i den gamle døra. Lyenera ante ikke
hva hun skulle gjøre, hun holdt vasen hardt mot kroppen og
grep en spade noen hadde satt igjen i en binge med rotfrukter.
Det var bedre enn ingenting. Det lød messing, som noe langt
borte ifra og brått hørte hun et hjerteskjærende skrik og det
kom fra rommet, ikke fra noe sted i noen drøm eller noe slikt.
Lyenera skalv som et aspeløv, slike ting var så avgjort ikke
noe hun var vant med, men ved gudene, hun aktet ikke å la
Vhiduel dø, og hun aktet ikke å svikte folket der. Hun svingte

døra opp og skrek selv, rommet var ganske lite, kanskje ti fot ganger ti fot og golvet var av stein og noen hadde tegnet en sirkel på det i et eller annet selvlysende materiale. Merkelige tegn var plassert i sirkelen og Vhiduel hang i lufta over den, bøyd i en unaturlig positur. Hun kjempet, det var ganske tydelig. Svette fikk den svarte huden til å glinse og øyene var vilt oppsperret og fylt med ren angst og vantro. Hun virket for å klore mot et eller annet usynlig, kroppen ble bøyd enda lengre og Lyenera forsto ikke hvordan hun ikke hadde brukket ryggen allerede.

Vhiduel skrek igjen, et tynt skjærende skrik som fra et dyr i nød og Lyenera reagerte, hun tenkte ikke, hun løp frem gjennom døra og kylte vasen inn i sirkelen. Den brast i hundrevis av biter og hun rygget tilbake da hun så at vasen hadde vært fylt med små edderkopper, tusener av dem og alle hadde et merkelig tegn på bakkroppen, de raste overalt og dannet nesten en slags svart flytende oljeaktig overflate som dekket sirkelen helt, mange forsvant opp i lufta og ble helt borte og mange klamret seg til Vhiduels kropp og merkene på dem glødet intenst, som om de var ildfluer. Det lød et vræl, et avmektig gaul som fikk hele huset til å riste og murpuss til å løsne fra veggene. Lyenera kvinket av skrekk, mørk tåke formet seg over sirkelen, omkranset Vhiduel som virket for å krøke seg sammen, hun rakte ut neven og Lyenera så at hun tryglet om hjelp. Lyenera merket at armringen var brennvarm ennå, hun trakk den av og kastet den inn i sirkelen, Vhiduel fikk tak i den og skrek et eller annet og ringen begynte å gløde, den ble lysende blå og lyset var så sterkt at Lyenera måtte vende blikket bort. Et nytt vræl kunne høres og deretter et smell som kastet henne overende på golvet, hun så at lysskinnet fra sirkelen var borte og Vhiduel falt sammen på golvet, dekket med svette og en eller annen seig substans. Hun vred seg, jamret seg, Lyenera kom seg på beina og krabbet bort til alven som lå halvveis inne i sirkelen. Vhiduel så henne, øyene var matte av smerte og hun blødde fra munn og nese.

«Vhiduel!»

Den svarte kvinnen gispet, kroppen rykket og hun strakte ut armen, Lyenera så at hun ennå holdt armringen. «Ta den»

Lyenera tok den og Vhiduel hostet grunt. «Jeg…er lei for det…Jeg trodde…»

Lyenera følte seg frenetisk, fortvilet, ante ikke hva hun skulle si. «Ikke snakk, jeg skal hente hjelp»

Vhiduel ristet på hodet, hver bevegelse var tydelig smertefull. «Nei, for sent. Jeg trodde jeg kunne…lure dem, styre dem…Jeg tok feil, for sterke»

Hun rettet blikket mot Lyenera og det var ren fortvilelse i det. «Jeg skulle aldri ha…trodde jeg var sterk nok…Ta kontrollen over ættene og dragen….holde de mørke ute»

Hun stønnet og ryggen bøyde seg i en u, det så forferdelig ut. «Betaler prisen nå….De åpnet porten…Fienden kommer, du må…flykte»

Vhiduel ble brått helt slapp og Lyenera stirret vantro på henne, hun hørte rop og skrik fra huset og hun stavret seg opp, dekket av støv og svette. Vhiduel pustet ikke lenger, hun var død og Lyenera trakk på seg armringen, skjulte den med sjalet. Hun stavret opp trappa og så at ingen var ute ennå, alle var nok for redde. Hun løp til sitt eget rom, fikk av seg sjalet og deretter gikk hun fort til badet. Det var vann i ene bassenget der, nå var det iskaldt men det betydde ikke noe. Hun vasket seg fort og ristet over hele kroppen mens hun tørket seg. Vhiduel hadde vært i den tro at hun kunne lure mørket og bruke gamle spådommer til sin egen fordel og hun hadde betalt en forferdelig pris for det. Det verste var at resten av verden kanskje kom til å betale den verste prisen og Lyenera følte at en merkelig miks av vantro og raseri kjempet i henne. Hun kom seg i seng, kroppen skalv ennå men hun roet seg, tvang seg til å bli rolig. Hun hadde vært vant med slikt før, hadde vært nødt til å holde maska i vanskelige situasjoner men dette var virkelig ille. Hun trakk pusten dypt, synene hun hadde sett satt brent fast på hjernen og hun skulle ønske hun kunne visst

hva dette ville bety for henne selv. Det Vhiduel hadde gjort
med henne hadde ikke endret seg, kanskje det var en
velsignelse tross alt, kanskje det gav håp? Hun kunne bare
håpe det for om det Vhiduel sa var sant var fienden alt på vei
og hvordan advarer en et helt kongerike? Ville noen i det hele
tatt tro henne om hun fortalte om det hun nå visste? Og var det
ennå tid eller var det for sent? Hun gned armringen mellom
fingrene, det tilsynelatende enkle smykket hadde tydeligvis
jaget bort mørkemakter, greit, kanskje det kunne klare den
jobben enda en gang? Hun bet tennene sammen og forsto at
Vhiduel kanskje hadde hatt rett tross alt, hun måtte bli en leder,
den som samlet folk. Spørsmålet var bare hvordan!

Khelebil

Khelebil hadde kommet til at det kun var en måte å undersøke årsaken til at angrepet stanset på og det var å teste ut det merkelige røde vannet på en av de besatte. Det forslaget fikk Hanek til å nærmest steile og offiserene så på ham som om de trodde han hadde blitt totalt gal. Men Khelebil holdt på sitt, om det var vannet i den brønnen som forårsaket at de besatte stanset kunne de sikkert utnytte det. Wulf var den som var mest positiv, han mente at det faktisk kunne ha en virkning og han mente også at det var mulig å fange en av de besatte men at det var risikabelt og temmelig vanskelig. Hanek lot seg overtale etter en stund men det krevde at Wulf tok seg av hele operasjonen, noe han gladelig tok på seg.

Khelebil var nervøs, han ante ikke om vannet ville ha noen virkning i det hele tatt, eller hvilken, og i det siste hadde de ikke sett noen av de merkelige skapningene. Han skulle gitt mye for å forstå hvordan de ble besatt, og hvordan det fungerte men nå måtte de tenke praktisk. Wulf sendte ut ryttere på raske hester og gav dem streng beskjed om at de red alene. Det virket ikke for at ensomme vandrere ble angrepet, de besatte gikk alltid etter grupper av folk. Mennene fikk beskjed om å vende tilbake til leiren med en gang de så noe og Hanek hadde sørget for at tømmeret som hadde blitt brukt til flåter nå ble gjort om til en slags palisade. De måtte forberede seg på mulige angrep og offiserene brukte tiden på å lære soldatene om denne nye trusselen.

Det gikk to dager, så kom en av rytterne tilbake på en skumsvett hest. Det var besatte i området, noen fjerdinger mot øst like ved en bøy i elva og det var ikke mange. Han hadde

"

telt sju stykker hvorav to var barn. Det hadde antagelig vært en familie og Wulf gav klarsignal. De red ut med en tropp dyktige soldater han hadde håndplukket. Alle var født og oppvokst på gårder og var vant med å håndtere krøtter og de fleste som drev i den bransjen var vant med å bruke tau for å kontrollere dyra. Så alle hadde lassoer og gode hester og de var forberedt på det meste. Khelebil hadde brukt dagene på å jobbe videre med de oppskriftene Wulf hadde tatt med og han trodde han hadde fått til en av dem, salven som skulle holde troll unna. I det minste stinket det intenst og det så temmelig tvilsomt ut også. Wulf mente at den var lik den han hadde brukt og Khelebil krysset fingre for at han hadde rett. Om det fungerte ville det være en stor fordel.

Wulf red hardt og den lille gruppen med folk var der speideren hadde sagt de ville være. De besatte virket ikke for å bry seg om mat eller ly, de bare vandret rundt målløst og Wulf så dem på en lysning inne i et lite skogområde. Han gav signal til mennene sine, flere hadde tatt med kraftige buer og de visste også at de måtte treffe hodet om disse forhenværende menneskene skulle felles. De sparte en av dem, en yngre mann som sikkert en gang hadde vært en fin person, nå løp han mot dem på tross av at de andre var døde og var fast bestemt på å angripe og to av rytterne skjøt ut av gruppa og fikk tau rundt ham temmelig enkelt. Mannen ble stanset siden han ble holdt av to hester på hver side og selv om han var blitt merkelig sterk var han ikke sterk nok. De kastet mer tau rundt ham til han var innsurret som en skinke og så hev en modig kar en sekk over hodet på ham og surret den fast. Hender og føtter ble også grundig surret og de hev den kjempende kroppen opp på en stor slepebåre de festet til en av hestene. Wulf følte seg ganske sikker på at Khelebil ville finne ut mye angående disse skapningene på dette viset, i hvert fall om det var den brønnen som stanset dem. Turen tilbake tok mesteparten av ettermiddagen og de ankom rett etter at det ble mørkt. Khelebil sto og ventet og han lignet et barn som har blitt lovet en fin

leke. Han trippet formelig og det var gjort klart et stort telt som
var godt opplyst. Mennene halte den besatte inn i teltet og
tjoret mannen til en påle som var slått ned i bakken og svært
solid. Han kjempet hele tiden. Øynene tomme og fjerne og
minen en av noe kaldt og umenneskelig. Khelebil gyste
nedover ryggen. Det var som om det menneskelige i denne
mannen var fjernet og kun noe primitivt og forferdelig var
tilbake.

Khelebil ventet til alle soldatene var klare, han hadde ingen
anelse om hvorvidt eller ei dette ville ha noen virkning og han
ante heller ikke noe om hvordan han skulle gjøre det. Men
Wulf var der med dragent sverd og to bueskyttere sto klare
med piler på strengen, om noe gikk galt burde eventuelle
ulykker kunne hindres enkelt nok. Khelebil hadde ikke mye av
det røde vannet, så først helte han litt i en skål og gikk mot den
bundne mannen med det. Karen bare hveste som før, det var
ingen reaksjon der. Så prøvde Khelebil å slenge vannet i skåla
på ham, heller ingen reaksjon. Det var neppe vannet de besatte
hadde vært redd for men hvorfor var det der? Hva kunne det
være? Khelebil helte noe av vannet inn i en flaske med en
slange festet til den, de brukte slike til å få medisin i hester
med kolikk og han skjøv slangen inn i kjeften på mannen og
helte på.

Reaksjonen var et sjokk, mannen hylte, et forferdelig
høyfrekvent ul som fikk de andre til å rygge bakover, så
begynte han å skjelve og riste og øynene rullet rundt, han ble
nesten blå i ansiktet og tauene begynte å knake faretruende
enda de var sterke nok til å holde en stor okse. Khelebil kunne
snaut tro det. «Han vokser!»

Wulf bannet. «Ved alle guder, du har rett»

Mannen vrælte, musklene bulte og det virket for at en eller
annen usynlig hånd formet ham over, som om han var en
leirdukke i hendene på en keramiker. Det som var i ferd med å
formes var ikke et menneske men et monster, digre huggtenner
skjøt frem i kjevene, hendene ble til klør og leddene i beina ble

flere og det så mer og mer grotesk ut. Tauene begynte å ryke og Wulf kom seg ut av transen. «Skyt ham, gå for hodet!»

Bueskytterne gjorde som de fikk beskjed om, pilene var sterke og utstyrt med hoder som skulle gå gjennom bortimot alt men flere prellet av mot skallen før en skjøt mannen gjennom ene øyet. Det fikk kroppen til å synke sammen og den neste pila traff det andre øyet og endelig var det over. Det som nå hang der i tauene var ikke lenger et menneske men et uhyre og Wulf så blek ut. Khelebil svelget stivt, øynene hans bulet en smule og han ventet litt til han var sikker på at mannen var død.

«Hva skjedde?!»

Wulf var hes og Khelebil gikk sakte bort til liket, han brukte en stokk til å dytte borti det et par ganger, for å forsikre seg om at det ikke brått livnet til igjen. «Han ble forvandlet, til noe enda verre»

Wulf gyste. «Det er ganske åpenbart, men ved alle guder, hvordan er det mulig?»

Khelebil klødde seg i hodet. «Jeg aner ikke, magi? Men det vannet er i hvert fall ikke noe vi kan bruke»

Wulf så litt tankefull ut. «Mon det, spar det inntil videre, ikke hell det ut. Jeg skal sende noen etter mer, brønnen er jo fremdeles der»

Khelebil sukket og skuldrene hans hang litt, han hadde hatt håp for dette. «Kan det være skjoldet som har skremt dem bort?»

Wulf så litt mer optimistisk ut med en gang. «Det tror jeg faktisk er mer sannsynlig, de la jo skjoldet over brønnen, for å skjerme noe?»

Khelebil pekte på liket. «Forsøksobjektet vårt er dødt, så hva gjør vi da?»

Wulf smilte litt skjevt. «Vi prøver igjen, men vi fanger ingen denne gangen, om skjoldet virker er det enkelt å undersøke, vi rir ut og tar det med oss»

Khelebil så tvilende ut. «Det er en skrekkelig risiko å ta? Hva om det ikke virker heller?»

Wulf gliste bare. «Vi rir ikke nær, og vi tar raske hester. De er ikke i stand til å løpe like fort som en god hest, uansett hva de ellers kan gjøre»

Khelebil nølte litt, så nikket han. «Greit, vi prøver, men ikke før i morgen og noen kan kutte ned det liket, jeg trenger å se hva som har skjedd med ham, innvendig»

To av karene skyndte seg å fjerne tauene og de la den nå svært tunge kroppen på et bord. Khelebil følte seg brått ivrig igjen, han kunne kanskje finne ut av noe nå. Han fant frem utstyr og begynte å skjære og forbauselsen kunne så avgjort leses over hele ansiktet hans. Wulf ble stående for å se på og han kom bort til Khelebil og gyste av synet men det han så fikk ham allikevel til å blunke forvirret og stirre. «Ved alle guder....»

Khelebil var hes, han trakk huden enda mer til side. «Det kan du trygt si!»

Wulf nøs av lukta, han ristet på hodet i ren vantro. «Er det skjell?!»

Khelebil nikket og skar videre, som i en slags halvvåken drøm. «Det er skjell, jeg tror…jeg tror det vannet var på vei til å forvandle ham…til en slags drage?»

Wulf rygget litt bakover, ubevisst. «Guder!»

Khelebil så på flaska med vann og blikket hans var vilt. «Det må ikke komme ut, ingen her inne må røpe dette, kun Hanek skal få vite det. Vi må finne ut hva dette stedet var, det er skrekkelig viktig. Om de kunne skape drager her…»

Wulf nikket stivt. «Jeg forstår!»

Khelebil jobbet fort, han var sikker på at han hadde rett. Mannen hadde vært på vei til å bli forvandlet til en drageaktig skapning og det skremte ham til margen. Ingenting skulle kunne forvandle en kropp slik, og allikevel, han hadde bevist for at det skjedde der, rett foran øynene på seg. Han trakk pusten og prøvde å tenke, prøvde å være logisk. «Wulf, gå og si ifra til Hanek, jeg fortsetter her. Karer, dere kan finne ved, og olje og annet brennbart, gjerne søppel. Vi må brenne denne kroppen før noen ser den»

Soldatene gjorde honnør og skyndte seg ut og Khelebil tørket svetten. Han så at kroppen hadde fått mye mer solide bein, og helt annerledes bein også, og hva hadde den bygningen egentlig vært?

Wulf skyndte seg til Hanek som satt og spiste sammen med et par av de andre offiserene, han hadde fått et kart tegnet og hengt opp og de diskuterte de videre planene da Wulf kom inn. Han bukket dypt. «Herre konge, jeg må snakke med deg privat»

Hanek nikket og de andre gikk ut, Wulf satte seg og han var fremdeles svakt blek. «Hanek, Khelebil prøvde det vannet på en av de besatte. Det forvandlet mannen til en drage, vi rakk å drepe ham før forvandlingen var komplett»

Hanek gapte. «Er du gal?»

Wulf strøk hendene gjennom håret. «Nei, men ved gudene, jeg skulle ønske jeg var. Det var…jeg kan ikke beskrive synet. De vil brenne kroppen og jeg foreslår at dette blir mellom oss. Kun Khelebil og de soldatene som var der og oss to. Det vannet vil være forferdelig i hendene på en fiende»

Hanek svelget et par ganger, han så lamslått ut men tenkte fort. «Godt tenkt, la det bli kjent at vannet ikke hadde noen virkning.»

Wulf nikket. «Vi tester ut skjoldet i morgen, det bør være enkelt å undersøke»

Hanek smilte stivt. «Vær forsiktig Wulf, jeg vil ikke miste deg»

Wulf smilte fort. «Jeg skal ta alle forholdsregler.»

Han gikk ut igjen og så at bålet alt var tent, Khelebil sto og forklarte at det ikke hadde virket, og at de brente den besatte bare for sikkerhetsskyld. Det virket for at folk bet på den lille løgnen. Khelebil gikk bort til ham, rakte ham en lommelerke med brennevin og Wulf tok imot med takknemlighet. «Jeg tror aldri jeg vil glemme det der»

Khelebil nikket. «Det er du ikke alene om, jeg har vært trent og opplært og ingen nevnte noen gang at kropper kan bli forvandlet slik. Det burde ikke være mulig»

Wulf sukket og korket lommelerka. «Vi lever i det umuliges tidsalder Khelebil, det er bare å godta det»

Khelebil nikket. «Vel, jeg får se om jeg finner ro i natt, jeg må innrømme at jeg tviler på at det blir mulig.»

Wulf ristet lerka. «Drikk alt i denne, så sover du som en stein»

Khelebil fnyste. «Drikker jeg alt i den våkner jeg ikke før i overmorgen og med en knusende hodepine»

Wulf smilte og gikk og Khelebil gikk til teltet der han bodde, Hibu hadde ikke vært å se siden han sendte ham ut og han håpet bare at ikke guttungen slet seg aldeles ut i forsøkene på å finne informasjon. Heldigvis var det ingen syke som trengte tilsyn, han tok en real dose med te med sovemedisin i og så gikk han til sengs, temmelig utslitt.

Dagen etter red Wulf ut tidlig sammen med tre andre riddere, de hadde de raskeste hestene de fant og Wulf bar skjoldet på sin hest. Det var så blankt som et speil og kunne sees på lang avstand så han sendte en av de andre forut for å speide. De så ikke folk noe sted før de nådde en gård som lå ikke langt fra Embrekts forlatte gods. Der så de bevegelser og speideren red ut og kom tilbake temmelig fort, det var tre personer der nede og alle var besatt. De bare sjokket rundt og gjorde ingenting. Det var flere lik der nede så antagelig hadde de drept de andre på stedet. Wulf trakk pusten dypt, å ri ned dit var risikabelt, folkene holdt seg inne mellom husene og der var det lite rom. Han måtte lure dem ut på åpen grunn, det var åkre rundt gården og de hadde ikke blitt stelt på lenge, det var fullt mulig å ri fort der. Wulf samlet de andre rundt seg. «Hør, jeg tok med et signal horn så la oss se om de reagerer. Kommer de frem rir jeg ned, om det fungerer bare snur jeg og rir tilbake, fungerer det ikke må dere ri frem og distrahere dem. Vi samles bak gården og stopper ikke før vi er tilbake i leiren.»

De nikket og Wulf blåste i hornet. Lyden fikk de tre der nede blant husene til å stanse og snu, brått var de målbevisst og nesten styrt og de løp faktisk mot åkrene. Wulf trakk pusten og ventet til de var helt klar av husene. Hesten hans stampet og var nervøs men vek ikke og han gav den av hælene.

Dyret skjøt frem og Wulf holdt skjoldet slik han ville holdt et vanlig skjold, tøylene tok han i andre handa og han så at de tre siktet seg inn på ham. Det var noe utrolig ondsinnet og umenneskelig i måten de beveget seg på. Han hylte for å gi seg selv og hesten ekstra mot og tordnet mot dem. Da han var på kanskje femti meters hold skjedde det noe, de tre stanset, ble stående i noen sekunder før de bråsnudde og løp tilbake mot gården og nå løp de virkelig som om de hadde brann i buksene. Wulf kunne snaut tro sine egne øyne, alle tre utstøtte noen merkelige hyl som bare kunne utrykke avsky og frykt og han stanset hesten og så langt etter de flyktende skikkelsene. «Så du skremmer de besatte? Glimrende!»

Han red tilbake til de andre og smilte skjevt for seg selv, de hadde et våpen, om det virket like godt på større mengder var de brått nesten sikre. De tre så storøyd på ham. «Herre, de løp jo som skremte mus»

Wulf klappet på skjoldet. «Ja, la oss håpe at den effekten vedvarer»

Han satte kursen tilbake og håpet at Khelebil hadde kommet i gang med produksjon av den salven. De trengte virkelig en god del av den om trollene dukket opp også. Å slåss mot to eller tre fiender samtidig er noe ingen hærfører frivillig gjør.

Khelebil var i laboratoriet sitt og jobbet i sitt ansikts sved bokstavelig talt for det var infernalsk hett der. Noen av ingrediensene måtte blandes under høy temperatur og Khelebil slet med å forstå oppskriften. Han sto og blandet noen ganske så motbydelige stoffer da Hibu kom inn. Gutten ventet høflig til Khelebil var ferdig med det han drev med, han sto der og fingret med jakken han hadde på og Khelebil så at han var ivrig. Khelebil gjorde ferdig det han drev med og snudde seg rundt, så på gutten som nesten trippet av iver. «Har du funnet noe?»

Hibu nikket så hardt at håret danset rundt fjeset og Khelebil måtte trekke på smilebåndet. «Jeg fant en som kanskje kan litt om den ruinen»

Khelebil nikket oppmuntrende. «Det er bra, hvem er det?»

Hibu trakk ham nesten med seg. «Det er en av hestepasserne, han bodde litt vest for elva før krigen startet og ble med her da dere krysset for han trengte jobb.»

Khelebil følte en stråle av håp. «Så han er fra området? Det er ypperlig»

Hibu nikket. «Han kan snakke med deg når du vil?»

Khelebil så at ingenting der var farlig for øyeblikket, all ild var slukket og ingenting kunne gå i lufta så han smilte vennlig og hentet en kappe. «Du får vise meg vei gutt»

Hibu raste ut døra og Khelebil fulgte ham mot det området der hestene ble holdt. Det var satt opp en del innhegninger der lagd av tau og Khelebil visste at hestene her ble tatt utmerket vare på. Dyrene var verdifulle og Hanek var en stor kjenner av hester så han hadde mye fine dyr. Hibu løp bort til en av innhegningene som holdt de største dyrene, stridshester trent til å bære riddere i rustning og Khelebil så at en litt kortvokst kar sto og holdt beinet til en hest mens en smed prøvde å tilpasse en sko. Mannen rettet seg opp da smeden var ferdig og Khelebil så at han hadde en del svært stygge arr i ansiktet.

Hibu lyste opp. «Felaran, dette er min mester, Khelebil»

Khelebil ble litt forbauset over hvor ille Felaran så ut, han kunne ikke fatte hvordan noen kunne få slike arr, det virket for at de gikk i kryss og tvers over hele fjeset og det måtte ha vært dype kutt. Felaran smilte skjevt, arrene gjorde at det lignet et snerr og Khelebil nikket høflig. «Jeg hører at du kanskje vet noe om den gamle ruinen de fant?»

Felaran tørket av hendene på buksene og gikk litt bort fra hesten, han gjorde en grimase. «Jeg husker litt, min bestemor fortalte ofte gamle sagn, hun likte å samle på slike»

Khelebil kunne forstå det. «Du er lokal?»

Felaran satte seg på en stolpe og nå så Khelebil at han var arret også over skuldrene og brystet, tunikaen hadde en ganske åpen linning. «Jeg er lokal ja, født og oppvokst ikke mange fjerdinger herifra. Slekta vår tjente en herre som nå er borte, han var en slektning av kongen tror jeg?»

Khelebil trakk pusten dypt. «Embrekt? Ja, han var vel det tror jeg. Unnskyld at jeg spør men hva har skjedd med deg?»

Felaran trakk på skuldrene. «Det som skjedde med mange av oss da krigen brøt ut. Noen kom for å kreve landet vi bodde på og da vi nektet å overgi jorda vår skar de oss opp. Jeg tror de var leiesoldater, manerene kunne tyde på det. Jeg overlevde men resten av familien greide seg ikke»

Khelebil følte seg lett kvalm, han hadde sett hva de besatte kunne få seg til å gjøre men dette var ved gudene minst like ille. «Jeg er lei for det, galskapen rådde og den rår fremdeles»

Felaran nikket. «Uansett, bestemor visste mye, hun var lærd for hennes far hadde vært lærer og hun elsket å lese. Det var mange gamle bøker som gikk med da de brente godset»

Khelebil bannet innvendig, om bare det kunne vært unngått så hadde de kanskje hatt en sjanse til å finne mer informasjon. «Det var leit å høre, vi trenger virkelig så mye informasjon som mulig, fortest mulig også»

Felaran bikket på hodet. «Det vil jeg tro, men som sagt, bestemor kunne litt og hun fortalte alt til oss barna. Jeg husker det godt for jeg var egentlig for ung til å bli fortalt slike historier men hun brydde seg ikke om det, hun fortalte dem allikevel og barn elsker jo å bli skremt»

Khelebil nikket og satte seg ned, Hibu så svært spent ut. «Det stemmer jo»

Felaran rettet på klærne og satte seg litt bedre til rette. «Bestemor brukte å si at unger bare har godt av å bli litt skremt en gang i blant, men jeg vet ikke. Jeg hadde mareritt etter noen av de eventyrene hun fortalte oss!»

Khelebil kunne så vidt huske sin egen bestemor, en heller bisk dame med en gedigen mustasje og skjærende stemme som hadde hatt en merkelig forkjærlighet for søtladne romantiske romaner. «Så hva sa hun om den ruinen?»

Felaran smilte litt skjevt. «I følge gamle fortellinger var den ruinen en gang hjemmet til en svært så mektig magiker, det var i tiden da dragemestrene var på det sterkeste. Han var svært arrogant og sikker på seg selv og noe gikk forferdelig galt»

Khelebil følte en brå trang til å rulle med øynene, det var en ganske så velkjent problemstilling. Felaran bikket på hodet. «Han mente å hjelpe i kampen mot fienden som hadde begynt å vise seg og han fant visst opp noe som skulle gi dragemestrene mer kraft men det virket litt for godt og det han skapte kunne ikke kontrolleres. Mørket besatte ham, han ble en av fiendens håndlangere og til slutt måtte dragemestrene drepe ham. Det ble sagt at kampen varte i mange uker og området var svartbrent etterpå»

Khelebil frøs nedover ryggen, vannet, det var vannet den magikeren hadde skapt, uten tvil, og det hadde blitt brukt. Felaran foldet armene. «De vant over ham men han hadde svært mektig magi og stedet der han brukte den måtte ødelegges. Dragemestrene ødela hele bygningen og begravde den men i følge bestemor begravde de noe med bygget, noe som kunne hindre de mørke i å noen gang vende tilbake til vår verden helt og fullt»

Khelebil holdt pusten, skjoldet? Felaran fortsatte. «Det var en tavle, med innskripsjoner på, og noen fulgte de instruksjonene som sto på den ville de gjøre det umulig for ondskapen å ta kontrollen her i vår verden»

Khelebil sukket, ikke skjoldet, så enkelt var det altså ikke. Han så bort på Hibu som hadde lyttet med skinnende øyne. «Det er en god historie men jeg tviler på at den har noen betydning her og nå.»

Felaran var fjern i blikket. «De gamle sa at når trollene vendte tilbake til slettene var ikke de mørke langt etter, kanskje det er noe i det tross alt»

Khelebil husket hva Wulf hadde fortalt og han bet tennene sammen. Det var bare en ting å gjøre og han var ikke sikker på om han likte tanken. Han reiste seg og smilte høflig. «Vi takker for fortellingen, det kan hende at det faktisk kan være til hjelp»

Felaran smilte og klappet Hibu på skulderen. «Jeg håper det, de besatte er skrekkelige men om det dukker opp troll på toppen av alt har vi virkelig problemer.»

Khelebil nikket og prøvde å ikke tenke på det. Felaran ristet noe hestehår av buksene. «De sier at drageild var noe troll frykter men det finnes ikke drager lenger. De sa at Darasher holdt en drage fanget og at den var det alle var ute etter men jeg tror ikke på det. Drager har vært utdødd i årtusener, det var nok heller noen som så en sjanse til å spre elendighet og tok den»

Khelebil bare trakk på skuldrene. «Tro det!»

Han tok med seg Hibu tilbake til teltene og fant Wulf, han var i ferd med å instruere noen soldater og Khelebil trakk pusten dypt. «Wulf, jeg har funnet ut litt, i det minste noe. Men jeg vet ikke om det er brukbart i det hele tatt eller bare gamle fortellinger»

Wulf så litt spørrende på ham. «Javel? Hva fant du ut?»

Khelebil gjenfortalte det Felaran hadde sagt og Wulf rynket pannen. «Før ville jeg sagt at det bare var gammelt pissprat og ikke noe å bry seg med, men verden er blitt gal og jeg tror ikke at vi har råd til å overse noe.»

Khelebil så spørrende på ham. «Hva tenker du å gjøre?»

Wulf så innbitt ut. «Grave frem hele ruinen, vi har folk nok, det burde gå greit»

Khelebil gren på nesa. «De vil ikke like det, å måtte grave på slikt et sted»

Wulf smilte litt sardonisk. «De vil ikke få vite at det en gang bodde en magiker der, de vil bare få vite at vi graver etter verdisaker»

Khelebil måtte glise. «Greit, jeg kan gå med på det.»

Wulf klappet seg på armen. «Karene trenger litt trening, fysisk arbeide er bra. Jeg tror jeg kan si at de kan få beholde det de finner om det ikke er brukbart for oss»

Khelebil beundret hvor slu Wulf var, han forsto seg på folk, om de trodde at det var en skatt der ville karene glemme enhver tvil de måtte ha hatt. Han forsto hvorfor Wulf var en av Hanek sine yndlinger. Wulf gikk for å si ifra til kongen og Khelebil vendte tilbake til teltene og produksjonen av salver. Han kunne bare håpe at Wulf fikk gjennomslag for forslaget.

Det viste seg at Hanek godtok det og allerede morgenen etter forlot en ganske stor gruppe leiren, Wulf hadde kommandert ut en stor gruppe soldater og han hadde valgt de største og sterkeste og delt dem inn i lag. Det lå i luften at det var en belønning for de som jobbet best og mennene var ivrige. De var ikke redd ruinen siden de var fra Sølverhøy og de hadde med bra med utstyr også.

De ankom rett etter soloppgang og Wulf hadde tatt med skjoldet for sikkerhetsskyld. Han hadde også sørget for at det var med bra med mat og drikke og Khelebil hadde blitt med for å holde øye med det som skjedde. Brønnen var dekket til og alle lå unna den men resten av bygget ble først avmerket og så begynte hvert lag å grave i hvert hjørne. Noen bar bort jord mens andre grov og Khelebil var svært spent. Karene fant en del ting og som lovet fikk de beholde det de fant så lenge det ikke var farlig. Noen fant gamle mynter, en fant noe som måtte være en drageklo og en mann grov frem en svært fin gammel vase. Mennene var ivrige og jobbet hardt og Khelebil tegnet et riss av bygget og hvor ting ble funnet, dette var faktisk interessant og etter som dagen gikk skjønte de at det virkelig hadde vært kjempet der. De fant et lag med svidd jord og stein

og det var gamle bein der også, for oppråtnet til at de skjønte
hva slags skapning de kom fra.

Wulf sørget for at mennene tok pauser og fikk i seg mat og
de nærmet seg midten i bygget, her var jorda utrolig hard, som
stein og helt klart svidd av. Wulf fikk de sterkeste mennene til
å jobbe der, og han holdt nøye øye med sola. De kunne ikke bli
etter solnedgang, det ville være for farlig. Etter en time med
graving hadde de avdekket noe, noe som fikk Khelebil til å
rygge tilbake i vantro og skrekk. Det var et skjelett, åpenbart
forvandlet til noe som lignet metall og det sto på kne med
armene rakt opp og fremover, hodet kastet bakover og kjevene
åpne som i et skrik. Det var grotesk, som om personen hadde
prøvd å beskytte seg mot noe og mennene stirret vantro på det.
Wulf gikk bort til det, uten å vise frykt, og han slo på det med
sverdet sitt. «Det er metall, jeg vet ikke hva type men det
gjelder hele beingrinda.»

Khelebil bet seg i underleppa. Om ikke dette var den
magikeren kunne de kalle ham en krakk. Golvet under
skjelettet var svidd også, flisene var sprø som kjeks av varmen
og det lå noe som måtte være rester av et eller annet lagd av
krystall rundt ham. Han frøs nedover ryggen igjen, det virket
for at den hestekaren hadde hatt rett. De gamle sagnene fortalte
sannheten.

Men det skulle være en tavle der og Wulf sendte karene ut
til å lete etter noe sted den kunne være gjemt. Veggene i
bygget hadde veltet utover og flaten som hadde vært golvet var
plan men et sted fant noen en fordypning og de begynte å
grave der. Etter en halv time hadde de funnet en stor
krystallkule som var utrolig vakker å se til men gav Khelebil
akutt angst og en slags stav av treverk som burde ha råtnet bort
for lenge siden men som fremdeles var hel. Wulf la begge
deler i en sekk, han tok ikke engang på dem med egne hender.

Men i bunnen av gropa var det ganske riktig en stor
steintavle, lagd av massiv granitt og den var temmelig diger,
minst to ganger en meter. Det var tegn på begge sider av den

og de fikk bikket den opp med vansker. Wulf strøk en behansket hånd over steinen, han så litt urolig ut. «Jeg aner ikke hva som står på den tavla? Er det noen som kan lese det?»

Khelebil gikk bort til tavla og ristet på hodet. Tegnene var ukjente for ham, men det sto mye der, det var det liten tvil om. Var det magiske riter? Instruksjoner som angikk noe mye mer praktisk? Han ante ikke og det gjorde ham frustrert. Wulf sukket. «Vi kan ikke flytte den, ikke ennå. Vi trenger en sterk vogn og en slags kran, denne greia er blytung»

Khelebil så bort på sekken med kula og staven. «Og de greiene der?»

Wulf smilte litt skjevt. «Holder vi skjult til vi finner ut mer av dette, vi tar ingen sjanser nå. Om den magikeren virkelig skapte noe som forvandlet menn til drager tar jeg ingen sjanser på noe han har eid.»

Khelebil så på skjelettet, det var helt svart og glinsende og han gyste. «Burde vi ikke dekke det til?»

Wulf trakk på skuldrene. «Med hva? Jeg tror ikke noe vi gjør fra eller til har noen effekt på magi. Nei, han får stå der, til advarsel for folk og fe.»

Khelebil kunne levende forestille seg reaksjonen til den arme jævelen som snublet over noe slikt i mørket, det var nok til å gi noen og enhver hjertesvikt. Wulf tok frem en full pengepung og begynte å dele ut mynter til alle karene, de fikk en ganske så overdådig belønning hver og mange så særdeles fornøyd ut med dagens innsats. Khelebil tegnet av det som sto på tavla før de vendte tilbake til leiren, det kunne kanskje være at noen andre der kunne identifisere skriften?

Leiren var stille da de ankom, det var sent og mennene ble sendt av gårde for å få seg et godt måltid før natten og Khelebil var utslitt. Han kunne ikke glemme det skjelettet, den merkelige posituren, krystall skårene på golvet rundt ham. Han hadde prøvd å forsvare seg men Khelebil kunne ikke tro at noe annet enn drageild kunne ha svidd de flisene slik. De sa at drager hadde ild som var varmere enn ilden i en esse. Hvordan det nå var mulig? Han vasket seg grundig og la papirene med tegningene inn i en mappe med andre papirer i. Han fikk jobbe videre med salvene dagen etter, og Wulf hadde alt hengt skjoldet opp i en flaggstang noen hadde reist i midten av leiren så de burde være trygge for angrep. Da Khelebil omsider fikk sove drømte han om svarte skjeletter som vandret rundt og strupte folk og magiske kuler som forvandlet folk til griser om de tok på dem.

Shaad

Shaad hadde kjedet seg omtrent fra vettet i det som for ham kunne oppfattes som en liten evighet, han kunne ikke gå noe sted uten at han ble holdt under oppsikt og han kunne ikke skjønne hvordan han skulle få innyndet seg hos den legen. Han hadde kommet til at Khelebil var den eneste han hadde en sjanse på, Wulf var for farlig, Hanek var så avgjort ikke interessert og de andre offiserene der ville bare anse ham som en plagsom guttunge uten noen betydning. Han måtte virkelig prøve å finne på noe som endret situasjonen. Han lå på senga og lekte med rubinen han hadde funnet, den var fin å fingre med når han tenkte og han snurret den mellom fingrene og prøvde å finne på noe som ville gi ham fordeler. Khelebil hadde vært opptatt de siste dagene og Shaad hadde fått med seg nyheten om det skjoldet, det holdt de besatte unna og det var jo en bra ting. Men det måtte være en måte å finne ut hva Khelebil foretrakk? Kunne han håpe at mannen likte gutter? Shaad sukket, antagelig ikke. Khelebil var temmelig ung og kanskje til og med en smule feminin menn neppe en som likte den slags. Om han tente på andre av hannkjønn var det sannsynligvis svære kraftige brander av noen karer. Shaad hadde liten sjanse der. Fiske etter sympati? Det var en mye mer troverdig strategi, og en han kunne bruke men hvordan?

Khelebil var feltskjær, en lege. Kunne Shaad late som om han var syk? Det var lite lurt, om Khelebil var noe verdt, og det var han garantert siden han var Haneks feltskjær ville han avsløre det med en gang. Med andre ord, om Shaad skulle bruke den taktikken måtte han virkelig feile noe, hva da?

Shaad visste om planter som gav magesyke og slikt om en spiste dem, han visste også om giftige planter men sjansen var så alt for stor for at en feilet på dosen og strøk med. Han hadde ikke tenkt på det. Han lot rubinen gli over knokene, bet seg i underleppa. Vel, det var en mulig metode han kunne bruke men den var ubehagelig for å si det mildt. Han hadde hørt om det fra andre og visste ikke om det var spesielt lurt. Han satte seg opp, stirret inn i teltveggen. Han kunne ikke bare ligge der og vente, noe måtte han da kunne gjøre? Å hore seg ut til soldatene var utenkelig, han siktet mye høyere enn som så og for et kort øyeblikk angret han nesten på at han hadde drept Olric. Han kunne ikke håpe på å få like stor innflytelse der i leiren eller kunne han? Var Khelebil virkelig den eneste han kunne prøve å innsmigre seg hos?

Han ville ikke innlate seg med den offiseren som var sjef for kavaleriet, fyren var ikke engang adelig og stinket hest og Shaad ante at om han foretrakk gutter så ville Shaad måtte forberede seg på å bli hardt ridd for å si det pent. Den øverste av kokkene i leiren hadde faktisk mye makt og var lav adel av alle ting men han var feit og bråkete og tenkte bare på mat. Det var ikke noe han kunne tenke seg i det hele tatt. Hvem andre var det der som var av betydning? Ingen høyt nok opp for ham!

Han var godt trent, år ute på veiene hadde lært ham det meste som kunne læres om hva andre tenner på, og hva som gir nytelse. Han kunne kunsten å gjøre en mann bortimot avhengig av ham men han var ikke naiv, han visste at selv om han fikk noen der på kroken slik ville han aldri bli noe annet enn et leketøy. Et verdsatt leketøy kan hende men aldri en partner, aldri det han hadde oppnådd hos sin far. Han gren på nesa, Sølverhøy var jo en mulighet men hvordan komme seg dit nå? Det å reise alene var livsfarlig, han var ikke så dum at han ikke forsto det. Han kom neppe langt før han enten møtte besatte, sektmedlemmer som ville omvende ham eller banditter og han fryktet alle tre like mye. Han var i stand til å ligge å

skreve for noen for å få fordeler men å bli brukt som madrass
av mange i hurtig rekkefølge var noe han tvilte på at han ville
overleve. Nei, han måtte prøve Khelebil, men det betydde at
han måtte følge planen om å bli kvitt den guttungen. Hvordan?
Det var bare en mulighet og det var om natten, han måtte prøve
å lokke guttungen bort og bli kvitt ham på et eller annet vis.

Men Khelebil først, kunne han bruke den metoden han
hadde hørt om? Det å late som om han hadde en eller annen
venerisk sykdom var troverdig, tross alt, alle visste hvordan
Olric hadde dødd og om de tenkte seg om var et ikke
usannsynlig at mannen hadde hatt noe slikt. Ingen trengte å
vite at Olric slettes ikke hadde tenkt på den slags lyster siden
han startet den forbaskede krigen. Jo, det var eneste måten, få
sympati, kom nærmere Khelebil og drep den guttungen, få ham
ut av veien og ta hans plass. Det burde ikke være for vanskelig.

Shaad kjente at rubinen føltes varm når han tenkte på det,
nesten levende. Fargen var så utrolig vakker og han la den inn i
en hemmelig lomme i beltet. Den var trygg der.

Shaad hadde aldri vært av de mest tålmodige, han fant ut at
han måtte forberede seg der og da. Han gikk ut og så at en av
soldatene begynte å fotfølge ham med en gang, det gjorde ikke
noe. Shaad gikk litt rundt på måfå, så på noen av hestene, gikk
til matteltet og spiste litt. Han prøvde å oppføre seg normalt.
Etterpå gikk han til baksiden av leiren der det gikk en bekk,
han lot som om han kikket etter fisk og kastet litt stein før han
plukket med seg noen blomster og strå som vokste på bredden.
Vakten hans så ut som om han kjedet seg kongelig. Shaad gikk
tilbake til kjøkkenteltet og tok med seg en liten tallerken med
noen skiver brød og litt ost og smør, han tok også et krus med
melk og nå begynte han å føle seg nervøs, det kom ikke til å bli
lett og det kom i hvert fall ikke til å bli behagelig.

Tilbake i teltet ventet han til det ble stille for kvelden, han
lot bare en liten lampe stå og brenne og han svelget hardt og
tvang seg til å fortsette. Det måtte være troverdig om ikke
Khelebil skulle lukte lunta og den første delen av det var ikke

ille i det hele tatt. Han trakk ned buksene og la seg på senga, lukket øynene og så for seg Olric i det han innså hva han var i ferd med å gjøre, så for seg uttrykket av total vantro og angst. Shaad kjente at han reagerte på det og så fort han var hard nok begynte han å jobbe målbevisst for å oppnå en orgasme. Han visste akkurat hvordan han skulle stimulere seg selv for å nå frem fortest mulig, han kjente sin egen kropp nå og kunne denne kunsten til fingerspissene. Han husket den første gangen han kom, det hadde skjedd i et skittent lite vertshus langs en landevei langt nordvest i landet, og den han kunne takke for det var en annen vandrende stakkar.

Shaad hadde allerede da vært godt vant til å bli brukt, uskylden hadde han mistet på voldelig vis til en feit gammel kramkar som hadde lurt ham inn i en sauebinge med løfte om mat og deretter bant gutten fast og voldtok ham flere ganger. Shaad hadde vært sikker på at han kom til å dø da, men hatet mot faren hadde holdt ham i live og han innså at han hadde noe andre ønsket, en smidig ung kropp som var som skapt for dette. Etterpå hadde han lært å bruke utseendet og han hadde lært å forberede seg så han ikke ble skadet men han fant aldri noen nytelse i det selv. Han var for ung og han visste vel kanskje ikke engang at det kunne være glede i også dette.

Hans kamerat hadde delt alt med ham i noen måneder, vinteren hadde vært hard og de hadde vært nødt til å samarbeide for å overleve og i en stille natt hadde Njol som han het lært Shaad hva det ville si å føle glede over å bli brukt. Det hadde vært så fantastisk at Shaad nesten hadde svimt av mens han for første gang så hvordan hvitaktig væske skjøt ut av ham og etter det hadde det ikke vært noen vei tilbake. Han ble svært glad i å gi seg selv nytelse og Njol sa at det var smart, i deres yrke var det en fordel.

Shaad brukte ikke lange tiden på å nå frem, han bet seg i underleppa for å ikke lage lyd mens han brukte en klut til å fange opp det som kom, deretter fant han et av stråene han hadde plukket. Han blandet diverse væsker i en kopp og ved hjelp av strået fikk han noe av det inn i kroppen. Det gjorde vondt, han kunne ikke nekte for det og bare stålviljen han hadde opparbeidet seg gjorde at han greide det. Deretter la han seg igjen, væsken ville irritere blæra og urinveiene og sørge for at det så ut som om han hadde en sykdom. Det ville bli svært vondt men var verdt det.

Neste morgen var Shaad svært lite opplagt, det verket forneden og han så rød og sår ut og det rant litt tynn væske fra ham også. Det så overbevisende ut så han trakk på seg klærne og samlet seg. Nå gjaldt det å spille kortene riktig. Khelebil var i syketeltet siden han alltid startet dagen der, det hendte at det skjedde ting i løpet av natta og han trengte å gjøre noe annet enn å mikse merkelige oppskrifter. Dessuten fikk det tankene hans vekk fra det han hadde sett. Han hjalp en soldat som hadde knekt en tann på det harde brødet de fikk og en annen som hadde blitt tråkket over føttene av en hest. De to var på vei ut da Shaad kom inn, med hodet hengende og en tydelig brydd mine. Khelebil rynket pannen. «Hva kan jeg hjelpe deg med gutt?»

Shaad trakk pusten, prøvde å te seg som om han skammet seg dypt. «Jeg…æh…jeg…»

Khelebil sukket. «Ja du….?»

Shaad pekte mot skrittet. «Det gjør vondt»

Khelebil bikket på hodet, i vantro. Den gutten var eldre enn han lot som, han var ganske sikker på det men kunne gutten virkelig ha pådratt seg noe ufyselig noe? Det var merkelig i så fall. Eller var det virkelig det? Hanek mente at guttungen var vel vant med slikt og Khelebil visste at Hanek hadde en nesten skummel evne til å lese folk. «Du får droppe buksene så får jeg se hva jeg kan gjøre»

Shaad gjorde som han fikk beskjed om, med blikket vendt i bakken og en blyg mine. Khelebil bøyde seg og så med en gang at det var noe galt der, så avgjort. Det lignet slik soldatene ofte fikk når de tok med seg leirhorer og delte dem

og han grep tak i Shaads stolthet og undersøkte den grundig.
«Du har fått leir sjuka, men jeg har medisin»

Khelebil gikk over til et skap og fant en liten krukke med salve. «Gni deg inn med dette hver dag i en uke, så blir det borte»

Shaad tok krukka med tydelig takknemlighet og greide å smile også, men innvendig kokte han. Khelebil hadde ikke vært noe annet enn profesjonell og det var tydelig at han ikke brydde seg om fristelser. Shaad kunne ha prøvd å lodde stemningen enda litt lengre emn visste at det ikke var noen vits. Han måtte ty til en annen taktikk. Han fikk på seg buksene igjen og gikk ut, han måtte strekke seg så langt nå som å late som om han brydde seg om medisin. Vel, det var et lite offer. Tilbake i teltet pisset han lenge og vel for å få ut væsken og så smurte han seg med litt salve siden den uansett hjalp mot sårheten. Først blir kvitt den gutten og så bli den nye lærlingen? Hvorfor ikke egentlig, det burde gå greit. Resten av dagen holdt han seg inne og satt og fingret med rubinen, det var nesten hypnotiserende å leke med den og han kjente at den gjorde ham avslappet og rolig. Alt kom til å gå bra, han ville få makt igjen, og styrke. Han ville kunne gjøre alt han ønsket, det var bare å være selvsikker så ville det gå av seg selv. Han lukket øynene, smerten fra det han hadde gjort forsvant, han knep hendene tettere sammen rundt rubinen og smilte for seg selv. Ja, han ville få mye å si, bli kvitt den gutten, nei, bli kvitt kongen og da ville han virkelig få makt. Det var en søt tanke og han visste hvordan også. Det var merkelig men tankene hans var så utrolig klare nå, alt sto så klart for ham. Han visste nøyaktig hva han skulle gjøre, og hvordan. Det var en følelse av eufori der. Når Hanek ikke var i veien ville han kunne forføre Wulf, mannen kom ikke til å skjønne hva som skjedde og så hadde Shaad en hær, en helt egen hær, stor og sterk og uovervinnelig og han kom til å gjøre så mye bra for selvsagt var han den som hadde rett. Shaad sovnet med handa på rubinen og merket ikke at den lyste

svakt, at makten i den våknet mer og mer, at han selv fikk
mindre og mindre å si. Snart ville han tro at hans mål var dens
mål, og ting ville endre seg, og endre seg mye!

Neste morgen våknet Shaad av at tjeneren bar inn litt mat til
ham, han strakte seg og følte seg merkelig utilpass, det var som
om han hadde glemt noe viktig men han greide ikke å komme
på hva det kunne være. Han smilte stivt til tjeneren og kledde
på seg, ute var det solskinn og ganske fint vær og han følte en
brå bølge av ubehag ved synet av det. Hvorfor ante han ikke.
Så, hva skulle han bedrive denne dagen med? Han måtte prøve
å finne på noe for å ikke gå fra vettet av ren kjedsommelighet.
Han pirket bare i maten, appetitten var elendig og han frøs. Var
han kanskje i ferd med å bli syk på alvor? Det ville være for
ille, han ønsket ikke det. Rubinen hadde han gjemt i
beltelommen og den gav en god og behagelig varme så han
måtte bare stikke hånda nedi der av og til og bare nyte følelsen.

Shaad ville ikke ut, sola stakk i øynene på ham og han
syntes varmen var ubehagelig mot huden men å sitte inne i
teltet hele dagen var utenkelig. I stedet gikk han til
innhegningene der hestene ble holdt og ble sittende å se på at
noen trente noen ridehester. Dyrene virket opprørt og ville ikke
adlyde og Shaad måtte fryde seg over frustrasjonen til
trenerne, det var kostelig å se. Noen av de som passerte ham
kastet lange blikk på ham, han så virkelig ikke bra ut, blek,
huløyd og med svarte ringer under øynene. Han satt der og
hutret og ingen av de dyrene som ble tatt med til
innhegningene oppførte seg normalt. Shaad brydde seg ikke
om det men for de som var der virket det som om hestene ikke
likte ham.

Han hadde sittet der en stund da han hørte leven fra andre
siden av leiren og han kom seg opp og løp dit, det var noen
speidere som hadde vendt tilbake og de så svært opprørt ut.
Wulf kom løpende og spredde folkemengden som hadde
samlet seg med myndig hånd og speiderne kom seg av de

svette hestene og bukket fort for offiseren. «Herre, vi har vært
østover, vi så dem»

Wulf rynket pannen og Shaad bikket på hodet, en følelse av
triumf hadde begynt å våkne i ham, uvisst hvorfor. «Så hva?»

De to mennene peste nesten. «Troll, og sjelløse! De var
motbydelige!»

Wulf bannet, så stygt at det var et mirakel at han ikke tok
fyr der og da. «Hvor langt unna?»

Den ene av karene samlet seg synlig. «De er et godt stykke
vekk, vi red hardt og det er en liten elv mellom oss og dem. Et
par dager tror jeg, de beveget seg ikke fort»

Wulf lukket øynene. «To dager, Khelebil bør ved gudene få
fart på den salven, vi trenger den nå!»

Han snudde på hælen og løp og folk begynte å spre nyheten,
det var tydelig at mange ble redde mens andre bare trakk på
skuldrene, overbevist om det umulig kunne være så ille. Så
trollene hadde nådd slettene, denne hæren kom til å bli fanget i
en knipetang mellom dem og de besatte. Det kom ikke til å
være noen som kunne stanse planene der lenger. Shaad ante
ikke hvor den tanken kom fra men det frydet ham, han var ikke
redd for seg selv i det hele tatt for han var sikker på at han var
spesiell.

Khelebil jobbet som en gal nå, han hadde mange av
assistentene sine til å hjelpe seg og siden det var lite bruk for
dem akkurat nå gikk det greit. Det eneste som feilet soldatene
for tiden var fotsopp og inngrodde negler og det kunne de ta
seg av på egenhånd. Shaad vandret rundt i leiren, som vanlig
med en soldat som skygge og han overså mannen glatt, det
spilte ingen rolle, han visste hva han skulle gjøre. Palisadene
ble forberedt og det var yrende aktivitet alle steder. Khelebil
hadde noe salve klar og den ble fordelt ut og de sendte ut
mange ryttere for å sikre seg at ingen av fiendene greide å
snike seg inn på dem usett. Hanek var overalt og brølte ordre
og Shaad så at mange av de som hadde vært med ham nå adlød

Hanek uten spørsmål. Det føltes merkelig sårt og han kjente at raseri og hat vokste i ham.

Shaad ble sittende ved matteltet lenge og han drakk litt øl men spiste ikke noe, han burde ha engstet seg for ubehaget han følte men det betydde ikke noe lenger, alt som telte var følelsen av at han hadde en oppgave han ikke kunne feile. Han holdt øye med hvor Hanek befant seg til enhver tid, han var aldri alene og det ergret Shaad, hvorfor visste han ikke riktig men han husket en slags følelse av at han skulle sørge for å bli alene med kongen. Det ble satt opp tette vaktrunder og Wulf brukte alt han kunne, han var en dyktig offiser og Hanek hadde stor tiltro til ham. Khelebil jobbet ennå med å lage mer av salven og han hadde prøvd å finne alle ingrediensene til alle oppskriftene men noe av det var bare umulig. Det var ord han ennå ikke kunne tyde. Shaad drev forbi teltet av og til, følte en merkelig trang til å sabotere men det var folk der hele tiden, han kunne ikke trekke oppmerksomhet til seg selv, ikke ennå!

Kvelden kom sakte sigende og han så at et merkelig mørke hadde seget ut over slettene, lave skyer som antagelig skjermet trollene og de sjelløse fra sollyset, synet gjorde ham merkelig tilfreds. Han gikk tilbake til teltet sitt og ventet der, han visste ikke på hva men noe var det. Shaad dirret av irritabilitet og frustrasjon, snart, ved alle mørke guder, snart. Leiren falt ikke til ro den kvelden, det var folk overalt og lys og totalt kaos. Det var en fordel, han forsto ikke hvorfor men noe fortalte ham at det var bra. Han kjærtegnet rubinen og smilte for seg selv, den gjorde ham sterk.

Litt etter midnatt ble det litt roligere og Shaad så at vakten utenfor teltet sto og halvsov. Shaad kjente seg som i en merkelig drøm, ikke noe var egentlig virkelig og han styrte ikke helt sin egen kropp. Han snek seg ut under teltduken på baksiden av teltet og trakk på seg en kappe, det lå noen henslengt der og han bare tok en. Fort gikk han gjennom leiren, han hadde grepet et spyd og lot som om han var en soldat. Ingen la merke til ham, det var kaldt og surt og ingen reagerte på at hetten var oppe. Han nærmet seg kongens telt da han så den forbaskede guttungen, han satt utenfor lasarettet og virket for å jobbe med et eller annet, var det en bok? Shaad smilte et sakte og temmelig skummelt smil, han ville ha gutten ut av veien. Noe sa ham at han skulle ignorere det men ennå hadde han litt kontroll og han ville bil kvitt Hibu så han kunne ta hans plass. Det var ikke logisk lenger men han tiltvang seg litt kontroll igjen og det var ingen der. Alle soldatene var enten på vakt langs palisadene eller i teltene sine og Shaad så at gutten var dypt konsentrert. Shaad trakk en dolk fra beltet, hvor den kom fra ante han ikke, han måtte ha tatt den fra et av teltene han passerte? Han brydde seg ikke. Fort som en katt gled han frem og la handa over munnen på gutten mens han kylte det lange bladet inn i brystet på ham. Han visste hva han skulle sikte etter. Hibu rykket til og grep etter armene hans men ble slapp nesten med en gang og Shaad kvalte en latter og skjøv gutten fremover så det så ut som om han hadde sovnet over boka. Shaad følte seg sterk, uovervinnelig, men nå var det viktigere ting som ventet. Han var garantert storhet og makt om han fikk til dette. Han snek seg videre gjennom leiren, Kongens telt var plassert mellom de øverste offiserenes og der var det vakter. Hvordan skulle han få adgang til Hanek? Han kunne ikke bare valse inn, vaktene var dyktige og mistenksomme. Han fikk en følelse av ro, av at alt ville ordne seg, det ble tatt hånd om.

Han fikk øye på en stabel med kasser som hadde innehold vinflasker og gjemte seg bak dem, tålmodig. Han måtte være tålmodig. Han satt der og kjente at fryden kokte i ham, dette var fantastisk og han kjælte med rubinen igjen, den var vennlig, varm. Den oppmuntret ham, roste ham. Den var hans sanne venn. Shaad ville kanskje ha begynt å undres over hva han egentlig tenkte om han hadde vært seg selv men det var han ikke lenger. Brått hørte han rop, og han visste hva det skyldtes. Noen hadde funnet guttungen og ropene fikk folk til å løpe i den retningen. Vaktene ble også distrahert, bare en ble igjen foran Haneks telt og Shaad så sin sjanse. Han snek seg inn bak teltet og skar en liten flenge i duken. Hanek satt og duppet i en stol med ryggen til, og han hadde et kart over fanget. Shaad gled inn gjennom flengen, han var ikke klar over det selv men bevegelsene var unaturlige nå. Han var lydløs og siktet seg inn på den aldrende mannens hals. Hanek bøyde seg litt forover for å hoste og det var nok til at det første hugget ikke traff riktig, Shaad hadde tenkt å stikke i halspulsåren men bommet med litt. Hanek grep etter såret med en gurglende lyd og prøvde å snu seg men Shaad grep ham i håret og stakk en gang til, mellom skylderen og kravebeinet, på skrå nedover i retning hjertet. Nå hørte han lyder utenfra så han avsluttet med et rask hugg mot brystet og deretter smatt han ut igjen og utnyttet mørket.

Han visste hva han skulle gjøre nå, men noe i ham slåss. Han skulle vente til han kunne innsmigre seg Khelebil, eller….Nei, han skulle vekk derifra. Slik var det, ute på slettene ventet en enda større hær på ham. Han satte kursen mot stallene, der var det ingen vakter nå, alle hadde blitt opptatt på andre hold og han fant den grå stridshesten. Den slo med hodet og han slet med å få på den sadel og hodelag, dyret likte ham så avgjort ikke og han hveste og ønsket han kunne forbanne det elendige beistet. Dyrene her var da utrolig lite samarbeidsvillige. Shaad forsto egentlig ikke helt hva han drev med men rubinen fortalte ham at det var klokt. Han kom seg i salen og hesten prøvde å bukke ham av men han strammet tøylene og gav den av hælene og han red hardt gjennom leiren. Nå gikk alarmen og han ble oppdaget, men han brydde seg ikke. Piler suste rundt ham men traff ikke og han tvang hesten mot et sted der palisaden var lav. Porten var ikke å tenke på, den var tungt bevoktet. Hesten var god og greide spranget, Shaad jublet innvendig, dette var fantastisk, han hadde virkelig gjort sitt beste. Uten kongen ville de være hjelpeløse. Shaad red beinhardt utover sletten, han brydde seg ikke om retningen og han var fylt med en slags mørk fryd som ikke lignet noe han hadde merket før. Brått ble han klar over at det ikke var trygt å ri fort i mørket, han hadde nådd et skogholt og før han rakk å bøye seg traff en grein ham rett i brystet så han falt av hesten med et smell. Han kravlet seg på beina igjen og kjente at han var skadet men det var neppe alvorlig. Han gliste, dyret løp videre og han trengte ikke noen hest, han var sikker på at han ville finne sin rette plass snart.

Han børstet av seg løv og jord, ristet klærne godt og gikk videre. Skogen var helt mørk og han ante ikke hvor han var men det spilte ingen rolle. Han hadde gått en stund da han begynte å føle seg litt mindre selvsikker. En følelse av tvil sank over ham og han følte seg forvirret, hvorfor hadde han drept Hanek? Og hvorfor hadde han stukket av slik? Det var ingen som hadde sett ham drepe kongen? Eller….Han stanset, følte seg uvel og slapp og fremfor alt underlig lett i hodet. Hva var galt?

Han grep ned til beltet og gav fra seg et lite skrik, lommen var tom! Rubinen var borte, den måtte ha falt ut da han ristet klærne rene. Han gav fra seg et skrik til, raste tilbake i egne spor men mistet dem fort, han ante ikke hvor han var, han var alene. Det var ingen der som veiledet ham lenger, hva nå?

Shaad prøvde å tenke, han måtte komme seg bort fra leiren for de ville garantert lete etter ham, skogholtet var ikke stort, han kunne ikke håpe på å gjemme seg der og det var hunder i leiren, svære dogger noen av offiserene eide og de kunne garantert spore ham opp. Han måtte bare legge så mye avstand mellom seg selv og leiren som mulig. Han løp, med hjertet i halsen og en følelse av vantro, hva hadde han tenkt på? Han løp til beina føltes som gele og han stanset til slutt gispende ved en bekk. Han var ikke i god form, og nå fikk han svi for det. Han kunne se lysene fra leiren i det fjerne, forbasket, han hadde ikke kommet seg så langt vekk som han hadde håpet på. Han kom seg opp og sjanglet videre og han var på vei ned en liten ås da han oppdaget at han ikke var alene der lenger.

Merkelige bleke skapninger med svarte øyne og deigaktig hud
sto på åsen og stirret på ham og han skrek og prøvde å løpe.

Shaad løp temmelig fort men ikke fort nok, han ble
omringet og grep etter dolken men også den hadde han mistet.
De sjelløse samlet seg rundt ham, de luktet forferdelig, en
slags råtten fiskeaktig lukt og de slikket seg om munnen og
hveste. Shaad skrek av angst, han prøvde å slå seg løs men det
var ingen vits, de grep hak i ham og holdt ham fast og en av
dem bikket på hodet og gliste stygt, den virket for å lukte på
ham og Shaad klynket i total angst. Skapningen var så grotesk
at det snaut kunne beskrives og de svarte øynene var fylt med
navnløs og iskald ondskap. Den gav fra seg en lyd som hørtes
ut som latter og la en kald hånd på Shaads mage i et kort
øyeblikk, berøringen var det mest motbydelige Shaad hadde
følt noen gang men den hadde en naturstridig effekt på ham.
Brått ble han hard og kroppen begynte å verke av lyst,
skapningen kaklet og øynene glitret i stjernelyset. «Din
belønning slave»

Shaad skrek og vred seg men hender rev av ham klærne og
han ble tvunget ned, skrikene hans virket bare for å oppmuntre
skapningene som uten å nøle holdt ham nede mens en kom seg
i posisjon. Shaad så at beistet var utstyrt med et imponerende
organ og den strøk handa nesten ertende nedover det før den
hev seg over den skrikende ungdommen. Shaad følte at sinnet
hans var i ferd med å briste aldeles, kroppen hans brant etter
det, tok i mot det iskalde organet med intens nytelse og han
skrek vilt og pumpet hoftene mot beistet som gryntet og støtte
ivrig. De som holdt ham nede slapp, Shaad klynget seg til
uhyret som voldtok ham, slo beina sammen rundt det, hylte vilt
i det voldsomme orgasmer rev gjennom ham, igjen og igjen.
Han dekket sin egen mage med sæd og noen av beistene la seg
ned og slikket det av ham med kalde tunger. Beistet som tok
ham fullførte med et forferdelig vræl og Shaad kjente at han
ble fylt med iskald væske som formelig brant men ennå måtte
han ha mer. En ny tok over, Shaad rykket og skalv under den

pumpende sjelløse, svarte øyne stirret på ham med djevelsk
fryd og han kunne ikke få nok. Han ble snudd rundt, tatt
bakfra, han ble tvunget til å ri en av de sjelløse og samtidig
presset en annen seg inn i ham ved siden av den han satt på.
Han hylte av smerten men samtidig var nytelsen han følte så
intens at han trodde han skulle bli gal av det. En etter en tok
ham og han så at magen hans bulet litt ut av alt som var
pumpet inn i ham, men det var ikke nok, han måtte ha mer, han
kom igjen og igjen, hjertet hamret i ham og han var steinhard
men hadde ikke mer å gi, han kom tørt men det var ingen ende
på det. Lårene hans var sleipe av væskene fra de sjelløse og
hans eget blod, når en trakk seg ut klorte han desperat etter den
neste, alt som eksisterte var den brennende trangen, alt som
betydde noe var å bli fylt igjen og igjen. Shaad var blodig og
opprevet men følte ikke smerte, han trengte bare mer, enda
mer. De hjelpeløse skrikene hans skar over sletten og til slutt lå
han bare der og ristet mens den ene etter den andre tømte seg i
ham. Den store som hadde berørt ham gliste djevelsk og knelte
ned foran ham. Den grep ham i beina og løftet baken hans nok
til å kunne trenge inn, tok tak i hoftene hans mens den begynte
å støte. Shaad hylte, beina hans rykket og skalv som i en bisarr
dans og nytelsen ble bare sterkere og sterkere, han klarte ikke
mer, det ble for mye, han slo beina sammen rundt den støtende
sjelløse og skapningen lo og økte farten. Shaad greide ikke
skrike, bare lage små hule stønn og det føltes plutselig ut som
om hver nerve i kroppen på ham brant av smerte og fryd i ett.
Beistet lo hult og skjøv seg dypere inn i ham enn det burde
være mulig å komme og for Shaad eksploderte verden i hvitt
lys, hele kroppen pulserte og beistet gryntet og fylte ham med
enda mer kald væske. Deretter ventet den litt, så med krypende
ondsinnethet på at Shaad kom ned igjen fra den vanvittige
orgasmen, han ristet fremdeles og den sjelløse la handa på
magen hans igjen. Smilet var svært djevelsk i det nytelsen han
følte ble erstattet med den smerten som hadde vært skjult hele
tiden. Shaad skrek, et vilt ul av pine og han begynte å riste og

skjelve igjen, men denne gangen i dødskramper. Kroppen var revet opp innvendig og beistet begynte å støte igjen, nøt følelsen av at livet forlot den ødelagte kroppen. Shaads skrik var ikke menneskelige, pinen var vanvittig siden det de sjelløse hadde etterlatt i ham etset og han døde sakte mens beistet gryntet av fryd. Den sjelløse trakk seg ut da Shaad var død, de brukte ikke slike til avl, dette mennesket hadde tjent deres herrer og det hadde sin egen helt spesielle belønning. De sjelløse etterlot Shaads kropp der, snart ville de herske over slettene og så kom deres herrer til å følge dem. Denne verdenen ville falle.

Wulf

Leiren hadde brutt ut i kaos, i noen minutter ante ingen hva som hadde skjedd annet enn at noen var funnet død og Wulf hadde revet med seg sverdet sitt og rast ut av teltet. Han hadde sittet og lest noen rapporter og var egentlig enig med seg selv om at han skulle finne senga da levenet brøt løs. Han løp det han greide, ropene kom fra lasarettet så først trodde han at noen var skadd eller at en av de syke der inne hadde dødd. Det ville vært merkelig for ingen var alvorlig syke nå. Han kom frem og så at soldater og offiserer stimlet sammen rundt et bord utenfor lasarettet og Wulf trakk etter pusten da han så skikkelsen som lå fremover bordet, det så ut som om gutten sov, men blodpølen på bakken sa noe annet. Wulf gav fra seg et brøl, han måtte tenke logisk nå, som en offiser skulle. «Trekk tilbake for faen»

Han gikk gjennom gruppen som skilte seg som om han bar pesten og vinket på en av adjutantene. «Hent Khelebil!»

Adjutanten løp avgårde og Wulf bøyde seg ned, det var tydelig at gutten hadde blitt stukket i hjel, et raskt stikk mot brystet og han syntes han så en svak misfarging rundt munnen, som om noen hadde presset en hånd mot munnen på ham for å stilne ham. Khelebil kom løpende etter noen korte minutter, han var iført kun en nattskjorte og en tynn kappe og så temmelig merkelig ut men han hadde i det minste støvler på beina. Han bråstanset, så gav han fra seg et slags merkelig hulk og grep tak om Hibus hals, Han så villøyd ut. «Gutten er død, hvem gjorde dette?»

Wulf bikket liket bakover, varsomt. Ansiktet uttrykte en blanding av smerte og sjokk og han kjente seg brått kvalm. De

sto overfor forferdelige fiender og noen myrdet en stakkars
uskyldig gutt? Khelebil svelget krampaktig, han rev til side
den blodige tunikaen. «Et eneste stikk, rett mot hjertet. Den
som gjorde dette var dyktig»

Tårene rant av ham men han var profesjonell, Wulf kjente at
han beundret det. «Ser du hva slags våpen det var?»

Khelebil fikk en av mennene til å holde en fakkel litt
nærmere. «Et smalt våpen, jeg vil tro det var en dolk, av det
slaget soldatene bruker»

Wulf bannet. «Det er tusener av dem her, alle har en eller to
for faen. Har noen sett noe?»

Ingen sa noe, de bare stirret på hverandre i åpenbar
forvirring og sorg og Khelebil snufset. «Arme Hibu, han var en
god gutt, han gjorde ingen noe vondt, hvorfor?»

Wulf la en hånd på skulderen til den skjelvende feltskjæren.
«Jeg er lei for det, vi må fortelle Hanek om dette»

Det var samlet en stor mengde med soldater der og Wulf
snudde seg på hælen og brølte. «Tilbake til post, det er
ingenting å se her ved alle guder!»

Mennene mumlet dempet seg imellom men gikk tilbake til
vakt og Wulf så at Khelebil fikk en av assistentene til å hente
en båre. De kunne ikke la gutten ligge der slik, de måtte gi ham
litt verdighet. De la ham på båren og dekket liket med et klede
da en av soldatene kom løpende. «Kaptein, gutten jeg skulle
passe på er forsvunnet»

Wulf så vantro på soldaten og han skulle til å si noe
særdeles lite vennlig da det lød enda mer skrik og rop og
tydelige rop etter lege. Det kom fra offisers teltene og Wulf
kjente at det gikk kaldt nedover ryggen på ham «Nei!»

Han løp tilbake, med en smak av noe bittert i munnen, foran
kongens telt sto to av vaktene hans og begge hadde blod over
hendene. En sto og skrek etter lege og Wulf så at Khelebil
fulgte ham, han hadde også hørt ropene. De løp inn i teltet og
Wulf bråstanset, han kunne bare stirre. En av livvaktene satt på
golvet med Hanek i armene, han presset handa mot et stygt sår

i mannens strupe og Wulf så i hvert fall to sår til. Hanek rykket og gurglet, blikket var fjernt og offiseren hadde sett nok til å vite at mannen var døende, sårene var for alvorlige.

Khelebil hev seg ned, han prøvde å presse en hånd mot såret i brystet og Hanek gurglet svakt og ble slapp. Wulf bare sto der, lammet, det var ikke mulig. Khelebil hulket. «Han er død, mistet for mye blod, åh guder, åh guder, jeg….»

Han kom seg sakte på beina, blod rant av nevene hans og Wulf så at det var en diger dam på golvet av det. Hanek hadde vært en venn mer enn en konge og Wulf ante ikke hva de nå skulle gjøre. Hanek hadde ledet dem godt, og hvem var egentlig arving til tronen? Khelebil fanget Wulfs blikk, det ulmet i de vanligvis så milde øynene. «Det var Shaad, samme våpen som drepte Hibu…Jeg er sikker»

Wulf hørte at det ble ropt ute i leiren og han visste at gjerningsmannen var i ferd med å unnslippe. Han løp ut i tide til å se at en stor grå hest sprang over palisaden med en mørkkledd liten rytter på ryggen. Flere av soldatene der så villrådige ut, en av offiserene glante stivt på Wulf. «Skal vi følge etter?»

Wulf ristet på hodet. «Nei, det vil være galskap. Det er troll og sjelløse der ute.»

Nyheten om kongens død spredte seg fort og mange virket for å ha mistet motet totalt mens andre tydeligvis var fylt med sinne og et intenst ønske om hevn. Wulf sendte offiserene ut for å få orden på troppene, noen måtte fremdeles holde vakt og de kunne ikke kaste all rutine på båten for dette. Wulf prøvde å tenke. «Khelebil, vask ham og få ham til å se slik noenlunde ut, vi må organisere en begravelse så fort vi har mulighet»

Han snudde seg mot de øverste offiserene der. «Menn, nå mer enn noen gang før må vi holde hodet kaldt, vi kan ikke la sinnet løpe av med oss»

De nikket stumt og en av dem så på Wulf, han smilte litt trist. «Wulf, du er den øverste her nå, vi adlyder deg. Frem til vi vet hvem som er Haneks arving er du å regne som vår konge»

Wulf svelget stivt, han følte en trang til å frese og rygge vekk, men plikten kalte på ham. Han nikket. «Jeg kan ikke svikte mine menn, ved gudene, jeg skal kjempe for dem eller dø, det sverger jeg på»

Alle offiserene gikk sakte ned på kne og Wulf følte en underlig takknemlighet i det de begynte å sverge troskap til ham, som de hadde gjort til Hanek. De reiste seg igjen og Wulf smilte varmt til dem. «Mine venner, nå gjelder det. Vi kan ikke la fienden få adgang til vår leir, de skal ikke få meske seg med vårt blod. Gå ut og se til at alle troppene er forberedt på kamp»

De gikk ut av teltet og Wulf lot Khelebil få ro til å arbeide, han så ut i nattemørket og sorgen kvernet tungt i ham. Det var da de hørte fjerne skrik, desperate sådan. De var ville og nesten umenneskelige og fylt med en slags merkelig miks av følelser som Wulf ikke kunne identifisere. Uansett var det skrekkelig å høre på og han gyste og krympet seg. En av de lavere offiserene der sto med haken nesten nede på brystet. «Er det slik de sjelløse høres ut?»

Wulf svelget stivt. «Nei, det er morderen, de sjelløse har fått tak i ham. Han får straffen sin nå, og jeg tror den er grusom»

Mennene ble stille, skrikene vedvarte en god stund før de døde ut og Wulf følte seg litt forvirret, han følte faktisk medynk med Shaad for han hadde tross alt vært et menneske men hvorfor? Hvorfor hadde han drept Hibu og kongen? Og ridd ut slik? Det var i hvert fall galskap? Var den unge mannen gal? Hadde han skjult et sykt sinn? Wulf ante ikke.

Han måtte jobbe mye av natten for å holde folk i gang, sjokket spredde seg gjennom hæren og han visste at han var den sterke nå, den som måtte lede dem og gi dem styrke. Det var et forferdelig ansvar.

Da det lysnet kom den grå stridshesten travende tilbake til porten, svett og uten sal. Wulf så at den var uskadet og han gav den en beroligende klapp. Det var et godt dyr og han visste ikke at dette faktisk hadde vært Olrics egen hest, den han tok fra sin onkels stall. De ventet til det var helt lyst, i øst hang et dystert mørke men Wulf trengte å se at Shaad faktisk var død så han red ut med noen av de beste krigerne og de fant liket ikke så veldig langt fra leiren. Shaad hadde løpt i en halvsirkel. Kroppen lå i en liten fordypning under en lav ås og han var naken og kastet igjen som søppel. Ansiktet var fordreid i en vanvittig pine og Wulf svelget stivt og kjente at smaken av galle steg i munnen på ham. Liket så forferdelig ut, buken var svulmet opp som på en kvinne som var svanger og beina og skrittet var skrekkelig blodig, det lå en stor dam av hvitaktig seig væske under kroppen og mer seg sakte ut av den sønderrevne kroppen mens de så på. En av karene lente seg over siden på hesten og spydde heftig og en annen var lysegrønn i ansiktet. «Han…han er…»

Wulf nikket. «Revet opp innvendig ja, de må ha voldtatt ham, hele flokken.»

Det bisarre var at liket hadde reisning ennå og det var noe så vanvittig obskønt ved synet, Shaad lå der skrevende som om han ønsket noen velkommen og Wulf skar en grimase og vinket på en av karene. «Kast et teppe over liket»

Mannen tok et salteppe og hev det over kroppen, han så på Wulf. «Skal vi begrave ham herre?»

Wulf ristet på hodet. «Nei, vi kan ikke bruke tid på det, vi er i fare her. Det er mye gras her og der borte er det tørre busker. Samle en del av det og så brenner vi ham»

Mennene hoppet av hestene og samlet fort en god haug med tørt gress og greiner, en av dem trakk noen større greiner inn fra skogholtet like ved og etter litt hadde de et godt begravelsesbål. Wulf helte litt brennevin over og så slo en av soldatene ild og tente på. Det brant godt og Wulf ble sittende der på hesten til ilden hadde brent ned og kun svartbrente knokler var tilbake. Da snudde han hesten og sporet den tilbake mot leiren og mennene fulgte ham. Shaad hadde lidd en

forferdelig død, kanskje hadde gudene allerede straffet ham for
det han gjorde.

I leiren hadde Khelebil og hans assistenter stelt liket av
Hanek og også Hibu, de hadde vasket kroppene og kledd dem i
gode klær og Hanek var plassert i sengen sin iført fulle
regalier. Khelebil var dyktig, Hanek så nesten ut som om han
sov og Wulf visste at skikken tilsa at en konge lå slik på likstrå
i minst fem dager. Wulf tvilte på at synet ville være særlig
trivelig etter bare to, de kunne ikke kjøle ned liket og han
smilte stivt til de andre. «Vi lar alle ta farvel, i overmorgen
begraver vi ham. Kommander ut to tropper til å lage en grav,
vi kan ikke slå på stortromma nå, han får en anonym grav, en
krigers grav»

De bare nikket tungt og gikk for å formidle ordrene, Wulf
ble stående der med handa over hjertet. Han sørget oppriktig
over en god venn og uten Hanek hadde han aldri nådd så langt
som han hadde. «Du er hevnet min venn, på forferdelig vis.
Ante vi bare hvorfor»

Khelebil klappet Wulf på skulderen. «Ingen av oss vet hva
Shaad tenkte, jeg tror gutten var gal»

Wulf nikket. «Ja, og jeg tror jeg vet hvordan Olric fant sin
ende»

Han utdypet det ikke, gikk bare ut og så at mørket i øst
fremdeles lå der som et lokk. De sjelløse var åpenbart like lite
glade i direkte sollys som trollene. Etter at han hadde gjort det
han kunne gikk Khelebil tilbake til jobben med å lage salver og
leiren var preget av en følelse av kontrollert skrekk. Det ble
verre den neste kvelden, alarmen gikk rett etter solnedgang og
Wulf løp til palisadene for å se at en mengde med bleke
skapninger sjokket sakte fremover, bak dem så han de ruvende
formene til troll og han trakk pusten dypt. Ville skjoldet virke
mot disse ubeistene? Han brølte ordre, fikk bueskyttere til
palisadene, forberedte leiren på angrep. Frykten rev i alle men
det var gode menn, de adlød og Wulf var stolt av dem. Hjertet

svulmet i ham når han så hvor tappert de forberedte seg på det som kunne bli enden om ikke skjoldet virket.

Wulf holdt nesten pusten, bare noen hundre meter unna palisadene stanset de, med ville skrik og rasende ul, de klorte mot det usynlige stengselet og Wulf kjente en intens bølge av lettelse. «Fyr!»

Bueskytterne løsnet pil etter pil og det ble fort klart at de sjelløse var bortimot usårlige mot skader, en måtte treffe hodet for å felle dem og da det ble klart skjøt de etter individuelle sjelløse i stedet for å sikte opp og la pilene regne ned. Trollene stanset også, burende og brølende og Wulf smilte stivt. De kunne holde stand men for hvor lenge? Dette kunne fort bli en beleiring og han ante ikke hvordan han skulle få så mange menn i sikkerhet. Å slåss var utenkelig, det var selvmord. Selv med tusenvis av soldater hadde de liten sjanse og tanken på hva som ville skje med de som ble fanget i live gjorde at han aldri ville utsette sine menn for noe slikt. Tanken på Shaads skjebne fikk det til å isne nedover ryggen på ham. De felte en del men det var liten effekt av det, de brydde seg åpenbart ikke om sine falne i det hele tatt og Wulf sukket og avblåste skytingen. De kunne ikke sløse med piler og selv om det gjorde store ting for moralen å se at de faktisk kunne ta igjen var ikke dette tiden å slåss på. Han beordret kontinuerlig vakt og deretter sendte han kvartermesteren og noen av adjutantene til å lage en liste over hvilke ressurser de hadde tilgjengelig. Om dette faktisk ble en reell beleiring måtte de vite hvor mye mat de hadde og hvordan de skulle rasjonere alt. Wulf gikk gjennom Haneks papirer, han hadde orden på alt og Wulf var ikke overrasket over å se at det ikke fantes noe testamente der. Om Hanek hadde noe slikt var det garantert låst inne i hvelvet i Sølverhøy. Så Wulf var virkelig den som ledet hele hæren enn så lenge.

Fienden sto der hele natta og gav mennene gåsehud og da morgengryet kom trakk de seg tilbake, det merkelige mørket hadde ikke kommet så langt ennå og Wulf håpet at det ville bli

der det var. Men han kunne ikke satse alt på det så han begynte
å arbeide på en plan for å evakuere. Det kunne la seg gjøre
men elva var igjen et problem, spørsmålet var om de var raske
nok til å holde unna for fienden. Utpå dagen kom en adjutant
med en liste over hva de hadde og Wulf trakk seg i håret mens
han leste det. De kunne holde stand en god stund, de hadde
mye forsyninger og de hadde både havre og høy til hestene
men med så mange menn ville de kunne klare seg to uker
maks. Etter det ble det lite mat og området var tomt for vilt.
Elva var igjen en mulighet, det burde være fisk der men nok til
å mette så mange? Wulf tvilte, selv om de satte garn over den.
Han trakk pusten og begynte å jobbe på en plan, noe måtte han
da kunne få til. Han var godt trent og hadde mye erfaring og
han visste at de andre offiserene stolte på ham. Var det andre
ressurser i nærheten? I følge kartene kunne det være landsbyer
her og der men sannsynligvis hadde de bare nok til seg selv om
de ikke alt var omvendt og enda verre, besatt. De var på
egenhånd, enkelt og greit. Wulf studerte kartet. En mulighet
var å sette kursen mot Tholir bukta igjen og få noen til å seile
opp elva og møte dem, men det krevde at noen reiste den veien
og han ville ikke risikere det. Det var langt, og muligheten til å
rekke frem minimal. Det ville være en løsning de valgte kun i
absolutt nødsfall.

Wulf ble ved å tenke hardt, dagen etter grov de en enkel
grav for Hibu. En av soldatene var god med treverk og han
hadde lagd en slags kiste. Noen andre hadde samlet noen tørre
blomster som vokste langs slettene og Khelebil la ved en kniv
og noen andre småting i grava. De fleste der gråt og Wulf
kjente at villsinnet kjempet i ham igjen. Hvorfor hadde Shaad
drept Hibu? Det var ingen åpenbar grunn til det? Det ble en
enkel grav like utenfor palisadene under et stort gammelt
hasseltre. Egentlig var det en pen plass og noen karer rullet en
temmelig stor stein over graven så ikke noen skulle skjende
den. Khelebil sto lenge der før han ble med de andre innenfor
portene igjen.

Hanek sin begravelse var noe ganske annet, egentlig skulle en konge begraves med pomp og prakt og hele hoffet til stede men det gikk ikke av naturlige årsaker. Wulf hadde rådført seg med de øverste offiserene og de kom til at det beste her var å brenne kroppen og bringe asken med tilbake til Sølverhøy. Så de neste dagene gikk til å bygge et realt bål. De felte tømmer om dagen og trakk det frem og heldigvis var det mye tørre trær så det gikk greit. De sørget for at det ble en verdig seremoni, de la ikke ved noen grav gaver, det var det ingen vits i. de bare brant Haneks kropp som den var, og Wulf sto der og kjente heten fra flammene og visste at landet hadde mistet en god konge, og en stor mann. Hanek hadde alltid støttet ham og vist at han hadde kongens fulle tillit og Wulf kunne bare håpe at dette tapet ikke kom til å føre til anarki. Det eneste gode var at ingen i Sølverhøy ville få snusen i dette på en god stund ennå, han kunne se for seg det rotteracet som ville bryte ut. Om ikke Hanek hadde utpekt en etterfølger kunne det bli temmelig stygt, han hadde ikke veldig nære slektninger men en del lengre ut og de var forholdsvis ambisiøse om ikke Wulf husket det feil. Mens bålet brant ned til aske sverget Wulf en stille ed, han ville ikke la fienden få overtaket, han ville sørge for at Haneks hær vendte tilbake til Sølverhøy og ingen, ikke engang gudene skulle hindre ham. Mørket ta trollene og de andre uhyrene, om det fantes en måte skulle han finne den, koste hva det koste ville.

Vardhys

Vardhys hadde ikke ventet at ferden til den sjøen skulle bli enkel, men når sant skulle sies ble han forskrekket over hvor tungt det var. Selv om de ikke var mange krevde det en del av dem og han prøvde å ikke tenke på byen de hadde forlatt. Området de skulle gjennom var et av de mest uveisomme i hele riket og det skjedde mer enn en gang at de trodde de hadde funnet en god rute bare for å bli tvunget til å snu. Alfons hadde ordnet kart og han var den som ledet veien, Vardhys hadde en følelse av at han bare var et vedheng til tider. Ublan og Ildøye løp sammen med dem og dyrene sørget for at de ikke trengte å holde vakt om natten, om noen eller noe prøvde å snike seg inn på dem ville de si ifra med en gang. Hala og de andre soldatene de hadde tatt med var vant med dette, de klaget ikke og heldigvis hadde de bra med proviant og bra telt også. Det var ikke folk å se noe sted, det eneste de så var forlatte landsbyer og gårder og her og der husdyr som streifet rundt. Det virket ikke for at trollene eller de sjelløse brydde seg med dyr, de åt ingenting av det de drepte.

Været var også en fiende, flere ganger ble de nødt til å søke ly for regnbyger og sterk vind og en gang måtte de flykte fra en styrtflom i en smal dal. Men etter over en uke nærmet de seg sjøen og Vardhys var sliten og lei. Han ante ikke hva han skulle gjøre, om det egentlig utgjorde noen forskjell at han tydeligvis kunne drepe noen troll og sjelløse. Tvilen gnog på ham hver dag og nå som de så sjøen foran seg var det enda mer tydelig. Landsbyen ved enden av sjøen var forlatt som ventet. Det virket for at folk der hadde hatt god tid for de hadde tatt med seg alt av verdifulle eiendeler og Vardhys håpet bare at de var ok. Merkelig nok hadde ikke følget merket noe til fienden på ferden og det gjorde Vardhys nervøs. Hva om de hadde tatt denne turen til ingen nytte?

De slo leir ved vannet siden de ankom sent og Vardhys hjalp til med å sette opp teltene, det var et vakkert sted og han antok at det var en idyll om sommeren. Nå så det temmelig trøstesløst ut med grå farger overalt og Vardhys gledet seg bare til å få litt mat i livet. De hadde igjen en god del proviant og det var bra for de måtte antagelig tilbake også. Sjøen var lang og smal og Alfons var sikker på at det var fisk i den så han fant litt snor og en krok og prøvde å få kloa i et eller annet. Det han fikk var en merkelig fisk som ikke lignet noen art de hadde sett før, Vardhys trakk på det men Hala gjorde den opp og faktisk var den ganske fin og fast i kjøttet. Det ble et ganske godt måltid den kvelden og Vardhys ble sittende ute å se på stjernene før leggetid. Ublan hadde fanget et par sauer og delt dem med Ildøye og nå lå de to og dormet ved siden av hverandre. Alfons kom og satte seg ved siden av ham, han stirret også opp. «Hva tror du de er?»

Vardhys rykket til. «Æh, hva?»

Alfons pekte. «Stjernene, hva tror du de er?»

Vardhys trakk på skuldrene. «Jeg aner ikke, da jeg var væpner mente de at det var kikkhull inn til gudene»

Alfons fnøs, han krysset de lange beina og pekte opp. «Jeg tror ikke på det, en vismann som var innom godset der jeg jobbet mente at stjernene var soler. Jeg tror mer på det»

Vardhys så opp, soler. På en måte var det troverdig, men det betydde jo at det kunne være mange verdener der ute? «Var han virkelig en vismann eller var han bare en tåpe?»

Alfons gliste skjevt. «Åh, han var vis, tro meg. Om disse ubeistene kommer fra en annen verden bør vi kunne bruke det mot dem på et vis, alle jegere kjenner byttet sitt, ellers klarer de seg ikke.»

Vardhys rynket pannen. Hadde Alfons gått fra vettet? «Om de er fra en annen verden vet vi ingenting om den? Det hjelper oss ikke»

Den forhenværende stallkaren så smalt på ham. «Si ikke det, de liker ikke sollys, de eter ingenting her, og de virker ikke for å være spesielt smarte»

Vardhys bare gryntet. «Og?»

Alfons smilte stivt. «De har ledere, de er en fortropp, skapt kun for å bryte ned motstand så når de er ferdige vil de bringe sine herrer hit og jeg tror det er noe langt verre. Derfor er det viktig at vi greier å stanse dem, koste hva det koste vil»

Vardhys gren på det. «Jeg vet det men hvordan?»

Alfons trakk på skuldrene, «Jeg tror vi vil finne det ut, den gamle sa at sirkelen var en ring av steiner, jeg tror at vi vil finne den i morgen»

Vardhys stirret ned i bakken. «Du er rimelig selvsikker.»

Alfons kastet en stein i sjøen. «Hun sa mellom en foss og en avgrunn, denne sjøen må ha et avløp ikke sant? Jeg tipper vi finner det vi er ute etter ved enden av denne sjøen.»

Vardhys nikket nølende. Alfons klappet han på skulderen. «Ikke vær så nervøs Vardhys, jeg har tro på oss. Vi skal klare dette.»

Han reiste seg og gikk sakte bort til teltet og Vardhys ble sittende der. Han hadde en merkelig følelse av at noe ventet på ham men han visste ikke om det var bra eller det motsatte. Han brukte lang til på å sovne da han la seg og ble liggende å vri seg temmelig lenge.

Vardhys kunne ikke fri seg fra følelsen av at dette var større enn noen av dem, at de kun var som maur.

Dagen etter kom med godt vær og lite vind og de spiste og gjorde seg klare. Det var ikke langt til enden av sjøen og den virket for å forsvinne ned mellom to bratte klippevegger. De satte igjen hestene og gikk dit, Vardhys var ivrig etter å se om de i det hele tatt kunne gjøre noe fra eller til. Alfons hadde rett, det var utløpet og vannet dundret ned en temmelig stor foss mellom loddrette bergvegger. Det var en kløft, kanskje en kvart fjerding lang og flere hundre meter dyp. Midt i kløfta delte elva seg rundt en øy før den gikk sammen igjen og dundret utfor et enda høyere og villere fossefall. Over øya var det en bro, men den var tydelig gammel og lagd av tau. Vardhys stønnet lavt, han hatet høyder og dette så ikke bra ut i det hele tatt.

Det gikk en sti bort mot broa, den var smal og kronglete og så ut som om den hadde vært utsatt for vær og vind temmelig lenge.

Iarda pekte. «Se på øya»

Øya var ikke spesielt stor, kanskje et par hundre meter bred og litt lengre men den var så avgjort bearbeidet. Vardhys svelget kort. Sirkelen var der, en ring av store spisse steiner som stakk opp av bakken i en perfekt geometrisk figur. Alfons skygget for øynene. «Det er krystaller, jeg ser det. De er sekskantet.»

Hala gikk bort til dem. «Vi har tau, og det er mer i landsbyen. De har ikke tatt med seg slike ting»

Vardhys rullet med øynene. «Er du tullerusk? Vil du at vi skal fire oss ned fra den gamle taubrua?»

Hala trakk på skuldrene. «Er ikke noen annen metode er det vel? Elva er for stri og bred til å krysse noe sted, bergveggene er som rene skjære glassveggen og denne ravinen ender i et digert stup.»

Alfons skar en grimase. «Den taubrua er eldgammel, jeg aner ikke hvordan den henger der ennå»

Hala nikket. «Det stemmer, så den letteste av oss går over med et tau og fester det på andre siden, vi bruker det som anker. Brua er antagelig livsfarlig»

Alle så på Iarda som ble litt blek, hun skrapte i grusen med føttene. «Jeg...»

Hala smilte beroligende. «Du er liten, og lett. Og vi sikrer deg med et ekstra tau»

Hun bet seg i underleppa og nikket. «Greit, jeg forsøker.»

Vardhys så ned mot øya. «Jeg skjønner ikke at dette kan være stedet der de beistene kommer fra»

Alfons smilte litt skjevt. «Det er ikke denne sirkelen de kommer ut av, men en annen. Alle sirklene i landet er forbundet med hverandre, vi kan stenge dem herifra»

Vardhys skulte litt. «Er du sikker på det?»

Alfons nikket. «Ut fra det den gamle kvinnen sa tolker jeg det slik ja»

De gikk bortover, Hala og de to andre mennene hentet alt tauet de fant der og de fant også noen kraftige metal kroker vanligvis brukt til å trekke tømmerstokker. De spleiset sammen tau med sikre grep og etter en liten stund hadde de mange lengder med godt tau klart. Stien var smal og mange steder hadde deler av den rast ut, de måtte gå en og en og under dem dundret elva. Fossen lagde en sky med væte og det var sleipt og vått der og temmelig risikabelt. Vardhys så mot brua, den var et godt stykke unna fossen men allikevel var alt vått. «Jeg aner ikke hvorfor de har ei bru der? Det er ingen vits i det?»

Hala nikket. «Jeg tror de måtte over elva av og til, og da er dette eneste stedet.»

Iarda gyste. «Hvordan fikk de opp brua i utgangspunktet?»

Alfons smilte skjevt og samlet det lange håret i nakken med en snor. «Jeg vil tro de ventet til et år med tørke da elva var nesten tørr og så klatret noen ned med tau fra begge sidene»

Hala smilte og nikket. «Det var nok slik ja, fjellfolk er tålmodige slik»

De nærmet seg brua og Vardhys så på den og gyste synlig, den var så avgjort ikke mye trygg. Tauene var sprukne og flere hadde røket allerede og alt var grønt av mose og alger. Iarda så veldig nervøs ut, hun svelget og Hala festet noe tau på henne som et slags seletøy. Det var en drøy avstand fra der de sto til andre siden, begge brufestene var solide og lagd av stein, de ramlet neppe ned og Hala tok tauet som var Iarda sin sikring og smilte til henne. «Dette er sterkt tau, og jeg vil sørge for at det er stramt, faller du vil jeg holde igjen»

Iarda lukket øynene og fikk tak i tauet hun skulle strekke over. «Hvor mye tror dere brua tåler?»

Hala grep i tauet som var selve festet, klemte på det. Det knaket faretruende og han skar en grimase. «Ikke mye, jeg vil anbefale deg å løpe så fort du greier»

Iarda så vantro på ham. «Løpe? Den er smal og sleip og lagd for å gås på, ikke løpe»

Hala nikket stille. «Jeg vet det, men du virker for å ha god balanse. Se fremover, aldri ned, og la føttene lede deg»

Iarda trakk pusten, hun hadde gode støvler på og hun stilte seg opp som en løper ville på startstreken. Hala klappet henne på ryggen. «Lykke til jente»

Iarda skjøt av gårde, hun la ikke hendene på tauene på siden for det ville bare sinke henne. Den smale gangbroa i midten var også lagd av flettet tau og ikke stort bredere enn en fot. Det knaste, brua svingte svakt og Vardhys holdt pusten. Dette måtte gå, de hadde ingen andre måter å komme seg ut på øya på. Iarda var rask, hun var smidig og innbitt og hun løp forbausende raskt. Hun var som en røyskatt der hun spurtet utover. Hun glapp et par ganger men falt ikke og ignorerte lyden av tau som røk. Hun løp alt hun greide, sprintet som aldri før. Vardhys så at hun passerte midten, der var det mest kritisk for der var presset på de gamle råtne tauene størst. Nå var hun så langt vekk at hun ville skade seg om brua røk, selv om hun var sikret med tau. Alle stirret med hamrende hjerter og det kom jamrende lyder fra brua. Ene feste tauet røk og brua svingte, Iarda skrek og snublet men fikk fotfeste på det nå skjeve underlaget. Hun kjempet seg opp mot festet på andre siden og Vardhys så at det siste festet var ved å løsne. Han skrek nesten, Iarda fløy formelig opp den siste meteren til brofestet og i det hun satte foten på solid stein kom det et siste knak fra brua og den løsnet.

De så i taust sjokk hvordan taubrua ramlet ned og havnet i elva på ene siden. Elvevannet hadde stor kraft og trakk med seg hele konstruksjonen, rev den løs i den enden der den ennå satt fast og de så hvordan steiner og utspring forvandlet det som hadde vært en bro til tausplinter og sammenkrøllede rester. Iarda bant tauet hun hadde trukket bak seg til steinen, hun visste hvordan hun skulle lage en sterk knute og da hun var ferdig strakk de andre tauet og festet det godt i deres ende. Iarda var en god klatrer, hun for bortover det stramme tauet som rene apen og fikk med seg et til utover. Etter bare litt hadde de strukket fire sterke tau over kløfta og Iarda var sliten.

Alfons smilte til henne og klemte henne. «Hvil deg vesla, vi andre får sjekke hva vi kan finne på øya»

De festet noen kroker til tauene og brukte noen tynnere snorer til å styre dem med. Alfons og Vardhys var de som skulle ned til øya og de firte seg ut til de hang over øya før de ble firt ned av Hala og de to andre soldatene. Vardhys prøvde å ikke røpe hvor redd han var, høyder fikk det til å gå kaldt nedover ryggen på ham og han var kaldsvett allerede. Han var sjeleglad da han omsider satte beina ned på solid grunn. Det var vanskelig å høre noe som helst der, på grunn av elva og fossen og det var dyvått der også. Øya var dekket med tynt pistrete gras men ingen andre planter, antagelig nådde sola snaut nok ned dit og det var et trøstesløst sted om han hadde sett et slikt noen gang. Men steinene var imponerende, og skremmende. De sto der som tause portvakter og Vardhys syntes de så truende ut. Det var en slags aura av noe urgammelt og opphøyd ved dem og Alfons gled ned siste meteren og løsnet seg fra tauene. «Ved alle guder, de er enorme»

De så størrelsen nå, hver stein var minst seks meter høy og som Alfons hadde sagt, en krystall. Vardhys gikk sakte nærmere, hver stein så svart ut men på nært hold var det klart at det ikke stemte. Steinene var dypt blå, og det var en svakt glitrende effekt der de var fuktige. Vardhys skulle til å gå inn mellom dem men Alfons stanset ham. «Vent, ikke gjør det»

Vardhys rynket pannen «Hva?»

Alfons pekte. «Alt her er vått, men ikke innsiden av sirkelen»

Vardhys krympet seg, så mye for hans observasjonsevne. Alfons grep en løs stein og kastet den inn mellom steinene, det lød en høy freselyd og lyn for mellom steinene og i et kort sekund var det som om de så gjennom en knust glassrute, inn i noe helt annet. Alfons svelget stivt. «Porten er åpen»

Vardhys følte seg mo i knærne, fortvilet. «Hva skal vi gjøre?»

Alfons gren på nesa. «Det må da være noe her vi kan bruke? En eller annen form for kommunikasjon?»

Han begynte å gå rundt og Vardhys ble stående, han glante på de enorme bergveggene som reiste seg over dem. Munnen hans ble hengende åpen, på ene veggen var det hugget inn et relieff, og selv om det var temmelig slitt var det tydelig. Han vinket på Alfons «Se!»

Alfons rynket pannen. «Åh guder, hva i alle…»

Relieffet forestilte en mann som knelte foran sirkelen, han holdt noe i handa som åpenbart skinte sterkt og den andre hånda pekte mot en fjelltopp som var risset inn over sirkelen. Alfons plystret lavt. «Den fjelltoppen er i andre enden av sjøen. Det må være noe viktig der»

Vardhys bikket på hodet. «Det ser ut til at han holder en slags krystall?»

Alfons nikket. «Det er fornuftig, at en krystall kan styre sirkelen, alt her er krystaller»

Vardhys så skjevt på Alfons. «Så vi reiser dit?»

Alfons nikket. «Men ikke i dag, det rekker vi ikke. Sola går snart ned»

Vardhys så vantro på ham, men dagen hadde virkelig gått veldig fort. De hadde jobbet med tau og med brua og alt og han hadde glemt å holde følge med tida. Alfons kastet en stein inn i sirkelen igjen og prøvde å se tydeligere hva den skjulte men det var nesten umulig. Han ristet på hodet og Vardhys kjente på en av steinene, den virket for å vibrere, ikke sterkt men merkbart og han følte på seg at de nesten var levende på et vis. Han trakk pusten dypt. Alfons vinket på ham. «Vi får komme oss opp, jeg er sulten»

Vardhys merket at han også var helt hul og de ble firt opp igjen og trakk seg tilbake til stien. Vardhys trakk pusten. «Vi må til fjelltoppen på andre siden av sjøen, det er noe der vi trenger»

Iarda bikket på hodet. «Den gamle nevnte ikke noe om det?»

Alfons ristet på hodet. «Nei, men jeg tviler på at hun visste. Dette er noe som ikke har blitt brukt på uendelige tider. Vi får spise og hvile og i morgen reiser vi og ser hva vi finner»

De gikk tilbake til leiren og Vardhys var våt til skinnet og skalv. Han hadde ikke tenkt over hvor kaldt det var der før nå. Hala og de andre tente opp og Vardhys og Alfons fikk av seg de våte klærne, Iarda måtte skifte også og hun gjorde det i teltet. Vardhys skrubbet seg med litt varmt vann, han frøs så han ristet og det ble satt over vann til te. Han så nedover seg selv, han hadde endret seg i løpet av tiden som var gått etter at Wulf hentet ham. Han hadde blitt kraftigere og mer voksen og han måtte vedgå at han ikke lenger så ut som en gutt men som en mann, han var kanskje ung men ikke lenger et barn, ikke på noe vis. Med varme klær på og te i magen ble livet bedre og Hala lagde litt stuing. En av karene hadde sett ut snarer og tatt et par kaniner og de ble ypperlige i stuing. Vardhys tenkte på sirkelen og gyste fremdeles, det var som om den ventet på noe, fra oven hadde den sett ut som et øye rett ned til et eller annet forferdelig sted.

Vardhys hadde lagt seg og var på nippet til å sove da teltduken rørte på seg, Iarda krøp inn i teltet og hun så litt unnskyldende ut. Hun skar en grimase. «Jeg tør ikke sove alene i natt, den sirkelen…»

Vardhys smilte skjevt. «Jeg vet det, jeg føler det samme»

Hun hadde trukket med seg teppene sine og la seg ved siden av ham, Vardhys var litt rørt over tilliten hennes og han sørget for at hun fikk plass ved siden av ham uten å måtte ligge med nesa i teltduken. Det føltes merkelig godt å ha noen der ved siden av ham, han følte seg mye bedre og han lukket øynene. Iarda var ikke Esther, hun ville aldri utnytte ham på det viset. Det gikk ikke lenge før den ekstra varmen fikk ham til å sovne og han sov trygt. Nattemørket hadde senket seg over sirkelen og elva dundret gjennom kløften som alltid men om noen hadde vært der ville de sett en svak blålig glød rundt steinene. Sirkelen var vekket, forstyrret og det ble merket. Ingenting fikk ødelegge for planene, om noen hadde oppdaget sirkelens hemmelighet måtte de ikke få spre den. Ordre ble gitt og noe forlot sirkelen den natten, noe som ikke ville gi seg før alt levende i området var dødt.

Morgenlyset kom med sur skjærende vind og alle hutret i det de kom seg opp, Vardhys følte seg uthvilt for en gangs skyld, han hadde sovet godt med Iarda så nær og han strakte seg og gjespet langt. Alfons løftet et øyebryn da han så at de hadde delt telt men sa ingenting og Hala var allerede i gang med å lage frokost. Ublan og Ildøye jaget hverandre rundt, Ublan snerret og knurret frydefullt og Ildøye hvinte og spratt omkring. I det minste frydet de seg over tilværelsen. Hestene sto i en liten flokk og Flamme sto der og voktet dem. Alfons klappet den og fant frem litt havre til hestene. Flamme åt ikke havre, det var ikke at den ikke kunne men den likte det ikke. De fikk på seg klærne og kom seg i salen etter å ha fått i seg litt mat, Vardhys stirret mot fjelltoppen, det ville bli en tung tur for de kunne ikke ta med hestene siste delen. Det var for bratt og for hardt for dem. Sjøen var noen fjerdinger lang men smal og de red fort langs stranda. Det var forholdsvis enkelt å ri der, for det var stort sett sand og litt småstein og de var i enden da Hala holdt hesten inne og stirret ned på bakken. «Folkens, har dere sett slike spor noen gang?»

Vardhys stanset Skygge og stirret ned, i sanda var det tydelige spor av et eller annet digert noe, sporene lignet litt på bjørnespor men var for avlange og det var noe merkverdig ved fasongen også. Han rynket pannen. «Nei, noen andre?»

Alle ristet på hodet og Alfons så nervøs ut. «Jeg liker det ikke, hva det enn er»

Iarda nikket. «Ikke jeg heller, noe her føles feil»

Vardhys sporet hesten. «Vi rir, om det er noe farlig her ser vi det sikkert på avstand»

De red opp bakkene og satte fra seg ridedyrene i et lite holt med trær, Ublan og Ildøye løp rundt og snuste ivrig og Vardhys så opp mot fjelltoppen. Den så ikke ut til å skjule noe som helst men antagelig var det en illusjon. Iarda knep øynene sammen. «Jeg føler noe her, fra toppen. Men det er mer her, noe…»

Hun snudde seg rundt, så urolig ut. «Det er noe mørkt her, det minner om trollene»

Vardhys svelget. «Greit, alle, vær på vakt»

Alfons virket for å samle seg, de fulgte en ganske tydelig sti så det var klart at noen hadde vært der oppe før og noe ved mangelen på gjengroing fortalte dem at stien var blitt brukt mye og ganske nylig. Det var mulig at landsbyfolket hadde brukt den når de gjette dyr. Fjelltoppen var forholdsvis flat øverst og vinden slet i dem alle sammen, noen hadde lagt opp en slags varde der og ellers var det ingenting spesielt å se. Iarda sto stille, øynene hennes var lukket og hun bikket på hodet. «Det er varden, noe under den»

Vardhys så på haugen av stein. «Guder, må vi rive den? Det er forbaska mye stein»

Ublan virket for å forstå hva problemet var for den gikk bort og snudde rumpen til mens den slo med halen. Alfons grep Vardhys i armen. «Trekk tilbake, han vil fikse dette»

Ublan lagde en slags harkelyd og så slo den til, den massive halen fikk stein til å hagle rundt dem, og varden var redusert til et lag med stein i løpet av kort tid. Vardhys smilte stivt. «Takk Ublan, den biffen greide du fint»

Dyret murret og spratt litt, den syntes tydeligvis at dette var en morsom lek. Ildøye så ut som om den hadde lyst til å rulle med øynene. Men det var noe under varden, en stor steinhelle og Hala og Alfons bøyde seg og greide å bryte den til side med en del vansker. Den var utrolig tung og under den var et lite hull med en slags kiste i. Kisten var av metall og så solid og nesten ny ut. Iarda så stivt på den. «Det er trygt å løfte den opp, jeg sanser ikke noe farlig her, i hvert fall ikke fra den»

Vardhys bøyde seg ned og løftet kisten med visse vansker. Den var ikke særlig stor men tung som bly og den var dekket med merkelige symboler. Iarda så granskende på den. «Den ble skjult her, for å hindre at noen åpnet sirkelen»

Vardhys så litt forbauset på henne. «Hvordan vet du det?»

Iarda trakk på skuldrene litt hjelpeløst. «Jeg bare vet det, men de kunne ikke skjule den så godt at den ikke kan brukes til å gjøre det motsatte»

Vardhys knelte ned, han så at det var en slags lås på kisten og kjente på lokket. «Og ingen her har nøkkelen vil jeg tro?»

Alfons gliste litt skjevt. «Det ville vært for enkelt ikke sant?»

Iarda lukket øynene. «Legg handa på den»

Vardhys skar en grimase men gjorde som hun ba om og det lød et lite klikk. Han svelget sakte og så vantro på henne. «Den kjenner Jegerens hånd Vardhys, den har ventet på deg»

Vardhys trakk pusten og åpnet kisten varsomt, det gikk forbausende lett ved tanke på at den sikkert hadde ligget der i årtusener. Inne i den var det et lag med fløyel og på fløyelen lå en vakker lilla krystall. Den så ut til å være en ametyst og den var utrolig klar og ren. Fargen var fantastisk og Vardhys løftet den ærbødig. Den var like lang som underarmen hans og forholdsvis tung men å holde den føltes merkelig riktig. Iarda smilte. «Den er for deg, alle kan se det»

Alfons klappet ham på skulderen. «Godt gjort»

Vardhys gren på nesa. «Jeg gjorde ingenting»

Han kom seg opp og surret krystallen inn i fløyelen, la den inn under tunikaen og den føltes varm. Iarda rynket pannen. «Folkens, noe nærmer seg, jeg merker det. Det er ikke bra»

Vardhys sukket og rullet med øynene. «Greit, hva da? Neppe troll for sola steiker her»

Iarda skar en grimase. «Nei, ikke troll, noe…jeg aner ikke hva det er men det er farlig, jeg sanser det»

De så seg rundt, det var lite å se der, bare lyng og stein og noen forblåste små busker. Vardhys skulle til å si at det var innbilning da Iarda gav fra seg en merkelig lyd og falt sammen, hun virket for å ha besvimt der og da og Vardhys følte en brå bølge av svimmelhet. Han grep rundt krystallen og på et eller annet vis virket det for at den hjalp. Alfons gryntet og virket for å kjempe også, Vardhys løp bort til ham og la handa på ham. «Ikke gi etter!»

Alfons trakk et lettelsens sukk, Hala og de to soldatene som var blitt med hadde segnet om akkurat som Iarda og Vardhys så noe som beveget seg og gispet høyt. Det som kom opp bakken mot dem var et mareritt, noe annet kunne ikke beskrive det. Alfons gapte og Vardhys gav fra seg et tynt pip. Det så ut som en gigantisk bjørn av noe slag men dyret var mer skjelett enn pels og muskler og det skinte med et underlig rødlig lys som ikke virket særlig naturlig. Hvordan slåss en mot noe slikt, det var en udød kjempebjørn og det virket for at nærværet fikk folk til å svime av. Alfons grep etter sverdet sitt, han blottet tennene. «Ikke slipp krystallen hva du enn gjør!»

Vardhys nikket. «Ingen planer om det!»

Dyret stanset og hveste, forvirret over at det fremdeles var folk der som ikke hadde falt om og blitt enkle mål. Magien som hadde skapt den var brutal og ondsinnet og den hadde aldri opplevd at noe gikk galt. Det å bli sendt ut slik var noe den var vant med, den hadde sjelden møtt motstand. Alfons hveste. «Kan vi slåss mot den»

Vardhys svelget. «Æh, du må holde i meg for å ikke besvime? Og jeg må også ha krystallen nær for å ikke falle i fella?»

Alfons skar en grimase og svingte sverdet prøvende. «Jeg tviler på at et vanlig våpen hjelper mot det der, den er magisk»

Tingen brølte og begynte å labbe mot dem og det var da de hørte et brøl og Ublan kom stormende opp bakken fra andre siden. Beistet stanset og glante, åpenbart sjokkert og halvdragen kom dundrende så bakken ristet. Den var rasende, dette hva det nå var våget å true hans flokk? Ikke mens han var der! Han hev seg fremover med kjevene vidåpne og den udøde bjørnen forsto brått at den var på dypt vann. Den snudde for å flykte men Ublan var raskere enn en skulle tro var mulig. Massive kjever lukket seg om bakparten på bjørnen og de hørte en tydelig lyd av bein som blir knust. Skapningen vrælte og vred seg og merkelig nok virket det ikke for at den ble stanset. Ublan hadde sluppet taket og Vardhys måpte, beina som var knust gled sammen igjen og bjørnen langet ut mot Ublan som nå var blitt sint. Halvdragen slo til med ene forbeinet, han var flere ganger større enn bjørnen og slaget burde knust dyret, den ble most ned i bakken og Ublan brølte irritert da den fortsatt rørte seg. Vardhys svelget. «Den er udødelig, det er magi som driver den»

Alfons nikket. «Vi trenger magi for å kverke den»

Bjørnen var på beina igjen og brølte hult før den prøvde å slå til Ublan men nå kom Ildøye spurtende og den åpnet kjevene og spydde en intens stråle av lys. Det fikk bjørnen til å rave bakover og sette i et forferdelig hyl, gnister fløy og den rev mot stedet der den ble truffet. Askeflak fløy med vinden og Ildøye gav seg ikke. Tingen ble presset bakover og Ublan brølte igjen og hev seg forover, veltet den og sto på den med begge forbeina. Det så idiotisk ut men ingen magi kunne hjelpe beistet overkomme vekten av halvdragen. Ildøye spydde enda mer lys og Vardhys fikk en brå ide. «Ublan, hodet!»

Ublan knurret og bøyde nakken, klørne på det udøde beistet rev mot huden men brøt ikke gjennom. Ublan var godt pansret. Kjeven lukket seg rundt hodet på bjørnen og med et rykk rev halvdragen hodet av den. Det lød et smell, og den merkelige lysende kroppen sank sammen, en stank av råttent kjøtt spredte seg og Alfons gispet. «Den er bare en død kropp nå, magien som drev den er borte»

Vardhys så i avsky på det som lå der på bakken, det var bare bein og litt råttent kjøtt igjen og Ublan gjorde det komplett ved å lette på beinet og pisse på restene. Det oste og restene løste seg opp. Ildøye knurret og de fargeglade hårene rundt nakken sto på ende. Alfons svelget hardt og så at Iarda og mennene våknet til igjen. «Hva ved alle guder var det?»

Vardhys så nervøs ut. «Noe som skulle hindre oss i å stenge porten? Det er den logiske forklaringen på det tror jeg»

Alfons så intens ut. «Vel, det feilet, så jeg tror vi får skynde oss før noe enda verre blir sent vår vei»

Iarda gned seg i hodet, hun så målløs på den stinkende haugen med oppløste bein og Hala og soldatene så skremt ut. Vardhys smilte. «Takk Ublan og Ildøye, de berget oss»

Iarda klappet Ublan på ene forlabben, hun så himmelfallen ut. «Takk Ublan, du er et mirakel»

Den enorme skapningen gryntet fornøyd og gned seg mot Ildøye, tydelig fornøyd med egen innsats. Vardhys smilte litt stivt. «Vi får sette opp farten»

De nærmest løp ned stien og heldigvis var ikke hestene deres skremt. Vardhys skar tenner, hvordan brukte en krystallen? Han ante ikke. Leiren var urørt og de satte igjen hestene mens de løp mot kløfta med fossen. Heldigvis var tauene der fremdeles og Vardhys så stivt på Alfons. «Jeg tror jeg må ned dit alene, skulle noe skje meg må dere slåss videre»

Alfons skakket på hodet. «Tror du virkelig at jeg akter å la deg ta en slik sjanse alene? Da er du dum Vardhys, jeg blir med deg»

Iarda nikket. «Jeg blir også med, vi trengs, alle tre»

Vardhys svelget litt rørt. «Det kan være svært farlig?»

Alfons blåste i nesa. «Det er farlig, ingen tviler på det. Vi så jo akkurat hvor viktig det er for fienden å hindre oss. En desto bedre årsak til å fortsette»

Vardhys smilte og klemte dem begge to. «Takk, så, vi klatrer ned alle tre?»

Alfons nikket. «Ja, la oss komme oss av gårde»

Vardhys smilte skjevt. «Jeg vet ennå ikke hvordan jeg skal bruke den forbaska krystallen?»

Alfons gliste kort. «Vet du hva, jeg tror du vil finne det ut»

De fikk Hala og de andre til å fire seg ned og Vardhys klemte krystallen mot brystet. Steinene så avventende ut og han gikk nærmere. Det merkelige beistet måtte ha klatret opp glatte steinveggen eller så hadde det blitt forflyttet med magi og det var en stygg tanke. Det betydde at slike kunne dukke opp overalt. Han trakk frem krystallen og brått begynte steinene å summe, de ble klarere i fargen og merkelige sløraktige fortetninger spredte seg mellom dem. Alfons så vantro på det, illusjonen av at sirkelen var tom ble revet i biter og nå så de at det var en slags halvkule av mørke hengende over steinene. Inne mellom steinene var det mørkt og Vardhys så skikkelser der inne. Mørke og utflytende og de gav ham akutt hjertebank. Han sanset kulden og ondskapen i dem og han svettet kaldt.

Steinene gnistret, en sprakende lyd kunne høres og i et kort øyeblikk dannet det seg et slags bilde foran dem, blafrende mellom steinene. Det var ham og Alfons som jaget troll og sjelløse, glødende av kraft og Vardhys følte seg brått sterk, selvsikker. De mørke skikkelsene gled nærmere, han sanset sinnet deres. «Dere vil feile, lyset vil vinne»

Han brølte det ut og de virket for å rygge tilbake, i vantro over at det var folk der i live. «Krystallen, gi oss den!»

Stemmen var snikende og hes, Vardhys lo rungende. «Tror dere vi er idioter? Nei, dere skal ikke få sende flere av deres slaver inn i vårt land!»

Et vræl av sinne kunne høres og steinene spraket intenst.
Alfons så blek ut. «De prøver å bryte inn i vår verden, gjør
noe»

Vardhys hevet hodet stolt. «Vi er ikke redd dere, for vi er
sterkere enn dere tror. Dere vil bli drevet tilbake»

En av skapningene kom så nær at de så det glitret i røde
øyne i mørket. «Usle menneske, dere blir aldri sterkere enn
oss»

Vardhys bikket på hodet. «Ikke? Åh ikke vær så høye på
pæra!»

Han tittet opp på bergveggen og relieffet hadde endret seg,
nå hev mannen det skinnende inn i sirkelen og Alfons så det
også, øynene hans var som tekopper. Vardhys hevet krystallen.
«Vi er ikke vanlige mennesker, vi er Søkeren, Rytteren og
Jegeren, og vi, vi vil sørge for at dere taper!»

Han hørte at de mørke figurene utstøtte et kollektivt skrik
av sinne og deretter gliste han og hev krystallen. Den svevde
gjennom lufta og i det den traff sirkelen skjedde noe temmelig
spektakulært. Det lød et smell som fra et voldsomt tordenvær
og et intenst lysskinn spredte seg, steinene glødet blått i noen
sekunder, gnister fløy og en høy pipelyd fikk dem til å gripe
over ørene i smerte. Da det forsvant var mørket borte, steinene
så helt normale ut og det var vått mellom dem. Alfons slapp ut
pusten og Iarda blunket. «Sirkelen er stengt»

Vardhys smilte skjevt. «Ja, og om den gamle hadde rett
skjedde det samme med alle sirklene her i landet.»

Alfons smilte litt skjelvent, «Så hva nå?»

Vardhys smilte og klappet ham på skulderen. « Nå jakter vi
Alfons»

Iarda trakk pusten dypt. «Vi kan ikke drepe alle de sjelløse
og alle trollene?»

Vardhys ristet på hodet. «Nei, men vi kan prøve å redde så
mange som mulig»

Alfons knep øynene sammen. «Hvordan?»

Vardhys pekte på relieffet igjen. Nå viste det en mann foran konturene av en by. Alfons måpte. «Hva ved alle guder er det egentlig som skjer med det relieffet?»

Vardhys trakk på skuldrene. «Jeg aner ikke, men gode makter la igjen krystallen for meg, og har ledet oss så langt så jeg velger å tro på det de forteller oss»

Alfons pekte på relieffet. «Og du vet hvor det er også?»

Vardhys smilte skjevt. «Selvsagt, jeg er en utdannet person ikke sant? Det der er Sølverhøy!»

Iarda svelget synlig, øynene hennes var store. «Åh guder, selvsagt!»

De to så spørrende på henne. «Hva?!»

Hun hev etter pusten. «Hvor tror dere alle flyktningene har satt kursen? Det er nesten ikke folk igjen i høylandet. De driver folk sammen som kveg og når flokkene er samlet hva tror dere skjer?»

Alfons gav fra seg et pip og Vardhys trakk etter pusten. «Da blir det et blodbad uten like, Sølverhøy er en stor by. Jeg skal banne på at alle som ikke har gått med i krigen har trukket dit»

Alfons bannet matt. «Og det gjelder fjellfolket spesielt for de har ikke vært påvirket av adelsættene. Jeg vil tro at ledelsen der er i ruiner nå»

Vardhys rynket pannen. «Hanek er en dyktig konge?»

Alfons rullet med øynene. «Han er nok ute på slettene rundt Tholir bukta nå, for å slå ned på adelsættene. Wulf må ha advart ham om trollene men han vil ikke rekke tilbake før det er for sent.»

Iarda nikket. «Det stemmer, jeg føler det på meg. Vi skal til Sølverhøy Vardhys, og drepe alle troll og sjelløse vi kommer over på veien.»

Vardhys så litt trist på sirkelen. «Hadde noen fortalt meg om dette for bare et år siden ville jeg sagt at de var gale»

Alfons nikket stille. «Det er nok riktig, men virkeligheten er bare slik»

Vardhys gikk bort til tauene igjen. «Det er langt til
Sølverhøy, det vil ta tid å nå frem selv uten at vi møter på
fiender»

Vardhys senket hodet og trakk på skuldrene. «Men det er i
den retningen vi kan gjøre mest nytte for oss. Så mange
mennesker samlet på et sted vil være rene festbordet for
fienden»

Vardhys festet seg til tauet og ble halt opp og de andre to
fulgte, han følte seg sliten og allikevel merkelig fornøyd. De
hadde stengt portene her i fjellene, det kom ikke flere sjelløse
inn i riket fra den retningen men han følte på seg at det var like
ille andre steder og han bare håpet at det fantes flere som ham,
folk som kunne stanse de sjelløse og trollene fra å innta rikene.
Han visste hva dette var, en invasjon. Og en dyktig hærfører
sender aldri de sterkeste og mest verdifulle soldatene inn først.
Han gikk med faste steg mot leiren. «Vi hviler til i morgen, så
rir vi, og vi rir hardt. Det går en handelsvei vestover et sted i
fjellene her, om vi har flaks finner vi den.»

Alfons så skjevt på ham. «Har du vært i Sølverhøy noen
gang?»

Vardhys ristet på hodet. «Nei, men jeg har lært mye om
byen»

Alfons spyttet på bakken. «Om ikke Hanek er der vil det
være kaos, tro meg. Når hanen er borte slåss alle så busta fyker
om å vagle seg høyest.»

Vardhys nikket sindig. «Jeg er klar over det, men jeg akter
ikke å la meg avspise av noen idioter som aldri har slåss på
alvor»

Iarda gliste bredt. «Du høres ut som Wulf nå»

Vardhys så litt skarpt på dem. «Ja, jeg har sett hva dette
egentlig dreier seg om, ikke eiendom eller ære men død, bare
det. Vi kan ikke la mørket vinne, aldri!»

Alfons klemte skulderen hans. «Jeg vet det, men vi kan
håpe at de som leder i Sølverhøy nå faktisk vet hva de driver

med. Når byen blir overfylt med flyktninger bør alarmbjellene ringe selv hos den mest innbarka rådgiveren»

Vardhys rynket pannen og fnøs. «Mon det mine venner, jeg har mine tvil, jeg har virkelig tvil!»

Sølverhøy

Heldaram løp det han greide ned korridoren, han kjente at pulsen dundret i tinningene og klemte handa rundt en skriftrull så hardt at fingrene verket. Han var rasende, og han var fortvilet. Han overså glatt tjenere og andre han passerte i farten, han holdt stø kurs for kontoret til sjefen for den kongelige garde. Hanek hadde tatt med seg en god porsjon av garden men en stor styrke var fremdeles utstasjonert i byen og hadde ansvaret for sikkerheten der mens hans majestet var borte. Han nølte ikke, gikk rett inn og mannen som satt bak et ganske så imponerende skrivebord så opp med en blanding av forbauselse og irritasjon. «Heldaram, hva gjør du her?»

Heldaram så skarpt på lederen for garden, Jacob Ad'shu var en dyktig offiser men han hadde ikke sett kamp på snart tjue år og var alt for glad i sin høye stilling. «Jeg bringer en rapport, fra fjerde tropp. Det har vært et veritabelt slag rundt et av templene i nordre kvadrant. De måtte sette inn kavaleri for å roe ting ned»

Jacob bare sukket og så enda mer irritert ut. «Det er ikke noe nytt, noen har vel fått for mye å drikke og mistet besinnelsen.»

Heldaram bet tennene sammen, «Ikke noe nytt? Fem soldater ble drept, to hester måtte avlives og minst tjue sivile døde. Har du vært der ute de siste ukene? Det er galskap! Vi er nødt til å stenge portene, byen er oversvømt»

Jacob ristet på hodet. «Du overdriver Heldaram, vi har hatt mye folk før også. Husk bare på høstfestivalen for to år siden? Det var folk overalt!»

Jacob prøvde å puste rolig. «Det var folk på besøk, de reiste hjem igjen etterpå, nå er det ti ganger flere her og de reiser ikke herifra. De tør ikke!»

Jacob lo, en skarp hard latter. «På grunn av tåpelige rykter, ja jeg vet om dem. Bare vent, en uke eller to til og de reiser, tro meg. De vil se at alt dette kun er hysteri, spredd for å undermine kongedømmets autoritet»

Jacob tok en svelg av et glass vin og så svært fornøyd ut men Heldaram svelget stivt og så sint på mannen. «Jeg kan ikke tro at du ikke ser det som er i ferd med å skje? Det finnes ikke husrom å oppdrive. Templene er fulle, alle vertshus er overfylt og det bor folk i kloakken! Det er bare et tidsspørsmål før vi har en ren krig på våre hender. Folk slåss om mat og vann og et sted å oppholde seg»

Jacob bare ristet med handa. «Det er lite å bry seg med, de er sivilister tross alt. Når Hanek returnerer får vi orden på dette fort»

Heldaram smilte kaldt. «Og hva med pesten? De sier at det allerede er syke folk i noen av fattigkvarterene. Pesten skiller ikke mellom høy og lav.»

Jacob bare rullet med øynene. «Du ser spøkelser ved høylys dag min venn, striden mellom ættene har dødd ut, før eller siden innser folk at det ikke lenger er fare på ferde og vender hjem til sitt. Tro meg, det vil gå bra.»

Heldaram hadde vært i byen og sett hvor ille det var, men verken Jacob eller kongens rådgivere innså hvor galt det kunne gå. De satt der og mente at det var et forbigående problem. Han hadde en intens trang til å skrike til offiseren men gjorde det ikke, han hadde da sin verdighet. I stedet snudde han på hælen og raste ut. Hadde bare Wulf vært der, han hadde ikke vært redd for å si sin mening og Heldaram savnet ham. Heldaram hadde selv vært soldat og han hadde nådd kapteins grad før han ble skadet under en kamp mot en gruppe som prøvde å overta noen landsbyer. Nå kunne han ikke lenger fungere optimalt men Hanek hadde gitt ham tittel som militær rådgiver og han hadde prøvd å godta følelsen av å ha blitt degradert men greide det ikke. Han var en handlingens mann men når han ikke lenger greide bruke et sverd hadde han lite på slagmarka å gjøre. Om bare de andre rådgiverne hadde hatt vett i skallen i stedet for luft!

Han raste ut på en av balkongene der han hadde utsikt over byen, Sølverhøy var bygd på en rund kolle og det var en by som stadig vokste. Følgelig var det flere konsentriske murer der, de eldste innerst og han visste at den ytterste muren var langt fra så sterk som de gamle. Den var mer til pynt enn noe annet og portene var for store og brede til å være et effektivt vern. Det lå et tungt lag med røyk og smog over byen, og han sukket og strøk hendene gjennom håret. De hadde fått mye flyktninger dit allerede før Hanek reiste ut for å slå ned opprøret men det var ingenting mot situasjonen som nå hadde vokst frem. Ingen av rådgiverne virket for å innse at det bare var et tidsspørsmål før byen ble umulig å redde. Disse flyktningene var ikke folk som prøvde å rømme fra de adelige som hadde mistet vettet, dette var folk som flyktet for noe så mye verre og Heldaram hadde hørt på noen av historiene de fortalte og visste at de snakket sant. Det var monstre i fjellene nå, og de drev befolkningen foran seg.

Og det var ikke alt, jordskjelv og merkelige fenomen hadde skremt mange og havet var ikke lenger trygt. De sa at Bheki bukta var ufarbar nå, at Zhymorne var borte og at hele området mellom fjellene og høydene i Felderi var blitt forvandlet til en eneste stor leirekulp. Noen hadde seilt rundt og de kunne bekrefte at svære bølger hadde ødelagt mye av flåten og herjet stygt langs kysten. De kystlandsbyene som hadde greid seg var få og som regel svært skadet som følge av jordskjelvene.

Sølverhøy hadde levd godt på handel med kysten både sør og nordover og nå var den handelen i ferd med å gå i vasken for det var nesten ikke skuter igjen der ute. De få som var fortalte at mange var strandet i Ardot og noen mente også at

Ardot hadde endret seg, at kystlinja hadde hevet seg og at det snart ikke var gode havner å finne.

Heldaram lukket øynene, selv der i palasset kjente en lukten fra byen, den var intens nå for det var lite vind og forholdsvis varmt. Kloakkene var tette overalt og gatene fløt med alskens ulekre ting. I fattig kvarterene lengre nede i byen var tilstanden forferdelig nå og Heldaram hadde beordret noen tropper til å fjerne kadaver og søppel men det bunnet ikke. Folk strømmet til byen i håp om at murene skulle holde dem trygge og når de brakte med seg husdyr og eiendeler var resultatet kaos.

Hanek skulle aldri ha overlatt byen til sine rådgivere, de var kort og godt ikke egnet til det og Heldaram skulte mens han gikk ned trappene. Hoffet levde som vanlig, sladder og intriger var det som fikk livet til å bli interessant der og han hatet det. Siden Heldaram var halvt adelig på far siden hadde han blitt nødt til å holde ut ved hoffet flere ganger og han foretrakk kaserner og treningsplasser, i det minste var det et miljø der folk var ærlige. Her var det kun makt og innflytelse som gjaldt og han hadde en stygg mistanke om at flere nå beriket seg på de arme flyktningenes elendighet. Prisene på alt hadde økt noe voldsomt og han var klar over at noen av de lavere rådgiverne eide både vertshus og salgsboder.

Uten Hanek ved roret var det et galehus og det gikk rykter om korrupsjon. Heldaram skulle ikke avfeie dem, han ville ikke bli forbauset om det stemte. Han returnerte til sitt kontor, det lå nede ved den indre porten og han så at tjeneren hans var travelt opptatt med å ordne papirer. Han satte seg ned ved pulten sin og stirret på haugen av rapporter, han hadde gode kontakter i byen og de sørget for at han fikk vite om alt som foregikk. Tjeneren så ham og bukket stivt. «Herre, løytnant Chorhesh var her mens du var borte, han la igjen noen papirer»

Heldaram nikket surt og tok papirene. Chorhesh var en av de som det faktisk var tak i og han visste også at mannen aldri overdrev. Når han skrev noe ned var det rene fakta og denne rapporten var urovekkende. Heldaram trakk seg i håret med ene hånda mens han leste, det var en uvane han hadde utviklet i det siste. Det var ikke mye annet han kunne gjøre. Tallene var sjokkerende, fem tusen bare i løpet av det siste døgnet? Det virket for at hele den østlige delen av riket ble avfolket og alle trakk seg til Sølverhøy. Dette var fjellfolk, bønder og gjetere og ingen av dem var vant med storbyen og det skapte nye problemer. Heldaram leste videre, slåsskamper, ødelagt vannpumper, tjuvslakt.

Han lente seg tilbake mot stolen og lukket øynene. Han hadde aldri opplevd maken til elendighet og han ante ikke hva de skulle gjøre nå. Hadde Hanek vært der ville han ha sendt ut folk for å etterforske og få det bekreftet eller avkreftet at det var fare på ferde. Heldaram var ikke overtroisk men alt som hadde skjedd i det siste hadde fått ham til å forstå at noe virkelig var i ferd med å skje og det var ikke bra. Han leste over noen av de andre rapportene. Det var matmangel, noen hadde tatt seg inn i de kongelige hagene og rensket dem for bær og frukt. Legene var fortvilet for folk hadde spist bær som egentlig ikke var spiselige, og noen hadde spist lenker av stearinlys i den tro at de var spiselige. Det var satt opp ekstra vakter rundt den kongelige dyrehagen og noen mente at nivået i brønnene hadde sunket faretruende mye. Byen tålte ikke mer, kort og godt.

Heldaram svelget kort. Den øverste av rådgiverne var en gammel knarr av en mann, så strisinnet og sta det var vanskelig å tro at det var mulig. Han hadde aldri endret mening om noe i hele sitt lange liv og Heldaram ante at han var rådgiver kun fordi Hanek hadde arvet ham fra sin far. Han mente fast at folket ville returnere til fjellene så fort Hanek kom tilbake, hvorfor var enhvers gjetning. Dhargharan av Sølverhøy var den neste i rang og han var da i det minste på den riktige siden av seksti vintre men Heldaram kjente denne typen mann. Så lenge ting gikk i hans favør var han verdens mest omgjengelige person men ble det problemer av noe slag var han lynrask til å skylde på alle andre, og han gjorde det

med finesse. Heldaram anså mannen som en feiging og likte
ham så avgjort ikke.

Den tredje av kongens nærmeste rådgivere var en svært
lærd mann som tilbrakte mye av tida på biblioteket, han var
svært kunnskapsrik men dessverre var den kunnskapen foreldet
og han levde i fortida på mange vis. Det virket ikke for at
Celdhram forsto alvoret i det hele tatt, at Haneks oldefar hadde
vært under beleiring i den indre delen av byen i en måned hjalp
ikke sitasjonen som eksisterte nå? Heldaram ristet på hodet,
hadde bare Jacob hadde vett i skallen og mot i brystet. En
adjutant banket litt varsomt på døra og stakk hodet inn «Det er
flere rapporter herre, fra kvarterene ved hovedporten»

Heldaran lukket øynene slitent, om han bare kunne ha gått
hjem til sitt lille kott og trukket teppene over hodet og sovet i
noen uker. «Legg dem der»

Adjutanten gjorde honnør og adlød og Heldaram følte at
han var i ferd med å drukne i papirer. Garden hadde bedt om
nye hester og siden Heldaram hadde en administrativ jobb var
det hans oppgave å avgjøre hva pengene skulle brukes til. Det
var normalt sett en jobb med mye makt men han hatet den, han
var ikke skapt for dette i det hele tatt. Han løftet rapportene, de
var korte og fyndige og en av dem fikk ham til å reise seg brått
og vandre rundt i rommet med en stygg mine. «Alle guder
forderve»

Når så mange mennesker ble trengt sammen i en by dukket
menneskehetens mindre koselige trekk opp, det var bare
naturlig og nå var det altså folk som hadde begynt å tjene
penger på å kidnappe ungdommer og selge dem. Om ryktene
stemte og Heldaram var sikker på at de stemte godt. At det var
bordeller i byen var ikke noe nytt men at folk begynte å utnytte
de arme sjelene var urovekkende. Han trakk pusten dypt og
bestemte seg for å sende ut enda flere tropper, de måtte slå ned
på dette før det kom ut av kontroll. Han visste at slik
kriminalitet som regel ble verre og verre og mer og mer

pervers. Rommet føltes for lite å puste i og han bannet og grep kappen sin og hatten. «Jeg går ut»

Tjeneren bare nikket og Heldaram satte kursen mot hovedgaten som gikk gjennom hele byen, gjennom fire av de fem hovedportene. Det var en snorrett bred gate som vanligvis var byens stolthet men nå var den så proppfull av folk at det nesten ikke var mulig å komme frem. Heldaram svor og sørget for at pengepungen hans var på innsiden av jakken, det var lommetyver overalt. Det var noen få vogner ute og kuskene brukte pisken svært ivrig, ikke på hestene men på folk som var i veien. Det var liten vits for de færreste hadde noe sted å flytte seg til. Bråket var øredøvende, folk prøvde å overdøve hverandre i forsøkene på å selge ting, finne et sted å bo eller bare høre om noen kjente var der. Heldaram skjøv seg vei gjennom den stinkende massen med folk og han så at selv de fattigslige rønnene som hadde vært brukt som lager for nygarvede skinn var brukt som hus nå. Det var kort og godt ikke rom for flere der. Han nådde den ytterste porten etter en god time, normalt gikk en den avstanden på ti minutter om en var rask til beins. Vaktene i porten var overveldet, de bare sto der på siden av porten og så fortvilet ut, det strømmet på med folk og Heldaram kunne ikke forstå at de var så dumme. Selv en blind person ville skjønne at byen var overfylt med folk og at det verken var mat eller rom til så mange.

Det sto noen soldater like utenfor porten, egentlig skulle de avvise folk som virket syke eller var ute etter å bare tigge. Slik det var nå det umulig å sortere folkemengden, selv ikke loven gjaldt lenger. Han så at noen kom trekkende med minst tjue sauer i tau og noen andre drev en liten flokk med kyr foran seg og det var unger og gamle om hverandre. Og veien som ledet mot byen var tett med folk fremdeles, Heldaram lente seg mot muren. Byen var en dødsfelle på mange måter nå, ikke bare var faren for epidemier overhengende men mye av bebyggelsen var av treverk og han visste hva som skjedde om det begynte å brenne der. Med så mange murer som delte byen opp ville det å flykte bli nesten umulig for de fleste og dødstallene ville bli enorme. Han visste at en by langs Bheki bukta hadde brent høsten før og det hadde vært en forferdelig katastrofe, han kunne bare be om at noe slikt ikke skjedde der. En av soldatene så ham og han kjente igjen mannen, en kar fra samme tropp som han en gang hadde tjent i. Heldaram trakk pusten og gikk nærmere, han smilte litt skjelvent. «Burthran, hvordan går det?»

Burthran var en aldrende kar men fremdeles i tjeneste, han var svær og bred og ypperlig til denne tjenesten siden han så skummel ut og kunne gjøre seg temmelig hard. Egentlig var karen en stor og vennlig en men det trengte ikke folk vite. «Elendig, når skal de beordre portene stengt?»

Heldaram trakk pusten. «Jeg har ikke hørt noe om noen slike ordre»

Både Burthran og de andre soldatene der bannet grovt. «Gudenes verkbrudne knær, det er galskap»

Burthran hadde et hardt uttrykk i øynene. «Byen tåler ikke mer, folket tåler ikke mer! Jeg har sett folk passere portene her som garantert hadde smittsomme sykdommer men de ble ikke stanset for hvordan skal en kunne stanse en slik flom av folk?»

Heldaram nikket. «Nettopp.»

En av de andre soldatene pekte langsmed veien «Herren over Gråbru har satt opp en flyktningleir, i et forsøk på å ta bort noe av presset.»

Heldaram snudde seg på hælen. «Hva? Er det sant?»

Soldaten nikket. «Bror min fortalte det, herren der borte er visstnok religiøs og han vil gjøre noe godt for folket»

Heldaram svelget kort, så var det ennå gode mennesker igjen i verden. «Hvem er han?»

Soldaten skar en grimase. «Jeg er ikke sikker, fikk ikke med meg navnet men jeg tror han er en fjern slektning av Ranclin ætten. Visstnok en mann som ikke lot vettet fly ut av vinduet da krigen brøt ut»

Heldaram trakk pusten dypt. «Ved gudene, jeg trodde knapt slike adelige fantes, men er det virkelig en leir der? Det virker ikke for at mengden folk har gått ned i det hele tatt»

Soldaten trakk på skuldrene. «Det er en leir ja, med mest gamle og barn tror jeg. Det er ingen sterke murer der borte men telt og mat og vann og orden. Etter det jeg hørte går folk bare videre, synd nok»

Heldaram smilte syrlig. Han skjønte tegningen. «De setter igjen de personene de regner for å være en byrde der og reiser videre selv»

Soldaten nikket sakte med blikket i bakken. «Jeg tror det stemmer ja.»

Heldaram så grundigere på soldaten, det var en yngre kar som neppe hadde tjent i kongens hær særlig lenge. Ingen under tjue fikk lov til å bli soldat på heltid og denne mannen bar en full uniform så han var ikke en rekrutt. «Si meg,din bror, hva vet han om leiren?»

Soldaten så litt brydd ut. «Han jobber for smeden i landsbyen herre, og kjenner herren der ganske godt»

Heldaram nikket og brummet. «Bra, det er godt at noen bryr seg, verden ser ut til å ha gått aldeles av skaftet!»

Burthran sukket tungt og stirret på den stødige strømmen av folk som nærmet seg portene. Å prøve å få folk til å slå seg til utenfor porten ville være umulig, det var murene som trakk dem, beskyttelsen de gav. Heldaram skulle ønske at han kunne bekrefte eller avkrefte at det virkelig var en fare der ute. Han bød soldatene adjø og gikk tilbake til kontoret, det tok enda lengre tid nå for det nærmet seg kvelden og alle prøvde å finne ly for natten. Gatene var aldeles tettpakket men heldigvis kjente Heldaram byen og kunne ta seg frem gjennom smau og sidegater få kjente til. Han kom seg tilbake til kontoret, tjeneren hadde gått for dagen og han så over de siste rapportene med slitne øyne. Samme elendigheten, brønnen på plassen foran det store tempelet var gått tørr, det var brutt ut noe som bare kunne være dysenteri i ene fattigkvarteret og det hadde skjedd rundt femten mord bare det siste døgnet. Det var et galehus!

Heldaram gikk hjem, han hadde en ganske god leilighet i mellom mur to og tre og det var et godt strøk med for det meste øvre middelklasse. Han trivdes der, leiligheten var ikke spesielt stor men god nok for en enslig mann. Heldaram hadde aldri giftet seg, han var en person som viet seg helt og holdent til jobben han gjorde og han ville ikke risikere at noen ble sittende igjen i sorg om noe skulle skje ham. Dessuten hadde han aldri møtt noen kvinne som virkelig satte blodet hans i brann, han hadde hatt sine små affærer men ingen han virkelig ville dele livet med. Leiligheten lå i tredje etasje i et bygg det militære eide og de andre der var også offiserer eller forhenværende sådan. Heldaram lagde seg et enkelt måltid og åpnet en flaske vin, det var enkle gleder han nå nøt og han satte pris på god vin. Det var en vane han hadde opparbeidet seg da han ennå var i aktiv tjeneste, en av hans beste venner hadde eid en vingård og tok med mye vin på de utferdene de gjorde og Heldaram hadde utviklet en god nese for god vin. Denne flaska var av en særs fin årgang han hadde mye av og han lot den lufte seg litt før han snuste i seg den rike duften med velbehag. Etter et glass helte han seg et varmt bad og slappet av før han leste litt. Det var sent nå men han var ikke av dem som sovnet lett om kvelden og han trengte å roe seg ned før han kunne sovne. Det var langt over midnatt før han omsider sluknet

De neste dagene jobbet han som et dyr med å få igjennom en ordre om å stenge byen men det gikk ikke igjennom. Kongens rådgivere nektet å lytte på ham, Jacob nektet å lytte og lederne for laugene var enda mer tunghørt. De tjente penger nå, som aldri før og de ville ikke kverke høna som la gullegget. Bare et lite kott for en natt kostet nå mer enn en suite ville kostet for bare noen måneder siden og mat? Heldaram sendte tjeneren sin ut i byen for å sjekke priser og nå var prisen for et brød den samme som for ei halv ku for en måned siden. De som var ansatt i hæren fikk mat gratis gjennom tjenesten men

Heldaram var sjokkert og temmelig skremt også. Det satt tiggere overalt på gatehjørnene og tyvene levde herrens glade dager for ingen hadde tid til å prøve å arrestere dem. Lovløsheten var i ferd med å komme ut av kontroll Heldaram hadde ikke myndighet til å gi ordre, og det åt på ham dag og natt. Dysenterien spredte seg i de lavere områdene og en temmelig oppgitt prest fra hovedtempelet kunne bekrefte at joda, lungepesten hadde kommet til byen og den gjorde rent bord der den brøt løs. Det var allikevel ikke før etter en uke at Heldaram virkelig fikk grunn til uro, han var med en av Haneks adjutanter på en runde på den ytterste muren den dagen. Murene måtte ettersees ganske ofte for særlig de nyere var lagd av dårlig materiale og måtte repareres temmelig ofte. Adjutanten hadde bedt Heldaram om å bli med siden han var ærlig og ikke prøvde å skjule hvor ille det sto til med søtladne ord.

Heldaram var sjokkert over tilstanden, fra bakkenivå så murene imponerende ut og for en legmann var de antagelig som selve inkarnasjonen av styrke men det var en løgn. Heldaram pirket i den løse mørtelen, en kunne godt få løs store deler av muren med enkle grep, en slegge var nok. Heldaram kunne ikke engang forestille seg hva en beleiringsmaskin kunne gjøre, en stein fra en katapult ville få store deler til å rase ut som om det var sand og ikke stein. Adjutanten var en kar på Heldarams egen alder, han hadde tjent Hanek lenge og hadde bare blitt tilbake der i byen fordi han mente at noen måtte bli der og holde rådgiverne i ørene. Når Hanek kom tilbake ville han få en temmelig fyldig og langt fra positiv rapport om hvordan hans administrasjon hadde tedd seg i hans fravær. Adjutanten hadde en blokk med papir og en penn, han noterte ivrig. «Gudenes død Heldaram, dette skulle vært reparert for fem år siden?»

Heldaram nikket. «Ja, og de løse steinene ved porten for ti år siden. Men pengene har gått til noe helt annet er jeg redd»

Adjutanten nikket og gren på nesa. «Og Hanek har latt det skure og gå.»

Heldaram nikket stille. «Jeg er redd vår konge har hatt andre ting å tenke på»

Adjutanten nikket og skrev litt. Det var store sprekker i gangveien bak brystvernet og noen av de trappene som ledet opp dit var helt klart ubrukelige. Heldaram visste at muren var bygd i all hast men ved alle forbannede guddommer! Arkitekten som hadde stått for dette burde vært pisket for dette var elendig arbeide. Om det kom til en kamp ville ikke soldatene kunne flytte seg fritt siden gangveien var for smal og brystvernet var for lavt.

De tok seg tilbake til porten og adjutanten så ned på folkehavet, i de siste dagene hadde noe endret seg. Det var ikke lenger gateselgere å høre for det å høy lydt annonsere at du hadde noe å selge var det samme som å be om å bli ranet. Nå var gatene mye stillere og Heldaram var redd for at det var et dårlig tegn. Det var ikke lenger en by, det var en oppsamlingsplass. Han hadde sett slikt før, da han var yngre hadde de ridd forbi en stor mengde innhengninger for slaktedyr. Mange drev dyr fra de flate områdene rundt Tholir bukta til Sølverhøy og i de tett sammen pressede flokkene med storfe hadde Heldaram fått samme følelsen. Alle ventet på slutten, ingen eide håp.

Han lente seg mot brystvernet og så utover veien og ble var bevegelse. Det var folk overalt der ute nå, noen hadde slått leir utenfor portene men det var ingen organisering der, bare telt i hytt og pine og trær og busker ble felt for å bli brensel. Det så ut som en slagmark der ute og Heldaram skar tenner. Noen hadde prøvd å raide den kongelige hagen for trevirke og vaktene hadde drept tre menn. Noe måtte virkelig gjøres snart. Men det var virkelig bevegelse der ute, rask bevegelse. Heldaram skygget for handa, det var ryttere og i et kort sekund kjente han håp, kanskje kongen var på vei tilbake? Men så innså han at det var fra feil retning og han bet tennene sammen. Det var ikke godt nytt om det var nyheter disse rytterne brakte. Han løp ned trappene og ut porten, folkemengden spredte seg som på kommando, alle tre ryttere satt på store kraftige halvblodshester som ruvet over folkehavet og dyrene vrinsket og slo. Alle tre ryttere bar våpenkjoler og Heldaram forsto at de var riddere, ansatt hos noen i adelen. Han ble stående, i uniform var han et verdig syn og de tre steg av og fikk øye på ham. De gikk bort mot ham og bukket høflig. «Ærede herre, vi er utsendinger fra herre Pelamer av Thoda Ranclin, er du en av kongens menn?»

Heldaram nikket. «Jeg er Heldaram, sjef for hans majestets administrasjon.»

De tre så på hverandre, alle var store grovvokste menn og de så ut som om de kunne sparke fra seg. De bar både sverd og spyd og under våpenkjolene så Heldaram ringbrynjer og tykke lærvamser. «Vi trenger hjelp, vår herres landsby har blitt angrepet og …Herre, det er aldeles forferdelig»

Heldaram så stivt på dem. «Angrepet? Av hvem?»

Den ene av ridderne så ham stivt i ansiktet. «Ikke hvem, hva!»

En annen av dem tok et nølende steg fremover. «De kom med nattemørket, forferdelige skapninger, enorme og ustoppelige. Det var grusomt. Vår herre hadde lagd en leir for flyktninger, ingen…ingen greide seg»

Heldaram ble kald nedover ryggen. «Prøver dere å fortelle meg at det var troll?!»

De tre nikket sakte. «Vi var ute på patrulje og kom tilbake for sent, en av oss red etter dem men ble drept. Trollene rev både han og hesten i småbiter. Våpen biter ikke på dem!»

Heldaram prøvde å tenke, hodet summet som et humlebol. «Ved alle guder, hvor mange troll?»

Den første av ridderne skar en grimase. «Ti, og de drepte minst fem hundre mennesker, på svært kort tid. Det var et rent blodbad!»

Heldaram ble brått veldig klar over hva som var bak ham,
titusener av mennesker, av liv. Det måtte være noe de kunne
gjøre? Han svelget kort. «Hvor langt er det til deres landsby?»

Den eldste av ridderne svarte. «En dags hardt ritt.»

Heldaram så fast på dem. «I morgen tidlig rir vi til deres
herre, jeg vil se dette med mine egne øyne, kongen må få vite
om det. «

De tre så litt sjokkert ut. «Det er farlig herre!»

Heldaram så fast på dem. «Det vil jeg tro, men vi kan ikke
få garden til å rykke ut med mindre det virkelig er fare på
ferde. De som styrer der inne er dessverre i ferd med å trykke
hodene sine så langt opp i ræva at ingen lege kan finne dem
igjen»

De tre så storøyd på ham og Heldaram gliste kort. «Tro ikke
at de mennene Hanek har satt til å styre har vett, de tenker bare
på sine egne feite lommebøker. Nei, skal dere få hjelp må de få
se faren med sine egne øyne»

De tre trakk pusten og så sjokkert ut. «Vi forstår, men kan
ikke garantere din sikkerhet»

Heldaram smilte. «Det trengs ikke, jeg var soldat og offiser,
jeg vet hva fare er. Finn en kaserne og si at dere har fått tildelt
rom av meg, jeg er sikker på at det bør gå bra. I morgen tidlig
ved soloppgang møter vi alle her»

De tre la hendene over brystet og bøyde hodene og
Heldaram snudde seg og gikk tilbake til adjutanten som sto der
med øyne som en fisk på land. «Om de har rett og det er troll
der ute, ja fare i det hele tatt, da er byen fortapt»

Adjutanten så i bakken. «Min bestemor fortalte meg gamle
eventyr, om troll. Jeg har aldri trodd på dem men om jeg må
tro kan jeg si deg dette Heldaram. Dette er ikke en by, det er en
jævla buffet for slike beist»

Heldaram smilte stille, øynene hans var kalde. «Det er
akkurat hva jeg også tenker. Jeg må finne ut av det!»

Adjutanten trakk kappen tettere om seg, som om han frøs.
«Gudene være med deg Heldaram. Jeg er redd du trenger det»

Heldaram klappet mannen på skulderen. «Jeg vet det, og gudene være med deg min venn. Om det verste skjer, forlat byen, ri ut i ødemarka. Jeg tror det er tryggere»

Adjutanten så nervøs ut men nikket og Heldaram skyndte seg tilbake til kontoret og leiligheten. Han trengte å finne igjen gammelt utstyr og han måtte rekvirere en hest. Han forbannet det fakta at han hadde en skadet hånd og arm, han kunne bruke venstre handa og armen men ikke så godt som den høyre, allikevel fant han sitt gamle sverd og en lang dolk til å bære langsmed beinet. Om han skulle møte sin ende skulle han møte den med mot og verdighet, han var ingen feiging.

Han angret seg på de ordene to dager senere, som lovet hadde han ridd ut med de tre ridderne og satt kursen mot Gråbru, reisen hadde vært forholdsvis begivenhetsløs om en så bort fra talløse tiggere og folk som prøvde å finne ut om han eller de tre visste noe om deres kjære. Da de kom nærmere landsbyen var stemningen en annen, disse menneskene var desperate etter å komme seg vekk og de tre red ned noen menn som prøvde å ta hestene deres. Landsbyen var forlatt, kun en stank av død lå tilbake og Heldaram red rett til leiren, han ville se den før han snakket med herren der. Hus og hytter var smadret, trær var rykket opp med rota og kroppsdeler så strødd rundt. Synet var grotesk og det ble bare verre da de nådde selve teltleiren. Teltene var revet i småbiter og hvitt lerret dekket bakken som fjær. Midt i det beige og hvite var det rødt, mye rødt. Men nå hadde blodet størknet til en slags rustfarge som var ubehagelig å se på. Her også lå det kroppsdeler og Heldaram måtte svelge igjen og igjen for å ikke bryte seg. Hoder, bein, armer, kropper som så ut som om de var bitt i to, innvoller i digre hauger. Stanken var utrolig og en tett sky av spyfluer var allerede i full gang med å utnytte denne sjansen. Noen kråker lettet tungt med hese kra og et par rever og en skinnmager ulv pilte bort fra dem da de red inn. Heldaram måtte stanse og samle seg, folk her hadde ikke hatt en sjanse, og det hadde skjedd fort, kanskje i løpet av noen få korte minutter. En av ridderne gjorde ham klar over kropper som hang i trærne, antagelig kastet opp dit og Heldaram hadde fått nok. De red til landsbyen igjen og han så at det heldigvis var en borg der, ikke en stor en men like fullt et befestet sted. Trollene hadde visst ikke prøvd seg på det og Heldaram hadde beundring i blikket da han red opp til porten. Dette var hva murer skulle være, kraftige og godt bygget, med tanke på både forsvar og angrep. Herren ventet på dem, han var en kort og kraftig kar med fippskjegg og antydning til dobbelthake men han var åpenbart lynende intelligent. Han bøyde seg kort for Heldaram. «Jeg er Pelamer av Gråbru, hvem har jeg den ære å snakke med?»

Heldaram presenterte seg fort og Pelamer smilte, han hadde et skarpt uttrykk i øynene og Heldaram forsto at utseendet bedro. Denne mannen var ikke verken lat eller fet, han var antagelig svært intelligent og åpenbart også svært menneskekjær. Heldaram tok ham i handa og Pelamer sukket. «Du har sett leiren antar jeg? De drepte alt der nede, til og med høner og hunder. Bare noen katter unnslapp, de dyra er for smarte til å la noen ond skapning komme seg nær»

Heldaram svelget og kjente seg litt kvalm ennå. «Hvor mange ble drept?»

Pelamer trakk på skuldrene. «Vi vet ikke sikkert, mange hundre og det sørgelige er at de fleste var forsvarsløse. Det var barn og gamle som befolket leiren er jeg redd, de fleste som reiser forbi her vil til Sølverhøy og de satte bare igjen de som var til bry»

Heldaram gryntet kort. «Det er grusomt, ingen mennesker bør bli behandlet slik, til bry! Ved alle guder»

Pelamer nikket. «Som jeg skulle ha sagt det selv, det var forferdelig men Sølverhøy lokket på alle sammen»

Heldaram så stivt på mannen mens de gikk inn, godset var ikke stort men vakkert og godt vedlikeholdt og Pelamer så stolt ut. «Min far bygde dette og jeg har tatt vare på det.»

Heldaram nikket. «Jeg tror de gode murene reddet deg herre»

Pelamer så skjevt på ham og ristet på hodet. «Nei, murene var ikke årsaken til at vi greide oss, det kan jeg fortelle deg med en gang. Årsaken til at ikke godset ble angrepet var at det nesten ikke er folk her, kun rundt tjue sjeler i alt»

Heldaram gyste. «I Sølverhøy er det ti tusener nå»

Pelamer nikket sindig. «Ja, folket har søkt dit, fra fjellene mot Bheki og kysten også. De blir drevet fremover som slaktekveg og vet det ikke selv. Fjellene er overrent med troll og andre uhyrer nå, er det folk tilbake i fjellene er de få og spredd og i livsfare hele tiden.»

Heldaram rynket pannen og Pelamer gestikulerte mot en sofa som sto ved ildstedet. «Slå deg ned»

Heldaram vætet leppene forsiktig. «Du har mye kunnskap om situasjonen?»

Pelamer nikket kort og trakk frem et kart som lå på et bord. «Jeg har intervjuet flyktninger mot betaling selvsagt, og fått vite mye. Jeg er redd for at folket her står ovenfor en forferdelig situasjon, at verden står overfor en forferdelig situasjon»

Heldaram trakk pusten dypt. «Trollene må da komme fra et sted? De har da vel ingen ledelse? Eller har de?»

Pelamer letne seg tilbake i setet og øynene fikk en kald glans. «De har en ledelse min gode mann, og et mål, og Sølverhøy er i fare. Der det er mye folk, der er det snart mange troll og med dem kommer de sagtannede, eller sjelløse som mange også kaller dem. Tro meg, om ikke noe gjøres er vi nødt til å innse at vi neppe kan klare oss»

Heldaram så vantro på mannen. «Er det virkelig så ille?»

Pelamer helte litt vin i et par glass og rakte Heldaram det ene. «Det er så ille, tro meg. Jeg er redd håp har blitt en mangelvare.»

Heldaram følte seg svakt svimmel. «Hva er det som skjer?»

Pelamer tømte vinglasset sitt i et eneste dypt drag, han så litt halvgal ut der og da. «Slutten, gamle sagn forteller om endetiden. Jeg trodde ikke på det men tegnene er tydelige»

Heldaram rynket pannen. «Det må da være noe en kan gjøre? Kan ikke trollene drepes? Og hva er disse sjelløse?»

Pelamer sukket og fylte glasset sitt igjen, Heldaram begynte å mistenke at mannen drakk mer enn sunt var. Det var en svak rødfarge i fjeset som kunne være iver men også de første tegnene på at mannen helte i seg alt for mye alkohol. «Tro meg, du vil ikke vite hva de sjelløse er, men jeg kan fortelle deg at verken troll eller sjelløse kan drepes lett. De tåler direkte sollys heller dårlig og foretrekker mørket men vanlige våpen gjør liten eller ingen skade»

Heldaram stirret ned i vinglasset sitt, væsken minte ham brått om blod og han følte en brå bølge av kvalme. «Guder, men…»

Pelamer strøk handa over håret, Heldaram så at den skalv. «Det er ingenting som tilsier at vi kan vinne denne kampen min venn, disse uhyrene vil utrydde oss»

Heldaram prøvde å tenke. «Men det må da være trygge steder? Er det ikke noe som kan beskytte folk?»

Pelamer helte siste dråpen ut av vinflaska, han ristet litt på den. «Det er fortellinger om det eneste disse beistene frykter men tro meg, det er kun gamle sagn, ikke noe en kan legge lit til i det hele tatt.»

Heldaram trakk pusten dypt. «Pelamer, du sa det samme om trollene og de sjelløse, at de kun var gamle sagn. Hva om det er sannhet også i dette?»

Pelamer gryntet og veivet med ene armen. «De frykter drageild, og drager er ikke akkurat vanlige disse dager er de vel?

Heldamer trakk pusten. «Drager? Ved alle guder, krigen startet på grunn av en drage!»

Pelamer rullet nesten med øynene. «Ja, jeg vet det! Min egen onkel ble myrdet av sin egen butler siden de to ættene brått husket gammel skitt som egentlig var begravet for flere hundre år siden, hva gir du meg? Og den dragen var neppe noe annet enn et fantom, nei, det hele ble startet av ondsinnede sjeler som kun ønsket makt og ødeleggelse»

Heldamar holdt pusten, tankene raste av gårde. «Det er mulig, men om det var en strime av sannhet i det?»

Pelamer reiste seg og gikk bort til peisen, rotet i glørne. «Hva så? Ingen har sett noe til den dragen, syns du ikke det er merkelig? Om Darasher virkelig skjulte en slik skapning burde i det minste noen ha sett den. Nei, landene vil bli feid rene for mennesker og kun mørket vil herske»

Heldaram rensket strupen. «Det høres vel dystert ut, hva med Ardot? Hva med Hietlai? Det må være noe vi kan gjøre?»

Pelamer satte fra seg ildrakeren og ansiktet var tungt. «Ardot er for langt unna og de sier at alt har endret seg der nå. Hietlai? Ved alle guder, bare å seile dit tar måneder, og de er ikke glade i oss fra sør i det hele tatt.»

Heldaram kunne ikke tro det, det måtte være noe som kunne gjøres, noe som kunne hindre dette? «Trollene må da komme fra et sted? De kan ikke ha skjult seg i flere tusen år uten å ha blitt sett?»

Pelamer nikket. «Folk sier at de kommer fra mørkets egen verden, at de kun er starten, at noe mye verre vil følge dem»

Heldaram bet tennene sammen. «Og dette er det også gamle sagn som sier regner jeg med? Kan vi stole på det?»

Pelamer bare gjorde en grimase og åpnet en ny vinflaske. «Jeg har ingen grunn til å tvile, det vi så her…Det er ingen makt som kan stanse dem»

Heldaram så ut av vinduene, det mørknet ute og han følte en brå bølge av uro. «De kommer med mørket?»

Pelamer nikket og gestikulerte mot vinduene. «Ja, så du må bli her i natt, ingen kan forlate godset om natten»

Heldaram trakk pusten, han var en gammel soldat og visste at en fiende aldri kan være på alle steder samtidig. «Så en er i fare om en er ute om natten? Du tror de vil komme tilbake?»

368

Pelamar bikket på hodet. «Tror? De har dukket opp hver natt»

Heldaram så smalt på ham. «Virkelig?»

Pelamer nikket stille. «Ja, men jeg tror ikke det har vært de samme trollene hver gang, de har vært for forskjellige. Jeg tror de trekker rundt og leter etter ofre og siden mange døde her, vel, død tiltrekker dem»

Heldaram hørte at portene ble stengt og Pelamer smilte skjevt, et temmelig blekt smil. «Bli med meg min venn, la meg vise deg hva jeg snakker om»

Heldaram rynket pannen igjen og reiste seg, Pelamer gikk sakte gjennom gangene og de kom ut av bygget der murene møtte ene veggen. Det var en dør der og de gikk ut bak brystvernet. Det blåste surt og det var ingen måne så det var temmelig mørkt. Ingen lys var tent utendørs og det var helt stille. Pelamer smilte skjevt. «Vi har kvittet oss med det meste av hundene her, og ingen tenner lys som kan sees fra utsiden. Det har hjulpet så lenge»

Han reiste armen og gjorde et tegn og Heldaram så at en mann kom gående mot porten, han ble sluppet inn gjennom en smal dør i den solide konstruksjonen og Heldaram skimtet noe hvitt langt nede i veien, nesten nede ved landsbyen. Det rørte på seg og Pelamer så nesten unnskyldende på ham. «En sau, bare for å vise hva dette dreier seg om»

Heldaram rynket pannen. «Jeg ser ikke noe?»

Pelamer nikket. «Bare vent litt»

Mannen som hadde ankommet kom opp på muren, han bar på en kraftig bue og hadde et knippe piler i neven. De hadde ikke vanlige hoder men var utstyrt med noe som lignet puter og Heldaram forsto at dette var brannpiler. «Om vi tenner på for tidlig brenner det ut før beistene kommer og ingen vil ut dit med ekstra brenne i natt»

Heldaram svelget stivt, han hadde en synkende følelse i magen. Han hadde en god kappe men det var virkelig svinaktig kaldt og han savnet leiligheten sin og badekaret sitt. Et varmt bad pleide alltid å få ham i mye bedre humør.

Pelamer bare sto der, han så nesten litt ynkelig ut og Heldaram ante ikke riktig hva han skulle tro om mannen. En person som er så dyster og ser så lite håp var ikke en mann han beundret. En skulle alltid prøve å finne en vei ut av uføret, det var hva Heldaram var vant med, å rulle seg på ryggen i underkastelse var feigt og bare å krype sammen og gjemme seg var det samme. Men han måtte tenke over det mannen hadde sagt, om disse trollene ikke hadde svakheter var det ganske enkelt forferdelig. Alle fiender har svakheter, det var noe Heldaram visste fra sin dager i hæren og han hadde lært alt om krigens regler, kjenn din fiende som deg selv og du vil seire. Vel, dette var en fiende ingen kjente og det måtte da være noe de kunne gjøre for å rette på det?

Det ble stjerneklart etter litt og stillheten var urovekkende, Heldaram hadde aldri opplevd noe slikt, normalt sett burde det være lyder selv om natten. Noen fugler var normalt sett nattaktive, en burde hørt hunder fra landsbyen, andre husdyr også, kanskje ungeskrik og sang. Men det var totalt stille og mannen med bua sto der og lyttet tydelig. Heldaram ble utålmodig, han frøs og var sulten. Men brått rykket Pelamer til og han bikket på hodet. «Lytt!»

Heldaram var ikke vant til å presse ørene, i byen var det alltid støy men han lukket øynene og konsentrerte seg og nå hørte han noe, en merkelig hamrende lyd som var mange føtter i bevegelse. Men rytmen var feil og det var et eller annet uhellsvangert over den. Han gispet da et fjernt ul splittet natten, det var ikke fra noen menneskelig strupe.

Mannen med bua tente en pil med et glohorn og sendte den ut, han var en god skytter for han traff en balle med tørr halm i mørket på lang avstand. Han måtte ha trent mye. Ballen brast ut i flammer og nå så Heldaram en sau som var bundet fast til en krok i bakken, dyret virket vettskremt og merkelig nok brekte det ikke. Pelamer trakk på skuldrene. «Ikke lag lyd nå, hva du enn gjør!»

Heldaram myste ut i mørket og gispet, han slo handa for munnen. Noe enormt rørte seg der ute, blekt og merkelig og det satte kurs mot sauen. Heldaram så at det var tre figurer, mange ganger større enn en mann, de var merkelige på fasong men beveget seg med underlig ledighet. Heldaram stirret, han vågde snaut blunke, øynene hans verket av det i vinden men han så hvordan ene trollet grep tak i sauen og bokstavelig talt rev dyret i to. Han følte et stikk av kvalme og måtte snu seg. Deretter gikk trollene løs på den brennende halmballen som om den også var et levende vesen, det kom noen dype gryntende brøl fra dem men det virket ikke for at ilden skadet dem på noe vis. Pelamer hvisket. «Ser du? Ingen kan stå seg mot noe slikt, vi er alle fortapt»

Heldaram sukket, han forsto Pelamers holdning nå men støttet den ikke. «Jeg er sikker på at de må ha en svakhet, av noe slag!»

Pelamer ristet på hodet. «Nei, de er for sterke, de vil vaske landene i blod og mørket vil herske, vi usle mennesker kan ikke gjøre noe. Dette er prisen for våre synder og vår arroganse.»

Han snudde seg bare på foten og gikk mot døra og mannen med buen ventet litt, han lot som om han slet med å få av strengen. Han hvisket da han passerte Heldaram. «Så fort det blir lyst må du forlate dette stedet. Pelamer er en god herre men angsten har fortært ham, han ser ikke noe håp lenger. Vi frykter for ham, og våre liv»

Heldaram frøs nedover ryggen, den oppgittheten som Pelamer viste var urovekkende, Heldaram hadde sett den før. Han smilte kort til mannen og fulgte husets herre tilbake til hallen. Det var satt frem mat og Pelamer sa ikke noe under måltidet, han bare spiste med merkelige stive bevegelser og blikket var tomt. Heldaram fikk tilbud om et bad etterpå men takket nei, han hadde en følelse av uro og den gav seg ikke.

Han ble sittende ved peisen med et glass vin og en av tjenerne kom for å rydde unna. Pelamer tok med seg en vinflaske og forsvant, uten å si mer. Tjeneren så langt etter ham men gjorde jobben sin, deretter nikket han til Heldaram. «Han var ikke slik før men alle de døde? Det ødela ham, han bryr seg så inderlig om folk og er alt for følsom. Han ble knekt, og nå tror han at slutten er uunngåelig.»

Heldaram svelget stivt. «Tror du han kan gjøre noe dumt?»

Tjeneren smilte stivt. «For å si det slik, vi i tjenerskapet tilbringer natten i hvelvet under godset, det er solid og døra er vanskelig å finne»

Heldaram kunne snaut tro det han hørte. «Mener du det?»

Tjeneren nikket. «Jeg mener det, vi er redde. Han har blitt gal! En av oss hørte ham snakke med seg selv, han tror det er bedre å møte enden som en mann heller enn å prøve å flykte»

Den forhenværende offiseren trakk pusten dypt. «Jeg forstår»

Tjeneren bikket på hodet og satte fra seg en flaske med et eller annet i. «Om det verste skjer, gni deg inn med det der, og skjul deg i brønnen»

Han snudde og gikk og Heldaram kunne ikke riktig tro at det var så galt eller var det virkelig det? Han hadde fått et merkelig inntrykk av Pelamer. Mannen virket rett og slett deprimert og det var forståelig men var det nok til å få ham til å gjøre noe dumt? Heldaram hadde sett hva skyldfølelse over å ha overlevd der andre døde kunne gjøre med folk, noen søkte døden etter en slik opplevelse, overbevist om at de ikke fortjente livet. Var Pelamer av det slaget? Tjenerskapet sin oppførsel tydet på det. Heldaram hadde fått et rom ikke langt unna ridder salen og han la seg uten å kle av seg. Det eneste han tok av seg var støvlene. Han ble liggende å vri seg, det hadde vært harde dager men han greide ikke finne hvile. Han tok flaska og åpnet den, snuste varsomt. Det var en sterk peppermynte olje, det slaget en bruker på støle muskler og betennelser og lukta var intens. Heldaram husket at han hadde kjent den lukta da han ankom godset, men han hadde ikke tenkt over det.

Han sovnet etter hvert, men sov lett og uten egentlig å slappe av. Han bråvåknet uten å vite hvor lang tid som hadde gått, noe var galt. Han kom seg på beina, trakk på seg støvlene og lyttet, det hadde vært noe som vekket ham, en lyd. Han snek seg ut av rommet, godset var stille men det var et flakkende lys som ikke hadde vært der før. Han løp til døra, kikket ut. Herren over godset sto på muren, han hadde tent alle faklene på brystvernet og på et eller annet vis hadde han greid å åpne portene. Heldaram trakk pusten dypt, han følte det på seg, at dette var særdeles farlig. Pelamer skrek et eller annet, det var åpenbart at mannen var stup full og han virket ikke tilregnelig i det hele tatt.

Det lød bråk fra huset og en av ridderne kom løpende, han prøvde å komme seg opp på brystvernet med dørene var låst og stigene fjernet. Pelamer kastet hodet bakover. «Kom, jeg er her!»

Skriket var hysterisk og Heldaram løp frem, ridderen så ham og øynene hans var ville. «Vi må stenge porten!»

Heldaram nikket og de skyndte seg mot vinden som hevet og senket porten men Heldaram så med en gang at det ikke kom til å bli mulig å gjøre noe der. Tauene som hevet porten var kuttet over. Ridderen så vettskremt ut. «Hva gjør vi?»

Heldaram så stivt på ham. «De andre to?»

Mannen prøvde å ta seg sammen. «De er fulle, drakk alt for mye i går kveld, åh guder»

Heldaram stirret ut porten, der ute skimtet han noe som beveget seg i mørket og hørte håse lyder. Ridderen skrek nesten og ble likblek. «Hva gjør vi?»

Heldaram hørte at hestene i stallene begynte å skrike og vrinske. «Slipp ut dyra!»

Ridderen løp av gårde og åpnet dørene og gården ble fylt med vettskremte hester som stormet ut porten, Pelamer gjorde ingenting for å hindre dem. Han bare sto på murene og skrek usammenhengende mens han helte i seg vin. At han ennå sto var et mirakel. Ridderen grep tak i Heldaram. «Vi må til hvelvet!»

Heldaram ristet på hodet. «Vi rekker det ikke, de er øyeblikkelig her. Hvor er brønnen?»

Ridderen pekte og Heldaram grep flaska fra lomma og helte i neven fra den, han smurte den tyntflytende væsken over mannen og deretter seg selv. Brønnen var av det solide slaget med en vinde og flere tau og Heldaram hørte dyp buring og angsten slet i ham. Han festet et tau i stokkene som holdt vinden og nikket til ridderen. «Opp i en bøtte, fort»

Mannen adlød og vekten av ham fikk vinden til å slå rundt, Heldaram grep en annen bøtte og holdt fast i den av all sin kraft. Det rykket kraftig for de to mennene veide like mye og nå utlignet de hverandre, bøttene stanset noen meter under bakkenivå og Heldaram holdt fast i tauet som han hadde festet, det var deres håp om å komme seg opp igjen. Brønntaket var delvis lukket, han håpet at trollene ikke var spesielt intelligente. Det kom et brak, Heldaram holdt pusten. Trollene hadde nådd porten og brøt ned det som sto i veien for dem. Ridderen var likblek og øynene hans var enorme.

Pelamer var i ferd med å ofre sine folk og sin eiendom til mørket, for å sone for synder? Heldaram ante ikke men han var rasende og det raseriet overvant frykten. Han festet fort tauet rundt tauene som holdt bøttene og tjoret alt til en krok i veggen. Ridderen så vantro på ham. «Hva gjør du?»

Heldaram smilte stivt. «Jeg vil se, det er sprekker i brønnen, om det verste skjer så løsne tauet og la deg gli helt ned til vannet»

Ridderen ristet på hodet. «Ikke tale om, jeg vil se også. Om dette er enden vil jeg ikke møte den som en krypende feiging»

Det lød skrik fra godset og Heldaram krøp opp og fikk godt feste for støvlene i en fremspringende stein. Ridderen tok plass ved siden av ham, det var en grovt oppmuret brønn og det var fullt mulig å holde seg fast på innsiden. Det var en ganske stor

sprekk rett foran Heldaram og han kikket forsiktig ut. Det han
så fikk ham til å svelge stivt.

Det var fem troll der men også noen andre skapninger som
var mindre og om mulig enda verre. De så groteske ut på en
helt annen måte enn trollene for dette var monstre som var
bevisst ondskapsfulle. Det var helt tydelig. Trollene rev løs på
bygningene, planker og stein fløy veggimellom og de burte og
var tydelig rasende. Heldaram så ikke hva som skjedde med
huset men han antok at de rev det helt, de bleke mindre
skapningene sto der og holdt noe mellom seg, det var tydelig
og Heldaram svelget stivt. Det var Pelamer og han bare sto der,
uten å gjøre noe som helst. Ridderen hveste. «Åh guder»

Heldaram hørte skrik fra huset og lyden av noe som raser,
antagelig hadde trollene greid å snuse seg frem til hvelvet. En
av de andre ridderne kom stormende inn i synsfeltet til de to i
brønnen, han hevet sverdet og hugg mot en av de bleke
skikkelsene men sverdet virket ikke for å kunne gjøre stor
skade, som om skinnet på beistet var for tykt. Mannen ble
revet overende og Heldaram hørte at han skrek en gang, så
kom bare noen motbydelige lyder av bein som brekker.
Skrikene fra godset sluttet brått og Heldaram ante at det ikke
var flere igjen der i live.

Pelamer ble halt bort til en benk og de motbydelige
vesenene rev av ham klærne, tvang ham ned på kne. Heldaram
holdt pusten. «Guder, skal de?»

Ridderen hvisket tilbake. «Ja!»

Pelamer skrek, ville vettskremte skrik og Heldaram greide
ikke se på, han kjente at kvalmen brant i strupen. Etter en
stund bant de Pelamer til en tjoringsbom og de bleke beistene
virket for å lete etter flere folk. Noen nærmet seg brønnen og
Heldaram og ridderen holdt pusten men antagelig forsto de
ikke at folk kunne skjule seg der. Det begynte å lysne i øst og
trollene vrælte skuffet og sjokket sakte ut av det ødelagte
godset. De sjelløse fulgte etter, i nifs stillhet og Heldaram ble
hengende der til sola var synlig over horisonten. Ridderen

skalv synlig og Heldaram syntes synd på ham, han var en yngre mann og hadde neppe sett mye krig og død ennå. De klatret varsomt ut av brønnen og Heldaram så seg rundt, det var bare en ruin igjen av godset, trollene hadde forvandlet hele det store bygget til en haug med knuste materialer. Det luktet stramt der og Heldaram svelget stivt i vantro og gru.

Ridderen gav fra seg et lite skrik. «Se!»

Heldaram snudde seg, Pelamer var i live ennå, han hang der etter armene fra tjoringsstolpen, rester av tunikaen hans hang ennå på men han var naken fra livet og ned og lårene var dekket med blod og noe som bare kunne være størknet sæd. Mannen var ikke bevisst, han sto på knærne og ridderen gav fra seg et hikst. Heldaram så vantro på godsets herre, han hadde vært rund før også men nå virket magen hans for å være i ferd med å utvide seg. «Ved alle guder?»

Ridderen så storøyd på Heldaram. «De bruker folk slik, til å avle nye! Han er…det vokser en slik inne i ham nå!»

Heldaram ble akutt kvalm av ren avsky, av ren gru. For en forferdelig skjebne, han unnet den ikke sin verste fiende og ridderen pep nesten. «Vi må drepe ham, før det…før det blir født!»

Heldaram så seg rundt etter et våpen. Det var lite der som minnet om sverd eller kniver men han løp til restene av stallen og der fant han en hammer smeden brukte når han skodde hester. Ridderen så tomt på Heldaram. «Jeg kan ikke…jeg kan ikke gjøre det»

Det kom et slags ul fra mannen, kroppen rykket og Heldaram så at noe beveget seg under det stramme mageskinnet. Heldaram nikket kort. «Jeg gjør det, det er en nåde, selv om han brakte dette på seg selv»

Heldaram hadde drept før, i kamp men aldri slik. Han grep hammeren og brakte den ned i en rask bevegelse. Det smalt og knaste i det den tunge hammeren braste inn i Pelamers tinning, kroppen rykket nesten obskønt et par ganger og magen rørte på seg, vilt, som om det der inne prøvde å klore seg ut men så ble det stille. Ridderen svettet og var kritthvit. «Vi må brenne liket»

Heldaram aktet ikke å protestere mot det. Han fant noe tørt materiale og det brant i restene av kjøkkenet så ild var ikke noe problem. Ridderen så på mens kroppen brant opp, han hadde tårer i øynene. «Pelamer var en god herre, men etter det angrepet, jeg antar at noe brast for ham.»

Heldaram nikket. «Jeg har sett det før, når folk mister håpet søker de enden fortest mulig, i stedet for å vente på den. Og de bryr seg ikke om at de tar andre med seg»

Ridderen svelget og så ned. «Det er grusomt. Jeg kjente….Åh guder»

Lik var det mange av i ruinene og de tente bare på der, for å brenne alle. Det var ikke noe annet å gjøre og Heldaram så på sola. De rakk tilbake til Sølverhøy om de red hardt, hestene var løse og løp rundt utenfor murene, vettskremt og forvirret. Ridderen fanget kyndig inn fire stykker, av de beste godset eide og de red dem uten sadel. Heldaram smilte til den yngre mannen. «Du blir med meg til Sølverhøy. De trenger et vitne på hva som har skjedd her»

Mannen nikket og la handa over brystet. «Så sant mitt navn er Iseran av Gråbru, jeg skal følge deg min herre!»

Heldaram bet tennene sammen og sporet den grå merra han nå red. Det ville bli en hard tur men alle djevler fortære, når han nådde Sølverhøy kom han ikke til å godta å bli overkjørt av stivbeinte rådgivere og idiotiske adelige uten folkevett. Noe måtte gjøres og han svor for seg selv at han skulle gjøre alt han kunne for å hindre at noe slikt skulle skje igjen. Tanken på de mange tusen som nå levde i byen var forferdelig, han kunne bare be om at de fant noe som kunne hindre en forferdelig katastrofe.

Lamara

De hadde satt opp teltene sine, og lagd en slags leir. Arphaene hadde kommet løpende etter at de merkelige udøde dvergene var beseiret og Moyesh var glad kattene var uskadet. De holdt vakt nå og det samme gjorde Bhikoor, de burde være forholdsvis trygge. Lamara hadde våknet men hun sa ingenting, hun bare pustet som noen som har løpt langt og virket for å slite med å roe seg ned. Øynene var enorme og fylt med noe ingen av dem engang kunne beskrive, Moyesh kunne føle den makten som nå hvilte i Lamara og den skremte henne. Hva var det egentlig den borgherren hadde vekket opp? Og rubinen, den var forferdelig, andre ord kunne ikke beskrive den, men den hadde slik makt. Hun sanset at den verken var ond eller god, begge sider kunne bruke den og det gjorde den svært farlig.

Ighal var nervøs, om makten som hvilte i Lamara virkelig kunne kalle frem noe slikt som det de hadde sett kunne de være i fare hele tiden og de kunne ikke holde henne oppe fra bakken hele tiden. Aidan satt for seg selv og hang med hodet, han stirret ned på fingrene sine og nektet å si noe som helst, antagelig prøvde han å avfinne seg med det som hadde skjedd med ham. Moyesh kunne ikke forklare det, det var det ingen som kunne. Men Lamara hadde åpenbart inngått en slags avtale med hva det nå var, for å spare Aidan og han visste ikke om han var takknemlig eller ei.

Lamara prøvde å skjule hva hun følte, det var for overveldende og hun ville ikke skremme de andre der, på et eller annet vis måtte hun få den merkelige kraften til å adlyde henne men hvordan? Det var vilt og utemmet og dødelig og det kjempet mot henne, kontinuerlig. Det ville ikke la seg kontrollere, det ville ikke underkaste seg noe eller noen og hodet hennes hamret kontinuerlig. Hun var kvalm og elendig og hun visste nå at det hun hadde sett i begynnelsen kun var en liten del av det. Om hun hadde brakt et barn til stedet ville denne makten ha besatt det og skapt noe som ville vært for forferdelig til å beskrives. Men nå var det offeret henne selv og hun måtte bare være sterk. Spørsmålet var hvor lenge styrken hennes ville vare.

Hun så ting nå, ting makten i henne ikke kunne skjule og det skremte henne. Kraften borgherren hadde fått i besittelse var eldgammel, så gammel at ingen lenger husket at den eksisterte og den hadde blitt glemt allerede før drageherrene hersket. I årtusener hadde den hvilt, gjemt i jorden og hun prøvde å forstå hva som lå til grunn. Men å utforske dens historie var å gjøre seg selv sårbar og hun kunne ikke risikere det. Hun måtte bare være fornøyd med å snappe opp en og annen liten detalj den glemte å skjerme. Men etter en stund var hun klar over at dette ikke var så mye et noe som hvem. Det var en bevissthet og kanskje også hva en kunne kalle en sjel og det var en slags bitterhet der Lamara ikke kunne forstå.

De hadde boka, det var fantastisk og hun håpet bare at de kom seg videre, hvor de enn skulle. Akkurat det så hun ikke og hun visste bare at boka var ytterst viktig. Lamara var sliten men hun våget ikke å sove, Moyesh lagde litt mat og hun spiste men maten smakte ikke noe særlig, hun var redd for at konsentrasjonen skulle glippe.

Nede ved sjøen var det kun stein igjen av det staslige slottet og i det minste hadde borgfruen fått fred nå men opplevelsen hadde skremt dem alle. Moyesh virket tankefull og Tåkesang satt i lyngen og virket for å konversere med den. Ighal sparket i glørne etter bålet. «Så, hva nå? Hva gjør vi?»

Moyesh skar en grimase. «Vi skal til den dalen, det er alt vi vet. Jeg aner ikke hva slags sted det er, men jeg tror det ikke er et sted her i vår verden.»

Ighal så skarpt på henne. «Og du baserer det på?»

Hun trakk på skuldrene. «Ting jeg lærte som prestinne? Jeg har bare en følelse av at vi vil måtte skilles ad snart»

Ighal nikket og satte seg ned. De hadde alle spist, til og med Aidan. Ingen visste om han trengte mat lenger men han åt med god appetitt. Bhikoor burte litt sørgmodig, han virket for å kjede seg og Ighal så skjevt bort på Lamara. «Hvordan føler du deg?»

Hun så ned. «Forferdelig, som om det pågår en krig, inne i min egen sjel»

Ighal nikket litt nervøst. «Jeg forstår, men…vet du hva det er du nå vokter?»

Hun så ned, ansiktet var blekt og det var linjer av smerte der som ikke hadde vært der før. «Jeg…Det er ikke en ting Ighal, ikke noe som ligner en ren naturkraft. Det har…Det er en person tror jeg, på et vis i hvert fall»

Både Ighal og Moyesh så litt forvirret på henne. «Hva mener du?»

Lamara prøvde å formulere det hun følte. «Det er noe glemt, så gammelt at jeg tror det er nesten eldre enn vår verden. Og det….det er bittert? Sint? Det vil bryte fri, jeg sanser det»

Moyesh nikket sindig. «At det vil bryte fri er det ingen tvil om. Men hva er det?»

Lamara trakk på skuldrene, bare den enkle bevegelsen fikk henne til å føle at hun var under angrep. «Mektig?»

Ighal virket for å tenke hardt. «Men er det til skade for oss eller det motsatte?»

Lamara prøvde å forstå det hun følte. «Jeg tror det kan svinge begge veier, vi må være forsiktige»

Moyesh svelget synlig. «Kan jeg få prøve noe?»

Lamara så litt tvilende ut. «Hva da?»

Moyesh bet seg i underleppa. «Å se gjennom ditt sinn»

Lamara vek litt tilbake. «Er det farlig? Vi kan ikke risikere at det bryter løs, jeg slåss mot det hele tiden»

Moyesh trakk pusten. «Jeg tror jeg kan kontrollere det, hva det enn er. Jeg skal ikke se dypt»

Lamara nølte «Greit, du vet mer om slikt enn det jeg gjør. Men jeg vet at det jeg så her var en person, og det var ikke borgfruen. Kanskje var det denne sjelen jeg så?»

Moyesh nikket. «Mye mulig, slapp av»

Hun la landa på Lamaras skulder og lukket øynene. Det hun brått møtte var kaotisk, forvirret, det var raseri der og frykt og et virvar av følelser hun ikke engang kunne begynne å beskrive. Men hun fikk noen bilder presset inn i sinnet og hun trakk seg tilbake med et gisp, slapp taket i Lamara som om hun hadde brent seg. Ighal så skremt på henne. «Hva så du?»

Moyesh sjanglet nesten, hun blunket forvirret. «Hun har rett, det er noe urgammelt, jeg tror ikke at selv drageherrene ante noe om at det eksisterte. Jeg tror ikke noen vet at dette eksisterer»

Lamara skalv. «Hva er det? Vær så snill, si at du vet det!»

Moyesh bet tennene sammen. «Beklager, jeg forsto ikke hva jeg så. Det jeg er forundret over er at den borgherren greide å vekke det til live, det må ha vært i dvale i årtusener.»

Ighal nikket. «Han var alkymiker, ikke magiker»

Lamara sukket og lukket øynene. «Jeg tror han fant noe i boken, at det vekket makten.»

Ighal gyste. «I så fall er den boka forbannet farlig, om en ukyndig person kan vekke noe slikt»

Lamara nikket. «Den er farlig, det er det ingen tvil om»

Moyesh så skarpt på henne. «Du må passe på hva du tenker til enhver tid, det vil prøve å finne en vei ut, om det så er gjennom dine tanker»

Lamara så ned. «Jeg aner ikke om jeg er sterk nok, det kjemper mot meg, hele tiden, jeg får ikke fred selv et øyeblikk»

Moyesh flekket nesten tenner. «Du må være sterk nok, vi kan styrke deg men du må vinne den kampen Lamara.»

Hun så ned. «Jeg vet det!»

Det hadde allerede begynt å bli mørkt og Aidan gikk og
skaffet ved, Bhikoor hjalp ham og Arphaene gikk på jakt, de to
kattene virket usikre når de var nær Lamara men de var ikke
redde for henne og virket mer nysgjerrige. Lamara turte ikke
sove, hun la seg ned i teppene sine men visste at det å sove
betydde at det hun nå voktet kunne bryte fri. Aidan satt ikke
langt fra henne og han stirret på henne, det var noe fjernt i
blikket. Lamara så ned. «Jeg er lei for det»

Han skar en grimase. «Du trenger ikke si noe»

Lamara nikket sakte. «Men jeg må, du døde Aidan. Jeg
kunne ikke leve med meg selv om jeg lot det skje, og du…du
ville våknet igjen uansett, men ikke som deg selv.»

Aidan så skjevt på henne. «Hva mener du?»

Lamara trakk pusten dypt. «Du ville blitt den kraften tok i
bruk, den ville vært fri. Men rubinen sto i mot og jeg…jeg
gjorde det jeg måtte»

Aidan svelget. «Den rubinen er forferdelig, den er…»

Lamara så ut i mørket. «Noen ganger kan en ikke kjempe
mot ondskap med godhet Aidan, en blir like ille som det en
kjemper mot.»

Han nikket. «Den er et våpen»

Lamara nikket stille. «Det er riktig, og hvem som helst kan
bruke den, det er det som gjør den så ytterst farlig. Den må
ikke falle i gale hender. Om den gjør det vil alt være tapt»

Aidan smilte litt vemodig. «Jeg skulle til å si at jeg vil vokte
den med mitt liv men jeg er ikke levende er jeg vel?»

Lamara sukket. «Nei, ikke som et vanlig menneske. Du har
fått en gave nå Aidan, men den er tung å bære. Du vil se hva
den innebærer tror jeg»

Han samlet seg. «Lamara, jeg…jeg forstår at du gjorde det
du gjorde i slottet, men det før….jeg…»

Hun svelget stivt. «Jeg vet det Aidan, og jeg angrer. Jeg
angrer forferdelig, men jeg trodde jeg forsto det jeg så. Nå vet
jeg at det var feil. Jeg er så lei for det»

Aidan trakk pusten dypt. «Den øverste lederen for lauget misbrukte meg Lamara, og du visste det ikke sant? Og allikevel…»

Hun snufset lavt. «Jeg beklager det, jeg ville aldri ha gjort det om jeg ikke hadde trodd at jeg måtte ha et barn å tilby det som ventet her»

Aidan skar tenner. «Du er kanskje en seer jente, og kanskje mektig men du er ved alle guder naiv, og uerfaren!»

Hun svelget og øynene sved. «Jeg vet det, jeg…jeg lærte så lite om livet da jeg var orakel»

Han så stivt på henne. «Du ville ofret et uskyldig barn, mitt barn! Jeg kan aldri tilgi deg det. At du brukte meg kan jeg forstå, jeg er vant med det ved alle guder, men jeg kan aldri glemme målet ditt»

Lamara nikket stille. Øynene hennes var matte. «Jeg vet det, og jeg angrer. Tro meg for det eter på meg hele tiden. Jeg har lært»

Aidan så like sint ut. «Har du? Jeg vil ikke stole på deg igjen før du har bevist at du snakker sant.»

Han reiste seg brått og gikk og Lamara hikstet svakt. Hun var ikke lenger den samme personen, hun hadde lært og kunne ikke fatte hvor dum hun hadde vært, hvor lite hun hadde forstått av det hun så. Hun kunne bare håpe at det ville endre seg nå, at hun ville kunne takle det som skjedde med modenhet og styrke.

Tåkesang kom og satte seg med henne, idhrinen var taus og de merkelige skimrende øynene var vennlige. Av alle i gruppen visste Lamara minst om denne skapningen men hun visste at den hadde store krefter. Det var trøstende at hun satt der, Lamara føltes seg litt mindre som en paria med Tåkesang der. Hun var sliten til margen men kunne ikke sove og Tåkesang smilte svakt, de merkelige øynene var fiksert på henne. Moyesh hadde lagt seg for å sove og Lamara hørte at Ighal nynnet en ganske melankolsk melodi, Arphaene lå og vasket seg og Aidan holdt vakt. Over dem var himmelen mørk, stjernene virket for å være fiksert på et sted, de glitret ikke engang og Lamara svelget kort. Hun hadde en følelse av at de fremdeles var fanget av magien fra slottet, bare at den var svekket, eller hadde endret seg på et eller annet merkelig vis.

Tåkesang bikket på hodet og Lamara fikk en merkelige følelse av at den ønsket å si noe, at det var noe den underlige kvinnen ønsket. Tåkesang satte seg ned ved siden av Lamara og trakk kappen sin rundt dem begge, Lamara stivnet til. Tåkesang var utrolig varm, som en ovn og det var behagelig men hva var det idhrinen ønsket? Lamara visste at det var kvinner som foretrakk andre kvinner, faktisk hadde hun sett mange eksempler på det i tempelet. Hun hadde aldri vært av det slaget men forsto at det var forholdsvis vanlig. Var Tåkesang slik? Lamara ble trukket nærmere den varme faste kroppen og snudde hodet brydd, hva var det som foregikk? Så begynte Tåkesang å synge, det var ikke ord slik vanlige folk forsto det, det var ren lyd, ren musikk og i den musikken var det som om alle tenkelige følelser var samlet og sluppet fri. Det virket ikke som om de andre hørte det, bare Lamara og det var det vakreste hun hadde hørt noen gang. Lyden kom ikke fra noen menneskelig strupe, og den var sterk og ren og virket for å fylle Lamara med rent lys. Hun lente seg bakover og lot sangen bære seg av gårde og brått følte hun en bølge av kraft slå gjennom seg, vill og mektig og helt annerledes enn den hun prøvde å holde fanget. Denne var natur, uforandret av tid og ufordervelig og hun kjente at Tåkesang la armene rundt henne. «Ikke vær redd, la meg hjelpe deg. La meg vise deg sannheten!»

I det øyeblikket forsto Lamara noe ingen av dem hadde tenkt på, noe ingen hadde vært klar over. Tåkesang hadde blitt med Moyesh men ingen hadde spurt hvorfor. Ingen hadde stilt spørsmål ved det. Moyesh var en mektig prestinne men ved alle guder, Tåkesang var så mye mer og Lamara følte at visjoner raste gjennom sinnet. Ved alle guder, det var vanvittig, Tåkesang hadde skjult sin sanne makt men nå så

Lamara den og hun gav fra seg et tynt pip av ren ærefrykt. Hun lot Tåkesangs sang lede henne og dykket dypt inn i den makten hun hadde valgt å ta opp i seg.

Brått sto hun på en åstopp, men det var ikke en ås som noen hun hadde sett før. Foran seg så hun et landskap som var dødt og stille, det var ikke liv der ennå og det var som om det ventet. Men Lamara så merkelige stjerner og en sol som sakte steg, ung og sterk og hun hørte sangen fra den og den var jublende og full av håp og et løfte om liv og utvikling. Sletten foran henne var flat og tom, men sakte tok noe form der, det tok antagelig eoner av tid for stjernene hun så endret seg mens det skjedde og sola ble hvitere og varmere også. Men fire skikkelser kom til syne, tok form og Lamara visste hun så noe nå, noe ingen kunne ha forestilt seg. Hun så hvordan selve livskraften i universet ble gjort legemlig.

Sangen fortsatte, myk og kjærlig og hun følte seg trygg, ingenting kunne skade henne så lenge Tåkesang holdt henne slik og hun så at de fire skikkelsene ble synlige. Det var et ærefrykt inngytende syn, alle fire var enorme søyler av lys og de svaiet sakte, som trær i en usynlig vind. Lamara gav fra seg et gisp, de spredte seg, gled bort fra hverandre og krympet, tok former som var mer naturlige å se på. En av dem ble en kvinne som virket for å endre alder og utseende hele tiden, fra ungdom til gammel kone og tilbake, i hennes spor virket det for at dyr og andre levende skapninger sprang frem.

En av de andre ble til en underlig tre aktig figur og blomster og trær dukket opp i hennes spor og Lamara var lamslått. Hun visste hva Tåkesang var nå, og hun kjente at kinnene ble våte av tårer, dette var...Overveldende. Den tredje figuren ble en lysende skikkelse som var formet som en hest, men den hadde et horn i pannen og den raste ut over de mørke slettene og spredte lys og klare kilder sprang frem der hovene traff bakken. Den fjerde skikkelsen sto stille, den virket for å nøle og sangen Lamara hørte ble sørgmodig og fjern. Hun svelget stivt og kunne ikke forstå, ikke riktig. Skikkelsen vred seg sakte, så ble den mørkere og mindre og forsvant sakte ned i bakken og hun ville ha skreket i vantro om hun kunne det. Bakken glødet der den hadde forsvunnet, og hun så årer som nesten pulserte som på en levende person før det hele ble usynlig. Tåkesangs sang ble høyere, mer forlangende og hun så som fra oven at denne skikkelsen både skapte og ødela. Tåkesang strøk en hånd gjennom Lamaras hår. «Liv og død vandrer hånd i hånd barn av lyset, uten død blir det ikke noe liv, uten liv ingen død. Kraften borgherren fanget er viktig for balansen»

Lamara vred seg. «Hvordan…hvordan kunne et simpelt menneske fange den? Det er umulig!»

Tåkesangs stemme var fjern og myk. «Fordi den var svekket, svekket av tapet av en av de andre opprinnelige. Og fordi den var svekket lot den seg lure. Selv guder kan bli lurt Lamara, særlig når de er ensomme og alene»

Lamara så noe nytt, den mørke figuren som vandret gjennom uendelige korridorer som lignet hverandre helt, som en gigantisk labyrint og mens de gled nærmere så Lamara at skikkelsen hadde fysisk form. Hun svelget kort, hvordan beskrev en noe slikt? Tåkesang nynnet mykt. «Han er ledet på villstrå, redd og forvirret. Han ønsker det alle ønsker, og forstår ikke sin egen makt. Kun du kan temme den kraften, men det vil kreve mot Lamara, et veldig mot»

Lamara skulle ønske hun kunne se Tåkesang men hun var som omringet av tykk tåke. «Om jeg ikke klarer det?»

Tåkesang virket for å skjelve svakt. «Da vil alt feile, ingen har sett dette. Men verden vil ikke kunne klare seg om ikke alle maktene er vekket og klare. Det er noen som vil gjøre om på skapelsen selv og uten at alle de fire opprinnelige gudene er samlet vil selv ikke drageherrene kunne stanse en total katastrofe»

Lamara klynket. «Er det ingen andre ting som kan redde oss?»

Tåkesang strøk nedover Lamaras armer. «Det er de som allerede nå jobber for å stoppe det som kan skje men om de feiler? Da er det lite håp er jeg redd. Den siste må frigjøres, Fhirdhag må gjøre det. Jorden må vekkes»

Lamara svelget stivt. «Du er en av dem er du ikke? Du er…?»

Tåkesang nynnet nesten muntert. «Ja, jeg styrer planter og alt som gror, alt blir tapt om mørket vinner, også mine elskede skoger. Jeg stoler på deg Lamara, du må vende ham bort fra mørket som har slått klørne i ham.»

Lamara hev etter pusten. «Hvordan?»

Tåkesang føltes som om hun var langt borte. «Ved å vise ham at det er håp, at han er nødvendig. En del av enheten. Det er skjønnhet også i mørket, da han fikk tildelt sin del av skaperverket var det ingen straff men en gave»

Lamara følte seg overveldet. «Vet Moyesh dette?»

Tåkesang lo lavt, det lød som fjerne klokker. «Nei, hennes vei kan ikke bli forandret, hun vil se sin oppgave snart»

Lamara rynket pannen. «Og den oppgaven er?»

Tåkesang virket for å nøle i noen sekunder. «Å berge flest mulig i sør, hun vil vende tilbake til sitt land»

Lamara trakk pusten dypt. «Hvordan skal jeg kunne klare å vende den makten jeg huser tilbake til lyset? Jeg har aldri gjort noe slikt, den vil bryte fri, det er alt den ønsker og den er mektig»

Tåkesang nikket. «Jeg vet det, men tro meg, det er lite valg. Den er som et dyr fanget i et bur, og den vet ikke godt fra ondt. Vi er natur Lamara, og naturen kan være nådeløs og grusom men aldri ond. Om det er ondskap i ham er det fordi mennesker har lært ham hva ondskap er»

Lamara følte en slags bølge av forståelse gli gjennom seg, hun hadde vært slik også, før det som skjedde med henne. Hun hadde vært naiv og ventet aldri noe ondt fra noen. Men hun hadde lært, på den aller verste måten. «Jeg tror jeg kan forstå det»

Tåkesang lot sangen stige i makt, den ble mer fulltonende og rundt dem så Lamara at verden ble fylt med liv mens tiden gikk. «Det er godt, det er mange verdener Lamara og de henger sammen. Om ondskapen får overtaket et sted faller gjerne også flere verdener til dens makt.»

Lamara nikket stivt. «Ja, og drager vil hjelpe oss?»

Tåkesang lo lavt. «Drager og mange andre. Sov nå Lamara, du er trygg i natt. Jeg vil vokte deg»

Lamara prøvde å protestere men greide ikke å si noe, alt ble mørkt og hun gled ned i dyp søvn. Tåkesang holdt henne ennå en stund, det var en bekymret mine i ansiktet hennes og hun pakket jenta godt inn i teppene. Lamara var en såret sjel, villfaren og skadet på mange måter. Det kunne være at det var akkurat det som trengtes, en som kunne forstå. Hun gled tilbake på en stubbe og satt der som en statue, ingen av de andre der ante hva og hvem hun var, det var godt. Deres søster blandet seg inn i de andre utvalgte, men Tåkesang var den som måtte bry seg om denne gruppen. Den som ser fremtiden kan endre den, Lamara var viktigere enn hun selv trodde. Spørsmålet var bare om deres tapte bror kunne vendes tilbake til den veien de alle var skapt for å gå.

Den neste morgenen kom med skodde og lett yr, det var deprimerende vær og alle gyste mens de kom seg ut av teppene og møtte dagen. Lamara sov ennå, hun virket for å være dypt inne i drømmeland og de prøvde ikke å vekke henne selv om det at hun sov gjorde dem litt urolige. Tåkesang satt og nynnet på en stubbe og Bhikoor satt og stelte seg, Arphaene strakte seg og gjespet og Moyesh så litt skjevt på Aidan og Ighal. «Vi kan ikke bli her, vi må flytte oss men jeg aner ikke i hvilken retning vi skal gå»

Ighal trakk pusten dypt. «Jeg tror ikke det gjør så mye fra eller til. Vi er milevis fra folk og om jeg ikke husker feil er dette fjellområdet nesten totalt uten stier eller veier»

Aidan nikket. «Det tror jeg så gjerne, det er forferdelig øde. Det føles bare tomt, som en krukke uten noe i»

Moyesh rynket pannen. «Det er ikke naturlig, kan det være noe makten Lamara bærer har stelt til?»

Aidan trakk på skuldrene. «Jeg vet ikke hvorfor i såfall. Det er bare et fjellområde»

Ighal smilte litt stivt. «Vi kan uansett ikke bli her, vi har ikke forsyninger for så veldig mye lengre og jeg tviler på at vi gjør noe nytte for oss her.»

Lamara våknet sakte og strakte seg, hun følte seg uthvilt men hodet suste som et bol med bier og hun hadde en underlig følelse av å ha blitt halt gjennom en myr for det var som om hun var våt og klissete men uten å være det. Hun skar en grimase og Tåkesang rakte henne en kopp med te, hun tok i mot med takknemlighet og husket hva Tåkesang hadde vist henne. Det hun bar på var noe urgammelt, en del av livskraften selv. Og hun måtte ordne det så den kom tilbake til den riktige siden? Det kom til å bli alt annet enn enkelt. Hun følte at kraften hele tiden kjempet for å bryte helt fri, i borgen hadde den antagelig vært begrenset av rubinen og boka også muligens, Lamara ante også at borgfruen hadde vært mye mere kyndig i magi enn hun hadde gitt uttrykk for. Nå ville kraften ta tilbake det som var stjålet fra den og Lamara prøvde å forstå hva den egentlig kunne gjøre, hva forskjell den ville gjøre. Tåkesang fanget blikket hennes og i et kort øyeblikk så Lamara igjen en visjon av verden men noe var endret. Hun sanset det, og hun så at gløden av magi over landet var sterkere, mer riktig. «Så lenge han er fanget kan de innta vår verden, hans nærvær hindrer skapninger fra en annen verden i å ta over»

Lamara forsto, jorden ville avvise dem, og Tåkesang viste henne portaler som gav de mørke tilgang til verden men selv om de ble stengt var det bare en utsettelse. De kunne åpne nye for magien deres var sterk. Hun var nødt til å få denne urgamle makten til å forstå at det ikke lenger var noen fare, at ingen lenger ville fange eller utnytte den. Hun svelget det siste av teen og fikk på seg kappen sin. De andre pakket sammen leiren og Bhikoor burte fornøyd, den hadde kjedet seg. Moyesh så skjevt på Lamara, noe i henne hadde endret seg og det hadde ikke med kraften å gjøre, hun virket mer bestemt og det var bra men hvorfor hadde det skjedd? De begynte å gå, Ighal ledet an og han mente han så en rekke av fjell i det fjerne. Det kunne være at de kunne finne noe spiselig der. Han håpet i hvert fall det, her var det ingenting. Arphaene hadde greid å fange noen små museaktige skapninger med en svart stripe nedover ryggen og et iltert temperament men det var ikke nok til å mette dem engang og de trengte rent vann snart. De kulpene de fant der var merkelig oljete og ufyselige.

Sletten som lå foran dem var naken og kjedelig og merkelig grå. Lamara begynte å forstå hvorfor, det var som om hun fikk stadige små glimt av sannheten og kraften hadde trukket livet ut av området for å greie å så imot. Borgherren hadde prøvd å tvinge den til å tjene seg, til å skape ting som ikke skulle eksistere. Lamara var sjokkert og også en smule imponert over den mannens mot. Det var temmelig vågalt gjort. Men antagelig hadde han vært så full av selv tillit at han ikke innså faren for å feile. Han hadde bitt over for mye, det var det eneste Lamara var sikker på og hun var glad for at kona hans hadde tatt livet av ham. Gudene alene visste hva som ellers kunne ha skjedd. De gikk i et jevnt tempo. Arphaene spredte seg ut på flankene og Bhikoor var så høy at han hadde god oversikt over landskapet. Lamara så at dette området sikkert hadde vært bevokst med tett skog en gang i tida men nå var det ingenting igjen, annet enn noen svake avtrykk i lyngen hvor mektige stammer hadde råtnet ned. Moyesh stirret utover med fjernt blikk. «Jeg tror skogene her falt for svært lenge siden»

Ighal nikket. «Om jeg ikke husker feil ble skogene i dette området felt for å bli skip, stridsflåten til den daværende kongen av Felderi. Han gikk til krig mot bortimot alle og enhver og tapte storslagent etter bare noen korte måneder»

Aidan lyste opp. «Jeg har hørt om ham, det er rett etter at drageherrene ble borte ikke sant? Det går gjetord om den fiaskoen ennå»

Ighal smilte bredt. «Det er sant, det er enda til en nidvise mange kjenner til. Den var populær i kasernene, for den var heller grov»

Lamara skar en grimase. «Mannfolk, dere elsker slike gjør dere ikke? Grove sanger og tvilsomme historier»

Ighal nikket med et bredt glis. «Selvsagt, men sangen om kong Vrahannes er faktisk ganske oppbyggelig. Den handler om at en aldri skal prøve å gape over for mye!»

Aidan fniste, han hadde hørt den sangen og det var en utpreget dobbelt mening der. Lamara bare ristet på hodet og gikk videre. De fulgte noe som antagelig var en gammel vei og den måtte ha vært godt anlagt. Tåkesang gikk bakerst i følget og smånynnet for seg selv og Lamara undret seg på hvordan det kunne ha seg at Moyesh ikke ante hva hun egentlig var. Men hva visste vel hun? Om Tåkesang virkelig var en legemliggjøring av en slik urkraft, i praksis en gud, hadde hun sikkert sin egen agenda. Veien svingte litt og nå gikk det nedover bakke og Lamara følte seg brått litt merkelig, svimmel nesten. Hun trakk pusten svært dypt og prøvde å roe seg men følelsen vedvarte og hun skulle til å bøye seg fremover i det bakken begynte å riste.

Aidan bråstanset og så forbauset ut og Ighal rynket pannen. «Jordskjelv?»

Lamara trakk pusten dypt, hun hadde en følelse av at verden hev på seg foran øynene på henne, et forferdelig press formet seg og hun forsto at dette var et forsøk på å bryte fri. Og det var brutalt, hun skrek til og prøvde å stenge sinnet helt, å presse det tilbake under kontroll men det var umulig. Bakken begynte å hive på seg som en utemt unghest og Moyesh hylte i det hun ble kastet overende. Lamara falt sammen, hun prøvde desperat å føle hva denne kraften egentlig ville, men det var som et kokende hav i selve sjelen og hun forsto at om det brøt løs ville det være totalt ute av kontroll, også for seg selv. Det ville bli som et snøskred, det kunne ikke stanse før det hadde gått tomt for energi, noe som ville ta tid. Det var som en stemme i hodet hennes, brølende og truende og vill og hun tvang seg til å ikke lytte. Bakken ristet fremdeles intenst, skyer av støv reiste seg fra stedene der sprekker åpnet seg og hun så at til og med Arphaene slet med å holde seg oppreist.

Bhikoor burte, så gjorde den noe uventet. Den formelig kravlet bort til Lamara, så grep den henne om livet og løftet henne opp, plasserte henne på en massiv skulder. Hun grep tak i hornet på den siden og holdt seg fast og Bhikoor reiste seg sakte opp. Ristingen stanset øyeblikkelig men den forferdelige sprengende følelsen vedvarte. Kraften hadde ikke gitt seg, den var i panikk, den ville bli fri igjen. Lamara hylte, hun kjente at blod rant fra nesen og kroppen ristet hjelpeløst. Aidan ropte. «En eller annen, gjør noe! Hun dør!»

Moyesh raste frem og la handa på Lamaras arm, prøvde å styrke henne men det hun følte fikk henne til å rygge tilbake med et hiss. Det var som å røre ved glødende metall. Lamara kjempet, hun prøvde å tvinge det som hun hadde fanget tilbake men det var for sterkt, hun var bare en jente, et orakel jovisst men ingen magiker. Hun hadde aldri lært å skjerme sinnet sitt for andre. Hun gav fra seg et nytt skrik og øynene hennes rullet bakover i hodet på henne. Smerten var uutholdelig, som om hver nerve i kroppen brant og denne fremmede viljen klorte løs på henne, hvert sekund. Hun forsto brått hva som ville skje om forsvaret hennes brøt ned, den ville ta henne over. Hun ville bli skjøvet til side og denne kraften ville overta henne, bli henne. Hun strakte seg ut, i desperasjon og merket at Tåkesang faktisk på et vis hadde lagd en magisk barriere rundt henne. Bhikoor og de andre merket det ikke men Lamara så nå, hun hadde fått evner hun ikke hadde hatt før og nå trådte de til verket for fullt.

Hun hørte Tåkesang nynne, en merkelig monoton lyd som antagelig var ment å roe ned den urgamle kraften som prøvde å bli herre over Lamara og det virket ikke for å fungere særlig godt. Lamara ante ikke hva hun skulle gjøre, om den besatte henne var alle i fare, hun kunne ikke la den vinne. Men hun var svak, så veldig svak og hva sjanser hadde hun egentlig mot en gud? Og en gud som var en legemliggjøring av de destruktive kreftene i naturen?

Tåkesang virket for å være like lamslått som de andre men Lamara hørte henne i tankene, som kvelden før. «Ikke gi etter!»

Lamara stønnet, hjertet hennes hamret vilt og hun var redd det ville bli for mye for henne, at dette ville bli slutten. Hun ble holdt fast av Bhikoor og han sørget for at hun ikke brakk ryggen for kroppen prøvde å bende seg baklengs. Aidan bannet og grep vesken der han hadde rubinen, han prøvde å ta den ut men Moyesh stanset ham. «Ikke! Den vil ikke hjelpe henne, tvert i mot»

Lamara hev etter pusten, presset var vanvittig og hun følte at det var temmelig sikkert på å vinne, at det var klar over at fengselet var kun et vanlig dødelig menneske. Tåkesang messet fortsatt, det virket ikke for å ha noen virkning men hun hørte ord i det, merkelige ord. Pussig nok ble det svart, underlige ord Lamara ikke forsto. Tåkesang virket for å rope noe og Lamara ble brått klar over at hun ikke lenger var i der på sletten sittende på Bhikoors skulder. I stedet sto hun i et slags tomrom og Tåkesang sto der også men hun så ikke ut som Tåkesang, hun så mer ut som en skikkelse av rent lys men med klare feminine trekk. Rundt dem var det et klart gyllent lys og det var svært behagelig og ikke for sterkt. Lamara gispet, det kjempet vilt for å bryte fri og Tåkesang virket nervøs. «Lamara, jeg har stanset tiden, jeg kan gjøre det men bare for en kort stund. Her er vi trygge, stol på meg»

Lamara hev etter pusten, hun greide snaut røre seg men forsto på et vis at hun ikke egentlig var der, i hvert fall ikke fysisk. Tåkesang gled nærmere. «Det er kun en ting å gjøre, slapp av, la meg ta over»

Lamara nikket, svetten rant av henne og lyset flikket rundt.
«Jeg stoler på deg»

Lamara lukket øynene og slapp alle forsvarsverker ned, hun
bare gav seg over og kjente et voldsomt rykk. Hun gyste og
skalv, åpnet øynene igjen og nå var det to slike lysende
skikkelser der, en feminin og en maskulin. Den maskuline
virket svært forvirret og skremt og blafret som et bål i sterk
vind. Den andre virket for å omfavne den og Lamara hørte en
merkelig jamrende lyd. Hun forsto at de to kommuniserte på et
vis, og brått ble hun trukket inn i noe som måtte være historien
til den maskuline kraften. Hun så fjell og daler og så liv
overalt, kjente en slags stille glede over å være en del av det.
Av å gjøre sitt for å bidra til at det livet besto. Det var stolthet i
det, og en følelse av ærbødighet. Slik virket det for å være
lenge og Lamara så eoner av tid fly forbi som raske piler fra en
bue og mennesker og andre raser spredte seg og vokste.
Fremdeles var det stolthet i det, å sørge for at ting endte slike
at nye ting kunne ta dets plass, det var sorg i å ødelegge men
for den som ser tiden kun som et likegyldig begrep betydde det
lite. Han så lengre enn de dødelige, så livet på en annen måte.
Men noe skjedde, noe merkelig, noe forvirrende og
skremmende. Brått kunne han ikke kontrollere det lenger,
kunne ikke flyte gjennom jorden og holde oppsyn med den
hagen verden var. Han var fanget!

Lamara trakk seg nesten tilbake, fortvilelsen og forvirringen
var knusende, hva skjedde? Hvordan kunne noe fange ham?
Hun forsto, hun måtte se hva dette skyldtes, hvordan det hadde
kunnet skje. Hun fløt langs usynlige stier i tid og rom, som
orakel var hennes indre øye åpnet og hun så, hun kunne få alt
på avstand og se hele bildet, ikke bare en liten del av det. Hun
så mørke skikkelser som sto samlet, de var i en ring av stein og
steinene glødet rødt, de syntes å synge, en mørk og ubehagelig
tone. Skikkelsene var seks i alt og de mumlet en underlig
monoton sang uten egentlige ord, gløden fra steinene trakk ned
i bakken og det lød et drønn. Hun hørte at han skrek, at kraften

ble bundet til den ene sirkelen og ute av stand til å unnslippe. Og hun så at han var fanget der svært lenge, utenfor sirkelen fortsatte verden å leve som før for prosessene han var ansvarlig for kunne ikke stanses, kun magien hans var borte. Han kunne ikke lenger gripe inn og bestemme skjebner, forandre fremtiden, nå var alt overgitt til tilfeldighetene.

Og hun så at de mørke skikkelsene hadde gjort noe som ville sørge for at deres makt ikke ville bli hindret når de en dag entret denne verden igjen, De tenkte langt fremover, la planer og Lamara visste at de hadde sett ut denne verdenen lenge. Hun så dem manipulere de siste dragene som var igjen, gjøre dem ondsinnet og maktgale. Hun så dem påvirke sinnet til mennesker og gjøre dem i stand til å overvinne disse mektige skapningene, til å angripe hverandre, til og med til å fange en drage.

Hun visste at det var sant nå, at det virkelig var en drage der ute som hadde vært en fange, og hun visste at de fryktet den. Lamara svelget stivt, hun så at en magiker kom til sirkelen etter mange lange år og han fanget makten i en krystall som gjennom mange eierbytter havnet hos borgherren. Han hadde ikke selv fanget makten, det ville vært utrolig, han hadde kun eksperimentert med den, vekket den fra dvalen den hadde sett seg selv i. Hun forsto vreden nå, og frykten også. Hun gled tilbake til stedet med det gylne lyset, Tåkesang omfavnet den andre skikkelsen, den vred seg, virket for å lide. Lamara gled nærmere og hun hørte Tåkesangs stemme. «Han trenger å vite at han er trygg, at han ikke er fanget. Lamara, du må gjøre et valg nå.»

Lamara svelget og følte seg svimmel. «Igjen? Hva må jeg gjøre nå?»

Tåkesang ble tydeligere, ble seg selv og den andre skikkelsen tok også fysisk form. Han ble en høy og svært elegant skikkelse, med langt mørkt silkeaktig hår og merkelige skimrende øyne som skiftet farge hele tiden. Han lignet en alv men var kraftigere, ikke så smekker som de fleste alver.

Tåkesang lot ene handa gli gjennom håret hans. «Bind deg til ham, vær den som er der for ham, som lar ham være fri. Vis ham det vakre i verden, vis ham hva det vil si å leve»

Lamara så vantro på Tåkesang. «Mener du at...»

Tåkesang så mildt på henne. «Bli maken hans, han trenger deg. Han kan ikke ta fysisk form før vi er i dalen der min søster hersker, men her er dere virkelige. Her kan dere lære hverandre å kjenne»

Lamara svelget vantro, han så på henne og blikket var merkelig åpent. Hun sanset kraften i ham, den var som en tordenstorm rett over hodet på en og hun skalv svakt. «Må jeg?»

Tåkesang nikket. «Da de mørke bant ham skadet de ham, på en måte ingen kunne forutse var mulig. Han kan ikke slippe fri igjen, han har ingen kontroll på dette planet. Men om han kan virke gjennom deg...»

Lamara holdt pusten. «Det vil si at jeg får krefter som en gud?»

Tåkesang nikket stille. «Ja, gjennom deg vil han kunne hjelpe dere. Han vet at han ikke trenger å slåss mot deg nå, at du ikke er fienden»

Han så skjevt på henne, øynene var utrolige og fylt med en slags nysgjerrighet. Hun forsto at han var naiv, på tross av at han var en guddom. «Så hva må jeg gjøre?»

Tåkesang gled nærmere og hun ble utydelig. «Bli ett, ikke frykt ham, han vet at du er en venn, at du forstår. Han vet at du ikke vil holde ham fanget!»

Lamara gapte. «Bli ett?! Ved gudene mener du at...»

Tåkesang fniste og ble usynlig. «Ja!»

Lamara så på ham og hun trakk pusten dypt. Hun hadde sett at hun måtte ofre noe verdifullt og hun visste hva det var nå. Friheten. Om hun godtok dette ville hun aldri bli den samme, hun ville være bundet til denne urkraften til evig tid, til jorden selv. Hun ville bli som en halvgud i seg selv og aldri få et normalt liv. Men var det noe valg? Hun følte på seg hva

utfallet ville bli om de mørke maktene fikk overtaket. Hun
hadde vært en slave på mange måter da hun var tempel orakel,
hun hadde bare ikke skjønt det selv. Dette derimot var noe hun
kunne velge selv og hun så på ham og så ensomheten i ham.
Fanget i den sirkelen og så fanget i en krystall? Ute av stand til
å ta form, ute av stand til å gripe inn i det som skjedde der ute i
verden? Ute av stand til å kontakte sine søstre og sin bror?
Hun kunne ikke fatte hvordan han ikke hadde gått fra vettet
men kanskje guddommer ikke kunne bli gale? Hun håpet det.
Hun tok et steg nærmere og han så litt nervøs ut, det gjorde
henne modigere. Hun smilte til ham. «Jeg er Lamara, men det
vet du allerede. Hva skal jeg kalle deg?»

Han bøyde nakken og hun hørte stemmen hans i hodet, den
var dyp og mørk og merkelig behagelig. «Mitt navn er Arosh,
det er hvem jeg er»

Lamara kjente det ordet, det var eldgammelt og prestene
hadde nevnt det noen ganger. Det var et begrep som favnet
livet, fra fødsel til død og i noen tilfeller til gjenfødsel. Hun
smilte og la handa over hjertet. «Jeg er beæret Arosh»

Han strakte ut en hånd og den var perfekt, som om en
skulptør hadde formet den. «Finner…finner du denne
formen…tiltalende?»

Stemmen hans skalv og hun nikket. «Du er meget vakker,
ja, den er tiltalende»

Han smilte og ansiktet var virkelig vakkert, umenneskelig
ja, men utrolig sjarmerende. Han trakk pusten dypt. «Min
søster fortalte meg om deg, at du er villig til å…dele livet med
meg. Jeg…jeg er meget beæret også»

Hun rødmet mot sin vilje, Arosh var utrolig mektig men
samtidig sårbar. Det hadde de til felles. «Jeg lever for å tjene»

Lamara greide ikke møte øynene hans. Han tok et nølende
skritt nærmere og la handa på skulderen hennes, hun undret
seg på hvor virkelig alt dette var for det føltes svært reelt. Hun
følte virkelig handa, den var varm og solid og svært varsom.
«Jeg krever ikke at du tjener Lamara, bare at du samarbeider»

Hun smilte og la hodet på skakke. «Jeg vet det, jeg trodde jeg så hva jeg skulle gjøre men jeg tok feil, jeg visste for lite»

Han nikket. «En kan ikke beskrive et helt stort bilde ut ifra en liten bit av det. Men nå, ser du nå?»

Hun nikket og han strøk handa over kinnet hennes. «Du vil ofre din menneskelighet Lamara, du vil bli bundet til meg for all evighet.»

Hun trakk pusten dypt. «Da jeg var orakel tenkte jeg aldri på fremtiden, jeg antar at jeg rett og slett ikke brydde meg, eller så var jeg redd og ønsket å glemme den. Men etter det som skjedde med meg hadde jeg egentlig ikke noen fremtid, ikke slik alle andre ser det. Du gir meg en mulighet til å bli så mye mer Arosh»

Han trakk pusten og det kom noe andektig i de merkelige øynene. «Du er tapper, ja, en verdig sjel. Vi vil vandre gjennom verden som ett.»

Hun prøvde å smile men greide bare å få til et svakt halvt smil. Munnvikene føltes stive, like ubevegelige som treverk. Arosh virket for å nøle et kort øyeblikk, så lente han seg fremover og kysset henne forsiktig, det var nesten ikke som en berøring i det hele tatt. Lamara merket at hun ristet over det hele, det var en absurd situasjon men hva kunne hun gjøre? Hun lot ham få trekke henne inn i en tett omfavnelse og merkelig nok følte hun seg brått trygg. Han var takknemlig, hun sanset det og hun sanset også hvor utrolig mektig denne skapningen egentlig var. Kyssene ble dypere og hun tillot seg selv å stryke fingrene gjennom det lange håret hans, han var virkelig svært lik en alv slik sett men hun visste ikke om det var en form som han hadde tatt fordi den ville være noe hun kjente til eller om det var av andre årsaker. Men hun kjente at hendene hans var varsomme og allikevel ivrige og hun fniste lavt og gjengjeldte kjærtegnene. Hun husket innvielsen, og hun var ikke lenger redd for den slags aktiviteter. Hun var heller ikke redd ham og da hun brått fant seg selv liggende der, naken med ham over henne var det heller ikke frykt som dominerte tankene hennes. Det var mer en slags stolthet. Hun hadde vært stolt av å være et orakel, hun hadde virkelig trodd på det hun gjorde men nå visste hun at hun bare hadde vært et redskap. Dette derimot, det var ikke å bli brukt men å samarbeide og hun smilte mykt til ham. Arosh virket litt overveldet, faktisk nervøs og det gjorde ham mer menneskelig, hun kunne forholde seg til ham.

Det hadde vært vilt og fullstendig overveldende da hun ble innviet, dette havnet på et helt annet nivå igjen. De gled virkelig i ett, som om han ble en reell del av henne, blod og nerver og alt og hun følte at hun endret seg, at hun fra nå av var noe nytt, noe annerledes. Og det var vidunderlig, hun kunne bare gi seg over, flyte med strømmen og la den ta henne med til noe hun ikke hadde kunnet forestille seg. Lamara skrek, lys omkranset henne, ble henne. De var en skapning, en enhet av kraft og lys og da det var over lå de der begge to og skalv. Arosh var svart i blikket og ansiktet røpet en god del sjokk. «Jeg ante ikke…jeg visste ikke at en fysisk kropp kunne føles så…»

Lamara strøk ham over skuldrene. «Men nå vet du»

Han nikket og kjærtegnet henne varsomt. «Ja, nå vet jeg. Ikke vær redd Lamara, fra nå av er jeg med deg, alltid»

Lamara lukket øynene og kjente det som om hun plutselig falt, hun rykket til og var tilbake på sletta, Bhikoor holdt henne og det kunne ikke ha gått tid i det hele tatt. Hun hev etter pusten, og brått begynte ting å skje igjen. Bhikoor snudde seg rundt, bakken sluttet å skjelve og Aidan gav fra seg et høyt rop, han hørtes sjokkert ut. «Hva skjedde?!»

Moyesh kom seg på beina, hun så særdeles forvirret ut og Lamara følte seg bedre, faktisk følte hun seg fantastisk. Hun hadde aldri hatt en slik følelse av eufori, av styrke. Det var som om ingenting lenger var umulig og hun gav fra seg et lite hvin i det Bhikoor slapp henne ned på bakken igjen. Moyesh gned seg i pannen og skar en grimase. «Jeg aner ikke, skjelvet stanset?»

Lamara nikket. Hun følte bakken under seg på en helt annen måte nå, og sansene hennes var åpnet også, det føltes fremmed ut. Ighal så på henne og gav fra seg et gisp «Lamara?!»

Hun visste at hun hadde endret seg, at hun ikke lenger var hvem hun hadde vært. «Ja?»

Ighal bet seg nesten i leppa. «Øynene dine, huden din…»

Hun så ned. «Jeg er ikke lenger som før, jeg…jeg er ett med ham nå, med kraften. Jeg har sett sannheten»

Aidan så vantro på henne. «Du har blitt så mye mørkere, og øynene dine, de er som rubiner»

Lamara svelget stivt, røde øyne. Det også, vel, har en sagt a kan en like godt si b også. «Ja, han…han virker gjennom meg nå, til vi kommer dit vi skal»

Ighal så mistenksom ut. «Lamara, hva brukte Daithe for å få Bhikoor til å angripe orkene før vi fant frem til alvenes dal?»

Lamara rullet med øynene, han ville sjekke om hun virkelig var seg selv. «Smågnagere, jeg er Lamara folkens, bare ikke alene lenger. Arosh er i meg, og jeg er en del av ham»

Moyesh knep øynene sammen. «Fortell alt, jeg vil vite det!»

Lamara satte seg på en stein og fortalte, hun utelot ikke noe unntatt hvor intime hun og Arosh faktisk hadde vært. Alle stirret vantro unntatt Tåkesang som bare smilte svakt, det glitret i blikket hennes. «Jeg tror det vil være en fordel at jeg har tatt dette valget, for oss alle egentlig. Jeg er sterkere nå»

Aidan løftet vesken med rubinen. «Kanskje du kan ta over denne da? Jeg kan ikke fordra den tingesten»

Lamara ristet på hodet. «Beklager, det kan jeg ikke. Den må du styre med, den er ditt ansvar. Men alt er for en årsak»

Ighal så seg rundt. «Området føles annerledes nå, friere?»

Hun smilte «Han vet at han er blant venner nå, vi kan komme oss videre. Det blir ikke flere jordskjelv, det kan jeg love dere»

Moyesh så forskende på henne. «Er du klar over hvor mektig du akkurat ble? Ved alle guder jente, du har ofret din menneskelighet»

Lamara svelget hardt. «Jeg vet det, men for å redde oss alle, og verden? Det var ikke noe vanskelig valg»

Moyesh nikket og klappet henne på ryggen. «Jeg er stolt av deg, du virket for å være en bortskjemt og uansvarlig jentunge men nå vet jeg bedre»

Lamara følte seg brått merkelig rørt. «Takk, det betyr mye»

Ighal så på henne med et svakt smil men Aidan så fremdeles tvilende ut. «Vi må komme oss videre, så sett opp farten»

De begynte å gå igjen og nå hellet det svakt nedover mot en dal som virket for å være heller grå og naken. Det var noen få grupper med lave og temmelig forkrøplede trær og Ighal satte kursen mot det nærmeste. «Vi trenger ly for natta»

Han gikk på og Lamara følte seg underlig opplagt. Før ville en slik rask marsj ha slitt henne ut totalt men nå følte hun seg rede til nærmest alt mulig. De nådde frem før det ble mørkt og Ighal og Aidan fant litt ved. De fikk et bål i gang og litt vann ble kokt. Moyesh og Tåkesang formet noen av trærne der til behagelige seter og Arphaene kom tilbake med noen store fugler de hadde fanget. Det var ikke mye kjøtt på dem men noe var det og det gjorde kveldens stuing så mye bedre. Lamara prøvde å ikke tenke for mye på det som hadde skjedd, hun undret seg bare på hvordan de skulle komme seg til den dalen, og hva hun skulle gjøre der.

Nattemørket var svært tungt der i den smale dalgangen og det gikk en bekk der som virket frisk og vannet var iskaldt. Det hadde vært godt å få vaske seg men Lamara følte på seg at det ikke var et sted de kunne bli lenge. Moyesh kom og satte seg ved siden av henne, de blå øynene var fjerne. «Du er synlig for dem, jeg føler det. Magien din er sterk nå, de vil prøve å hindre deg, hindre oss alle»

Lamara nikket. «Jeg er klar over det»

Moyesh la hodet på skakke. «Ikke vær redd for å bruke det du har fått Lamara, jeg er redd vi kan få bruk for det, før vi vet ordet av det»

Lamara smilte og prøvde å forholde seg rolig, det var ikke
like enkelt. Aidan satt vakt den natta for han trengte svært lite
søvn nå og da daggryet kom pakket de og gikk videre
temmelig fort. Det var kaldt der og yr i lufta. Det virket for at
terrenget helte nordover, mot dypere daler og lavere høysletter
og det ble mer frodig ettersom de kom seg nedover. Et sted
kom de til en skråning som var så bratt at de måtte klatre og et
annet sted var det en stor elv som skapte problemer men
Bhikoor bar dem over en etter en og til og med Arphaene fikk
en tur over på ryggen hans. Enda de var nesten for tunge selv
for ham. Den kvelden kom de til en gammel skog fylt med
enorme furuer og det var som å vandre i en katedral. Ighal felte
en liten hjort med buen sin og den kvelden ble det stekt kjøtt
på alle sammen. Lamara fikk en sterk følelse av at de nærmet
seg målet nå, hun følte på seg at det ikke var langt igjen. Det
var et hellig sted og hun så for seg en slags port mellom høye
trestammer.

De slo leir like ved en stri elv og Lamara følte seg urolig.
Hun visste ikke riktig hvorfor men nevnte det og alle ble på
vakt. Hun var en seer, hun måtte lyttes til. Ingen la seg til å
sove og Lamara følte at selve jorda under henne virket for å
uttrykke avsky. Ighal sto vakt bak et tre og Aidan hadde
forsvunnet opp i et, Arphaene snek seg rundt i skogen og
Bhikoor satt ved restene av leirbålet med øksa si, han virket
temmelig grinete og ørene hang. Lamara følte det, det var noe i
vinden og Moyesh virket for å pese av avsky. Tåkesang var
mørk i blikket og Lamara følte øynene hennes på seg. «Vær på
vakt lille søster, de er ute etter deg først og fremst»

Lamara gyste og la handa på en stein, den vibrerte svakt,
noe var på vei og det var stort og tungt. Hun trakk etter pusten
og åpnet sinnet, merket at Arosh var der, og kraften hans
strømmet brått gjennom henne, gjorde henne merkelig varm.
Tåkesang virket for å gli i ett med trestammene rundt seg, og
Moyesh grep en fallen grein og den ble til et spyd i hendene
hennes. Lamara visste at prestinnen hadde stor makt, nå så de

virkelig det. Det hørtes en slags burelyd og det knaket i skogen. Ighal ble litt blek. «Høres ut som troll»

Lamara søkte ut, prøvde å identifisere fienden. Det var ikke enkelt for det hun følte der ute var ikke egentlig bevisst. Det var noe som fungerte på instinkt alene og det var flere av dem. Hun prøvde å finne ut hvor mange men det var håpløst, om det var noe som hadde et slags sinn var de så primitive at de ikke kunne sanses.

Aidan gav fra seg et rop. «Nordfra!»

Lamara nikket og følte at det så avgjort var noe på vei, men hva? Ighal hadde buen spent og gode piler men ingen visste om det var nok. Det lød mer knak og brak og brått så Lamara noe røre seg i mørket og hun måtte ta seg sammen for å ikke sette i et hyl. Det var troll men ikke som noe hun hadde forestilt seg, disse var forholdsvis smekre og elegante og de hadde underlige ansikter uten egentlige trekk. Det var bare et par svarte øyne og en bred kjeft og hodene var uten ører eller nese, i stedet hadde de en slags krave av stive lange hår over skuldrene og armene var utrolig lange med svære hender. Ighal lot en pil fly og den traff et troll midt i ansiktet, men det virket ikke for at pila skadet det. Det virket ikke for at beistet merket noe til det. Moyesh ropte noe til Arphaene, antagelig ville hun ikke at de skulle ta sjansen på å angripe, disse beistene så ut til å være raske og det var fem av dem. En var større enn de andre og kraven av hår var rødlig, Lamara følte på seg at det var lederen i flokken.

Trollene, om det var troll de var, slo i bakken med de lange armene og burte og Bhikoor kom brått dundrende inn fra bak et tre. Han var ikke på langt nær så stor som trollene men han var tung og rask og han raste inn i beina på trollet nærmest ham og slo det overende. Beistet gav fra seg et gaul men før det rakk å komme seg på beina igjen var Bhikoor over det med øksa. Lamara så i skremt fascinasjon på at han sto på brystet til den svære skapningen og kylte øksa ned i brystet på trollet så svart blod formelig suste rundt ham.

Brystet var seigt tydeligvis, og godt pansret med kraftige
bein men Bhikoor var så sterk og så brutal at trollet ikke rakk å
forsvare seg. Han brøt gjennom brystkassen og rev ut noe
svært og svart noe som antagelig var hjertet og trollet ble slapt.
De andre fire gav fra seg et gaul og raste fremover mot
Bhikoor som brølte tilbake og nå trådte Moyesh til. Hun hev
greina hun hadde tatt og den var et spyd nå, glødende blått og
det boret seg inn i kroppen på et troll som ramlet om som
truffet av lynet. Et annet av trollene gjorde et hopp og dro til
Bhikoor så han fløy bortover og kolliderte med Moyesh og
begge to landet foran et tre med et smell. Ighal bannet og skjøt
igjen og igjen men pilene hans gjorde ingenting, og de Aidan
skjøt gjorde heller ikke noe til eller fra. Det var tydelig at
trollene var ute etter Lamara for de siktet seg inn mot henne og
hun følte et kort stikk av panikk. Hva nå?

Hun hørte Tåkesang sin stemme i hodet. «Slipp det løs
jente!»

Lamara nølte, hun hørte at Aidan var på vei ned fra trærne
og Moyesh virket skadet. Arphaene løp rundt og knurret og
prøvde tydeligvis å distrahere fienden og det største trollet løp
mot Lamara med noe som lignet triumf i blikket. Det strakte
seg mot henne da det lød et smell og et tre ramlet om, rett over
trollet. Lamara så at det var Tåkesang, hun hadde rett og slett
bøyd det ved rota og Lamara husket at Tåkesang kontrollerte
levende vekster. Hun tok seg sammen, følte makten fra Arosh
og samtidig en intens følelse av avsky mot disse beistene. De
var sent ut for å fange henne, hun visste det bare. Fienden
prøvde å fjerne alle som kunne være til skade for dem, før de
invaderte. Lamara var ikke klar over det men hun begynte å
gløde svakt, og i et kort øyeblikk glødet også Tåkesang siden
hun åpenbart trakk tilbake kraften hun hadde brukt for å velte
det treet. Det distraherte trollene, de prøvde å få løs lederen
sin og dermed løp Lamara frem. Hun ante ikke hvorfor, og hun
var vettskremt men noe i henne fortalte henne hva hun måtte
gjøre. Hun la handa på foten til trollet som var fastklemt. Brått

så hun merkelige bilder som fløy gjennom tankene og hun
visste hva det var, en skapning som ikke eksisterte naturlig i
det hele tatt. Med et gys og et rop lot hun den energien hun
rommet få fritt spill og trollet brast i flammer. Det vrælte
desperat og hun så at Aidan snek seg opp mot de to som var
igjen, begge to sto der, åpenbart forvirret. Aidan var ikke
menneske lenger heller, hun husket det og de virket ikke for å
sanse ham for han tok sats fra et tre og klatret faktisk opp på
det ene som om han var en ape. Trollet hylte og veivet med de
lange armene men det hadde en stor svakhet. Det fikk ikke
armene bakover. Det vred seg og prøvde å hive seg ned for å
knuse ham mot bakken men Aidan hadde tydeligvis tenkt så
langt for han grep tak i kraven av lang pels og spant rundt
halsen på trollet som en akrobat i en forestilling, Og alt mens
han presset sverdet sitt inn i det tykke skinnet.

Lamara gispet, blod sprutet ut av såret, trollet var halvveis
halshugget men var så seigt at selv ikke et svært skarpt sverd
kunne skjære særlig dypt. Det andre trollet prøvde å gripe etter
Aidan men han var for rask og Lamara så sin sjanse. Hun løp
frem igjen, dukket under en svær svingende arm og følte lite
frykt, heller bare raseri. Hun grep tak i ene beinet og igjen gikk
det et gys gjennom henne og trollet brast ut i flammer. Det
ramlet om, hylende og det Aidan hadde kuttet seg inn i grep
seg til halsen og vrælte, en gurglende motbydelig lyd som fikk
Lamara til å gyse. Tåkesang løp frem. «Gjør slutt på dem, de
vil røpe hvor vi er om de lever stort lenger»

Det første Lamara brant var allerede dødt, kroppen var totalt
utbrent og bare en svartsvidd beingrind var igjen, men disse to
var i live og det var noe nytt i øynene deres. De var ikke lenger
tomme og sjelløse men rommet en slags kald intelligens, og et
frådende sinne.

Aidan bannet høylydt og presset sverdet sitt inn gjennom
ene øyet på det han hadde skåret opp, beistet hylte og veivet
med armene men det var nok en slags hjerne der inne allikevel
for det stivnet til og ble stille. Det som brant gav fra seg hyl

som gjallet gjennom skogen og det falt sammen, merkelig nok
røk det ikke av det, ilden som fortærte det var for sterk, alt ble
borte og etter litt ble det helt stille og brant friskt og lenge.
Lamara raste bort til Bhikoor og Moyesh, Bhikoor gned seg i
hodet og virket litt forvirret og Moyesh stønnet og kom seg
opp på albuene. Hun rullet med øynene og Arphaene kom
løpende med en gang og slikket henne kjærlig. «Jeg er ok, bare
litt blåslått»

Tåkesang så stivt på de døde trollene. «De så oss, jeg vet at
de så oss.»

Stemmen Lamara hørte i hodet var nervøs.

Lamara nikket. «Jeg er enig, noe så gjennom disse
beistene.»

Ighal og Aidan sjekket om de trollene som ikke var brent
faktisk var døde, det virket for at de var det. Aidan satte
sverdet sitt tilbake i sliren og skar en grimase. «De stinker, og
de var utrolig raske. Bruker troll være slik?»

Ighal satte seg ned, han var blek fortsatt. «Jeg aner ikke men
tror ikke det. «

Moyesh gned seg i hodet og hun så litt forvirret ut. «Nei,
jeg tror de normalt sett er mye mer klumpete og langsomme. I
hvert fall i følge det jeg har lært, men troll har ikke vært sett på
århundrer så…»

Aidan sparket borti ene kroppen. Det var som å sparke i
granitt. «De burde ikke være levende men er det. Hva nå?»

Lamara bet tennene sammen. «Vi må videre, og det fort. De
som sendte disse beistene hit har garantert skjønt at jeg er mer
enn jeg var nå.»

Moyesh skar en grimase. «Det tror jeg på! Men vi trenger
ikke bryte leir nå?»

Lamara pekte på de stinkende kroppene. «Vil du virkelig
hvile her?»

Moyesh sukket. «Nei, du har rett. Så hva gjør vi da? Flytter
oss?»

Aidan nikket sindig og samlet utstyret deres. «Ja, jeg har en ide»

Ighal så spørrende på ham. «Javel, hvilken ide da?»

Aidan hev sekken sin over ryggen. «I fra gammelt av sa de at rennende vann er noe ondskap skyr, det er en øy i elva et stykke fremover»

Ighal snudde seg og stirret på Lamara, Bhikoor hadde kommet seg opp og gryntet samtykkende og Moyesh bikket på hodet. «Jeg tror det stemmer»

Lamara smilte igjen, hun følte seg skremt over hva hun hadde fått til men hun følte seg enda mer skremt over at denne ukjente fienden faktisk var ute etter dem personlig. Og nå visste de antagelig at Tåkesang var en av de fire også. Det var ikke bra. «Vi går dit, jeg er sliten og jeg tror vi alle trenger å roe oss ned»

Ighal så litt unnskyldende ut. «Jeg hadde aldri trodd at noen skapning kunne ha så tykt skinn, pilene gikk snaut gjennom.»

Han hadde allerede plukket opp igjen de pilene han hadde skutt ut og de fleste var uskadet. De hadde prellet av på trollene. Moyesh gyste synlig. «De er ikke naturlige, de er skapt for å være drapsmaskiner og ikke noe annet»

Lamara begynte å vandre mot elva, hun var oppriktig sjokkert over hva hun hadde sett og hun merket at Tåkesang også var betenkt. «Vi må skynde oss»

Stemmen hennes var vag og Lamara var enig, hun hørte elva og merket en slags iver etter å komme seg bort fra dette stedet. Elva var ganske stri men ikke særlig dyp og Bhikoor bar dem over til øya som var nesten som en stor sand banke å regne, den var ikke spesielt høy og bare noen busker vokste på den. Men den var omringet av flytende vann og Lamara følte at noe av dysterheten ble borte i det hun satte fot på den. «Vi er beskyttet her»

Ighal gryntet bare. «For hvor lenge mon tro?»

Moyesh stirret opp på stjernene. «Det er en god stund til soloppgang. Vi bør hvile nå mens vi kan»

Lamara satte seg ned og hun rynket pannen. Det virket for at et eller annet ikke var bra selv her. Hun følte en stille advarsel fra Arosh. «Det er ingen magi her folkens, men det er noe annet»

Aidan rullet med øynene. «Hva da?»

Lamara trakk på skuldrene. «Jeg aner ikke, men vi er ikke ute av fare»

Moyesh lukket øynene og virket for å konsentrere seg. «Vi skremte dem, vi er sterkere enn de trodde. Men de trenger ikke bruke magi, jeg tror de vil prøve en annen taktikk nå.»

Lamara svelget nervøst. «Hva da?»

Moyesh bikket på hodet. «Om vi ikke tar feil stammer fienden fra en annen verden ikke sant? Det kan være skapninger der som er naturlige, men livsfarlige.»

Aidan gryntet og rynket pannen. «Koselig, så vi kan vente oss hva som helst?»

Moyesh nikket. «Ja, hold øynene åpne»

Ighal sukket. «Jeg trenger hvile, jeg foreslår at vi sover på skift, en og en av gangen, kun en time»

Aidan nikket. «Godt tenkt, jeg trenger ikke så mye lenger»

Han virket faktisk ivrig nå, opplivet av det som skjedde og Lamara ante at en hittil usett del av personligheten hans sakte ble tydelig. Tåkesang var stille, hun satt bare og virket for å hvile men Lamara sanset at hun var i kontakt med omverdenen, på en svært dyptgripende måte. Hun brukte busker og andre planter som vaktposter. Øya beskyttet dem kanskje mot magi men ikke mot angrep fra noe rent fysisk. Lamara kjente det som om nervene var på utsiden men hun følte at Arosh var der med henne, at nærværet var betryggende og sterkt og hun var brått takknemlig for at hun hadde gjort det valget hun hadde. De hadde vært mye mer sårbare ellers.

Det var stille bortsett fra lyden av elva, og Ighal la seg nedpå. Han sovnet nesten med en gang og Aidan satt og gnog på litt tørket kjøtt, han virket tankefull og blikket hans vandret mellom dem. «Ingen av oss er lenger hva vi var, det er noe jeg har forstått for lengst, men jeg tror også at ingen av oss helt vet hva vi er i stand til»

Moyesh smilte litt skjevt. «Det er kloke ord Aidan, du har rett.»

Han smilte tilbake og klappet på sverdet. «Før var jeg oppdratt og opptrent til å stole på kaldt stål og min egen opplæring men nå, alt er fremmed, alt kan skje.»

Moyesh sukket. «Ja, unntatt å få reelle svar tydeligvis»

Lamara trakk kappen sin tettere om seg og gyste, det var merkelig kaldt der og hun fikk en plutselig følelse av at det ikke var naturlig. «Folkens, noe skjer»

Moyesh gispet og gjorde store øyne og Tåkesang lagde en slags klynkelyd. Elva rundt dem virket for å stivne til og temperaturen ramlet brått og voldsomt. Lamara hev seg på beina og Aidan vekket Ighal. De hørte en underlig knaselyd av noe tungt mot is og Lamara bare visste det, denne natten kom til å bli beinhard!

Dhar-arzhøg

Mørket som lå over det aller helligste ble aldri brutt, det var aldri lys der inne og skulle en se noe skjedde det ved hjelp av magi. Ti av de fremste knelte for øyeblikket foran en intrikat utskåret trone, ingen så opp på den. Fem var av de fremste magikerne der, forsverget til å tjene de mørke og fem var av de fremste militære lederne. Den aller øverste av disse var en stor hann med svært imponerende horn og hår og hud som blod, han var kjent, fryktet og respektert og han var den eneste blant sine som ikke skalv av redsel. Zharuud var å regne som en keiser, som en general, det var fra ham alle ordre kom og makten hans var svært stor. Men det var ansvaret også og han var fryktet fordi han var hensynsløs og krevde totalt hengivenhet og total lydighet. Stakkars den som nølte om det bare var et sekund når han gav en beskjed. De fem magikerne var også de som var nærmest de mørke og sterkest i hele riket, de var spesielt utvalgt allerede fra barnsben av, fra sterke slekter og dere overlegenhet var grundig innprentet i dem. En magiker kan aldri tvile på seg selv, å gjøre det er å feile og følgelig ble all tvil fjernet og det fort. Midt i blant dem satt en hann med et noe spesielt utseende, han var spe og kortvokst sammenlignet med de andre der, hornene var ikke særlig kraftige selv om de hadde en svært sjelden og i manges øyne utsøkt buet form, og håret var av en intens farge som smeltet gull. Hireez var vakker, og han var viden kjent for sin nesten fanatiske tiltro til de mørke. Han var så dedikert til deres mål og deres livsstil at mange så til ham som et forbilde. Hadde han ikke vært født med sterk magi ville han ha endt opp som en slave ganske fort, antagelig en nytelsesslave siden han var så vakker. Nå derimot var det få som engang vågde å se på ham og han nøt den makten og nøt den til det fulle.

På tronen satt en av de mørke, det var ikke så mange av dem men samtlige var mektige hinsides forstand og den øverste av dem, den mørkeste, var en skapning få av dem noen gang kom til å se. Hvilket var like bra, nærværet til selv denne ene som var lavere i rang var nok til å få mange der til å skjelve inn til margen. En hes rallende stemme hveste ut befalinger og de gjentok dem, blikket på gulvet og i blind hengivelse. Ting gikk fremover men det hadde skjedd noen ting som var bekymringsverdige. Avlshannene hadde fått kraften tilbake men nå hadde magikerne vært nødt til å sende ut ekstra hærstyrker til et punkt og de hadde også slitt med å finne de personene de var ute etter. Det var sjeler der ute som lyste opp nesten som fyrtårn og selv en novise visste at disse personene kunne skape vansker for dem. Landene de skulle invadere var ikke uten forsvar og det var en skremmende mulighet at de kunne bli forsinket, til og med forhindret.

Den mørke satt og hveste, den hadde nevnt noe om en sterk kraft som viste seg å være to, ikke en, og en port som var blitt stengt. Det burde ikke være noe det var bryet verdt å tenke på engang, en bare åpnet en ny et annet sted. Hireez var ganske så sikker på at denne frykten var overdrevet og han skjulte et smil. De fire andre magikerne der var idioter, de forsto ikke hva reell makt var i det hele tatt. Ingen visste hva han var i ferd med å gjøre, hva hans egne undersåtter var sendt ut for å oppnå. Han alene visste hvordan en oppnår total kontroll over selv en overlegen makt. Splitt og hersk, det var slike vakre ord og han presset pannen mot det kalde golvet i tilsynelatende total hengivelse. Han var villig til hva som helst for å oppnå det han så for seg og han hadde allerede holdt ut mye. De mørke var perverse, og hadde underlige lyster og han hadde underkastet seg dem flere ganger. Han gyste ved tanken men skjøv den vekk. Det var ikke alle blant de mørke som var lojale mot den mørkeste, og han var deres med sammensvorne og viktigeste hjelpemiddel. De visste om eldgamle sannheter andre hadde glemt, de visste hvordan alt kunne vris til deres fordel og Hireez var imponert over deres mot. Å forråde den mørkeste var hinsides noe han før kunne tenkt eller engang vågd å tenke på men de hadde tatt det enda lenger. Å skape alt på nytt, å skape en ny verden kun for dem og de som ble regnet som verdige, å herske over et helt univers. Hireez hadde først ikke forstått men da han forsto gjorde tanken ham nærmest litt skjelven av iver. Han kunne få igjen for ydmykelse og frykt, og det å kunne herske? Tanken var søt, og selvsagt fortjente han det. Han nøt å se alle de pompøse lederne, hvordan de spradet rundt og krevde slik hodestups lydighet mens de egentlig ikke hadde oppnådd noe som helst. Ingen av dem hadde manet frem demoner, ingen av dem hadde kjempet mot krefter fra dimensjoner hinsides tid og rom. Han hadde gjort alt dette og mer og allikevel var han ikke den første de øverste militære lederne bøyde seg for. Men han visste å spille, han visste å innsmigre seg og han visste også hva de ulike lederne ønsket. Zharuud var et godt eksempel, tilsynelatende uten en eneste svakhet eller sprekk i karakteren men Hireez var i stand til å lese andre på et vis som var uhyggelig selv for en av hans rase. Han hadde fort oppdaget hva Zharuud likte og han hadde sørget for at den store hannen fikk de lystene tilfredsstilt, godt og grundig.

Der i tempelbyen var kunnskap makt, og makt var som luft. Uten kan en ikke eksistere særlig lenge, Hireez var stolt av at han nå satt med mye mer innflytelse enn han egentlig skulle. De øverste lederne elsket å vise seg frem, å sprade med vakre farger og storslagne klær men for en magiker var slikt bortkastet og bare dumt. Hireez var kledd akkurat som de andre magikerne der, i en rustbrun kutte med sølvbroderier langs kantene og det var all den pynten han trengte. Han lyttet til den mørke som gav ordre om hvor de ulike troppene med troll og sjelløse skulle sendes, hvor det skulle åpnes nye porter og hvor de første troppene av deres egne folk skulle sendes.

Det var visstnok en stor gruppe satt av til en eller annen by og
Hireez overkom trangen til å fnise. Som om en by med
mennesker kunne stå imot deres makt? Nei, det var en lett seier
slik han så det.

Han smilte for seg selv, hans folk hadde allerede funnet det,
og nå var det eneste problemet å få det smuglet til tempelbyen
uten at det ble oppdaget av den mørkeste eller de andre
magikerne. Hireez kjente dem alle, de var ikke mye lojale mot
andre enn seg selv, men å forråde en forræder ville gi dem en
svært høy stjerne, Hireez måtte være meget forsiktig nå. Det
var en delikat balansegang og en han nøt å være en
perfeksjonist i. Risikoen var skyhøy men valget var å forbli der
han var, som en nikkedukke for de mørke. Han visste mer om
dem også enn de visste. De var langt fra guder, de var kjøtt og
blod og kunne dø og han var en av de ytterst få som faktisk
visste hvordan en dreper en av dem. Det var egentlig latterlig
lett, om en klarte å se hinsides makten deres og det skrekk
innjagende utseendet. Så fort alt var ordnet kom ikke hans
sammensvorne til å bli mye eldre og han ville bli den øverste.
Tanken gjorde ham hard og han svelget stivt for å kvele et
stønn, han ville få hevn. Han ville få igjen for de gangene han
hadde vært nødt til å holde ut følelsen av de motbydelige
lemmene deres mot huden, kjenne den rå stanken fra dem og
late som om han nøt det. Det ville bli verdt det, selv om det var
slutten på verden slik han kjente det var det verdt det.

Han hadde en god plan og han bikket på hodet med et lite
glis. Zharuud var første mann ut, det var klart. Kaos var slik et
vakkert ord og han ville sørge for at det hersket før de slo til,
om det gikk galt med invasjonen var det garantert at de mørke
ville vende oppmerksomheten bort fra ham og de militære og
det gav ham en sjelden sjanse. Han smilte skjevt og lyttet til
den hese stemmen som fortsatt ikke hadde gitt seg. De mørke
var glade i å høre sine egne røster og de var enda mer glade i å
se at andre krøp for dem. Hvor fantastisk skulle det ikke bli når
rollene ble snudd? De magikerne Hireez hadde sent var lave i

rang, de var ubetydelige sammenlignet med ham og de andre fire der, men han hadde skjult deres sanne talent. Han eide dem, alle sammen. De var ute av stand til å gjøre noe om ikke han tillot det og det var en søt tanke. Når det ble brakt tilbake ville han få makt som en sann gud.

Det gikk rykter om at de mørke kjente til eldgamle profetier, profetier som snakket om deres fall, om en tid da makten deres kunne veltes av krefter utenfra men Hireez trodde ikke på det. Det var for utrolig og han visste å bruke denne uroen til sitt eget beste. De fryktet en rød stjerne som skulle stige men han hadde ikke sett den og selv i deres rike var det overtro og uvitenhet. Han kunne bare utnytte det til sin egen fordel.

Zharuud lå på kne og lyttet og Hireez kjente en bølge av hat, av rent brennende raseri. Snart ville det være Hireez som trakk det lengste strået og han hadde allerede mange av de lavere lederne i sin hule hånd. Han kunne kontrollere Zharuud også men bare til et visst punkt, han var lojal mot de mørke og ville slå alarm om han mistenkte noe. Nei, Hireez hadde planene klare, han ville skape et problem som kom til å ta oppmerksomheten til alle og deretter skulle han få en velfortjent hevn. En han kom til å nyte. De militære så ned på magikerne, så ned på alle som ikke bar blankt stål og det var en ydmykelse ingen magiker tålte. Hva visste vel disse hannene om frykt? Om forsakelse? Nei, magikerne burde vært de som hadde mest makt og Hireez skulle se til at det ble slik.

Den mørke fullførte ordrene og de ble liggende på kne til skapningen hadde glidd bort gjennom en skyvedør bak tronen. Hireez slapp magien som lot ham se i mørket med et gisp, den trakk krefter av ham og han rettet seg opp og så like rolig ut som alltid. Men han var opphisset og ivrig og han visste at dette var dagen da planen skulle begynne å settes ut i livet. Han gikk sakte og verdig ut døra og overså alle han møtte glatt, det var hans privilegium. Han gikk til sine gemakker som lå svært nær selve tempelet og knelte ned foran sitt hus alter.

Om noen kom dit så de bare det de forventet å se og ingen ville forstyrre en magiker som satt fordypet i bønn eller meditasjon. Han lukket øyene og konsentrerte seg, denne magien hadde de mørke lært ham, det var noe en magiker av hans rase egentlig ikke skulle kunne men de brydde seg ikke om reglene, om det kunne bidra til å felle den mørkeste var det målet som helliget middelet.

Hireez mumlet på merkelige besvergelser og rommet ble fylt med et underlig flakkende lys, han følte et brått rykk og hjertet hamret vilt i ham men han tålte det, han måtte tåle det. Han reiste seg sakte og gyste, han satt fremdeles der bøyd forover i bønn men det var en illusjon og han la noen ekstra besvergelser der for å være sikker på at ingen forstyrret. Han gled ut dørene, nå var han usynlig for alle unntatt de mørke og han skyndte seg, tiden var ytterst viktig nå. Han løp og mens han løp endret han på seg slik at kappen ikke hindret ham, han kunne gjøre det nå og ved hjelp av magi kom han frem langt fortere enn det burde vært mulig. Målet lå utenfor tempelbyen, mot nord i en labyrint av daler og juv. Det var der dragene holdt til og han gyste av fryd over å kunne nærme seg dette stedet slik. Det var tungt bevoktet, ingen fikk adgang uten tillatelse fra de mørke eller Zharuud og vaktene var svære orker, for dumme til å tenke på annet enn å følge ordre blindt.

Dragene var imponerende, svære beist som ble holdt i sterke innhegninger som var forsterket med magi. De mørke hadde skapt dem for en drage som denne dreper gladelig sine artsfrender. Beistene var klare til å bli sluppet løs i den andre verdenen, til å brenne og ødelegge og sikre dem kontroll i luften. Det var visstnok drager også der men de ville neppe være noen match for disse uansett. Hireez var faktisk stolt av dem, hans folk hadde alt dem opp møysommelig over årtusener og noe hadde da zhegene klart å få til som selv han måtte vedgå var bra. Dragene hadde akkurat blitt foret, de fikk bra med kjøtt og det kom fra store gårder utenfor området. De hadde funnet en art med store kjøttfulle dyr i en av de

verdenene de hadde okkupert og disse dyrene vokste fort og
trengte lite for å nå en bra vekt. Hireez hadde kapper lagd av
skinnet fra disse dyra og de var varme og silkeaktige og han
nøt oppmerksomheten han fikk når han gikk med dem for de
var svært dyre og luksuriøse. Hvert dyr var rundt et halvt
måltid for en drage og dragene trengte et måltid hver åttedag.
Det gikk dermed med enorme mengder og gårdsdriften var
drevet av kyndige tjenere og eksperter. Hireez hadde respekt
for disse zhegene, de hadde stolthet i arbeidet og gjorde en
utmerket jobb, han ville spare dem, de viste ham og de andre
magikerne sann respekt. Hireez snek seg frem og følte seg
nesten barnslig, som om han var en ung jypling igjen, i ferd
med å gjøre rampestreker.

Innerst i området var det en samling bygg, det var der alt ble
organisert og de som hadde ansvaret for dragene holdt til der.
De forlot aldri stedet og fikk alt de trengte fraktet inn av
orkene. Hireez trakk på munnvikene i en slags blanding av et
smil og et snerr. Disse folkene var tapre, ingen skulle si noe
annet, og de var kyndige også. De hadde stor kunnskap om
drager og de brydde seg lite om maktkampen som alltid
foregikk i tempel byen. Hireez respekterte dem, og han hadde
også en liten følelse av genuin frykt når han så på dem for
dette var kamp arrete veteraner. Å stelle drager var livsfarlig,
mange døde i jobben og de som levde var alle preget av
jobben. De ble sjelden gamle, men det var slik stolthet i å gjøre
dette at de anså seg selv som privilegert. Hireez var normalt
sett aldri plaget med dårlig samvittighet for noe men dette han
nå skulle gjøre gav ham faktisk en ørliten følelse av at det var
galt. Men den følelsen gav seg fort, han kom inn i en enorm
hall der kjøttet ble tilberedt om en kunne kalle det å tilberede
noe. Hvert dyr ble ganske enkelt drept og heist opp i en slags
tønne som hang fra et elegant skinne nettverk. Skinnene gikk
ut over innhegningene og over hver drage hang det tavler som
angav hvor mye de skulle ha og hvor ofte. Tønnene hadde et
system av tau og trinser som gjorde at en kunne åpne bunnen

uten å selv være til stede, det var forholdsvis trygt og det var effektivt. Alle innhegningene var dekket med et nett lagd av magi og dragene kunne ikke komme seg ut men maten kunne falle ned.

Hireez smilte skjevt og så på innhegningen av dyr som snart skulle bli mat. De var svære og lodne og hadde store mørke øyne, utrolig lange ører og kraftige bakbein. Noen ville sagt at de var søte men Hireez visste bedre. Dette var dyr som ville revet en Zheg i småbiter uten å nøle og kjeftene var fylt med barberblad skarpe tenner. Dyrene gav fra seg en konstant støy, høyfrekvent og ubehagelig og han blokkerte den med et gys. Så mye bedre, så, til arbeidet. Han samlet seg og begynte å hviske en besvergelse, ansiktet hans uttrykte nesten sadistisk fryd. Besvergelsen var lang og vanskelig og han skalv som et ospeløv da han var ferdig men det var verdt det. Om dragene døde ville det bli ramaskrik og alle alarmer ville gå av, men noe så tilsynelatende ubetydelig som litt magesyke?

Se det var det ingen som ville mistenke annet enn dårlig mat for, og det ville bli utsettelser og andre konsekvenser og han ville være der for å nyte konsekvensene. Når alt kom til alt ville det være Zharuud som kom til å få de verste problemene og det var da Hireez kunne slå til, uten at noen ville kunne mistenke ham. Mord var hverdagslig der men jo høyere opp en siktet jo høyere ned var fallet om en ble tatt. Hireez kneggetlavt i det han brukte magien til å forflytte seg tilbake til sine kamre. Nå var det bare å vente. Det kom til å bli fantastisk!

Hireez unnet seg et stort glass med vin, vanligvis var det noe han slettes ikke kunne nyte siden alkohol sløvet sansene og en magiker må være våken og klar for det meste hele tiden. Han drakk sakte, vin var noe de importerte fra de verdene de okkuperte siden ikke noe slikt kunne dyrkes der.

Han satte seg ned med en gammel bok fylt med nyttige besvergelser og fordypet seg i et kapittel om metoder for å kontrollere dyr og raser med lavere magisk evne og han rykket til da det banket på døra. Han snudde seg forvirret, han ventet ingen besøk men han antok at det var alvorlig. Han åpnet døra magisk og en av de lavere magikerne sto der, han så litt blek ut og Hireez ante uråd med en gang. «Ja Eshraan?»

Eshraan bukket dypt. «Jeg bringer deg et bud fra de mørke, du er beordret til å hjelp til med en viktig arbeidsoperasjon»

Hireez rynket pannen. «Virkelig? Nå? Hvor da?»

Eshraan holdt blikket i bakken. «Det vet jeg ikke herre, men du måtte melde deg med en gang. Det haster visst»

Hireez hadde opparbeidet seg et rykte som fanatisk lojal, å nøle selv et kort øyeblikk ville røpe at han lot som. Han reiste seg og greide å se ivrig ut. «Selvsagt, jeg går med en gang»

Eshraan svelget synlig og de korte og ganske butte hornene fikk ham til å se ut som en jypling. Hireez hadde aldri likt denne unge magikeren men røpet det ikke. «Jeg…herre, jeg tror de vil sende deg…dit!»

Hireez kjente at hjertet hans sto over et par slag. «For en ære!»

Han håpet inderlig at den andre magikeren tok feil. Han ville ikke forlate tempelbyen nå mens planene hans var i et slikt kritisk stadium. Han tok på seg sin beste kappe og denne gangen fraktet han seg selv direkte til hallen utenfor tempelet uten å skjule hva han gjorde. Å gjøre dette tok krefter men han måtte virke ivrig. Han småløp opp trappene og så at en av de mørke ventet. Elegant drapert på den store tronen, lukten av skapningen var rå og ubehagelig men han brydde seg ikke om det. Svetten rant nedover ryggen hans men han gikk frem og kastet seg ned på kne. «Høye mester, jeg har blitt tilkalt»

Det var ikke en av de mørke han samarbeidet med, forskjellen mellom individene var minimal men det var mulig å skille dem fra hverandre etter litt trening. Denne var tynn og huden var lysere enn på de han sto i ledtog med. «Du er av våre beste magikere. Du skal sendes til vårt mål og stanse en mulig fare for våre planer»

Hireez svelget tungt. «Høye mester, jeg er beæret, men kan virkelig noe eller noen der true dere? Dere er sterkere enn alt og alle»

Skapningen røpet ikke om den åpenbare smigeren påvirket den i det hele tatt. «Du trenger ikke bekymre deg, det er et enkelt oppdrag. Vi tenker på alle eventualiteter.»

Hireez trakk pusten sakte, tvang seg til å være rolig, disse skapningene sanset frykt svært lett. «Jeg lever for å tjene høye mester»

Den mørke virket for å le, det var en motbydelig slurpende lyd og Hireez gyste nedover ryggen. «Godt, dette er en person som aldri må nå sitt mål. Jeg vil sende deg rett til en portal vi åpner nå, du vil få den informasjonen du trenger når du ankommer»

Hireez stirret litt perpleks på den mørke. «Selvsagt»

Han hadde sett for seg i det minste en liten sjanse til å forberede seg først, men det var altså ikke tilfelle. Han fikk en mistanke om at han ikke hadde hørt mer enn litt av sannheten om dette oppdraget. Han reiste seg og den mørke hevet en arm og verden rundt Hireez spant rundt, han kvalte et skrik og tvang seg til å puste i det han falt sammen igjen, på et helt annet sted. Han åpnet øynene og så at han nå befant seg i en dal et stykke utenfor tempelbyen, foran han sto et par zheger som bar uniformer som avslørte at de var elite soldater. Det sto noen troll bak dem og også noen andre skapninger Hireez visste de mørke hadde skapt. Han frøs igjen, dette måtte være svært viktig og han ble nervøs. Han kunne ikke gjøre noen feil der og han var redd for å bli avslørt men hadde de mørke en svakhet? Var de virkelig så redde for et menneske? Det burde ikke være mulig.

En av de uniformerte så skjevt på ham, blikket røpet en god dose forakt, Hireez visste at de militære så ned på magikerne av flere årsaker og deres forkjærlighet for å bruke magi i stedet for kaldt stål var den viktigste. Det ble sett på som lite mandig. Hireez sendte den uniformerte et iskaldt blikk tilbake og hannen rygget nesten et par steg. Den andre tok et steg frem og smilte, et heller stivt smil. «Herre, vi er klare til å reise til målet. Vi skal finne og fjerne en hunn, hun kan bli farlig for invasjonen»

Hireez freste nesten, alt dette på grunn av en hunn?! Ved alle guder! Han bikket på hodet. «Så, da får vi gjøre hva våre nådige herrer ønsker av oss, men jeg undrer meg over hvorfor så mange må sendes for et så enkelt oppdrag»

Den uniformerte trakk på de brede skuldrene. «Vi vet ikke, men hun er visstnok ikke menneske.»

Hireez rullet med øynene. «Greit, vi får komme oss av gårde da, og fjerne denne åh så skrekkelige trusselen.»

Han så at alt som trengtes for å åpne en portal allerede var der og han sukket og hvisket de besvergelsene som trengtes. Han var så sterk at det ikke tappet ham særlig å gjøre dette men allikevel var det anstrengende. Da portalen viste seg kjente han seg klam av svette og han var svakt svimmel. Trollene burte litt nervøst og de to uniformerte bjeffet ordre til dem. De sjokket gjennom og Hireez var den siste til å passere portalen. Han skjulte den og så seg rundt. Lyset der bet i øynene hans og han følte seg underlig tung og treg, og lufta var også merkelig fremmed men han kunne klare det. Rundt dem var det merkelige vekster og underlige farger og han kjente en bølge av noe som kunne være frykt. Han visste så lite om denne verdenen og han var redd for å gjøre noe dumt som kunne sette oppdraget i fare. Han trakk pusten dypt, trollene jamret seg og de andre skapningene hveste og slo med hodene. De var motbydelige å se på og han undret seg på hvorfor de mørke sjelden greide å skape noe som i det minste var estetisk tiltalende. Men helst tok de vel utgangspunkt i sin egen verden, hvor den nå var og gjenskapte det de var vant med.

Hireez følte en trang til å hoste men overvant den, han kunne ikke vise seg svak. Den ene av de to uniformerte sto på kne og kastet opp og den andre klasket ham på ryggen, nesten for vennlig og Hireez skjulte et glis. Var de kanskje litt mer

intime enn de burde være? Det var vanlig at lavere hanner uten
avlsrettigheter tydde til hverandre og selv om det ikke var
ulovlig ble det sett ned på. Hireez hørte merkelige lyder og
kulda bet i skinnet hans, han rettet seg opp. «Vi må komme oss
av gårde»

Han tvang seg til å ta seg sammen og brukte evnene sine til
å søke ut etter spor av magi. Han følte brått et merkelig drag
og bikket på hodet. «I den retningen, jeg føler noe der»

De to offiserene gryntet bare, de var åpenbart langt utenfor
sin komfort sone og trollene gned seg i øynene og virket svært
utilpass. Hvorfor risikere både gode troll og offiserer slik? Det
var ikke bare en hunn, Hireez var meget god til å lese mellom
linjene og han trakk kappen tett rundt seg og skapte en slags
lomme av varme rundt seg. Lettelsen var total og øyeblikkelig.
Ved alle guder, noen ganger var han svært glad han var
magiker og kunne unnslippe det slitet de andre måtte holde ut
med. Han trakk pusten og gikk bortover, han likte ikke denne
verdenen i det hele tatt. Luktene var fremmede, lyset brant ham
og han visste så alt for lite. Men han sanset magi og jo fortere
dette var unnagjort jo fortere kunne han vende hjem igjen og
følge med på utviklingen.

Han snublet et par ganger over steiner og røtter og han
undret seg over hvordan noen skapninger kunne leve på et slikt
sted, det var jo et temmelig grusomt et. De stanset for å puste
på og en av offiserene lente seg mot en stein, det lå noe som
lignet tau på den og han plukket det opp. Brått ble tauet
levende og bet ham og han kastet det bort med et vræl. Hireez
bråsnudde med et hiss. «Stille!»

Offiseren så rasende ut. «Det bet meg, hva var det for
skapning?»

Hireez skar tenner. «Du burde vite bedre enn å håndtere
fremmede skapninger slik, hold kjeft, jeg må konsentrere meg»

Offiseren så blek ut men Hireez overså ham. Han følte
magien igjen nå, nærmere og klarere og han gliste kort. Dette
kom til å være fort gjort og så kunne han reise hjem igjen. Han

skyndte seg forover og stanset brått, det han så rasende mot
dem var ikke hva han hadde ventet. Ved alle guder, hvordan
kunne en drage være der? Den virket sint og han stivnet til, hva
besvergelser brukte en mot drager? Offiseren som hadde blitt
bitt falt om, han ristet og skalv og skum veltet frem mellom
kjevene hans, armen der han var blitt bitt hadde hovnet opp og
blitt svart og Hireez forsto brått hvorfor de hadde sendt ham.
Dette var en reell trussel, og om han feilet nå havnet han ikke
bare i unåde, han kunne ende opp død.

Midar og Meyret

De hadde ridd en god stund og Behr satt og nynnet på en slags vise og han lot den stridige ponnien sin bestemme farten. Dyret snappet etter et og annet blad og av og til prøvde den å ta en bit av eieren også. Midar måtte glise av synet og Meyret la hodet på skakke. «Hva slags sang er det Behr? Det høres ut som en munter vise?»

Behr rødmet svakt. «Ah, munter er den så visst. Det er balladen om den fagre Hitaia og hennes jakt på den bolde Radhu»

Meyret rynket pannen. «Høres romantisk ut?»

Behr fniste høyfrekvent. «Ikke så romantisk som du kanskje tror min venn, mer vågalt. Det er en sang en aldri synger i dannet selskap»

Midar måtte le. «Jeg kjenner til den typen, det var en del svært populære viser på bulene i Zhymorne og de var så grove at selv horene ble fornærmet av dem»

Behr så brått svært ivrig ut. «Virkelig? Jeg vil gjerne lære de sangene en gang, det er mulig jeg kan gjøre dem litt om, vi setter pris på noe nytt, de gamle visene har blitt litt…forutsigbare»

Meyret rullet med øynene og tenkte sitt og Midar bare smilte og nikket, han hadde ikke noe imot å dele den informasjonen med dvergen. Behr hadde fanget inn hestene fra mennene som hadde angrepet og de fulgte etter dem villig, dyrene så ut til å søke selskap.Dalen hadde viet seg ut og Meyret var ganske sikker på at de nærmet seg stedet der ringen kunne brukes igjen, og bringe dem til dalen Imla hadde snakket om. Hun satt og funderte på hvordan de skulle få av henne halsbåndet da Natt og Mørke brått begynte å knurre og Rhyviar brølte og fløy fremover og Meyret rykket til. Hun følte en brå bølge av noe hun ikke riktig kunne identifisere, men det var ikke noe hun kunne beskrive som positivt. Hun stanset hesten og så vill øyd på Midar. «Det er noe her, noe ondt, vi blir angrepet!»

Midar så vantro på henne men Natt og Mørke raste fremover og Behr gav fra seg noe som lignet et slags bjeff og ponnien la ørene bakover og spurtet fremover som en veddeløpshest fra en startboks. Meyret gispet, foran dem så de flere skapninger som bare kunne være troll og sammen med dem noe som lignet litt på de sjelløse men de var mørkere på farge og høyere og de var enda mindre menneskelignende enn de sjelløse. De virket for å være halvveis smeltet og øynene var svære og helt svarte og de så ut til at de ikke hadde noen munn men de hadde lange smidige armer med sugekopper på fingrene. Midar gav fra seg et lite skrik og Meyret sanset en vilje der, og den kom ikke fra trollene. Rhyviar brølte igjen og gikk til angrep på trollene, den slengte et par av dem overende og rev hodene av dem med raske presise bevegelser. Meyret ble var at det sto noen bak angriperne, en høy skikkelse i en mørk kappe og foran den sto det en tilsvarende skikkelse, en annen lå på bakken og vred seg.

Meyret så at Behr raste inn mellom de merkelige mørke skapningene med en fart en ikke skulle tro var mulig når en så hvor liten ponnien var, han svingte øksa si med en enestående eleganse og samtidig ropte han et eller annet og det fikk en slags tåke til å forme seg rundt ham. Beistene prøvde å gripe tak i ham men tåka virket for å brenne dem og de vek tilbake med ville skrik.

Midar snudde hesten. «Meyret, ri! Kom deg unna»

Hun nølte, men hun visste at den kuttekledde var den farlige der, og han var ute etter henne. Hun sporet hesten og forsvant inn i skogen mens Natt og Mørke rev overende et troll og slet det i småbiter med ville knurr. Rhyviar åpnet kjeften og det

regnet ild over de gjenværende trollene, de falt om med
desperate brøl og den ene figuren som sto foran den
kappekledde virket for å snu for å rømme men den
kappekledde bare løftet armen og han falt om og ble liggende.
Midar så at Behr snudde ponnien og den trampet elegant på en
av de falne skapningene, det knaste ganske så motbydelig.
Midar følte det, den kappekledde var lederen og sto der
fremdeles og han ønsket å angripe men Behr brølte til ham.
«Magi bruker, han er min!»

Behr stormet frem igjen men den kappekledde løftet armen
og både Behr og ponnien raste inn i en usynlig vegg og falt om
og Rhyviar ble også slengt vekk, hunndragen vrælte stygt og
landet ganske klumsete. Den kappekledde slo kappen om seg
og brått var han borte vekk og Midar kastet seg av hesten og
løp bort til Behr, han hostet litt grunt og kom seg på beina.
Dvergen gned seg i hodet. «Alle guder forderve, den jævelen!
En magiker!»

Midar hjalp Behr med balansen, han virket temmelig
oppskaket. «Han er borte nå?»

Natt og Mørke hadde stormet av gårde og var borte vekk og
Behr spyttet litt blod. «Nei, han skjulte seg, han er antagelig en
svært mektig en»

Midar ble kald. «Meyret, han er ute etter henne»

Behr nikket. «Ja, det kan du bite deg i tåa på gutt, så vi må
skynde oss»

Midar plystret på hesten igjen og Rhyviar skrek og kom seg
på vingene, hun virket ikke skadet og Midar var glad til.

Meyret hadde ridd hardt til hun kom til elvebredden. Der
måtte hun stanse siden elva for bred til å hoppe over og hun
ante ikke om den var trygg å krysse. Hun så en trestamme som
hadde falt over elva og hoppet av hesten, hun kunne løpe over
og gjemme seg, det var lite trolig at hvem det nå var ville
prøve å ta en hest. Hun løp bort til treet og så at det lå stabilt,
hun var lett på beina og sterk og hun var over på noen få
sekunder. Hvor kunne hun skjule seg? Det var magien hennes

fienden var ute etter, hun var ikke så naiv at hun ikke forsto
det. Hun så en stor eik og smilte svakt, gamle eiketrær har en
svært sterk tilstedeværelse. Det kunne være at eika ville
skjerme henne og hun løp bort til den.

Midar og Behr ville finne henne, hun visste at Behr sikkert
kunne spore og hesten ville lede dem også. Hun hørte at Natt
og Mørke ulte og skjønte at de var på vei, trollene måtte være
døde da. Hun rundet trestammen og skrek til i det hun brått ble
fanget i et par armer som virket forbausende sterke. Hun
reagerte instinktivt, hun bøyde seg og bet og det lød et hiss av
smerte men den kappekledde slapp ikke taket og hun hørte at
en temmelig grov stemme hvisket noe som hørtes temmelig
vantro ut før det kjentes som om verden falt ned i hodet på
henne. Hun så bare at Natt og Mørke brått ble usynlige der de
kom løpende og en slags energi fløt gjennom henne, de ville
alltid være med henne og det var en beroligende tanke. Så ble
alt mørkt.

Midar og Behr løp det de klarte, ponnien til Behr var død,
den hadde brukket nakken og Midar visste at han aldri ville få
dvergen opp på sin egen hest, dyret løp heller etter dem.
Rhyviar gav fra seg et merkelig sårt vræl og stillet i lufta og
Meyrets hest kom tordnende mot dem, den vrinsket og virket
ute av seg og Midar gav fra seg et gisp. «Hvor er hun?!»

Behr bannet, og han kunne den kunsten. «Hun er borte, han
tok henne»

Midar så desperat på dvergen. «Guder, jeg…jeg kan ikke
miste henne, jeg har sviktet henne en gang allerede!»

Behr skar en grimase. «Jeg vet at dere er nære ja, men nå
må vi tenke gutt. Det var en magiker, en av fiendens beste vil
jeg tro»

Midar husket den mannen som hadde torturert Meyret og
magen hans vrengte seg, ikke en gang til! «Vi må finne
henne!»

Behr nikket. «Ja, men vi trenger hjelp. Kom, vi må ta en titt
på de døde, de kan si oss et og annet»

Midar fulgte dvergen tilbake og Rhyviar seilte rundt og
hylte hjerteskjærende. Midar kunne ikke gjøre noe for å hjelpe
hunndragen nå så han overså henne. Det lå to døde der som
ikke var troll eller slike mørke beist og de var svært høye og
kraftige med horn og dyriske trekk. Behr freste. «Zheger, de er
de mørkes lakeier og villige tjenere. En brutal og ondskapsfull
rase som aldri gir seg for noen.»

Midar så på dem med et gys, den ene var tilsynelatende
uskadd og lå der og så temmelig forbauset ut men den andre
var åpenbart død av andre årsaker. Behr undersøkte den fort og
Midar så at disse skapningene var vakre på et vis men svært
skremmende. «Denne er død av et slangebitt, de reagerer svært
annerledes på ting her i vår verden enn i sin egen»

Midar nikket sakte. «Det vil jeg tro, det er ikke direkte
farlige slanger her»

Behr sparket til liket. «To offiserer, og magikeren drepte en
av dem, jeg tror hun har en sjanse»

Midar rynket pannen. «Hvorfor sier du det? Du vet mye om
dem må jeg si?»

Dvergen nikket. «Om han ville drepe henne var hun død
allerede, og Natt og Mørke er ikke her, de kan skjule seg. Og
hvordan jeg vet så mye? Vi dverger samler på kunnskap
Midar, og vi var her også forrige gang mørket prøvde å tvinge
seg inn i vår verden. Alt som ble lært da ble tatt vare på. Og vi
sjamaner bevarer den kunnskapen»

Midar svelget stivt. «Jeg…kan magien som ligger over
henne hjelpe? Jeg er en Darasher, jeg beordret henne til å ikke
dø»

Behr så litt forbauset på ham. «Selvsagt kan den hjelpe!
Den kan hjelpe stort Midar, men vi må videre nå. Vi må til
dalen fort, bare der kan vi finne en måte å hjelpe på»

Midar kjempet mot trangen til å gå berserk av ren uro og
frykt, han kjente at hjertet hamret av sinnsbevegelser og han
tvang seg til å roe seg ned. Behr klappet ham på armen.

«Ponnien min er død så jeg får tåle å ri en av de svære
gampene deres. Vi må skynde oss»

Midar så bedende på ham. «Vær så snill å si at du kan
merke hvor vi skal?»

Behr gliste bredt. «Jeg er en sjaman, selvsagt kan jeg merke
det. Kom igjen gutt, jo lenger vi sitter her og gnir ræva jo
lenger må hun være i hendene til de beistene»

Midar hjalp Behr opp på Meyrets hest og de red mot et holt
med trær i enden av dalen. Rhyviar seilte over dem og jamret
seg og Midar forsto at dragen var svært nært knyttet til Meyret.
Behr stanset hesten med visse vansker og pekte på en stor stein
som sto midt blant trærne der. «Der, kom igjen gutt»

Midar svelget usikkert og fant kartet og ringen, han visste
ikke hvor de var så Behr måtte vise ham det og Rhyviar gikk
ned for landing og satte seg ned rett ved siden av dem. Behr
virket svært stolt nå, viktig nesten. Dette var noe han kunne og
han nikket verdig til Midar. «Jeg har hatt lyst til å prøve dette i
årevis»

Midar lukket øynene og kjente et merkelig rykk, det svingte
foran øynene på ham og ringte i ørene. Han svelget krampaktig
og da det stanset kjente han en fremmed lukt og kald luft. Han
slo øynene opp og blunket sakte. De sto i en fjelldal som var
fylt med eldgamle monumenter, det lå en merkelig atmosfære
av verdighet og makt over den og Behr virket overveldet. Han
smilte skjevt. «Velkommen til gudenes dal Midar, her er det alt
vil bli klart, her vil sannheten aldri kunne skjules. Her vil
mørkets krefter og lysets møtes»

Meyret kjente at hun ble båret, og det av noen med tydelig
hastverk. Hvem han enn var, han virket frenetisk og hun kjente
at panikken jobbet i henne men hun nektet å gi etter for den.
Hun ville ikke la det samme skje med seg igjen og hun ante at
denne skapningen heller ikke var ute etter å voldta henne. Det
var noe helt annet den ville og hun tvang seg til å slappe helt
av. Om den var uvant med mennesker var det kanskje mulig at

den lot seg lure og trodde hun var bevisstløs ennå. Hun våget å gløtte med et øye, han løp gjennom noen svært mørke ganger og stanset av og til som for å undersøke om han ble forfulgt, så løp han igjen og Meyret fikk en ganske så distinkt følelse av at han prøvde å skjule noe.

Den tykke kappen luktet av noe som lignet ull og røyk og hun visste at dette var en skapning som var fysisk sterkere enn et menneske. Hun prøvde å holde styr på hvor han løp men det var umulig, det var den rene skjære labyrinten. Omsider saknet han farten og åpnet en dør som gnistret svakt, antagelig var den belagt med besvergelser. Han skyndte seg inn og stengte den og Meyret så et stort rom som antagelig var et slags lager. Det sto diverse ting der, møbler med en merkelig utforming, hauger med noe som måtte være klær og tepper og desslike og noen kister som nok inneholdt mer verdifulle ting. Bakerst i rommet sto det et stort bur, antagelig av det slaget en holder ville dyr i og han bar henne over og la henne inn i det. Meyret kunne ikke protestere, hun lot som om hun ennå var borte vekk og han låste døra med et smekk og mumlet noe som måtte være en besvergelse. Meyret fikk et glimt av skapningen, den var vakker men skremmende og de rovdyr aktige øynene fortalte henne at dette var en rase som neppe var interessert i så mye annet enn å hevde seg.

Den gikk noen steg tilbake, virket rådvill og nervøs, så spant den rundt og forsvant ut av døra igjen og Meyret ble igjen der alene. Det var temmelig mørkt, bare noen få glødende steiner i veggen gav lys og rommet stinket av gammelt støv. Det var merkelig men hun begynte å forstå at denne magikeren eller hva han nå var handlet svært egenrådig. Ellers ville hun blitt presentert til hans overordnede. Hun rynket pannen og konsentrerte seg, noen av kreftene hennes hadde vendt tilbake sakte men sikkert og hun hadde begynt å avfinne seg med det igjen. Hun hadde lenge tenkt at det å være et menneske faktisk var en god ting men hun kunne ikke lure seg lenger. Kroppen hennes hadde kanskje blitt menneskelig men sjelen var en

drages og den endret den fysiske skikkelsen, sakte men sikkert.
Halskjedet kunne ikke hindre det så magien i det var ikke
ufeilbarlig. Før eller siden ville hun antagelig ha brutt seg fri
fra fangenskapet om hun ikke hadde vært så nedbrutt mentalt.

Hun svelget, hun trengte mat og vann og forsto hennes
fangevokter dette? Hun kjente på gitteret, det var solid og av
stål og hun kunne ikke rikke på det i denne skikkelsen. Hun
bannet lavt og brått kjente hun et gys og Natt og Mørke dukket
opp utenfor buret. De to ulvene logret med halen og bikket på
hodene og hun trakk pusten dypt. «Venner, jeg trenger mat, og
vann»

De virket for å nikke og forsvant igjen, forhåpentligvis
kunne de skjule seg så ingen la merke til at de var der. Meyret
satte seg litt bedre til rette og heldigvis var buret stort, det
kunne hatt plass til mange personer og hun bet tennene
sammen. Hun var en fange igjen men hun var ikke den
nedbrutte halvdøde skapningen Midar hadde reddet. Nå var
hun noe helt annet og hun blottet tennene og kjente at en glo av
sinne begynte å gløde i hennes indre. Hun skulle sørge for at
planene til denne kidnapperen gikk i vasken og det på et
spektakulært vis.

Det gikk en stund, så kom de to ulvene tilbake og den ene
hadde en sekk i kjeften og den andre bar på en liten krukke,
den hadde bitt seg fast i hanken og Meyret greide å få tak i
begge deler gjennom gitteret. Det var et slags brød som ikke
luktet så aller verst og en slags vin. Hun snuste varsomt på
den, det var temmelig sterkt men hun tålte vin godt nå og etter
litt følte hun seg mye bedre. Hun skjulte sekken og krukka
under kappen sin bakerst i buret og så satt hun der og ventet.
Hun var temmelig sikker på at hun hadde gjettet riktig, at
denne magikeren aktet å bruke henne for å styrke sine egne
interesser for hun kjente hvordan de som søker makt tenker.

Det gikk en stund, så merket hun et nærvær og Natt og
Mørke ble usynlige igjen, hun la seg opp mot veggen i buret og
lot som om hun sov og døra gikk opp. Den merkelige

skapningen virket for å formelig gløde av tilfredshet, han gned seg i hendene og hun så at den smilte bredt. Meyret hadde aldri møtt noen av den rasen før og hun ante ikke om hun kunne forstå språket den brukte men hun forsto kroppsspråk og hun forsto at han var oppspilt og ivrig. Meyret hadde vært svært sterk i drageform, og hun hadde også vært meget god til å lese mennesker, hun kunne på et vis lese tankene deres og hun regnet med at den gaven var tapt med hennes menneskelige kropp men om hun forsøkte?

Meyret konsentrerte seg, og til hennes store overraskelse fikk hun fort kontakt. Hun følte stemninger først, oppspilthet, frykt, iver. Han var klar over hva hun var, og han ville bruke henne til å ødelegge sine herrer. Det var vågalt av ham, hun sanset at han var utrolig ambisiøs og at han lot som om han var lojal, men hatet de mørke. Han hadde løyet til dem, sagt at hun var død, at han hadde ødelagt henne og at de andre som var blitt med ham hadde blitt drept av monstre. Meyret skjulte smilet sitt, han hadde ingen anelse om hva han hadde gjort, og hun følte en bølge av iver. Hun hadde spilt dette spillet før, å sette folk opp mot hverandre var fornøyelig og noe hun hadde hatt stor glede av. Hun skulle spille føyelig og skremt, det var mer å lære der og hun tvilte ikke på at Midar ville gjøre alt for å finne henne igjen. Hun var redd for hans sikkerhet men han var sterkere enn han trodde, hun var sikker på at han ville finne en løsning.

Hun fanget opp navnet hans. Hireez og hun følte at han var ute på en svært farlig kurs. Han aktet å bli den nye herren over denne verdenen og utallige andre og hun måtte føle litt motvillig beundring. Han var modig, det skulle han ha. Og hun snappet også opp andre ting, minner om motbydelige beist som bare kunne være fienden, de mørke. Hun visste at han hadde underkastet seg dem mange ganger og hatet det hver gang og hun trakk seg varsomt tilbake, det var pussig at en slik magiker ikke hadde skjold som beskyttet sinnet mot invasjon men antageligvis var telepati noe de ikke ante eksisterte. Hun så at han vandret litt rundt igjen, han mumlet et eller annet og av og til kastet han et fort blikk bort på henne, som for å forsikre seg om at hun var der og var ekte. Mange hadde prøvd å fange henne, og bruke henne og han var så avgjort den farligste av dem men også den mest tåpelige. Om han virkelig forsto hva han hadde mellom hendene burde han ha tatt flere forhåndsregler. Hun hadde sett drager i sinnet hans, merkelige og groteske beist uten stor tankeevne og kanskje han trodde at hun var like dum som disse dyrene? Det skulle ikke forundre henne. Hun forsto at han ville prøve å tvinge henne til å tjene seg og hun følte at hun var klar for det aller meste. Hun kunne tåle litt tortur om det var for en god sak, før eller siden gjorde han en tabbe og hun var temmelig sikker på at han var livredd for at noen skulle oppdage bedrageriet hans. Han gikk bort og sparket i gitteret og hun rykket til og lot som om hun bråvåknet, spilte overrasket og skremt og hun så at han virket svært nysgjerrig. Meyret var ikke dum, hun forsto at denne rasen antagelig var mye sterkere enn mennesker og at deres sinn og tankegang var svært fremmed men hun hadde en fordel i og med at hun også hadde vært enn heller ondskapsfull skapning. Hun kunne forstå, og hun kunne forutse hva han ville gjøre. Nysgjerrigheten fortalte henne at han neppe var klar over nøyaktig hvem og hva hun var. Det måtte utnyttes på et eller annet vis og hun presset seg bakover mot gitteret som om synet av ham skremte henne.

Han så tankefull ut, så rakte han ut hendene og gjorde noen merkelige bevegelser mens han hvisket noe hun ikke forsto. Med en gang merket hun et underlig press mot hodet, og hun forsto at han brukte magi for å prøve å finne ut hva hun var.

Meyret kvalte et glis, hun følte seg ganske underlig der og da, som om alt hun hadde vært brått hadde vendt tilbake og hun begynte å mistenke at alt hun en gang hadde hatt faktisk var tilgjengelig igjen, med unntak av å skifte skikkelse. Hun lot ham få adgang, men bare til visse deler av sinnet, minner som ikke egentlig betydde noe. Hun tenkte på de fredelige dagene på reise, på mørket i fangehullet der hun hadde tilbrakt så mange lange år. Hun tenkte på iskalde elver, og mat, og hun tenkte på lukta av de enorme trærne som hadde vokst rundt Imlas hytte. Hun passet seg nøye for å la ham se noe som røpet viktige ting og hun visste meget godt at en sjelden kan skille ekte minner fra falske så hun la til en del hun bare fant opp der og da.

Magikeren så perpleks ut og hvisket noe nytt, det hørtes svært befalende ut og Meyret rykket til, ved alle guder, han var virkelig mektig og denne magien lot seg ikke lure. Den avslørte at hun var noe annet enn hva hun så ut til å være men hun håpet at den ikke kunne se akkurat hva! Meyret kjente at halskjedet hun bar formelig glødet mot huden og hun var brått takknemlig for at det var der. Magien i det forvrengte antagelig det han greide å forstå av kreftene hennes og han så svært forvirret ut. De merkelige øynene gled på kryss og tvers over henne og hun lot som om hun hadde smerter og jamret seg. Det var noe som lignet forakt i blikket hans og hun hadde allerede forstått at hans rase behandlet hunnkjønn som søppel.

Han steg litt tilbake, minen fortalte om frustrasjon og Meyret tillot seg å gi ut litt kraft, ikke mye men bare såpass at hun holdt ham på kroken. Hun var redd han ville gi henne over til sine herrer om han syntes hun var for lite interessant og samtidig var hun sikker på at hun kunne utnytte det hun så og hørte der senere.

Han gryntet et eller annet og gjorde noen nye tegn, Meyret kjente det som om noen stakk tusen nåler inn under huden hennes og hun skrek på alvor, men magien greide ikke å virkelig oppnå noe. Hun ante ikke om det var halskjedet eller noe annet som vernet henne men hun forsto at han var sjokkert for ansiktsuttrykket var direkte komisk. Det var ren vantro i det og hun forsto brått hva han hadde prøvd å gjøre, han hadde faktisk prøvd å drepe henne, antagelig for å skjule sporene sine. Men hun hadde ikke dødd, hun var for sterk, og hun husket hva Midar hadde sagt og nå var hun evig glad for de ordene. Magien som bant henne til Darasher gjorde også at hun ikke kunne dø. Hun freste mot ham og lot som om hun var aggressiv, magikeren rygget bakover og gjorde flere tegn. En glødende kule la seg rundt buret og han gikk rundt i rommet og la besvergelser overalt. Antagelig hadde han innsett at hun var enda sterkere enn han hadde fått inntrykk av og dermed verdifull. Det var akkurat det hun hadde håpet på å oppnå og Meyret snerret mot ham igjen. Om hun kunne gi inntrykk av å være en barbar kunne det være at han undervurderte henne igjen. Han gjorde seg ferdig, stirret en siste gang på henne med noe som lignet motvillig respekt før han raste ut av rommet som om kappen hans sto i full fyr og flamme.

Meyret nikket og satte seg bedre til rette igjen, hun likte ikke å være innesperret men kunne tåle det. Hun visste at han ville føle seg nærmest tvunget til å finne ut mer om henne, at han var grenseløst nysgjerrig nå. Hun ventet litt og så ble de to ulvene synlige igjen, de logret og satt der og hun kjente på seg at de forsto hva hun mente. Vegger var ikke til hinder for dem og hun hadde et litt djevelsk uttrykk i ansiktet da hun sendte dem ut for å spionere. Hun hadde brukt ild igjen, hun hadde fått tilbake mye av den magien som en drage bærer og hun aktet virkelig å bruke situasjonen til sitt eget beste. Og for det beste for hennes verden, denne verdenen her var så avgjort ikke vennligsinnet og utifra det hun hadde sett var han og hans rase skapninger hun slettes ikke ville sørge over om de ble utryddet. Meyret blottet tennene og i et kort øyeblikk glødet øynene hennes som sølv og ild, hun hadde vært fryktet og respektert, hun skulle lære disse umenneskene hva frykt var på alvor.

Midar fulgte etter Behr, dvergen virket fylt med ærefrykt og han forsto hvorfor. Dette stedet var hinsides noe han hadde sett før. I Zhymorne hadde det vært mange templer, de hadde vært praktfulle bygg skapt for å skape en følelse av å være nær gudene men dette, dette var virkelig noe som gav en gåsehud.

Det var tidløst, uten tegn på at tiden hadde gått siden det ble
skapt, og allikevel var det urgammelt. Midar gikk med åpen
kjeft og han så at Rhyviar satt der og så litt nervøs ut.
Hunndragen smekket kjevene sammen og ristet på seg, den
likte seg åpenbart ikke spesielt godt. Midar følte magien som
lå over stedet, som varmen fra sola på en varm dag. Den var
alle steder og han ante ikke hva han skulle gjøre nå. Skulle han
prøve å påkalle gudene? Ville de i det hele tatt høre? Midar
hadde aldri vært religiøs og han visste svært lite om hva slags
tro folk hadde rundt omkring. Behr gikk bort til en enorm
søyle, den var helt glatt og jevn og uten særlig utsmykning
med unntak av en enkel bord nederst. Den lignet bølger og
Behr knelte sakte ned. «Vi må kalle på maktene Midar, de kan
hjelpe oss. Den du kaller Imla er en av dem»

Midar gryntet bare. «Forundrer meg ikke»

Behr smilte litt henført. «Her er alt mulig, her er skapelsens
vugge Midar, hvor gudene tok form første gang. Dette stedet er
hellig i alle verdener»

Han så seg rundt og merket at det ikke var vind der, og
lukta der var merkelig ren, eller heller, det luktet ingenting. Og
det var underlig i seg selv. Behr la hendene på knærne og
bøyde nakken, han begynte å messe noe Midar ikke forsto og
han følte seg forpliktet til å knele ved siden av dvergen. Han
følte seg temmelig tåpelig men hvorfor ikke, stedet var virkelig
merkelig og det gav ham en følelse av ærbødighet så hvorfor
ikke? Han senket hodet også og lyttet til Behr og etter litt
kjente de en brå trekk og Behr trakk pusten dypt. «Ærede»

Midar våget å løfte blikket, det han så fikk ham til å blunke
litt forvirret. Det sto en dvergkvinne der foran dem, hun var
kledd som en husmor med forkle og gode solide klær og
ermene var rullet opp over kraftige underarmer. Hun hadde
rødbrunt krøllete hår og et skjegg som var flettet inn i intrikate
mønstre og øyene var nøttebrune og milde. Midar forsto lite
men brått forandret hun seg og ble en høy og slank

menneskekvinne med langt svart hår og blek hud, han kjente at han brått svettet ganske kraftig.

Hun så ned på ham og det glitret i blikket. «Du kjenner meg som Imla, men jeg har mange navn.»

Midar bannet lavt. «Hvorfor reisen? Jeg tror du kunne sendt oss rett hit med en gang!»

Hun nikket sakte. «Selvsagt, men dere har lært på turen, og dere har vokst. Meyret er snart hva hun en gang var.»

Midar svelget hardt. «Hun er blitt kidnappet, av en av de mørkes tjenere?»

Imla nikket igjen, blikket var fjernt og skimrende og han forsto brått at hun var utrolig mektig. «Ja, hun vil trenge hjelp for å finne veien hjem igjen»

Midar kom seg på beina. «Send meg, jeg vil gå dit hun er, uansett hvor!»

Imla bikket på hodet og brått så hun ut som hun hadde gjort i skogen der de først møtte henne. «Selvsagt vil du det Midar, men først er det ting som må gjøres. Hun er ikke i fare for øyeblikket Midar, hun er sterkere enn hun selv tror, og vekkes mer og mer. Dhar-Arzeg er en magisk dimensjon, den vil styrke henne»

Midar så forundret ut, så endret uttrykket seg til sinne. «Visste du at hun ville bli kidnappet?!»

Imla ristet på hodet og smilte skjevt. «Nei, selv ikke maktene kan se alt som vil skje barn, men vi kan utnytte det til vår fordel. Hun vil vite hva hun skal gjøre»

Midar knurret nesten. «Det blir for tynt, hva vet du om det?»

Imla snudde seg rundt og pekte mot et av monumentene. «Jeg kjenner henne, slik jeg kjenner dere alle. Frykt ikke.»

Midar hev etter pusten. «Frykt ikke? Gudene vet hva som skjer henne nå, og dette stedet du snakker om, det kan umulig være bra»

Imla snudde seg ikke tilbake. «Det er en svært farlig dimensjon, befolket av svært farlige vesen men de vet ikke hva hun er i stand til, og de er for selvsikre.»

Behr nikket og øynene hans var merkelig blanke. «De er arrogante, det ligger i blodet deres»

Imla nikket nesten kjærlig til dvergen. «Det stemmer, og bak dem står de mørke, men de er ikke så samlet som de tror»

Hun gikk bort til monumentet og Midar fulgte etter, motvillig. Hun gjorde en gest mot noe om bare kunne være et alter. «Legg begeret dere tok fra tempelet på dette alteret. Snart vil boken som binder dragene til lyset også ankomme og deretter vil striden ikke lenger skje i deres verden, men i angripernes.»

Midar likte den tanken men samtidig fikk tanken på troll og andre monstre ham til å fryse nedover ryggen. Han så skjevt på Imla som sto der tilsynelatende helt rolig. «Hva har vi som kan endre oddsene slik?»

Imla smilte igjen, smilet var ikke pent og det var heller ikke menneskelig. «Vi har mot og vilje og vi har skyggene og lyset.»

Midar rynket pannen og forsto lite helt til noe fanget oppmerksomheten hans. Han hadde trodd at det lå en svær svart stein innerst bak monumentene og hadde ikke tenkt på det men nå rørte den på seg og han trakk pusten hardt i det en enorm svart drage løftet det massive hodet og ristet seg. Imla smilte igjen. «Tanyksryath, han venter på dragen av isen og Meyret og når de er en enhet har vi et våpen mørket vil slite med å slå»

Midar bare stirret, han hadde ikke trodd at noe levende kunne være så enormt. Dragen knurret svakt og han så at Rhyviar hadde krøpet sammen i tydelig underkastelse. Imla pekte på den. «Hun vil være et våpen også, på en helt spesiell måte. Fienden har også drager men de har en svakhet deres skapere ikke har tenkt på»

Midar rynket pannen. «Hvilken svakhet da?»

Imla så nærmest huldsalig ut. «De er hanner, fienden holder dyrene strengt atskilt og kun de beste får formere seg. De har horder med drager, og hva tror du vil skje om det brått dukker opp en hunn, løs og uhindret, en hunn med løpetid?»

Midar gapte bare, så begynte det å rykke i munnvikene hans. «Ved alle guder…»

Imla nikket. «De vil få problemer med å styre dem»

Hun gliste og klappet på steinen. «Ja, nå kan vi bare samle styrkene, og håpe at planene ikke skjærer seg»

Midar nikket stille, han skulle likt å se det som kunne stå seg mot det gigantiske beistet av en drage og om det var flere slike? Da burde de faktisk ha en sjanse. «Men hva med halskjedet hennes, det kan fjernes her ikke sant?»

Imla smilte verdig. «Selvsagt, men inntil videre er det en god beskyttelse for henne. Det lar seg ikke fjerne av mørk magi og det er svært diskret også. Ingen vil tenke over det»

Midar kunne bare håpe at hun hadde rett.

Meyret kjedet seg og hun fant rommet hun var fanget i deprimerende men hun begynte sakte å utforske hva hun egentlig kunne få til. Å tenne på ting var selvsagt festlig men farlig også og hun kunne ikke risikere en brann der, så ild var ikke noe hun kunne leke med. Hun hadde vært en mester til å manipulere andre, men det gikk sjelden når hun bare satt der i et bur som et annet dyr. Var det andre muligheter? Før hun ble fanget hadde hun kunnet la sinnet vandre ut mens kroppen ble tilbake i lett transe, var det mulig for henne nå? Kjedet hadde hindret henne da hun var fanget hos Darasher familien men nå virket det for at magien i det var svakere, og hun var sterkere. Hun bestemte seg for at det var verdt et forsøk, men før hun rakk å gjøre mye kom Natt og Mørke tilbake. De luktet mildt sagt til himmels selv om de var halvt gjennomsiktige og hun så skarpt på dem. Begge to logret og presset seg opp mot gitteret og hun følte seg brått mye mindre ensom. «Så, hva så dere gutter?»

Natt gryntet og Meyret gispet, hun så bilder i hodet igjen, som da hun prøvde å utforske hvem magikeren var. Det var en enorm by, et kompleks av templer, boliger og andre bygninger og overalt var det slike vesen med horn. Ulvene hadde søkt seg nedover og hun så de enorme hallene der det ble avlet slaver og troll og hun følte seg brått kvalm. Det hun hadde blitt utsatt for var barnemat i forhold.

De to ulvene hadde løpt rundt med en fart ingen vanlige vesen kunne oppnå og Meyret kjente at sinnet og fortvilelsen hun følte måtte få utløp. Hun satte seg opp på kne og visste med ett hva hun skulle gjøre, hva som kunne gjøres for å skade fienden. Øynene hennes glødet og hun knurret lavt, sammenkrøpet der på golvet lignet hun ikke lenger et menneske men noe ganske annet og hennes sanne jeg kunne sees tydelig i blikket. Å reise ut av kroppen var brått slettes ikke så vanskelig som hun hadde fryktet, sinnet gav henne krefter. Hun fløt der som en legemsløs bevissthet og Natt og Mørke så henne. «Vis meg veien»

Det kom et slags rykk og hun fløy fremover, gjennom vegger og tak og hun lot ikke den merkelige følelsen skremme henne i det hele tatt. Brått var de i en av de enorme hallene, der disse skapningene som kalte seg zheger avlet troll. Digre beist labbet rundt mens de ble geleidet av slaver og Meyret følte en slags medlidenhet med dem, de var dumme og enkle og ble utnyttet selv om de ble godt behandlet. Det brant i noen få kjerter langs veggene, antagelig måtte slavene ha lys for å kunne gjøre jobben sin og golvene var dekket med noe som lignet gammel halm og møkk samt alskens avfall. Det var temmelig fett og urent og hadde hun kunne gliste bredt ville hun gjort det. Kjertene var festet med metall, svært solide fester også men Meyret var rasende nå. Hun brukte viljen som ulmet i henne og rev et feste ned, kjerten ramlet ned i halmen og den tok fyr med en gang. Meyret trengte ikke gjøre mer, ingen magi kunne arbeide mer effektivt enn den flammen som nå strakte seg mot takene, grådig og sulten. Det fete avfallet i det tykke laget med ned trampet halm var ypperlig brenne og dette var flammer vann neppe kunne gjøre stort med.

Hun trakk seg tilbake, svevde oppe under taket og hun så at ilden spredte seg fort. Slavene fikk panikk, de prøvde å geleide hannene tilbake til rommene der de ble holdt men de store kjempene var like skremt og brøt seg fri. Brått var det kaos, kjemper trampet ned slaver og burte i vill angst og noen tapre sjeler skar løs de hunnene som hadde ligget der som de rene offer, de løp øyeblikkelig ut gjennom tunellene og Meyret så at et par av kjempene faktisk ikke engang forsto hva ilden var. De slo seg over brystet og brølte og prøvde å angripe den. De var temmelig hårete og sto brått i full fyr og flamme, ville skrik kunne høres og Meyret sukket og lot seg rase tilbake til rommet med buret. Hun trengte ikke se noe mer, hun hadde fått utløp for noe av sinnet hun følte og hun syntes også at hun hadde gjort nytte for seg.

Hun skalv da hun vendte tilbake til sitt fysiske selv, hjertet hamret og hun var forferdelig sliten men det hadde vært verdt det. Om hun kunne skape enda mere uro senere ville hun gjøre det. Hun spiste det siste av brødet og drakk litt og så la hun seg til å sove. Hun var temmelig sikker på at hennes lille forsøk på å stikke kjepper i hjulene for fienden ville bli merket, og antagelig også forårsake problemer for mange.

Hadde Meyret sett hva hun hadde fått i stand ville hun antagelig ha blitt gledelig overrasket for kaoset var totalt. Ilden som hadde brutt løs hadde herjet vilt og nådeløst og den hadde greid å ødelegge den store hallen totalt og skadet mange av de andre mindre hallene som lå nær den. Røyk og aske hadde kvalt mange slaver og flere av kjempene hadde strøket med. De tålte slik svært dårlig og høye temperaturer enda dårligere. Noen var brent i hjel mens andre hadde gått amok av frykt og skadet seg alvorlig. Flere magikere var i gang med å helbrede så mange som mulig men det var ikke spesielt enkelt for kjemper og orker er aldri samarbeidsvillige når de blir tvunget til noe. De øverste lederne for avlsprogrammet rev seg i håret og mange lavere administratorer hadde allerede måttet bøte med livet, siden noen måtte få skylda. De var satt tilbake ganske kraftig og flere tropper med soldater ble sendt ut for å skaffe nye hanner og flere ork hunner. Det tok tid og det tok mannskap og penger og ingen var spesielt fornøyde. Man fant årsaken til brannen, en kjerte hadde ramlet ned av veggen og ingen hadde tenkt på å undersøke dem siden de hadde vært der siden hallen var ny og metallet virket sterkt men hadde nok gitt etter på grunn av vekt og slitasje. Nye kjerter ble prompte bestilt og plassert der og nye slaver brakt inn fra andre avdelinger. Og fremdeles gikk ledelsen på nåler i tilfelle de mørke ble enige om å straffe også dem.

Hireez hadde ikke vært en del av opprydningen, han hadde vært for opptatt med å prøve å finne ut hva den merkelige hunnen var for noe. Hun var åpenbart i besittelse av magi, ellers ville han aldri ha blitt sendt ut for å myrde henne men hvordan i alle uhellige guders navn kunne han utnytte den kraften han sanset i henne? Det måtte være en måte å bruke henne på! De mørke ville aldri ha ønsket henne død om hun ikke var en reell trussel og han kunne ikke forstå det. En hunn var ikke mye å være redd for? Eller tok han feil der? Han var selvsagt forbauset over at det hadde brutt ut brann slik, så plutselig men slike ting skjer, det er ikke til å unngå over tid og han brydde seg minimalt med tapene. Faktisk frydet han seg litt over å se de stive og arrogante lederne løpe rundt som hodeløse øgler mens de prøvde å skyve skylda over på hverandre. Det var ganske så fornøyelig å se på.

Hireez måtte prøve å lure sannheten om den hunnen ut av de mørke. De hadde trodd på ham da han sa at han hadde drept henne slik han hadde fått beskjed om, og de hadde også svelget løgnen angående trollene og de to offiserene. Han hadde sagt at de hadde rotet seg bort i et ras og blitt drept, slikt skjer jo og de mørke hadde åpenbart så mye i tankene at de ikke gadd å undersøke. Dessuten, alle visste hvor lojal han var. Hireez var frustrert over det han følte når han var rundt den hunnen, han forsto ikke noen ting, han ville vite alt om henne men han hadde innsett at han var håpløst utdatert når det gjaldt mennesker. Han visste nesten ingenting om dem og denne skapningen så menneskelig ut men noe stemte ikke, det var alt for mye magi i henne. Nei, han var nødt til å løse gåten, det var ingen annen utvei.

Zaribi

Gardahavn var ikke hva hun husket, stedet hadde endret seg mye og det var folk overalt. Det var en slags stemning av stille motstand der nå, av en slags resignasjon. Hun var uendelig lettet for at Ardred var ok og at byen ennå sto men for hvor lenge? De var nødt til å gjøre noe og gjøre det snart men hvordan? Det var langt til iskanten, Ardred hadde vist henne kart og det ville ta uker å ri dit, selv uten forsinkelser og hun og Kanir hadde akkurat vendt tilbake fra en lang reise. Hun prøvde å gjøre som Hebba sa og spise mye, vinne krefter. Men det var lite mat der nå og hun likte ikke tanken på at hun skulle få alt det beste der, når det var barn og svangre kvinner som trengte kjøtt mer enn henne. Folk ble sendt ut for å sanke mat fra havet hver dag og flokken med spekkhoggere som hadde blitt sett mens hun var borte kom tilbake rett som det var og jaget store stimer med fisk opp på land. Det var som om de forsto at folket trengte mat og godene og sjamanene fortalte at også dyrene visste om faren som truet. Zaribi satt ofte å tenkte på det hun nå visste om seg selv, at hun var av den gamle kongeslekten fra Ardot, at hun var av dragemestrenes blod og at hun også var av det gamle blodet, at hun hadde evner andre manglet. Det var merkelig å tenke på for hun følte seg ikke annerledes enn før, hun var bare litt mer melankolsk.

Hun og Ardred greide knapt å være fra hverandre nå, han ville ikke vike fra hennes side i det hele tatt og hun følte seg mye sterkere med ham der. Og hun følte også at Kanir på et merkelig vis også var en del av dem nå, at han var like viktig som Ardred og henne selv. Men å forlate byen var så godt som umulig, mengden sjelløse og troll hadde økt etter at hun vendte tilbake og sjamanene mente at det var fordi det som styrte disse beistene visste om henne og ville hindre henne i å stenge dem ute. Det virket for at trollene ble skiftet ut med nye typer som var mindre dumme enn de første som dukket opp og de var raskere også. Ingen forlot byen nå, og Zaribi hadde dårlig samvittighet. Hun ønsket å hjelpe folket men hvordan?

Hun og Ardred hadde ventet i noen dager før de vågde å bli intime igjen men til slutt greide hun ikke vente lenger, og i det minste hjalp det henne å tenke på noe annet. De var like lidenskapelige som før og når hun lå der i armene hans og prøvde å roe seg ned etter en vill omgang kjente hun seg merkelig levende. Men hun kunne ikke forstå hvordan de skulle komme seg ut av byen, det hastet.

Hebba insisterte på at hun måtte komme helt til krefter igjen før de begynte å legge planer men hver dag var en dag de ikke hadde råd til å miste nå. Noen tapre sjeler hadde seilt langsmed kysten og når de vendte tilbake kunne de fortelle at samtlige bosetninger østover og sørover var forlatt. Det kunne være at det fremdeles var igjen kimatier i nord og nordøst men de kunne ikke være mange. Kreftene til Ardred og Kanir var ikke nok til å beskytte dem, de kunne ikke bruke dem hele veien til isranden og Zaribi var ikke sikker på om Frostblad ville komme til henne før hun nådde isen. Dragemestrene hadde ridd drager, Frostblad var enorm og kunne bære mange om han ville men hun var langt fra sikker på at dragen ville finne seg i å være ridedyr. Kanir og Ardred hadde funnet dalen Ardred hadde sett på kartene, Khebar sa at det var et gammelt kultsted der inne et sted, noe kimatiene hadde lagd for uendelig lenge siden, så lenge siden at isen hadde tatt det tilbake. Zaribi la merke til at kimatiene nå behandlet henne som om hun var en guddom. Det var merkelig når en tenkte på hvor lite respekt de vanligvis hadde for kvinner men de bøyde seg dypt for henne og virket nesten lamslått over hennes nærvær.

Urdar gikk for å snakke med orakelet, hun hadde tross alt fortalt dem at Ardred skulle bære merket og det hadde stemt, det var bare det at Urdar hadde en følelse av at hun ikke hadde fortalt alt. Kanir sa at det var en annen vis kvinne som visste enda mer enn dette orakelet men hvor hun var ante ingen. Hun kunne være død allerede for alt de visste. Ardred gikk på nåler mens broren var borte, Urdar hadde blitt tausere og mer innesluttet etter at han mistet armen men han var ikke mindre sta eller mindre oppsatt på å klare dette. Han var overalt på en gang virket det for og hvilte sjelden enda mange mente at han snart måtte møte veggen slik han drev på.

Zaribi var også nysgjerrig, hun ante at den merkelige kvinnen de hadde møtt var den gudinnen mange av folket tilba og orakelet var sikkert også en av hennes tjenere. Hun ventet tålmodig mens Ardred gikk rundt og småbannet for seg selv. Kanir var også forholdsvis rolig, han måtte nøye seg med te nå og det var ikke akkurat hva han ville ønsket seg ellers. Urdar kom tilbake og hutret, det var en sur vind ute og litt regn og folk var innendørs. Det var telt og hytter overalt nå, gatene var snaut fremkommelige og samtlige hus var tatt i bruk. Til og med vevstua var blitt soverom og mange sov i båthusene. Urdar hengte av seg kappen og tørket av seg med den handa han hadde igjen, han skar en grimase. «Hun har ikke blitt mer forståelig, det er et beklagelig fakta. Det var mye tåkeprat»

Ardred nikket. «Det kommer ikke som en overraskelse nei, men sa hun noe som helst forståelig?»

Urdar nikket og skar en grimase. Han satte seg ned og de andre satte seg også. Han virket brått eldre enn før, mere sliten. «Zaribi, du er nøkkelen til å komme dere ut dit. Når porten er stengt må dere bli kvitt de trollene og sjelløse som allerede er her, det er enorme mengder av dem»

Hun rynket pannen. «Jeg vet det allerede, så hva mer? Vi må ut til isranden, og det er for langt å ri?»

Urdar trakk pusten dypt. «Det er en ting dere kan gjøre, noe som vil holde dere trygge, uten at dere trenger å bruke deres egne krefter på det»

Ardred snudde seg sakte, han så temmelig vantro ut. «Hva
da? Jeg vil ikke risikere livet om jeg ikke er sikker på at det
faktisk er noe som fungerer»

Urdar skar en grimase. «Det er forståelig, og jeg er ærlig talt
enig men hun var ganske så bestemt på det»

Zaribi sukket. «Ok, hva er det vi må gjøre?»

Urdar så ned i golvet. «Finne en gammel hellig gjenstand,
en som var tapt for svært lenge siden, til sjøs»

Ardred gryntet og Kanir rullet med øynene. «Ja, det er jo
enkelt, hun visste vel akkurat hvor det er også? Og hva slags
gjenstand snakker vi om?»

Urdar trakk på skuldrene. «Beklager, men jeg er bare
budbringeren, jeg kan ikke noe for at hun tydeligvis elsker å
sende folk ut på vanvittige oppdrag. Men gjenstanden er et
septer, visstnok eid av dragemestrene og det ligger i bukta
utenfor Åløya, i et vrak en kan se med det blotte øye»

Kanir snudde seg. «Jeg har hørt om den bukta, tidevannet
der er helt vanvittig, det er umulig å dykke der. Å hente opp
noe som helst er selvmord»

Ardred nikket tydelig. «Ja, og det myldrer med hai der også.
Hva gjør det septeret forresten?»

Urdar lukket øynene kort. «Det holder all ondskap vekke.
Hør, det tar ikke mer enn fem dager å seile opp dit, og det er
ganske trygge farvann. Jeg synes dere skal ta turen»

Ardred så skarpt på broren. «Hvorfor? Vi kan ikke få det
opp?»

Urdar så skjevt på brødrene. «Og hvem av oss er det som
kan styre åndene i landet her? Inkludert ånden for vann?»

Ardred rynket pannen og Zaribi lysnet opp. «Jeg ser hva du
mener Urdar, vi kan få åndene til å hjelpe oss, de vil ha
trollene bort også»

Urdar nikket og smilte og la handa på bordet. «Dere kan få
den raskeste skuta her, med godt mannskap.»

Ardred nølte. «Er det sikkert at det septeret vil virke?
Hvorfor havnet det her i nord»

Urdar gjorde en slags vag gest. «Det var flere relikvier etter dragemestrene, alle vet det. De ble spredt rundt så ikke noen skulle få dem i besittelse. Antagelig gikk skuta ned i en storm»

Kanir så tankefull ut. «Eller så ble hun tatt av tidevannet og ødelagt. Det vet vi ikke noe om ennå. Men jeg sier at vi reiser»

Zaribi nikket. «Jeg også, jeg blir gal av å sitte her og vente»

Ardred stønnet men så på dem. «Greit, vi reiser, men om det viser seg å ikke stemme skal jeg kjølhale det kvinnfolket, orakel eller ei»

Urdar gliste skjevt. «Det er du ikke alene om da, still deg i køen»

Urdar reiste seg. «Jeg ber dem gjøre skuta klar, det bør ikke ta lange stunda»

Zaribi visste at alle båtene der ble holdt klare i tilfelle en krise og ganske riktig, etter bare en time kom Urdar tilbake. En av skutene ventet på dem, en smekker sak med både årer og seil og Ardred sørget for at de fikk med seg klær og mat og våpen. Han virket ikke spesielt ivrig etter å forlate byen siden det var hans ansvar å forsvare den men Urdar og Khebar lovte å gjøre hans jobb. Zaribi var ivrig, hun hadde ikke vært ute i båt siden hun kom til Hietlai og dette var ganske annerledes. Disse båtene hadde ikke overdekkede kahytter, og kun en mast men de var raskere enn de store handelsskutene og langt mer manøvrerlige. Det var langt på dag men de satte seil med en gang. Kapteinen var en svært erfaren mann som hadde seilt langs hele kysten mange ganger og han kjente bukta de skulle til. Han håpet bare at de ankom på en dag da tidevannet var rolig for det området var en skipskirkegård uten like. Buktene og stedene var grunne men fulle av skarpe skjær og sandbanker og strømmen endret seg fra uke til uke. Zaribi syntes det var spennende de første timene, det ble mørkt og de la seg i en slags kasse bak masta der det var lagd til enkle ligge plasser. Maten var også temmelig enkel men hun brydde seg ikke om det. Hun ble liggende å lytte til lydene fra havet og skuta før hun sovnet og Ardred satt å smånynnet før han også la seg. Neste morgen våknet Zaribi av noe hun først trodde var fløyter men lyden kom fra utenfor båten og hun løftet hodet og så at sjøfolkene jobbet som vanlig. Hun satte seg opp og Ardred våknet også ved siden av henne og så opp. «Hva er det?»

Zaribi trakk til seg kappen sin, det var ganske kjølig når hun ikke var inne under teppene mer. «Hør?»

Ardred nikket og fikk på seg klærne, Kanir som lå i andre enden av soveområdet satte seg også opp, han så ut som om han hadde sovet gjennom en orkan for håret hans sto i alle retninger. «Det er hvaler, det hender de følger båtene»

Zaribi løp bort til rekka, og hun så flere enorme mørke rygger som brøt bølgene et stykke fra båten. Hun kunne snaut forestille seg at noe kunne bli så stort men så husket hun Frostblad og visste at joda, så store skapninger fantes, og større også. Hun ble stående å stirre på dem, de virket for å svømme i samme retning som dem og Ardred så litt forbauset ut. «Det er merkelig, disse hvalene pleier ikke å følge båter, og lenger ute ser jeg spekkhuggere. De går aldri sammen med slike grårygger»

Zaribi rynket pannen. «Hvorfor ikke?»

Ardred rynket pannen. «Fordi spekkhuggerne jakter på kalvene deres, og se foran flokken? Det er delfiner, og niser. Hva er det som skjer?»

Kanir kom bort til dem og han myste og så at kapteinen styrte skuta svært støtt nå, han var antagelig redd for å seile for nær de enorme dyrene. «Hvaler er intelligente, og de er barn av gudinnen. De er her for å hjelpe oss»

Zaribi fikk en merkelig følelse, som om noen strøk noe kaldt nedover ryggen hennes. «Hvorfor?»

Ardred bet tennene sammen. «Jeg aner ikke, ærlig talt»

Kanir stirret utover, han virket litt nervøs. «Vi er ennå ikke langt fra kysten, bør vi kanskje seile utover og følge de ytre øyene?»

Ardred brummet. «Lite lurt, det er mye sjøgang der og skarpe brott, og om været blir ille kan det være farlig»

Kanir nikket sakte. «Du har rett, men jeg kan ikke forklare hvorfor de er her, flere flokker?»

Ardred snudde seg mot Zaribi. «Kanir har rett, Zaribi, hva føler du? Jeg tror du er mer følsom overfor gudene enn oss»

Hun gapte litt, så lukket hun munnen med et smell. «Jeg…jeg tror ikke at jeg kan hjelpe der? Jeg vekket Frostblad men…Jeg har ikke slike evner som dere?»

Ardred ristet på hodet og smilte litt trist. «Jeg tror du har større evner enn oss alle Zaribi min, men du har ikke åpnet deg for dem. Bare prøv, hva føler du?»

Hun svelget og lukket øynene, prøvde å rense sinnet for tanker. Det hadde vært noe hun hadde gjort ofte da hun ennå bodde hos sin far, det var en måte å unnslippe alt på. Først følte hun ingenting, så fikk hun en merkelig følelse av uro, av hastverk. Hun lot seg drive med dypere og plutselig så hun noe for sitt indre øye. En blå verden, uten grenser og en slags dyp trang og vrede, en advarsel.

Hun rykket til og så storøyd på Ardred og Kanir. «Jeg følte…jeg var i sinnet til en av hvalene tror jeg? De er sinte, det er noe der fremme, noe farlig. De er her for å hjelpe oss»

Ardred så på Kanir som stirret tilbake. «Mørket har lange armer, hva kan det være?»

Kanir trakk på skuldrene. «Neppe troll eller sjelløse, de liker ikke vann spesielt mye. Tror ikke de kan svømme»

Zaribi så på Ardred. «Du kan kontrollere åndene? Spør dem da vel?»

Ardred så litt perpleks på henne. «Ah, tror du at?»

Hun nikket kort og så bestemt ut. «Dere har de evnene dere har av en årsak. Gudene ville ikke gitt dere dem uten grunn?»

Ardred sukket og lukket øynene, prøvde å huske den følelsen han hadde hatt i hovedbygget da han kalte åndene frem. «Jeg trenger deres hjelp, vis meg hva vi er i ferd med å møte»

Først skjedde det ingenting og Ardred følte seg ytterst
tåpelig men så lød det et slags plask langs skutesida og en
skikkelse formet seg av selve sjøvannet. En gjennomsiktig og
svært elegant kvinnefigur som bøyde hodet ærbødig. Kanir
bøyde seg tilbake og Zaribi så at alle sjøfolkene satt der med
hakene på brystet og enorme øyne. Samtidig dukket en av
delfinene opp og kvitret muntert mens den stakk hodet ut av
vannet. Zaribi smilte mot skapningen, hun syntes den var
bedårende men hun skvatt da den begynte å snakke. «Jeg låner
stemmen til Bølgeskum så dere kan forstå meg»
    Ardred så vantro på delfinen. «Den heter Bølgeskum?»
    Skikkelsen av vann nikket. «Ja, de har alle navn.
Bølgeskum er svært stolt over å få være min stemme i dag»
    Ardred tok seg sammen. «Så, hva skjer?»
    Skikkelsen bikket på hodet. «Henne dere kaller orakelet har
gudinnens gunst, hun har sett hva dere skal finne. Det haster.
Men fienden har lange armer og ser mye og fare venter dere.
De vil hindre dere»
    Kanir bikket på hodet. «Hvem?`»
    Vannånden gled langsmed skuta uanfektet av farten,
delfinen virket for å bli holdt på plass av henne. «Onde ånder,
skapt av mørket og gjemt for uendelig lang tid siden. Og
mennesker hvis sinn har blitt formørket og forvrengt. De tror
de tjener en makt som vil gi dem evig liv.»
    Ardred fnøs. «Evig fortapelse tror jeg mer på.»
    Ånden nikket. «Det er to skuter, fra Zhandoria.
Forhenværende frakteskip, sjøfolkene har blitt omvendt til en
falsk tro og besatt av makten bak trollene og de andre
uhyrlighetene. De tenker ikke lenger som mennesker så vis
ingen nåde»
    Zaribi følte seg nervøs. «Hvor mange er det?»
    Ånden så på henne og trekkene var merkelig milde, den var
svært vakker. «Kanskje femti menn? Men vi vil hjelpe dere»
    Kanir holdt fast i ripa, han så litt overveldet ut. «Er det
derfor hvalene er her?»

Ånden nikket. «Ja, jeg vil ikke la dere bli forsinket. Septeret er viktig, uten det når dere aldri porten i live»

Ardred så på sjøfolkene, de hadde tjue menn der inkludert kapteinen og de var bevæpnet men ikke akkurat noe krigsskip. «Du sa onde ånder?»

Hun bikket på hodet og delfinen kvitret litt opprørt. «Ja, de mørke har prøvd seg før og noen av deres oppfinnelser ble gjemt. Nå er de vekket på nytt. Hietlai er ikke det området de først og fremst er ute etter, det er for karrig men de vil gjøre alt for å knuse motstanden også her»

Ardred så innbitt ut. «De har allerede myrdet mesteparten av befolkningen…Jeg kan ikke se at de skal kunne gjøre stort mer skade nå»

Ånden virket bedrøvet. «Tro meg, de kan. Men frykt ikke, vi er mer dere.»

Kanir så på ånden og han var merkelig stiv i blikket. «Hvor langt unna?»

Ånden virket for å krympe. «Et par timer, ikke mer, forbered dere»

Brått kollapset vannet og ånden var borte, delfinen kvitret litt og dukket igjen og Zaribi så på de to, hun var litt blek. «Hva gjør vi?»

Ardred snudde seg og veivet med armen. «Folkens, vi seiler mot fare, de vil beskytte oss men forbered dere. Det er to skuter der ute og de er bemannet av folk som går fiendens ærend.»

Kapteinen så skjevt på ham. «Javel Takesh, vi skal sørge for å gi dem en varm velkomst om de kommer om bord»

Mennene hyttet med nevene og Ardred smilte stolt. «Godt, det er godt, la oss få i oss litt mat og forberede oss»

Det var en slags ovn plassert like ved soveplassen og den ble varmet opp med kull, de fikk i seg litt te og varm grøt og Zaribi følte seg bedre med en gang. Hun så at sjøfolkene nå byttet på å arbeide og skjerpe våpen og legge frem piler. De fleste var åpenbart bueskyttere og det var buer festet på undersiden av alle sitteplassene. Zaribi forsto hvorfor hietlaianerne var så fryktet, de kunne gå fra å være vanlige sjøfolk til å bli krigere i løpet av kort tid. Sjøen var ikke spesielt høy nå, vinden var forholdsvis svak og siden de seilte langsmed kysten var det mye å se men hun greide ikke å slappe helt av. Hun visste at noe ventet på dem og det gjorde henne nervøs og anspent. Ardred masserte skuldrene hennes kjærlig og Kanir sto ved ripa og plystret til delfinene som av og til kom og suste langsmed skutesiden som små grå lyn.

De gikk gjennom noen smale streder og kapteinen nikket forover. «Om fienden ligger i bakhold er det kun et sted her som egner seg, rett forut»

Ardred nikket og skar en grimase. Det var et strede mellom to små øyer og bak dem var det åpent hav i et ganske langt strekke. «Hva foreslår du kaptein?»

Kapteinen pekte. «Vi går på utsiden av ytre øya, det er ikke den leia en vanligvis tar men det gir oss en fordel. De vil ikke forvente det»

Ardred nikket. «Gjør det!»

Kapteinen ropte noen ordre og mennene endret på seilføringen, ikke mye men såpass at skuta saknet farten litt. Deretter la han over roret og de begynte å endre kurs. Zaribi så at øya de nå seilte rundt var naken og bar, mer en stor stein enn ei øy og den var dekket med et tykt lag av noe grålig noe. Kanir gliste. «Fuglemøkk, fuglene hekker her om våren. Noen seiler ut her hver høst og henter møkka men i år har det ikke blitt gjort»

Zaribi rynket pannen. «Fuglemøkk? Hvorfor ved alle guder?»

Ardred smilte. «De bruker den på jordene, øker avlingene mye. Fuglemøkk er svært verdifullt. Før solgte noen møkk til de varmere strøkene i Zhandoria og tjente seg skittent rike men etter noen år var holmene renskurt og det var ikke mer å hente»

Skuta gjorde god fart og gled over bølgene, det var ikke noe av de harde rykkende bevegelsene hun hadde merket da hun ble tatt til Hietlai og Ardred smilte stolt. «Våre skuter er ikke så store som de i sør, men de er bedre. Vi kan seile hvor vi vil, til og med opp elver eller opp på stranda, uten å ødelegge kjølen!»

Mannskapet forberedte seg, kun fem seilte båten nå, de andre var klare med buer og piler. Øya var ikke stor, og det gikk fort å seile rundt og så fort de kom over mot fremsiden så de virkelig to skuter. To temmelig medtatte skuter med heller råtne seil og et utseende som ville fått en vanlig kaptein til å gråte av skam. Ardred så vantro ut. «De er synkeferdige?»

Zaribi smilte litt skremt. «Ånden sa at de var besatt ikke sant? Jeg tviler på at de bryr seg om vedlikehold, eller sjømannskap.»

Ardred nikket og løftet armen, mannskapet grep buene og det var en underlig stillhet om bord. Hun så folk på de to skutene, og noe var så avgjort galt for de beveget seg svært lite, og nærmest rykkvis. De minnet om en mekanisk leke en av de andre kvinnene i haremet hjemme hadde hatt, fjæren i den var slitt så den greide ikke bevege seg særlig godt lenger. De ble visst oppdaget for folkene økte farta og skutene svingte langsomt mot dem men det var helt åpenbart at dette var folk som ikke lenger hadde kunnskap om å seile. De hadde ikke revet seilene og slik de var plassert fikk skutene vinden inn fra sida og ble stående på stedet hvil. Noen merkelige ul kom fra den nærmeste skuta og Ardred rykket til. «Sjelløse, det er sjelløse i lasterommene»

Kanir så litt vantro ut. «Seriøst? Ved alle guder!»

Zaribi svelget stivt og hun pustet litt fortere enn før. «Vi kan ikke borde dem?»

Ardred nikket. «Nei, eller la oss borde. Menn, skyt når dere føler for det!»

Karene bare brummet og siktet, det var et langt hold men de kraftige buene de brukte var tydeligvis sterke nok til å skyte en pil svært langt og disse karene kunne å sikte. En liten byge med piler fløy og minst fem menn på den nærmeste skuta falt

om. Det virket for at det fikk dem til å søke dekning og Ardred
så smalt på den gamle holken. «Hun er ikke tjærebredd, og se
hvor lavt hun ligger? Tømmeret er råttent, ellers kan du kalle
meg en musling»

Kapteinen gliste og nikket. «Ja, hun ville vært gjort om til
ved for lengst hadde hun vært en av våre»

Ardred begynte å glise igjen. «Der sa du det, menn, skift til
brann piler»

Mennene trakk frem noen andre piler, de hadde merkelige
spisser som lignet beholdere og det ble helt lampeolje i dem og
en gikk rundt med et glohorn og tente på. Pilene regnet over
skuta der borte og det tok fyr mange steder. Men de om bord
gjorde ingenting for å slukke, de bare sto der og Zaribi så at
flere faktisk tok fyr. Kanir gyste synlig. «Jeg sanser ingen sinn
i dem lenger, de er bare tomhet.»

Zaribi så forbauset på ham. «Jeg sanser det samme»

Ardred sukket og la hodet på skakke. «Ser dere? Hun er i
ferd med å synke»

Zaribi så litt forbauset ut. «Men hun brenner ikke så mye
ennå?»

Kanir gliste plutselig. «Se, ved baugen?»

Et stort svart og hvitt hode stakk ut av vannet og spyttet ut
noe grålig før det forsvant ned igjen og Zaribi gapte. «De
gnager hull i henne?»

Den andre skuta seg litt nærmere nå men prøvde ikke å
hjelpe den første som så avgjort var synkeferdig. Ardred smilte
fornøyd. «De gjør visst det, hun er pillråtten, og spekkhoggere
har sterke tenner. Et par rykk og de har nok knekt ryggen på
henne»

Det lød mer uling fra skuta og nå bikket hun fremover med
en underlig eleganse og stakk bakenden i været mot den andre
båten, som en slags fornærmelse. Ingen virket for å prøve å
redde seg selv og Ardred sukket. «De var ikke mennesker
lenger, menn, brannpiler igjen, sett fyr på det vraket»

De adlød og det regnet ild over den gjenværende skuta, hva det enn var som styrte den, den eller det fikk panikk og de kunne bare se at båten satte kursen rett mot øya og siden sjøen gikk høy på denne siden gikk den gamle skuta rett i berget så det smalt. Det var som å se på at noen knuser en kjeks, biter fløy i alle retninger og hele den fremre delen av båten ble rett og slett borte. Den bakre delen av skuta fløt litt bort fra bergveggen og de rakk å se bleke merkelige skikkelser som klatret desperat opp mot dekket før en ny bølge fullførte jobben. Et nytt brak og nå var det ingenting igjen av heller den båten. «Om dette er standarden fienden vanligvis velger forundrer det meg at de i det hele tatt våger å prøve»

Ardreds stemme var litt munter og Zaribi skar en grimase. «De er nok vanligvis langt mer nøye men tok hva de hadde for hende»

Kanir sukket. «De har sine egne seere, jeg er sikker på det. Ellers ville de aldri ha ant at vi var på vei mot Åløya.»

Ardred nikket. «Magi, jeg skal banne på det.»

Zaribi bare sukket, det var kun noen få flytende vrakrester igjen av de to skutene og noen spekkhuggere hoppet ut av vannet og lagde noen høye lyder, det hørtes triumferende ut. Ardred nikket kort til kapteinen. «Vi holder kursen fremover, med mindre vi ser noe nytt.»

Zaribi visste at de ennå hadde noen dagers seilas igjen til de kom til den øya, hun begynte å mistenke at det kom til å bli temmelig kjedelig om alt de så var nakne steinete øyer og en gråsprengt kyst. Kanir gliste til henne. «Ikke uroe deg vesla, jeg er temmelig sikker på at karene kan mange ramsalte historier om havet og dets innbyggere.»

Zaribi hadde hørt den praten som dukket opp hver gang sjøfolk fikk litt for mye innabords og hun bare sukket og ristet på hodet. Det kom til å bli virkelig lange dager.

Det store kammeret var stille, ingen lyder hørtes der og det var mørkt. Kun pusten fra de fanget der inne brøt stillheten og en og annen svak lyd når noen rørte seg. Det var ikke mye rom for bevegelse, alle der inne var bundet til de merkelige steinbenkene de lå på og dekket med tykt mørkt klede. Bare ansiktene syntes og de var bleke og merkelig grå på farge. Ingen varte lenge der inne, men de var forbruksvare. De mørke fant nye seere hele tiden, blant slavene og blant de som overlevde invasjonene. Urtene de ble tvunget til å innta åpnet evnen deres fullt ut og de mørke kunne se gjennom dem, innta sinnene og besøke andre verdener. Noen av de som lå der var mennesker, andre var zheger eller orker men felles for dem alle var at de hadde et lite snev av magi i seg. De vred seg plaget, noe hadde gått galt og de kunne føle det gjennom de mørke, gjennom deres tanker. Et par av dem rallet svakt og ble slappe, døde etter å ha brukt for mye kraft på å se.

Noen slaver kom innom av og til og fjernet døde og plasserte nye ofre der på steinene. De fikk vann og en slags velling av og til men før eller siden døde de alle sammen. Det var ingen vits i å holde liv i dem. En av dem som lå der fastspent var en ork, en hunn som hadde vist seg å være infertil og dessuten i besittelse av et ørlite magisk talent. Hun hadde en egen evne til å finne folk og det måtte utnyttes. Hun hadde kjempet hardt imot men som alle andre ble hun knekket fort, og hun var den som hadde overlevd lengst der inne. Hun hadde levd i en måned der nå og kroppen var skinn og bein. Øynene var åpne men så ingenting, hun var kun et instrument nå og hun pustet snaut. Hun hadde trukket seg tilbake til sin egen sjel, gjemte seg der inne som et dyr fanget i en hule av en jeger. Hun lå der og visste at kroppen hennes var døende og at hennes talent ble brukt av mørket og hun hadde aldri sluppet taket i sinnet og hatet. Hun var en fange der men hun kjente en slags desperasjon dypt der inne, en desperasjon som tvang henne til å gjøre noe.

Hun hadde vært stolt, en høvdings datter og hun hadde blitt oppdratt til å lede og styre siden orkene ikke skiller mellom kjønnene når det gjelder lederegenskaper. Hun var den førstefødte så hun ville lede, det var slik det var. Men zhegene og de forbaskede mørke hadde stjålet den fremtiden fra henne, hadde tatt fra henne alt hun hadde elsket og ønsket. Hun hadde blitt brutalt voldtatt flere ganger av de store kjempene og blitt så stygt skadet at hun ikke kunne unnfange og da de merket magien i henne ble hun brakt hit i stedet for å bli slaktet og spist av diverse ufyselige ubeist. Hun hadde fremdeles vært trassig da, fremdeles brent av sinne og hat og den gloen fikk ikke dø ut. At hun tilsynelatende var knekt som de andre var nok for de mørke, de satte stor tiltro til sine egne evner og hun var bare en hunn. Men hun var mer enn det, hun var en ork og hun var ikke noens slave. Hun hadde forseglet seg selv fra den delen av hennes sjel som kunne brukes og nå ventet hun bare på en sjanse til å gjøre noe, å skade de mørkes planer om det så bare var en liten filleting.

Mørket var totalt men hun så allikevel, hun lot seg drive gjennom minnene om det livet hun hadde levd før hun ble fanget og det var bittersøtt men hjalp henne å fokusere og miste taket i virkeligheten. De andre der var ikke så sterke, de var tomme skall, kun en linse de mørke brukte for å se hva de kunne gjøre for å unngå hindringer. De var på vei til å invadere nok en verden og hun hatet tanken. Det var ingen ære i det de gjorde, ingen storhet. De brukte skitten magi til å bane vei i stedet for å kjempe for ting med egne muskler blod og død. Orker er krigerske men deres kodeks for ære var streng og å bruke andre for å erobre var feighet i deres øyne og ingenting var verre enn det. Hun hadde sanset noe nytt de siste dagene, en slags flakkende kraft hun ikke kunne identifisere og hun følte en strime av håp. Kraften var som henne, den var trassig og ubrytelig og hun håpet at den kunne hjelpe henne. Hun søkte ut etter den, igjen og igjen uten å bry seg om at det tappet henne for krefter. Hun kom til å dø snart uansett, men hun ønsket ikke å dø til ingen nytte.

Brått var den der, som et svakt blafrende lys i mørket, hun grep etter det, hungrende som en som har sultet lenge og hun følte et rykk og brått sto hun i lyset. Det var overalt, et mildt og varmt lys som fikk henne til å strekke seg i ekstatisk fryd over å være borte fra mørket. Var hun død? I så fall var hun velsignet for dette var bedre enn å være i live. Hun merket et nærvær og snudde seg sakte, det sto noen der i lyset og hun blunket kort. Det var en hunn ork, kledd som en av hennes egen stamme med skarpe sterke tatoveringer og et lendeklede av grovt vevd tøy. Brystene var tunge og malt og ansiktet var sterkt med gode hoggtenner og kraftige øyebryn. Denne hunnen var vakker, idealet for en ork og hun sukket henført og sank på kne. «Gudinne!»

Gudinnen nikket mildt . «Rash'kha, du er tapper og du har snøstormens villskap, du ønsker å stanse dem»

Rash'kha nikket og kjente seg enda mer ekstatisk. «Ja høye moder, jeg vil slå tilbake, jeg vil se dem drukne i deres eget blod!»

Gudinnen smilte bredt, tennene var skarpe og lange og Rash'kha visste at hun selv hadde vært nesten like vakker. Hannene hadde tryglet om å få være hennes for bare en natt, det hadde vært godt slik. «Du har en evne Rash'kha, nå er tiden kommet for deg til å bruke den. Det vil drepe deg men du vil bli husket for all tid, ditt navn vil synges ved utallige leirbål og ditt blod vil bli hevnet tusenfold»

Rash'kha kjente seg merkelig ivrig, hun fryktet ikke døden, ingen ork gjør det. Hun fryktet bare å bli glemt, som en feiging. «Ja, hva skal jeg gjøre? Vis meg veien o høye moder»

Gudinnen smilte mildt og gikk nærmere, strøk en hånd kjærlig gjennom Rash'khas mørke strie hår. Det var som å bli berørt av en kjærlig mor og Rash'kha husket sin egen mor og tårer presset seg frem i øynene hennes. «De oppdaget aldri sannheten om deg gjorde de vel du vakre? De så aldri hvor sterk du er. Uten seerne vil de ikke kunne vite hva som skjer utenfor Dhar-arzghed. Du skal stenge deres magi ute, blinde dem»

Rash'kha trakk pusten dypt. «Ja! Ja, la meg være redskapet du bruker gudinne, la meg ødelegge for dem»

Gudinnen la handa på Rash'khas hake, løftet ansiktet hennes mot lyset. «Slik blodtørst lille søster, slik iver. Jeg er stolt av deg, magien vandrer langs merkelige stier og du skal være våpenet som ødelegger dem. Lukk øynene og frykt ikke»

Rash'kha svelget ivrig. «Hva skal jeg gjøre?»

Gudinnens stemme var myk. «La deg falle barn, bare det. La deg falle, jeg vil se til at resten skjer som det skal»

Rash'kha nikket. «Jeg er rede»

Gudinnen smilte igjen og lente seg fremover, kysset Rash'kha på pannen. «Gå i fred søster, og vit at jeg vil holde mitt ord. Din ånd vil bli ønsket velkommen av dine forfedre, som en heltinne»

Rash'kha lukket øynene og brått svevde hun igjen, over et merkelig syn hun slettes ikke kunne forstå. Det var som å stirre ned på et teppe vevd av mange tråder i forskjellige farger og de gikk hit og dit uten noe synlig mønster. De glødet svakt og synet var utrolig vakkert, Rash'kha stirret ned på mønsteret som ikke var noe mønster og hun begynte å forstå, linjene var energi og den spant nett mellom verdener og realiteter, hun smilte sakte. Hun kjente en merkelig prikkende følelse og så på sine egne hender, de glødet. En myk men intens blå glød som omsluttet hele det sjelelegemet hun nå var. Hun smilte bredere. Hun var pilen som skulle splitte tauet, klippen som skulle knuse skroget, sverdet som åpnet buken. Hun slapp seg løs, åpnet seg for alle følelsene som hadde tårnet seg opp i henne. Hun skrek i det hun kastet hodet bakover og lot seg falle, som en flammende stjerne fra oven.

Hun merket at gudinnen var med henne og hun gav fra seg et krigsrop i det hun seilte ned mot det vakre mønsteret der nede. «Jeg forbanner dere alle, måtte deres bein råtne innenfra og ormer ete deres testikler»

Det var ikke tøy, det var mer som glass og sjelen som var Rash'kha dundret inn i det sårbare materialet med langt større tyngde enn en skulle tro var mulig. Det splintret i tusenvis av biter og Rash'kha var ikke mer, hennes essens forflyttet til et annet plan der og da. Men effekten av makten som var vekket i henne ble igjen der. Trådene raknet, mønsteret endret seg, alt brant eller smeltet og fra tempelbyen kunne en oppmerksom person høre et forferdelig hyl. De var stengt ute, de kunne ikke lenger overvåke fremgangen og hindre de som motarbeidet dem og sjokket fikk stein til å rase fra tårn og bakken til å riste som under et jordskjelv. Det var umulig men det hadde skjedd. Fra nå av var de blindet!

Etter flere dager med seiling var Zaribi rimelig lei av alt som hadde med sjøen å gjøre, hun gledet seg bare til å komme seg i land igjen. Maten var kjedelig, utsikten stort sett den samme hver bidige dag og hun og Ardred kunne ikke være intime heller midt i en båt med over tjue andre til stede. Hun begynte å bli temmelig irritabel og Ardred prøvde å distrahere henne med å fortelle alt han visste om sjøen og det som levde i den. Men hun var vanskelig å være rundt nå, rastløs og oppfarende og Kanir trodde han forsto hvorfor også. Han kjente noe av den samme følelsen og visste at det skyldtes stress. For hver dag fienden fikk herje fritt var det liv som gikk tapt og Zaribi greide ikke å distansere seg fra det fakta. Det var fremdeles stammer av kimatier der i nord, og selv om de sikkert hadde søkt tilflukt var det ikke sikkert at det alltid var nok. De var nesten ved Åløya da kapteinen gjorde anskrik, han pekte ut mot horisonten og Ardred løp bort til ham. «Hva er det?!

Kapteinen gjorde en grimase. «Ser du der ute, mot horisonten? Det ser ut som et skjær, men det er ingen skjær der, jeg har seilt her mange ganger og det er åpen sjø»

Ardred ble stille og myste utover og Kanir kom bort til ham. «Det er ikke et skjær, det er noe annet.»

Brått dukket det opp en flokk med delfiner foran baugen og de snatret og lagde et lurveleven. Kapteinen så spørrende på Ardred. «Hva skal jeg gjøre?»

Zaribi gyste, hun fikk en merkelig følelse av å vite at noe kom til å skje, noe ille. Ardred brummet. «Sett kursen mot land, fulle seil. Vi må komme oss inn på grunna. Dette er hva vann ånden advarte oss mot»

Zaribi så at karene adlød, de la roret over og skuta skjøt fart. Det var en bratt kystlinje så de kom ikke helt inn på land noe sted og Ardred stirret mot det mørke på horisonten med smale øyne. Han følte at noe nærmet seg. Nå hadde hvalene samlet seg igjen og han så blåst flere steder, det var tydelig at dyrene visste at noe var på gang. Vannet rundt skutesida virket for å nærmest koke av aktivitet og kapteinen ropte. «Forut, noe i vannet»

Zaribi nikket og så at noe beveget seg og det fort. Kunne det være en stor hval? Uttrykket til Ardred sa at det neppe var tilfellet og Kanir grep en bue og fant noen piler. Det var svært hva det enn var og om en skulle skade det måtte en antagelig bruke noe langt kraftigere enn en bue. Noe som lignet greiner begynte å stikke opp av sjøen rundt det mørke og kapteinen gav fra seg et rop. «Kraken!»

Zaribi så forvirret på Ardred som bet tennene sammen. «Et monster fra gamle sagn, en slags kjempeblekksprut»

Zaribi svelget, det var akkurat slike ting hun kunne forestille seg at fienden brukte nå. Rene monstre, ting som kunne ligge i dvale der nede i årtusener og bare vente på klarsignal. Flere armer skjøt ut av vannet og noen av sjøfolkene trakk frem noen kagger fra det enkle lasterommet forut. Ardred så forskende på dem. «Hva er det?»

Kapteinen var blek men fattet. «Olje, vi kan kanskje brenne jævelen»

Kanir bet tennene sammen. «Bare dere ikke setter fyr på skuta i samme slengen»

Mennene brukte forbausende kort tid på å rigge til en slags katapult på dekk, de brukte noen lange raier som hadde vært gjemt under åregangene og tau og Zaribi så at den underlige konstruksjonen var sterk nok til å slynge en slik kagge temmelig langt. Den mørke skikkelsen kom nærmere, ikke fort men merkelig besluttsomt og Zaribi kjente en merkelig stank som skar i nesa. Toppen av hodet på hva det nå var stakk opp av vannet med minst et par meter og kapteinen gav ordren. De festet en brennende klut i kaggen og siktet seg inn og hun holdt pusten da kaggen fløy rett mot det mørke hodet. Den gjenstanden de hadde sett på horisonten beveget seg også nærmere men ikke så fort og noen holdt øye med den også.

Kaggen traff midt i den runde skallen og brast i mange biter, olje sprutet ut og tok fyr og skapningen løftet seg ut av vannet. Zaribi skrek, den var enorm og grotesk og hadde minst ti armer med svære sugeskåler og klør. Hun rakk å se et par hvitaktige øyne før den sank tilbake mot vannet igjen og Kanir hadde skutt før noen rakk å se hva han gjorde. Piler boret seg inn i hvert øye og skapningen virket for å rykke bakover med et merkelig hiss. Ardred så litt innett ut. «Du gjorde den bare mer rasende»

Kanir nikket. «Ja, men ilden er ikke nok, det brenner fort ut»

Kapteinen tørket svetten. «Vi kommer ikke nærmere land nå, vi risikerer å bli slengt i bergveggen»

Zaribi hadde ikke tenkt over det men de var faktisk svært nære land, kun et par spydlengder fra gråsteinen og Kanir raste bort til rekka og holdt øye med avstanden. «Det er ingen steder her hvor vi kan lande, de har vært plassert akkurat her med vilje»

Den enorme skapningen løftet flere armer som for å gripe tak i skuta foran men nå skjedde noe ingen av dem hadde forutsett. De hørte en fjern fløytelyd, så ble hele den gigantiske blekkspruten løftet ut av vannet i det noe like gigantisk grep tak i den fra undersiden. Alle sto bare å gapte, det var en hval og kjeften hadde lukket seg rundt hodet på kraken. Svart blekk og blod sprutet og mens de to sank tilbake i vannet skjøt enda en hval ut av vannet og grep tak i noen av armene. Et voldsomt rykk og flere armer ble slitt av.

Havet kokte, delfiner og spekkhuggere stupte inn og slet og rev i blekkspruten, flere av de svære hvalene kom til og biter med blekt kjøtt drev med vannet. Ardred så lamslått ut. «Jeg har aldri sett på maken»

Kanir snudde seg. «Hold utkikk, det andre vi så er fremdeles der ute»

Zaribi nærmest klamret seg til ripa, den stramme stanken var nesten uutholdelig og sjøfolkene stirret uten å kunne gjøre stort. Om dette var eldgamle ånder kunne hun virkelig tro at fienden hadde flere triks opp i ermet. Blekkspruten var revet i småbiter nå, og kapteinen så på Ardred. «Vi har en halv dags seilas igjen til bukta, skal vi holde denne kursen eller forsøke?»

Ardred smilte stivt. «Vi forsøker. Vi har tydeligvis gode beskyttere!»

Zaribi så at alle dyrene nå la seg rundt skuta og hun skjøt fart igjen, strekket foran dem var åpent med ganske smul sjø og kapteinen ropte ordre til rormannen. Kanir holdt skarpt utkikk etter det mørke de først hadde sett men det virket for å ha forsvunnet. Ardred brummet. «Jeg liker ikke dette, tror du det var en til av de forbaskede bløtdyra?»

Kanir ristet på hodet. «Nei, formen var feil. Det var noe annet»

De suste ut på den åpne strekka og Zaribi så Åløya foran dem, det var en lang smal øy som snodde seg i en halvsirkel ut fra land og det var lett å se hvorfor den hadde fått navnet. Zaribi stirret ned i vannet og en av hvalene svømte rett ved siden av skutesida, den la seg på siden så den lange sveiven stakk opp av vannet og hun så rett ned på det enorme øyet. Det var blikket til et tenkende vesen og i et kort øyeblikk kjente hun igjen den underlige følelsen av å se verden gjennom noen andres øyne. «Fare, den kommer»

Zaribi så det, en utflytende avlang figur som skar gjennom vannet, noe helt annet enn den langsomme og stupide blekkspruten. Hun ante ikke hva hun gjorde men hun grep tak i Kanir og Ardred og i noen korte sekunder delte hun det hun så med begge to. Kanir krøket seg sammen med et slags ul og Ardred gispet. Vannet ved siden av båten trakk seg tilbake som om noen grov ut et trau av selve havet, havbunnen ble avdekket og Kanir gav fra seg noe som lignet et skrik. Et spyd av stein presset seg frem, skjøt opp av dynn og gjørme, strittet i mot veggen av vann. De så noe mørkt gjennom vannet, noe enormt som vokste i størrelse og Zaribi trakk pusten dypt i det skapningen skjøt ut av vannet. Den hang i lufta i noen sekunder, en kraftig lang kropp med enorme luffer og et langt hode med svære kjever. Så tok tyngdekraften over og den falt ned over spydet og det gjennomboret kroppen fullstendig. Den bakset vilt, tenner på størrelse med en manns underarm smalt sammen mens den prøvde å komme seg løs. Vannet slo sammen igjen og spekkhuggerne gikk til aksjon. De hugg tak i sveivene, rev digre biter av kjøtt ut av kroppen og blodet farget havet rødt. Hai dukket opp og ble med på etegildet og Zaribi så bak seg mens de seilte bort fra det vanvittige synet. «Hva i alle guders navn var det der?»

Kanir gned seg i hodet og han så litt forvirret ut. «Jeg aner ikke!»

Ardred så stivt utover havet mot der beistet hadde blitt drept. «Jeg har sett steiner som har sett ut som bein, og en gang så jeg en kjeve som så ut som underkjeven på den der, kanskje»

Zaribi gyste. «Det var noe som ikke skal finnes lenger, noe eldgammelt. De mørke må ha vært desperate»

Ardred så fort på henne. «Det stemmer nok, men vi er ikke fremme ennå, og gudene vet hva de ellers kan finne på. Jeg foreslår at vi holder øynene åpne»

Kapteinen hadde tydeligvis fått nok av merkelige og unaturlige forstyrrelser for han satte fulle seil og skuta suste bortover. Sjøfolkene satt ved årene og var klare til å ro om det trengtes og nå så de hvorfor bukta ved Åløya var så beryktet. Når tidevannet kom inn ble det fanget av den merkelige formen på øya og presset frem og kapteinen så litt nervøst på Ardred. «Vi må vente til det blir fjære, ellers kan vi ikke seile inn»

Ardred brummet kort og så mindre fornøyd ut men tidevannet var det ingen som kunne gjøre noe med. «Greit, det er kun et par timer til. Vi hviler og spiser i mellomtiden.»

Zaribi bare brant etter å få dette unnagjort men det var ingen vei utenom, de måtte bare vente. Kapteinen fant et ganske smult sted å legge anker og Zaribi stirret mot øya. Den var temmelig naken slik de fleste øyene der var, men det var et lite holt med forblåste busker midt på og noe gras. Kanir så at hun undret seg og smilte. «En gang i tida var det faktisk folk som bodde her ute. De reiste et slags bygg med en bålpanne på toppen for å advare de som seilte mot grunnene innenfor her men det kom en forferdelig vinterstorm og feide hele greia på sjøen og etter det vågde ingen bo her lenger»

Ardred nikket. «Jeg husker at far fortalte om det, det var lenge før hans tid.»

Zaribi forsto at hun ennå ikke kjente til hele historien til dette landet og hun følte seg på en måte snytt. Hun hadde aldri fått lære mye, hadde aldri fått utvikle hodet slik andre gjorde og hun ble litt sint når hun tenkte på det. En eller annen hadde en gang sagt at kunnskap er den største verdien man har og hun var enig. Kanir satte seg ned for å spise litt, han gnog ettertenksomt på litt tørt brød og Zaribi fikk litt frysninger ved tanken på mer av det. Hun var lei provianten men ingen andre virket for å klage så da fikk hun holde kjeft. Tidevannet var på vei ut og de så store virvler i det fjerne, hun forsto at ingen skute kunne gå inn der nå. Skyene var temmelig mørke i det fjerne og kapteinen så bekymret ut. De ville ikke ha mye tid å

gjøre det på om de i det hele tatt fant det vraket. Og hvordan
fant de septeret? Bukta var ikke spesielt dyp men temmelig
forreven og det var klipper og sandbanker overalt.

Zaribi satt og tenkte, hun hadde en ide men ante ikke om
den ville fungere.

Omsider roet sjøen seg, i en kort stund ville strømmen være
nøytral og de trakk opp ankeret og seilte inn i bukta. Zaribi så
at den indre delen av øya som var formet som en hestesko var
forholdsvis slak ned mot vannet. Det var en strand der og den
var ganske fin også, av sand. Ardred pekte på noen steiner som
lå helt nede i vannet. «Det der er rester av en molo, den sto i
bare noen måneder før havet rev den i småbiter»

Hun gyste, havet var så visst ingen kraft en lekte seg med.
Bukta var temmelig stor men skipet skulle kunne sees og
kapteinen la skuta over en stor grunne. Zaribi så ned, hun
forsto ikke alt hun så der nede i det klare vannet og Ardred
myste. «Det kan være et vrak der til venstre for baugen? Eller
lengre ut?»

Kanir klødde seg i håret. «Jeg aner ikke, det er mange vrak
her, dette stedet har krevd mange skuter opp gjennom årene»

Zaribi lente seg ut over ripa og ropte. «Vis oss riktig vrak,
vær så snill?»

Brått skjøt et par delfiner frem fra bølgene og de gav seg til
å sirkle med høye pip og hvin. «Det er der borte»

Roerne presset skuta fremover og de la ut ankeret, Zaribi
kunne se en form i vannet langt der nede. Det måtte ha vært en
stor skute en gang i tida og Ardred så tankefullt på formen de
så vidt kunne skimte. «Hun var ikke hietlaiansk, det er sikkert.
Se hvor bred hun er over akter? Dette var en frakteskute,
antagelig fra Zetir»

Brått bruste vannet og den underlige vannånden dukket opp
igjen, den bikket på hodet og Zaribi så forbauset på den.
«Hvorfor er du her nå?»

Ånden pekte mot horisonten, den var svart og så temmelig
stygg ut. «Det er en storm på vei?»

Ånden nikket vilt og pekte ned. «Vi må finne septeret nå? Men hvordan?»

Ånden pekte på Zaribi og deretter pekte den nedover. «Jeg kan ikke svømme?»

Kanir gapte. «Jeg tror ikke du trenger å svømme»

De så at det formet seg en grop i vannet igjen, komplett med en slags trapp ned til havbunnen. «Kom igjen, jeg tror det kan bære oss»

Zaribi nølte ikke, hun grep et tau og lot seg gli ned langs skipssiden. Hun peste nesten av iver og vannet bar henne, det var helt uvirkelig men det var som å gå på en blank glassflate. Ardred gjorde tegn til å følge henne men ånden ristet på hodet, det var tydelig at det bare var Zaribi som skulle gjøre dette. Hun svelget stivt, havet var som stivnet rundt henne og hun satte varsomt beina ned. Trappa var bratt og hun prøvde å ignorere det helt bisarre ved å gjøre dette. Men åndene ville like lite som alle andre bli overtatt av de mørke så det var forståelig med denne hjelpen. Det luktet rått av sjø og mudder og hun ble forskrekket over at hun seg ned i havbunnen til langt over støvlene. Men det var et vrak, rester av treverk stakk frem her og der og hun prøvde å orientere seg. Om det var baugen måtte lasterommet være rett bak? Hun kjempet seg frem gjennom gjørma og snart var hun totalt dekket med svart stinkende skitt. Hva nå? Det var et septer, det kunne umulig være stort, og antagelig dekket med alskens ufyseligheter. Århundrer med dynn lå over det sammenpressede vraket og hun bet tennene sammen. «Jeg trenger hjelp her, jordens ånd?»

Bakken ristet litt og en del av vraket ble nærmest presset opp. Det var en merkelig firkantet form i gjørma og Zaribi hvisket et takk og kjempet seg bort. Hun dyttet unna den slimete substansen og det var en slags kiste, avlang og lagd av metall som merkelig nok ikke hadde rustet. Den var tung men hun greide å løfte den da alt dynnet var borte og hun slet seg tilbake til trappa. Å komme seg opp var alt annet enn lett men hun greide det og så fort hun var oppe vendte vannet tilbake over vraket. Zaribi var utslitt da hun nådde skuta igjen og hun hev etter pusten og ble halt opp på dekk av Ardred. Han så vantro ut og Zaribi smilte skjevt, hun så forferdelig ut. Kapteinen så skremt ut. «Det som nærmer seg er ikke en vanlig storm, føler dere det?»

Zaribi hadde ikke tenkt på været men nå snudde hun seg og det hun så fikk henne til å gispe høyt. Det var som en svart vegg, og den virket ikke naturlig i det hele tatt. Kanir brøt opp kisten med en daggert, han halte frem noe som lignet mer på en jernbarre enn et septer. Det var helt rundt og det var tilsynelatende ingen utskjæringer eller noe slikt på det men det var forholdsvis tungt og nesten en halv meter langt. I enden satt det en veldig enkel blå stein og ellers var det heller lite imponerende. Zaribi så skjevt på det. «Jeg tror ikke det er lagd for å virke pompøst»

Hun grep tak i det og brått begynte merkelige tegn å lyse opp langs hele gjenstanden og den blå steinen begynte også å gløde svakt. Hun smilte litt selvbevisst.

«Jeg tror jeg er den eneste som kan bruke det»

Ardred så mot uværet som var i vente og Kanir var litt blek. «Vi kan ikke seile fra det?»

Kapteinen ristet på hodet. «Nei, det kommer for fort. Ser dere at alt er svart?»

De nikket og vann ånden skjøt opp igjen, gestikulerte vilt mot øya. «Skal vi i land?!»

Zaribi var vantro, øya var ikke stor og ikke spesielt høy og Ardred så vantro på ånden som nikket febrilsk. «Greit, følg henne. Sett lettbåten på vannet»

Sjøfolkene hev båten i vannet og kapteinen smilte litt vemodig. «Kom dere i land, følg den ånden eller hva den nå er. Det har vært en ære å tjene deg herre Takesh»

Ardred smilte litt trist. «Forfedrene vil hedre deg»

Han hev seg ned i båten og Zaribi forsto at skuta neppe kunne overleve det som ventet. Det var som om vrede var inkarnert i det mørket som suste fremover bølgene og vann ånden virket for å presse den vesle båten fremover. De traff bunnen med et knas og Ardred bar Zaribi i land, de løp bortover og Kanir peste. «Jeg vet hvor vi skal, hun viste meg det!»

Han rundet en liten kolle og det var en klippevegg der. I den var det en åpning og han ålte seg inn uten å nøle. De to andre fulgte ham og Zaribi så utover mot havet. Noe beveget seg der, noe enormt og hun så hvite topper langt der oppe. Det var en slags kjempebølge og hun så at havet faktisk trakk seg tilbake, svært raskt. Ardred stønnet og dyttet Zaribi foran seg, de kom inn i en hule og den var ikke spesielt stor men i enden var det vann. Den var fylt med vann og Ardred så litt forvirret ut. Vannånden dukket opp, den veivet med armene og Zaribi så vantro på den. «Vi kan ikke puste under vann?»

Den bare veivet enda mer med armene og Zaribi trakk pusten dypt. «Greit, vi prøver»

Hun knuget septeret i hendene og vadet uti, det ble fort dypt og Kanir bannet grovt og fulgte etter. Ardred svelget og tvang seg etter, han hatet å ikke kunne redde sjømennene men antagelig kunne ikke åndene berge så mange på en gang. Kun de som var vitale for landet og dets overlevelse. Zaribi følte vrede og hat fra der ute, noe forferdelig mørkt. Hun dukket under og øyeblikkelig dannet det seg en slags boble med luft rundt hodet hennes og det samme skjedde med de to andre. De kunne gå langsmed bunnen og et svakt flakkende lys viste dem veien gjennom en ny åpning. De kom ut i en ny hule og denne var stor, helt klart utskåret og svært vakker. Merkelige former dekorerte veggene og de vadet sakte ut av vannet. Ånden bikket på hodet og virket fornøyd. «Er vi trygge her?»

Ånden smilte og gjorde en gest. Det virket for at åpningen de hadde kommet inn gjennom lukket seg og Ardred jamret seg. «De arme sjøfolkene»

Ånden gled nærmere og så bedrøvet ut. Zaribi så at den prøvde å formidle noe. «De har begrenset med kraft, og den kan bare virke via oss»

Kanir så seg rundt, han la handa på berget. «Kjenner dere det? Bakken rister»

Ardred svelget stivt. «Bølgene har truffet øya, guder!»

Kanir så stivt ned i bakken. «Jeg har hørt om slike bølger, manet frem av gamle havguder»

Zaribi hveste nesten. «Vel, om dette er noe skapt av havguder de mørke har grepet på så håper jeg at et eller annet havmonster kommer og biter dem der det gjør aller mest vondt. Det var en god skute, og tapre folk.»

Ardred lukket øynene. «Jeg bare håper at vi ikke trenger å være her inne for lenge for jeg liker ikke slike steder»

Kanir gliste. «Men jeg elsker det, jeg tror det er et gammelt kult sted. Noen av våre fjerne forfedre tilba havet ikke sant? Disse symbolene ligner bølger»

Zaribi satte seg i sanda, hun lukket øynene. Hun kunne se det for seg, hvordan enorme bølger raste inn over land, det var bra det ikke var særlig med folk igjen her langs kysten. De ble sittende der i stillhet, det var lite å si. Hvordan skulle de komme seg tilbake til Gardahavn nå? Zaribi sovnet etter en stund, hun ble liggende med hodet på Ardreds mage og rommet var helt stille bortsett fra pusten deres. Ardred lot fingrene gli gjennom det våte håret hennes og han så svært fjern ut. Kanir også hadde nok med sine egne tanker. Hvor lenge det tok var vanskelig å si for kun et merkelig lys som kom alle steder fra lot dem se noe som helst og Kanir la hendene på steinen og den skalv ikke lenger. Ardred var sulten og trist og Kanir var innbitt. De skulle knuse denne fienden, han sverget på det.

Brått hørte de en slags knaselyd og det åpnet seg en slags glugge i taket. Noe av steinen gled ut og ble en stige og frisk luft strømmet inn blandet med lukt av hav og tang og tare. Ardred trakk sverdet sitt og nikket. Zaribi gikk mellom dem og Kanir var sist. De kom ut på toppen av øya, i solskinn. Den svarte stormen var borte vekk og Zaribi blunket og skygget for øynene. Øya var blankskurt, bare stein var tilbake og langs hele kysten de så var det likedann. Det var ikke trær eller noe igjen, kun bar stein. Stranda var vekk, og bukta virket mye grunnere enn før og det var ingen tegn til noen båt noe sted. Zaribi svelget stivt. «Hvordan kommer vi oss hjem?»

Ardred sukket. «Jeg aner ikke kjære deg, vannet er for kaldt til en svømmetur er jeg redd»

Kanir snudde seg rundt. «Ser dere hvor langt innover bølgene slo? Det må ha tatt mye krefter?»

Ardred brummet. «Mørke makter uten tvil. I stand til å tvinge selve storhavet opp»

Zaribi følte brått et merkelig nærvær, et som var underlig velkjent. Hun løftet hodet. «Noe kommer»

Ardred så skarpt på henne. «Venn eller fiende?»

Hun lukket øynene og smilte. «Venn, så avgjort venn»

Hun snudde seg nordover og de så at noe beveget seg der ute, noe som fløy og rundt det fløy det flere tilsvarende men mye mindre. Zaribi gispet høyt. «Flere frostdrager?»

Ardred bare glante, han hadde aldri sett Frostblad og den enorme dragen siktet seg inn mot øya og seilte nedover med verdig eleganse. Zaribi følte seg ærbødig, hun bøyde nakken og de to mennene sank i kne. Frostblad tok bakken med et brak, det ristet som av et jordskjelv av den og Zaribi så at det var minst tjue andre drager der. Mindre utgaver av ham selv og hun følte på seg hvordan disse hadde blitt født av dragetind og blitt kalt nordover for å tjene den siste mektige. Zaribi gikk sakte mot dragen som la hodet ned på bakken, de enorme safirblå øynene fulgte henne og hun smilte nesten kjærlig. «Du har kommet, tiden er inne er den ikke?»

Frostblad lagde en slags malelyd og senket skuldrene, gesten var inviterende. Zaribi snudde seg mot Kanir og Ardred. «Kom, tiden er inne for å bli drageryttere»

Kanir svelget stivt og Ardred så heller blek ut. «Å guder, jeg trodde aldri at den dagen skulle komme. En Takesh av Gardahavn, ri en drage!»

Kanir gliste kort. «Du er tapper bror, tro meg, du vil ikke angre»

Zaribi klatret sakte opp, Frostblad var svært høy og hun lignet en dukke der oppe, Ardred tok plass bak henne og Kanir klamret seg fast bak ham igjen. Det var flere lange skjell der det gikk å holde seg i og de satt faktisk forbausende godt. Frostblad ristet seg litt, så strakte den ut vingene og sparket fra, suste ut over bølgene og begynte å sirkle seg oppover. Den slo nesten ikke med vingene i det hele tatt og Zaribi hvinte av fryd, de steg og steg og Frostblad satte kursen sørover igjen. Ardred pustet merkelig fort og Kanir var taus. Det var helt klart at dette var temmelig overveldende for dem begge to men hun smilte og nøt det. Hennes forfedre hadde vært drageryttere, da burde ikke hun frykte det. De mindre dragene var raskere enn Frostblad og de suste rundt den i buer og lagde hvine lyder. Zaribi sanset fra dragen at den hadde spist seg mett på det den fant av vilt og nå var den klar til kamp. Hun strøk handa varsomt langs den massive nakken og hun visste at deres tilbakekomst til Gardahavn ville utgjøre en endring, en viktig en. Det var på tide å slå tilbake nå, de skulle ikke lenger være passive. Hun var ikke klar over det men øynene glødet svakt og hun lente seg fremover dragenakken og fryktet ikke lenger fremtiden. Hun var ikke lenger en skremt jentunge men en dragerytter og trollene skulle lære å frykte Frostblad og Zaribi av Ardot.

Thacun

Det tok dem to hele dager å finne en krystall stor nok til å være troverdig og enda en dag å grave den løs fra berget. Thacun svettet for han visste at det neppe gikk lenge før de tre magikerne sendte det de hadde funnet tilbake til sin verden. Han var livredd for at de skulle vekke det før tiden men han hadde en mistanke om at en vanlig magiker ikke kunne gjøre det. Antagelig trengte de en av de mørke for å greie det. Krystallen var av kvarts og svært vakkert formet og Dahdegar og Ruphus renset den nøye. Thacun og Arulf hadde funnet et sted å legge fellen, det var en ravine ikke så veldig langt fra gruva og den var ustabil. Men å starte et skred på kommando var ikke enkelt og Ruphus brukte åndene for alt de var verdt og fikk dem til å love å hjelpe dem. Dahdegar så dem nå og Thacun kunne ane dem og han prøvde å være respektfull. Men Dahdegar var temmelig utålmodig og ønsket å sette i gang så fort som mulig. Ruphus hadde oppdaget at de små krystallene som var sammen med sverdskjeftet på et vis beskyttet bæreren mot magi og Dahdegar gav beskjed om at de bar dem hele tiden. Ruphus var litt i tvil om hvorvidt Dahdegar burde ha med seg sin for magikerne ville da vel føle den og reagere?

Thacun var ikke sikker, kraften i dem virket beskjeden og der han kom fra gikk alle med magiske amuletter. De færreste var særlig effektive, og en magiker ville neppe bry seg med noe som i deres øyne antagelig kun var krimskrams. Dahdegar skjulte den i skjorta og håpet på det beste. Thacun skulle være en del av åtet og han var svært nervøs. Alt sto og falt på om han greide å lokke magikerne ut av slottet og til ravinen i det rette øyeblikket. Ruphus fikk åndene til å lade krystallen med kraft men den energien ville bli borte når magikerne var i fella. Thacun følte seg temmelig nervøs og han var også rett og slett redd og ikke redd for å vedgå det. Å ikke være redd når en var stilt overfor slike monstre som disse magikerne var kort og godt idioti.

Dahdegar visste at han antagelig gikk til sin død, han hadde godtatt det. I det store og det hele var det ikke noen annen utvei men han måtte ødelegge den kula og hindre magikerne i å få de enorme krystallene med seg. Og han måtte drepe Eghil. Spørsmålet var hvordan, hvordan ved alle guder kunne han greie det? Det var fangehull under slottet og han var ganske sikker på at han havnet der. Å komme seg ut var neppe enkelt og hvor lenge ville Eghil holde ham i live? Muligheten for at Eghil ville ignorere det fakta at de var brødre var så avgjort til stede, i såfall rakk han ikke å gjøre noe og det ville være for ille. Han aktet ikke å bare gå til sin ende som et lam til slaktebenken. Arulf var muligens troverdig som en tjener men Eghil ville garantert bruke ham for å plage Dahdegar enda mer så ingen kunne bli med ham inn. Ruphus kom med en slags løsning, han mente at han kunne påvirke folks drømmer og muligens få en eller annen til å hjelpe Dahdegar. Thacun mente at det var temmelig risikabelt, ingen visste hvor godt grep de mørke hadde på Eghil og hvor endret han var. Det var en forferdelig sjanse å ta.

Dahdegar var fast bestemt og ville ikke la seg hindre av deres tvil så alt de kunne gjøre var å håpe at planen ikke gikk rett vest.

Dahdegar forberedte seg godt, han så ut som en som har vandret lenge og han kjente den mannen broren hadde vært. Ruphus hadde prøvd å påvirke de som bodde i slottet via drømmene deres de siste nettene men ante ikke om det fungerte. Thacun likte det ikke, det var for mange ukjente faktorer og han følte seg knyttet til dem alle sammen. Dahdegar gav seg i vei temmelig tidlig og han hadde bedt og sagt farvel til alle sammen. De visste hva som sto på spill nå, og de visste hva som kunne skje om de sviktet.

Thacun følte seg rastløs, han hadde skjermet krystallen helt, de kunne ikke avdekke den før Dahdegar var på plass i slottet. Ruphus var også svært nervøs og gikk rundt seg selv som et dyr i bur og Arulf var blek. De kunne bare vente, Dahdegar skulle gi Ruphus beskjed så fort han visste noe via forbindelsen mellom dem og Ruphus satte seg til å meditere ganske så fort.

Dahdegar var ikke kommet særlig langt før han ble oppdaget av Eghils vakter, de grep tak i ham og halte ham med seg og han var glad han var troverdig som vandrer. Han fortalte hvem han var, at han var Eghils bror og krevde å få snakke med ham og mennene trakk ham med til borggården temmelig brutalt. Eghil var forberedt på det meste men ikke det han så der, det hang lik på murene og stedet så ikke ut. Han hadde alltid visst at Eghil var av det slaget som ikke bryr seg nevneverdig mye om hvordan ting ser ut men slottet hadde antagelig forfalt noe forferdelig på kort tid. Ingenting der var reparert eller vedlikeholdt og stanken var intens. Dahdegar så noen magre hester som sto bundet langs veggen og visste at Eghil ikke lenger var tilrådelig. Mannen hadde tatt vare på verdier før, nå gav han tydeligvis blanke og det var ikke særlig lovende.

Dahdegar gav fra seg et gisp da Eghil omsider kom gående, han var blitt merkelig fet og utflytende og ansiktet hadde mistet de sterke trekkene det hadde hatt før. Øynene var underlige, kalde og tomme og han visste at Eghil neppe var menneskelig lenger. Dahdegar var klar over at dette kom til å bli slutten, han hadde ikke røpet hvor ille Eghil var for de andre og han stolte på at broren var like hoverende som før. Eghil lo da han så Dahdegar. «Åh det er virkelig deg bror, så sjarmerende at du har tatt deg tid til et besøk.»

Dahdegar trengte ikke late som. «Du drepte barna mine din forbannede kjøter, tro ikke at det er en vennskapelig visit»

Eghil bare lot høyt. «Men kjære bror, skyld ikke på meg? Det var din ravende gale hustru som sto bak det, etter at jeg hjalp henne litt på vei. Men det ser vi mellom fingrene med hva?»

Eghil kom nærmere og Dahdegar stålsatte seg. Han hadde forberedt seg. Vaktene hadde tatt alle våpnene hans men ikke det ene han hadde forberedt svært godt. Dahdegar hveste. «Ikke rør meg din usle niding, du er bare motbydelig»

Den motsatte psykologien fungerte, Eghil flirte nesten muntert. «Ikke vær slik Dahdegar, gi meg et broderlig kyss, vis folk at du har folkeskikk»

Eghil så sadistisk ut i det han la armene rundt Dahdegars skuldre og gjorde som om han gav ham en klem og Dahdegar snudde gifteringen sin med tommelen og slo. Det var et kort og kontant slag mot kinnet på Eghil som ravet bakover og så nesten imponert ut. Det var et risp over kinnet på mannen som blødde svakt og Dahdegar skjulte lettelsen. Den tynne nåla som hadde vært festet til ringen hadde brukket av i såret og giften på den burde gjøre jobben sin snart. Eghil gliste bredt og brydde seg ikke om blodet. Han gjorde en gest og mennene grep Eghil etter armene. «Du har virkelig mistet all oppdragelse, la meg få gjenoppfriske den»

Dahdegar åpnet kreftene sine, han søkte ut i det Eghil med et bredt flir trakk en dolk og kjørte bladet inn i Dahdegars mage. I et kort øyeblikk var det forbindelse, i et kort øyeblikk så Dahdegar alt Eghil var og visste før han ramlet sammen med et skrik av smerte. Eghil hadde ikke merket at han ble gjennomsøkt, han kaklet bare i triumf. «Sleng ham ned i kjelleren, det vil ta ham dager å dø, jeg vil besøke ham igjen før slutten»

Dahdegar gispet, han var virkelig dødelig skadet men han visste alt nå og mens han ble halt ned i fangekjelleren forberedt han seg på å sende all informasjonen til Ruphus. Det hadde vært et nødvendig offer. Han ble kastet inn i en celle og den var mørk og dekket med råtten halm. Han peste etter luft, smerten var intens og han kjente at blodet rant av såret, det var svært dypt og stygt og han blødde innvendig. Eghil hadde sagt dager men det dreide seg om timer. Men Dahdegar kunne gjøre mye på et par arme timer. Han satte seg opp mot veggen og bant kappen sin tett rundt magen. Han lukket øynene og søkte ut til Ruphus, nå gjaldt det å få formidlet alt til halvalven før det ble for sent.

Ruphus satt og virket for å være i halvsøvne men brått rykket han til og øynene åpnet seg, Thacun gispet da han så at de var helt melkehvite. Ruphus stønnet og ristet svakt og han virket for å ha smerter. Thacun fanget ham opp da han bikket fremover og Arulf sto der og så forskrekket ut. Ruphus rullet med øynene og klamret seg til Thacun. «Dahdegar, han er døende, men han har sett!»

Thacun hjalp halv alven ned på bakken, Arulf pakket et teppe rundt ham. «Hva så han?»

Ruphus bet tennene sammen. «Alt, Eghil er ikke lenger et menneske, han er kun en marionett for de mørke. Men den mørke kulen er virkelig viktig, og det samme er det de har funnet. Det er noen av de mørke som vil ta over alt og styrte deres egen leder»

Thacun svelget. «Kan de stenges ute?»

Ruphus nikket. «Ja, om kula ødelegges. Den er fokuset deres. Vi må handle nå!»

Han slet seg opp og så halvvill ut. «Det er ikke tid til å vente, vi må få de magikerne vekk fra slottet»

Thacun så litt tvilende ut. «Men…»

Ruphus gned seg i hodet. «Eghil har knivstukket Dahdegar men Dahdegar har forgiftet ham til gjengjeld. Vi må få dem bort før de skjønner at noe er i ferd med å skje.»

Thacun nikket. «Greit, vi må bare gjøre det, hva med deg?»

Ruphus blottet tennene. «Jeg skal gjøre det jeg kan for å ødelegge den kula, jeg går til slottet. Om jeg ikke kommer tilbake så bare reis, prøv å finn et trygt sted»

Ruphus virket temmelig innett og Thacun visste at han neppe kunne nærme seg stedet før magikerne var borte. De ville sanse ham på lang avstand. Han rettet seg opp og svelget kort. «Jeg er klar, vi kan bare håpe og be om at det fungerer»

Ruphus nikket og tok frem sekken sin, han fant frem en del ting fra den og begynte å forberede seg. Thacun så at han malte på seg merkelige symboler igjen og deretter trakk på seg klærne. Han så utemt ut, nesten desperat og Thacun følte seg underlig nedtrykket. Dahdegar var snart borte og han hadde likt den mannen. Han og Arulf gikk til der de hadde gjemt krystallen og Thacun svelget stivt. Det var lite trolig at de ville greie dette, han var gal for å forsøke men det var ingen andre valg. Han var ingen feiging og om han kunne ta med seg bare en av de tre magikerne ville det være mer enn han kunne håpe på.

Krystallen var temmelig anonym å se på men for en som bruker magi burde den være merkbar på lang avstand og Thacun sørget for å legge til så mye av hans egen magi som han kunne. Arulf sto oppe i lia og nå kunne de bare håpe at åndene faktisk husket at de skulle hjelpe dem.

Thacun fjernet det beskyttelsen de hadde lagt om krystallen og krysset fingre. De kunne bare håpe at de tre bet på agnet.

Dahdegar var merkelig fornøyd, han hadde gjort det han kunne, ingen kunne kreve mer og han var temmelig sikker på at hans medsammensvorne ville klare dette. Han bare satt der og ventet på slutten, merkelig nok var ikke smertene særlig sterke lenger og han var mer svimmel enn direkte syk. Han rykket til da han hørte en svak lyd, en dør åpnet seg sakte innerst i kjelleren og han så en uklar skikkelse som snek seg inn. Det var en kvinne og han syntes han kjente henne igjen. Det var kammerjomfruen til husfruen og hun var skinnmager og huløyd. Kvinnen snek seg nærmere, hun så vettskremt ut men det var noe målbevisst i ansiktet hennes og hun huket seg ned foran gitteret. «Herre?»

Stemmen var kun et hvisk og Dahdegar svelget tungt. Han hadde blodsmak i munnen nå, det var ikke lenge igjen. «Du er husfruens tjener?»

Kvinnen nikket. «Ja, husfruen er død nå. Hun ble slått i hjel av herren. Barna…De er knapt i live»

Dahdegar følte at raseriet våknet i ham igjen. «Jeg var redd for det»

Kvinnen hikstet «Jeg drømte at jeg skulle hjelpe deg»

Dahdegar trakk pusten. «Det er lite du kan gjøre for meg er jeg redd, men hør, du må berge barna. Eghil dør snart, jeg forgiftet ham»

Kvinnen så storøyd på ham. «Takk gudene for det! Men hvor skal vi gå? Vi kommer ikke ut herifra uansett»

Dahdegar hostet grunt. «Vent litt, jeg har folk der ute som vil komme. Du vil vite når dere skal gå.»

Hun nikket og holdt fast i gitteret, øynene var matte og Dahdegar ante at hun neppe kom langt men han måtte prøve å berge de uskyldige. «Jeg forstår»

Dahdegar hostet igjen. «Gå nå. Før noen oppdager deg»

Hun krøp sammen og ilte mot døra igjen, Dahdegar lukket øynene. Han kunne bare håpe at vennene hans greide dette.

De tre magikerne var nøye utplukket av de mørke og deres medsammensvorne. Samtlige var uvanlig dyktige og også ambisiøse nok til å la seg lokke. De var som de fleste zheger totalt overbevist om sin egen overlegenhet og de nølte ikke når noe kunne oppnås. Å gå over lik var hverdagslig, og å mistro alle andre en selvfølgelighet. De tre hadde holdt oppsyn over utgravingene de siste dagene. De pisket slavene frem enda hardere nå og haugen med lik økte for hver time men det betydde ikke noe. Alle slavene skulle tas livet av uansett og de var snart ferdige med jobben. Det var ikke mye igjen av den glødende skatten der nede i bakken og alt som var tatt opp

hadde allerede blitt fraktet til slottet for å bli lagret inntil
videre. De var fornøyd og var faktisk nesten vennlige mot
hverandre. Dette kom til å gi dem makt hinsides noe de hadde
kunnet forestille seg og det var slik en søt tanke.

De tre hadde aldri likt noen og de bøyde seg aldri for andre
enn de mørke, det å kunne bruke de mørke slik hadde vært en
mulighet ingen av dem kunne slå fra seg. Det lovte slik makt.
Den ene av dem sto og betraktet hvordan store klumper med
det skinnende materialet ble lagt opp i noen traller, han hadde
stjålet seg til å kjærtegne noen mindre klumper og energien i
dem var fantastisk. Det var bedre enn noe annet han hadde
opplevd. Han snudde seg mot kollegaene for å bemerke hvor
intens glansen av de siste steinene var da han brått merket noe
underlig. Det kom ikke fra gruva men fra utenfor dalen et sted
og det var ikke spesielt sterkt men merkbart. Og det bar en
tydelig signatur, det var en av deres egne der ute et sted. Han
så storøyd på de andre to som åpenbart hadde merket det
samme for de var like vide i blikket. Hva betydde dette? Hadde
noen forrådt dem? Var det andre som visste om dette og ville
ha sin del av kaka? Den eldste av de tre var på en måte lederen.
Han var en hann med imponerende høyde og tykt grønnsvart
hår og hornene var imponerende nok. Det ene var knekt
halvveis ned i en kamp mot en demon og han hadde dekorert
den avbrukne enden med gull for å virkelig vise hva han hadde
vågd å gjøre. Han hev hodet bakover og gav fra seg et lite brøl.
«Brødre, vi har blitt oppdaget!»

De andre to så brått både redde og sinte ut og lederen
hveste. «Gharaan, Zhagrar, vi må skynde oss. Hvem det enn er,
vedkommende kan ikke få slippe bort»

De tre la på sprang, de kunne ikke frakte seg bort ved hjelp
av tankekraft her, det ville ta for mye krefter og de var kraftige
og sterke så å løpe i det bratte terrenget var ikke noen
utfordring de vek bort fra. De skyndte seg og gav blaffen i at
vaktene så temmelig forvirret ut bak dem. De løp over
åsryggen og formelig snuste seg frem til magien de sanset. Den

var ikke spesielt sterk, kunne dette være en simpel novise? En spion kanskje? Det burde være enkelt nok å fjerne en slik uten problemer. De løp gjennom terrenget og forberedte seg ved å legge magiske skjold rundt seg selv. Om dette var noe mer enn en novise lønte det seg å være godt forberedt, en kunne aldri vite hva en møtte på om dette viste seg å være en kyndig magiker. Mange av de som ikke var med på den lille konspirasjonen var mektige og de tre visste at de ikke sto særlig sjanse mot dem om det verste skjedde. De spredte seg litt ut og holdt farten oppe. De var alle fast bestemt på å bli den som fjernet trusselen.

Ruphus snek seg frem, han var svært dyktig til det og han var allerede ved slottet. Han følte at de tre var opptatt på andre hold nå, de ville ikke merke hans tilstedeværelse og han stirret mot porten. Den var godt bevoktet men murene var ikke tatt vare på og det var heller ingen vakter på dem. For ham var det ganske enkelt å klatre opp og over men det betydde at han trengte en avledning og han satt og vurderte å skyte en brannpil over murene og inn i en av de åpne gluggene han så men han bestemte mot det. Da brått hørte han et lurveleven innenfra og han smilte smalt. Eghil var død, ingen ville merke noe til ham. Han løp frem og i dekke bak et av tårnene halte han seg opp. Han følte at åndene i landet var med ham og han spratt opp på muren med et smidig hopp. Det var ingen der oppe men nede i borggården løp folk rundt som hodeløse høns. Noen av vaktene løp inn mens andre løp ut og det var åpenbart at de var forvirret. Noen bar en kropp ut på en båre og Ruphus smilte kaldt. Eghil var ikke noe vakkert syn i døden, han var allerede begynt å bli svart og tunga stakk ut av kjeften på ham, han så faktisk ganske så grotesk ut. Ruphus sendte en tanke til Dahdegar, han følte på seg at mannen var borte nå, egentlig var det ironisk, de to brødrene døde samtidig, Men Dahdegar hadde dødd verdig, som en mann. Eghil hadde dødd som et monster og ingen ville sørge over hans minne. Vaktene virket

svært forvirret og Ruphus snek seg inn via en dør til sidetårnet
og han visste hvordan slottet så ut nå. Han fant veien inn til en
korridor og mumlet en bønn om å forbli uoppdaget. Han hørte
mye rop og skrik fortsatt og smilte svakt. Forvirringen var til
hans fordel.

Han visste at kula var i Eghils private kammer og dit var det
både langt og kronglete og han kunne ikke regne med å forbli
usett stort lenger. Han trakk sverdet sitt og nå måtte han
glemme å være sjaman og heller satse på å være kriger. Han
var svært farlig med blankt stål i handa og hadde kjempet mye
lenger enn Dahdegar hadde vært klar over. Han kikket rundt et
hjørne og så at det sto et par vakter i gangen, de snakket
sammen og virket temmelig opprørt og Ruphus nølte ikke. Han
raste frem raskere enn noe menneske var i stand til og begge de
to stupte hodeløse. Han lot likene ligge for det var ingen vits i
å skjule dem. Han fokuserte helt og fullt på det han skulle
gjøre.

De tre magikerne hadde ikke løpt særlig langt før de brått
merket at magien var nær og de saknet farten og følte en
merkelig iver. Kanskje dette var en reell utfordring? Det kunne
trenges, de siste dagene hadde vært heller kjedelige. Det de så
fikk dem til å bremse helt, en hann av deres art sto ved en stor
stein og på steinen sto det en krystall som utstrålte ren kraft.
Det var ingen magiker, de følte ingen kraft fra ham og han så
ut som om han bare sto og betraktet krystallen slik en tilfeldig
tilskuer ville gjort. Det var en uvanlig stor hann, uvanlig
vakker med langt tykt hår og flotte horn og det fikk de tre til å
nøle litt. Hvem kunne det være? Et slikt utseende pleide å
indikere makt og en sterk slekt og de kunne ikke identifisere
ham. Steinen sto rett under en svært bratt klippe og det så ut til
å ha rast litt der, kanskje krystallen hadde blitt avdekket ved et
ras? Uansett, makten de følte fra den var stor, ikke påfallende
kraftig men nok til å være interessant og den var helt fremmed

for dem. Den eldste av dem kjente noe som lignet begjær, hva den krystallen enn var, han ville ha den.

De tre begynte å bevege seg fremover og hannen der fremme ble var dem, han så ikke spesielt forbauset ut og det kunne tyde på at det var flere der. De måtte finne ut av dette, snarest mulig.

Thacun måtte kjempe med seg selv for å ikke røpe seg, han kjente igjen en av de tre nå som de kom på nært hold. Det var en hann som hadde vært en venn av hans far lenge og Thacun hadde vært tvunget til å følge ham flere ganger. Gharaan var en sadist av rang og Thacun hadde aldri kunnet glemme hvordan det svinet hadde ydmyket ham. Men han kjente dem, visste hvordan de tenkte og han bare håpet at Arulf forsto hva han skulle gjøre. Raset var klart til å utløses og det ville bli stort siden åndene skulle hjelpe til. Han rettet seg opp, virket forvirret og også selvsikker. Ruphus og åndene hadde lagt en felle der, spørsmålet var om den funket og om den var sterk nok. Lederen stirret på den store hannen, han hadde aldri sett en vakrere hann noen gang og kjente en bølge av lyst slå gjennom seg. Som de fleste andre av sin art anså han det å ligge med hunner som en kjedelig plikt, om en var ute etter nytelse var det andre hanner som gjaldt og han slikket seg nesten om munnen. «Hvem er du og hvordan har du havnet her?»

Thacun hadde en liten løgn klar, han bøyde hodet som i respekt. «Jeg er Khidaeer av Rhashdar, min mester sendte meg hit»

Lederen så litt forbauset ut. «Din mester?»

Thacun nikket. «Ja, Ohreez den brune? Han er sikker på at han kan finne et botemiddel mot skallethet her i denne verdenen og tør ikke reise selv»

De tre så på hverandre, ganske perpleks. De hadde hørt om den magikeren, han var ikke ne del av den indre kretsen for å si det pent og han var kjent for å være så eksentrisk at til og med de mørke hadde bemerket det. Å sende en soldat ut for å lete etter en kur mot skallethet var akkurat noe slikt han kunne finne på å gjøre. «Hvordan greide han å sende deg ut?»

Thacun smilte servilt og gjorde gestene sine litt feminine, om de trodde at han var den magikerens leke bet de kanskje på enda fortere. De trengte å komme litt nærmere, så ville fella slå sammen.

«Han fikk litt hjelp, en av de mørke skyldte ham visst en tjeneste»

Thacun lente seg mot steinen og sørget for at posituren var flatterende, alle tre stirret på ham og han smilte servilt. Krystallen glødet fremdeles av kraft og han lot som om han fingret litt nervøst med den. «Jeg fant denne greia her, vet dere hva det er? Er den verdifull?»

De tre skjulte glisene, det var en soldat ja, uvitende om slikt. De kunne garantert lure den fra ham og så kunne de finne ut hvem av dem som skulle få krystallen. De gikk nærmere. «Den er neppe verdt stort, den er pen men bare kvarts. Antagelig er det sollyset som har fått den til å gløde på det viset»

Lederen strakte ut handa og rørte krystallen og dermed slo fella til. Thacun rygget seg bakover som om han hadde brent seg på krystallen og utstøtte et slags rop av smerte samtidig som han gned handa si og de tre så litt nedlatende på ham for de ville aldri gjort en slik tabbe og brått merket de at de var fanget. Det var en slags boble rundt dem av ren magi og Thacun stupte i dekning. Han hadde sett seg ut et sted der som kanskje var trygt. Arulf sto der oppe på åsen og rev bort en stokk som holdt noen steiner på plass og lufta vibrerte i det åndene gjorde som de hadde lovet og hjalp raset i gang. Hele klippeveggen beveget seg, tonnevis med stein var brått i ferd med å gi etter for tyngdekraften og de tre så hva som skjedde og skrek til. Alle tre ropte besvergelser som skulle beskytte dem men de glemte at dette ikke var noe magisk. Det var ganske enkelt naturen som gjorde det den naturlig nok gjør og brått slapp hele klippen taket og raste fremover.

Thacun skrek, han kunne ikke annet. Han måtte bare håpe at gjemmestedet hans holdt, ellers var han ferdig men han var klar til å betale den prisen. Stein raste rundt ham, støv haglet og det ble nesten umulig å puste. Han hørte at de tre skrek også, korte vræl av skrekk og så ble det stille og bare lyden av stein som dundret sammen kunne høres. Thacun holdt pusten, støvet var tykt rundt ham og han kjempet for å ikke få panikk. Omsider roet det seg og han vågde å kikke frem. Der steinen med krystallen hadde stått var det bare en steinur nå og det luktet stramt av knust stein. Thacun rettet seg opp, han hadde noen små skrammer fra steinsplinter som hadde truffet ham men ellers var han uskadd. Støvet lå tykt over hele ravinen og han hørte at det ennå falt en og annen stein. Han gikk fremover og prøvde å orientere seg, Arulf var nok der oppe på åskammen ennå og Thacun kunne snaut tro det. Han hadde greid å drepe tre magikere!

Han tok tre steg til og brått traff noe ham, han kjente at kroppen ble helt stiv, en intens smerte skar gjennom ham og han greide ikke å røre seg. Noe rørte seg i mellom steinblokkene og han gispet da han så at det var Gharaan, Han var i live, antagelig hadde han greid å reise et skjold også mot slike farer akkurat i tide men han var skadd. Ene armen hang og slang og han var blodig og et øye virket for å ha blitt knust. Men magien hans var sterk og Thacun forsto at han neppe hadde noen sjanse nå. Smerten var forferdelig, som om hver nerve i kroppen var i full fyr. Han gav fra seg et kort skrik og falt på kne og Gharaan kjempet seg fremover, han hveste. «Hvem sendte deg? Du er ikke en vanlig soldat!»

Thacun kjente at denne magien var for sterk, han bet tennene sammen, han kunne ikke røpe noe, da var alt tapt. Han skrek i stedet og vred seg mens magikeren bare økte styrken på besvergelsen. «Snakk ditt usle krek, jeg vil rive hvert bein i deg i småbiter!»

Thacun bet seg i leppa til det blødde, han var sterk men ikke sterk nok for noe slik. Hans magiske forsvar var ikke så sterke.

Han visste at han heller ville dø enn å svikte saken, han hadde ennå ikke ødelagt for faren men det betydde lite nå. Han forberedte seg på å forbanne Gharaan på en særdeles saftig måte da noe beveget seg i støvet bak den blodige magikeren. Thacun kunne bare se i vantro på at et sverdblad brått stakk frem fra Gharaans bryst. Han så ned med sjokk og Arulf vred bladet før han trakk det ut igjen og svingte det i en heftig bue som kappet den friske armen av magikeren. Thacun kom seg på beina, han hadde glemt smerten og frykten, nå var det raseri som kokte i ham og han kastet seg frem til den nå døende skapningen. Han stirret på det forhatte ansiktet med et snerr. «Jeg løy! Jeg er Thacun, ja, du husker meg? Du elsket å pine meg men sterkere makter enn du og dine har gitt meg en ny kropp og nå vil jeg knuse dere alle og pisse på likene deres!»

Gharaan så vantro på Thacun mens lyset svant fra øynene på ham og han bikket sakte fremover. Thacun spyttet på liket og så åpnet han lendekledet og gjorde som han hadde lovet. Han pisset på kroppen og Arulf så vantro ned på kroppen. «Vi greide det?»

Thacun nikket og måtte sette seg ned, totalt overveldet. «Ja, vi greide det. Nå må vi hjelpe Ruphus»

Arulf så skjevt på ham. «Er du ok?»

Thacun nikket. «Ja, nå må vi sørge for at de aldri kan vende tilbake hit»

Ruphus hadde sett hvordan slottet var bygd gjennom det Dahdegar hadde sendt til ham. Han brukte de evnene han hadde til å avgjøre om det var folk i rommene og han skyndte seg alt han kunne. Han følte på seg at tiden var kort, før eller siden ble det oppdaget at noen var der og han ville ødelegge den kulen før han ble stanset. Han stakk ned et par menn til, og kjente at åndene fremdeles var med ham. Landet selv ville ikke at de mørkes makt skulle spres. Han følte kraften fra det de hadde tatt opp av jorden, den var overalt der og svært sterk og han tvang seg til å ignorere den. Eghils kammer var bevoktet, han hadde ikke ventet annet og med dødsfallet var det bare naturlig at det var folk der. Ruphus kastet kutten bakover, han visste at synet av ham kunne kaste folk ut av balanse i noen øyeblikk og han vevde noen enkle besvergelser rundt seg. Som sjaman var ikke magien hans sterk men han kunne litt og han måtte bruke alt han kunne nå. Han kjente at åndene brått ble tydeligere, de kjentes nesten som virkelige personer og han følte på seg at noe var galt der fremme. Rommet var fylt med magi, og den var heller ufyselig. Å gå inn der var farlig. Antagelig gjorde det ikke noe for slaver og tjenere, de var ikke regnet som noen fare men en person med kunnskap og et bestemt mål? Han ville bli angrepet i det øyeblikket han gikk inn, han innså det nå. De tre magikerne var ikke der men de hadde garantert lagt igjen noen ufyselige overraskelser der for alle som ikke var Eghil.

Han kunne ikke vente, han brukte evnene sine og så at rommet formelig glødet. «Kan dere beskytte meg?»

Han hvisket det og han merket en slags berøring, som var en kald hånd. «Ja, men ikke lenge»

Ruphus hadde vandret langs mange merkelige stier i sin tid men de få meterne til Eghils kammer var de lengste han hadde gått, eller rettere sagt løpt. Han kjente det med en gang han nærmet seg døra, det gnistret i lufta og han så gnister som små ildfluer fly rundt ham. Han kjente en tydelig motstand men kjempet seg frem. Et par menn kom ut av døra og stanset sjokkert, golvet begynte å riste og skjelve og Ruphus blottet tennene og kjørte sverdet gjennom den ene og brakk nakken på den andre med et raskt grep. Han var sterk nok til det og de to ramlet om. Døra var ikke låst, og halv alven raste inn og hveste sint. Det var flere mennesker der og de fleste var mer interessert i å komme seg ut enn å angripe. Han lot dem løpe og stengte døra bak dem, slo for slåen og presset en sofa opp mot den. Rommet svingte, han ble angrepet av en temmelig mørk kraft og den kom fra skatollet i hjørnet. Ruphus stønnet og kjempet mot den heller brutale mengden med energi som kjempet for å besette ham også. Han så kulen og åndene samlet seg rundt ham, de virket gjennom ham nå og han følte raseriet deres og han følte at de var like redde som ham. De ville ikke la de mørke få bruke det de hadde funnet. Åndene raste frem, de trakk kulen frem i lyset og svarte flammer virket for å danse rundt den. Ruphus var målløs, han kunne snaut nok beskrive det han nå så. Kulen var virkelig et fokus og gjennom den hadde de mørke påvirket mennesker og forvandlet dem til besatte, til marionetter. Makten fra kulen var synlig for hans indre øye som flagrende slør som strakte seg ut, vakre og delikate men forræderske. De forsvant i alle retninger og åndene rev i dem.

Slottet skalv fra grunnmur til tak, folk løp for livet, både vakter og tjenere og ingen tenkte lenger på å være lydige overfor noen herre. De hadde brått innsett at de nå trengte å komme seg vekk. Makten fra de mørke var sterk, det var som å skulle gå mot vinden i en orkan, som å skulle stå imot et snøskred. Ruphus innså at han ikke var sterk nok. Åndene kunne bare distrahere makten, ikke ødelegge den. Han prøvde å nå kulen med sverdet men han ble slengt i veggen som en filledukke. De mørke hadde kanskje blitt hindret i å se direkte hva som foregikk i denne verdenen men kula var på mange måter en forlengelse av dem og trengte ikke ordre. Den var nesten levende, og den tjente sine herrer. Uansett.

Utenfor slottet var det kaos, folk løp alt de klarte og trakk med seg de få husdyrene som var i live og Arulf og Thacun kom stormende inn i kaoset og så med store øyne på at slottet nærmest var i ferd med å riste i fillebiter. Thacun gapte og Arulf stirret med enorme øyne. «Hva skjer?!»

Thacun gapte enda videre, et av tårnene ramlet sakte sammen. «Åndene, de ødelegger det. Ruphus er der ennå»

Arulf så tvilrådig ut. «Hva gjør vi?»

Ingen prøvde å stanse de to, folk hadde nok med sitt og vaktene var for lengst stukket av. Thacun tenkte fort. «Befri

slavene, de er ved gruva, det er neppe mange igjen av dem men
få dem ut. Jeg hjelper Ruphus»

Han la på sprang og noen av menneskene der skrek av
redsel og falt i kne da de så ham. Thacun stanset ikke for å
forklare seg, han løp inn og kjente på seg hvor Ruphus og kula
var. Antagelig hadde Eghil fått den forbaskede tingesten i
hende av noen som allerede tjente de mørke, han var en mann
som garantert var lett å forderve. Om han ikke hadde
misforstått Dahdegar hadde mannen vært halvgal fra fødselen
av. Ruphus nådde den låste døra men han kunne besvergelser
som åpnet dører og han fikk den opp og det han så var
skremmende. En mørk virvel hadde formet seg rundt kula og
den var så sterk at alt i rommet ble sugd inn. Det var en portal,
de mørke som sto bak dette var på vei og Ruphus klynget seg
til veggen for å ikke bli sugd inn. Åndene kunne ikke gjøre
mer, de kunne bare rive slottet og nå var det om å gjøre å ende
dette før det var for sent.

Thacun så mørke figurer dypt i virvelen, og han visste at de
nærmet seg. De var alle døde om de monstrene rakk frem. Det
var da han kom på sverdet. Han trakk skjeftet og prøvde å
tømme hodet for tanker totalt. Han kunne ikke tvile nå. Kula
hang der i lufta og glødet, en motbydelig glans av rent mørke
og han tok i det han kunne. Han var sterk nå, kraftig og smidig
og mens han var i lufta i sitt livs lengste sprang strakte det seg
et blad fra sverdskjeftet igjen. Men denne gangen var det
annerledes. Det glødet rødt, og var langt og smalt og han
kunne ikke engang se på det. Det merkelige bladet raste ned i
kula og boret seg inn som om kula var lagd av bløtt smør. Det
lød et forferdelig skrik, et vræl av sinne og vantro som fikk
Thacun til å ule av smerte. Ruphus skrek og ute falt folk
overende og ble liggende å vri seg i pine. Kula eksploderte i en
skur av splinter og det kom et vanvittig smell. Thacun ble
slengt bort i en krok, virvelen ble borte og røyk fylte rommet.
Han ristet på hodet, magien der var borte, portalen var stengt
og nå måtte de komme seg ut. Han grep Ruphus under armene

og trakk ham med seg, uten å virkelig tenke over hva han gjorde. Slottet var i ferd med å kollapse og Thacun følte at alle muskler i kroppen protesterte. Magien der inne hadde skadet dem, spørsmålet var hvor alvorlig. Han halte Ruphus ut av porten og ikke et øyeblikk for tidlig for det lød et slags sukk og hele slottet falt sammen og Thacun forsto at det imploderte, ble sugd ned i hulene i fjellet under. Åndene ble synlige som merkelige figurer av lys og han så at det merkelige materialet magikerne hadde gravd ut ble samlet i en eneste massiv klump igjen og den hang i luften i en kort stund før den forsvant ned i bakken med et brak. Antagelig ble den brakt så dypt ned at ingen noen gang kunne grave den frem igjen.

Thacun stønnet, han sank ned på kne og jamret seg. Ruphus var bevisstløs ennå og han virket brennvarm og Thacun følte seg svimeferdig selv også. Ingen var ment å se noe slikt som det han hadde bevitnet nå. Han trakk pusten dypt og prøvde å organisere tankene, å overkomme frykten som ennå fikk ham til å skjelve som gele. Han hørte en stemme som ropte navnet hans og snudde seg. Det var Arulf. «Thacun, du må komme, det er en av dine her blant slavene»

Thacun rynket pannen og kom seg på beina, han sjanglet som en full mann. «Hva? Bli hos Ruphus»

Thacun gikk ustøtt mot en liten gruppe med totalt utmagrede vesen som sakte beveget seg nedover veien. De var kanskje tjue stykker, de siste overlevende og de så skremt på ham. Han løftet hendene for å vise at han ikke var farlig. Han stanset og så på den, de fleste var faktisk mennesker, han så et par halv orker og bakerst… Han måtte blunke, det var en hunn. Den han hadde rukket å snakke til hadde ikke vært den eneste. Hun var ikke så tynn som de andre og huden var nesten svart. Håret var dypt blått og de skrå øynene var dypt gylne. Hun var ganske høy men allikevel lavere enn ham med ganske mye og kroppen var dekket med merkelige linjer og symboler som så ut som om de var skåret inn i huden. Thacun hadde aldri sett det før og han så litt vantro på henne. Hun var vakker, kroppen var sterk, hun var ennå ikke knekt. Det kunne ikke ha vært lenge siden hun ble brakt dit.

Han ventet til hun kom nærmere, hun hadde bare på seg et fillete lendeklede og allikevel tedde hun seg som en dronning. Hun møtte blikket hans med stolthet og han svelget stivt. «Hvem er du?»

Hunnen så stivt på ham. «Du er ikke en av dem er du vel? Nei, jeg sanser en annen ånd i deg, mer opprinnelig. Jeg er Inerezka og jeg er av den verden ditt folk opprinnelig kom fra»

Thacun rynket pannen. «Hva mener du? Vi er av Dhararzheg?»

Inerezka ristet på hodet og blottet sterke tenner. «Nei Thacun, dere har alle blitt bedratt. Dere har blitt brukt. De mørke har spredd løgner i århundrer og over tid blir løgner sannhet om ingen motbeviser dem»

Thacun stirret vantro på henne. «Men…»

Hun så ham rett inn i øynene. «De opprinnelige zhegene lever ennå, i en verden som nesten ble ødelagt men vi har bygget den opp igjen. Når denne verdenen er erobret vil de vende tilbake, for å høste igjen. Vi akter ikke å la det skje»

Thacun kunne bare stirre, sinnet hans var nærmest tomt. Hvordan kunne det være mulig? Hun smilte kaldt. «Zhegene har alltid vært krigerske, og lette å styre. Ditt folk har vært villige slaver, men jeg aner at du nok ikke har vært klar over dette»

Thacun ristet sakte på hodet, han følte seg svimmel. «Nei, jeg…visste ikke det»

Han kjente at beina begynte å gi etter under ham og hun fanget ham opp. «Men jeg vil vise deg sannheten unge hann, og vise deg hva som ble gjort mot oss og dine forfedre. Tiden er kommet for å ta tilbake det som var vårt»

Thacun kunne bare løfte handa som for å ta på henne, så ble alt svart.

Cian

Det å skulle forlate gården føltes nesten litt sårt, de hadde vært trygge der og han hadde virkelig likt Abrad og hans husholdning. De var gode mennesker men steinen ville holde dem trygge og Cian visste at de bare måtte komme seg videre. Om de skulle klare å gjøre nytte for seg måtte de bare trå til. Han hadde sørget for at alle bar medaljonger med symbolet på, og det var festet bånd med symboler på seletøyet til hestene og til og med på noen av våpnene. De fleste var svært optimistiske. Reinu hadde smidd symbolet inn i alle stridshammerne hun hadde delt ut og noen av jentene i gruppen hadde begynt å male det på huden så det var synlig. Cian hadde en merkelig følelse når han så på dem, de hadde brukt det som hadde skjedd med dem til å skape en enhet og raseriet de følte var blitt forvandlet til besluttsomhet. Han hadde stor respekt for dem.

De hadde ridd ut tidlig om morgenen etter å ha bydd Abrad farvel og Cian hadde trukket i rustning nå og så temmelig stridig ut. Han visste at han nå måtte være en leder og det måtte synes også. De kunne se slettene nå, som en svakt kurvet linje langt der fremme og han undret seg på hvordan situasjonen var for folket der ute. Om det i det hele tatt var folk tilbake. Han bare håpet at det lot seg gjøre å slåss mot trollene og de andre beistene uten for store tap men med symbolene burde de ha en sjanse.

Det viste seg at det ikke var troll som ble den første faren de møtte, det var mennesker. De var på vei langsmed en sjø da baktroppen ble angrepet helt brått av en liten gruppe folk, antagelig trodde de at de som var bakerst var svakere eller

lettere å overmanne. Samtlige i hæren var klar for kamp så de
seks sju mennene sto ikke egentlig en sjanse, de ble felt
raskere enn en skulle tro det var mulig og ingen i hæren ble
skadet siden de visste å forsvare seg. Cian red bakover og så at
en av dem var i live, han hadde gitt ordre om at noen skulle
spares selv om de var fiendtlige, de trengte informasjon.
Mannen var skadet, han hadde fått knust skulderen og hadde et
stikk i magen fra en lanse og han var døende men ennå våken
og han så forvirret og skremt ut. Cian forsto hva denne mannen
var, en som hadde mistet alt og mistet vettet i samme slengen.
Noen gir slipp på all menneskelighet når de ser at den
verdenen de kjenner forsvinner og dette var tydeligvis en liten
gruppe med desperate sjeler som ikke lenger brydde seg om
noe annet enn å overleve en dag til.

Cian sukket, hadde de tatt kontakt på en vennlig måte ville
Cian ha prøvd å hjelpe dem men de hadde altså vært tåpelige
nok til å tro at de kunne angripe for å stjele mat og utstyr.
Mannen stirret vantro på Cian og den høye krigeren knelte ned.
«Jeg er Cian av Ohdrasar, jeg er leder for denne hæren. Fortell
meg alt du vet om situasjonen her i landet og jeg vil gi deg en
rask ende»

Mannen spyttet blod og hveste. «Det betyr ikke
noe…Slutten er kommet»

Cian bare så avventende på karen som rullet med øynene i
smerte. «Vi som overlevde krigen må gjemme oss for monstre
og ubeist og nå også en gal krigshøvding. Jeg vet ikke hvem
som er verst»

Cian sukket lavt. «Paulan?»

Mannen nikket stivt. «Kong Paulan! Han kaller seg konge
nå, og de som unnslipper de andre farene her tilhører ham. Han
jakter på folk, ser for seg at han skal herske over alt når dette
er over»

Cian rynket pannen. «Når det er over, tror han at det vil
ende?»

Mannen hostet grunt, han var nærmest halvdød. «Ja, han er overbevist om at han vil bli spart, at han kan herske for de som står bak alt dette som skjer»

Cian stivnet til, var denne Paulan gal? Eller visste han noe ingen andre gjorde? Uansett var det alvorlig, en mann med slik makt kunne ikke tillates å leve, han ville kunne falle dem i ryggen senere. Og hva var det han visste?

Cian la handa på den døende mannens bryst. «Si meg, har denne Paulan vært i kontakt med den sekten som har spredd seg?»

Mannen hev etter pusten. «Nei, han forakter den, de sier…de sier at han…har sett hva som ligger bak»

Cian trakk pusten og bet tennene sammen. Shuray og Ebhry hadde forklart at den egentlige fienden kom fra en annen verden og han trodde han forsto. Paulan visste også, og trodde han kunne utnytte det til sin fordel. Det var hensynsløst og rått og Cian så at mannen var i ferd med å gli bort. Han knakk nakken på karen med en rask bevegelse, det var i det minste raskt og han rettet seg opp og så utover mot slettene. De kunne ikke la denne Paulan få herske videre, ikke når han hadde slike planer men de måtte vite mer og han snudde seg mot Eiram og smilte stivt. «Vi har nye planer, vi kan ikke komme Hanek til unnsetning riktig ennå, vi må ta oss av en stormannsgal småkonge først.»

Eiram nikket sindig. «Jeg forstår herre, han kan bli en fare senere»

Cian vinket på Shuray som gikk nærmere med glidende bevegelser. «Si meg, tror du at Paulan kan samarbeide med fienden?»

Shuray rynket pannen. «Han er en vanlig dødelig, men de bruker folk for sine formål. Det vet vi»

Cian trakk pusten. «Fortell meg mer om fienden, de sender inn troll og sjelløse først men hva følger så?»

Shuray så ned og Ebhry kom bort til dem også og hun så temmelig skarp ut. «Hærskarer fra deres egen verden, deres elite soldater. De kaller zheger og de er fanatisk lojale men har ikke alltid vært slik»

Cian rynket pannen og bikket på hodet. «Ikke? Hva er de, monstre?»

Shuray ristet på hodet. «De er en rase fra en verden som ble erobret og ødelagt men noen ble tatt med tilbake og over tid ble de like ondsinnet og forvrengt som sine herrer. De er store vesen Cian, vakre på sitt vis men hjerteløse og rå. De elsker kun seg selv og er ufattelig ambisiøse»

Cian trakk pusten dypt. «Og deres herrer?»

Ebhry var litt blek «Ondskapen selv. Vårt folk kjenner til dem, det er derfor vi vil hjelpe. De ødelegger verden etter verden og er som igler, de vil bare ha mer og mer og vil aldri stanse.»

Cian husket drømmen, dragen og rubinen og han husket også relieffene på den gamle tempelveggen. Hvor passet han egentlig inn i alt dette? Det var vanskelig å si. Cian prøvde å tenke. «Så Paulan kan allerede samarbeide med dem?»

Shuray ristet på hodet. «En samarbeider ikke med de mørke Cian, en blir brukt. Han vet det neppe selv men de er eksperter på å finne folk som er for ambisiøse for sitt eget beste og utnytte dem. Tro meg, Paulan ville vært gjort om til en sjelløs dukke for lengst om de ikke trodde de kunne bruke ham på en mer effektiv måte»

Cian så på de to. «Så han er min oppgave?»

Shuray så på Ebhry. «Mannen som slapp sekten løs på landet er allerede tatt hånd om, vi har følt det. Han har møtt på noen som han ikke ventet å møte. Den kraften er stengt ute. Nå må alle deres sammensvorne fjernes, også Paulan»

Cian så ned, han trakk på skuldrene. «Så. Hva mener dere at vi skal gjøre?»

Shuray så fast på ham. «Bli kvitt Paulan Cian, han er farlig. Dette spillet endrer seg hele tiden, det er som et sett med sjakk men det er flere enn to spillere og alle spiller kun for seg selv»

Han skar en grimase og så at de to virket for å kommunisere med hverandre. «Så etter at jeg har beseiret denne gale småkongen, hva da?»

Shuray smilte litt skjevt. «Fra hva vi har sett skal du hjelpe Haneks hær mot de besatte, de trenger virkelig din hjelp Cian og så, så skal du møte din skjebne»

Han nikket og følte seg merkelig nervøs. «Men å bekjempe Paulan blir neppe enkelt?»

Ebhry ristet på hodet. «Nei, så avgjort ikke. Dere vil bli nødt til å bruke list tror jeg»

Cian bet tennene sammen. «Vi er en stor hær, hvor listige kan vi egentlig være? Han vil se at vi er en stor styrke og at vi er sterke. Vil han virkelig tro at det å kjempe er det lureste?»

Ebhry nikket og øynene var merkelig mørke. «Han er vant til at alle bøyer seg for ham, han tror at han kan overvinne enhver som prøver seg. Vi ser mye Cian, det er derfor vi ble sendt. Paulan er kanskje bare et menneske men han er farligere enn den mannen de kalte dolkens spiss. Han gjorde det han gjorde på grunn av ideologi, på grunn av tap og fortvilelse. Paulan gjør det på grunn av grådighet og maktbegjær»

Cian visste at de to var synske, eller det som kunne oppfattes som det. Men hvor mye så de egentlig? «Er det noe vi kan gjøre for å vinne fort og enkelt? Kan han tas ut før det blir kamp?»

Ebhry så ut til å konsentrere seg. «Kanskje? Jeg beklager Cian men vi vet ikke alt, mønsteret endrer seg hele tiden. Hvert valg som blir gjort åpner en ny virkelighet.»

Cian så smalt på dem. «Er det noen virkelighet hvor de mørke vinner?»

Shuray så stivt på ham. Det merkelige dyriske ansiktet kunne være utrolig uttrykksløst når han ville det slik. «I de aller fleste vinner de mørke Cian, vi er her for å sikre at ting skjer når de skal, at ikke tilfeldige hendelser blir tua som velter hele lasset»

Cian nikket og forsto, men han hadde ennå vansker med å forstå omfanget av det hele.

De la likene av mennene som overfalt dem i en grop og veltet noe jord over, det var snaut nok en grav men i det minste gjorde de da noe og Cian fikk fart på folk igjen. De kunne ikke kaste bort tida nå. Det gikk to dager før de møtte på noe igjen og det var troll. Det var en veldig overskyet dag og det var snaut dagslys å snakke om. De var på vei langsmed en smal elv da Karma og Bronseklo begynte å knurre og oppføre seg merkelig og Cian snudde Tordenkile. Det var noe som beveget seg i lia overfor dem og han myste og Shuray og Ebhry nikket. «Troll, de er på vei for å finne noe som kan skjule dem for sola»

Han så spørrende på dem og de nikket med små smil. «Sett i gang, nå er en god tid å teste hva dere kan få til»

Cian trakk pusten, Shuray og Ebhry hadde lagt besvergelser på alle våpnene deres, de hadde ikke latt noen se hva de gjorde men han følte på seg at noe hadde endret seg for det var en slags varme i våpnene som ikke hadde vært der før. «Greit, la oss teste alt ut»

Han vinket på Eiram. «Ti ryttere, på linje. Bruk lanser»

Eiram bjeffet noen ordre og ti av de beste de hadde red frem og Cian følte en slags iver, han skulle endelig få testet hva han kunne. De red hardt opp den relativt slake skråningen og Cian så trollene. Det var seks av dem, store og temmelig klumpete og de merket tydeligvis medaljongene alle bar for de raste av gårde med tydelig desperasjon. Normalt ville trollene ha gått til angrep med tydelig iver men nå prøvde de å flykte og Cian brølte et stridsrop og sporet Tordenkile. Hesten langet ut og snøftet og tok igjen det bakerste trollet som ingenting. Cian kjente stanken fra det, det luktet mildt sagt ikke bra og han kjente et gys av avsky. Dette var ikke en naturlig skapning og han svingte sverdet sitt med et nytt brøl. Et vanlig blad ville antagelig ha prellet av, eller kun skapt et grunt kutt. Nå kuttet det inn i trollets tykke hud som om den var lagd av papir og

skapningen utstøtte et skrekkelig hyl og falt fremover.
Tordenkile steilet og sparket til hodet på trollet og det sprakk
som et egg. Cian kjente en bølge av oppstemthet, av ren iver.
Han hadde ikke følt noe slik på svært lenge. De andre felte de
andre fem trollene. Lansene spiddet dem uten problemer og
kroppene lå der og stinket. Cian red en fort runde bare for å
forsikre seg om at det ikke var flere der, han skulle nesten
ønske det hadde vært flere troll der. Dette hadde faktisk vært
opplivende og han klappet Tordenkile på nakken. Bronseklo
kom flygende og landet foran dem, dragen hveste og ristet på
hodet. Karma dukket også opp, den så svært fornøyd ut og
Cian ante at de to antagelig hadde funnet flere troll og tatt seg
av dem. Når medaljongene og symbolet på dem hadde en slik
effekt burde de være rimelig trygge for troll.

Terrenget som lå foran dem var ganske åpent og lett å
ferdes gjennom og Cian ville ha gledet seg over selve turen om
det ikke var for alvoret i det. Han prøvde å legge gode planer
og når de stanset for natten plottet han inn hvor langt de hadde
kommet. De var effektive men han kjente seg frustrert på et
vis. Hver dag de var der ute var en dag da folk døde og han
hadde dårlig samvittighet over å være trygg mens de som ennå
holdt til der var i fare. Det var en slik kveld da han satt og
diskuterte fremgangen med Eiram at han forsto noe vitalt. De
hadde sett troll og sjelløse nesten hver eneste natt men på
grunn av symbolet nærmet de seg aldri og Shuray hadde sagt at
det var liten vits i å jage dem. Det var bortkastet tid, de måtte
konsentrere seg om å hjelpe Haneks arme og folkene i landet.
Å prøve å drepe alle de sjelløse var som å prøve å tett en lekk
dam med tannpirkere.

Han satt med et lite glass vin da tanken slo ham, Paulan
befant seg på slettene også og hvordan unngikk han å bli
angrepet? At ingen av dem hadde tenkt på det før gjorde Cian
litt forbauset men det bekreftet bare hva de trodde. Paulan
måtte samarbeide med fienden, ellers ville han ha vært utradert
for lengst. Det virket ikke for at murer og slikt holdt trollene

og de sjelløse ute i det hele tatt, de var for sterke. Det måtte
være noe annet som beskyttet Paulan og Cian bet tennene
sammen og forsto at de var nødt til å finne ut mer. De kunne
ikke bare gå på og angripe en fiende som kanskje har skjulte
ressurser de ikke kan forutse og selv med Bronseklo var de
ikke ufeilbarlige. Cian var ikke så dum at han overvurderte seg
selv og sine folk. Han innså at så fort de nærmet seg Paulans
land ville de bli oppdaget og antagelig konfrontert og han
smilte skjevt og kjente at besluttsomheten vokste i ham. De ble
nødt til å ta fanger, minst et par, og de ville bli nødt til å få
dem til å snakke.

De neste dagene nådde de et område med mindre åser og
noen elver og de så mange forlatte gårder og også noen gods
som var brent ned. Her hadde virkelig krigen herjet hardt og de
så temmelig mange hauger som antagelig var massegraver.
Ingen av åkrene var stelt for våren, noen husdyr løp rundt
forvillet og sky og Cian følte en dyp sorg. Dette hadde vært et
godt land før, et sted der folk hadde levd harde men bra liv. Nå
var det ingenting tilbake og han undret seg over hva denne
fienden han aldri hadde møtt egentlig var ute etter. De sendte
ut for ryttere og alle sa det samme, det var et tomt land uten
folk tilbake. Ebhry mente at de nå nærmet seg området Paulan
hadde krevd som sitt eget og Cian forsto hvorfor. Om han ikke
husket feil fra sine mange slitsomme timer med historie og
geografi som ungdom var det blant de beste områdene i landet.
Her var det fruktbart og det var mange små elver og sjøer der
og klimaet var stabilt også. Før hadde det vært regnet som
kornkammeret til landene i vest og nord og det var potensielt
stor rikdom der. Men et slikt land var verdiløst uten folk som
kunne dyrke jorda og holde den i hevd og Cian undret seg på
om denne Paulan egentlig tenkte så langt.

De var forsiktige nå, de brukte lite ild når de slo leir og de
prøvde å ferdes der det var skog og langs elveløp der de var
lite synlige. Bronseklo var en god alliert nå, dragen fløy høyt
og vendte tilbake når den trodde at det var noe de burde være

klar over. Cian var imponert over intelligensen dens og
Bronseklo var svært kjærlig overfor ham. Det virket for at
Shuray og Ebhry forsto den også, de virket nesten for å snakke
med den og det var Shuray som foreslo at de skulle sende den
ut for å finne en eller annen som kunne fortelle mer om Paulan.
Cian vegret seg litt men innså klokskapen i det. Om noen brått
blir halt bort av en drage vil de fleste tro at den personen er
død og de færreste vil risikere livet for å berge noen fra en slik
skapning. Det virket for at Bronseklo forsto hva de mente og
den tok til vingene en tidlig morgen mens de brøt leir. De
hadde tilbrakt natten langs en ganske stri elv og det hadde vært
sjelløse i området, de hadde hørt dem hele natten men ingen av
ubeistene hadde vågd seg nær leiren og alle bar medaljongene
sine.

En av mennene som var med dem viste seg å kunne tatovere
og nå hadde han brukt de siste nettene på å gi folk tatoveringer
med merket. De var enkle og langt fra forseggjort men
antagelig like effektive som medaljongene og Cian hadde ikke
noe i mot det. Tross alt, en medaljong kan en miste i stridens
hete og en tatovering varer livet ut. Kvinnene som fulgte Reinu
hadde fått slike tatoveringer alle sammen og var stolte av dem
også. Cian så at Bronseklo steg og forsvant og de red langsmed
elva. De fleste var til fots så rytterne var plassert strategisk for
å gi inntrykk av at de var flere enn de var, og for å beskytte
fotsoldatene. Cian grep seg i å undre seg på hvordan de som
var igjen i slottet hadde det, Egel og hans bror var kloke og
ville styre godt og de fleste som var der hadde vært bønder.
Antagelig ville de forvandle den dalen til et godt sted å bo fort,
så fremt denne trusselen ble fjernet.

De tok en pause midt på dagen, Karma kom styrtende med
en død sau i kjeften og Cian gjorde den opp og fordelte kjøttet
så rettferdig han kunne. Provianten de hadde var begrenset og
temmelig kjedelig. Kvinnene hadde bakt tørre kjeks i sitt
ansikts sved før de dro og siden mel hadde vært mangelvare
var de bakt på alt fra nøttemel og knust bark til ugress frø. Det

smakte interessant men han hadde så definitivt smakt bedre.
De nærmet seg kvelden igjen og hadde pekt seg ut et sted å slå
leir. Det var en åpning i skogen foran en klippe og Cian visste
at det var et sted de lett kunne forsvare om det kom til det. Alle
var forholdsvis stille, det var en vane de hadde fått og Cian
hadde delt inn styrken i avdelinger med en ansvarlig person i
hver. Han mottok rapporter fra alle sammen hver kveld og
sørget for at menn som var slitne eller sårbeint fikk ri dagen
etter. De måtte utnytte ressursene de hadde og holde folk
friske. Det hadde blitt mørkt da Bronseklo omsider vendte
tilbake, dragen holdt en besvimt mann i klørne og Cian så at
karen var i godt hold og temmelig godt kledd også. Han var så
avgjort ingen vanlig bonde for alt han hadde på var dyrt og
forseggjort og Bronseklo blåste i nesa og slo med hodet i
tydelig stolthet. Cian klappet den kjærlig og plystret på Karma,
katten kom og murret da den så fangen og Cian fikk Eirem og
to av de andre karene til å hale karen med seg til et telt. De
bant ham godt til en solid feltstol og Cian fikk Shuray og
Ebhry til å sitte i teltet også. Karma satte seg ved siden av ham
og slikket seg om kjeven og Cian kastet litt vann på karen som
rykket til og åpnet øynene med et vræl. Han blunket og stirret
på Cian med ville øyne, fikk øye på Karma og skrek igjen og
deretter kom Shuray og Ebhry inn i synsfeltet og han klynket
skremt. Cian så kaldt på mannen, han sanset allerede at dette
var en person som antagelig var temmelig skruppelløs og de
gode klærne hadde han neppe hatt om han ikke sto høyt i kurs
hos Paulan.

«Jeg er Cian av Odhrasar, jeg er herre over en stor hær.
Hvem er du?»

Mannen blunket igjen, han vætet leppene. «Dragen…»

Cian gliste stygt. «Dragen er vår, han adlyder meg. Om du
ikke snakker lar jeg enten ham eller katten her forsyne seg av
deg. Det er garantert flere folk der du kommer fra og dragen
henter gladelig flere»

Mannen så temmelig nervøs ut og så skjevt på Karma hele tiden, den store s'hagaen strakte seg og gjespet, viste alle de skarpe tennene og spriket med labbene så klørne også syntes særs godt. «Jeg…om jeg snakker, lar du meg leve?»

Stemmen var temmelig tynn og Cian ante allerede at det var en mann som egentlig var feig dypt der inne. «Kanskje, jeg kan love deg en ren død, det er alt»

Mannen klynket og stirret på Shuray som nonsjalant skjerpet dolken sin med et dovent smil. Ebhry satt bare der og viste tenner og mannen var åpenbart skremt temmelig kraftig for han hadde pisset på seg. Cian kjente lukta godt og så at buksene var mistenkelig mørke i skrittet. «Jeg…sverg det»

Cian sukket. «Jeg sverger på min ære som adelsmann»

Mannen skalv synlig og Cian ville kanskje ha syntes synd på ham om han ikke hadde tjent Paulan. «Jeg er Kheremir, jeg tjener kong Paulan av Longaria. Jeg er hans administrator»

Cian fnyste, kong Paulan, allerede? «Jeg tror ikke at Hanek vil sette pris på at noen setter seg som konge i et område som egentlig hører ham til nå»

Kheremir svelget krampaktig. «Jeg…han tror ikke Hanek vil klare seg lenge, trollene…»

Cian så skjevt på mannen som svettet kraftig. «Akkurat, trollene og de sjelløse. Hva holder dem fra å angripe din herre og hans eiendom?»

Mannen gispet og skar en grimase. «Han…han har en av dem, en av…tjenerne. Den har fortalt ham…alt.»

Mannen vred seg og ansiktet fortrakk seg i smerte og Cian innså at karen faktisk var i ferd med å dø, hjertet hadde neppe tålt stresset. «En tjener, hva slags tjener?»

Kheremir gav fra seg et vræl av smerte og kroppen bøyde seg i stolen. «En…av de hornkledde…Beskytter oss…»

Mannen gav fra seg en gurglelyd og ble slapp, øynene var tomme og Cian så skuffet på liket. «Det sa oss ikke mye»

Shuray ristet på hodet. «Nei, det sa oss mye. Faktisk var det verdifull informasjon. Det at en av zhegene er der ute betyr at de mørke har vært nødt til å gripe inn direkte for å styre utviklingen. Antagelig er det en magiker eller høytstående offiser. Sannsynligvis lojal mot de mørke og i stand til å overbevise Paulan om at han kan bli konge når de har tatt over landet.»

Cian så fort på Shuray. «Og det løftet holder de neppe?»

Ebhry gliste og ristet på hodet. «Selvsagt ikke. Han vil være i veien men enn så lenge er han nyttig. Han har oversikten over hva slags ressurser som finnes og folk vil trekke mot ham, selv om han tvangsverver folk. Han er et agn Cian, og vet det ikke selv»

Cian satte seg ned og ropte på et par av karene som kom og trakk liket ut. «Så de vil bruke ham så lenge han er nyttig og så bli kvitt ham?»

Shuray nikket. «Antagelig. Husk hva slags strategi disse folkene foretrekker. Bruk fiendens egne mot dem og hold egne tap nede på et minimum. De vil bruke ham mot Hanek, de har ikke ubegrenset med troll og sjelløse og de arme sjelene sekten har fått sitt grep på er ikke like farlige som dem. De er skremmende men kun vanlig kjøtt og blod om enn forandret»

Cian reiste seg igjen. «Det var allikevel mere informasjon jeg ønsker, vi sender Bronseklo ut igjen. Jeg trenger å vite detaljer, hvor mange menn, organisering, hvor sterk han egentlig er»

Ebhry nikket. «Bronseklo kan fly i mørket også, send ham ut med en gang. Og be ham ta en vanlig person»

Cian smilte litt skjevt. «Det er greit, denne karen var for høyt på strå uansett.»

Shuray hadde et litt fjernt uttrykk i ansiktet. «Men det er en fare i det, om det er en magiker der kan han advare sine herrer om at det er drager her. Selv en eneste en kan bli sett på som en trussel»

Cian rynket pannen. «Kan Bronseklo være i fare om han flyr dit igjen?»

Shuray ristet på hodet. «Ikke ennå, så ikke nøl. Det er ikke engang sikkert at de helt har forstått hva som skjedde og de tror neppe at natten er farlig men så fort den magikeren får summet seg kan det bli mer risikabelt. Send ham nå»

Cian reiste seg og gikk ut, Bronseklo virket ivrig og han ba dragen være forsiktig og ta en vanlig soldat eller noe slikt. Det gikk ikke lenge før den var borte i mørket igjen og Cian gikk tilbake til teltet med en følelse av at de kom videre. Om enn sakte. Disse mørke måtte være mestre til å manipulere og spille folk ut mot hverandre og antagelig var de også dyktige på å lese folks ambisjoner og utnytte dem. Å love en mann som Paulan en tittel av konge var som å vifte et stort stykke med sukkertøy foran en unge.

Bronseklo kom tilbake rett etter soloppgang og denne gangen bar han med seg en kvinne av alle ting. Hun var også besvimt men uskadd og forholdsvis ung. Hun var kledd i en heller skitten og fattigslig kjole og hun så herjet ut. Det lange brune håret var ubundet og ugredd og hun var temmelig tynn. Ebhry gikk frem og la handa på henne, det var medynk i blikket hennes. «Dette er en slave, men slaver ser mye. Behandle henne godt, hun kan fortelle deg mye»

Cian nikket og de la kvinnen på en av feltsengene. Med Shuray og Ebhry til stede var det liten sjanse for at hun kunne unnslippe og Karma satte seg ned foran den eneste døra i teltet. Cian fant frem litt mat, noen kjeks, litt kjøtt og en liten bolle med øl. Det var ikke mye men denne personen så ut som om hun hadde sultet lenge. Det tok en stund før hun våknet og Cian ante at hun hadde fått et alvorlig sjokk da Bronseklo grep henne og fløy vekk med henne. Hun gav ikke lyd fra seg da hun åpnet øynene, det fortalte Cian at hun var vant med å holde seg så usynlig som mulig og han hadde tatt på seg en kappe som skjulte rustningen og våpnene hans. Hun rykket til da hun så ham og øynene ble store, hun stirret på Karma og de to fremmede men sa ikke noe. Det var noe svært nervøst i blikket men hun vek ikke unna, det var styrke i henne tross alt.

504

Cian beveget seg ikke, han bare satt der og prøvde å se vennlig ut. «Jeg er Cian, dragen som tok deg er min»

Hun rørte seg ikke, bare øynene flyttet seg. «Du er ikke en av mørkets tjenere?»

Cian ristet på hodet. «Nei, tvert i mot»

Hun trakk pusten. «Jeg trodde at jeg skulle dø da den kom ut av mørket og tok tak i meg, og jeg rakk ikke engang skrike. Så den er din? Hvem kan si at de eier en drage?»

Cian rynket pannen, hun tenkte godt. «Han er vel mer min venn enn min eiendel, men han brakte deg hit av en grunn. Vi trenger å vite så mye som mulig om din herre»

Hun spyttet. «Herre? Tyrann er det riktige ordet, han er en skjensel, en skamplett. Paulan er ikke noe annet enn en maktsyk galning og om du har tenkt å drepe ham vil jeg hjelpe deg»

Cian trakk et dypt åndedrag av lettelse. «Godt, hva heter du?»

Hun så smalt på ham. «Hva betyr vel et navn? Jeg er ingen der hjemme, ikke engang et menneske men jeg het Krystma, før jeg havnet hos Paulan»

Cian svelget hardt. «Du var slave?»

Hun freste nesten. «Jeg var mindre enn en slave, jeg var noe enhver kunne benytte seg av»

Cian krympet seg, den døde tonen i stemmen fortalte alt og Ebhry freste nesten. «Her vil aldri noe slikt skje deg, vi behandler ikke engang fiender slik»

Hun løftet seg litt opp. «Du har en drage, og en kjempekatt og de to der borte? De er ikke mennesker. Kan jeg tro på at du vil ødelegge ham?»

Cian nikket bestemt. «Ja, det kan du stole på»

Hun satte seg helt opp og så stivt på ham. «Paulan har vært en stripinn i alle år, han har vært maktgal og kontrollerende og bryr seg aldri om annet enn sine egne ideer og ønsker»

Cian nikket. «Bronseklo tok en mann tidligere i dag, mannen var hans administrator? Han er død nå, men han sa at en av fiendens egne var hos Paulan?»

Krystma nikket og skar en grimase. «Ja, det stemmer. For to uker siden kom han tilbake fra en utflukt og hadde med seg en fremmed skapning, med horn. Etter det har han blitt enda verre og han tror han kan herske over hele slettelandet.»

Cian lente seg litt fremover. «Så den fremmede har påvirket ham?»

Hun nikket. «Ja, til det verre. Før var han tilfreds med å herske over sitt område men etter at sekten dukket opp ble han nærmest besatt av å utvide og kontrollere alt og alle.»

Cian så at Ebhry kom nærmere, hun satte seg ned og smilte vennlig til Krystma. «Jeg er Ebhry, ikke vær redd men jeg kan hjelpe deg. Var den fremmede en magiker eller en soldat?»

Krystma svelget synlig. «Jeg ble kalt til Paulan en kveld, for ikke lenge siden. Han påstår at skapningen er en fange men det er løgn. Det er Paulan som er en fange, av sine egne mål. Jeg så den, og den var vakker og kledd som en kriger. Den virker for å gi Paulan råd om hvordan han skal beseire Haneks hær»

Ebhry nikket og øynene glødet svakt. «Ikke en magiker, det er godt. De regner ikke Paulan som så viktig at de bruker en magiker der. Han vil bli kastet bort som utgåtte sokker så fort han har spilt sin rolle»

Krystma smilte litt kaldt, det var noe som lignet hat i blikket hennes. «Jeg unner ham det, men det er mange hos ham nå. Folk som er tvunget til å tjene. Kun få er der frivillig men de tør ikke gjøre opprør. Han er for brutal og hensynsløs til å kunne undervurderes uansett.»

Cian sukket. «Jeg vil ikke gjøre den tabben, tro meg. Si meg, hvor mange menn har han?»

Krystma lukket øynene. «Jeg vet ikke helt, men minst et par hundre tror jeg. Og han tvinger enda flere til å kjempe for seg om det trengs»

Shuray så tankefull ut. «Si meg, hvorfor er han ikke blitt angrepet av troll og sjelløse? Den fremmede kom ikke før for et par uker siden?»

Krystma skar en grimase og trakk kjolen tettere om seg. «Jeg er ikke sikker men jeg tror at han har blitt spart av en eller annen grunn. Jeg tror at den fremmede har visst om ham lenge, eller rettere sagt, hans herrer.»

Ebhry nikket. «De må ha merket seg at Paulan er en maktgal person de kan bruke. Har han noen svakheter?»

Krystma rynket pannen. «Jeg er ingen kriger, jeg var bare en vanlig bonde jente men jeg har da vett. Han er smart, og kunnskapsrik også»

Cian så ned. «De vil bruke ham mot Hanek, hvorfor? Har de ikke troll og sjelløse nok til det?»

Hun trakk på skuldrene. «Jeg overhørte hva den fremmede sa til Paulan, veggene er tynne i slottet hans. De tenkte å bruke sekten men det hadde skjedd noe, noe uventet. De kunne ikke lenger kontrollere de besatte»

Cian så fort på henne. Hun var virkelig et funn, dette var verdifull informasjon. «Hva mener du?»

Hun la armene rundt seg. «De som ble omvendt har blitt forvandlet til noe som ligner sjelløse, de bare går på og dreper og lar seg knapt stanse men tilsynelatende har kontrollen over dem blitt borte.»

Cian smilte litt skjevt. «Så de er ikke ufeilbarlige?»

Shuray smilte også, smilet var ikke direkte pent. «Nei, de har svakheter også. Vi har følt noe i det siste, en slags endring i energien.»

Krystma så ned og fingret nervøst med kjolen. «Han hadde en nevø som ble borte for ham for en stund tilbake, mannen var sendt ut for å verve folk men kom ikke tilbake. Det gjorde ham forbannet men jeg håper at Arulf er trygg. Han var ikke som sin onkel og har han greid å komme seg i sikkerhet et sted er jeg glad til. Han var et godt menneske.»

Cian rakte frem en bolle med mat og Krystma grep den
nølende. «Det er bare å forsyne seg. Vi har ikke mye men noe»

Hun begynte å spise og Cian satte seg litt bedre til rette.
«Hva slags borg har han?»

Krystma mumlet noe men det ble utydelig. Hun forsøkte
igjen. «En svært god en, opprinnelig et herresete for slekten.
En vanlig hær vil ha vansker med å innta den»

Cian sukket. «Det var synd, jeg hadde håpet på noe elendig
og gammelt noe»

Hun trakk på smilebåndet. «Dessverre, den er godt bygget.
Og det er gode forsvarsverker rundt den også. Men han ønsker
å utvide den, gjøre den om til et virkelig palass. Han har sendt
ut folk for å lete etter god stein»

Cian så litt forbauset ut. «Selv om det er troll og sjelløse der
ute`»

Hun nikket. «Ja, de var bare ute om dagen. Men de fant bra
med stein, problemet er bare å få fraktet den. Så han virket
veldig glad for å finne denne fremmede for den kan holde
trollene borte»

Cian skar en grimase og prøvde å tenke logisk. «Vi må bli
kvitt Paulan, men hvordan? Vi vil ikke drepe uskyldige
mennesker?»

Krystma var stille, hun så ned i fanget sitt og Cian så at hun
virkelig var svært ung men hun så eldre ut enn hun var.
Antagelig hadde hun levd et svært hardt og traumatisk liv.
«Dere kan ikke bekjempe ham uten å bli like ille som ham, han
er ond! Om dere tar hensyn vinner han, det er jeg sikker på.
Den fremmede er svært farlig»

Shuray nikket sindig. «Hun har rett, om det er en zheg
kriger er han dyktig og lærd og antagelig også svært god til å
få Paulan til å adlyde uten å selv være klar over det. Han blir
første målet»

Cian svelget. «Greit, den fremmede må bort»

Ebhry så alvorlig ut. «De er svært dyktige krigere Cian,
brutale og sterkere enn et menneske men du er ikke et vanlig

menneske. Han vil undervurdere deg, og det må du utnytte
fullt ut»

Shuray nikket. «Og du har rubinen, vi vet allerede at de
mørke er ute etter den, den zhegen vil føle at rubinen er nær og
komme etter den»

Cian så på de to. «Den skal være åte?»

De to nikket. «Og du fella. Du var født for dette Cian, du er
udødelig. Det er det ingen som kan vente seg»

Cian rullet med øynene, igjen en påminnelse om hva han
var, og hva han hadde mistet. «Ok, så hva gjør vi?»

Ebhry snudde seg mot Krystma som satt der og spiste, hun
prøvde å være dannet men det var tydelig at hun var desperat
etter mat. «Hvor ligger slottet hans?»

Kvinnen smilte litt skjevt. «Jeg vet ikke hvor jeg er nå, men
det ligger under en bratt ås, rett foran en liten innsjø med en
elv. Det er en vollgrav rundt det men den har ikke vært brukt
på årtier og er nesten borte.»

Cian reiste seg og hentet et kart. «Dette er neppe korrekt
men kan du gi oss et slags bilde av området?»

Krystma så på kartet og hun rakte frem handa, rørte det med
en slags ærbødighet. «Jeg kjenner igjen noen trekk her,
fjellene, og havet, ja, jeg vet hvor det er»

Hun grep en pinne med litt kull i enden og tegnet på kartet.
«Herren bor her, og nord for ham er det bare villmark. Det bor
ingen der og har aldri gjort det. Det er et stort område»

Cian så at det stemte godt med de kartene Marcellius hadde
gitt ham. Det var mye villmark der og den varte helt nord til
områdene der gruvene hadde vært. Han trakk pusten. «Da
setter vi kurs for villmarka. Om vi kan lure ham ut av hiet har
vi fordeler han ikke har»

Krystma så nervøs ut. «Vær så snill, ikke gjør noe dumt.
Paulan er grusom, han piner de som går i mot ham og har drept
mange»

Cian snerret nesten. «Så desto mer viktig å bli kvitt ham.
Først den zhegen, så Paulan selv. Hva kan vi lokke ham med?»

Ebhry så skarpt på Cian og øynene hennes var merkelig klare. «Han er grådig, han begjærer makt. Si meg Krystma, var han aktiv i krigen som har herjet?»

Hun ristet på hodet. «Nei, han mottok brev med alskens beskyldninger og informasjon men han overså alt sammen. Han lot seg ikke provosere. Han er slu og vis på sin egen måte»

Cian husket hvordan Marcellius hadde sendt ham ut for å drepe Isabeus første husbond og hvordan den mannen hadde funnet sin ende. Han smilte, et smalt og temmelig farlig smil. «En drage har tatt to mennesker fra ham, og en drage var årsaken til hele krigen. Hva om han tror at Bronseklo er den dragen?»

Alle så på hverandre og Shuray løftet et øyebryn i en merkelig grimase. «Det...kan la seg gjøre?»

Ebhry smilte bredt så alle de skarpe tennene syntes. «Det vil virke, han vil bli forblindet av muligheten til å eie en drage. Det vil bare bekrefte egoet hans!»

Cian måtte glise også. «Det kan virke, ja, det må virke.»

Shuray klappet ham på skulderen. «Godt, vi har en plan. Vi legger kursen nordvest over og gjemmer oss, deretter får vi se om den zhegen kan lokkes og deretter hans såkalte herre»

Cian følte at han ble oppstemt igjen, sinnet hans hadde vært formørket siden Georg døde men dette, dette var opplivende. Han så frem til en real utfordring igjen. Ja, det ville bli godt å gjøre noe reellt, å gjøre noe som utgjorde en forskjell.

Urzhaan var misfornøyd, ikke at det var uvanlig for det var en normal tilstand for ham men nå var han mer misfornøyd enn vanlig. Han følte seg overkjørt og ignorert og det hjalp ikke at han var lovet en god belønning etterpå. Å gå med på å samarbeide med et usselt menneske var ille men å måtte late som om han var underdanig? Det fikk blodet til å koke i ham! Han var verdt så mye mer, som sønn av en av de aller øverste blant krigerne rundt de mørke burde hann ha blitt gjort til offiser, minst. Men nei, han fikk beskjed om å styre dette mennesket og se til at mannen gjorde nytte for seg. Eneste trøsten var at han hadde blitt lovet at han skulle få drepe Paulan når alt var unnagjort. Karen var dyktig på sine måter og det kunne utnyttes, han forsto hvordan de mørke tenkte og var enig men hvorfor måtte det på død og liv gå ut over ham selv?

Det å bli sendt til denne verdenen hadde vært traumatisk i seg selv siden magikerne sendte ham gjennom en svært midlertidig portal og han hadde vært et vrak da han møtte Paulan. Og joda, det var en ære å få et slik oppdrag men han skulle så mye heller ha ledet det endelige angrepet. Det ville vært mye mer givende enn dette. Denne verdenen var interessant for så vidt men maten var elendig, det var alt for lyst og folket der stinket og var stygge. Hvordan kunne en slik hann som Paulan i det hele tatt få respekt? Urzhaan ristet på hodet i vantro, disse menneskene var virkelig svake, og attpå til dumme. Han håpet bare at det ikke gikk for lenge før han kunne vende tilbake til sin egen verden og kreve belønningen.

Han hadde fått et godt rom i Paulans palass og han var ikke imponert selv om han greide å late som om han var takknemlig. For en Zheg var det i seg selv en anstrengelse. Senga var for kort og alt for hard og så kjedelig alle kledde seg. Ingen farger, ingen prakt. Men de hadde visst bestemt at Paulan var viktig så til helsike med det. Han fikk svelge stoltheten og bare spille med enn så lenge.

Det sto en hær lenger vest og sør for dem, og den var målet. Angivelig var det for mange til at de kunne håpe å utradere dem med de sjelløse og trollene og om de mørke kunne drepe sine motstandere ved å bruke folk fra denne verdenen var det utmerket. Om en ikke sløste med sine egne folk var det alltid en god ting. Urzhaan tvang i seg litt mer smakløs mat, ante ikke disse vesenene hva krydder var? Men antagelig ville det krydderet hans folk brukte svi ganen på et menneske til aske, de var så ynkelige. Det var ikke noe moro å finne på der, å jakte var utenkelig for alt vilt var forsvunnet, det var ingen fiender i området han kunne tilby seg å slakte ned og hunnene der var for det første styggere enn juling og for det andre for svake til å tåle en slik hann som ham. Han foretrakk å ta noe som var levende, ikke kadaver.

Men Paulan la planer og han gjorde sitt aller beste for å sikre at de var gode, om han måtte holde ut uker og kanskje også måneder der var det i hans egen interesse at Paulan lyktes så fort som mulig. Han så til at strategiene var gode, at ikke Paulan gjorde noen bommerter av noe slag og han var stolt over sin egen kunnskap. Jo, de mørke hadde valgt godt men det var da andre også som var dyktige strateger.

Urzhaan husket andre verdener han hadde vært med på å invadere, han syntes denne var patetisk når han sammenlignet den med dem. Men de mørke var allikevel merkelig tilbakeholdne, de gav veldig strikte ordre og tillot ikke mye initiativ og noen mumlet om at det var noe spesielt ved denne verdenen. At det var noe der som kunne ødelegge for dem. Han trodde ikke på eventyr, nei, de mørke var uovervinnelige og han tvilte ikke på dem, ikke engang et sekund. Det eneste som var bra der var vinen, og den var det lite igjen av men han sørget for å kreve det som fantes for seg selv.

Det som var mest irriterende var når han måtte bøye av for Paulan, det var nødvendig for ellers kunne mannen begynne å mistenke at han ble brukt og det gikk ikke. De mørke hadde sett seg ut denne mannen tidlig og bearbeidet ham i stillhet, sendt ham drømmer og tanker som sakte men sikkert hadde formet ham. Urzhaan ville ikke ødelegge for dem, det var som regel det siste en gjorde men ved alle mørke guder, det kunne drive ham halvveis til galskap. Han var en fryktet kriger, han kunne rive et slikt ynkelig vesen i to med sine bare hender og nå måtte han underkaste seg? Det burde være verdt det, ellers skulle han se til at Paulan møtte en heller ufyselig ende og det temmelig fort.

Han satt og betraktet hvordan Paulan drillet en gruppe menn i borggården, de var elendige. Hadde de vært zheger hadde han allikevel ment de var håpløse for de manglet så til de grader disiplin og styrke og han blottet tennene. I hans verden ble unge hanner fostret til å bli sterke med en gang de kom til, var de svake ble de drept og viste de seg å være fysisk underlegne senere ble de gjort om til tjenere og slaver. Det var bra slik, disse menneskene degget for mye med avkommet, en blir svak av slikt. Han tømte et beger med vin og skulle til å reise seg da han følte noe merkelig. Det var en slags energi i luften han aldri hadde sanset før og han satte seg ned igjen, prøvde å identifisere det. Han var ingen magiker men alle av hans folk har en viss mengde magi i blodet og den reagerte på dette nye, og ganske intenst også.

Han følte på seg at det var et stykke unna men hva var det?

Han hadde fått beskjed om at han ikke skulle kontakte de mørke før alt var unnagjort men dette gjorde ham både urolig og forvirret og han gikk tilbake til rommet sitt og satte seg ned for å meditere. Han hadde fått en magiker utdelt som kontakt person og kunne til nød snakke med ham via telepati. Det tok mye krefter og var kun til nødsbruk. Han greide å kontakte magikeren og forklarte situasjonen som best han kunne men svaret kom uventet fort og det var heller konsist. Han skulle finne det som han merket og sikre det med en gang, det var noe som var viktig. Urzhaan rullet med øynene og følte seg mer eller mindre overkjørt igjen, de kunne sendt en magiker for å ordne dette men nei, det var han som måtte trå til igjen og om han skulle dømme etter tonen til magikeren kunne dette noe være farlig. Han sukket og trakk på seg en kappe, dette landet var forbasket kaldt også og han gruet seg for å forlate slottet men det var ikke noen vei utenom det nå.

Han var for høy til å ri på disse merkelige dyrene de brukte som transport, han måtte gå på beina og gyste mens han vandret gjennom det høye døde gresset, verdener med årstider var faktisk ikke noe han likte i det hele tatt. Det var til bry, kort og godt. Følelsen ble sterkere mens han krysset over gjengrodde enger og mot skogen, det var i skogen uten tvil og han trakk kappa tettere om seg og tvang følelsen av å være alene bort. Zheger er ikke normalt sett solitære skapninger, de kan være svært lite sosiale mot sine egne men allikevel er de sjelden alene og han følte seg nervøs. Han skulle ha tatt med noen av Paulans menn men vågde ikke stole på dem. Det at nevøen hans hadde blitt borte fortalte at lojalitet var noe Paulan neppe kunne regne med å få av noen som ikke var like hensynsløse som ham selv og selv en Zheg kunne se at det gjaldt de færreste der.

Han beveget seg med selvsikkerhet på tross av det uvante miljøet, han var større enn et menneske og regnet ikke folk for noe han måtte frykte i det hele tatt. Dyrelivet hadde flyktet for lengst og det var lite farer der. Han merket at magien var mye sterkere nå og han satte farten opp. Hva i alle guders navn kunne det være de mørke var ute etter? Han følte på seg at det burde være svært viktig for å fremkalle en slik øyeblikkelig reaksjon, kanskje var det noe han kunne utnytte? Han kunne be om en enda større belønning? Han kom til en lysning og følelsen ble intens, så sterk at han følte ubehag. Midt på lysningen sto det en stein og på steinen lå noe som lyste svakt. Det var en rund gjenstand og han forsto at det var en slags edelstein av noe slag. Følelsen den gav ham var langt fra bra, faktisk begynte han å tvile på om dette var lurt. Han saknet farten, stanset helt. Lysningen virket helt forlatt helt til han hørte fottrinn og han vendte seg mot lyden.

Det han så fikk ham til å myse, det skarpe lyset var et problem, han kunne ikke fokusere veldig godt. Det var et menneske men et svært stort ett og kledd i en slags svart rustning som ikke lignet noe han hadde sett før. Mannen bar en øks i neven og han hadde intense blå øyne og for en gangs skyld la Urzhaan øye på et menneske som faktisk var vakkert også i en zhegs øyne. Han stirret på mannen, han virket ikke imponert og Urzhaag snerret og trakk sverdet sitt. Mannen vek

514

ennå ikke tilbake, vel, ille for ham. Magien i edelsteinen var skrekkelig, han merket det og på et merkelig vis følte han den samme kraften fra mannen der borte. Det var noe totalt unaturlig som fikk ham til å nøle. Var det steinen eller mannen de mørke var ute etter? Begge to?

Mannen der fremme angrep, det var en lynrask bevegelse som Urzhaag faktisk hadde problemer med å parere. Han var svært dyktig med sverdet men denne mannen med den underlige øksa og den skremmende auraen var også svært dyktig og Urzhaag ble motvillig imponert. De danset rundt hverandre og zhegen skjønte at dette var en person som overgikk det som var vanlig for et menneske og det på alle måter. Han var for rask, for sterk. Han slåss nesten som en Zheg og Urzhaag begynte å føle seg presset. Han brukte plenty med skitne triks, det hørte med men dette mennesket falt ikke for noen av dem. Faktisk fikk Urzhaag flere kutt og de var ikke dype men smerten distraherte ham. Han gjorde en stygg finte og mannen vek unna som om han visste at hugget kom og Urzhaag begynte å mistenke at dette var en felle. Kunne det være at hans egne hadde snudd seg mot ham og ville ta æren? Han svelget stoltheten og kjempet videre, han var god til å holde hodet kaldt og glemme all tvil i kamp og nå overgikk han seg selv. Han glemte at han frøs, at lyset skar i øynene hans. Han glemte alt om oppdraget og følelsen av å ha blitt kommandert rundt som et barn. Han kjempet med eleganse og styrke og det var som en vakker dans. En dødelig og uvirkelig dans og han forsto at dette han nå slåss mot slettes ikke var et menneske. Han fikk inn flere hugg men de virket ikke får å sinke mannen i det hele tatt og Urzhaag fikk en følelse av uvirkelighet. Han kunne ikke tro det han så, rustningen mannen bar var en beskyttelse men den kunne ikke forklare alt. Han spant og hugg, ble parert og øksa skar som om han var lagd av luft. Urzhaag begynte å føle desperasjon, ingen fiende hadde noen gang motstått ham så lenge og han begynte å tvile på sin egen styrke. Hva var galt med ham? Et menneske kunne ikke overvinne en som ham?

Han gjorde et desperat utfall og sverdet traff mannen i siden og gikk gjennom rustning og alt, han følte en stikk av triumf. Han hadde vunnet, ikke noe menneske kunne overleve noe slikt. Men mannen forble på beina og gliste, et kaldt glis som fikk Urzhaag til å rave bakover og han innså at han var blitt lurt i en felle, han hadde ikke tatt feil. Det var bare at det ikke var hans egne som hadde satt fellen. Han gav etter for panikken, det var noe en kriger aldri skulle gjøre men denne mannen som burde dø men ikke gjorde det skremte ham mer enn noe annet han hadde opplevd. Han spant rundt for å løpe men kom ikke så langt. Han hørte lyden av vinger og skrek i det klør grep tak i ham og slengte ham overende på bakken. Urzhaag vred seg, stirret opp på noe utenkelig. Det var en drage, de hadde drager? Ingen hadde sagt noe om det til ham og følelsen av vantro og skrekk brant bort all disiplin. Han skrek ut og prøvde å fri seg men klørne var langt inne i kroppen på ham og den massive dragen hveste og senket hodet med kraftige kjever mot ham. Han ble stiv av frykt, kunne ikke røre seg.

Ild danset i strupen på beistet og det å bli brent levende var hans verste mareritt, han greide å klynke frem en slags bønn. Den høye blonde mannen gikk nærmere, han så ikke ut som om han hadde kjempet i det hele tatt og han veide øksa i hendene før han tok et par steg til. Urzhaag forsto hva han kom til å gjøre og han visste at han var ferdig, at dette var slutten. Han hadde blitt beseiret, det var ingen ære å finne for ham, ikke noe etterliv, ingenting. Å tape var å bli utradert og han kunne bare møte enden med verdighet, det var alt han hadde tilbake nå. Han så at mennesket kastet et blikk på ham fylt med en slags forakt og Urzhaag følte seg brått liten og verdiløs, som om han kun var skitt på en sko. Han lukket ikke øynene før det skinnende øksebladet fylte hele synsfeltet, det var lite smerte og i det han gled bort fra verden visste han at de mørke hadde løyet for dem alle. Det var noe der ute like mektig som dem selv og de ville bli nødt til å møte det.

Cian ble stående å se ned på den døde skapningen, den hadde kjempet godt og tappert og noe i ham følte sorg over å måtte drepe en slik tapper fiende. Men det hadde ikke vært noen vei utenom, han hadde vært nødt til å fjerne denne trusselen. Han svelget og nikket til Bronseklo som med velbehag begynte å tygge i seg den døde. Dragen ville sørge for at det ikke var noe tilbake som kunne fortelle hvor denne skapningen var blitt av. Cian tok rubinen og gjemte den igjen og han skar en grimase. Den forbannede tingesten var ikke noe mer kjær for ham men den hadde vært nyttig. Han vendte tilbake til leiren og fikk av seg rustningen. Han var såret men skadene helet seg allerede nå og han smilte litt skjevt. Kanskje var det uærlig av ham å ha slåss slik men han så fordelene og brukte dem. Den fienden hadde ikke visst at han ikke var et dødelig menneske og han følte at han ville bli nødt til å utnytte det igjen. Nå fikk de vente å se hvordan Paulan reagerte, han var svært nysgjerrig på hva slags trekk mannen nå gjorde uten den zhegen til å gi ham råd.

Mens Cian hvilte vandret den store hunndragen som fulgte Midar og Meyret rundt, hun sanset at hun hadde en oppgave og hun var rede. Hun var ikke i stand til å sette ord på tankene sine for så avansert var hun ikke men hun hadde sterke instinkter og hun følte gudinnens vilje. Hun slo ivrig med vingene og hveste og roet seg kun da hun så den lysende skikkelsen som dukket opp ved siden av henne. Imla smilte skjevt og la handa på Rhyviars skulder, hunndragen senket hodet og det kom en slags murrelyd fra den. Imla nikket. «Tiden er inne lille søster, du vet hva du har å gjøre. Gå nå og spre kaos, sørg for at deres drager ikke blir rede i tide»

Rhyviar nikket med hodet og Imla uttalte noen merkelige ord, hunndragen ble sakte utydelig og brått var hun borte vekk.

Imla sukket lavt, hun kunne bare håpe at dette trikset faktisk hjalp.

I dragedalen var det tilløp til panikk, de som arbeidet der var svært dyktige og de visste hva de gjorde. Dragene var livsfarlige selv for dem og ingen tok sjanser men nå var de nødt til det og flere av medhjelperne hadde allerede blitt drept. Dragene hadde fått magesyke, nesten samtlige av dem. Dyrene var ikke synlig syke eller i smerte men det rant av dem, nesten kontinuerlig og dragemøkk er særdeles ufyselige saker. For det første stinker det noe helt forferdelig og for det andre er dragemøkk svært surt så det etset rett og slett på alt det kom i kontakt med. Det rant formelig elver av den forferdelige substansen overalt og lederne var på sammenbruddets rand. De hadde ikke sagt ifra til de mørke ennå, ingen rapporter var sent og de visste at de kom til å få svi noe helt forferdelig når dette ble kjent, hva hadde gått galt? Kjøttet var bra, det var neppe årsaken og dragene ble holdt atskilt men kunne det kanskje være noe i lufta eller vannet? Det ble diskutert så fillene føk men ingen ble enige, det hadde aldri skjedd noe slikt før. De hadde brukt drager i utallige invasjoner og de tålte da alt! De åt ting andre skapninger ville falt om av og magene fordøyde alle kjente substanser.

Til slutt var det bare en logisk konklusjon tilbake og det var magi, noen hadde brukt magi mot dyrene. Det betydde at de hadde forrædere blant seg, noen som motarbeidet de mørkes planer og selv om forræderi i seg selv ikke var spesielt sjokkerende var det å gå i mot de mørke skremmende. Hvem hadde slikt mot? Det var motvillig beundring å skue hos lederne og de veide for og imot å hente inn en magiker for å prøve å behjelpe problemet. Gjorde de det kunne det ikke skjules lenger, og de hadde ventet lovlig lenge. Å medisinere en drage er ikke enkelt og om magi virkelig var årsaken hjalp det heller ikke med medisiner. Kun magi var sterkt nok til å stanse denne stinkende landeplagen.

De hadde unge drager i noen mindre innhegninger og selv
de var rammet og lederne stengte klekkeriene, om de
nyklekkede fikk dette døde de garantert. En nyklekket
drageunge er svært sårbar og det var synd at de ikke kunne la
hunndrager ruge ut eggene men det var i hvert fall selvmord.
En hunndrage som vokter egg eller unger er noe selv de mørke
ville kvie seg for å nærme seg og en drageunge vil aldri adlyde
noen om de ikke blir preget på dem fra første øyeblikk utenfor
egget. De zhegene som var ansvarlige for dragene var de
eneste dyrene tålte og nå som de var syke adlød de ikke noen.
Noen drager gjorde som fugler og vippet bakenden opp når de
måtte skite, resultatet var fontener av stinkende brennheit
møkk og en måtte passe seg for å ikke bli truffet. Drager har
svært høy kroppstemperatur og møkka var nesten kokende når
den traff lufta.

Lederne hadde besøkt hulene der de holdt hunnene, de ble
gjort føyelige med magi og var bundet fast med sterke
kjettinger og la egg ned i spesielle fordypninger med en bunn
som kunne åpnes. Slik fikk de tak i eggene med en gang de var
lagt og kunne ta hånd om dem etterpå. Magien som var brukt
var såpass sterk at hunnene var mer eller mindre i dvale og de
trengte bare å befruktes en gang i livet siden de lagret sæd i
kroppen og brukte den til å befrukte egne egg. Dette ble gjort i
en svær hall der det var plass til å la en hanndrage bestige en
hunn og dyrene var som regel godt og grundig bedøvet. Så
lenge hannen greide å gjøre jobben trengte den ikke å kurtisere
hunnen eller forsvare henne mot andre hanner. Kun de beste
hannene ble brukt til dette og lederne var stolte av dem.
Avlsdyrene var utsøkte og sterke og deres store stolthet.

Bare det å holde møkka vekk var en kjempejobb nå og
mengder av slaver ble satt inn i arbeidet, allikevel var det
umulig å holde unna for strømmen av skitt. Dragedalen var så
forurenset nå at de færreste greide trekke pusten uten å brekke
seg og selv de svære trollene som var hentet for å hjelpe til
nektet å røre seg. Den øverste lederen der gikk og rev seg i

håret og undret seg over hvem som ville miste hodet når de mørke fant ut av dette, han var for verdifull til å bli drept for ingen andre visste så mye om drager som ham men de lavere nede? De var antagelig inne i sine siste dager nå. Han stirret ut over drage innhegningene og skar en grimase, hvordan fikk en bukt med et slikt problem? Det gikk ganske enkelt ikke, han ante ikke sine arme råd! Det var ikke at dyrene var i fare for en drage tåler mye men de kunne ikke kontrollere dem når de var slik. Og kontroll var livsviktig, om disse dyrene snudde seg mot dem hadde de et kjempeproblem han ante at selv ikke de mørke kunne håndtere. Han svelget og vinket på en av sine håndtlangere. «Send beskjed til tempelbyen, be dem sende en meget dyktig magiker. Si at…si at dragene er syke»

Den noe mindre hannen bukket dypt men ble likblek og lederen sukket tungt. Han ante ikke hva som nå kom til å skje. Han gikk til balkongen sin og stirret ut over dalen, dette var hans livsverk og et han var utrolig stolt over. Hvem var det som vågde å sette det i fare? Han ønsket seg den personens hode og hjerte på et krystallfat. Han stirret ut over innhegningene og rynket pannen, det virket for at dragene var urolige? Han åpnet døra og hørte vræl og skrik, og blant det en meget karakteristisk strupelyd. Det var en slags bjeffing som bare betydde en ting, brunst. Han ble blek, alle dragene i innhegningene var hanner, det ble født svært få hunner og de få som var ble alt opp til avlsdyr. De færreste av hannene ville noen gang se en hunn og det var til det beste for en kåt hanndrage er et forferdelig vesen å ha med å gjøre. De lar seg kort og godt ikke kontrollere. Hva var dette?

Han stirret villøyd ut over dalen, hunnene var stengt inne, det var ingen mulighet for dem å unnslippe og vinddraget lå dessuten slik at hannene aldri ville få ferten av hunndyra. Men nå hadde de ferten av en hunn uten tvil og de vrælte og kjempet mot magien som holdt dem fanget i innhegningene. Han skrek ut, et rop i advarsel og det lyste opp blålig i det noen innhegninger brast. Han så noe som svevde der oppe, en stor

skikkelse som sirklet dalen og han visste at det var en hunn.
Kunne det være en vill drage? Var det ennå slike tilbake? Det
måtte være svaret men hvor kom den fra og hvorfor nå?

Han raste inn igjen, innhegningene var sterke og burde
holde men ikke om alle dragene prøvde å fri seg samtidig.
Hunndragen der oppe kom med noen merkelige klagende
lokkende lyder og han grep tak i ryggen på en sofa for å støtte
seg. Hun var åpenbart i brunst og prøvde å lokke til seg maker
og han visste det, han bare visste det. Alt de hadde jobbet for å
oppnå var i ferd med å gå fyken og han sank sakte i kne og
jamret seg. De mørke kom til å drepe dem alle sammen, de
kom til å bli pint til døde, langsomt og ulidelig og han kjente at
tårene rant nedover kinnene hans. Drager slåss om retten til å
pare seg, om noen av hanndragene i det hele tatt unnslapp
uskadd ville det være et mirakel. Han hørte allerede høye brøl
av ren aggresjon og løftet blikket igjen. Hunndragen sirklet
sakte og stadig flere hanner brøt seg løs, hev seg i luften og rev
løs på hverandre i et forferdelig sinne drevet frem av ren rå
paringstrang. Han svelget og så bort på skrivebordet sitt, det
var kun en ting tilbake, han kunne ikke redde dragene men han
kunne redde sin ære. Han slepte seg bort, skrev et kort brev og
satte seglet sitt på det. I det minste hadde han sitt på det tørre.
Han grep det seremonielle sverdet han hadde fått dagen da han
ble utpekt som leder for drage avlen og stirret på det med sorg.
Det var et vakkert våpen men ikke ment for bruk. Han kunne
ikke leve med det som nå skjedde, det var ingen vei tilbake. De
mørke kom til å legge all skyld på drage avlerne og han håpet
bare at hans eneste sønn som tjente i tempelbyen ville få lov til
å leve videre. Han festet skjeftet i veggen og vinklet bladet
riktig, å møte døden med mot var noe enhver zheg ønsket og
han nølte ikke i det han lot seg falle fremover. Døden var å
foretrekke fremfor det de mørke ville utsette dem alle for.

Rhyviar hadde sin livs opplevelse, hun fløy rundt og hisset
opp hanner, lukten av henne drev dem til galskap og hun hadde
blitt brakt i brunst av gudinnen og nå spredte feromonene

hennes seg over hele dalen. Under henne brast innhegningene den ene etter den andre og hannene begynte øyeblikkelig å slåss. Hun sørget for å piske opp hele dalen, fløy lavt og høyt om hverandre og utstøtte lokkerop som fikk hannene til å flokke seg rundt henne. Hun var trygg for ingen hann vil skade en hunn med vilje og om noen kom og prøvde å stanse henne ville de forsvare henne med sine egne liv. Rhyviar var av middels størrelse, noen hanner var større enn henne og andre mindre men alle var like besatt av lyst og en stor mørk hann brøt løs av klyngen og skjøt opp mot henne. Den var sterk og hun fløy rett oppover og lot hannen gripe fatt i seg med klørne på vingene. I det hun var høyt nok bikket hun fremover og hannen klamret seg til henne med vinger og bakbein og pumpet løs nesten desperat. Rhyviar utstøtte et brøl i triumf og hannen stivnet til og rykket hjelpeløst. Like over bakken mistet den taket og falt som en tøydukke, antagelig overlevde den fallet men ble sannsynligvis alvorlig skadet. For en hanndrage kunne en paring være livsfarlig og det siste den gjorde i livet men de var mer enn villige til å risikere liv og lemmer for å føre sine gener videre. Rhyviar steg igjen, hun ville pare seg med så mange hanner som mulig før hun ble kalt tilbake igjen, hennes egg ville gi sterke avkom, og hun kom til å nyte så mange foreninger som fysisk mulig. Hun brølte et lokkerop og denne gangen var det en mindre hann som greide å bryte løs. Rhyviar ville glist hadde hun vært menneskelig, hvem hadde visst at det å tjene gudinnen brakte slike fordeler og slik en glede?

Eirannes

Turen tilbake til bukta gikk fort, de fikk vinden bakfra og skuta formelig fløy over bølgene. Eirannes følte seg merkelig delt når det gjaldt alt dette, han fikk tid til å tenke og han visste at disse familiene som ønsket å beholde makten der egentlig ikke burde ha noen sjanse. De var for få, men de var vant til å herske og de var også hensynsløse. Det var lite trolig at de ville endre seg eller sine holdninger uansett hva som skjedde.

Havfruen skapte stor oppstandelse da hun seilte inn mot havna, de døde skrottene hang der i baugspydet og folk stimlet sammen, i vantro og skrekkblandet fryd. For mange hadde de sjelløse vært noe de rett og slett anså som en slags straff fra gudene, noe ingen mennesker kunne drepe men nå var det altså mulig og Eirannes og Airan forklarte mange hvordan en skulle lage giften og flere båter satte til sjøs på jakt etter disse små blekksprutene. Eirannes håpet bare at ingen ble bitt, det ville være for ille for motgift fantes ikke.

Ting hadde skjedd også i byen mens de var ute, det hadde kommet en ny flokk med flyktninger fra innlandet og blant dem var flere prestinner. De kom fra et av de mindre templene langt inne i fjellene og de hadde blitt nødt til å flykte siden det meste der inne var ødelagt av jordskjelv og ras. De fleste av dem var eldre kvinner som tedde seg med en merkelig ro og verdighet og Eirannes fikk en følelse av at de visste mye mer enn de ville ut med. De satte opp et slags lasarett utenfor byen der for å hjelpe syke og sårede og Archie sørget for at de fikk hva de trengte av ressurser.

Det var også tydelig at plantasjeeierne nå begynte å bli desperate, de kidnappet rett og slett folk og Eirannes så selv at kvinner og barn ankom havna alene siden mennene var blitt tvunget til å jobbe. De store plantasjene i Ardot hadde lenge vært en kilde til stor rikdom men han tvilte på at det ville vedvare. De hadde tatt med seg planter fra Zhandoria og selv om de grodde godt der i varmen og fuktigheten var de innfødte plantene bedre og tålte mye mer. Det var bare så synd at de ikke var like etterspurt. En spesialitet som ble dyrket mye var en type bær som kunne brukes både til vin og som mat og mange pleide også å mose dem og blande dem med tørket kjøtt for å lage proviant som holdt lenge og smakte godt. Eirannes hadde sett en slik plantasje en gang, lange rekker med busker og alle var klippet til så de var enkle å plukke fra men det var et arbeide som pågikk døgnet rundt året rundt siden bærene måtte tas med en gang de var modne. Han kunne aldri ha gjort slik, det ville vært alt for kjedelig for ham.

Eirannes og styrmannen var på markedsplassen for å skaffe mer utstyr da de hørte leven, det var rop og skrik og vrinsking og Eirannes ble nysgjerrig og gikk nærmere. Det viste seg at det var to menn, begge var kledd i dyre kapper og bar sverd og begge var Zhandorianere uten tvil. Antagelig av Arcan blod, de var smekre og ikke særlig gamle og begge to var rasende. Det var helt tydelig at de prøvde å tvinge med seg en del menn men her nyttet det ikke med trusler. Det var en stor folkemengde der og disse to trodde åpenbart at det ikke gjorde noe, at de fremdeles kunne beordre de innfødte rundt som før. De tok grundig feil for ingen ble med og det haglet rundt ørene på dem med alt fra mugne frukter til dyreskitt. Begge var til hest og hestene var åpenbart skremt og trampet rundt. Eirannes så at en liten fyr i en krok bak en fruktbod trakk frem en liten fløyte og begynte å blåse i den og øyeblikkelig fikk begge hestene totalt panikk og begynte å sparke og slå som gale. Begge rytterne ble kastet av og hestene forsvant bortover veien mens de bukket og vrinsket. Mannen med fløyta gliste bredt og gned seg i hendene og Eirannes gikk nærmere. Rytterne ble halt bort og dumpet temmelig brutalt i en fontene som for øyeblikket hadde en halv meter med stillestående stinkende vann. Mannen med fløyta gliste fremdeles og Eirannes så forskende på den, det var en beinfløyta og den var temmelig primitiv men han hadde ikke hørt en eneste lyd fra den? Vel var han en eldre mann og hørselen var ikke hva den hadde vært men han var langt fra døv.

«Si meg, hva gjorde du akkurat?»

Mannen bikket på hodet, det var en kar som sikkert var over sytti, håret var hvitt og tynt og noe ved ham minnet Eirannes om en røyskatt som en gang hadde forvillet seg om bord på skuta. Fyren knegget og la fløyta på bordet. «Et knep far min lærte meg, du ser, dyr hører annerledes enn oss mennesker og noen lyder kan de høre mens vi ikke hører noe som helst. Hester liker ikke lyden av denne fløyta, den skremmer dem fra vettet.»

Eirannes måtte smile. «Tilgi meg, men noe sier meg at dette er noe dere har brukt mange ganger?»

Mannen nikket og øynene gnistret rent. «Så absolutt. Plantasje eierne elsker å sitte på sin høye hest og vel, vi har berget oss mange ganger med dette!»

Eirannes rynket pannen. «Du sa dyr, hva slags andre dyr reagerer på dette?»

Mannen trakk på skuldrene. «Hunder, katter, faktisk de fleste om jeg tenker meg om. Broren min prøvde ute i skogen en gang men angret med en gang, han ble omringet av flaggermus, antagelig lagde han en slags parringslyd for de var amorøse av seg»

Eirannes måtte le men noe gnog i tankene hans. «Du har vel ikke tilfeldigvis flere slike fløyter?»

Mannen nikket. «Det har jeg, bare vent litt»

Han forsvant inn under boden og halte frem en liten kasse, fra den trakk han frem en enda mindre boks og i den lå flere slike beinfløyter. «Her, ta så mange du trenger, alle skal virke bra»

Eirannes så smalt på fløytene. De var helt identiske og samtlige var av bein. «Hva slags bein lages de av?»

Mannen bikket på hodet og gliste, han manglet mange av tennene og det var noe mørkt i blikket hans. «Det er den ene tingen du ikke trenger å vite om i detalj min venn»

Eirannes gyste, antagelig menneskebein og fra størrelsen å dømme neppe fra en voksen person. Det var en smule motbydelig å tenke på. Han plukket allikevel ut fem stykker og takket mannen overstrømmende. Han måtte bare finne en måte å teste ut den teorien han jobbet med.

Tilbake ved skuta satt Airan og snakket med en av de prestinnene som nettopp hadde ankommet, kvinnen var kledd i en grå kjortel med hvitt hodeklede til og hun virket for å være en person med innflytelse for hun holdt hodet høyt og det var noe stolt i minen hennes. Airan reiste seg. «Eirannes, dette er søster Shaya, hun vil åpne et herberge her, og hun ønsker å vite hvor mye det koster å frakte folk og utstyr langs kysten»

Eirannes rynket pannen. «Det kommer an på hvor langt?»

Shaya smilte mildt men det var stål i blikket, hun var neppe så ydmyk som hun så ut til å være. «Vi har mange samlet lengre sør, en havn innenfor det som var Hvaløya. Nå der den en del av fastlandet. Vi frykter for deres sikkerhet!»

Eirannes satte seg ned. «På grunn av trollene og de sjelløse?»

Shaya ristet på hodet. «Nei, på grunn av grådighet min gode kaptein. Det er for det meste kvinner og mange er unge og sterke. Plantasjene er nord for den havna og det har allerede vært folk der som neppe har godt i sinne»

Airan nikket stille. «Den utvalgte må vende tilbake snart, ellers vil ting bare returnere til slik de var»

Eirannes følte seg merkelig sint. «Så de vil tvinge kvinner til å jobbe for seg?»

Shaya sukket lavt. «Verre, mye verre. Du kjenner kanskje ikke til alt som foregikk på plantasjene?»

Eirannes følte seg dum som en stut men han var ærlig. «Nei, det har aldri vært mitt bord. Jeg har fraktet varer, ikke brydd meg nevneverdig med hva folk har gjort. Jeg er ikke stolt av det men verden fungerte, på et vis»

Shaya så skarpt på ham. «Det jeg skal fortelle deg vet få om. Noen av de zhandorianske plantasje eierne mente at de kunne skaffe seg mer lydige slaver ved å avle dem.»

Eirannes ble blek, hun trengte ikke si mer og han følte seg svakt kvalm. «Dere frykter at disse personene skal bli brukt som avlsdyr?!»

Hun nikket. «Forstå dette Eirannes, de som allerede har makt vil ikke gi slipp på den, uansett hva som skjer. For det er alt de kjenner til, de kan ikke forandre seg like lite som de kan forandre månens ferd over himmelen»

Eirannes trakk pusten og nikket, han forsto hva hun mente med det. Airan bikket på hodet og rettet på skjørtene sine. «Men om vi kan få fraktet alle bort fort kan de klare seg, vi vil fjerne muligheten til å utnytte enda flere uskyldige mennesker»

Eirannes tok seg sammen med et gys. «Hvor mange personer snakker vi om?»

Shaya så ned, blikket hennes var litt fjernt. «Kanskje et par tre hundre?»

Eirannes skar en grimase. «Dere trenger flere skuter, Havfruen kan frakte kanskje hundre stykker behagelig. Jeg vil ikke ta sjansen på sørkysten med skuta overlesset med folk»

Shaya så skjevt på ham. «Hvilke andre skuter vil du anbefale?»

Eirannes skar en ny grimase, han klødde seg i håret. «Jeg må tenke på det, flere av kapteinene er mer enn villig til å hjelpe dere, og jeg tror at noen av de mindre frakteskutene faktisk er et bedre valg. De er mer manøvrerbare og om dere tar fem av dem blir det mer enn nok plass.»

Shaya nikket. «Jeg forstår, jeg skal snakke med folk.»

Eirannes kjente fløytene i lomma og han prøvde å smile. «Jeg har for øvrig en ide jeg vil prøve ut, tror dere at de sjelløse har god hørsel?»

Airan så litt perpleks ut. «De har utmerket hørsel, hvordan det?»

Eirannes tok frem en av fløytene. «Jeg så en mann skremme bort noen hester i dag, de kastet rytterne og stakk. Hva om det fungerer på de ubeistene?»

Shaya bare stirret på ham, øynene hennes var store. «Ved gudinnen, det kan virke! Vi har gamle sagn….»

Airan så forbauset på Shaya. «Virkelig? Jeg har aldri hørt om noe slikt?»

Shaya ristet på hodet. «Nei, få kjenner dem, de er urgamle. Men denne fienden har prøvd seg før og om vi ikke tar feil var lyd en av de tingene som kunne jage bort deres skapninger.»

Eirannes kjente at pulsen økte farten, han ble tørr i munnen. «Så det kan ha noe for seg?»

Shaya nikket. «Ja, så avgjort. Prøv det Eirannes, det kan kanskje hjelpe oss»

Han svelget og reiste seg. «Det er sett sjelløse nord for her, om jeg får med meg et par menn og får låne noen hester av Archie kan vi teste det i natt, om vi har flaks»

Airan så litt tvilende ut. «Da må du være varsom, ved alle guder!»

Eirannes smilte litt skjevt. «Det er selvfølgelig, vi skal ikke ta noen sjanser, bare se om det fungerer»

Shaya sukket. «Lykke til, jeg skal krysse fingre for deg»

Eirannes skyndte seg til Archie som øyeblikkelig tente på ideen og før det var gått en halv time hadde han fått låne et par hester og to av Archies menn var blitt med ham. Det var noen yngre karer som ikke var redde av seg og de kjente området. Om de skulle rekke et område med sjelløse i før natta måtte de ri hardt og Eirannes var ingen rytter. Han kunne ri, men det var årevis siden han hadde ridd noe mer enn korte turer og nå red de hardt nordover. Han visste at skinkene hans ville være temmelig ømme og såre neste dag men det var en liten pris å betale om dette fungerte. En av karene som kalte seg Jubhar visste om et trygt sted der de kunne teste det ut og de satte igjen hestene ved et forlatt gårdshus og gikk ut i skogen. Jubhar ledet dem med stø steg, han hadde vokst opp i denne nå forlatte bygda og etter litt kom de til et enormt gammelt eiketre. Det var så svært at Eirannes hadde vansker med å tro det han så og flere av de laveste greinene bøyde seg ned til bakken og strakte seg utover flere titalls meter. Jubhar gliste stolt. «Vi kalte henne skogens gamle og hun har en hemmelighet»

Han vandret opp en av greinene som om det var en bred vei og Eirannes og den andre mannen som het Eiren fulgte etter. Det gikk en sti oppover stammen, av små smale trepinner som var slått inn i barken og en kunne klatre opp relativt trygt ved å holde seg i et tau. Stien snoddet seg rundt trestammen og etter litt kom de til en taustige. Alle tre klatret opp og etter litt kom de til en plattform som var bygd over en rad av greiner som var på likt nivå. Jubhar trakk opp stigen og gliste. «Om vi ikke bråker vil de ikke se oss her, vi er for høyt oppe til at de får ferten av oss»

Eirannes følte seg ikke helt sikker men han tvilte på at de sjelløse ville kunne klare å klatre opp eika. Jubhar smilte og satte seg ned. «Hun beskytter oss, ikke vær redd. Hun har holdt folk trygge i århundrer»

Han la seg bare på ryggen og slappet av og Eirannes så at sola var på vei ned. Det ville ikke vare lenge før de kunne teste det ut, om det kom sjelløse denne veien vel og merke. Det ble fort mørkt og nattemørket var tungt men ikke totalt. Stjernelyset gav litt lys og månen var halv så Eirannes så tålelig bra. De to mennene var yngre og hadde bedre syn enn ham så han fikk stole på at de greide brasene. Det gikk et par timer, ingen av dem hadde tatt med stort for de hadde ikke tenkt å bli der mer enn en natt og Eirannes frøs litt. Det var kaldt der oppe og han var glad det var mørkt for det var lenge

siden han hadde vært vant med å klatre i riggen på en
fullrigger. Høyden plaget ham faktisk litt. Det var helt stille
med unntak av noen fugler som lagde en merkverdig skurrende
lyd som minnet Eirannes om noen som gnir to ru treblokker
mot hverandre, og i det fjerne gjødde en hund av og til. Det var
Eiren som først oppdaget at noe beveget seg, han løftet handa
og pekte og Eirannes myste. Det var noe på en klaring et
stykke unna eika, noe lyst. Han bannet lavt for han hadde ikke
tenkt på å ta med en kikkert. Han hadde en temmelig enkel en
men den gav da litt bedre syn på avstand.

Etter litt kom det nærmere og han så at det faktisk var
sjelløse, og et par troll. De vandret fremover i stillhet og
mangelen på lyd var faktisk skremmende i seg selv. Det var
kanskje tretti stykker av dem og han så at ingen av dem bar
klær, de var nakne men noen hadde noen enkle metall våpen
som lignet noe en smedlærling ville vært ytterst skamfull over.
De kom nærmere og antagelig var de på vei mot de forlatte
gårdene for å se om det var mennesker der nå. Eirannes nølte
litt, men grep en av fløytene og løftet den. De sjelløse vandret
gjennom skogen der som stille spøkelser og han var redd de
skulle oppdage de tre mennene i eika men dette måtte bare
testes ut. Han fylte lungene og satte fløyta til munnen, blåste
jevnt og effekten var definitivt ikke hva han hadde ventet seg.
Han hadde trodd at de sjelløse skulle bli skremt og løpe sin vei,
eller bli forvirret men nesten samtlige kastet seg ned på bakken
mens de utstøtte skjærende hvin av smerte. De grep seg til
hodet og vred seg desperat og de to trollene buret desperat og
begynte å gripe tak i sjelløse og formelig rive dem i småbiter
mens de virket for å gå absolutt amok. Eirannes gjorde store
øyne og de to andre grep hver sin fløyte også og bidro til den
for dem lydløse konserten. Tre fløyter fikk trollene til å gå på
hverandre, de rev hverandre i biter lem for lem og blodet
sprutet formelig overalt. De sjelløse lå og rykket som om de
hadde anfall og Eirannes så til sin skrekkblandede fascinasjon
at blod rant fra munnen på dem, på noen virket det for at

øyeeplene sprakk og et par så ut til å gå mer eller mindre i oppløsning, som et råtnende lik.

Etter noen få minutter var det ingen igjen av dem i live og Eirannes følte en intens opprømthet. De hadde det, botemiddelet som kunne hjelpe folket, de kunne klare dette. Eirannes motsto lysten til å hyle som en guttunge mot månen, de kunne beskytte havnene mot angrep, Archie ville sørge for at de innfødte fikk vite om dette så fort som mulig. Han kunne ikke vente med å vende tilbake til havna og fortelle alle om dette. Det var temmelig åpenbart at fløytene var mer dødelige for de sjelløse enn selv giften fra den lille blekkspruten. Han la seg nedpå, fremdeles opprømt og ivrig. Så fort det ble lyst ville de ri tilbake til havna og han var overbevist om at dette kom til å utgjøre en veldig forskjell.

Mens Eirannes hvilte beskyttet av den gamle eika var situasjonen ganske annerledes et stykke lenger sør. En av de fem familiene Archie hadde nevnt eide en stor plantasje som dekket en hel dal og katastrofen hadde forvandlet hele den sørlige delen av eiendommen til en sump. Nå hadde eierne greid å samle mange folk og de hadde lojale soldater som brukte makt til å holde orden på dem. Det å få drenert bort vannet var et forferdelig arbeide som krevde både planlegging og gode redskaper men ingen av delene var å finne der. De som hadde administrert plantasjen var for lengst borte og eierne hadde aldri hatt noe med driften å gjøre selv. De bare satt der og fikk inntektene og de forslagene de kom med kunne fått selv et barn til å måpe. Grøftene som ble gravd var feil dimensjonert og også i noen tilfeller med feil fall og problemet ble bare større for hver dag som gikk. Trekkdyr fantes ikke å oppdrive lenger, spader og hakker var alt de hadde og samtidig insisterte eierne på at avlingene som hadde overlevd måtte høstes også. Det var nesten umulig, det var ikke folk nok og de stakkarene som fantes ble presset til bristepunktet.

De som styrte arbeidet var råskinn som anså seg selv som mye mer verdt enn alle andre og de nøt å plage andre mennesker. Nå gikk de løs på arbeiderne med pisk og stokk og flere var allerede slått helseløse. På natten vågde ingen å jobbe, ikke for det, vanligvis ville arbeidet ha foregått døgnet rundt men vaktene vågde ikke risikere livet. De arme arbeiderne ble jagd sammen i grupper og plassert i noen skur som kunne låses og de fikk litt dårlig velling og vann. Vaktene bodde i noen ganske gode hytter og de var temmelig selvsikre. Om det kom beist tok de garantert de svake først, ikke sterke menn som dem selv.

Selve plantasjen var et enormt herskapshus i en etasje slik skikken var der. Det var flere åpne patioer der og en vakker hage rundt og stedet var så avgjort godt bygd og anlagt. Det var et vakkert hjem men et som manglet varme. Denne ætten var skrekkelig bevisst sin opphøyde stilling og de var arrogante som få andre. Nå for øyeblikket var det kun to familier der av den slekten men de var mange og de ville se makten deres vokse igjen. Nå hadde husholdningen gått til ro for kvelden, tjenerne var i gang med å vaske og rydde etter dagen og gjøre klart til neste dag. Alt måtte være i orden der for husfruen var spisk for å si det mildt og støv var ikke lovlig noe sted. Hun var en heller vindtørr kvinne som aldri hadde vært en skjønnhet og hun var blitt gift kun fordi hun var arving til en større eiendom. Dessuten hadde hun et temperament som en villsvinsugge med ti unger og hun krevde perfeksjon hele tiden. Hennes ektemann var like ambisiøs og de hadde oppdratt barna også til å bli som dem, de anså rikdom og innflytelse som en selvfølgelighet, som en med født rettighet og kunne ikke forstå at noen kunne ha et annet syn på sakene.

Husfruen var allerede i seng, hun sov sjelden mye, men hun elsket å lese i senga og hennes ektemann hadde vent seg til det. Hun dugde til å være vertinne og styre husholdningen men de hadde aldri hatt noe nært forhold. De fem barna de hadde sammen var alle unnfanget ut av ren plikt og herren der hadde minst ti løsunger med diverse elskerinner. Hun hadde aldri klagd på det, i hennes øyne hørte det bare med for en mann hadde lyster og måtte få utløp for dem og ingen kunne kreve at en husfrue skulle te seg som en tøyte og stå til rådighet hele tiden. Så lenge han var diskret var hun fornøyd. Deres eldste sønn hadde sin egen familie der og det var en stor husholdning, de var glade for at de hadde unnsluppet katastrofen stort sett uskadd. Huset sto, eiendommen hadde bare fått flomskader og ingen hadde dødd. Så fort de fikk vannet bort kunne de fortsette som før, alt snakket om uhyrer var kun innfødt overtro. Disse ardotianerne trengte en hard hånd over seg, ellers gikk alt rett vest. Så primitive folk kunne ikke ventes å kunne styre seg selv.

Det var stille der og husfruen var halvveis gjennom en heller søtladen roman om en edel ridder og en litt mindre edel frøken, herren sov og snorket som et sagbruk og hun kastet et oppgitt blikk på ham og ristet på hodet. Rommet var nesten mørkt bortsett fra en liten lampe på hennes nattbord og hun la boka fra seg og skulle slukke den. Hun rykket til, hadde noe beveget seg utenfor det store vinduet i enden av rommet? De hadde virkelige vinduer der, en luksus få kunne ha råd til og det var et kombinert vindu og dør ut til en balkong. Nei, det var da ingen der ute i hagen nå? Tjenerne visste bedre enn å forstyrre dem og hun slukket lyset og la seg. Hun var nesten i ferd med å sovne da det lød et forferdelig brak og glassplinter regnet over hele rommet. Hun reagerte med å trekke dyna over seg, i sjokk og vantro. Herren skrek til og bykset ut av senga og hun hørte bare at han lagde en slags stønnelyd før han ble stille. Hun hørte tassende lyder som om flere gikk rundt i rommet barfot og hun skalv av frykt under den tette dynen. Da dynen ble rykket bort fra henne greide hun bare å skrike, det hun så var så forferdelig at hun ikke maktet å skjønne det. Bleke hender grep tak i henne og rev i stykker den tykke nattkjolen og barmhjertig nok besvimte hun fort, hun slapp å

oppleve hva de sjelløse gjorde med henne og resten av
familien.

Arbeiderne i den usle hytta hørte skrikene fra lang avstand
og de var alle innfødte. De trykket seg sammen og var stille,
ingen rørte en muskel og det var ingen lys der heller. Hyttene
med vaktene derimot var opplyst og de hørte de desperate
skrikene og visste hva som skjedde. Ingen av dem unnet selv
sin verste fiende det som nå skjedde, selv vaktene fortjente
bedre. Men etter litt ble det stille og ingen rørte seg ennå. De
bare lå der, om de ble oppdaget kunne ingen redde dem og de
visste det godt. Alle lå der i total angst til det begynte å lysne i
øst, da kom de seg ut av hytta ved å presse ut dørkarmen og det
de så fikk de fleste til å brekke seg. Det var ingen igjen i live,
med unntak av de arme stakkarene som var blitt brukt som
rugekasser. De lå der og var grotesk oppsvulmet og en av
arbeiderne fant en kanne med olje de brukte til å smøre
vognhjul og helte over dem og tente på. Det var en nåde, og en
måte å unngå at flere sjelløse ble født.

Herskapshuset var totalt rasert og også der var alle drept
eller brukt og det var åpenbart at de sjelløse hadde vært
uvanlig sadistiske der, til og med et par barn var brukt til avl
og synet var horribelt. De satte fyr på alt der, og samlet det de
fant av verdier før de satte kursen mot kysten, det var helt klart
at innlandet ikke lenger var trygt. De andre plantasjene ville bli
mål nå, disse forferdelige skapningene visste at det var folk
der, å flykte var eneste mulighet.

Eirannes og de to mennene nådde tilbake til havna
forholdsvis tidlig på dagen og de ventet ikke med å spre
nyheten om at fienden var følsom for fløyter. Archie betalte
flere av de yngre guttene som rekte rundt på jakt etter arbeide
for å løpe rundt og fortelle det og det ble sendt ut ryttere også
for å sikre at flest mulig fikk vite om dette uventede våpenet.
Brått ble hele havnebyen saumfart på jakt etter slike
beinfløyter og de som lagde dem ble nærmest nedlesset med

ivrige kunder. Archie var den som beholdt hodet i kaoset, han organiserte et forsvar og sørget for at vakter ble plassert rundt byen bevæpnet med fløyter. Han sendte også ut noen til de bosetningene de visste om og et par av de raske små seilskutene ble sendt langs kysten, både nord og sørover for å spre informasjonen.

Prestinnene var glade for at Eirannes hadde funnet noe som faktisk kunne hjelpe folk men for mange var det for sent allerede og noen håndfuller med fløyter var ikke nok til å fjerne alle de sjelløse og alle trollene. De ville bli nødt til å jobbe svært organisert og planmessig og de fryktet at fienden uansett ville klare å overvinne dem siden de sjelløse virket for å dukke frem fra jorda selv. Eirannes var positiv, han følte at han bare måtte beholde optimismen for alternativet var alt annet enn trivelig og så lenge havna var trygg burde det gå bra.

Det gikk to dager uten at noe mer skjedde, så begynte det å komme flyktninger igjen, fra plantasjen som var angrepet. Og det var ikke den eneste. Det virket for at alle steder der det var folk samlet var blitt mål og flere desperate zhandorianere kom trekkende med alt de hadde av verdisaker og forlangte å bli behandlet som om de var lagd av gull og diamanter. Det gikk ikke, brått var det ingen rang og orden lenger og de oppdaget fort at rikdom betyr pent lite når alt folk tenker på er å beholde livet. Hva nytte hadde en av penger når det ikke var mulig å kjøpe noe? Det igjen førte til en del svært stygge situasjoner og Archie ble nødt til å bure inne noen lavadelige guttunger som trodde de kunne ta for seg av alt de ønsket, bare på grunn av familienavnet. Men fløytene virket, det ble lagd flere av dem og de holdt byen trygg. Vaktene begynte å blåse i dem bare de så noe som rørte seg og effekten var til tider direkte grusom. En av karene sverget på at han hadde sett en av de sjelløse rett og slett eksplodere da han brukte fløyta si. Det måtte være noe ved lyden som rett og slett ikke lot seg kombinere med den magien som hadde skapt disse beistene.

Archie samlet mange av de innfødte og de greide å få en slags forståelse av situasjonen i området rundt havna. Eirannes hadde gått med på å organisere redningsaksjoner til de som var strandet langs kysten og han var temmelig opptatt døgnet rundt. Det var mange små samfunn som nå var isolert og overalt var folk på flukt, noe som gjorde dem ekstra sårbare for fienden. Prestinnene gjorde sitt aller beste for å hjelpe folk og det ble sendt ut lag som sanket mat og sørget for at husdyr og verdier ble sanket inn. Skulle Ardot klare seg ville det trenges, antallet døde var så høyt at det ikke lot seg formulere, noen steder hadde katastrofen og fienden utradert hele befolkningen.

I havnebyen var situasjonen veldig intens, siden mange zhandorianere hadde kommet til havna var det brått flere familier der som hadde hatt mye makt og stor innflytelse men nå kom de til kort og temperamentene kunne bli temmelig ampre til tider. Noen krevde å få reise tilbake til Zhandoria øyeblikkelig og ingen av kapteinene var villige til å seile dem. Havet var for usikkert ennå, ingen visste om det ennå kunne komme slike monstrøse bølger eller jordskjelv. Og hva situasjonen var i nord var bare gjetning, for alt de visste kunne Zhandoria være enda verre rammet og hva da?

Eirannes ble overrent med menn som tryglet ham om å seile dem og familien over havet og han nektet plent. Det var for deres egen skyld og han gav ikke etter, uansett hvor mye gull han ble lovet. For øyeblikket var havnebyen her mye tryggere enn alle andre steder han kjente til og om de brukte hodet forsto de også det. Han og Archie hadde lange diskusjoner og siden en av de fem plagsomme familiene alt var utradert ble det litt færre fiender å se opp for men de var utrolig påståelige. De prøvde alle mulige knep for å få makta over havna igjen og Archie var aldri alene nå. Han hadde flere sterke karer som var innfødt i Ardot til å vokte seg og han hadde faktisk folk som smakte på maten hans også. Uten kontroll over havnene ville Ardot aldri kunne reise seg igjen og få tilbake den makten

536

landet en gang hadde hatt. Fikk først disse fire familiene kloa i havna var løpet kjørt.

Eirannes hadde hjulpet Airan og de andre prestinnene med å skaffe skip som kunne frakte folk og han var svært sliten nå. Det tok på og han visste at mange mislikte det fakta at han var en person med noe å si nå. I deres øyne var han bare en simpel fraktebåt skipper, ikke engang av lavadel og at de måtte tigge og be om oppmerksomhet satt ikke godt hos flere. Eirannes hadde begynt å overnatte hos Archie nå, mannen hadde et godt bevoktet hus like ved kontoret og Eirannes visste at det var raskere for ham å trå til derfra enn fra ei skute fortøyd ute i havna. Archie kunne ikke bevege seg stort, men Eirannes var på et vis hans utstrakte hånd og han prøvde å fylle den oppgaven som best han kunne.

Han hadde lagt seg sent og sov tungt da en av vaktene brått kom stormende inn på rommet og dundret i veggen for å vekke ham. «Kaptein Eirannes, du må våkne!»

Han satte seg opp så fort at han kjente et sting i magemusklene, han var så avgjort ikke ung lenger.«Hva skjer?»

Mannen hev etter pusten, han måtte ha løpt opp trappene. «Det er Stridshansken herre, de har stjålet henne»

Eirannes gapte. «Hva mener du? Stjålet henne?»

Vakten nikket og øynene var store. «Slått ned kapteinen og styrmannen og tvunget mannskapet til å ta henne ut»

Eirannes kom seg på beina, han bannet stygt. «Ved alle guder! Hvem?»

Vakten trakk på skuldrene. «Jeg vet ikke, to av de fisefine familiene? De trakk alt og alle om bord, kjerringer og unger og gudene vet hva mer»

Eirannes trakk på seg klærne, han var omtåket og sliten men mest av alt skremt. «De er gale, ei slik skute trenger en dyktig kaptein!»

Han la på sprang ned trappene og ute ventet det flere av hans eget mannskap, styrmannen og Viduel medregnet. Legen sto og så villøyd ut og flere av sjøfolkene var synlig opprørt. Å stjele en skute slik var helligbrøde, det var å be om ulykke og Eirannes samlet seg og prøvde å tenke logisk. «Hvor mange folk var det?»

En kar brautet seg frem gjennom folkemengden. «Minst femti, med vakter og alt. Ingen hadde sjans til å si dem imot. De bare tok henne. Jeg er tømmermann om bord, men jeg var opptatt så jeg ble akterutseilt kan en si»

Eirannes så på mannens svømmende blikk og merkelige påkledning at han antagelig hadde vært på den bula som var havnas tilbud om underholdning. Flere kapteiner kom til, Eirannes kjente flere av dem og Archie kom vaggende frem også, iført en enorm nattskjorte og en lue som ville sett komplett idiotisk ut på en annen person. Han løftet neven og alle ble stille. «Kan de klare å komme seg til Zhandoria?»

En av kapteinene steg frem, Eirannes kjente ham som den som styrte en av de små klipperne. «De kan kanskje komme seg til Unlan? Om de har flaks? Ingen vet hvordan bukta mellom Bheki og Felderi er nå»

Eirannes sukket. «Antagelig ikke farbar, og for alt vi vet kan hele kysten være rasert. Dheesa hadde en stor flåte men den kan være borte, samme med Arzam»

Archie så ut som en tordensky. «Skal de bare få lov til å stikke av med en skute på det viset? Hun er et krigsskip for fanden. Vi trenger henne her!»

Eirannes så spørrende på Archie. «Hva foreslår du at vi gjør?»

Havnemesteren slo neven i veggen så det dundret. «Seiler etter, hva venter dere på? Ved alle guder, hvem tror de at de er? Ingen av dem kan noe om sjøfart, de har tvunget mannskapet til å adlyde seg og tror de kan komme seg til Zhandoria igjen? Galskap!»

Eirannes rettet seg opp. «Dere hørte ham, jeg trenger mannskap! Havfruen skal seile etter dem»

Det lød spredt jubel men Eirannes følte seg langt fra høy i hatten. Han visste at dette var en risiko å ta, disse menneskene ville neppe la seg stanse og han løftet armene. «Jeg trenger bueskyttere, jeg trenger dyktige sjøfolk og jeg trenger menn som ikke er redde for å bruke makt.»

Folk stimlet sammen og han gikk ned til der lettbåtene lå. Havfruen var reparert og i full stand til å tåle en lang seilas og han visste at de hadde fylt lagrene og gitt henne en total overhaling. De som stjal Stridshansken var ikke langt vekk ennå, kun et par timers seilas men visste disse idiotene hva slags fare de sto overfor? Han så til at alle kom seg om bord, at skuta hadde både våpen og proviant og alt annet de trengte. Han tok til og med med seg noen fløyter for sikkerhetsskyld. Han hadde ofte seilt fort for å levere varer som ikke holdt seg men han hadde aldri prøvd å ta igjen et krigsskip og i hvert fall ikke for å prøve å borde det. Vel, det var en tid for alt og Eirannes følte seg brått mye bedre. Han var på dekket av en god skute igjen og han hadde kommandoen og om de ikke lykkes i å bringe den andre skuta tilbake til havn skulle det i hvert fall ikke være hans feil. Han gav ordre om å la ankeret heises og sjøfolkene hilste og løp for å følge hans ordre. Archie kunne takle havnebyen, Eirannes var en kaptein og ingen politiker og ved alle guder, det var slik det skulle være.

Lyenera

Hele husholdningen var i sjokk, Lyenera kunne ikke beskrive det annerledes. Ingen vågde seg nær kjøkkenet og til slutt ble hun nødt til å betalte noen av gatevaktene så de gikk inn og fjernet Vhiduels kropp. Det var tydelig at synet av den døde alven skremte dem men de gjorde som de fikk beskjed om og Lyenera fikk dem til å frakte liket til en gravplass utenfor murene og begrave det der. Hun skjulte mønsteret på golvet med en krukke med aske og sørget for at ingen kunne se hva som hadde skjedd der, hun hadde store problemer selv med å forstå det men det hadde vært virkelig. Hun greide å berolige staben der, fortalte dem at Vhiduel hadde prøvd en eller annen form for magi som hadde tatt livet av henne og deretter lot hun den delen av kjelleren avstenges totalt. Den ville ikke bli brukt igjen.

Lyenera tenkte over det Vhiduel hadde sagt, at fienden var på vei. Var det noe hun kunne gjøre for å stanse dem? Antagelig ikke, for hun ante ikke hvor de var. I stedet konsentrerte hun seg om å samarbeide med kongen for å få oversikt over hva Oshwart hadde gjort av uredeligheter og hun gjorde sitt beste for å gjøre eiendommen til et mer trivelig sted for alle som nå bodde der. Det å brått ha virkelig rikdom mellom fingrene ville ha gjort mange meget lykkelige og antagelig også svært så spandable men Lyenera var ikke slik. Hun donerte noen summer til veldedige formål i byen og sørget for at resten av det som fantes som penger ble tatt vare på. Hun ante ikke hva som kunne bli nødvendig senere.

Afrenith kom tilbake til huset etter et par dager og hun brøt ut i gråt da hun fikk vite at Vhiduel var død og det var ikke av sorg. Hun hadde vært livredd henne og hadde ikke våget å røpe det i det hele tatt. Lyenera trodde på det nå, Vhiduel hadde så avgjort blitt brukt av mørket, hun hadde trodd seg selv så mye sterkere og smartere enn hun egentlig var og det hadde ført henne ut på ville veier. Men ennå ante ikke Lyenera noe om hva slags fiender det var snakk om.

Hun begynte å bli mer kjent med Zetir nå, med kulturen og folket der og hun tok seg turer til torgene og bevitnet folkelivet og måten folk levde på. Zetir var et varmt land og området innenfor grensene mot Felderi var mer å regne som ørken enn noe annet. Det gav et eget særpreg til alt. Lyenera ville elsket å besøke landet om omstendighetene hadde vært annerledes, hun ble klar over at Oshwart hadde beholdt en livsstil som var ganske annerledes enn den de innfødte hadde. Til og med maten som hadde blitt servert der var fra vest men Lyenera fikk øynene opp for den lokale måten å lage mat på. De brukte mye krydder og grønnsaker og hun tillot kokkene å vende tilbake til sine røtter når det gjaldt valg av råvarer. Det gjorde henne mektig populær og sakte men sikkert begynte husholdningen å se ut som zetirere igjen og ikke som folk fra Bheki eller enda lengre vest.

Lyenera ble klar over at folket der hadde skikker som var totalt ukjente for henne, Afrenith viste henne ganske mye som ville ha sjokkert henne ellers og hun fant særlig en tradisjon der underholdende. Det var flere amfi teater der i byen og noen var åpne for publikum mens andre var åpne kun for betaling. De som var gratis hadde daglige oppvisninger av en ganske så spesiell type og Lyenera kunne knapt tro sine egne ører da hun hørte hva som foregikk. Det var ganske enkelt et sted der folk kunne gjøre opp uenigheter, ved å skjelle hverandre ut i verseform. Den som greide å få til det heftigeste og mest fornærmende rimet uten å bli direkte ufin gikk av med seieren og det samlet seg som regel en stor folkemengde hver dag når dette ble satt i gang. Poesi var regnet som noe stort i Zetir og en person som kunne å snakke for seg ble ansett som en person

som hadde dannelse, uansett om han eller hun var utdannet
eller ei. Til og med de kongelige moret seg med å lage poesi
og noen av diktene som ble trykket opp og solgt på
gatehjørnene var utrolig intrikate og forseggjort. Lyenera fikk
et par av Afrenith og måtte lese dem flere ganger for å skjønne
at de egentlig dreide seg om noe helt annet enn det en skulle
tro.

Men hun greide ikke slappe av, hun visste så utrolig godt at
noe var i ferd med å skje så hun sendte ut noen yngre karer hun
betalte godt. Om de hørte rykter om fiender, eller så noe
utenom det vanlige skulle de si ifra med en gang. Et par av
dem hun sendte lengst fikk med seg brevduer og hun bare
krysset fingre og håpet at ingenting hadde skjedd ennå. Det var
ikke en eneste skute nå som kunne bringe nyheter fra Ardot og
de båtene som faktisk ankom havnene kom enten fra nord eller
så var de lokale. Et par båter mente at det å prøve å krysse
havet nå var selvmord og Lyenera kunne bare be om at døtrene
hennes var trygge. Siden hun nå var husfrue over en svært rik
husholdning fikk hun innpass i blant eliten i byen og det gav
nye utfordringer. Hun var blitt en person som virkelig var noen
og det betydde at hun måtte møte opp på diverse tilstelninger i
regi av hans majestet. Her gjaldt det å ikke bomme på noe, i
hvert fall ikke klær og smykker og hun fikk mye hjelp av
Afrenith. Det virket for at den trinne kvinnen blomstret opp nå
og hun røpet at hun hadde en sikker sans for stil og eleganse.
Lyenera var eksotisk for alle der og hun prøvde å te seg som
om hun var både verdig og tilbaketrukken men det var til tider
vanskelig. Mange adelige herremenn visste åpenbart at hun var
enke og nå gikk de på som en gjeng hunder etter en slakter
vogn.

Hun ville ha moret seg hadde det ikke vært så forbasket
plagsomt og så veldig unødvendig. Hun måtte møte opp men
likte det ikke og var normalt sett en av de første som forlot
festen. Det gikk et par uker før en av duene vendte tilbake og
budskapet den bar var illevarslende. Den av guttene som hadde

sendt den var ved grensa mot Felderi, innerst i bukta nord for Zetir og det var et flatt område med lite befolkning men desto mer sau. En lang fjellkjede skilte Zetir fra Felderi og den gikk fra innerst i bukta og helt til sørspissen av Unlan og gutten hadde møtt folk som flyktet fra fjellene. Noe hadde dukket opp der, noe forferdelig.

Lyenera fikk vondt i magen av det og hun skulle ønske hun hadde sendt med rytterne hauker i stedet for duer for en skarve due kan ikke bære stort. Noe forferdelig? Det kunne være hva som helst!

Men flere av guttene vendte tilbake og nyhetene de brakte var i sannhet urovekkende, et eller annet drepte folk for fote og det spredte seg innover landet. Zetir var et avlangt land med hav på tre kanter og det virket for at denne fienden dukket opp på flere steder samtidig. Hun fikk vite at kongen også hadde fått nyss i dette men han tok det med en stor klype salt og mente at det var overtro og folk som reagerte på helt vanlige ting som sykdommer og banditter fra Felderi. Lyenera ante ikke hva hun skulle si eller gjøre for å få ham til å skjønne alvoret. Etter enda et par uker var det helt tydelig at dette slettes ikke var noe som skyldtes masse hysteri blant enkle og uopplyste sjeler, det begynte å dukke opp flyktninger og mange hadde grusomme fortellinger å fortelle, om troll og merkelige bleke vesen som gjorde unevnelige ting med de arme sjelene de ikke drepte øyeblikkelig. Kongen lot ikke folket få vite hva han planla i det hele tatt, han sendte ganske enkelt ut flere tropper fra hæren for å få bukt med problemet og regnet med at det skulle være enkelt nok. Zetir hadde en svært god hær og et kavaleri som var viden kjent, de gav seg ikke for noen fiende. Lyenera visste at det var en feiltagelse og hun håpet desperat at hun skulle kunne greie å gjøre noe, hva som helst. Hun måtte prøve å hjelpe folk men hvordan? Hvordan skulle hun kunne lede? Hun ante ingenting om fienden og ingenting om hva hun selv kunne gjøre.

Det gikk noen få dager med skjelvende håp, så kom noen få
soldater tilbake og brått visste alle at dette var en fiende ingen
kunne overvinne. Samtlige var blitt slaktet med unntak av noen
få som hadde hengt etter på grunn av sårbeinte hester.
Historiene om det som hadde skjedd med disse arme mennene
spredte seg raskere enn en ildebrann og panikken grep mange.
Portene til byen ble stengt, mange samlet seg utenfor murene i
desperasjon og kongen nektet fremmede adgang til byen nå.
Siden det var en havneby hadde de havet på to sider og mange
tydde til båter og seilte bort og prisen for å en plass på en skute
var brått absurd høy. Lyenera visste at disse forferdelige
skapningene ble trukket dit det var mennesker samlet, portene
hjalp neppe mye. Kongen prøvde å rådføre seg med de vise for
å finne et botemiddel eller et våpen mot denne nye fienden og
ideene var mange men ingen var effektive. Lyenera husket hva
Vhiduel hadde sagt, dette var kun fortroppene,, skapt for å feie
til side motstand og gjøre en invasjon enkel. I byen hadde folk
sine egne måter å utagere på, hun var klar over at slike kriser
bringer ut det ekstreme i mange. Det var også godt synlig,
havnebyen var også hovedstaden i landet og følgelig var den et
konglomerat av ulike trossamfunn og livssyn.
Hun gikk gjennom gatene hver dag og så alt fra folk som
mente at bønn og forsakelse ville sende disse ubeistene bort til
de som hengav seg til enhver synd tenkelig i den tro at en
burde leve livet fullt ut mens en var i live.
Noen preket på gatehjørnene, krevde totalt underkastelse og
selvsagt også offergaver for å sende beistene vekk, andre
mente at dette var noe hekser og ond magi hadde brakt frem og
by vaktene hadde hendene fulle og enda mer med å hindre
blodbad. Folk tror på alt som gir dem håp og det å gi de som
skiller seg ut skylda for dette var enkelt og også noe som virket
forlokkende på mange. Lyenera så at byen brått ble delt i
fraksjoner, handelen stanset og frykten var synlig overalt.
Utenfor portene var det brått vokst frem en ny by, en by av telt
og enkle hytter og lukta kunne føles helt til havet på en varm

dag. Det var tusenvis av flyktninger der og ingenting de kunne
leve av. Nøden var enorm. Men kongen åpnet ikke portene,
han visste hva som skjedde om folk slapp inn. Med en stor
befolkning allerede kom flyktningene til å totalt oversvømme
området og det var ikke lagd for å tåle så mange mennesker.
Kloakk systemet var allerede presset til ytterpunktene og det
var lite mat å oppdrive. En by lever på å importere det den
trenger og nå kom det svært lite inn. Resultatet var stor nød.

Lyenera prøvde å hjelpe til som best hun kunne, hun brydde
seg ikke om rikdom, hun ville bare redde flest mulig og hun
brukte innflytelsen sin til å skaffe enkel mat til de fattige. Hun
leide skuter som seilte nordover til Altarab og fikk tak i korn
der. Men hun oppdaget noe nytt etter hvert, noen av
flyktningene som ankom byen var langt vestfra. Noen kom helt
fra Bheki eller enda til fra Longaria og de hadde sett de samme
beistene der i fjellene. Og det var sett drager igjen, de mente at
de var født av dragetind og at en ny tidsalder skulle fødes.

Et par av disse menneskene var forhenværende adelige og
Lyenera var i slottet da en av dem ble gitt audiens hos kongen.
Han hadde fått passere portene siden han var en mann kongen
faktisk kjente fra før, en handelsmann det vesle kongeriket
hadde hatt kontakt med før. Lyenera likte ham fra det
øyeblikket hun la øye på den vesle spurven av en mann. Han
var over sin beste alder men fremdeles sterk og sunn og han
hadde en skinnende blank manke av sølvfarget hår som virket
meget velpleid. Han bøyde seg dypt for kongen og Lyenera så
at hele hoffet var samlet, inkludert det kongen hadde av
rådgivere og vismenn. Hun undret seg på hva dette ville
avstedkomme. Mannen var kanskje liten men han hadde en
bemerkelsesverdig sterk stemme og han tedde seg med en
slags verdighet som fikk ham til å fremstå som en mann en
burde høre på uansett. Lyenera hadde lært at han het Idaban av
Solamida og han hadde reist rundt i de fleste landene for å
handle med dyrebare krydder og sjeldne medisiner. Han hadde
havnet i Zetir etter at bukta mellom Bheki og Felderi ble utsatt

for et forferdelig leirras og han hadde snakket med mange som
var kommet fra vest over Altarab eller langsmed kysten via
Unlan.

Det han fortalte fikk mange til å riste på hodet. De hadde
kjent til krigen som var brutt ut mellom adelsslektene, og de
hadde også forstått at dette hadde hatt ødeleggende
konsekvenser men de hadde ikke tenkt at det var så ille. At det
av og til brøt ut uroligheter var noe de var vant med, men
Idaban forklarte at det denne gangen hadde ødelagt alt som het
stabilitet og samfunnene var totalt ødelagt. Zhymorne var ikke
mer, på slettene i vest ble det sagt at en ond vekkelse fikk folk
til å gå fra vettet og fra fjellene strømmet det slike beist som de
som nå truet hovedstaden.

Lyenera så at rådgiverne var tvilende, av prinsipp. De likte
ikke ideen på at en handelsmann skulle ha mer å si enn dem
selv og de prøvde å få Idaban til å fremstå som en lystløgner.
Men han bøyde ikke av og lot seg ikke skremme av dem og
kongen lyttet faktisk til ham. Det samme problemet hadde
dukket opp over hele Zhandoria, noen steder var det langt
verre enn her men de hadde en viss fordel i og med at de hadde
havet og kunne ty til skip for å unnslippe. Det var også en øy
midt i bukta mellom Zetir og Altarab men den var ikke egnet
som noe bosted siden den var steinete og i bunn og grunn kun
et passende levested for geiter. Kongen gav øyeblikkelig ordre
om at alle skuter som ikke var opptatt med å skaffe mat skulle
bli brukt til å frakte folk bort i tilfelle fienden dukket opp og
rådgiverne mente at det var unødvendig. De hadde gode og
sterke murer og en sterk hær fremdeles.

Husholdningen hadde endret seg over de siste ukene,
Lyenera hadde vært en fremmed og en de fleste følte en slags
redsel for men det hadde endret seg. Hun delte ut mat og
prøvde å gjøre livet levelig for mange og i byen kjente mange
henne nå, som en reddende engel. Hun ble hyllet når hun viste
seg og det gjorde henne brydd. Men hun visste at situasjonen
ikke kom til å vedvare. De som hadde penger og makt forlot

byen, noen reiste nordover siden ingen visste hvordan situasjonen var langs kysten mot Hietlai og noen tok også sjansen på å seile sørover mot Unlan. Men noen kapteiner som hadde vært ute mente at mye av Unlan var totalt rasert av naturkatastrofen samt at røvere og andre desperate mennesker herjet og at det som hadde vært av samfunnsstruktur hadde kollapset totalt. Hvor kongefamilien der var blitt av ante ingen, de fleste trodde de var døde. I Felderi var det anarki etter at Marcellius døde og det virket for at bare Dheesa ennå hadde en slags orden å snakke om. Hanek var en god konge og temmelig hard og stri så det kunne være at hans jernhånd hadde hindret det riket i å gli ut i kaoset. I det minste var det lov å håpe.

Lyenera våknet en stille natt av en merkelig følelse, merkene i huden hennes klødde og brått glødet de svakt og hun visste med ett at dette var hva hun hadde ventet på. Dette var timen da hun måtte trø til og gjøre sitt beste og hun kom seg opp og følte seg både oppspilt og livredd. Hun følte på seg at hun måtte til murene så hun kom seg i klærne, hun kledde seg ikke som en fin frue nå, mer som en vanlig fiskerhustru med bukser og en tykk tunika, jakke og kappe og solide støvler. Lyenera hadde skaffet seg en ponni, hun turte ikke ri noe større enn det og salet dyret fort. Hun ville ikke vekke noen og da hun red ut av porten var det med en følelse av at hun slettes ikke ante om hun ville vende tilbake.

Hun forsto brått at noe var veldig galt, her ikke langt fra havna var alt stille men jo nærmere hun kom murene jo mer forsto hun at fienden var nær. Hun hørte skrik og rop på lang avstand, ild flakket og kastet et eget makabert skinn over murene og det løp soldater overalt. Hun satte igjen ponnien og løp videre, ingen stanset henne for ingen hadde tid til å bry seg med en enslig kvinne. Murene var høye, og de var svært solide også. En av kongens forfedre hadde vært svært klok og bygd byen så den tålte en beleiring fra landsida og Lyenera så at soldater sto klare foran portene. Det var hundrevis av dem og de var fullt klar for kamp. Kongen måtte ha fått beskjed om situasjonen og latt alarmen gå og hun svelget stivt og fant en rampe som ledet opp på murene. Hun løp opp og stirret ut mot området foran murene og det hun så fikk henne til å utstøte et lite skrik. Flyktningleiren var totalt omringet og folk var inneklemt mellom murene og en enorm mengde med uhyrer.

Lyenera hadde aldri sett en troll før men visste hva det var da hun la øye på dem, og de mindre bleke motbydelige skikkelsene som myldret frem mellom de ruvende beistene var enda mer skremmende. Hun hadde hørt historiene. Hun klamret seg til kreneleringen, stirret utover et hav av desperate mennesker og hun så at mange hadde samlet seg foran portene mens de tryglet om å bli sluppet inn. Desperate skrik kunne høres men ingen av offiserene på innsiden gav etter, kongens ordre var ikke noe du kunne stille spørsmål om og de arme sjelene der ute var fortapt. Noen soldater løp forbi men Lyenera ble oversett, de så bare en skikkelse i en kappe og trodde kanskje at det var en offiser eller en av kongens menn som prøvde å få overblikk over situasjonen.

Lyenera jamret seg, det var tusener av mennesker der nede, og de var fortapt om ikke noe skjedde. Det virket for at fienden rykket frem sakte bare for å gjøre skrekken og pinen enda sterkere og hun følte seg direkte kvalm. «Ved alle guder, hva kan jeg gjøre?»

Hun hvisket det og kjente at merkene klødde enda sterkere. Hun følte seg varm og slet av seg kappen, ild flakket der nede siden ildsteder og bål hadde blitt forlatt i panikken og Lyenera visste på et eller annet vis at ild var noe disse beistene ikke likte. Hun løp langs murene, det måtte være flere hundre troll der ute og hun så at de hadde drevet mange flyktninger foran seg, de hadde fanget dem mellom seg og murene som for å vise seg, for å knuse all motstand og spytte i ansiktet på kongen. Hun visste at murene var sterke nok til å holde tilbake beistene, at de neppe kom seg over men hva med portene? De var gamle og sterke men de hadde ikke vært testet på mange århundrer og hun var redd for at så mange troll faktisk kunne

548

bryte dem ned. Og alle menneskene fanget foran murene ville
dø på de mest forferdelige måter og ingen kunne gjøre noe for
å hjelpe dem.

Hun gav fra seg et ul av fortvilelse og brått kjentes merkene
ut som om de sto i full fyr og flamme, hun fikk en merkelig
følelse av at ingenting egentlig var ekte, av at dette var en
merkelig mardrøm og hun rev av seg jakka og tunikaen.
Merkene glødet, danset over huden hennes i en tone av intens
lys lilla farge og hun følte seg fylt med lys, med ild. Lyenera
forsto at dette var hva Vhiduel hadde gjort med henne, at det
hadde vært en mening med det helt fra begynnelsen av. Hun
var ment å komme dit, ment å aldri nå Hietlai men å bli her,
for å redde flest mulig. I det øyeblikket glemte hun å være
redd, hun kjente at det gikk et gys gjennom kroppen og så at
hun nå glødet så sterkt at hun ble som en lykt synlig på lang
avstand. Håret pisket rundt henne og et kaldt raseri steg ved
synet av fienden. Hun hørte stemmen til hun som kalte seg
Imla i hodet. «Ja barn, slipp det fri. Bli hva du er ment å være,
vis dem hva frykt betyr»

Lyenera var totalt fiksert på hordene av ubeist der fremme,
hun hørte ikke at soldatene ropte i vantro, at folket presset
sammen foran murene skrek i en blanding av frykt og
forundring. Hun sto der på muren og uten at hun så det var hun
omkranset av noe som lignet slør som flagret og slo i en vind
ingen følte. Slørene var av lys og hun var lys og varme og
sakte steg hun opp fra muren og sto der i tomme luften. En
liten skikkelse som glødet som en stjerne mens den sakte steg
ut over flyktningleiren.

Lyenera visste hva hun skulle gjøre nå, i sinnet så hun alt,
alle de som nå kjempet mot mørket og hun var en av dem. Hun
skulle vise disse ubeistene at også denne verdenen hadde klør
og tenner og hun gliste og strakte hendene mot himmelen. Hun
var forvandlet som de alle ble det av å være rørt av gudene og
hun var et redskap men ett med en egen vilje. Trollene og de
sjelløse stirret opp, de enkle sinnene forsto ikke hva de så, for

dem var det bare en prikk av skinnende lys som brant i øynene og de trodde kanskje at det var en stjerne de så.

Lyenera følte seg ydmyk, hun var kun en av mange som ville gjøre alt for å berge denne verdenen og hun var stolt over å være en utvalgt. Hennes evner hadde levd i henne hele livet uten at hun hadde visst det, nå hadde Vhiduel brakt dem frem til overflaten og Lyenera var blitt noe nytt, noe ingen hadde sett før. Hun glødet sterkere, lyset fra henne kunne sees helt inne fra palasset midt i byen og hun strakte armene ut. I en kort stund syntes hun ikke som annet enn et intenst lys men så tok hun form igjen, hun var fremdeles seg selv men lyset formet seg rundt henne som en ny kropp, som en rustning og den hadde form som en drage med enorme vinger.

Lyenera skrek, et intens krigsrop som sendte ekko over hele området og så stupte hun. Som en komet falt hun mot bakken og foran henne raste en sjokkbølge som fikk støv og jord til å slå opp som en bølge. Hun brøt av, suste langsmed bakken og hun traff horden av uhyrer som en tsunami treffer en molo. Troll og sjelløse ble kastet i været, skrikende og vrælende mens lyset brant dem og hun etterlot seg en bred gate av rykende brennende kropper. Hun skrek fremdeles, sinne og trass kokte i henne og hun raste opp igjen, stillet som en hauk i luften over hennes rettmessige bytte og lot panikken bre seg. Trollene var ikke særlig intelligente og de var heller ikke spesielt lojale mot sine herrer. De prøvde å flykte. Hun falt igjen, pløyde inn i dem med slik fart og kraft at mange ble delt i to av det, hun følte hvert treff som harde slag og forsto hvorfor Vhiduel hadde gjort henne usårlig, hun ville ikke ha overlevd dette ellers. Trollene burte og de sjelløse stilte seg opp i en slags formasjon, de var ikke så dumme som trollene og de hadde en slags iboende magi. En slags svart sky av tåke formet seg rundt dem og hun greide ikke bryte gjennom den, hun bare prellet av og frustrasjonen hennes kokte over det. Skyen ble større og større og de sjelløse rykket frem mot

folkemengdene i ly av den. De gav seg visst ikke, de var sendt
for å drepe og det ville de gjøre, uansett.

Lyenera aktet ikke å gi opp, hun raste opp i luften igjen og
husket noe hennes far hadde sagt da hun var barn. Han hadde
drevet en gård og de var ille plaget av en type muldvarper som
ødela røttene på buskene de grodde. Eneste måten å bli kvitt
dem på var å grave seg ned under gangene og tenne bål, få
røyken til å jage de små beistene ut. Nå aktet hun å gjøre noe
tilsvarende. Hun presset seg ned igjen, men denne gangen raste
hun ned i bakken, det var løs grus der og ikke stein eller
grunnfjell og hun skjøt opp igjen under skyen av mørke. Folk
utenfor så bare at skyen ble opplyst innenfra før den gikk i
oppløsning og hun dukket opp igjen, den lilla flammen glødet
rundt henne. Lyenera lot ikke frykt eller tvil telle nå, det var
som om hun var en ganske annen person, og hun tenkte
egentlig ikke. Hun bare visste hva hun skulle gjøre, av rent
instinkt. Hvor kraften i henne kom fra ante hun ikke og hun
brydde seg ikke heller, hun bare sto på, svidde av troll og
sjelløse og gjorde i bunn og grunn samme jobb som en drage.
Trollene flyktet nå, og hun drepte dem et etter et, deretter tok
hun for seg av de sjelløse og hun var nesten ferdig da hun
oppfattet noe nytt.

Det var et nærvær, et som var så mørkt og iskaldt det fikk
henne til å gispe og suse opp over murene igjen. Det kom fra
havna og hun forsto brått at dette hadde vært en
avledningsmanøver, den egentlige faren kom fra havet og
Lyenera bannet og prøvde å se. Mørke spredte seg over byen
som røyken fra en brann og hun hørte skrik og rop på lang
avstand. De menneskene som hadde vært fanget foran murene
var trygge nå, det var ikke mange sjelløse igjen og de som var
løp bort nå. Lyenera så at den svarte skyen nådde slottet og
områdene rundt, at det spredte seg vanvittig fort og hun sanset
at dette ikke var sjelløse. Dette var en enslig vilje, en eneste
skapning med kun et mål for øye, å ødelegge mest mulig. Hun

følte at den var urgammel og ondsinnet og svært sikker på å vinne men også rasende fordi hun hadde forstyrret angrepet.

Hun nølte, ante ikke om hun skulle tørre å angripe eller ei. Stemmen til Imla lød i sinnet hennes. «Det er en av de mørke, en av de mørke har kommet. Det burde ikke være mulig!»

Hun svelget og fløy nærmere, det var som om skyen svelget alt lys og etterlot kun et blytungt mørke, som om alt var dekket med et tykt lag kullstøv. «Kan jeg gjøre noe?!»

Hun spurte i tankene og det kom ikke noe svar, hun følte bare frykt og forsto at dette var noe ingen hadde forutsett. Selv ikke gudene hadde trodd at selve hovedfienden skulle ankomme slik, så fort. Det hadde alltid vært en viss rekkefølge i hva de gjorde men den var brutt nå og Lyenera ante ikke om hun var sterk nok til å møte noe slikt. Hun visste ikke engang hva denne fienden var.

Men byen var i fare, folket var i fare og hun svelget frykten og suste nedover mot mørket der fremme. Hun kunne ikke leve med seg selv om hun ikke prøvde og raseriet hun følte gav henne ekstra mot. Hun raste inn i skyen og den var som tykk røyk, som gammelt edderkoppnett fylt med støv og slimet som flyter på råttent vann. Hun var vettskremt men presset seg fremover, følte at det var noe i senter av skyen og hun siktet på det. Senteret var midt over det store torget i midten av byen og hun fant veien kun fordi hun nå var ganske kjent, alt var mørkt og merkelig stille og hun gispet ufrivillig da hun plutselig brøt igjennom og kom til et område som var åpent. Det vare som en katedral for mørke, skyen dannet en dom over og rundt henne og midt i denne merkelige åpne halvkulen sto noe som fikk henne til å tro at hun hadde mistet vettet.

Det var en skapning som snaut nok kunne beskrives, et monster som ikke hadde noe å gjøre med mennesker og deres form. Den hadde fem øyne på et hode som var kulerundt med en sirkel av lange elastiske tentakler rundt midten og kroppen var dekket med en slags svart kappe men hun ante flere lemmer under den og skapningen fløt mer enn gikk. Den hadde

ingen synlig munn eller nese men et par åpninger bortenfor
øynene som måtte være ører. Øynene var i to rader. To store
øverst som på en edderkopp og tre mindre under og de glitret
av ondsinnet intelligens. Og skapningen stinket, den stinket så
ille at hun brøt seg og de merkelige tentaklene vred og buktet
seg som en stor bunt med levende mark. Huden var mørk med
rødlige og lilla toner og den var blank og våt og merkelig
motbydelig å se på. Hun forsto at dette var noe som slettes ikke
hørte hjemme i denne verdenen i det hele tatt, hvorfor hadde
den kommet?

Den snudde seg sakte, de kalde øynene minnet om
insektøyne men var mye mindre fasettert og hun gyste av
synet. Den så henne og hun hørte en slags freselyd, som når en
heller kaldt vann på en bit med oppvarmet metall.
«Dødelige…tåpelige skapning…»

En slags pil av rent mørke skjøt ut fra skapningen og hun
greide så vidt å unngå den, hun forsto at dette faktisk var en
utrolig farlig motstander, på alle måter. Hun lot ilden som
brant i henne få frie tøyler og hun glødet som en liten sol nå
men den mørke vek ikke tilbake, den skapte seg et skjold og
flere slike små prosjektiler raste mot henne. Et par traff og hun
hylte av smerte men sårene brant seg rene øyeblikkelig. Den
hveste igjen. «Hvem har gitt deg den kraften? Fortell meg det
før jeg dreper deg»

Lyenera sendte en puls av ren hete mot den mørke som
seilte unna med forbløffende eleganse, hun prøvde å se for seg
et nett av flammer men var ikke dyktig nok til å gjøre det. Det
varte bare noen sekunder og den lo av henne. En hånlig latter.
«Slik en overmodig datter av menneskerasen, hvordan tror du
at du kan overvinne meg?»

Brått snodde tykke slanger av mørke seg ut av bakken og
slynget seg om henne og selv ikke ilden hennes brant dem, de
bare presset på og Lyenera innså at hun hadde gjort en tabbe,
og en ganske så gedigen en også. Dette var en fiende langt
sterkere enn noe hun kunne håpe å overvinne. Den gled

nærmere, gledet seg synlig over hennes desperate forsøk på å bryte seg fri. «Jeg vil nyte å fortære sjelen din, jeg tror den er ytterst delikat»

Lange tentakler strakte seg mot henne og hun følte et øyeblikk at panikken nesten fikk overtaket men så våknet sinnet i henne igjen. Akkurat så ondsinnet og selvsikker hadde hennes ektemann vært og hun hadde drept ham. Hun skulle ved gudene drepe dette ubeistet også. Hun var i ferd med å bli klemt i hjel av de mørke tentaklene men brydde seg ikke om hva som skjedde med kroppen hennes, sinnet og sjelen var alt som telte og hun greide å få ene armen fri. Antagelig trodde den at det bare var et tåpelig forsøk på å forsvare seg for den reagerte ikke på det i det hun greide å slite av seg armringen hun bar. Den var underlig lett nå, som luft men den hadde substans og hun ante ikke hvorfor men hun visste at dette var årsaken til at hun hadde fått den i hende.

Skapningen strakte seg frem mot henne, som for å legge et par av de tykke tentaklene rundt hodet hennes og hun freste rasende og trakk ilden inn i seg igjen, i et øyeblikk var hun som et vanlig menneske og det var i det sekundet hun grep ringen og tredde den rett inn på en av de motbydelige utvekstene. Hun hadde slukket all magi hun hadde, trakk all kraft tilbake og var kun Lyenera. Armringen så først helt vanlig ut, som et heller absurd smykke for den motbydelige skapningen, så begynte den å gløde og hun smilte, et djevelsk smil som ble bredere og bredere. «Se om du liker den der din forbannede mollusk!»

Det lød et høyt smell, ringen glødet intenst og hun så hvordan årer av noe som lignet smeltet metall brått spredte seg fra den, gjennomboret vevet til den mørke. Årene raste frem, fikk kroppen til å gløde svakt og skapningen ravet bakover med et vræl. Den slo mot ringen med de andre tentaklene og noen underlige lange tynne armer dukket opp fra under kappen. Den prøvde å trekke ringen av men årene nådde hodet og den hylte. Det var et hyl som fikk trommehinnene hennes til å sprekke. Stein raste fra byggene rundt, bakken skalv og glass eksploderte. En tykk mørk væske begynte å sprute ut av sprekker i kroppen og den vred seg, tentaklene slo vilt rundt den og den prøvde desperat å vekke magien som ville bringe den tilbake til sin egen dimensjon men det var for sent. Magien fra ringen hadde nådd hjernen på den og det var for sent. Øynene eksploderte, tentaklene ramlet sammen og kroppen kollapset i en haug på bakken. Lyenera ble slengt vekk og kolliderte med en vegg. Hun følte det knapt for hun var i ferd med å svime av. Hun ante ikke om hun var dødelig skadet av magien dens eller ei men brydde seg ikke om det. Hun hadde overvunnet den, det var det viktige. Armringen falt av og landet like ved henne med et klang. Den så ut som et vanlig heller billig smykke nå og hun strakte seg ut og grep den, trakk den til seg.

Den mørke lå der som en klump med noe utflytende og stinkende noe, så tok den fyr og underlige grønnaktige flammer slikket langs kadaveret mens tykk sur os spredte seg. Den mørke skyen forsvant og Lyenera kunne se stjernene igjen. De var utrolig klare over byen og hun smilte svakt. Hun hadde drept en av de mørke, de kunne dø. Det var håp. Hun strammet grepet om armringen og kjempet ikke mot mørket som senket seg over henne. Hun hadde gjort det hun var ment å gjøre, det var riktig, hun kunne hvile. Hun hørte Imlas stemme som et fjernt surr. «Vær velsignet over alle sjeler, du greide det utenkelige»

Så ble det mørkt og Lyenera var ikke lenger bevisst.

Khelebil

Det hadde blitt tilløp til panikk etter at Hanek gikk bort, mange av soldatene var vettskremt og ante ikke hvordan de skulle reagere og noen var også overbevist om at dette var slutten og at de hadde større sjanser på egenhånd. Wulf var deres leder nå og han var såpass imponerende på alle måter at de færreste vågde å protestere noe særlig, i det minste høylydt men alle var ikke enige med ham og det skapte fraksjoner ingen egentlig ønsket velkommen. Khelebil konsentrerte seg om skrivene Wulf hadde tatt med seg, de hadde mye av den salven som skulle kamuflere lukta deres og han hadde også greid å lage en del av den som visstnok skulle lokke til seg troll men den tredje som var en gift for de sjelløse hadde han ikke greid å lage. Han manglet ingredienser og forsto heller ikke fremgangsmåten som var beskrevet. Det var tydelig at de som hadde skrevet dette var vant med at alle forsto hva de mente for det var ingen nærmere beskrivelser og han følte seg frustrert temmelig ofte.

Men de sjelløse og trollene var der hver natt og kun skjoldet holdt dem borte og Khelebil skulle gjerne sett dem brent til aske for synet forvandlet selv tapre menn til skjelvende vrak. Knurring og hese vræl fylte mørket og noen av de sjelløse sto der og gliste og gjorde uanstendige bevegelser som for å virkelig vise soldatene hva som ventet dem om de greide å bryte inn i leiren. Moralen var dalende og Wulf ante ikke hva han skulle gjøre for å rette på problemet. De burde teste ut salvene men hva nytte var det i å jage bort troll når de alltid var sammen med de sjelløse? Selv om trollene ikke fikk været av en så ble en garantert oppdaget av de forbaskede monstrene og

dermed sto en der, med botemidler som ikke hjalp i det hele
tatt.

Khelebil savnet Hibu, han måtte vedgå seg det og han følte
fremdeles en tung sorg over tapet og også en god porsjon rent
raseri. Hvorfor hadde Shaad drept gutten? Det var tydelig at
Hibu hadde sittet der og studert et eller annet da Shaad drepte
ham så det var lite trolig at gutten hadde gjort noe som kunne
være til fare for morderen. Det var ikke til å bli klok av i det
hele tatt. Wulf hadde innført rasjonering, på dagen når ikke
trollene og de sjelløse vågde seg nær kunne de ri ut i noen
korte timer og sanke mat men det var ikke lenger vilt å finne
og husdyra som var etterlatt hadde enten trukket vestover eller
blitt jaktet på og slaktet for lengst. Åkrene hadde ikke blitt
dyrket til og det fantes ikke mat, kort og godt. Her og der var
det løer som folk hadde lagret for i men gamle råtne neper og
råtten kål fristet ingen. Det var flere slike løer i nærheten og
om vinddraget sto riktige veien kunne en kjenne lukta.

Khelebil var på jobb i lasarettet da han hørte alarmen, han
hadde fått et par ordentlige utfordringer denne dagen, to
soldater hadde røket sammen og slåss og resultatet var at
begge to hadde dype stikksår i armer og skuldre. Han hadde
sydd sammen den første og var i ferd med å gå løs på den
andre da han hørte hornet og hjertet hans sank med en gang.
Han nikket til Older som var assistent. «Fortsett, jeg må se hva
dette er»

Han løp ut av teltet og så at flere var på vei mot porten, det
måtte være noe alvorlig som skjedde. Han presset seg frem og
så at Wulf sto på en tønne og stirret utover, Khelebil hoppet
opp på en også og fikk utsikt utover. Det var folk, en stor
folkemengde på kanskje flere hundre personer og i et kort
øyeblikk var han livredd for at dette var besatte mennesker. Så
ble han var at de beveget seg normalt, at de lagde lyd og at de
tydeligvis var livredde og fortvilet. Wulf brølte. «Åpne
porten!»

De første av folkene nådde porten og stanset, samtlige så forferdelig herjet ut og klærne hang og slang på dem, ganske mange var nakne og Khelebil så blod og skader på svært mange av gruppen. Det var både voksne og barn der og han kjente at hjertet sank i ham. De hadde smått med ressurser og dette ville presse dem til bristepunktet. Wulf gikk frem. «Jeg er Wulf av Sølverhøy, stedfortreder for vår falne konge, Hanek.»

En av mennene nølte litt, så steg han frem og det var tydelig at han hadde vært en leder men det var noe ved ham som fortalte Khelebil at mannen var knekket psykisk. Blikket flakket og han var skremmende mager. «Er Hanek borte? Å guder»

Wulf nikket. «Han ble snikmyrdet av en tjener av mørket, hvem er dere?»

Mannen tok seg sammen med et rykk. «Jeg er Bharen av Itra, det er en liten landsby på grensen mellom Longaria og Darazzen. Jeg var borgermester der. Vi er…overlevende?»

Wulf rynket pannen. «Overlevende?»

Mannen nikket. «Det kom folk til landsbyen vår, folk som preket om en slags gudinne. Vi ville ikke høre men noen svake sjeler var det som lyttet. Og brått husker ingen av oss noe, før vi våknet til for et par dager siden, i et skogholt og vi aner ikke hva som skjedde men det må ha vært forferdelig.»

Wulf trakk pusten dypt, dette var folk som hadde vært besatt. Hvorfor var de blitt normale igjen? Var dette en felle? «Dere var under mørk magi, dere har vært nikkedukker for mørket»

Bharen stønnet og lukket øynene. «Jeg…jeg har…hadde en hustru og flere døtre, ingen av dem er her… Vi mangler familie, alle sammen…Vi forstår ikke…»

Wulf så ned og Khelebil gikk frem, han følte seg skremt men også sympatisk for deres prøvelser. «De folkene dere mangler er ikke lenger i live, tenk på dem som…tenk på dem som ofre for en pest eller noe slikt, det er det aller beste»

Bharen nikket tungt og Khelebil så ut over mengden. «Hvor mange er dere?»

Bharen gjorde en tafatt gest. «Rundt tre hundre, det har kommet til folk fra andre landsbyer mens vi vandret, de husker heller ikke noe»

Wulf så stivt på Khelebil som nikket tilbake.Enten så var dette en uvanlig stygg felle eller så hadde fienden sluppet grepet på de besatte, gudene ante hvorfor. Khelebil hevet stemmen. «Dere er slitne og sultne, vi har lite mat dessverre men jeg kan se til skadene deres, og dere er trygge her i natt. Vi har måter å holde troll og sjelløse unna på»

Bharen så vantro på dem. «Vi var mer enn tre ganger så mange da vi begynte å vandre, men de…monstrene, de har plukket oss unna, en etter en. De har lekt med oss som en katt leker med en såret mus»

Wulf så intenst på mannen, han var flink til å oppdage løgn og denne karen var ærlig, skjelvingen i stemmen var ekte og Khelebil gyste synlig. Disse folkene hadde ingen sjanse om de forble der ute. Wulf snudde seg mot en offiser han hadde utnevnt som adjutant. «Hvor mange ekstra telt har vi? Tepper?»

Mannen vætet leppene nervøst. «To hundre telt herre, men de er av det enkle slaget og mangler teltpåler. Vi har kanskje like mange ekstra tepper?»

Khelebil løftet hodet. «Ta tepper fra lasarettet, vi har noen hundre der også som ikke er i bruk, og vi har mange hestedekken også. Det er mildere nå, dyrene trenger dem ikke»

Adjutanten løp for å organisere alt og Khelebil så at mengden med folk bare sto der, de fleste hang faktisk mer enn de sto og de tomme blikkene fortalte alt. Mange var klar over hva de hadde vært med på, hva de hadde gjort. Det var nok til å ta vettet fra noen og enhver. «De av dere som er såret kommer med meg til lasarettet»

Han snudde på hælen og fikk et par soldater til å geleide folk frem, nå trengte han hjelp og fikk liv i alle assistentene sine og lærlingene også. Older sto og så himmelfallen ut og Khelebil stønnet innvendig. De fleste var skadd, hadde de bandasjer nok? Medisin og utstyr? Smertestillende? Han ante ikke men så strengt på den vesle gruppen som nå var samlet, temmelig fortumlet og sjokkert. «Barn først, deretter kvinner og ungdom. Mennene får tåle å vente»

Alle nikket og Khelebil vinket på flere soldater. «Sett opp fem telt utenfor her, jeg vil ha de kritisk skadde i det første, de som kan vente i de neste to og småskader i et samt et telt for de som ikke klarer seg, forstått?»

Soldatene nikket og Khelebil følte seg merkelig oppstemt, dette var faktisk hva han hadde trent for, hva han hadde vært forberedt på å gjøre og han smilte litt for seg selv mens han bestemte hvem av lærlingene som skulle ha hovedansvaret for sortering av pasienter. Det var ingen som protesterte på at kvinner og barn fikk komme først, det var få igjen av dem også og Khelebil kjente at hjertet sank i ham ved synet av mange av dem. Kvinner er sterkere enn menn psykisk men dette hadde knekt de fleste. Noen satt bare der uten å reagere mens de ble undersøkt og Khelebil så at en svært pen yngre kvinne satt der splitter naken mens hun holdt en liten dukke tett ved brystet. Han ante hva som hadde skjedd, de besatte drepte sine egne like gjerne som fremmede og mange av de som nå var samlet der hadde antagelig myrdet sine egne. Skadene var store, det var gjerne brudd og åpne sår og temmelig mange var infisert siden disse folkene ikke hadde prøvd å rense sårene. Det hang en egen stank over folkemengden og Khelebil kjente den godt fra før. Det var kort og godt koldbrann og det gikk ikke lenge før han fant det første grimme eksempelet på tilstanden. Det var en liten gutt på kanskje fem som satt der med trillrunde øyne og noen stygge klor på kinnene og høyre armen var mer eller mindre knust fra albuen og ned. Det luktet død og djevler allerede og Khelebil visste at guttungen neppe ville overleve. Men han var en dyktig lege og det å amputere lemmer var noe en feltskjær burde være meget god på. Khelebil var stolt av at han kunne kappe av en arm eller et bein i løpet av to korte minutter.

Older hjalp ham og de helte bek på såret etterpå, guttungen hylte desperat før han besvimte og Khelebil følte seg som en skurk men om det var en liten sjanse for at gutten greide seg….Noen bar de bare bort med en gang, det var en del som ganske enkelt ikke hadde en sjanse til å overleve og Khelebil gav dem en overdose med smerte medisin så de bare gled bort uten mer pine. Det var barmhjertig men allikevel noe han slet med å gjøre. Særlig når det var kvinner og barn. Etter en stund kom de til mennene og her var det enda mer å ta fatt i. Kanskje halvparten av de ankomne var skadet og lasarettet så fort ut som et slaktehus. Det var blod overalt, avkuttede råtne lemmer og Khelebil så et par tilfeller som gjorde til og med ham akutt syk. En ung gutt kom leiende på en annen, hele ansiktet var knust og kun tunga var igjen av underste delen av fjeset. At han var i live var vanvittig men Khelebil måtte gjøre seg hard. Han ble geleidet bort og lagt for seg selv, det var ingen sjanse for at noen med en slik skade ville klare seg. Det var avrevne lemmer, knuste lemmer. Det var dype sår og et par menn kom med innvoller hengende ut av kutt i magen, det var verre enn ved noen slagmark og det verste var sinnstemningen som rådet. Samtlige var knust, i sjokk og i mange tilfeller slet de med forferdelig skyldfølelse. Khelebil ante at få av disse ville bli normale mennesker igjen, om noen i det hele tatt greide seg. Det var et grusomt arbeide som tok mye av dagen og kvelden og da det ble mørkt dukket trollene og de sjelløse opp som før. Men nå var det en forskjell, de hadde fanger. Antagelig hadde de tatt igjen en annen gruppe med folk som hadde vært besatt for de så akkurat like herjet ut som denne gruppen og Khelebil kjente smaken av galle i kjeften. Skrik og bønner om nåde kunne høres på lang avstand og det var tydelig at dette var en velvalgt taktikk, ment å bryte ned moralen og forsvaret. Wulf så at mange av soldatene var på bristepunktet, de var så vettskremt at de ristet og noen gråt åpenlyst. Det som foregikk der ute var så grotesk at Wulf beordret alle bort fra den enkle muren, det var ingen vits i å prøve å hjelpe de arme sjelene for hva kunne de egentlig gjøre? Holdet var for langt til å skyte dem og uansett kunne de ikke sløse med piler.

De nyankomne var plassert i en liten leir for seg selv inne blant soldatene og de hørte også lydene og virket lammet av frykt. Antagelig hadde de sett hva de sjelløse gjorde med folk og husket det og Khelebil kunne ikke klandre dem for å bli påvirket av det. Wulf kom til lasarettet like etter midnatt, nå var det bare småskader igjen å ta seg av og Khelebil var så sliten at han ristet. Han så ut som en slakter og følte seg slik også, det var lettere for ham å bestemme at en mann skulle legges bort for å dø enn en kvinne men for en lege var det uansett et nederlag. Og det hadde vært mange slike beslutninger allerede, minst femti hadde fått hjelp til å krysse over og han visste at de ville bli nødt til å bare legge likene ut i skogen, de hadde ikke mulighet til å grave så mange graver, eller en massegrav stor nok, og ved fantes ikke til å brenne så mange lik. Wulf så rundt seg med avsky og forferdelse, stedet så ikke ut og Khelebil visste at alt av tepper og utstyr måtte brennes, det gikk ikke å rense noe av det. Alt var kort og godt så forurenset at bare ren alkohol kunne fjerne all skitten på det og de hadde ikke den slags tilgjengelig.

Mange flere ville dø i løpet av de neste timene eller dagene, en god del av folkene var så avmagret og svake at det i seg selv var fatalt og andre igjen hadde heftige infeksjoner. Khelebil kunne kanskje ha reddet flere med et mer avansert lasarett men antagelig ikke, slike skader var det sjelden noen overlevde selv i byene. Men han hadde gjort sitt aller ytterste og Wulf satte seg ned på den eneste stolen han fant der som ikke var dynket med blod og andre kroppsvæsker. «Det er mange flere der ute nå, kanskje tusenvis av mennesker som brått er blitt seg selv igjen»

Khelebil stønnet. «Ikke minn meg på det, bare tanken…Men jeg vet hva du mener, vi kan ikke hjelpe dem»

562

Wulf dro en hånd gjennom håret, han lukket øynene. «Jeg vet ikke hva dette betyr Khelebil, er dette en del av en pervers plan?»

Legen svelget tungt. «Skulle ikke forundre meg i det hele tatt. Fienden kunne ikke ha funnet på noe mer jævlig om de hadde prøvd spør du meg, å la alle disse menneskene brått få vettet tilbake? Skape enda mer frykt og fortvilelse? Binde oss opp totalt? Jeg tror det meget godt kan være planlagt»

Wulf nikket og han så sliten ut. «Antagelig har du rett, jeg kan ikke se for meg at det vi er opp mot gjør feil, nei, det må ha vært en del av en plan»

Khelebil vasket hendene i en bolle med vann som allerede var mer eller mindre blodrødt på farge. «Så hva gjør vi nå? Vi har minst et par hundre mennesker til å ta vare på, vi har ikke mat, snaut nok vann, ikke ved til å holde folk varme?»

Wulf lagde en stygg grimase. «Ikke minn meg på det. Jeg er stygt redd vi er for mange nå til at skjoldet hjelper om vi prøver å flytte oss, det vil bare bli kaos»

Khelebil bet seg i underleppa. «Det har du rett i. vi må bli her. Men det er heller ingen løsning»

Wulf sukket tungt. «Så hva muligheter har vi egentlig? Har du kommet lengre med den giften?»

Khelebil ristet på hodet. «Nei, faktisk ikke. Jeg aner ikke hvordan de lagde den og det er helt sant, dessuten mangler jeg flere ingredienser»

Wulf sukket og husket vagt hvordan den edelsteinen Ushara hadde hatt med seg hadde skremt bort slike ubeist, men av en eller annen grunn hadde de ikke brukt den igjen, det var som om den hadde blitt glemt av dem alle. Hadde de hatt noe slikt kunne de kanskje ha berget seg, og Ublan selvsagt. Halvdragen ville ha kost seg der, det var det liten tvil om. «Soldatene gjør snart opprør, vi har ikke mat til så mange og uhyrene der ute vet det»

Khelebil nikket. «Ja, de venter bare på at det sprekker for noen»

Wulf reiste seg igjen og begynte å vandre frem og tilbake, han lignet en ulv i bur. «Vi kan ikke nå Sølverhøy, det er for langt vekk og om jeg ikke tar feil er antagelig situasjonen der like alvorlig som her, om ikke verre»

Khelebil rynket pannen. «Hva får deg til å tro det?»

Wulf gliste kort. «De mennene Hanek har satt igjen der for å styre og stelle er inkompetente for å si det pent. De kan ikke finne sin egen ræv med begge hender og en fakkel. Jeg kjenner sjefen for hæren der og Jacob er en idiot. De andre er kronidioter. Det er noen få hederlige unntak men de har lite eller ingenting å si. Hanek skulle ha byttet ut hele administrasjonen sin da han tok over tronen men var for tradisjonstro. Det straffer seg i lengden»

Khelebil skar en grimase og tørket av hendene, de hadde ikke rene håndklær igjen og ingen muligheter til å vaske noe som helst. «Kan det være så ille?»

Wulf nikket. «Jeg har sett på kartene og tenkt over det jeg har hørt fra folk, og det jeg så på veien. Alt som finnes av folk i sørlige og østlige delen av Dheesa vil trekke mot Sølverhøy, noen vil nå frem og bare noen vil være nok til at byen blir overfyllt. Vi snakker om tusener av mennesker og de vil ta med seg alt de eier og har også. Jeg misunner ikke de stakkarene som skal stå for styre og stell der»

Khelebil bet tennene sammen. «Og om beistene kommer dit?»

Wulf bare gliste, et temmelig humørløst glis. «Åh de kommer, tro meg, det er folk der! Spørsmålet er om det vil være en by tilbake der etter litt»

Khelebil hadde slekt i området og han gyste nedover ryggen. Kunne dette være slutten på alt, verdens ende? Han håpet ved gudene ikke det. Men muligheten var der, så avgjort. Wulf lente seg mot teltstolpen, han skar en grimase. «Om soldatene begynner å bli for desperate er det bare en ting å gjøre, jeg vil hate det men …»

Khelebil vætet leppene. «Hva da?»

Han kjente allerede svaret men måtte høre det for å tro det. Wulf så ned. «Summeriske henrettelser, vi kan ikke la noen få risikere livet til mange, det går ikke men jeg frykter at mennene snart er så presset at selv ikke det vil hjelpe.»

Khelebil nikket. «De tror de kan klare seg der ute»

Wulf ristet på hodet. «De har sett hva som skjer med de som blir tatt til fange, ved alle guder, vi kan fremdeles høre dem»

Khelebil gyste. «Noen menn vil heller møte døden rakt på enn å vente på den.»

Wulf nikket. «Ja, jeg vet det. Og det vil svekke moralen enda mer for ingen av dem vil i såfall slippe unna. Selv på raske hester kommer du ikke langt nok vekk og de sjelløse er overalt.»

Khelebil svelget stivt. «Jeg…»

Wulf så fort på ham. «Ja?»

Khelebil skar en unnskyldende grimase. «Jeg har en liten ide, men …jeg vet ikke om den vil fungere»

Wulf myste. «Spytt ut, jeg har tro på dine ideer»

Khelebil tok seg sammen. «Vannet fra brønnen, den som forvandlet den mannen til noe drageaktig? Vi vet ikke hva som skjer om det vannet kommer i kontakt med en sjelløs, eller et troll?»

Wulf gyste synlig. «Ved gudene Khelebil, er du gal? Er ikke de beistene ille nok som de er?»

Khelebil gjorde en vag gest. «Wulf, hør, de er så avgjort ille nok, men hva om det har en annen effekt på dem? Hva om det faktisk kan hjelpe oss?»

Wulf så smalt på legen. «Hva baserer du det på?»

Khelebil svelget stivt. «Jeg har skåret i folk Wulf, både normale folk og besatte og de besatte så…ikke normale ut i det hele tatt. Men de har blitt normale igjen nå. Det kan reverserers. Jeg tenkte…»

Han satte seg ned og prøvde å formulere det han ville si. «De sjelløse, de er allerede unormale, og de er styrt av et eller annet med intelligens ikke sant? De følger en plan. Om de

blir…dyr…er det kanskje mulig at de vil angripe sine egne
først?»

Wulf så litt storøyd på ham. «Khelebil, det du nå foreslår er
vanvittig, om det går galt er vi ferdige, kort og godt!»

Khelebil så ned. «Om det ikke går er vi også ferdige, så
hvorfor ikke prøve å gjøre noe, i stedet for å rulle oss over på
ryggen i overgivelse»

Wulf så på ham, lenge, så rørte munnvikene hans på seg og
han gliste, et slags berserker glis som fikk Khelebil til å undres
på om det faktisk hadde tiltet for karen. «Vi gjør det, ved alle
guder, det er verdt et forsøk»

Khelebil nikket litt usikkert. «Det er garantert noe fienden
ikke har tenkt over, og hellet følger den tapre ikke sant?»

Wulf nikket og gliste bredt. «Du har rett, du har så inderlig
rett min venn. Vi prøver, med en gang!»

Khelebil rynket pannen. «Hvordan skal vi få det vannet inn
i en sjelløs? Eller et troll? Vi kan ikke bare gå ut dit og by dem
på en drink?!»

Wulf hadde et vanvittig glimt i øynene. «Nei, men vi er en
hær og vi har utstyr og jeg vet at Hanek alltid har med seg
utstyr for enhver anledning, følg meg!»

Khelebil ble nærmest halt etter mannnen som raste av gårde
mot et telt som ble brukt som depot. Der inne var det kasser og
sekker og Wulf lette fort gjennom rekkene med trekasser etter
en med det rette nummeret. Da han fant en trakk han den frem
og brøt opp lokket. Khelebil lente seg fremover, han var
nysgjerrig og så at kassa inneholdt flere beholdere med
pilspisser. Wulf halte frem en slik beholder og Khelebil
blunket forundret. Pilspissene i denne beholderen var
merkelige, de hadde små åpninger og virket hule?

Wulf smilte bredt. «De er lagd for å inneholde oljer, de
tennes fyr på og viser bueskytterne hvor de skal sikte, det blir
bra lys av en slik en selv om de bare brenner en kort stund.»

Khelebil forsto. «Du vil helle av vannet i noen slike?»

Wulf nikket og grep beholderen, han smilte. «Hent vannet og møt meg ved porten, jeg trenger en bue og ikke en hvilke som helst en!»

Khelebil skyndte seg til teltet sitt og hentet feltflaska med det merkelige røde vannet, han visste at dette fort kunne bli det siste de gjorde men om det virket? Ved gudene, det kunne være redningen!

Han løp til porten og Wulf var allerede der, han sto der med en armbrøst og den var den mest brutale Khelebil hadde sett. Den hadde et stativ og virket for å være lagd nesten utelukkende av metall. Han gapte. «Hva i alle guders navn er det der?»

Wulf klappet på den brutale konstruksjonen. «Dette min venn er hva vi bruker for å skyte tau over juv og elver.»

Han hadde allerede festet flere pilspisser på noen merkelige korte og grove piler og Khelebil så at han hadde stilt inn det merkelige våpenet mot de sjelløse der ute. De danset fortsatt rundt og torturerte de få fangene som var igjen i live og Khelebil lukket ørene for skrikene. Wulf smilte kaldt. «Vi har en sjanse på dette Khelebil, dypp en pil i vannet og forsegle åpningene med dette»

Han holdt frem en liten beholder med noe som bare kunne være myrull. Khelebil trakk pusten dypt og tok en pil, han skrudde av korken og det merkelige lysskinnet fra vannet var ubehagelig å se på. Han dyppet pila i det, dyttet litt ull i de små åpningene og rakte Wulf pila, spissen ned. Wulf nikket og Khelebil så at flere nærmet seg, nysgjerrige på hva deres leder nå gjorde. Wulf siktet fort, han fant en sjelløse som var litt nærmere enn de andre og skapningen ravet rundt og virket for å være svært opphisset og ivrig, i hvert fall om en skulle tolke det fakta at den hadde en tydelig ereksjon. Han så fort på flaggene som vaiet fra porten, de måtte vente på et øyeblikks vindstille og det kom. Vinden døde ut og Wulf hvisket en fort bønn om at han ikke nå dømte dem alle før han lot bolten fly.

Den fløy fort og rakt, armbrøsten var bygd for å skyte langt tyngre prosjektiler og Khelebil holdt pusten. Den sjelløse ble truffet midt i magen, ravet bakover med et vræl men rettet seg opp igjen. Et pilskudd var ikke nok til å drepe den i det hele tatt. Wulf holdt pusten og Khelebil ba, han ba som han aldri før hadde bedt, til alle de guder han kjente til, til og med den gudinnen som var tilbedt av horene i byens bedre bordeller. Det måtte virke, det måtte virke, alle gode makter, la det virke!

Ingenting skjedde, den sjelløse bare rev ut pila med et glis og viste dem baken. Wulf stønnet og Khelebil følte at hjertet sank i ham, det var slutten, de kom til å bli fanget der til alle hadde sultet i hjel eller de hadde blitt drept av de beistene. Da var det at Wulf bannet, så stygt at Khelebil krympet seg. Han grep en ny pil. «Forbered den!»

Khelebil gapte. «Hvorfor? Det fungerer ikke?»

Wulf skar tenner. «Gjør det! Nå!»

Han adlød, fylte pila og Wulf la ann, han hadde et forferdelig uttrykk i ansiktet og Khelebil følte at hjertet sank i ham da han så hva offiseren siktet på denne gangen. Det var noen få fanger igjen som ikke var blitt torturert ennå, de sto i en liten klynge og skalv mens de sjelløse gned seg opp mot dem og tydeligvis ertet dem med deres kommende skjebne. Wulf siktet på en mann midt i klynga, han var svært høy og godt bygd og uten synlige skader og Khelebil ante at det nok var en forhenværende ridder eller soldat for han var velnært og hadde en svært vakker fysikk. Selv fra avstand så de det tryglende blikket og Khelebil klynket. Uansett ville det være en nåde for ham å slippe det som ventet. De fleste der hadde allerede lidd samme skjebne som Shaad.

Wulf trakk pusten og skjøt, bolten fløy som et lyn og boret seg inn i mannen like under kravebeinet på høyre side, det var et dødelig skudd om ikke noe skjedde. Fyren falt sammen, det var noe som lignet takknemlighet i minen hans og Wulf knurret og rakte ut handa. «En pil til»

Khelebil svelget stivt. «Er du gal? Hva om…»

Wulf nikket. «Hva om det ikke virker? Hva om det virker for godt? Hva om de angriper oss i stedet for beistene? Uansett vil jeg ikke la folk dø på det viset lenger. Om dette er vår siste natt skal jeg velge skjebnen vår, ikke de beistene der ute»

Khelebil gav Wulf en ny pil, offiseren skjøt og det gjentok seg fire ganger til, nå var det seks personer som var skutt og lå nede og de sjelløse ulte skuffet. Antagelig hadde de ikke trodd at det var mulig for disse menneskene å rekke langt nok med det skytset de hadde og det var ikke så moro å voldta kadaver.

Khelebil holdt pusten, vannet burde da virke snart? Eller hadde det ingen virkning på normale mennesker? Uansett, de hadde prøvd og de hadde spart disse arme sjelene fra en forferdelig ende. Wulf senket armbrøsten, han pustet tungt og myste utover og Khelebil gjorde det samme. Det var ikke så mørkt at de ikke så detaljer og Khelebil krysset fingre så det knaket i knokene hans. Han holdt pusten, han hadde så avgjort ikke godt av så mye spenning. Dette var litt i meste laget…

Det lød et merkelig brøl fra ansamlingen av sjelløse, fulgt av flere og noe beveget seg. De sjelløse skrek som en og raste fremover mot det som nå prøvde å komme seg på beina, antagelig trodde de bare at personen ikke var død alikevel. Det så ut som en maurtue fra avstand, detaljer var umulig å se men noe skjedde virkelig og det var voldsomt. De hørte flere brøl. Og skrik fra sjelløse og denne gangen hørtes de mer skremt ut enn opphisset. Wulf hvisket lavt. «Det virket, ved gudene, det virket!»

Khelebil skalv fra hode til fot, hva hadde de akkurat skapt og sluppet løs på verden? En potensiell fiende verre enn noe annet?

Brått lyste det opp der borte, et skarpt blått lys som fikk Khelebil til å rygge tilbake og skjerme øynene. De hørte et skingrende hvin og Wulf sto og stirret med haken nesten nede på brystet. Seks skikkelser kjempet seg fri fra de sjelløse, de var som biller som blir overrent av ivrige maur og Khelebil svelget stivt. «Guder!»

Wulf hvisket en slags bønn og mennene rundt dem var helt stille. Det som kom frem var ikke drager men hva det var? De lignet drager på form men hadde ikke vinger og gikk på to bein som et menneske, i det hele tatt var formen menneskelig men de hadde dragehud og var blitt minst fire meter høye. Øynene glødet skarpt i ulike farger og Khelebil så at de faktisk var forskjellige, den første de skjøt var den største av dem og han hadde en slags man av langt sølvskimrende hår og kroppen var imponerende med lange sterke armer og klør. De andre var litt lavere og ikke så muskuløse men hadde samme form og de brølte og slo mot de sjelløse. Lyset kom fra den største av dem, det danset som små lyn rundt skapningen og den rettet seg opp og brølte utfordrende. Trollene som hadde vært samlet der brølte til svar og gikk på, de visste ikke hva frykt var og denne skapningen var like stor som dem og antagelig minst like farlig.

Khelebil fikk se akkurat hvor farlig, den sprang i mot trollene og møtte det første med et slag som sendte trollet opp i lufta med et vræl. Deretter snudde den seg elegant og fanget det fallende beistet opp, brakk nakken på det med en rask bevegelse. De andre gikk også til angrep, lys gnistret rundt dem og Khelebil så at det faktisk var som små lyn og de sjelløse falt sammen med forferdelige vræl om de ble truffet. Wulf var taus, han bare stirret og øynene hans var store. De sjelløse angrep alle sammen, det var minst et par hundre der og de virket desperate, som om de visste hva denne nye fienden var og visste at de ikke kunne tape. Khelebil skalv fremdeles, det var som en dans, en brutal og blodig dans der danserne rev sjelløse i småbiter, knuste dem eller svidde dem av med lyn. Den største var mest effektiv, antagelig hadde Wulf rett i å ane at det hadde vært en profesjonell soldat for den visste hvordan en dreper mest mulig effektivt. Den sløste ikke med en eneste bevegelse, den var som en dødsengel og tok for seg de største trollene mens de andre tok for seg av de sjelløse. Lynene som flakket rundt den var intense og trollene skrek av pine når de

ble truffet. Khelebil hadde tårer i øynene og han visste der og
da at han hadde endret skjebnen med forslaget sitt. Dette var
noe ingen hadde forutsett, dette var noe som kunne endre
absolutt alt!

Wulf stirret på skapningene som drepte med en
selvfølgelighet han aldri hadde sett maken til, faren var at de
ville vende seg mot leiren etterpå men han tenkte ikke på det.
Han var fylt med ærbødighet, med en slags ydmykhet. «Guder
tilgi oss, hva er det vi har skapt?»

Dhar-arzhøg

Kaoset som hadde oppstått var totalt, ingen hadde opplevd
maken og i tempelbyen var det tilløp til panikk. Nyheten om at
dragene var i ferd med å bryte seg løs ble mottatt med vantro
og alle visste at om de ikke kom tilbake under kontroll kunne
de fleste der være i fare. Alle magikerne ble sendt ut til
dragedalen for å prøve å få kontroll på situasjonen og i byen
ventet alle i spent angst. Brannen i avlsgårdene hadde ødelagt
mye og gruppene som hadde blitt sent ut for å finne nye slaver
og hunner hadde vendt tilbake tomhendte. Det hadde ikke
skjedd før men nå var det brått ingen å finne noe sted og ingen
forsto noe. Men noe måtte gjøres og det fort og Hireez var av
de sterkeste der så han fikk selvsagt i oppdrag å løse problemet
med dragene. At de hadde hatt magesjau ble oversett nå, ingen
brydde seg med det og han undret seg på hvordan en løs
hunndrage kunne finne veien til dalen og skape slikt kaos. Den
skyldige hunnen var flydd bort og hannene sloss fremdeles så
busta føyk, mange var døde eller skadet og Hireez var meget
opprørt. Ikke for det, egentlig passet dette utmerket men
kontakten han hadde hatt med de tre han sendte ut var brutt og
det de var sendt for å finne hadde ikke ankommet. Han forsto
ikke hvorfor men de mørke hadde nevnt noe om at de var
stengt ute, at de ikke lenger kunne overvåke den andre
verdenen slik som før.

Hireez så på det vanvittige kaoset som var tilbake etter
paringsflukten og ristet på hodet. Hva nå? Hva kunne de
egentlig gjøre? Magien deres var sterk og kunne tvinge
dragene tilbake under kontrol men så mange? Han aktet ikke å

slite seg ut på dette, og han aktet heller ikke å røpe at han slettes ikke var så lojal som alle trodde. Det måtte være et knep der et sted. Han vandret mellom ødelagte innhegninger og ansiktet hans røpet ikke hva han tenkte på i det hele tatt. Hvordan utnyttet han dette til sin fordel? Det måtte være en måte å gjøre det på? Noen skadde drager lå der og jamret seg og han fikk en ide. Han snudde seg til de andre magikerne som var med på denne jobben og smilte kaldt. «Vi kan ikke la dette fortsette, vi er nødt til å bli kvitt en del av dragene. La oss sende de minste og svakeste ut dit med en gang, om det skjer nå eller senere bør ikke bety stort.»

En av de andre så tvilende ut. «Er det lurt? De skulle egentlig ikke sendes over før selve invasjonen starter?»

Hireez smilte beroligende. «Det er helt korrekt men denne situasjonen er prekær. Vi trenger oversikt mine venner og det får vi ikke slik. Se på alt kaoset? Vi kan ikke bruke alle kreftene våre på å fange inn mange hundre drager når det er drager som trenger hjelp? De mørke vil ikke like det om flere av dem dør, vi har allerede mistet mange nok»

Alle nikket sakte og han smilte for seg selv. «Jeg sier at vi sender en del drager over, så har vi litt mindre å bry oss om og kan konsentere oss helt om oppgaven her»

Det ble mumlet og de fleste virket enige og han visste at han var respektert av dem alle sammen, det var godt. De mistenkte ikke at hans egentlige lojalitet lå et helt annet sted nå. Han strakte armene ut, drager fløy rundt der oppe og han begynte å messe på magi som skulle åpne en portal, han merket at de andre ble med nærmest på instinkt og han smilte og strakte seg ut sjelelig. Lot magien han bar på trø i aksjon og snart fikk de åpnet en slags hvirvlende tunnel i tid og rom og Hireez sorterte drager og sende noen gjennom mens andre ble sendt tilbake til innhegningene. Han lot de største og sterkeste bli igjen og da de var ferdige var det langt færre drager der å bry seg med. Han pustet lettet ut, ingen ville se noe galt i det han hadde gjort men det hadde gjort angrepsstyrken deres mindre. Ikke for det, han tvilte på at det ble noen invasjon om hans planer ble satt ut i live.

Han etterlot de andre der for å rydde opp i ruinene og han skyndte seg tilbake til sine egne kammere. Han hadde ennå ikke greid å finne ut noe mer om den fangen og han visste at hun var mer enn hun så ut til å være. Han forsto ikke hvordan hun kunne motstå magien hans og han greide ikke identifisere den kraften som åpenbart hvilte i henne. Det hadde blitt en slags besettelse og han ville ikke gi seg før han hadde løst dette mysteriet. Men hvordan? Han trengte mer informasjon og han ante ikke hvordan han skulle finne det, de mørke hadde sendt ham for å drepe henne så de fryktet henne og et eller annet sted måtte det være noe som kunne fortelle ham mer?

Han gikk rundt på golvet og prøvde å tenke klart, Zharuud hadde kommet til ham med diverse krav igjen og Hireez hadde prøvd å være like underdanig og villig som vanlig men det hadde vært hardt, mye hardere enn før. Han skulle ønske han kunne svi av den arrogante generalen med en saftig forbannelse men det var neppe spesielt lurt. Den øverste favoriserte Zharuud og følgelig måtte også Hireez leke spyttslikker og bøye seg for den store hannen. Hireez var glad for at Zharuud ikke var av det slaget som foretrakk å ta andre hanner, i såfall ville han garantert ha blitt nødt til å ligge på rygg for den forbaskede idioten. Han hadde vært forberedt på at Zharuud ville ta kontakt så han hadde allerede det offiseren krevde men det var ikke enkelt å skaffe lenger. Det var stor manko på hunner og orker spesielt siden de kunne brukes til å avle troll. Men Zharuud likte svære hunner som var potensielt i stand til å drepe ham og Hireez var glad til, han var bare glad han ikke var en av dem.

Besøket hadde kastet Hireez ut av balanse, det var vanskelig å tenke klart og levenet fra byen gjorde ikke ting enklere. Mange flyktet nå siden de var redde for at dragene ville fly dit og brenne alt og han blåste i nesa og følte kun dyp forrakt for dem alle sammen. Men det måtte da være noe han kunne gjøre? Om han ikke fikk kontakt med de tre igjen ante han ikke om de hadde lykkes eller ei og det som verre var, det kunne bety at de var avslørt. Ikke for det, om den mørkeste hadde hørt om planene deres ville de ha vært døde allerede men planen hadde etterlatt seg spor, spor andre kunne følge og han bannet og travet rundt i rommet sitt med en plaget mine.

Han måtte finne sannheten om den kvinnen, det var ingen vei utenom det. Om ikke den opprinnelige planen fungerte så kunne kanskje det vesenet brukes til noe fornuftig? Noe ødeleggende? Hvordan skulle han finne ut noe de mørke tydeligvis ikke ville ut med? Han var ikke så dum at han trodde han kunne overvinne en av de mørke, verken fysisk eller psykisk. Men de var eldgamle og de hadde vært i denne verdenen i uendelige tider og et eller annet sted måtte de da ha lagret sin kunnskap? Han stivnet til, selvsagt. Det var et sted der de mørke oppbevarte gjenstander de tok fra andre verdener og hadde han flaks kunne svarene ligge der men hvordan kom han seg til de hvelvene? Det var ikke akkurat et sted som sto på listen over attraktive steder å beundre. Han var ikke engang sikker på hvor de hvelvene var men de var garantert under tempelet et sted og han hadde adgang til det i det minste. Men ikke gangene under det, det var de mørkes domene og han visste at han neppe ville få anledning til å unnskylde seg om han ble tatt der nede.

Han vandret rundt, tvil og iver kjempet om herredømmet og han trakk pusten dypt og tok en beslutning. Han måtte gjøre det! Om de tre han samarbeidet med fant ut av det kunne han ro seg i land, de måtte allerede vite om deres originale plan hadde gått i vasken og han var redd for at de skulle avblåse hele greia og bare holde ut enda lenger med den mørkeste og hans lojale slaver. Han satte seg ned, prøvde å tenke logisk og han var svært intelligent selv til en Zheg å være. De mørke ville merke all magi, selv den aller minste anelse av det så han kunne ikke entre de gangene som magiker. Han måtte gjøre det som en vanlig zheg og det var livsfarlig i seg selv. Antagelig var det feller overalt der nede og han visste at han ikke akkurat var en kriger, han var ikke bygd for heroiske dåder av det fysiske slaget. Nei, hans styrke var og ble magi og uten den var han ganske så hjelpeløs eller var han det? Kunne han skjerme seg på noe vis? Fantes det noe som kunne skjule all magi for en stund? Selv for de mørke? Han svelget stivt, det fantes noe som skjulte magi, han hadde lært om det men det var noe de færreste vågde å bruke, det var alt for farlig.

Det ironiske var at dragenes kamper hadde gitt ham en mulighet til å skaffe akkurat hva han trengte og han gyste og visste at det ikke var noen vei tilbake om han bestemte seg for å gjøre dette. Denne magien var uforutsigbar, den var potensielt dødelig og den kunne noen ganger være ireversibel.

Men om den originale planen deres hadde gått i vasken? Kunne han få bekreftet eller avkreftet det på noe vis uten å vekke mistanke? Antagelig ikke, og han var nysgjerrig også. Ingen ante hva de mørke hadde samlet der nede, det kunne være hva som helst. Han veide for og i mot, om det gikk galt kom han til å bli virkelig hjelpeløs men hva valg var det egentlig? Ikke stort om en fulgte hans tankegang. Han måtte gjøre det.

Han tok seg sammen, hva trengte han tll dette? Han hadde det meste, med unntak av drageblod men det ville være enkelt å skaffe nå. Han gikk til aksjon, om han skulle ha noen nytte av den merkelige fangen måtte han trå til fort. Han sendte en tjener ut for å hente litt drageblod, det spilte ingen rolle at det ikke var helt ferskt, og ingen ville synes det var merkelig i det hele tatt. Magikere er viden kjent for å være eksentriske og gjøre eksperimenter på omtrent alt som kan tenkes. Han fant de andre ingrediensene imens, og han følte seg merkelig oppstemt og nervøs på samme tid. Hva kom han til å oppdage der nede? Hvilke grusomheter ville bli avslørt nå?

Tjeneren kom tilbake etter et par timer, han var en novise som ikke kunne stort ennå og det å teleportere så langt tok alt han hadde av krefter. Stakkaren sjanglet da han satte fra seg en flakong med væske på et bord. Hireez smilte kort. «Gå og få det litt hvile, du er verdiløs som en slapp kraftløs skurefille»

Novisen trakk seg unna med synlig takknemlighet og Hireez fant frem en kjele og noen merkelige instrumenter som formelig glødet av magi. Han hadde aldri prøvd dette før men han måtte bare håpe at han ikke gjorde noen feil. En av hans kollegaer skulle sette en forbannelse på en offiser han ikke kunne fordra og endte opp med sine egne innvoller forvandlet til granitt. Det hadde vært en forferdelig død og en lærepenge for alle som studerte de mørke kunstene der, en skal aldri bite over mer enn en kan svelge. Hireez brukte flere timer på å skape det ene middelet som kunne skjule ham for selv de mørke og han stirret på flakongen med blåsvart væske med tvil. Det var en reell fare for at det å innta dette faktisk ville ta livet av ham med en gang, det var giftig som fy og selv med alle besvergelsene han hadde lagt over seg selv som beskyttelse var det ikke sikkert at han ville se en ny åttedag.

De mørke sendte aldri noen ut dit så tidlig uten grunn, og den grunnen skulle han finne. Han måtte være modig nå, hellet var med den som våger og han åpnet flakongen og låste alle dørene der og la sterke besvergelser over alt. Ingen skulle få avsløre ham ved å ramle borti det han hadde lagd. Han sørget for at alt var skjult, så trakk han pusten dypt og drakk. Smaken var bortimot det verste han noen gang hadde smakt og han brakk seg krampaktig men greide å holde det nede og en pussig kulde spredde seg gjennom kroppen. Han gispet siden det også skapte smerte og han kjempet seg opp fra knestående og sto der og sjanglet. Han hev etter pusten, så tok han seg sammen med et gys og gikk ut en skjult dør ingen andre enn han kunne finne. For alle andre var det bare en granitt vegg der.

Det å gå til tempelet nå var ikke bare bare, alle magikere han møtte ville merke at han ikke var normal med en gang og han måtte unngå dem for enhver pris. Han snek seg frem og visste akkurat hvor han burde gå for å ikke møte noen kollegaer. Det var gode og dårlige nabolag også rundt tempelet og holdt han seg til de dårlige ble han neppe gjenkjent. Han hadde tatt på en svært tykk kappe med en dyp hette og håret var bundet tilbake og han hadde også smurt på seg noe mørk farge som gjorde ansiktet bortimot ugjenkjennelig.

Han fant veien til det innerste men det var ikke dit han skulle nå, nå skulle han gjøre noe ingen hadde vågd før og det var å bryte seg inn i de mørkes egne gemakker. Han følte seg nesten fnisete, som en guttunge som skal gjøre ugagn og han visste hvor han kunne gå også. De mørke brukte ikke tjenere men de trengte av og til å få ting brakt til seg og flere heiser var lagd for å gjøre det mulig. Han visste hvordan en åpner lukene og det var en hemmelighet han hadde avslørt ved en tilfeldighet og båret med seg hele tiden etterpå. En av de mørke hadde åpnet en luke for å ta ut noe mat uten å vite at den ble spionert på og Hireez ventet til han var helt sikker på at ingen var i gangen der. De mørke holdt til under selve tempelet og en så dem sjelden, det var som om de hadde en egen verden der nede og Hireez svelget nervøst og la handa på luka. Den var nesten usynlig og ikke spesielt stor og han trakk pusten dypt og uttalte et eneste ord, langsomt og tydelig. Det var helt klart at språket de mørke brukte seg imellom ikke kunne brukes av noen med en menneskelig strupe men han hadde hørt det mange nok ganger til å kunne herme de merkelige gutturale klukke og pipelydene. Luka gled til side med et svisj og han bet seg i underleppa. Det var nå eller aldri! Det var en slags kasse der inne og han krøp fort inn, kassa var temmelig stor men allikevel så liten at det ble ubehagelig å sitte i den for en zheg og han holdt pusten mens luka lukket seg. Det begynte å gå nedover og han kjente at han skalv lett, hva nå? Heisen gikk ikke fort, antagelig for at ikke verdifulle gjenstander skulle bli forskjøvet og ødelagt. Han visste at heisen ville stanse ved de mørkes kamre men det var mange nivåer under det og han trodde han visste hvordan han skulle få heisen til å gå ned dit. Han satset alt på det. Ettersom heisen sank fot etter fot kjente han at lukta endret seg og ble klam og ubehagelig. Og han kjente også at det ble vanskelig å puste, de mørke hadde sin egen atmosfære og han hvisket en liten besvergelse som ikke kunne oppdages. Han hadde nesten ikke magi nå men dette var slikt selv en novise fikk til og skapte rett og slett en boble med luft rundt hodet hans.

Etter litt stanset heisen og han svelget nervøst. Han samlet seg og uttalte et ord til, sakte og tydelig. Ingenting skjedde. Hireez begynte å svette, hadde han feil kommando ord? Kom han til å bli funnet død i heisen når en av de mørke bestemte seg for å frakte noe? Han prøvde igjen og endret trykket på ordet litt, og brått begynte heisen å gli videre nedover. Hireez gispet av lettelse og håpet at det var luft å puste i der nede. Boblen han hadde skapt varte ikke lenge.

Han satt der sammenkrøpet og i en temmelig ubehagelig positur i noe som lignet en evighet, hvor dypt hadde egentlig de mørke gått? Var de ved midten av kloden? Det ble temmelig varmt og han svettet. Zheger har det ikke med å svette mye men nå rant det av ham og det var svært ubehagelig. Han vred seg og omsider stanset heisen med et rykk og en luke åpnet seg.

Hireez klatret ut med stive bein og ble stående å gape. Det var som en annen verden, en grotte så enorm at han ikke så taket og et svakt lys spredte seg fra et lag med tykk mose som vokste over alt. Grotten var faktisk så diger at Hireez i et kort øyeblikk undret seg på om dette var virkelig og ikke en illusjon. Svære søyler forsvant oppover og det vokste en slags skog av pussige vekster oppover dem. Lukta der var rå og merkelig vammel men det var luft og han trengte ikke hjelp for å puste. Han snudde seg rundt, heisen hadde vært plassert i en av søylene og han så en slags sti foran seg. Den var ikke tydelig men brukt og han vandret sakte bortover. Noen steder var stien dekket med den pussige lysende mosen og det var som å tråkke i ei myr, en sank liksom ned en god del. Hireez var fascinert, han så farger han ikke engang hadde navn på og

noe i ham var i andakt over alt dette nye. Hireez hadde alltid
vært glad i å utforske og dette var fantastisk. Han hadde
allikevel ikke all verden med tid og han løp fremover så fort
han kunne uten å skli i den sleipe mosen.

Etter en stund kom han til en slags tunnel og den var
forseggjort og de merkelige formene fortalte han at det var de
mørke som sto bak. De hadde en forkjærlighet for sekskanter
og han snek seg frem så varsomt han bare kunne. Det var
magiske feller der, overalt. Og noen av dem var særs
motbydelige og dødelige men han var ikke magisk nå og
dermed ble de ikke utløst. Ingen magiker tenker på at vanlige
våpen faktisk er like farlige som de som er skapt av magisk
kraft, i hvert fall ikke de som er høyt på strå. Han gikk i rundt
ti minutter og så kom han til en ny grotte og det han så der var
i hvert fall nok til å få haken til å ramle ned på brystet. Det var
skatter, enorme mengder gull og edelsteiner, kunstgjenstander,
statuer, smykker og annet de mørke hadde samlet seg der og
det var de rene berg av det. Overalt! Ingen drage ville ha
kunnet samlet seg en slik haug. Men det var ikke den slags
Hireez var ute etter, kunne det være noe der nede som gav ham
et hint om hva den kvinnen var? Hadde de bøker der nede?
Nedtegnelser? Noe i det hele tatt som ikke bare var skinnende
og pent å se på?

Han gikk videre, magien formelig sprakte i lufta der men
han brydde seg ikke om det nå, etter litt kom han til et annet
rom og der var hva han lette etter. Merkelige tavler var satt opp
langs veggene og det var flere store kamre lagd av noe som
lignet glass men bare kunne være krystall. Magien der inne var
vanvittig, det var tungt å puste på grunn av den og han kunne
ikke fatte hvor mye kraft de hadde brukt der. Hvorfor? Disse
glass kammerne måtte være utrolig viktige og han gikk
nølende nærmere. De så ut til å være fylt med tåke? Hvorfor?
Han kom litt nærmere, så skjedde noe brått i det nærmeste
kammeret, tåka tok form. Det gikk så fort at Hireez ramlet
bakover og gispet og han så vantro på det som svevde der i

kammeret. Det var en drageform men ingen levende drage, han visste at han så på ånden til en stordrage, en av de mektige fra gamle sagn og han blunket og telte kammere. Det var mange, kanskje femti av dem, hadde de mørke fanget dragesjeler der nede? Da forsto han magien, drager er normalt ikke spesielt sårbare for magi i det hele tatt, det kreves enorme mengder for å kunne kontrollere dem.

Innerst i rommet var det et kammer som var ekstra stort, det glødet svakt og han så en lysende skikkelse der inne, han nølte men gikk litt nærmere, nesten som om han ble trukket dit. Den var vakker, han ante ikke hva den var men han følte en trang til å bøye seg i grusen. Dette var ingen drage, dette var en gud. Hireez svelget stivt, hva i alle guders navn var det de drev med? Drager? Guder? Var de gale? For så vidt var det liten tvil om det men på en slik skala? Hireez så en tavle som sto lent mot veggen bakerst i rommet og gikk bort til den, den var flere ganger høyere enn ham og han følte seg som en liten maur der han sto. Tavla inneholdt ikke skrift, kun enkle relieff og han så vantro på det han så. Det forklarte det, det forklarte alt. Han hadde vært en stor idiot og han sank sakte i kne. De mørke hadde ødelagt verden etter verden, fortært alle ressurser og etterlatt kun død og ødeleggelse. Men verdener som rommet drager var trygge så lenge dragene fløy fritt, så lenge de tilhørte lyset. De mørke var sårbare for dragenes ifødte magi og kraft, og det var noe som lignet drager som hadde jaget dem fra deres egen verden for uendelig lenge siden. Hireez så på relieffene, kvinnen var en drage i menneskeform! De fryktet henne! Han gliste rått. Åh guder, det var fantastisk, han hadde en fordel nå. Kunne han slippe henne fri som drage? Kunne han kontrollere den dragen? De dragene de hadde der var kun dyr, avlet opp ved hjelp av magi og mindre svakere drageraser. Men en ekte drage? En av de gamle? Åh den ville være ustoppelig!

Han kunne få hevn, hevn for utallige ydmykelser, for smerte og frykt og alt han hadde gjennomgått. Skit i den planen han hadde med de tre av de mørke som ønsket å styrte den mørkeste, de kom til å gå med i dragsuget. Han brydde seg ikke om det i det hele tatt. Nei, han skulle bli hersker over Dhar-Arzheg og så verden etter verden. Den som kontrollerer en ekte drage kontrollerer skjebnen. Han kunne ha sunget av glede. Nå måtte han bare skynde seg tilbake og se om han kunne få henne til å skifte skikkelse. Samtlige av de fisefine offiserene og magikerne kom til å pisse på seg av skrekk.

Han var så opphengt i tankene på hevn at han helt glemte å være på vakt, da han brått hørte en merkelig lyd glemte han seg helt og gav fra seg et ufrivillig lite skrik.

Han hadde vært like arrogant som de andre magikerne og glemt at andre og mer normale forsvarsmetoder kan benyttes når en skal beskytte det en eier og har. Og de mørke hadde tydeligvis importert et eller annet fra sin egen verden for å forsikre seg om at ingenting forstyrret deres skattkammer. Hireez svelget stivt, han var ubevæpnet og kun en zheg og ved alle guder, hvor idiot hadde han egentlig vært? Det som kom krypende gjennom tunellen var noe som bare kunne stamme fra et mareritt og det et av det slaget de mørke hadde. Hireez hadde en gang sett en tegning av en midd som en eller annen hadde sett på gjennom et primitivt forstørrelsesglass. De skapningene som sakte kom krypende mot ham lignet litt på midd men hodene hadde rader med tentakler som hodet på en muldvarp og midt i var en rund kjeft med rader med tenner som ville gjort en hvithai grønn av misunnelse.

Hireez så at skapningene slevjet, og sikkelet som traff golvet skapte groper i det, praktfullt, en skapning som sikler syre! Hver av de groteske middene var like høye som ham selv og de hadde åtte temmelig kraftige bein og hodene søkte frem og tilbake som for å få ferten av noe. Hireez ante at det ikke var luktesansen som var det viktigeste for disse beistene men hørselen, og bak tentaklene var det flere merkelige membraner som antagelig var svært følsomme ører. Hireez så seg rundt, det var kun en annen utgang fra rommet og den lå i enden av en slags trapp. Det var en smal åpning og han tvilte på at den ledet til noe viktig men det var en vei bort fra de beistene. Om de fikk tak i ham var han død, kort og greit. Han trakk pusten dypt og takket alle guder for at han ikke var av de zhegene som blir feite og langsomme når de får bra med status og mat. Han hadde heldigvis vært forutseende nok til å ta på gode støvler og han var ikke totalt fysisk inaktiv heller. Han gjorde god fart der han spurtet mot tunellen, han hørte en slags høyfrekvent snatrelyd fra beistene og visste at de hadde merket at han var der. Han raste frem, løp så fort han bare greide og tok trappa i to sprang. Beistene var brede, han hadde et håp om at de ikke kom inn.

Gangen var smal som han hadde sett og også fylt med relieffer, han hadde ikke tid til å se på dem, han løp fortsatt for det virket for at middene eller hva de nå var faktisk greide å skvise seg inn. De var forbausende myke og raske og han gav alt han hadde og løp som en flyktende hjort innover tunnelen. Han måtte komme seg vekk og bruke det han nå visste, den kunnskapen måtte ikke få gå tapt. Det var ingen rettferdighet om han døde nå, han kunne ta strupegrep på de mørke, ved gudene, det var en vanvittig sjanse og han kunne ikke tillate at den bare gled vekk. Tunnelen gikk slakt nedover og han løp ned noen trapper og gjennom et par større rom som minnet ham om gallerier med mange relieff hugget ut i veggene. Han stanset ikke for han hørte snatringen ennå og den lød veldig begeistret. Han raste inn i en tunnel i enden av et galleri og så at middene faktisk hadde tatt innpå ham. Han bannet for seg selv og løp enda raskere, han begynte å kjenne det nå, beina var som bly og han hev etter pusten. Han kunne ikke bruke magi, det ville utløse et helvete av feller, han følte det tydelig. Han så bak seg og i halvmørket gjorde han en kritisk tabbe, han så seg ikke for. Brått var det ingenting der han satte foten ned og han gjorde et desperat tverrrykk som fikk ham helt ut av balanse. Hireez skrek, han var ikke forberedt på dette og tomme lufta tok i mot ham. Vind rev i kroppen og han prøvde å vende seg i fallet. Det var et langt fall, faktisk veldig langt. Det var så langt at han rakk å frykte hva som kom til å skje når han landet.

Han ba en kort bønn om å i det minste dø øyeblikkelig, å ligge å seigpines var et mareritt. Fallet endte brått, i et smell og et lysglimt og han kjente at det han traff ikke var steingrunn men noe merkelig mykt og ettergivende og allikevel skjøt smerte gjennom kroppen. Han hev etter pusten, han lå der på ryggen og kjente blodsmak i kjeften. Han kunne ikke røre seg, ryggen var et hav av pine og den minste bevegelse fikk det til å skyte gjennom ham. Ene beinet var sikkert også brukket og han var sikker på at begge kragebeina var gåene samt flere ribbein. Han var ferdig, og han visste det. En zheg skal ikke frykte døden men møte den med et hånlig flir og løftet hode men Hireez var ikke så tapper. Han snufset fortapt og følte seg skrekkelig fortapt og alene. Nå var hans ambisjoner og hans lengsler avslørt som hva de var, hule og ubetydelige. Han skrek til i det en spasme raste gjennom kroppen og han så at han lå mellom noen tykke kjøttaktige stengler som tilhørte enorme sopp som avga et mildt blåaktig lys. Han hadde truffet hattene og de tok av for fallet, nå ønsket han at de ikke hadde vært der. Da hadde han blitt knust momentant og det ville vært det. Han svelget stivt og lukket øynene. Hvor lenge kom dette til å ta? Han hadde ikke engang en kniv på seg, å kutte en åre ville være en nåde nå. Han lå og tenkte på noen brukbare formler for å ta livet av seg selv men hodet hang ikke med, han var forvirret og sløv og raste over det fakta at han nå lå og døde der, alene i mørket uten noen ved sin side. Hireez hadde aldri krevd kompani, han hadde snaut nok sett på hunner selv om han hadde avlsrettigheter slik alle magikere automatisk får og han hadde holdt alle på en armlengdes avstand. Han kjente tårer gli nedover ansiktet. Alt kom til en ende nå, det var utrolig bittert!

Han lå der en stund og så hørte han en lyd, den var knistrende og høy og han hev etter luft, var det midd der også?

Åh guder, om han skulle dø var det verre enn noe! Han skalv
fra hode til fot i det noe kom inn i lyset fra soppene. Det var
svært, dobbelt så stort som middene og hårete med en lang
snute, store svarte øyne og runde ører. Beistet hadde labber
nesten som hender og en lang hale og han hadde aldri sett noe
så skrekkelig. Det bikket på hodet og de svarte øynene pliret
før den knistrende høye lyden kom igjen. Hireez skrek en siste
gang i det beistet med den tykke fløyelsaktige pelsen raste mot
ham, så ble det mørkt i det han rett og slett besvimte av skrekk,
en høyst uvanlig handling for en zheg.

Neste bok i serien kommer i løpet av 2019.